霍達文集

卷四
中短篇小说卷

红 尘

北京出版集团公司
北京十月文艺出版社

作者简介

霍达，女，回族。国家一级作家，第七、八届全国政协委员，第九届全国人大代表，第十、十一、十二届全国政协常委，中央文史研究馆馆员，国务院授予政府特殊津贴。著有多种体裁的文学作品约800万字，其中，长篇小说《穆斯林的葬礼》获第三届茅盾文学奖；长篇小说《补天裂》获第七届全国五个一工程奖的长篇小说和电视剧两个奖项，并被中宣部、文化部、新闻出版总署、广播电视总局、中国文联、中国作协评为建国50周年全国十部优秀长篇小说之一；中篇小说《红尘》获第四届全国优秀中篇小说奖；报告文学《万家忧乐》获第四届全国优秀报告文学奖，中国消费者协会授予保护消费者杯全国个人最高奖及3·15金质奖章；报告文学《国殇》

获首届中国潮报告文学奖；话剧剧本《红尘》获第二届国家舞台艺术精品工程优秀剧本奖；电视剧《鹊桥仙》获首届全国电视剧飞天奖；电影剧本《我不是猎人》获第二届全国优秀少年儿童读物奖；电影剧本《龙驹》获建国四十周年全国优秀电影剧本奖；散文《义冢丰碑》《烟雨文武庙》获香港回归征文全国一等奖；散文《为了那片苍天圣土》获全国政协庆祝香港回归十周年优秀征文奖，散文《听海》获中华散文学会优秀散文获。此外，代表作尚有电影剧本《秦皇父子》、话剧剧本《海棠胡同》等，并曾多次获全国少数民族文学创作骏马奖，以及建国40周年北京优秀文学创作奖、北京文学奖荣誉奖、火凤凰报告文学奖、炎黄杯当代文学奖、花城文学奖等多种奖项。2009年当选全国民族团结进步模范，在国务院第五次民族团结进步表彰大会上受到表彰，2010年获上海世博会联合国千年发展目标主题活动组委会授予民族文化传承和发展卓越成就奖。1999年北京出版社出版六卷本《霍达文集》，2009年人民文学出版社出版八卷本《中国当代作家·霍达系列》、九卷本《霍达文选》。作品有英、法、阿拉伯、乌尔都等多种文版及港台出版的繁体字中文版行世。曾应邀出任开罗电影节国际评委、第四次世界妇女大会代表、《港澳大百科全书》编委，并赴美、英、法、日、俄、意大利、西班牙、新加坡、马来西亚、芬兰、挪威、埃及等十余国进行访问和学术交流，生平及成就载入《中国当代名人录》和英、美版《世界名人录》。

本卷概要

本卷收入中篇小说7篇，短篇小说10篇。

中篇小说《红尘》以沉凝细腻的笔调、大雅若俗的“京味”语言，讲述古都小巷中一个善良的弱女子的故事。解放前她不幸沦落风尘，解放后重获新生，“文革”时又不堪侮辱，含恨而死。通过人物的悲剧命运，作者冷峻地透视那种以瞒和骗扼杀真善美的社会氛围，给读者以灵魂的震撼。

《红尘》于1988年获中国作家协会第四届全国优秀中篇小说奖、花城出版社第四届花城文学奖。

短篇小说《保姆》刻画了一个女青年，身处社会底层，自重自强，体现了“清贫的强者”的人生价值。

其余篇什，描写了苦行天下追寻缪斯女神的艺术家、身居穷乡僻壤贫病致死仍痴迷于“文化”的老农民、魂牵梦绕穷究爱情真谛的痴情女、信仰坚定甘心奉献的革命者、难耐寂寞的老干部、性灵扭曲的当权者、奔忙于浊世的小市民……字里行间流露出作者对社会和人生的关注和思索。

目　录　Contents

目　录　Contents

序 《红尘》读后

荒 煤

读罢《红尘》(《花城》1986 年 3 期)，不禁去翻翻封二霍达的近照，觉得她似乎有点忧伤而又冷峻地凝视着前方，在思考什么。

我透过《红尘》，倒有点思考。

多少年来，对反映十年动乱的作品，有些评论工作者总有无尽的忧虑。我倒希望有些评论家下下“凡尘”，来认识一下这篇作品中一些极为平凡的人物，对他们演出的一场小小的悲剧做些了解。

历史毕竟是一面无情的镜子，它虽然反映过去，却可使人更清醒地认识现实，冷静地迎接未来。彻底否定“文革”，这句话说起来简单，真正做到，谈何容易。新时期以来，所谓“伤痕文学”这股思潮中所产生的作品有多少，冲击了多少人的心灵，又冲破了多少禁区，对新时期创作的洪流，应该给予什么样的历史评价，怎样看待它们推动历史前进的作用……的确有很多值得思考的问题。

我很高兴地看了《红尘》，得到了一点启发。我们在呼吁文艺界很好地总结新时期以来文学战线所取得的光辉成就的同时，也呼吁作家要努力创造更全面概括“文革”的史诗性的作品，又必须注意不要搞新的模式化。每一个作家都有各自的经历、感受，应该从自己已经开掘和尚未开掘得很深的基地上向纵深发展。不论是哪一个作家、哪一部作品都可以有自己的特色和深度。

《红尘》只是写了北京的一个极小的角落，一个只有几户人家的小胡同，几个极平凡人物的小小的悲剧，并没有直接去表现“文革”风暴中的惊涛骇浪、极为尖锐复杂的矛盾和斗争，也说不上是什么重大题材……可是生活中往往有这种现象：一场大地震之后，即使是轻微的余震，也会使人心魂不定，较之突然的风暴，蕴孕着更深的颤抖。读了《红尘》，就有这“余震”的感觉。

作者用她熟悉的“京白”口语，似乎如叙家常地平静地娓娓而谈，却十分委婉、细腻、真实地描绘了几个平凡人物的命运，展示了他们的个性、心理。既有被世俗眼光蔑视的出身卑贱，却有一颗美好、善良心灵的“德子媳妇”，也有马三胜、黑子等那种愚昧无知、充满卑微心理的所谓“群众”，也有一个掌握政治气候、风向的小小的领导“街道主任”，于是德子媳妇终于不得不结束自己微不足道的生命。

令人深思的，是作者最后似乎轻描淡写地写了这样几句结束语：

“人们需要有不完美的人来衬托自己的完美，需要用无聊的话题来打发自己的无聊。于是，就时常提起那些有关德子媳妇的往事，好像十分怀念似的。遇有生人到这胡同里来，他们还指点着德子故居对人家说：‘从前，咱们这儿还住过一个窑姐儿呢……’那语气，似乎有些炫耀。”

这既是作者对德子媳妇的死寄予深沉的同情，也是发自内心的深沉的感慨。

我不想来议论作者对德子媳妇之死因是否概括得完全准确。

然而，和许多作品一样的情景，我固然欣赏德子媳妇这个重要人物性格的心理刻画的真实与深刻，但我也很难摆脱孙桂贞这个人物对我的困扰。

正如我看了电视片《新星》，很难忘了顾荣一样。

这实在是一种典型人物——区别仅在于不同的地位和程度不等的作用，反正时势造英雄，这种人在种种政治风云中，总是闻风而起，随风而动，大小是一位领导，也就能左右在他势力范围下一些人的命运，而又自我感觉良好，唯我正确……于是就产生了许多许多悲剧。

我不认为，大大小小的顾荣、孙桂贞(当然这两个人物也不能画等号)等，都是要用别人的不完美来衬托自己的完美。真正的悲剧，在于这种类型的人，往往是自觉或不自觉地自认为最完美，唯我正确，唯我不忘阶级斗争，唯我能正确理解、执行政策，最能领会领导的意图，坚决贯彻……这就使得历次运动不能不重复发生各种悲剧。

孙桂贞与德子媳妇这两个绝对不同地位的女性，一个天上，一个地下，形成了强烈的对比。

“孙桂贞家在十年浩劫中保存得最为完好……而且阖府安宁，人丁兴旺”……

德子这个无产阶级却无法回答他媳妇的下列问题：

“什么政策能落到你头上？给你平反？改正？说什么，说你……”

德子媳妇当然更无法回答这些问题。“文革”风暴尽管过去了，人们庆祝得到第二次解放；可是德子媳妇却只得那么从容地死去——她感到：“这个世界真累人！”

这只是一个小小的悲剧。可是，德子媳妇死得这么从容、平淡，死的时机却是在历史大转折之后，死的原因却又蕴含多么复杂的因素，难道不值得我们认真思考吗？

任何历史的剧烈的变动、转折，都不是偶然的，都有极其深厚而错综复杂的历史、社会、思想的根源。单从现象来看，好像很容易能够看清事实的真相；可是，仔细思考，在“文革”期间的许多惊人的理论、观点和口号，实际上因袭了我们民族历史上多么沉重、腐朽的思想包袱啊。林、江两个反革命集团实行的封建法西斯专政，难道不就是披着“不断革命”的神圣外衣的极左思潮、封建思想与专政手段相结合的畸形怪胎？不是一场十年浩劫，谁能对我国封建传统思想与习惯势力渗透人们心灵的悲剧，会有如此深刻的认识和反省？

思想不解放，不看破这点红尘，我们又怎么能丢掉包袱，振兴中华？

所以，我觉得这篇作品，虽然不是什么大题材或规模宏伟、人物众多的巨著，然而透过德子媳妇这一滴水，却使我们看到十年动荡的生活海洋里另一个深沉的侧面，同样叫人感到不寒而栗！

这也说明，作者别出心裁，从选材到开掘都有新意，从平凡中发现人们心灵深处特别值得思索的东西，使得小说的内涵更耐咀嚼。这正是一个细心而善于沉思的女作家才华的表现。

我还特别欣赏作者那么自如地运用北京口语写景写人，揣摩、描绘人物的心理，纯朴自然，清新可喜。作者很少急切地跳到读者面前来表明自己不能控制的激情，发表种种哲理，而是十分平静却非常亲切地剖析人物的灵魂，但这种纯真的叙述中显然倾注了作者的深情。

德子媳妇自杀前的一系列动作、心理活动，写得那么细腻、真切、自然、冷静，然而她走得越从容，越平静，就越叫人感到揪心！

从这一点来讲，我简直有点惊奇，我觉得这不像是一般感情丰富的女作家的手笔，似乎有点老舍先生的神韵，但又与老舍那些冷静、辛辣的讽刺笔法有所不同。

不管我是否看透《红尘》，但我确实得到一点启发：只要作家真正在自己生活的根底下开掘下去，既要坚信自己熟悉的东西，又不要过于自信已经开掘的深度，能够从不同的角度向纵深发展，探索自己还没有发现的东西，力求一个新的起点，而且和新时期十年相对比，相对照，相结合，真正展示未来，那么，真正反映十年动乱史诗性的作品必将成批地产生。

看罢《红尘》，我却没有看破红尘，我倒相信，反映十年动乱史诗性的巨作的一个万紫千红、百花齐放的时期已经成熟了。

（此文系荒煤先生为《红尘》写的评论，发表于1986年10月18日《文艺报》）

追日者

烈焰蒸腾，光华四射。这不是画，调色板上没有这样的颜色，这么浓，这么亮，灼烧着眼睛，使人不敢逼视。这是什么？是女娲氏用五彩石炼就的岩浆，九头怪兽口中喷出的燄焱？还是流动的钢水，燃烧的空气，沸腾的云霞？这是火，一个硕大无朋的火球，在茫茫宇宙中冉冉升起，这是太阳！

那是谁在匆匆赶路？那么急，那么忙，一步也不肯停，踏得大地咚咚响。粗大的脚板，强健的四肢，坚实的身躯，像青铜，像岩石，黑褐色中泛着莹莹光泽。他在追赶太阳。不知道走过了多少路程，不知道经过了多少寒暑，他头也不回地朝着太阳走去。

赶路的人，他渴了，渴得厉害。他俯下身躯，喝干了黄河，喝干了渭水，又继续上路了。路上没有坎坷吗？没有荆棘吗？他全然不顾，径直地向着太阳扑去，一直到耗尽全部热血和气力。他倒下了，倒在灼热的大地上。他倒下了，丢下了那根桃木手杖。大地锵然有声，像是一阵惊天动地的雷鸣！

一

“你，你这是怎么了？”

钟剑挥睁开了眼睛，那火红的一幕不见了，只留下一身湿淋淋的汗水，剧烈呼吸的胸腔，焦渴得干裂的嘴唇。他直挺挺地躺在床上，手臂无力地平伸着，像是钉在十字架上的圣子耶稣。他的妻子惊慌失措地斜坐起来，轻轻地扳开他的右臂，抚摸着他汗津津的额头、泪莹莹的眼角。

他清醒了，歉意地收回自己的右臂。刚才这握着手杖（唏，哪里有手杖？）的拳头砸在她的胸口上，一定是太重了。

望着好像从火里走出来的丈夫，她急切地问他："你病了？"

"不，我做了一个梦。"钟剑挥说，怀着满足和留恋。

"唉！"妻子哀怨地叹了口气，"疯疯癫癫的，吓死人了。什么梦啊？"

"我梦见……夸父追日。"

妻子又是一声叹息。她默默地下床，倒了一杯凉开水递给钟剑挥，"真是着了魔了！你不是说过，年轻的时候就做过这个怪梦吗？"

"唔！"钟剑挥把水接在手里，却忘了喝，愣愣地坐在床上。人的心中装着一排琴弦，贮藏着岁月谱成的乐曲，不定什么时候轻轻地拨动一下，就会鸣响起来，"真的，已经三十多年了"。

三十多年前，一九四七年的一个夏夜，他做过一个同样的梦。不过，不是在北京的这个家，也不是在江南故乡，而是在浩瀚的印度洋上。

二

烟波浩渺，孤舟一叶。海天空阔，月光如水。美国"海眼号"的四等舱的统铺上，并排躺着公费留学生钟剑挥和方琼。这艘船将把他们带到意大利，然后他们再搭火车去法国。风浪很大，船颠簸得厉害，睡觉的时候都要抓紧床边的铁链条，免得掉下来。

“方琼，方琼!”钟剑挥轻轻地叫着他的同学，“我刚才做了一个梦。”

“梦见了什么?”方琼根本没有睡，闭着眼睛问他。

“我梦见夸父追日!”

“什么？夸父追日?”方琼揉揉眼睛，坐了起来。

他们来到甲板上，强劲的海风拂弄着他们的衣衫，扫去了四等舱里的闷热的汗味。巨大的海浪像一群黑色的怪兽向轮船扑来，发出很大的声响。船体大幅度地摇摆着向前驶去，在墨绿色的海面上犁出一道愈展愈宽的白浪——一个巨大的“人”字。

“你这个人，怎么做这样的怪梦!”方琼说。

“不知道。不过，在梦里看得可真切呢，那太阳、夸父……”钟剑挥的眼睛在月下闪着蓝莹莹的光。

“《山海经》里的那个老头子，他为什么要追赶太阳呢?”

“为了追求光和热！那太阳是他的理想的化身。”

“哪里追得上啊？人，总是人，凡人。最后还不是渴死、累死、热死?”

“是啊。我记得小时候看见飞蛾扑火而被焚毁，那情景真是令人难忘、不可磨灭。为了追求光明而不惜化为灰烬，那是一个壮烈的形象!”

夜沉沉，海漫漫。呼啸的风声、涛声、马达声湮没了这两个中国留学生的娓娓长谈。

两个人都不再说话。望着滚滚海潮，钟剑挥想到了从家门口流过的那条在地图上找不到的小河，曲曲弯弯地流过默默无闻的江南小村庄。他的人生旅途就是从那里开始的，划着木盆在河里摘菱，打着赤脚在河边放牛，并且像王冕那样对着河里的荷花作画，用的是多病的母亲包药的废纸。这个放牛娃不知为什么对画画如此着魔，竟然一发而不可收，终于考进了国立杭州艺专。瘦弱的父亲不知咽下了多少泪水，才下了把儿子送走的决心。他离开家的时候，坐的是向捕鱼为生的姑父借来的乌篷船，父亲摇橹，送他远行。小河里的孤舟缓缓夜行，一定是充满诗情画意吧，可他当时没有心思领略，一直默默地盯着摇橹的父亲那佝偻的身影。

船，在海浪里穿行。他回忆起自己生命的每一个转换关口，都是在船上。从家乡的乌篷船，到美国的“海眼号”。他已经从一个放牛娃，成为杭州艺专的毕业生，毕业后留校当了助教。然而，他并不满足。怀着强烈的渴望，他又上路了。“海眼号”——海的眼睛，你看清波涛中的航线，把从东土来的他送到西方去吧！为了他所梦寐以求的“艺术之都”巴黎，他离开了孤苦伶仃的父母，离开了生他养他的故土，丢下了一切……

三

“一个梦，跨过了三十多年！”钟剑挥突然感觉自己一下子老了三十多岁。他举起手中的杯子，把水一饮而尽，仿佛一瞬间走过了三十多年的路程那样焦渴。

妻子没有开灯，月光从窗口洒进来，洒在床上，洒在铺着碎砖的地上，洒在那张兼作书桌、画桌和餐桌的写字台上。月光下，暑热未消的八月天气也显得清冷了，很像当年在赴欧的旅船上的夜晚。

“也许是因为方琼的到来吧，使你又想起了往事。”妻子说，“是他提出明天到咱们家来吗？”

“是我，我约他来的。”钟剑挥说。

妻子嗔怪地看了他一眼：“那又何必呢？人家住在北京饭店……”

钟剑挥把茶杯放在桌上，手劲过重了，“咚”的一声响：“我必须这样做。要是你，你也会的！”

四

十七层高的北京饭店新楼矗立在王府井大街南口、东长安街路北，在一片半新不旧、半土不洋的矮建筑之中，可谓鹤立鸡群了。虽然不少行家、非行家说这楼的外观太笨，内部装修也远非现代化，但在现时的北京却仍不失为一个令人瞩目的“洋”所在，是专门接待外国人的地方之一。一些少见多怪的行人从高高的松墙外边走过时颇有几分神秘感地往里面匆匆一瞥，看一眼“异国风味”。

钟剑挥顺着松墙走过来，从一排停得整整齐齐的小汽车前面向大楼的正门走去。他在北京居住达三十年之久，这楼也已盖起了好几年，他竟然还是第一次走进这里。不是由于某些同胞的好奇心理来看热闹，也不是为了托熟人买点什么“供应外宾”的奇货。对于三十年前就留过“洋”的他，那早就看腻了的“花花世界”没有丝毫的吸引力。他今天的到来，是因为一颗隔绝了三十年的老友之心的呼唤。他的老同学方琼从法国来探亲、观光并举行个人画展，在此下榻，刚刚住下就多方打听他的下落，热望一晤。而他，在接到美术家协会转达的消息以后就迫不及待地赶来了。

“方琼，你终于来了。时隔三十年，恐怕纵使相逢应不识了！”他这样想着，心中升起一种难以名状的激动之情，随着那川流不息的各种各样的皮鞋的咔咔声、咚咚声，踏上了宽大的石阶。就在这时，身穿雪白制服、笔挺地立在门边的服务员伸手拦住了他：

“哎，你是干什么的？”

他停住了脚步，有些吃惊地抬眼望着身材和地势都比他高的服务员，觉得很奇怪。不是所有的来宾都来去自由、通行无阻吗？为什么单单拦住他一个人？难道西服领带、高鼻黄须、金发碧眼才是通行证，唯独不准黄脸低鼻的中国人入内吗？

一时，他有些糊涂了。猛然间，脑际闪过一些年代久远、不愿再忆起的画面：

“海眼号”抵达意大利的那不勒斯港，舍舟登岸之前，头等、二三等舱的旅客纷纷给服务员小费，四等舱的中国学生怎么办？一两个美元人家看不起，集腋成裘吧，几十个人凑了数十元，派钟剑挥做代表送了去。哪里知道，人家美国人对这点钱不屑一顾：不要你们中国人的小费！

途经英国伦敦，在那种二层楼似的红色公共汽车上，钟剑挥用一个硬币买了票，售票员顺手将这个硬币找给一位用纸币买票的胖绅士。绅士轻蔑地摇摇头，售票员只好另外调换一个硬币给他。屈辱啊，黄皮肤的中国人！

…………

钟剑挥以那双穿透一切的画家的眼睛扫射着面前这个穿着雪白制服、站在北京饭店门口、和他一样肤色的年轻人。那双眼睛里充满了痛惜和怜悯，仿佛在说：可怜、藐视自己的同胞！为什么要这样自贱呢？中国人被人瞧不起的时代已经过去了。我们有什么可让他们小看的？

可惜，傲然的年轻人完全没有兴趣留意他那复杂的神情。

钟剑挥不想和他多说什么，只是简短地回答：“同志，我是来找人的。”

“找人？你找谁？”服务员打量着他，把那个“你”字说得特别重，意思是说：这里能有你认识的什么人？

是啊，在他眼里，这个身材瘦弱、面色黧黑、布衣布鞋的老头儿是根本不配登此大雅之堂的。

“我要找法国来的画家方琼先生!”钟剑挥大声说。

在他们说话的时候，盘问者和被盘问者都没有注意到身旁有一位西装革履、叼着烟斗的旁听者。此刻，那人眼中放出了光彩，突然插了进来：“啊，你是剑挥兄?”

这突如其来的举动几乎使服务员吓了一跳。风度翩翩的中国血统法国画家方琼紧紧地抱住钟剑挥的双肩，凝视着他的脸。两人动情地对视着，从对方苍老的面容上寻找过去的痕迹。

“剑挥兄，三十年了，没有想到还能见面!”方琼喃喃地说。

钟剑挥笑了：“应该想到，我料定你会回来的!”

熙熙攘攘的大门口不是久别重逢的谈话之地，方琼兴致勃勃地拉着他的手向大门里面走去，顺便打趣地对服务员说：“咱们两人都是有眼不识泰山!”

服务员睁大眼睛，尴尬地啊了一声，立即像触动了开关的机器人似的向钟剑挥伸开右臂，“请，请进!”

钟剑挥立定了脚跟。突然之间，由拒之门外到敬若上宾，并没有使他受宠若惊，而是再一次感到羞辱。他转过身来，挽着方琼的手说：“不必上楼了，还是到寒舍一叙吧!”

“唔?”方琼好像并没有理解他的意思，不知为什么过门而不入。

钟剑挥却颇为自豪地说：“还是家里舒服嘛！舍下在‘会贤馆’，是清末兴建的北京第一大饭店，相当于今天的北京饭店呢!”

方琼不由自主地跟着他走下台阶，边走边拦他，“等一等。我的太太还在楼上呢——你猜得出来她是谁吗?”

钟剑挥不觉停下脚步。三十年不通音信的方琼娶了个什么太太，这本是他无法猜测的，但是，从方琼话音中的些许犹豫和问话的方式，他几乎立即找到了答案。一种微波电流似的情感从他的心头掠过，他也以那种略带迟疑的语调回答说：

“这么说，一定是她了：露珊娜！”

“是的，是露珊娜。”方琼说。不知为什么，他的脸色突然有些潮红，与斑白的头发、额上的皱纹都不甚协调，“我们夫妇都非常想念你啊！”

“谢谢你，谢谢露珊娜。我和我的妻子欢迎你们，明天请光临舍下做客！”钟剑挥握着方琼的手，做出诚挚的正式邀请，并且详细地告诉他曲里拐弯的路线，还特别提醒方琼在出发前先上厕所，因为他家里那个特殊结构的住宅在这方面有所不便。

钟剑挥不知道自己是怎样走到大街上，又是怎样上了公共汽车的。真没有想到露珊娜来了，到中国来了。她的出现使毫无思想准备的钟剑挥头脑一时纷乱了。

啊，露珊娜！

五

法国人把十一月叫“雾月”，十二月叫“雪月”。真有意思，分住在地球两边的人也有些类似的语言，古老的中国不也有“杏月”“荷月”之类的名称吗？“雪月”这个词，中国也有，不过不是指月份，“风花雪月”，是描述男女情爱的，和法国的“雪月”完全不是一个意思。

巴黎的雪月真美。满城的飞絮翩翩飞舞，组成一片蒙蒙的纱幕，笼罩着圣母院、先贤祠、罗浮宫、埃菲尔铁塔，给这座贮藏着文化珍宝的都市抹上一笔端庄素雅而又神秘的色彩。柳絮一般的雪花，落进翡翠似的塞纳河中，一片一片都不见了，只在石头铺成的河岸上撒上一层白绒似的素装。

靠近圣母院的塞纳河岸，是著名的旧书摊市场，熙熙攘攘、生意兴隆。那情景，很有点像上海的城隍庙、南京的夫子庙。尤为独特的是，那些摆摊的人连夜晚也不把货物搬走，一律锁在河边的一只只大铁箱子里，第二天拿出来接着卖。一年三百六十五天，天天如此，就连漫天飞雪的天气也是热闹如常。巴黎每天要接待多少游客？等到全世界的人都轮番来看一次新鲜，得轮到哪一天？巴黎永远也不会被冷落。

那是到达巴黎的第一个“雪月”。他把画架支在塞纳河边写生。生在江南的他，从未到过祖国的北方。对雪景的惊奇感受竟是远渡重洋在法国得到的。啊！远处高耸着的圣母院淡灰色的剪影，河岸上万头攒动的人群，都被雪花统一起来，繁华、喧闹而又肃穆、庄严。他好像回到了维克多·雨果笔下的那个时代，似乎人群中随时可能走出“奇迹王朝”的国王和他的臣民，可能走出加西莫多和爱斯梅拉尔德。

他挥笔涂抹着，把空中的雪花搬到画布上。艺术创造的冲动，使他忘记了自我的存在。

突然，一团冰冷的雪从脑后飞来，打在钟剑挥的后颈上。诗一般的激情被打断了，他恼怒地回过头来，看看是谁敢于这样捉弄他？

一张女神般的脸出现在他的面前，那么白，白得像雪，却比雪更有生命力，泛着淡淡的红润和蒙蒙的热气。一双碧蓝的眼睛惊恐地望着他：“啊，对不起，先生，实在对不起，我不是故意的！”

钟剑挥的一腔怒气，像雪一样融化了。对着这张脸，他竟然不忍心再发作了。“好男不跟女斗”，中国有这么一句老话。这个姑娘，不过十七八岁，还像个孩子哩，对着这样一个娇小动人的少女，他不愿意做出令她难堪的呵斥。他抹掉脖子上的碎雪，转过脸来继续画他的画。

谁知道，这幅画难以继续了。怎么搞的？那张洁白的脸，那双碧蓝的眼睛，老是飘忽不定地从画布上显现出来，又隐没下去，隐没下去，又显现出来，好像魔镜中的影像。见鬼！难道像张君瑞见了崔莺莺那样一见钟情了吗？荒唐，这是在外国！他在心里暗暗地咒骂自己没出息，烦躁地回过头去。天哪，原来那姑娘半天也没有走，正立在他的身后静静地看他作画呢。这么一回头，正好对着了那一双碧蓝的眼睛！

他像被火灼伤似的立即闪开了目光，脸腾地红了，热得发烫。

“您画得真好，艺术家！”还是姑娘首先打破这个僵局，主动和他说话，地道的巴黎口音，“您是日本人？”

“不是，”钟剑挥镇定了，“我是中国人。”

“中国人？是巴黎美术学院的留学生吗？”

“是的。”

“那么，在骆赛尔教授的工作室吗？”

“是的。怎么，你认识骆赛尔教授？”

“当然，他是我爸爸。”

“啊！”对老师的崇敬使得钟剑挥不觉站了起来，好像他身旁站着的就是那位渊博、智慧而严厉的骆赛尔教授，正透过宽边眼镜审视着他的作品。

“我画得不好，请你指点！”他像对老师那样说。

姑娘连忙后退一步说：“呃，我可不懂绘画，爸爸说我不是学画的材料。我学的是戏剧，将来希望当一名悲剧演员。来，认识一下吧，我叫露珊娜！”

像是为了弥补刚才玩雪造成的过失，露珊娜向他伸出了手。钟剑挥握住这只纤细而柔软的小手，心里不由得突突地跳。“我叫钟剑挥。”他笨拙地介绍着自己的姓名。

“噢，钟先生，我常听爸爸说起您的名字！”

雪越下越大，钟剑挥准备另找时间再来完成这幅作品了。露珊娜熟练地帮助他整理颜料、画箱，显然这是她经常帮父亲做的事情。

"您住在……"

"我住在大学城，留学生多数都住在那里。"

"哦。我们顺路，一起走吧！来，我帮您拿着画具。"

他们一同踏着雪路往回走，在路人看来，俨然是一起写生归来的同学。其实，他们只有很短的一段顺路，差得好远哩。

钟剑挥住在约旦路的大学城。所谓大学城，其实并没有一所大学，而是所有大学宿舍都集中在这里，各国留学生都有自己的馆，唯独中国馆由于经费被政府贪污而没有建。钟剑挥寄居在比利时馆里。

"钟先生，你们的国家那么远，为什么要跑到西方来呢?"露珊娜问他。

"怎么说呢?"钟剑挥想了想说，"还是借用我们祖先的一句俗话吧：人往高处走，水向低处流。"

露珊娜顽皮地笑了笑："很有意思。那么，中国—法国，哪里是高处，哪里是低处呢?"

钟剑挥没有想到她会这么善于寻找语言的空隙，摇摇头说："我指的是艺术。"

"难道你们那里没有艺术吗?"

"当然是有的。可是，近百年来，战乱不断，国家破败了，艺术当然也难以发展。我在国内的大学生涯是在战争中度过的，为了躲避日本人的狂轰滥炸，我们的艺专到处搬迁，颠沛流离!"钟剑挥痛苦地沉默良久，才抬起脸说，"我是为艺术而生的，对我来说，它就是太阳，我是朝着太阳追来的!"

"太阳?"露珊娜总是不轻易放过每一个话题，"那么，太阳是从西方升起的了?"

钟剑挥愣住了。他望着面带狡黠的笑容的露珊娜，一时不知怎样回答这位未来的“悲剧演员”的问话。“太阳打西边出来”，这句话在中国人听来等于是“活见鬼”！

不知不觉，他们已经走到了露珊娜家门口。露珊娜停下脚步，热情地说：“我到了。请到我家里做客吧，钟先生！”

“唔……”钟剑挥突然意识到自己站在骆赛尔教授家的门前，他一想起那位蓄着灰白胡子、戴着宽边眼镜、对学生要求严格而又性情执拗的老头儿，立即觉得这样贸然来访恐怕不甚适宜，况且由露珊娜陪伴着，容易让教授误解。想到这里，他便礼貌地从露珊娜手中抽回由她拿着的小折叠画凳，说：“啊，谢谢，改日再来拜访。因为事先没有征得教授的同意，就不打扰了。再见！”

正在这时，骆赛尔教授家的院门中突然走出了方琼，他看到钟剑挥和露珊娜，先是一愣，随即像窥见了什么秘密似的笑起来，指着钟剑挥说：

“好哇，没有看出来，你还有这么大的本事，捷足先登啊！”

六

小汽车沿着什刹海的不规则的边缘绕行，垂柳从浓荫里伸出长长的柔丝，几乎拂着车顶。路边，青色砖瓦砌成的房舍鳞次栉比、错落有致，房顶上飘荡着几缕淡淡的蓝色炊烟。露珊娜被这朴素自然的景色激动了，她原以为北京到处都是雕梁画栋、红柱飞檐，不知道还有这样富有田园风味的角落。

“这真是艺术家居住的地方，我羡慕钟剑挥！”露珊娜毫不掩饰地说。

方琼和她同样感到新鲜。去国远游二十多年的他，其实也是第一次来到北京，离开挤满洋人的北京饭店，离开人流如潮的宽阔长街，他在这僻静幽雅的什刹海畔找到了另一种美，似乎能使他隐隐约约地想起故乡江南的小桥流水、茅舍竹林。

“啊，是啊，”他附和着露珊娜说，“钟剑挥生活在故国的诗意之中。”

汽车绕来绕去，绕过一片正在兴建中的宿舍楼群工地，在一座旧式宅院的大门前停住了。

“是这里吗?”露珊娜新奇又有些犹豫地问。

出租汽车司机仔细地再看看门牌，“没错，就是这里。”

他们下了车，抬眼看着这个从未到过的地方。这是一座古老建筑，斑驳的墙皮，糟朽的木椽，表明了它的既老且衰，难以想象当年“会贤馆”门庭若市的盛况了。

大门敞开着，迎门是一面影壁，从影壁前面的甬路往西走，左手一排南房，又连着一排西房，房屋一律砖墙瓦顶，前檐下带有廊柱，典型的中式建筑。只是都很旧了，瓦楞中长着蒿草，檐下的砖地也凹凸不平。住户又各自依照需要加以改造，或纸窗，或玻璃，或垂帘，各有千秋。窗前廊下，堆着家具什物，坛坛罐罐、火炉煤球、蒲扇凉席、竹椅木凳，五花八门。他们不知钟剑挥身居何处，只好敲敲一扇房门，“请问，钟剑挥先生在家吗?”

里面随即传出简短的童声：“北屋!”

他们便又寻路往北，无奈院子里的空地上参参差差地罗列着一些大大小小、外形不规则的泥木建筑，遮住了视线。

“这是什么?”露珊娜指着这些小土房，“像是古城堡的遗迹……”

方琼没有说话。昨天在北京饭店门前，钟剑挥向他盛情相邀时对“寒舍”的形容与今天的感受一下子难以吻合。他突然想起了自己在巴黎的家。那幽雅的庭院、古朴的建筑糅合着现代文明，宁静的台阶前停着他那辆红色的跑车……这些，本也是钟剑挥应该有的，可是，又哪里有啊！他这才明白了，昨天钟剑挥特地说明院子里没有厕所，并非故弄玄虚，也不是想开什么玩笑，而是实实在在的一句大实话。

流水声从一座土房后面传来。噢，那里是一个公共自来水龙头，有一个人蹲在地上低头洗菜。

“请问，钟剑挥先生住在哪里?”方琼上前打个问讯。

那人看来对这种问路司空见惯，头也不抬地努一努嘴，也是那简短的两个字：“北屋!”

正在这时，钟剑挥匆匆忙忙地从院子深处迎过来了。因为没有在门口迎接客人，他感到歉意。其实他早已在门口等候多时了，只是因为刚才邻居喊他交水电费，他回屋里去拿钱，没想到恰恰这时候客人到了。

紧走几步，钟剑挥握住了露珊娜伸过来的手。三十年久违，一旦重逢，他竟然觉得露珊娜没有太大的变化，尽管那修长的身材已经略显肥胖，满头的金发已有些发白，维纳斯般的眼睛已出现鱼尾似的细纹，但还是显得那么年轻，洋溢着青春的活力，翘翘的鼻子透出一股执拗的孩子气。

“露珊娜，噢，不，方太太，”钟剑挥喃喃地说，“我们仿佛是昨天刚刚分手，你几乎一点也没有变。”

“不，不，你变得我都认不出来了，钟!”露珊娜碧蓝的眼睛中闪着忧伤的光，望着钟剑挥那被阳光晒成古铜色、爬满蛛网的脸，望着他那农夫一样的装束，她的嘴唇颤抖了，“三十年了，你没有想到，我会追到你这里来。我想亲眼看一看是什么吸引着你？你这个——苦行僧!”

虽然当着方琼的面，露珊娜的话并没有掩饰和迂回，她紧紧握着钟剑挥的手，像是立即要对方站在院子里做出详尽的回答。

肌肉的蠕动使钟剑挥脸上的纹路更深了。深陷在眼眶中的一双乌黑的瞳孔像激光一样地扫射着露珊娜，扫射着方琼。握手之间，有多少话语，哪是一句可以说清的！

七

在巴黎的第三个“雪月”。

雪月是一年的收尾，也是一年中欢乐的高峰，因为圣诞节和元旦都在这个月里。如果圣诞节恰恰赶上下雪，更是完美无缺，被称为“白圣诞节”。

明天就是十二月二十五日——上帝之子耶稣基督降生的日子，巴黎人酝酿了一年的狂热就要在这一天爆发出来了。所有的商店橱窗都焕然一新，争奇斗艳的过节商品吸引着潮水般的人群，仅仅是每家必备的圣诞树，如果一棵挨一棵栽起来，不知在地球上要绵延多少公里。

沿着塞纳河岸，钟剑挥和方琼兴冲冲地走着，踩着砂糖一样的雪粒，皮鞋下面发出轻微的吱吱声。一边走着，方琼一边掸着身上那些总也掸不净的雪花，生怕弄脏了西服。他们是接到骆赛尔先生的邀请，到他的家里去过节的，这在学生中是一种特别的礼遇。不过，对于应约前去的人来说，内心的激动恐怕并不全是因为对于老师的尊重和感激。

“快点走吧，露珊娜一定等得不耐烦了。”方琼说，看了看表。

两个人加快了脚步。

骆赛尔教授的住宅是一所路易十三式的房子，高耸着三角形的屋顶。内部装饰却又呈现出路易十四时流行的“巴洛克”风格，庄严、辉煌而热烈，留下了那位绰号“太阳王”专制时代的痕迹。不过，这一切与骆赛尔先生的冷峻而倔强都不甚协调，他在这座祖宗留下的房子里按照自己的意志生活。客厅的四壁都挂满了画，大部分是凡·高、高更、塞尚三个人的作品，显示出他对他们的尊崇和对艺术创新的追求。

骆赛尔教授今天显然心境很好，那张酷似雨果的苍白面孔绽开了难得的笑容。这个不苟言笑的老头儿平日深居简出，埋头做自己的研究，每周只有一两次到美术学院去对他工作室的学生做一番指导，而极少让学生到家里来打扰他，除非他最得意的高才生。今天被邀请来家里过圣诞节的也只有钟剑挥和方琼两个人，这是经过了三年来严格的筛选的。他自己也很奇怪，为什么在众多的学生中，只有这两个黄种人最能领会他的教学意图，往往只需要几句话的指点便能够达到一个质的飞跃。开始他只是认为他们勤奋，而不愿意承认他们的聪明。但是，他渐渐觉得，如果没有后者，前者恐怕也难以达到现在的水平。中国人似乎有一种从祖先那儿带来的好胜心，比，争，不甘人后。只要发现别人比自己强，就没命地追赶，似乎非把一切人甩到后边才肯罢休。一次偶然的机会，骆赛尔先生在一条僻静的街道上遇见了这两个学生，他们正躲在战争时期遗留下来的废墟后面吃午饭——干啃面包。教授突然明白了，他们的优异成绩是以怎样的代价取得的。他记起了曾经听到几个学生嘲笑钟剑挥和方琼，说他们从来没有进过餐馆。干啃面包，在巴黎是要被人取笑的，所以他们要背着人吃。他们要脸，不愿意为他们的民族丢脸；他们要脸，两个人的成绩都远远优于同班的白人同学。“穷且益坚，不坠青云之志。”骆赛尔先生记得在一本书里读到过这句中国古代名言，尽管法译本不大好懂，他觉得自己还是懂了，从他的这两个中国学生身上看懂了。

不过，就他们两人而言，似乎也有些不同。比较起来，方琼更巧一些，往往一挥而就，笔下生辉；钟剑挥更韧一些，每每锲而不舍，铁杵成针。当方琼的作品取得了事半功倍的效果而被同学们围观称道的时候，骆赛尔教授就有些担心地告诫他：

“你要注意，不要在画面上炫耀技巧。炫耀技巧的画家，好比穿了漂亮的军服在人前夸耀而不去作战的军人；或者把犁头擦得雪亮而不去耕田的农民。”

“可是，教授，”方琼反问他的老师，“绘画不正是凭借技巧吗？”

“当然，”骆赛尔教授闪烁着像雨果一样深邃的目光，说，“谁要你轻视技巧？丢掉技巧的艺术家，就像一个骑马的人忘了给马喂草料。但是，技巧只是手段，而不是目的。当一个真理，一个深刻的思想，一种强烈的感情，闪耀在某一文学或艺术作品中，这件作品的技巧才是真正卓越的！雕虫小技只能娱人耳目，而伟大的艺术却能动人心魄！”

这样的话，他对所有的学生都讲过，反复讲过许多次。不知道谁听懂了，谁似懂非懂，这将影响到他们将来的艺术道路。

一走进教授的客厅，钟剑挥和方琼立即被墙上的画吸引了，就像一头钻进了博物馆，他们热烈地讨论着：凡·高那燃烧的火焰般的树木，高更那散发着原始味儿的荒岛土著人的风情画，塞尚那用画笔再造的带棱角的苹果。骆赛尔教授此刻则成了博物馆的讲解员，完全忘记了招待客人。

“祝贺圣诞，朋友们！”露珊娜兴奋地大叫着跑进来，把他们吓了一跳。

“怎么回事？爸爸！今天客人不是你一个人的，是属于上帝，属于圣子耶稣，属于我的！欢迎你们，朋友们！”

她像小孩子似的大叫大嚷，把五颜六色的节日灯泡开亮，房间里立时成了虹霓闪闪的童话世界，连墙上油画的颜色也变得面目全非了。

“为什么不属于我呢？”骆赛尔教授慈爱地看着他的独养女儿，“我今天要以圣诞老人的名义，送给这两位客人一件最有意义的礼物……”

露珊娜开心地笑了：“啊，什么礼物？让我猜猜看！”

方琼和钟剑挥期待地望着老师，不知道将要获得什么馈赠。

“哈哈，猜不到的，你们都猜不到的！”骆赛尔教授狡黠地眨眨眼睛，然后，从一只精致的锦盒里取出一枚金光闪闪的奖章。

方琼和钟剑挥的眼睛顿时放出了光辉。

“奖章！”露珊娜兴奋地喊起来，“怎么，只有一枚？”

是啊，怎么只有一枚？方琼和钟剑挥也不禁觉得奇怪，心里紧张起来。

骆赛尔教授神情顿时严肃起来，他庄重地举着那枚奖章，说：“这枚刻着维纳斯金像的奖章，还有一千法郎的奖金，是奖给法兰西最有才华的青年画家的。要得到它，必须经过激烈的竞争。明天，我将授权宣布这一次绘画竞赛正式开始。我真诚地希望，我的每一个学生都能成为这次竞争的强者，但是，真正的强者却只能有一个人！”

一股巨大的冲击波鼓动着钟剑挥的心扉，热血像海潮一样翻腾，他几乎听到了自己“咚咚”的心跳。三年来，他第一次回顾自己奋斗的历程，第一次展望将要得到的成果。就像游泳者遥遥望见了彼岸，登山者纵目眺见了峰巅，他感到从未有过的激动。当然，金子铸成的奖章，数以千计的法郎，并不是他追求的目标。但这毕竟是一个荣誉的标志啊，获得它，将意味着在整个巴黎的青年画家中独占鳌头，标志着才华和勤奋的胜利。荣誉，不是艺术家劳动的酬劳，却是艺术成就的象征。艺术，是一种独特的、个体的劳动，但它的成果是全人类享用的，没有人类群体的欣赏和评价，任何艺术品便失去了意义。三年前，他万里迢迢来到当代世界艺术的轴心巴黎的时候，还只是在浩瀚的海洋中拾取只鳞片爪慰藉自己的渴慕之情，而尚未想到摘取艺术王冠上的明珠。今天，他敢于这样想了，搏击的激情萌动了。他暗暗问自己：行吗？回答是：行！三年来，他不但认识了巴黎，认识了众多的狂热的艺术圣徒，也认识了自己，知己知彼，百战不殆！中国人个子比洋人矮，本事不一定比他们差啊，豁出去，冲上去，八分的把握再加上两分的拼搏，胜利未尝不是自己的！

他和方琼交流了一下目光，看到的是方琼和他一样满怀信心的神色。

骆赛尔教授珍惜地把奖章装进锦盒里，充满激励之情地说："孩子们，预祝成功！我相信，你们两人之中，一定会有一个人夺得金牌，而另一个也起码会得到银牌！"

"噢，天哪！你们两个也还有一场你死我活的竞争呢，让我预祝谁成功呢？"露珊娜耸耸肩，做出无可奈何的表情。

钟剑挥和方琼也不禁对看了一眼，似乎刚刚意识到这个问题。这又有什么办法呢？二者必居其一！

方琼下意识地望望露珊娜，想猜测一下露珊娜在内心深处希望谁夺得金牌。自从三年前看到钟剑挥在"雪月"和露珊娜一齐写生归来，方琼的心中就总也抹不掉那么一种若隐若现的不快。三年来，在同学们当中也有一些似是而非的说法，说是骆赛尔教授有意将钟剑挥纳为乘龙快婿，连法国人最讲究的聘金都不予考虑等。尽管露珊娜对他也几乎像对钟剑挥一样热情而随便，但他总觉得露珊娜的情绪变化、一举一动都是受钟剑挥牵制的。谜语要猜到什么时候呢？总要有个谜底吧？三年的公费学习眼看就要结束了，有一些事情不能不考虑了。现在，面临着这么一个现成的机会，他想大胆地试探一下了：

"露珊娜·骆赛尔小姐，你希望获胜者是谁呢？"

回答是出乎意料的，露珊娜微笑着说：

"谁获胜我都高兴，我以同样的真诚预祝你们成功！"

她伸开双臂，骄傲地昂起脖子，微微垂下长长的睫毛。

方琼的心颤抖了，他知道那是等待拥抱和接吻。他毫不犹豫地走向前去，热烈而礼貌地在露珊娜的嘴唇上留下一个凝聚着千言万语的吻。尽管他心里十分清楚，按照礼仪应该是对晚辈吻额头，对平辈吻脸颊，而只有对恋人才能吻嘴唇，然而，他却大胆地这样做了。

露珊娜睁开了眼睛："噢，是方先生。"她转向钟剑挥，"还有你，钟!"

钟剑挥没有方琼那样勇敢，面对着娇小的露珊娜，他望而却步。

"怎么？你……"露珊娜的脸色霎时阴沉起来。

骆赛尔教授的灰白胡子不自然地抖动着，轻声朝钟剑挥说："孩子，这是不能拒绝的，在圣诞节，谁被拥抱、亲吻的次数最多，谁就是最幸福的人，这是我们的民族习俗……"

钟剑挥脸涨得通红，不知所措地嗫嚅着："我……我实在是……"

此刻，方琼像是喝过了一杯醇酒，他看到朋友的窘态，连忙替他挡驾说："免了吧，他是奉行我们的民族习俗：男女授受不亲!"

他若无其事地哈哈笑着，把话题重新扭转到绘画竞赛上去："教授，您可以透露竞赛的题目吗?"

"当然可以，艺术无法作弊，我不打算保密到明天。竞赛的题目是：圣诞节!"骆赛尔教授回答着，转脸一看，露珊娜不知在什么时候离开了客厅，钟剑挥呆呆地站在那里，像丢了魂儿。

八

分别三十年，一旦聚首，恍若隔世。钟剑挥握着露珊娜的手，竟不知该说些什么。人生不像一部影片，不能倒回去重新放映一遍，甚至连短暂的"定格"也不可能。时间，像一匹永不停蹄的白马，拉着所有的人走啊，走啊，不管你是情愿的还是不情愿的，欢乐的还是痛苦的。三十年了，各人在自己的轨道上走过了长长的一截，度过了人生中最有价值的年华。如今，钟剑挥已过花甲，露珊娜算来也“五十而知天命”，让故事接上原来的“断茬”，不可能了。此刻，双方激动于心并冲出于口的，已不仅仅是喋喋不休地回忆那遥远的往事，而更急于知道：这些年你是怎么过来的？名噪海外的方琼的情况，钟剑挥多少听到一些。而露珊娜和方琼对于他却几乎一无所知，摆在面前的是：“会贤馆”废墟、土城堡、黑瘦老头儿。

“哎，别让客人在院子里站着，快请进去坐吧！”多亏了钟剑挥的妻子系着围裙从厨房跑出来招呼客人，替他们打破了这颇有几分伤感而沉闷的气氛。

女主人的普通话里夹杂着江南口音，和蔼而亲切。她一出场，露珊娜就把眼睛紧紧盯着她看，和原来想象中的钟太太比较，和自己比较。奇怪，为什么要和自己比较？人的眼睛、头脑、嘴巴，三者常常不是同步运动的，想到的未必敢于正视，看到的也许不愿说出，人之为人，总有一些只有自己知道的内心隐秘。看上去，钟剑挥的妻子不带老相，满头的浓发乌黑乌黑，圆圆的面庞由于细巧的下巴而显得略尖，眉毛未经修饰，很自然地向两边伸着，双眼黑得发亮。一副具有东方美的女性面孔，是露珊娜极为羡慕的。头发可以染黑，眼珠怎么染啊？这足以使西方的女士、小姐沮丧，近年来她们之中醉心于东方美的越来越多了。钟剑挥的妻子好像不在意这些，她的脸上没有一丝化妆的痕迹，身上穿的是一件极普通的深色短袖上衣，腰间还系着一条围裙，手上滴着水。她哪里意识到在自己身上有那么多美被露珊娜发掘？露珊娜估摸着她的年龄，无论如何，不可能超过四十五岁，比钟剑挥要年轻十几岁。那么，那时候……不可思议！

“家里不像个样子，让您二位见笑了。”女主人安置客人落座、喝茶，还递给他们每人一把芭蕉扇。“您二位坐着。”一分钟也不停，又去忙做饭了。

露珊娜和方琼坐在那张三用桌旁边，喝着热茶，摇着扇子，环顾着这陌生的房间。纸顶棚，砖地，四壁的白粉好像是很久以前刷的，已经发黄，还有一道道“屋漏痕”水迹和点点霉斑。靠东墙有一道内室门，锁着，不知是做什么用的。桌椅和床铺等都挤在外间，显得相当饱和了。如果说，刚才在大门外，在院子里，露珊娜还幻想着钟剑挥是故意隐居在这座废墟里，以为废墟后边别有洞天，那么，她现在已经身在“洞天”之中了，这就是钟剑挥的家！“穷困潦倒”这个词自然而然地冒出来，就像她在巴黎陪着方琼到拉丁区去看穷朋友时得到的印象一样。那里聚居着许多艺术家，不过都是不走运的，无人赏识，一辈子难得卖得出去几张画。房子当然极其简陋，仅仅可以栖身而已，此外，带一间画室。

“可以参观一下您的画室吗？”露珊娜把房间扫描了一遍，纷乱的思绪无声地掠过，“王顾左右而言他”，只好另找题目。

“我没有画室。”钟剑挥说。

露珊娜吃惊地几乎要从椅子上跳起来：“不可思议！一位画家怎么可能没有画室？就连拉丁区……”

方琼白了妻子一眼，急得脸上汗津津的。你呀，这么冒失，怎么好戳人家的伤疤呢！他想。关于中国艺术家的处境，国外传闻很多，看来，不管多么不可思议的事情都是可能的。

“不可思议？也许是吧。”钟剑挥好像并不在意露珊娜的唐突，也并未看到方琼的眼色，只是微微笑了一下。其实，他完全知道客人心里想的是什么。他突然意识到三十年在彼此之间拉开的距离之大，心里反而平静了。“不过这种事不但中国有，外国也有。居里夫人不是直到她的丈夫死后才有了实验室吗？”

方琼不说话，心里在苦笑。一个画家在为自己没有画室而辩解，大加论证，阿 Q 的精神胜利法罢了。剑挥兄，对老朋友何必这样言不由衷呢？

露珊娜吃惊地看着钟剑挥。他振振有词地说些什么呀？和居里夫人比，荒唐！如果你死了以后才能得到一间画室，对你的妻子又有什么用啊？怪，这人越来越怪了，莫非神经受了什么刺激不太正常了？我的上帝！

九

上帝之子诞生了，
笛子奏起来，
笙啊，吹起美妙的声音来；
上帝之子诞生了，
为了他，人们啊，齐声唱起来……

欢乐的歌声从每一扇窗户中洋溢出来，在整个巴黎上空飘荡，仿佛是那五彩缤纷的万家灯火在歌唱，镶嵌在夜空上的点点繁星在歌唱。整个巴黎，整个西方世界，都在为上帝之子的诞辰而祝福。十二月二十四日，一年中日照最短的一天就要过去了，明天——十二月二十五日，耶稣诞生了，又开始夜短昼长。耶稣的降生就是太阳的再生，感谢太阳赐给的温暖和光明，人们向它顶礼膜拜。明天，明天就是西方的太阳升起的日子吗？

钟剑挥一个人走在夜幕笼罩的塞纳河畔。漫长的河岸上，那么多路灯，一盏一盏，缓缓地伸向远方，望不到尽头。亮着串串路灯的桥梁在河面上架起一座又一座凯旋门，把河水切成一段又一段。然而，水照样流下去，如同人间的路一样没有尽头。每一盏灯都是一颗眼睛，静静地看着这个中国人。

圣诞节，西方人最重要的节日。此刻，每一个家庭都在团聚，围坐在圣诞树旁吃圣诞晚宴。孩子们兴奋得难以入睡，把鞋子放在壁炉前，等待那位白须红袍的圣诞老人从烟囱中进入每一个家庭，给孩子们放进节日的礼物。在寒冷的“雪月”，人们的家庭却充满了温暖与幸福。也还有不少的人走出家门，把容纳不下的热情倾泻到大街上来，认识的、不认识的人都可以互相拥抱、亲吻，互相祝贺吉祥如意。在这个日子，不管是信仰基督教的还是不信教的，每个人的心灵实际上都被耶稣基督主宰了，一种神奇的力量掀起了他们那种与生俱来的、融化在民族血液之中的狂热情感！

《圣诞节》，这个童话般、梦境般的画题！这么熟悉而又这么陌生，似乎唾手可得而又不可触摸，仿佛近在眼前却又远在天边！三年了，自从来到异域他乡，钟剑挥已经度过了三个圣诞节，应该说并不生疏了。一提起它，那斑斓的色彩、浮动的韵律、欢跳的节奏就凸现在眼前，萦绕在耳畔。可是，今天怎么了？听到骆赛尔教授说出这个命题，他却感到茫然。一种不可逾越的距离感，一种隔靴搔痒的隔膜感，一种麻木不仁的冷漠感，袭上他的心头。他觉得，这个题目不是为他而出的。望着在无数灯光的映照下波光粼粼的塞纳河，他突然看到了汨罗江。龙舟盛会，红男绿女；散发着竹叶清香的糯米粽子；老老幼幼的声音合唱的古老的歌……

可是，眼前分明是塞纳河。它为什么不是汨罗江？圣诞节，为什么不是端午节？不是春节、中秋节？圣诞节，这是人家的节日。这里有一切，但是没有我！骆赛尔先生说过的话，钟剑挥今天领悟得更加深刻了：“艺术，不是技巧的展览，而是真情实感的流露。”一个人，在襁褓之中吸吮着母亲的奶汁造就的、和故土联系在一起的情感，竟然是一生也不能磨灭、无可替代的。他无法仅仅凭技巧、凭旁观得来的印象，去画一幅没有自己情感的画——哪怕是以金牌和奖金作为代价！

在这个喜气洋洋的圣诞之夜，整个地球上大概只有一个人去游墓地。钟剑挥来到埋葬着法国著名雕塑家罗丹的地方，望着那纪念碑式的大型雕塑《思想者》。紧托脸腮的手背、支着左腿的臂肘，传神地表达出这位全身淋满雨迹、挂满青苔的思想者的每一条肌肉都在苦苦地思索。他在想什么？未必理解中国人"独在异乡为异客"的愁思！

坐像前，钟剑挥久久地徘徊。在他的脚下，雪地被踏成一条环绕坐像的小路。

"欲穷千里目，更上一层楼。"中国人的情感，采取了中国人的表达方式。钟剑挥登上凌驾于巴黎上空的埃菲尔铁塔，在二百七十六米高处的最高一层平台，俯瞰着沉醉在甜蜜的梦中的巴黎，心却飞向了遥远的故国，离开仅仅三年，祖国已经发生了翻天覆地的变化。别人说是睡狮醒来了，不，不是睡狮之醒，是多病的母亲大动手术后，终于恢复健康了。当初，他曾经羡慕没有父母的浪子、孤儿，自己只属于自己，无牵无挂。而今，已经尝够了孤儿的滋味，多么渴望看到自己健康长寿的母亲啊！可是，在这里怎么看得见！最简单的透视学原理早就告诉他：在这个椭圆形的球体上，人的目光所及只能是地平线以内的一个圆圈。看得见的，都是人家的；属于自己的，却看不见。望断天涯路！

"钟，你要干什么？"一个幽灵似的声音突然响在他的耳旁。

钟剑挥像被从梦中惊醒，他诧异地回过头来，啊，是露珊娜！

"钟，你不要难过，我原谅你！"露珊娜气喘吁吁地说。很显然，她四处寻找钟剑挥，走了很多路。

"原谅我？原谅我什么？"钟剑挥没有听懂她的话。

"你虽然没有拥抱我、吻我，但是我理解你！"露珊娜轻声对他说，流露出女性的温柔和妩媚。对她来说，做到这一步多么不容易啊！以自己惊人的美貌和父亲骆赛尔教授的声望，她早已是众人瞩目的一位骄傲的公主，从没有向任何男子献过殷勤，甚至她自己也还没有来得及认真地考虑要把圣洁的爱赐给谁。因为，父亲和她自己都认为，她还年轻，这些是将来的事。可是，这个遥远的“将来”却在今天一步来临了。当她真诚地向方琼和钟剑挥祝贺圣诞的时候，她并没有意识到自己的情感有任何的偏向。可是，两人不同的反应使她心中的天平突然剧烈地摇摆起来。轻易得到的往往并不觉得珍贵，求之不得的才倍觉价值连城，人们的这种感受恐怕并不完全是错觉吧？

爱，是一剂令人发狂的烈性药。露珊娜不肯等到明天，在不欢而散的圣诞晚宴（其实这晚宴没有开始便结束了）之后，苦苦地追踪钟剑挥而来。她相信，钟剑挥不是一个无情的人，也许只是在爱的表达方式上有些懦弱，她要以不可抗拒的魅力征服他。

“啊，是这样，露珊娜，”钟剑挥歉意地苦笑一下，“你并不理解我……”

“不，你不要说！”露珊娜伸出右手的食指拦住他的话，“我理解你的心，尊重你的民族习惯。但是，请你相信，圣诞节的吻只是一种礼节，你完全不要介意方琼，不要自寻烦恼！”

“露珊娜，你误会了，我完全没有介意啊！”

“没有介意，为什么一个人跑到这里来？你当我不知道？埃菲尔铁塔是一个国际性的自杀场所，政治上的垮台、经济上的倒闭、爱情上的失恋，多少人在这里断送了生命！钟，千万不要这样，我求你！”

露珊娜的意思已经再明白不过了。钟剑挥感觉到自己的心房在震颤。露珊娜，这个在“雪月”里一见如故的女郎，三年来已经成了他生活中的一部分。在这个视有色人种低人一等的社会里，露珊娜是没有民族偏见的少数人之一，和她的父亲一样。她和钟剑挥并不是同学，却比同学之间还要亲密而融洽。现在，她的情感越过友谊的界限了，爱神的箭矢射向钟剑挥的心。露珊娜，那么美丽的露珊娜，现在正处于她一生中最珍贵的黄金时期。“真正的青春，贞洁的妙龄的青春，周身充满了新的血液、体态轻盈而不可侵犯的青春，这个时期只有几个月。”大雕塑家罗丹这样说过，钟剑挥记得清清楚楚。即使罗丹没有说过，他的一双艺术家的眼睛也不会视而不见。可是，当痴情的露珊娜向他以身相许的时刻，他却在心里命令自己：拒绝，坚决地拒绝！毫无疑问，拒绝，将使他永远失去露珊娜，甚至连久已谈好的要为露珊娜画一张像的机会也失去了。拒绝，就是永别！钟剑挥没有料到自己会有这么大的决心和毅力，他抑制住自己怦怦的心跳，仿佛十分平静地说：

“谢谢你，露珊娜。不过，我根本没有想到过死啊！为什么要死在异乡，成为无家可归的游魂呢？”

“你说什么？”露珊娜脸色煞白，神情紧张起来，“你难道还想回中国去吗？”

“是的，”钟剑挥说，“我的公费留学就要结束了，该回家了。在回国之前，我也不打算参加什么《圣诞节》绘画竞赛了。”

“你疯了？”露珊娜吃惊地睁大了碧蓝的眼睛，“你说过，毕业之后定居巴黎，为什么突然要走？我们的国家不可爱吗？”

“很可爱，法兰西，巴黎。海涅说过，如果上帝待得无聊，也会打开天堂的窗户看看巴黎的街道。我记得，过去读都德的《最后一课》，读到哈迈尔先生的那句话‘法兰西语言是最美的语言’，我没有丝毫的嫉妒。都德是法国人，谁都爱自己的祖国！”钟剑挥双手扶在平台栏杆上，遥望着万家灯火。串珠似的灯光勾画出一座一座建筑物的轮廓，巴黎圣母院、凡尔赛宫、罗浮宫、巴黎美术学院……像是向他炫耀法兰西的富有。是啊，这里的确富有，人类的杰出创造，几乎各个地域、各种流派的艺术珍品在这里都有收藏。初来巴黎的时候，钟剑挥是那样眼花缭乱、目不暇接。然而，更使他惊奇的是，他在这里看到了许多中国古代艺术品！一个民族，在强盛时期创造的珍宝，衰败时期散落到了海外，当陈列在人家的辉煌殿堂里的时候，她的游子才认识了它的价值，多么令人痛心啊！巴黎“先贤祠”的大理石壁上刻满了一个一个光辉的名字：伏尔泰、卢梭、雨果、左拉……这些创造了灿烂文化的伟人、代表着法兰西光荣的前辈，使法国人引以为自豪。“伟大的人们，祖国感谢你们!”先贤祠的顶额上刻着这样的字句。我们中国呢？如果也刻下一系列的伟人名字，哪怕从孔夫子开始呢，该有他们的多少倍！公元四世纪时，法兰西才在她的摇篮西岱岛诞生，那时候，我们神州大地上的万里长城也早已筑成六百多年了。可是，我们的“先贤祠”呢？我们的“卢浮宫”呢？我们也应该有啊！噢！不，我们有过一座被誉为“万园之园”的圆明园，可是，它被焚烧殆尽，而且放火者中也有法兰西人……

记得有一次，露珊娜陪着钟剑挥去参观吉美博物馆。在一尊石佛头像前，钟剑挥反复观赏，流连忘返。那是一尊庄严的女像，也许就是救苦救难、普度众生的观音菩萨吧？她那丰满圆润的脸上，双眸微闭，嘴角含着不可言语的深意微笑。那洞悉哲理的智慧神情，超凡脱俗的潇洒风度，令人懔懔若对神明。可惜的是，这是一件残缺不全的雕刻，石佛的头是从颈项断裂的，躯干和四肢都不见了。尽管这样，她的雕塑美感、她的艺术力量仍然强烈地感染着观众，正像米罗岛的维纳斯雕像并不因断臂而失去光彩。

“公正的美术史家，应该给她至少和维纳斯雕像同等的地位!”钟剑挥仰望着石佛说。

“维纳斯？你的比喻太妙了，这雕像确实挺可爱的。”露珊娜附和着说，语调中流露出东道主的自豪，“这么精美的艺术品，在你们国家里没有吧？”

向来谦虚和善的钟剑挥突然一反常态，脸涨得通红，厉声说：“这是你们的？不，这是中国的石佛，中国的艺术品，是你们的祖先从中国抢来的！可惜，哼，你们只砍下了她的头颅，她的身体还留在中国，她的脚跟还站在我们的土地上！”

这一番雄辩言辞说出口来，钟剑挥自己都觉得吃惊，从来没有的痛快，从来没有的理直气壮之感。

“啊，对不起！”露珊娜被他驳得哑口无言，惊慌失措地连连道歉，“我太不了解中国了，不是故意伤害你的民族感情！”

法国，中国。你们，我们。露珊娜，钟剑挥。你，我。这其中的界限能够取消、合为一体吗？也许在别人是可以做到的，钟剑挥却做不到。因为如此，他才不能做不负责任的表白、廉价的许诺，甚至仅凭一时的冲动而拥抱亲吻。爱情萌发的时候，力量是巨大的；而抑制爱情的力量更大。露珊娜美丽的面庞、没有头的石佛的身躯，交替闪现在他的脑际，仿佛在进行一场激烈的争夺。那无头的石佛在抽搐，在挣扎，在无声地召唤他！他极力使自己保持平静，陪着露珊娜下了铁塔，沿着来路慢慢地走回去，嘴里说着极其有分寸的话：

“回国之后，我会永远记住尊敬的老师骆赛尔教授，记住尊敬的朋友露珊娜小姐，感谢你们给予一个中国人的友好情谊。”

露珊娜却丝毫不会掩饰自己的情感，她神情沮丧，目光呆滞，任何人看见她这副模样都一看便知是个失恋者。

“难道我也不能留住你吗？钟！”露珊娜的声音像在绝望之中的呐喊，“我爱你啊！”

“露珊娜！”钟剑挥停住了脚步，真挚地望着她，“不要轻易用这个字眼，爱，是一种崇高的情感。在我们中国，它意味着生死不渝，白头偕老，而在你、我，是做不到的。做不到的事物，就当它不存在吧，我的小妹妹！”

“为什么做不到?”露珊娜固执地申辩着，“你一定要走，我可以跟你到中国去！”

“不，不！露珊娜，这不行！我所经历的痛苦，不能反过来由你承担！分手吧，小妹妹，好朋友，你会幸福的！”钟剑挥伸出双手，郑重地握住露珊娜的纤纤十指，仿佛真的到了离别时刻，声音也不禁有些哽咽。

“为什么你要这样折磨自己啊？难道你……”露珊娜苦苦地追问他，话说了一半却又停住了。她突然记起秋天里的一件小事，此时一下子变得分量沉重了。

那一次，钟剑挥他们几个同学到巴黎西郊的布劳聂森林去写生，无忧无虑的露珊娜也跟着去玩。野餐的时候，不知是谁建议每人表演一个节目，立即得到大家的赞同。露珊娜表演了小仲马的《茶花女》片段，她拼命发挥自己的悲剧天才，声泪俱下地念道：

“……也许我不会死，也许你能回来，也许我将再一次看到春天，也许你还是爱我的……不管发生什么事，我总是非常爱你的，阿尔芒，如果我没有这种爱情的回忆和重新看到你在我身旁的渺茫的希望支持我的话，我可能早已离开人世了。”

可惜，和她追求的效果相反，人们被她的怪相逗得哄堂大笑。轮到钟剑挥表演时，他出人意料地用低沉而充满情感的语调朗诵了一首诗，诗很长，露珊娜只记得其中的两段：

在院中晾晒衣服器玩，

忽然看见故乡的鞋子一双。
从前赠鞋给我的是什么人？
东边邻家的漂亮姑娘。
…………

今天拿起这双鞋子，
反复观看，使我十分感伤，
鞋还是一对，人却天各一方！
…………

当时，露珊娜虽然觉得钟剑挥朗诵得很好，但并没有发生什么联想。现在，这首诗突然又在耳畔响起，露珊娜好像终于找到了答案：他这样难割难舍地一定要回中国去，莫不是……露珊娜的心仿佛一下子被掏空了。造物主赋予女性的一大特征就是嫉妒，这时候，如果不爆发出来，那才怪呢！

"你还是舍不得那双旧鞋子吧？你走吧！去和那个会做布鞋的乡下姑娘一起生活吧！"露珊娜发疯似的叫着。

"鞋子？"钟剑挥一时没有弄明白她说的是什么，等到他想起了那次布劳聂森林里的朗诵会时，露珊娜已经愤愤地跑开了。

钟剑挥独自站在茫茫夜色之中，没有追上她去做任何解释。

钟剑挥要回国的突然决定，使骆赛尔教授很觉意外。他站在客厅中间（由于站着作画养成的习惯，他在谈话的时候也常常站着），坚韧有力的十个手指对插着，宽边眼镜的镜片后面，一双灰蓝色的眼睛专注而慈祥地看着坐在沙发上的钟剑挥。

“你是我的工作室里最好的学生，最勤奋，进步最大。我所讲的，你都吸收了。三年的学习时间太少了，你应该留在巴黎，由我出面去替你申请延长公费，是可以办到的。可惜，你本人并没有这样的要求。你，要回去了！”

说到这里，教授对插着的两只手无力地张开来，好像有一只鸟儿从掌心里飞走了。

钟剑挥不敢再接触教授那慈祥而依恋的目光，他垂下头去，局促不安地用指甲刮着沾在膝盖上的早已干了的油画颜料。他准备听凭教授的说教、埋怨、责备甚至挖苦。师生如父子，他是长辈，随便他说什么吧，自己都不辩解。三年教诲，一旦离去，钟剑挥自己也是依依不舍的。但他还是要走，其中缘由，恐怕也是难以向教授说清楚的。

“请你原谅，钟！”教授轻柔地说，声音里饱含着难以抑制的激动，“我想把你留下，也许是出于一种私心：不是为了我本人，是为了……”

钟剑挥心里说：是为了露珊娜，父亲为女儿做说客了。

教授继续说下去：

“……为了法兰西。因为我是法国人，我毕生的崇高使命就是为法兰西的艺术事业贡献，贡献。而你，便是我要献出的一个人才。也许你自己并没有意识到，你具有独特的东方艺术气质，这其实是我所追求和羡慕的。你们的民族是一个古老的、伟大的民族，艺术珍宝蕴藏量几乎是世界无匹的。东方艺术，从它一诞生就表现出与西方艺术迥然不同的性格和魅力，而且经历了漫长的发展道路，生命力历久不衰。它并且越来越强烈地影响西方艺术，我们的一些敢于突破传统的先驱把目光转向东方，从中汲取营养而开创了新风。我从年轻的时候起，就梦想到中国去考察，去学习，想亲眼看一看你们英雄的祖先留下的大量杰作：青铜器、石刻、工笔重彩和文人画，还有极富有色彩感的民间木版年画。可惜，一直没有这样的机会。你来了，我是多么高兴！三年来，我一直在偷偷地向你学习。我真想把自己和你合并为一个人，创造出一种包含着东西方两种文化血统的艺术风格！真遗憾，这个计划还没有开始实现，你却要走了！”

泪水涌出了钟剑挥的双眼，他仿佛第一次认识了他的老师。他竭诚仰慕的这位西方学者、画家、教授，竟是这样了解中国和中国艺术，并且心驰神往、孜孜以求，这使远离故国的游子心中骤然掀起了扬子浪、钱塘潮！

钟剑挥情不自禁地站了起来，教授的话使他无法在沙发上安坐了。他觉得心里要说的话太多了，而三年来和老师说得太少了，如果从现在开始，再有三年时间也谈不完，而自己却已经决定要走了。

教授抚着他的肩膀，手在微微发颤：

“我不能为了法兰西而留下你，你确乎应当回到自己的祖国去，从你们祖先的根基上去发展。艺术，是一种疯狂的感情事业，我无法教你了。你的决心，说明了你已经是一颗成熟了的、饱满的种子，撒到你们的土壤里去吧！”

钟剑挥没有想到会是这样向老师告辞的，他要说的话都由骆赛尔先生说出来了。

“留个纪念吧！”骆赛尔先生找出自己珍藏多年的中国宣纸，要钟剑挥给他画一幅中国画。

“画什么呢？”钟剑挥沉思片刻，提笔在四尺长的白纸上写了一个大大的繁体“归”字……

要下定归的决心也是不容易的，踏上东去轮船的甲板并不比西来时简单。不只是国民党的使馆对返回大陆的留学生的刁难，也不只是购买船票要等待，而是钟剑挥内心的潮水也在一次次地掀起波澜。离去，意味着舍弃这里的一切，而真要离去时，将要被舍弃的东西的价值都一个个地在心中轮番接受检验。

巴黎，全世界艺术家心目中的圣地，回国之后再想看一次罗浮宫，谈何容易？他只在这里当了三年学生，才华还未展露，还来不及实现当初的抱负：和西方的艺术大师们来展开较量。就这样走了吗？

露珊娜，这个悄悄地占据了他的心的法国姑娘，无论他怎样强迫自己在爱神面前后退，也不可能忘掉她。可是，离去，就必须忘掉。不忘掉，只会带来终生的痛苦。生离死别，人生难以逃避的考验哪！他甚至咒骂造物主：为什么不让露珊娜投生在中国？

方琼，他一同出来的同学，从今要分道扬镳了。阳关道——或者是独木桥，如果若干年后命运之神回过头来比较他们两人走过的道路，答案会是怎样呢？圣诞节的绘画竞赛，方琼荣获了金质奖章，正在踌躇满志之际。他无论如何也不理解钟剑挥为什么竟然不参加竞赛，不无遗憾地对他的朋友说："唉，其实你只要参加，起码银质奖章是稳拿的！"对于这种善意的埋怨与安慰，钟剑挥默不作声。金质奖他都没有兴趣，还要银质奖干什么呢？

他的决定回国，更使方琼困惑不解了："早知今日，何必当初哇！"

钟剑挥还是不说话，他不想把骆赛尔教授的话再对方琼学说一遍，那样好像是在强加于人，请求方琼一起结伴回去。人各有志，不要勉强别人吧。而且说不定方琼认定的路也有其道理。

海在翻滚，船在动荡。望着岸上远去的马赛，钟剑挥突然心慌意乱起来，好像还有什么遗留的事情没有办妥，或者根本就想取消归程。他懊悔地失声大叫："停船！停船！"

他醒了，发觉自己并没有走，还睡在巴黎，睡在大学城的比利时馆的单身宿舍里，只有他自己听得见自己的喊叫。这个寄人篱下的所在，也这么值得留恋吗？

潮涨潮落，钟剑挥终于登上了海轮，不是梦，是真的。一滴海水溅到他的唇边，他特意舔了舔，咸的，不是梦！

船开了，一声汽笛长鸣，响彻染满朝霞的海天。他站在船头，打开速写本。船在晃动，他的铅笔写下了歪歪斜斜的字：

漂洋跨海来，乘风破浪去。
不愁忘归途，天边升日处。

轮船横穿地中海向着东方驶去，那是一九五〇年的春天。

十

“没有画室，您怎么工作呢？”露珊娜没完没了地向钟剑挥发问，她今天带来了整整一肚子问号，“除非您已经改行了，开餐馆，或是干点别的？——对不起，这样问也许是对您不尊重。不过，在法国，穷困潦倒的画家改行的倒也有的是……”

糟糕，又是一个“穷困潦倒”！方琼朝露珊娜使劲皱了皱眉头，露珊娜才慌忙停住了嘴。

钟剑挥也不由自主地皱了下眉。他面前坐着的，不仅是过去的朋友，而且是当代西方的艺术名流，名流只有和名流是平等的。那么，现在彼此平等吗？如果在对方的关切、询问之中掺杂了一丝一毫居高临下的怜悯，都是不平等的，不能接受的！

“我没有想到要改行，这一行就够我干一辈子的了。我有一个……大画室，啊，九百六十万平方公里呢！”他说。

方琼和露珊娜同时对看了一眼，他们觉得钟剑挥的夸夸其谈虽然幽默，却未尝不是一种自嘲。

“真的，”钟剑挥并不想和客人开玩笑，“我的作品都是在野外、在旅途中完成的，边走，边看，边画。从一九五〇年到一九六六年这十七年，我画了不少画。那是新中国的童年和少年时期，就我个人的艺术生涯来说，那是春天。后来，有过一段众所周知的波折。现在，春风又开始苏醒了。算起来，我回国已经三十年了，可以自慰的是，三十年来，我没有停止探索，没有停止艺术劳动。”

“连‘文革’期间也没有停止吗？”露珊娜敏感地问。这类问题是海外来客最感兴趣的。

“是的，虽然那是一个不正常的时期。”钟剑挥说，“我本以为，那场毁灭文化的风暴会把我送进地狱，却没有想到，它把我还给了大自然。我们的干校在一个偏僻的乡村，有山，有水，有无数的树木，还有那些纯朴得像泥土一样的乡亲。翻过山去走二十里路可以看到大海。当然，我的任务是劳动改造，和农民一样地日出而作，日入而息，画画的时间是没有的，我的行装中连一支画笔也没有带来。像我这样的‘反动学术权威’，重握画笔便意味着‘复辟’啊！可是，画难道一定要画在纸上、布上吗？我可以用眼睛、用呼吸去感受，去阅读，用谁也抹不掉的色彩，画在心上。后来，灾难过去了，它们又从心上流出来，流在了纸上、画布上。”

“画在——心上？”露珊娜喃喃地重复着，觉得简直像在听梦话。

“请客人吃瓜吧！”女主人把一个大花翎西瓜摆在桌上，“嚓，嚓，嚓！”切成了十几块。那含着蜜水、镶着黑籽儿、红宝石般的瓜瓤像一座座小金字塔。

“啊，真甜！”露珊娜像孩子似的一口咬去了金字塔的尖顶，甘露似的汁水顿时充满了她的嗓子眼儿，顾不上说话了。

“刚才，方太太问我，画怎么能画在心上？”钟剑挥微笑着看看妻子，转脸对露珊娜说，“你可以问问我的妻子，她也是过来人。”

妻子脸上泛起一层淡淡的红晕，“你呀，那些陈年旧账，还说它干什么？”

露珊娜稍一不留神，把一粒瓜子吞了下去，差点卡在嗓子里，唏，刚才钟剑挥看着他的妻子的那种眼神，是那么甜蜜，那么陶醉；她呢，那么羞答答的，新嫁娘似的。在露珊娜看来，好像是有些做作。做给我看吗？显示你们的爱情源远流长、牢不可破吗？唉，钟先生，这个只会做做鞋子、烧烧饭的中国女人除此之外还能给你什么呢？她懂得艺术吗？

十一

莫听穿林打叶声，何妨吟啸且徐行。竹杖芒鞋轻胜马，谁怕？一蓑烟雨任平生。……

断断续续、若有若无的吟诵声从茂密的苇塘深处传来。小船儿浮在碧波上荡漾，一位五十多岁的“老农”头戴草帽、手扶竹篙，飘然而来，念着东坡居士的诗篇。他的前后左右都簇拥着鸭群，呱呱声、嘎嘎声此起彼伏，盖过了他的声音，稍远一些便难以听到了。

画家，农民。童年时代从农民中间走出来，老来再回到农民中去。“削职为民”倒也没有什么可怕，天塌下来有地接着，当一个种地的农民，这反而使人心安理得。原先，他曾认为北方的农村是单调、不入画的，真正住进去，感觉变了。土墙泥顶不仅是温暖的，而且造型简朴、色调和谐，当家家小院开满了石榴花的季节，燕子飞来，呢呢喃喃，唤起人的心灵中对生命对生活的热爱。金黄翠绿的南瓜，黑的、白的牛羊，花衣裳的姑娘，那么美，是欧洲画廊的名家作品里所没有的。然而，他手中握着的是牧鸭的竹篙，而不是画笔。作画的权利被剥夺了，像路旁的小草一样任人践踏。只有眼睛是自由的，这双眼睛不肯停止工作，在天天看惯了的、极其平凡的村前村后寻找新颖的画面。

冬瓜开花了，嫩黄的花儿，挂着露珠，闪着阳光。毛茸茸的小冬瓜，只有小拇指那么大，顶着花儿，倔强地昂着头。这微小的、紧贴着泥土的生命使他陶醉了，好像一下子回到了童年的放牛路上，赤脚蹚着露水，毛茸茸的藤蔓、凉丝丝的叶子碰着他的腿。他的手痒痒地，真想画它！晚饭之后有半个多小时的自由活动时间，他接连好几天都把这珍贵的时间花在瓜地里，蹲在藤线交错、瓜叶缠绵的海洋中，摸索形式美的规律和生命的脉络。

这种如醉如痴的时刻，鸭司令超然物外，把一切烦恼和纷争统统忘记了，在心灵深处，有一股不受污染的清泉在汩汩流淌，点点滴滴，那是无上的享受呢！

可是，尽管他忘记了世界，世界却并没有忘记他。善意的、恶意的，红眼的、白眼的……人们都没有忘记他的存在。在他研究瓜与花入迷的时候，就有一个人站在瓜地边上注意着他。那是医务室的大夫孟洵，她好像在研究钟剑挥。

钟剑挥，这个清瘦而结实的老头儿，好像从来没得过病，没有进过医务室。孟洵在美院医务室工作了十年之久，还没有和他说过话呢。不了解他，真的不了解。有人说他的画棒得很，又有人说一塌糊涂；有人说他人好，善良诚恳，又有人说他怪里怪气、不好接近。听说他以前常在外面跑，背着沉重的画具，踏遍水乡、山村、丛林、雪峰，从东海之滨到青藏高原，从长城脚下到海南岛上……他住过大车店、渔家院、工棚、破庙，中国境内他几乎跑遍了。每次出发做一套新衣服，回来的时候总是烂得像个叫花子。他画画的时候，据说可以一整天不吃不喝，经常饥一顿饱一顿。奇怪，他怎么不闹胃病呢？“文化大革命”一开始，他的大字报就不少，说他是“反动学术权威”，罗列了一大串外国人的名字，说他是他们的“门徒”，这算什么罪名啊？孟洵是学医的，弄不清艺术上的流派，“权威”二字倒是使她尊敬，像尊敬医学界的权威一样。咳，这个大画家、大权威，如今当了个鸭司令！看他那模样也真是有些怪，一会儿怡然自得，临清流而赋诗，一会儿又满面愁容，独怆然而涕下。这几天不知怎么又对冬瓜着了魔，走近点看，退远点看，蹲下去看，趴在地上看，不知在看什么。那脸上的表情，又像哭，又像笑，简直是无法解释的。

孟洵轻轻地走过来，在他的身后站了许久，终于忍不住了，开口问道：

“钟先生，您在这儿丢了什么贵重的东西吧？我帮您找找！”

“啊！”钟剑挥突然打了个寒战，像在深山旷野乍闻人声而吃了一惊，那模样，让别人看起来，简直像个偷瓜的人被当场抓住。好不容易，他才从自己营造的艺术天地里回到现实中来。当他看清向他发问的并不是连长、指导员，而只是一位大夫，女大夫，他突突跳动的心才渐渐平缓下来。那是一张平静温和、与人为善的脸，和医生的身份相符合的脸，不会对他构成任何威胁。她的问话，也许仅仅是出于好奇吧？为什么要被好奇心驱使去打断别人的艺术构思呢？而这些又不是你所能理解的！

钟剑挥的心里掠过一阵悲凉，他想起了关怀他、了解他、支持他的恩师骆赛尔教授。老师！屈指算来，您已有八十高龄了，您的身体好吗？还能像过去那样，每个星期两次到画室给学生讲课吗？每逢您讲构图的时候，连别的工作室的同学都挤进来听呢。“雕虫小技只能娱人耳目，而伟大的艺术却能动人心魄！”您讲得多么好，至今想起来，音犹在耳。可是，可是，唉！如果您的女儿露珊娜知道我现在的一切，她会嘲笑我吧？露珊娜，这些年来你生活得怎么样啊？也许早就成为一名出色的悲剧演员了？噢，还有方琼，我的老朋友！听说你已经成为举世闻名的大画家、艺术大师了。我知道，你是一个勇于奋进的人，一定正在自己的艺术田园里勤奋耕耘吧？只是不知道，你在宽敞的画室中埋头笔耕时，在出入辉煌的艺术殿堂时，在周游世界举办你的画展满载盛誉时，可曾想到过你的朋友？可曾想到我现在……恐怕无论如何也想象不出的。

每个人的心中都有一架天平，时时权衡着一切抉择，现在的、未来的，甚至已经过去了的往事。现在，天平的另一方，放着假想的砝码：假如当年留在巴黎，今天会怎样呢？会不会也在走方琼的路、排在方琼的行列里呢？羡慕吗？嫉妒吗？后悔吗？雄鹰的后代真的要变成麻雀吗？不！痛哭吧，没有画笔的画家！

“问我丢了什么？丢得太多了，太多了！”钟剑挥无限惆怅地从纷乱的瓜蔓中站起来，搓着两只沾满泥土的粗糙的手。

晚霞的红光斜洒在瓜田上，大地好像和天空一起在燃烧。金红透亮的夕阳，吻着山梁，抖动着往下沉去，转眼之间，圆圆的巨轮就只剩下月牙似的一弯了。

“找不回来了，再也找不回来了！”钟剑挥突然大声说。那声音，像是从石缝中挤出的泉流，使人感到撕裂肌肤般的痛楚。他重复地说着，神情呆滞地走去了，好像忘了孟洵这个人的存在。

孟洵看见，他的一双眼睛红红的，在夕阳的映照下，眼角闪着亮光，好像是眼泪。

“嘘嘘嘘……”急促的哨子声突然响起来，打破了黄昏的寂静。一种不祥的预感使孟洵心里一震：紧急集合？发生了什么事？

全连的“五七战士”都笔直地站在土屋前的空地上，凝神屏息地注视着指导员。虎背熊腰的指导员脸色铁青，双眉紧锁，一双手背在身后，气呼呼地来回踱步。在那个时代，干校虽然根本不是军队。但编制、职务都借用了军队的用语，甚至连并非军人的指导员的架势似乎也是模仿一些拍得并不成功的影片，在那些影片中，往往有一个这样的什么“长”，在指挥部踱来踱去，大发雷霆：“娘的，给我狠狠地打！”紧接着的镜头就一定是机关枪“嗒嗒嗒嗒……”

现在，这个时刻到了，指导员收住脚步，突然把右手扬起。全连人目光唰地集中在那一只手上，噢，原来他手里攥着一只死了的黄毛乳鸭。

啊！好像一盆冰水从鸭司令钟剑挥的头顶上浇下来，一直凉透周身，什么艺术的幻想啊，被这突如其来的事变击得粉碎了。

“啪！”指导员把死鸭摔在地上，目光炯炯地扫射着众人，声色俱厉地说：“大家都看看，这鸭子是怎么养的？给养死了！是打死的，还是毒死的？谁说没有阶级斗争？这就是阶级斗争！”

钟剑挥默默地出列，俯首面对群众站好，准备经受电闪雷鸣的轰击。他知道，那些取之不尽用之不竭的口号一定会震耳欲聋的。

几秒钟过去了，几分钟过去了，还是一片寂静。钟剑挥觉得奇怪，转念一想，明白了：这里的“五七战士”中没多少“响当当的无产阶级革命派”。

冷场使指导员难堪，他怒吼着：“钟剑挥，你自己说，喂了什么毒药？”

钟剑挥沉默。我会毒死小鸭子？天哪，我有什么必要去害一条无辜的小生命？它还曾是我寂寞凄凉的生活中的一个小伙伴呢。可是，这样说大概只能算是顽抗。冤枉啊，有理讲不清！“简直是《十五贯》……”他竟然脱口而出。

“什么?”指导员咆哮了，撸着衣袖，俨然要动武的样子，“老子上了《水浒传》了!”

“什么《水浒传》?”钟剑挥摸不着头脑。

“《十五贯》不就是《水浒传》里的吗？你当我没看过？放老实点!”

“轰”的一声，全连人都忍不住笑了。

“笑什么？笑什么!”指导员发觉不对头，脸憋得发紫，只好以命令禁止人们笑。

本来十分严肃的“阶级斗争”，变得十分不严肃了。钟剑挥壮了壮胆子，准备洗刷自己的冤屈：

“毛主席讲过，‘说话要有证据’，指导员说我毒死了小鸭子，有什么证据?”

“这就是证据!”指导员指着地上的死鸭，暴跳如雷。他扫了一眼骚动不安的人群，忽然找到了救星，“我们有医生嘛，可以开膛验尸，我不信找不出证据来!”

在众目睽睽下，孟洵大夫缓缓地走出队伍，俯下身去，拾起那只软绵绵的小鸭子。

雪亮的汽灯挂起来，孟洵手里掂着久已无用的手术刀，几乎要掉下热泪。这个毕业于上海医学院的高才生，想不到今天竟然会这么庄重地解剖一只死鸭，扮演兽医兼法医的滑稽角色。

解剖手术在进行，几十双眼睛注视着她手中的那把闪闪发光的小手术刀，仿佛有千斤的重量。孟洵的脸上毫无表情，只是全神贯注地默默地做。医生嘛，总是那副面孔，别说是解剖死鸭，就是在活人的肚子上白刀子进去、红刀子出来也是惊人地平静。

“当!”终于，手术刀丢在盘子里，发出清脆的声响。孟洵微微直了直腰，轻轻舒了口气。

“怎么样?”指导员急不可待地问。

“内脏无异常。”孟洵说，像写诊断报告那样简洁而肯定。

“那……”指导员不安了，“外伤呢？有没有外伤?”

“左腿有骨折……”

“那一定是他打断的!”指导员的情绪重又高昂起来。

“不，”孟洵平静地说，“折断处无瘀血，显然断于死亡之后，也就是说，是您刚才摔断的。”

“轰”的一声，人群大哗，秩序难以维持了。

“你……”指导员双手叉腰，血红的眼睛瞪着孟洵，又要骂娘了。

孟洵微微一笑：“我是医生，科学是不能说谎的。”

“散会!”指导员背着脸，气咻咻地朝人们挥了一下胳膊。

十二

院子里的土“城堡”中，画家之妻正在进行一场繁忙而紧张的战斗。一九七六年地震时的临时建筑保留下来成了正式住房的附属面积，这已是北京市民生活中的既成事实了。钟剑挥家的房子不算很挤，所以这“抗震棚”只做厨房。有朋自远方来，按照中国的传统，是一定要酒饭款待的，即使是清贫农家也不惜杀掉生蛋的母鸡。妻子今天绝早便去采购，排了好几次队，总算买到了活鸡、活鱼，虾买不到，只好作罢。蘑菇没有鲜的，买到的是干蘑。本来还想做两个家乡菜，作难的是家庭主妇。她一边端着沸腾的油锅，一边埋怨：

“啧啧，这点小菜怎么好招待外宾呢？家里破破烂烂，也不像个样子！”

钟剑挥刮着鱼鳞，心不在焉地说：“我根本也没有想要和人家比阔绰。他们是来看你的房子的？是来解馋的？我看方琼最关心的……”

“是什么？”妻子提着鱼放进油锅，“滋啦”一声响。

“当然是我的画了。”钟剑挥说，“三十年了，他不知道我现在的画是什么面目。你看过《借东风》吗？周瑜和孔明各自在掌心里写了一个字，现在该当面伸开五指了。”

想到这里，钟剑挥觉得就像装束就绪的演员站在上场门边，等待大幕拉开似的，心里多多少少有些紧张。这里边，还有他未曾向妻子说出口的因素：露珊娜的出现使他不安。在人生舞台上今天的这一幕里，露珊娜扮演的是什么角色呢？是陪同她的作为名画家的丈夫衣锦荣归？是有礼貌有分寸地看望故友？是要恶作剧地向三十年前拒绝了她的爱情的钟剑挥报复？还是……难以设想。钟剑挥从未对妻子说起过露珊娜，因为她是一个早就退场的人物，只在序幕里晃了晃就消失了。现在，谁能想到，她又冒出来了。怎么办？生活中就怕节外生枝，而节外生枝在生活中却常常是无法避免的。

十三

“找不回来了，失去的再也找不回来了！”自从那场“鸭的喜剧”之后，钟剑挥的艺术之梦几乎完全被击破了。鬓斑齿摇，来日苦短，重握画笔要等到何年何月？

指导员突然派人来叫“鸭司令”到连部去一趟。钟剑挥一个冷战，莫非又有什么大祸临头？

所谓“连部”就是指导员住的房子，也是土墙泥顶，和老乡的房子没有什么不同，只是多了几本大批判材料，几只开会用的凳子，几张大标语，便平添了一种严肃气氛，再坐着一位金刚怒目的指导员，更使人望而却步，“五七战士”们是“无事不登三宝殿”的。

钟剑挥硬着头皮走进连部。

指导员正在和一个穿着折线笔挺的蓝制服的中年人说话，那一定是他的上级，要不他怎么会那么谦恭和气，完全不像平常训话时候那么大的脾气。

“指导员，您找我?”钟剑挥迈过门槛就站在那儿。

指导员看了他一眼，微笑着对中年人说：“政委，他就是钟剑挥。”

“噢——”那位被称为“政委”的中年人立即把目光转向了钟剑挥，脸上带笑地点了点头，似乎很熟悉“钟剑挥”这个名字。他好像想和钟剑挥握握手，但欠了欠身，又没有握，随便地说了声：“坐，坐!”

钟剑挥不知道他是哪一级的“政委”，反正是上头来的就是了。他无言地坐在远离两位领导的小凳子上。

“怎么样啊?”政委带着很重的辨不清何方的口音，笑呵呵地问钟剑挥。

钟剑挥没有说话。他不知道这位政委问的是哪方面“怎么样”，好像也不必回答，只是一句无关紧要的开场白罢了，“怎么样啊?”下面就开始长篇大论。有身份的人和下级说话往往是这么开头的。

“我这次来,”果然政委不等回答就自己说下去了，“在附近转了转，不错嘛，啊?好山好水好地方!搞艺术，搞写生，非到这样的地方来不行，啊?”

钟剑挥听着，觉得奇怪。只字没提鸭子的事，却一开头就谈艺术。自从来到这里，这是领导第一次和他谈艺术。他心里一动，就像自己失散多年、杳无音信的亲人突然被人提起，立刻牵动了无限离愁别绪!不知道这位政委带来的是什么喜讯?

政委的话说到这里，却停住了。下面由指导员接着说：

“今天，交给你一项重要任务！”

钟剑挥紧盯着指导员，等他把话说下去。他几乎可以猜想出这“重要任务”是什么了。

“政委的儿子，”指导员继续说，“也是个画家，小画家喽。这次来写生，把你抽出来，辅导辅导他！”

这时，门外传来一阵脚步声。钟剑挥抬眼一看，那是一个十多岁的男孩子，冲着他笑笑。笑什么呢？笑这个破衣烂衫的鸭司令不配为人师表吗？

那男孩径直步入连部，把手里提的油画箱（他提着一只崭新的、有三脚架的油画箱！）随随便便地丢在指导员的炕上。他看看钟剑挥那副着迷地望着油画箱的神情，哧哧地笑着跑出去了。显然，这就是政委的公子了。

“回去告诉你们班长，就说是我说的，从明天起，鸭子派别人放，你脱产执行任务！”指导员的命令已经发完，在做结束语了，“这对你来说，可是一个改过自新的机会哟！”

钟剑挥的头嗡的一声，他感到一种从未受过的侮辱。批判、斗争，不过是将污水泼身罢了，而这种“任务”算什么？算家庭教师，还是算唱“堂会”？不干！江湖艺人还卖艺不卖身哩，士可杀而不可辱！

钟剑挥倏地站起来，此刻，他认为走出这间连部回到鸭群中去真是一种莫大的自由。

政委毕竟不像指导员那么简单，他立即发觉了钟剑挥的情绪变化。便站起身来，和颜悦色地伸出手去，用那保养得很好的、温暖而柔软的手握住了钟剑挥瘦骨嶙峋、青筋暴露的手，使劲地摇了几摇，分外亲切地说：

“言重了！什么‘改过自新’哟？无非是改造世界观嘛！我们哪一个人不需要改造？活到老、改造到老嘛！一个人，只要有一技之长，就应该贡献给人民，党和人民是不会忘记他的。你说对不对呀，钟剑挥同志？”

这几句话，竟然把钟剑挥给问住了。一个“资产阶级知识分子”，政委称你为“同志”，还要怎么样？你是美术学院的教授，教人学画是自己的本职。更何况这任务是以冠冕堂皇的名义下达的，拒绝执行，后果将是可以设想的。

钟剑挥无言地转过脸去，那只摆在炕上的油画箱十分显眼地吸引着他的视线。颜料和调色油散发出来的特殊清香刺激着他的嗅觉，刺激着他的心。那清香，是嗜烟者闻到的烟香，嗜酒者闻到的酒香，热恋者闻到的爱人的发香。撩人的清香，它可以使你发狂，发疯，失去理智。烟鬼可以为吸烟而偷盗，酒鬼不惜为饮酒而负债，情人呢？甘愿以生命殉情！钟剑挥的画具，都锁在家里了，锁在阴暗潮湿的“会贤馆”一角，连同他的艺术一起被监禁了。现在，那个永不衰老的艺术女神却像突然从地下冒出来一样，在这里借尸还魂了，含情脉脉地注视着他，引诱他赴汤蹈火。啊，原谅他吧，原谅我们的艺术家吧，为了你，他竟然忍受了本不可忍受的屈辱，接受了本不愿接受的指令。

“唔。”钟剑挥朝政委轻轻点点头，眼睛却仍然盯着油画箱。

这天夜里，他失眠了。鸭司令已由别人顶替，他将开始新的生活。不管算是唱“堂会”还是算当家庭教师吧，总是和自己的业务沾边儿了，这已是同伴们望尘莫及的。他下意识地活动活动手指：手生了吧？

天黑以前，他曾和他的“学生”做了短暂的接触。就在鸭场旁的小河边，他们边走边谈。

“你叫什么名字？”他问。

“我叫‘大为’，就是大有作为的‘大——为’。”那个男孩子颇为自负地说。

“好名字。你学画几年了？”

“几年？这不刚买了油画箱吗？”

“噢，刚开始。你喜欢画画？”

“我？不喜欢。”大为回答得相当坦率。

“不喜欢？”钟剑挥很吃惊，“那为什么要学呢？”

大为却扭过脸来，盯着他反问：“不让你画画，让你养鸭子，你喜欢吗？”

“……”钟剑挥反倒被他问住了。

“怎么样？”大为自得地笑了，“和我一样吧？不喜欢，也得干。得听‘头儿’的。”

“噢？”钟剑挥茫然地望着这个颇有几分世故的孩子，“你听什么‘头儿’的？”

“我爸呀！”

“你爸爸他为什么非要你学画呢？”

“他怎么想的，我可就不知道了。咳，反正他让你教你就教呗！”

大为神秘地朝钟剑挥睞眼睛，捡起一块瓦片，使劲一扔，在水面上掠起一串水漂儿，最后跌入鸭群，惊起一阵呱呱嘎嘎的叫声……

睡不着觉，钟剑挥在心里盘算着，明天的课该怎么上。

波涛汹涌，巨浪排空。黑色的巨石临水凌空，托举着一座青苔斑驳、弹痕累累的古烽火台。这里，距离干校只有二十多里路，有一次到海边拉鱼，钟剑挥曾经来过。不过，那次只是极匆忙的一瞥，只在脑际留下了一个壮观的印象。今天，可以仔细看一看了。这烽火台据说是明朝时为防倭寇建造的，到清甲午年间还为北洋水师立过战功呢。可是，邓世昌空有鸿鹄之志，却报国无门，在弹尽粮绝之时，誓死撞沉日舰“吉野”，被敌人的鱼雷击中，与战舰“致远”号共存亡！“出师未捷身先死，长使英雄泪满襟！”昔日的壮怀激烈，只有这沧海做证，这烽火台做证。巨浪连着巨浪，撞在巍然矗立的石壁上，白花四射，“银瓶乍破水浆迸，铁骑突出刀枪鸣”！

面对着烽火台，钟剑挥觉得那是一尊塑像，一尊国门卫士的塑像。不是一个人，是群像，是数不清的躯体紧紧地连起来筑成的石壁，面向大海，背靠长城。他想起远在巴黎时那召唤他归来的石佛的身躯，这不就是那身躯吗？他想鲁迅说过的“中国的脊梁”，这不就是那脊梁吗？

人们常用“心血来潮”这个字眼，却很少用得恰到好处。那么，去研究艺术家吧，在灵感袭来之际，在构思成熟之时，他被一种巨大的精神力量震撼着心灵，炽热的情感不说不可，不吐不快，胸中风暴卷起的狂涛巨浪，丝毫不亚于大海！

钟剑挥打开三脚架，支在一块礁石上。在这里，既可以仰望烽火台，又可以俯视大海。他把最大的一块钉好内框的画布卡在画架上。风太大，画架很容易被掀翻。“嚓！”他从衣服上撕下几块布条，把画架绑在石头上。他试了试，很好，只是双脚有些委屈了，要站在水里。不管它了。

一只手握着调色板，一只手在画布上挥舞。画笔，刮刀，横涂竖抹。整管的颜料直接挤上去，遒劲的线跳动着，像是金蛇狂舞！原以为一定生疏了的，画起来还是这么自如。真痛快，“写意”这两个中文字，多么精辟地道出了艺术的灵魂！

他只感到拼搏的快意，忘记了时间。当夜幕降临，海浪与画布已经几乎融为一体，他才满意地端详着完成了的新作，用刮刀刮去调色板上剩余的废色。这时，也只是到了这时，他才突然发现了一个令人惊奇的情景：在他的身后，站了一片人，参参差差地排成了扇形，看他作画。不知道他们是什么时候来的，也不知道已经看了多久。怎么没有听到一点声音？是画家专心致志作画而没有留意？还是人们有意保持肃静以免打扰了他？

他们是谁？钟剑挥一个也不认识，又好像都认识。压弯了背脊的大伯，脸上有伤疤的大叔，粗手笨脚的大婶，鼻子上有雀斑的黄毛丫头，白胡子的老公公……钟剑挥跑遍了祖国大地，几乎到处都遇见过他们熟悉的面庞。他们用大而黑的眼睛、小而眯缝的眼睛、昏暗而浑浊的眼睛、智慧而机敏的眼睛……审视着他的画。画家画完了最后一笔，人们才轻松地舒了一口气，像是和他一起经历了紧张的劳动，可以喘息喘息了。肃静开始打破，人们嘁嘁喳喳地议论起来，交换着对画的看法，声音由低而高，汇成一片，听不真切了。

“画得真好啊！”那位老渔民说话了。他白须白发，面如紫铜，看样子有八九十岁了，是这渔村的长者。他抽着烟，在他的脚下，撒满了烟灰，可见已站在那里很久了。老人声若洪钟，连连感叹说：“画得真好啊！中国人就是聪明，外国人就画不出来！”

钟剑挥大吃一惊。他知道，这并不是对自己作品的准确估价，因为他常常面对祖国的山河感到自己的技巧贫乏，感到无能。他的作品也曾经受到同行和外行的各种各样的评论，但他相信，这位老人未必见过多少外国美术作品，未必具有评判其优劣的眼力。然而，却可以肯定，老人见过帝国主义的炮舰在这里登陆，他本人就是苦难的旧中国的见证！“中国人就是聪明，外国人就画不出来！”这哪里是美术评论啊，分明是一腔爱国热情的流露！啊，艺术家，你有没有这位渔民的胸怀和胆略？你不是早在年轻时就立志和西方的大师比个高下吗？你说过：中国人个子矮，本事不一定比洋人差！风风雨雨，不要冲走你的豪情！

正在浮想联翩，壮心不已，钟剑挥突然在人群中看到了一个熟悉的面孔。那是谁？好像在哪儿见过？好像认识？不对，好像一起工作过……怎么一时想不起她的名字？

“钟先生，您这是……”那人冲着他叫了一声。

“孟大夫，你是孟洵！”钟剑挥像是发现了什么怪物似的失声大叫起来。

本来，孟洵并没有什么可怕，钟剑挥是因为由她而想起了干校——那个早已忘到九霄云外的所在，想到这个世界上和他相关的一连串人，指导员、政委，还有政委的公子大为。咦，大为呢？

“我……我是奉命教政委的儿子学画的，糟糕，画起画来就把他忘了，他上哪儿去了？大为！”钟剑挥茫然四顾，惊惶地喊叫起来。

围观的人们也骚动起来，嘁嘁喳喳，比比画画。有一位大嫂站出来问钟剑挥：“是不是一个半大小子？十二三岁，背个军用水壶？”

“对，对！他在哪儿？”钟剑挥急切地问。

“那就好了，你别着急，”大嫂说，“他到村里买了不少螃蟹，借东头老五家的锅煮的，我出来的时候见他正吃呢！”

“喔！”钟剑挥一颗悬着的心这才稍稍放下来。可是，当他的目光落在自己刚刚完成的作品上时，立即又被一种恐惧慑住了。孩子没丢，画呢？这张画……他竟然忘了重要的“任务”，自己画起画来了。要是这张画让指导员看见，会不会又成为抗拒改造的什么“罪证”？怎么办？他双手捧着心血凝成的作品，犹如抱着刚刚分娩的婴儿，脐带还连着母体呢，难道，难道他一出世就要被扼杀吗？

“您别着急，咱们想想办法。”孟洵一时也不知如何是好。她是因为到码头上取药品经过这里的，小小的自行车上藏不下这大幅的油画啊！

在这为难之际，她只好把目光转向那位老渔民：“大爷，这画还没有干，我们今天带不走了。能不能麻烦您老人家……”

“同志啊，什么都不用说了，我懂！”老渔民神色庄严地伸出一双古铜色的手，“这是看得起我老头子啊！”

“大爷，您可千万……”钟剑挥手托着画框，一再叮咛，就像把初生婴儿托付于人。

“同志啊，放心吧！日本人那会儿，刀搁在脖子上，我也没说出八路藏的地方！”

啊！钟剑挥松开了两手，他感到，他的画交给主人了，和这位饱经沧桑、历尽劫难的老人融会成一体了。

“哈，画完了？”大为突然回来了，手里提着几只没吃完的螃蟹。

画，是来不及藏了，众人都愣在那里。谁知大为却并不干涉，笑嘻嘻地对钟剑挥说：“画得挺过瘾吧？明天再换个地方，还是你画你的，我玩我的，咱俩回去谁也别说谁。”

他把手里的螃蟹往前一伸，“饿了吧？老师！”

煮熟的螃蟹红得刺眼，在钟剑挥的面前晃动着。他，不知该说些什么。

十四

午餐很成功，露珊娜对每一道菜都赞不绝口。钟剑挥的妻子一再说，这些小吃本是不登大雅之堂的，和西餐大菜不好比的。露珊娜不以为然，她说，如果把西餐照搬到中国来，她一定不要吃了，到中国来就是要吃中国菜的嘛！

方琼却有些沉闷，很少说话，默默地喝着酒，咀嚼着，回味着。他在咀嚼和回味远比这些吃的更为重要的东西。

就在午餐开始之前，他看了钟剑挥的自藏作品。当他和露珊娜走进钟剑挥的里间屋时，着着实实地吃了一惊。里面全是画，有些配了自制的框子，多数没有外框，还有一些连内框也没有，是画在三合板、小黑板、马粪纸上的，可以想见作画时条件的艰辛和收藏中为缩小体积而花费的苦心。画不是挂在墙上，而是层层码放，一叠一叠，一捆一捆，一直堆到顶棚，像堆放建筑材料的仓库。仅有的两间房子，被画占去了一间。没有画室的画家拥有这么多作品，一贫如洗的钟剑挥又是多么富有，真是身家性命画图中！方琼不由得想到自己，他没有那么多作品藏在自己手里。他的许多画，在问世之前就已经被画商订下了，一旦完成，便如女嫁出，难得再见了。他的个人展览的作品都是短时间内新画的，想系统地回顾一下自己的作品是不易做到的，而钟剑挥却做得到。

“全部作品保存完好，太难得了！”他说。

“其实也不是全部，”钟剑挥说，“有些大幅的创作不算在内，还有一些送朋友了，有一些散失了。这里的画，多数是分散藏在一些和艺术界无关的朋友家里得以幸存的。我曾以为今生今世见不到它们了，也许等我死后的某一天，人们会像发现出土文物一样找出它们。值得庆幸的是，出土的时间大大提前了！”

钟剑挥感慨地一幅幅搬动着心爱的作品，像是挨个抚摸着和自己一同受过苦的孩子。方琼和露珊娜跟着他，像仓库里的耗子，在堆积如山的画的缝隙里钻来钻去，贪婪地一幅又一幅地翻读着。啊！青藏高原的雪峰和瀑布，巴颜喀拉山的黄河源头，西双版纳的原始森林，长白山顶的天池，层层叠叠的山城，碎镜似的水田，白浪接天的大海，抽穗的麦田，红透的高粱，石头垒成的渔家小屋，炊烟袅袅的木船，秋水共长天一色，落霞与孤鹜齐飞……仅仅这长征般的跋涉就已令人惊叹了，何况每一步足迹都是如歌如诗的画！整个中国几乎浓缩在这间斗室里，或者说，在这间斗室里可以看到整个中国。方琼在归国途中，从飞机上鸟瞰祖国大地时油然而生的那种拥抱母亲、细细辨认她的容貌的强烈情感，在这十几平方米的房子里获得了极大的满足。这是用钟剑挥三十年的心血铺成的一条路，顺着它，方琼觉得跨过了时间的鸿沟，回到了童稚时代，重新怀着赤子之心，感受到母亲的脉搏和心跳。故乡小镇的乡音，渡船的欸乃桨声，都可以真切地听到了。顺着这条撒满乡音的路，画中山水，故国神游。故国是这么大，自己曾经看到的是那么小。而当那些不曾见过的画面突然出现在面前时，竟又是那么熟悉，好像曾在前世来过，曾在梦中到过。小时候，以父亲垒的院墙为家，现在，神州之内皆视为家了。小时候，视同省同县者为同乡，到了国外，广东人、四川人、东北人、内蒙古人……皆视为同乡了。家之大，国之大，原是少年时所未能想象的。当初钟剑挥决计回国时，自己还奇怪他回来能画些什么，今天，还感到奇怪吗？

他没有想到钟剑挥的画能使他如此震动。像他这样一位举世知名的艺术大师，到过许多国家，看到过无数画家和他们的作品，一般来说，他是平静地欣赏，不大容易震动的。年轻的时候，初到巴黎，在罗浮宫看到达·芬奇、米开朗琪罗、伦勃朗、提香的作品，拉菲尔、安格尔的作品，雷诺阿、莫奈……的作品，他曾经极大地震动过。但是，这都是过去的事了。后来，他跟随着骆赛尔教授在前辈开凿的运河里前进，把目光转向了简洁雄浑的东方艺术，试图把东方艺术中包含的独特的哲学思想、宇宙观念、心理状态与生命情调，东方艺术的笔笔虚灵、不滞于物的表现手法，融汇于西画之中。于是，他成功了。他的油画在巴黎被刮目相看。骆赛尔先生在八十五岁高龄故去了，他所倡导的事业，由他的学生兼女婿方琼继承下来并且推向了高峰，赢得了世界性的声誉。而在生他养他的中国，知道他的人却不多，也从未在中国展出过他的作品。一九六四年中法建交之后，他曾经产生过一些设想，但随着“文化大革命”的迅速到来，便化为泡影了。故乡、亲人、老师、同学、朋友，都失去了来往，钟剑挥音信全无。他感叹唏嘘一番之后，也就继续安心地搞自己的艺术，把骆赛尔教授留给他的住宅命名为“断念楼”，以示断了故国之念。其实，楼名“断念”，正因为此念难断，当中国大地上的阴霾散去之后，他终于偕同他的法国妻子、携带着他的作品飞来了。项羽说过：“富贵不归故乡，如衣绣夜行。”应该说，这种情感不全是庸俗的炫耀，也还有真挚的乡情。方琼老了，他不愿意自己的作品长久地不为国人所知，不愿意死后留下遗憾。

然而，今天，大师震动了，在钟剑挥的阴暗的斗室里，在那些堆到顶棚的画前，被震动了。他知道，这不全是由于他的乡情的萌动。思乡心切的人可以吻家乡的泥土，但泥土毕竟是泥土。钟剑挥给他看的不是泥土，是艺术，是在这泥土上生长出来的艺术。他长久地、挑剔地审视着这些画，疑问，惶惑，震动。凡·高用白热化的骇人的明亮色彩表现引人堕落的夜咖啡店的黑暗现象，而钟剑挥用单纯的强烈的色彩音响显示明媚的阳光。浓黑的美：黑乌鸦、黑松林、黑鱼鹰、黑渔翁、黑屋顶、黑礁石，洁白的美：白露、白莲、白浪、白绣球。莫奈用斑斓耀眼、变幻跳动的色彩捕捉池塘睡莲转瞬即逝的光影，而钟剑挥却用似乎确凿只是一色青绿表现那浓郁、蓬松、随风摇曳的竹林和垂柳。尤脱利罗为了十二分虔诚地表现巴黎街头那渗透着淡淡哀愁的白墙，用石灰、用石膏调成白色，再用调色刀刮上画面，而钟剑挥却直接用饱和的象牙黑挥写出家乡的那种常见的黑瓦飞檐，在白如宣纸的画布上直接留出粉墙，“小楼一夜听春雨，深巷明朝卖杏花”的江南情趣便盎然而出了……在这些画中，方琼竭力要抓到西方大师们的幽魂，而他们却像蛇一样地溜走了，只留下了渗化在酒液中的蛇胆。钟剑挥博采了他们的精华，又把它溶化了，化成了自己的血肉。在他的调色板上，东方艺术和西方艺术已经跨过了“盈盈一水间，脉脉不得语”的隔绝，结成了彼此深深相爱、融成一体的夫妻，他把油画艺术“娶”到中国来了，中国装束，中国气质，淡妆浓抹总相宜！

“中国味儿，钟太太做的菜和钟先生的画都是地道的中国味儿！你说是吗？”露珊娜不熟练地使筷子夹着菜，偏过头去问方琼。

“是啊，看了剑挥兄的大作，很为钦佩！”方琼呷了一口杯中的绍兴黄酒，抑制着自己的震动，平静地说，“但遗憾的是，你的成就却不为人所知，这么多佳作束之高阁，不能公之于世，岂不可惜！”他深为惋惜地叹了口气。

“那个愚昧的时代已经过去了。”钟剑挥说，“好在我没有停止探索。现在，可以回头检查一下这个探索的价值了。中国美术家协会决定在美术馆举办我的个人画展，得失成败由人们去评头论足吧！”

“噢？”方琼吃惊地问，“什么时候？”

“下个月。”

“太好了，太好了！”

方琼心里一跳：他的画展也是这个时间！两个人的作品几乎同时在一个地方展出，无形之中就是一场比赛！命运啊，怎么这样安排？三十年离别，重逢之后又要竞争。或者说，这场竞争已经无声地进行了三十年，如今要揭晓了。那么，他是可能赢呢？还是可能输呢？是应该赢呢？还是应该输呢？

这些年来，他走遍了欧美各国，并且到过一些东方国家如日本、菲律宾、新加坡、马来西亚以及中国的香港地区和台湾省。他发现，和他的作品风格近似的画家似乎一阵风地涌现了许多，抽象的形式加上若隐若现的东方色彩。当一种手段被许多人普遍使用的时候，自然而然地显得平庸和廉价了。尤其是某些华裔血统的画家，用中国的古钱、古字、青铜纹样、佛像门神来装点作品，以这种皮毛的“中国味儿”讨洋人的好奇，更是败坏了行家的胃口。在这样颠簸动荡的海洋中，方琼所驾的小船想游弋自如已是不大容易，每前进一步都很困难。大师面临着挑战。他常常碰到观众和记者向他提出这样的问题：“您画的是什么？”每到这时，他都以艺术家的高傲和外交家的圆滑答以“无可奉告”，实则自己也并不了然笔下画的是什么。造型艺术毫无内容只有形式，无异于一个人失去了灵魂而徒具躯壳。虽然，他在画中融汇了东方韵味，寄托了故国情感，但那也只是朦胧的、虚幻的，如水中之月、镜中之花。今天，他突然看到了钟剑挥所培育的花，植根于自己的土壤中又汲取了外来营养而开出的花，他好像一下子惊醒了，啊，世界上还有这样的花！它关闭得太久了，或者说，是外边的人看到得太迟了，“养在深闺人未识”。可是，正因为如此，一旦红杏出墙，便会……啊，难以设想！

方琼手里捏着的酒杯忘了喝，也忘了放下。

“嗯，你怎么了？在想什么？”露珊娜碰碰他的胳膊。

方琼内心的震动再也难以掩饰了。他放下醉不成欢的酒杯，垂着头说：

“我……想起了在国外看过一场球赛，你还记得吗？美国队对中国队。在美国队员里边，有一个黑头发、黑眼睛的姑娘。我心里一动：说不定是中国人吧？在美国队中和中国人对垒。我不知道，她从心里希望赢呢？还是希望输呢？我不敢设想，没等球赛结束，我就……”

方琼的额头压在拳头上，嘴里叹着气，喷出很浓的酒味。

露珊娜的脸色突然变了，她想起了那个可怕的夜晚。那天，不等球赛结束，方琼突然站起来往场外跑，歇斯底里地喊着：“我受不了啦！”露珊娜在众目睽睽之下狼狈不堪地追上他，问他什么他都不回答。回到家里，他喝得大醉，躺在“断念楼”又哭又笑，反复地嚷着：“悲剧呀，悲剧！”

现在，旧病又复发了，露珊娜突然懂得了他所说的“悲剧”是什么含义。

“你是说，你赢得了荣誉，而荣誉却不属于你的祖国，是吗？”她扳起他的脸，极力用温柔的声音说，“亲爱的，你早已经加入法国籍了，你为法兰西赢得了荣誉，为法兰西！”

“悲剧，悲剧！你还没有看到悲剧的全部！”方琼的声音更沙哑，变成了呜咽和呻吟。

“哎呀，这可怎么好！”女主人一时惊慌失措，她埋怨地看了钟剑挥一眼，心里说：都是你自作主张，在家里宴请外宾，看看，闹出乱子来了！

“琼兄，你……”钟剑挥赶忙站起来扶住方琼，“你是不是醉了？喝杯浓茶解解酒吧？”

“嗯？我……倒是愿意醉啊！”方琼喃喃地说。

露珊娜的嘴唇发白，她突然感到恐惧，感到寒冷，感到孤独，感到法兰西远在天边，看不见也抓不着。她看着对面坐着的钟剑挥和他的妻子，心中升起一股敌意。为什么？为什么要和方琼不辞万里来受这种刺激？命运啊，为什么这样捉弄人？露珊娜自从和方琼结婚就牺牲了自己的理想、事业而做他的内助，她没有成为舞台上的悲剧演员，却在生活中成功地扮演了一个悲剧角色！露珊娜哭了，苦涩的泪花遮住了碧蓝的眼睛，就像法兰西的天空布满了阴云。

“原谅我，露珊娜！”方琼不安地掏出手绢，替她拭着泪水，“我没有醉，一点也没有醉，只是想到一个念头……”

“什么念头啊？”露珊娜眼泪汪汪。

方琼用红红的双眼望着她，“一个不该想的念头：假如我当时也和钟剑挥一样回来了呢?”

啊，假如?！他怎么提出了这样的假如?这让露珊娜怎样回答呢?

月亮升起来，玉盘似的挂在空中，在什刹海上垂下一条耀眼的粼粼波光。静静的初秋之夜，蛐蛐儿在吟，蝈蝈儿在唱。湖岸的小径上、垂柳下，三三两两的行人在缓缓地散步，有相依相随的青春情侣，也有拄杖摇扇的龙钟老人、青梅竹马的娃娃。人们在轻声絮语地谈论着天上的星星月亮，谈论着快要到来的中秋佳节。

四个人漫步在湖岸上，钟剑挥夫妇送客人回饭店去。难得的月夜，难得的聚会，难得的谈心。他们索性没有叫出租汽车，信步走着，谈着。

“欢迎你们到家里来过中秋节！”女主人说。

“在中国，中秋节是很重要的节日，地位仅次于春节。中秋，象征着团圆、幸福。”钟剑挥补充说。

“太好了，我们一定来，谢谢！”露珊娜听得入了神，像孩子似的眨着眼睛，盼望着节日早一天来临。

一切都很平静，午餐时候乍起的风波已经平息了，没有留下任何不愉快的痕迹。酒，并没有使方琼失去理智。“假如……”那样的假如还想它干什么?时间是不会倒流的，人生的尝试只有一次机会，不允许反复。何况他已经是大师了，自我否定等于失去一切，那是只有傻瓜才干的事。一个大师不应该怀疑自己的道路。也许，他已经成了骆赛尔教授所讽刺的“荣誉的囚犯”吧?不，即使荣誉成了枷锁，也不能抛弃，荣誉毕竟是荣誉啊！他想。

露珊娜也终于没有说出什么不得体的话。过去的已经过去了，她从钟剑挥的今天、她自己的今天而理解了钟剑挥的昨天。“只有当我远离了祖国，才真正理解了当时的你。”她对钟剑挥说，“你的选择是值得的，很值得，为了祖国，为了艺术，也为了她！”她指指钟剑挥的妻子。

女主人腼腆地笑了。

“我很感谢你，这么多年，你照顾着、陪伴着我们的朋友，并且帮助他取得了事业上的成功，在艰难之中主宰了自己的命运，这是人生中最难得的。”露珊娜真诚地望着她，说到这里，忽然俏皮地耸耸眉毛，“当然，我也很羡慕你做鞋子的高超技巧，嗯？”

“鞋子？我哪里会做鞋子？”女主人不知她这话从何说起。

“噢，哈哈！”钟剑挥笑了，他没有想到，露珊娜把那件事记得这么深、这么久。他想告诉露珊娜，他当时朗诵的诗是从唐代诗人白居易的作品译成法文的，诗中提到的做鞋子的姑娘当然也是一千年前的古人了。至于他本人，从决定归国那天起，在心灵深处贮存爱情的位置上就一直为他爱过的人留着空白。他把全部的心血、全部的爱都倾注在艺术上，一个人生活，到了五十岁那年，才突然意识到自己和三十五岁的孟洵大夫产生了爱情，这一对青春已过的童贞男女结成夫妻，至今才不过是十年的事。她是一位大夫，不懂得艺术；到了中年才恋爱、结婚，似乎也不大懂得爱情。不，她懂，懂得很深。

钟剑挥不由得看了看十年携手共艰危的妻子，好像第一次发现她原来是这么美，在月光下，显得愈加端庄而优雅。他们是同乡，却相识得很晚。如果她在少女时代真的住东边邻家，说不定真的以鞋相赠呢。谁能想到，这出色的艺术虚构，最早竟是出现在露珊娜的脑海里。此刻，露珊娜碧水一样的眼睛充满友情地望着孟洵，像对待自己的姐妹。啊，多情而善良的露珊娜！

钟剑挥终于没有说出那些揭开谜底的关于鞋子的话，像三十年前一样，没有做任何解释。

他们慢慢地踱着步，说着和夜色一样清爽怡人的话题。露珊娜说，她听方琼讲过许多中国的神话：天上的牛郎织女一年一度在鹊桥上相会，月亮里边有一只会捣药的白兔。孟洵告诉她：在太阳里面还有一只三足乌鸦呢。

“唏，”露珊娜笑了，“太阳里怎么会有乌鸦呢？太阳是个大火球啊！”

“我说的是中国的太阳，我们的祖先是这么说的。”孟洵说。

方琼停住了脚步。他忽然想起在很久很久以前钟剑挥对他说过的一个梦，夸父追日的梦。对，记得清清楚楚，那是在印度洋中的海轮上，船的名字叫“海眼号”。

（发表于《当代》1984 年第 5 期。收入霍达小说集《红尘》，花城出版社 1988 年出版；《异卉奇花》，广西民族出版社 1985 年出版）

秦台夜月

一

夜行列车隆隆南去，过了黄河铁桥，过了泉城济南，过了五岳之首泰山，离家乡越来越近了。

我的家乡在历史上曾是很有名气的。秦始皇统一中国之后，多次巡行天下，有一次途经这里，发现有“天子气象”，便犯了他的疑心病，下令在城中筑起一座“厌气台”。台下埋宝剑、丹砂，以“厌天子气”。这还不放心，又在城东挖“秦沟”，并“尽去甃城之砖，谓之剥皮，凿城四隅如大池，谓之刖足”，以为这样就可以把这里的风水破了，不会再出天子。谁知全然没有奏效，这里到底还是出了一位天子，便是那大名鼎鼎的汉高祖刘邦。始皇苦心经营的大秦，仅二世而亡，天下归了刘邦的汉。两千年的岁月过去了，被后人称为“秦台”的厌气台和刘邦的诞生地“汉高故里”都早已荡然无存，只留下供千秋万代感叹唏嘘的历史。历史毕竟不能当饭吃，我们家乡的人并没有由此得着什么好处，日子一直清苦得很。这里是苏、鲁、豫、皖四省的交界处，却既没有江南的鱼米、胶东的海味，也没有黄山的烟云、洛阳的牡丹，只有贫瘠的黄土、饥馑的人民。在我记忆中，童年和少年时代，每年的绝大部分时间都是吃杂粮兼红芋、胡萝卜和野菜、树叶，只有短短的麦季和春节才可望吃到一点白面。大约家乡的风水的确被秦始皇破坏殆尽了，不然，何以这样穷呢？一直穷了两千年！尽管古人说过“穷且益坚，不坠青云之志”这种大鼓干劲的话，但“穷”毕竟不可爱，也不值得夸耀。

记得我在电影学院导演系即将毕业的时候，同学们出于种种考虑，都在找各自的“对象”。表演系的一位女同学看上了我，便委托一位月下老人（也是同学）约我与她面谈。我在离校园很远的一片树林里等她。刚下过的雪，被脚踩得“咯咯”响，我觉得很有诗意。她来了。本校同学，用不着寒暄，一见面，就进入了实质性谈判。

“你的家……”她问我。因为不同班，也不同系，她不了解我的家境，当然是应该问的。

我如实告诉她，我的家在遥远的穷乡僻壤，而且“家有八十老母”。这后一句话其实并不准确，我不仅有老母，还有老父，而他们也都没有八十，只有五十岁左右的年纪。我那样说，是有意学了鲁迅的一句话。鲁迅是孝子，常说“家有八十老母”，我觉得这句话很有意思。

她倒没有细问这年龄问题，只问：“是在县城吧？”

我说：“不是，在农村。”

“是农村里的小镇吧？”她又问。

“不是，是地地道道的农村。一个地图上找不到的小村庄，总共四五十户人家，不通火车，也不通汽车，买东西要到六七里路外的小镇上去赶集。”我说。不知当时的心情是自嘲，还是自赏，总之，说的是实情。我觉得应该把实情告诉她。

她沉默了许久。我们踏着雪慢慢地在树林子里走，脚下，雪“咯咯”地响，我在等待。

走了好一段路，她才说：“我们家在北京，家里只有我一个女孩儿，这件事，我得慎重考虑……”

不必考虑了，她的意思我已经懂了，我不是她理想的伴侣。不是因为我本人，是因为我的家。虽然她不必嫁到我那个小村庄上去，但只要我有那样一个家，本来被她相中的人也立即逊色、贬值了。

…………

十几年过去了，我早已结了婚，有了孩子，并且作为导演也已拍了几部有些影响的片子，本不必再想那件往事了。但，每当我的心里一闪过“家”这个字，便会记起她的那一次“审讯”。我不恨那位女同学，不能强求她爱我的家和家乡。

最近，我正在执导一部新片《秦台夜月》。“秦台”是我们县的别称，“秦台夜月”是当地八景之一。影片叙述的是刘邦起兵之前在家乡的一段故事，没有写到楚汉相争，更没有写到他“威加海内兮归故乡”，而只写他在家乡土地上是怎样生活的。刘邦年轻时也曾受到过饥饿的威胁，嫂子见他带了朋友来，便有意用勺子刮着空锅给他听。他忍着饥肠走出了家门，幻想着“有朝一日……”后来刘邦做了个极小的官“泗水亭长”，一次奉命押送刑徒前往骊山为秦始皇修造陵墓，刚刚走到距我们今天的县城西边二十来里的地方，就逃亡了许多。刘邦心想，等送到骊山不知会逃亡多少，自己也会落下死罪，竟乘着醉意，索性把他们都放了。刑徒们不忍丢下他，便拥戴他揭竿而起。这便是刘邦起兵最初的篇章，当时，他还挥剑斩了一条挡道的白蛇。后人论及刘邦，常常指斥他的许多缺点，而我认为，他肯为家乡人民奋起反抗暴秦，只这一件就够了不起的了。现在，影片的内景部分已基本拍完，即将出去拍外景，还打算到我的家乡去拍几个镜头，那里虽然已很难找到真正的秦汉遗迹，但那片黄土确曾养育过刘邦啊！

但是，摄制组还没来得及动身，我就为突然发生的一件急事赶回家来了。

列车隆隆，家乡越来越近了。我的心不能平静。家，在召唤我，一封“父病危，速回”的电报紧急召唤我，我丢下刚刚拍了一半的电影，归心似箭地赶回来！老母已逝去多年，父亲又危在旦夕，我巴不得立即赶到家里去，去看一看日夜思念的父亲，看一看唯一的手足同胞——我的姐姐。

父亲、姐姐，对于你们，我是负了债的！

二

我的父母一共生了二女三男，却一个接一个地夭折了，只剩下我们姐弟二人。当时日寇的铁蹄正在蹂躏我们的国土，死一个人只不过像死一只蚂蚁，我和姐姐能活下来，真是万幸。长大了，我们便成了父母的掌上明珠，人们夸我的父母命好，“一儿一女一枝花”。尤其是我，父母指望我兴家立业，传宗接代，因此地位又远远在姐姐之上。

新中国成立的时候，我五岁。两年以后，我上学了。学校在一里多路远的一个村庄，是一个复班式初级小学，一、二、三、四年级统统坐在一个教室里，由一位老师上课。讲一年级课程的时候，其他三个年级就“自习”，实际上却不得不旁听。大都市的小学生都有资格嘲笑这样的“学校”，而我却在这里得到了极大的好处：在一年级的时候就已经预先“旁听”了二、三、四年级的课。尽管那时的老师水平不高，教唱“天空出彩霞”的时候讲解道：“啥是彩霞？彩霞就是太阳！”我长大以后还是常常怀着感激的心情想念那所学校和那位启蒙老师。

然而，有一次我却逃了学，说什么也不肯去了。因为放学回家的路上，我看见一面墙上写了一句很难听的话，是骂我的。我用同样的手段报复了一下，结果成了仇。我的“敌人”很有号召力，把所有的同学都拉拢在他的一边。从此，我只好一个人走过那长达一里多的土路去上学，半道还常常遭到“伏击”。唉，那时还没有长成一个男子汉，被这小小困难吓退了，不敢再去上学了。

父亲很生气，脱下鞋用鞋底狠狠地打我。我平生只挨过父亲这一次打，但这一次就足够我记一辈子了。我当时并不明白父亲为什么那么生气，原先我犯什么过错他从不打我，而这一次他却不再宽恕。父亲没有上过学，虽然我的爷爷曾经是教私塾的先生，却没有让他自己的儿子上学，一天学也没上过。原因很简单：他上了学，谁种地？谁喂驴？谁领家过日子？父亲是爷爷的长子，从十来岁就挑起了整个家庭的重担。几百斤重的独轮车累得他早早就落下了“痨病”根儿，一到冬天就喘得出不来气；登高修房不慎摔下来伤了腰，一到阴天下雨就腰疼。但是，在那样的重压下他还渴望着读书。一半是靠爷爷的熏陶，一半是靠自学，他掌握了相当的文化。“子曰”“诗云”读了不少，“三国”“水浒”烂熟胸中，还知道许多野史逸闻。他讲的刘邦的故事足够写成一本书，还写得一笔好字。附近村庄的人都把他当成一个“文化人”，代写书信、春联等，他也乐于承担这种任务。农闲的时候，老少爷们儿常常围在我家堂屋里，听他念“闲书”。但是，父亲毕竟不是文化人，他并没有文凭，没有公职，只是一个普普通通的庄稼人，穿着一身粗布裤褂，布鞋也是我母亲做的，口儿浅浅的，鞋底不分左右。我们那里的庄稼人没有买过弯底的“认脚鞋”。他和大家一样，不留头发，头皮剃得光光的。瘦长的脸庞，嘴角上老是挂着谦和的笑容，一双棕黑色的瞳孔清亮亮的，闪着智慧的光。他的智慧没有用武之地，得不到发挥，除了写信、写春联、念闲书之外，他和大家一样，犁、锄、耙、种，收干晒湿，是一个极好的庄稼把式。

他大概不甘心让我也做庄稼把式才那样打我的。“我叫你逃学！我叫你逃学!”父亲脸上谦和的笑容无影无踪了，鞋底毫不留情地打在我的头上、身上、屁股上。

母亲在一旁流泪，她不敢管，要是管喽，父亲照样会用她做的鞋打她，这在我们那里，属于常识之内的事。

这时候，出去割草的姐姐回来了，挎着装满青草的“杈子”(畚箕)，满脸都是汗水，身上的粗布花条褂子都溻湿了。她一看见家里的阵势，就慌忙扔了杈子，扑倒在父亲跟前，死死地抓住他的手：“大大，甭打他了，他小，搁不住！你打我吧，打我吧!”

“打你做啥?”父亲的脸色铁青，拿鞋的手还是高举着，“我打这个逃学的，打这个没志气的孬种!”

“他不是逃学!”姐姐极力为我辩解，“是人家欺负他！赶明儿我送他上学，甭打他了!”

姐姐的话给母亲壮了胆，她擦着泪，也向父亲求情：“这行了吧?叫莲妮儿天天上学送他，放学接他，省得他再逃学……”

父亲高举着鞋的手放下了。我缩在门旁，等着他的恩准。父亲脸上的表情缓和了许多，是因为被姐姐的求情感动了，还是觉得这样送的办法未尝不可一试？不，此刻他心里生出来的念头实在出乎全家人意料。

“叫莲妮也跟她兄弟一起上学吧，一个孩子是上，两个孩子也是上!”

姐姐震惊了，她做梦也没有想到自己会有上学的命！“真叫我上学?我保准好好地护着俺兄弟，不叫旁人打他！我保准放学回来就割草，不叫牲口饿着！我保准……”她的眼泪“唰唰”地流，像是怀着深深的歉意，做出一连串的“保准”。

就这样，姐姐和我一起上学了。她比我大六岁，十三岁的闺女了，跟着我从头儿上一年级，还高兴得了不得。其实她早该上学了，她和我一样有上学的权利。可是在我逃学之前，竟然任何人也没有这样想过，包括她自己。闺女不中用，儿才中用，将来这个家是儿的，当然要省吃俭用供儿上学，天经地义。只是由于我，姐姐才获得以“伴读”的身份上学的资格。每当我看到她那高高的个子坐在七八岁的小孩中间，认真地学习最初的功课时，心里总感到一种歉疚，仿佛我欠了姐姐的债。是啊，是一笔债，我在人生的旅途上欠下她的第一笔债！

姐姐的功课出奇的好，我们俩是班上最优秀的学生。放学以后，她又像弥补自己的过失似的拼命地割草。我帮着她割，江米草、萋萋芽、婆婆丁、马蜂菜，很快装满了杈子。有时候，在地里还能找到野瓜。我家没有瓜地，只有一棵枣树，难得吃到除此之外的瓜果，发现一棵野瓜是足够兴奋一阵子的。“吔，这儿有个瓜！”姐姐欣喜若狂，摘下来，用衣裳襟擦干净，她一掰两半儿，大半儿给我，小半儿自己吃。她吃得很慢，等我吃完了，又把自己的递过来，“你吃吧，吃罢了该家走了！”

割草不误读书工。高小毕业之后，我们双双考上了县立中学，这在我们全校也是仅有的两名。父亲笑了，他知道自己的心血没有白费，以后就更有奔头了。邻居们却议论纷纷，西院的大娘说：“人家爹有文化，会说，早跟城里的校长拉好了！”那年头还没有“走后门”这个词，可那意思也就是“走后门”了。这可是天大的冤枉。我父亲“会说”不假。他肚子里有墨水，谈古论今出口成章，人们背地里给他起了个外号：“不说不说百十句”。可是他的口才没有使在后门上，县立中学的校长，他还不认得哩，一个“泥腿子”，即便去“说”，怕也不顶用。

我和姐姐上了初中，父亲的担子更重了。中学不比小学呀，书籍费、学杂费每个学期都得十几块，而且是双份的。庄稼人哪来这么多钱？我们只好申请助学金。我记得，我永远记得，我的第一个班主任把我叫到办公室去训斥的情形。

“你还想申请最高的助学金哩？你看看你那个样儿！”

我站在办公室，眼泪吧嗒吧嗒往下掉。样儿？我的样儿咋咪？论五官、相貌，比你那瘦猴样儿强多了！不，他嘲笑的是我穿着用姐姐的夹袄改做的不大合身的褂子，是父亲用剃刀给我理的锅盖式的头发。这是一个农民的儿子的身份证，某些人据此就可以任意侮辱你！

“踩践人做啥？助学金不给就不给！”父亲咬着牙说。他蹲在枣树下想主意。

有什么主意可想呢？那时候已经实行了合作化，地、农具、牲口都归集体了，不能卖；屋，正住着，不能扒。卖啥？父亲望着自家的篱笆院，找不到一样值钱的东西。

“卖手艺！”他发着狠说。

其实，他也没什么手艺。铁、木、纸扎，一样没学过。但他想现学现卖。没用几天，父亲就在农闲的时候挑起担子走乡串户了。卖什么？卖烙馍用的“轴子”，即擀面杖；纺线用的“锭子”；做针线用的“轱轮子”，即木质顶针。这些，都是他砍了自家的树，用自制的旋床旋的。父亲手巧，无师自通。不，是穷教的，贫穷迫使他这个快四十的“文化人”半路出家卖手艺。人们指着他的脊梁骨，说什么的都有，父亲本来脸皮薄，可是他，忍啦！

在县立中学读书，我和姐姐都不在食堂搭伙。每个星期六跑二十里地回家，第二天背上一个星期的馍馍上学去。每顿饭装在布口袋里两个，送到食堂去馏一馏，馏热了，拿回宿舍里，就着开水吃。冬天还好办，一到夏天，馍馍搁不了一个星期就长了白毛绿斑，照吃不误。那年头，我不知吞下了多少“黄曲霉素”！

到了二年级，连发霉的馍馍也吃不上了。家里开始吃“食堂”，在柿子树行里支一口大铁锅，白水煮干红芋叶子，过“共产主义”的生活。我和姐姐呢？每回背走的是一色的胡萝卜，比起我们吃红芋叶子的母亲，这已是神仙了。

那时候，父亲的“副业”停了，不是因为“割资本主义尾巴”，那时候还不兴割，是因为城东要兴修水利，一个偌大的工程，征用千千万万的民工。父亲正值壮年，又是我家唯一的整劳力，自然是非去不可。

挖河的民工过的是“军事化”“战斗化”的生活，集体住宿，集体干活，集体吃饭。啥饭？每人每顿四两(老秤，十六两一斤)生豆饼就凉水，连支锅烧火都省了。说声“吃饭”，赶快狼吞虎咽；说声“干活”，即刻抄起家伙跑步前往。跑得慢的、来晚了的，不客气，“跪下!”只听得“扑通”跪倒一个，“扑通”跪倒一个……不要担心，这里绝不会出现什么“罢工”或“暴动”，民工们谁也舍不得那四两生豆饼就凉水，老老实实地干，有多大劲使多大劲，而且保质保量，让头儿去放“卫星”。

老天可怜我的父亲，让他在童年时代偷偷地喝了点墨水，在这里派上了用场：量方。虽然也是四两生豆饼就凉水，毕竟不用抡铁锨啊!

挖河工地离县城不远，抽一个什么机会，父亲到县立中学看我来了。我听说了，赶紧朝校门跑。

父亲坐在传达室门前的地上，背靠着墙，一动不动。他的破棉袄上蒙着一层灰土，脸色就像干枯的树皮，一双清亮的眼睛也变得浑浊而呆滞。像一座木头雕像。

“大大!”我叫着他，蹲下来。

他看见了我，靠在墙上的脊梁仍然没有动，只是脸上泛出了一丝笑意，好像一个死去的人又活过来了。

“你的成绩……咋样?”父亲问我。他最关心的就是这一项。

“都是五分,”我对他说，“最近的几篇作文，都印成了范文。”

“那就好，那就好。”父亲得到了最大的满足。

“班主任对我也不那样了，”我又补充说，“他对成绩好的学生就好点儿，下学期，我的助学金有希望了！”

父亲放心地“噢”了一声，抬起那布满皱纹和老茧的手，在怀里摸索着，取出一个纸包，递给我。

“这是啥？”我问。随手打开了纸包。立即，我的眼睛被泪水模糊了：那是一块生豆饼。

“我不要，我能吃饱喽！”我把豆饼又塞到父亲怀里。

“光吃胡萝卜不长肉，这是粮食！”父亲又固执地把豆饼递过来，“学习耗心血，得吃粮食！”

不能要，无论如何不能夺父亲的口粮！我坚决又把豆饼塞了回去。

“那……就给你姐姐吧，”父亲说着，扭头朝校院里张望着，“她咋还不出来？”

“你还不知道？俺姐姐病啦！”我说。

父亲一个激灵，腰离开了墙：“啥病？”

“脖子上长了个疙瘩，”我说，“回家好几天了。”

“吔，脖子上……要紧的地方！可别是……”父亲紧张起来，脸上枯槁、麻木、疲劳、饥饿的神色都不见了，“我得请个假，赶明儿就请假……”

第二天，是星期六。我像往常一样急急往家跑。这一次，不光是为了拿胡萝卜，我还挂牵着姐姐的病。

到了家，见姐姐躺在堂屋里间床上痛苦地呻吟着。脖子上的疙瘩不见消肿，也不见化脓，只是红肿肿地像核桃那么大。

“请了先生啦，一会儿就到。”母亲对我说，像是为了宽我的心，“你先吃饭吧，熬好了糊涂等着你哩！”

“糊涂”，多么形象的字眼儿，这是我们家乡对杂粮熬成的黑乎乎的稀粥的称呼，我们喝了多少年，糊里糊涂地喝，越喝越糊涂。这一顿糊涂，我喝了八碗。年成越孬，人的饭量越见长，肚子可不糊涂！

天黑了“先生”才到。那是个嘴比手灵得多的乡间医生，六十多了，也没个正经职业，专靠民间东请西请混点儿看病的钱。他先烤了好一阵子火，直到热得脱了皮袄，才草草地看了看姐姐的脖子，连声说：“不咋，不咋，放了脓就好了。”说着，取出一个人们割鸡眼用的那种三角形小刀就要下手。

“先生，先生，”母亲吓得打战，小声跟他商量，“你看，这疮不像化脓……”

“等化脓就晚啦！”那先生胸有成竹，没有商量的余地。他叫母亲端灯照着亮儿，他一手捏着姐姐的脖子，一手持刀，开始施行类似关云长刮骨疗毒的“手术”。

我吓得扭过了脸，不敢看。只听得姐姐“娘哎，娘哎！”连声惨叫，那刀子就像剜在我的心上，剜在娘的心上！

就在这时候，父亲赶到家里了。他一定在路上一步都没停地跑，一定走到村口就打听姐姐的病情，一定在院子里就听到了姐姐的叫声，脚刚刚迈进堂屋门槛，他就“扑通”摔倒在地下，不省人事！

一九六〇年，是饥饿威胁最严重的一年，我升了高中。“有多大的本事使唤出来，你能上多高我供你多高！”父亲说。可是对于姐姐，他有所保留了。他没有能力供两个高中生的学费，实在没有。高中毕业还得考大学，两个大学生他更供不起。尽管姐姐也完全有把握考上高中，并进而考上大学，也不得不退让了。“莲妮甭上高中了，保你兄弟一个，你考师范吧！”他和姐姐商量。

师范属于中专，一律公费，毕业之后当小学教师。考了师范，这一辈子就永远甭想上大学了。姐姐明明知道，还是答应了，答应得心甘情愿。这都是为我啊！

姐姐以极为出色的成绩考取了公费的县立师范。从此，家里的“养分”就全浇到我一棵苗上了，甚至还盼望着姐姐三年毕业，当了教师，挣了工资，那时候还好供我上大学。

悲惨的命运又一次无情地降临到姐姐的头上，一九六二年，她在师范只上到二年级，由于国家的困难，师范下马了。没毕业的学生啥也不算，回家种地去！

那一年的暑假，我一回到家，就和已经重新成了“庄稼人”的姐姐抱头痛哭。姐姐的眼泪滴在我的头上，反而还安慰我：“甭哭了，我开头上学就是为了陪着你，你大了，不用陪了，我回家种地也……放心了！”

我抬起泪眼，看着姐姐。她的眼睛红红的，脖子上，乡间医生给她留下的那块疤在霍霍地跳。姐姐内心也是痛苦的，只是她不说。她无力驾驭自己的命运，只能听任命运的摆布，走错了一步棋，满盘皆输。她，为了弟弟，让出了在她面前遥遥在望的、光华灿烂的前程，让出了对每个人都只有一次的青春岁月。在贫瘠的土地上挣扎的农家儿女，要改变自己的命运，只有发愤读书一条路。只要你考得好，什么名牌大学都会向你敞开大门。北京、上海，什么大都市你都可以去。完全不用费尽心机、踏破铁鞋去磨蹭什么“户口、粮油关系”，你就一辈子捧上国家的铁饭碗，再也不是农民了。这一切，本来都是属于姐姐的。她有百分之百的把握稳拿，却被轻轻地一让，全让光了。

而我却得到了，统统得到了。高中毕业后，我轻而易举地考取了电影学院导演系。不是凭借这方面的才能，我当时对电影还是一窍不通，凭借的是一篇关于我的家乡历史的论文。我狂妄地宣称：贫瘠的黄土可以产生最优秀的电影！这篇论文深得主考的一位电影导演的赏识，他后来成了我的恩师。父亲对我报考艺术院校很支持，在他心目中，文与史、史与戏，是一回事，是十分神圣的事业。他的眼睛并不盯着清华、北大，儿子和他的追求是一致的，电影导演——当代最风流的职业，由一个普通农民的儿子得到了，最高的愿望实现了。当我捧着北京寄来的录取通知书的时候，心里首先想到的却是姐姐，我感到又欠了姐姐一笔债。这倒不是因为我参加高考的路费是已经结了婚的姐姐从她丈夫的工资中给我的，不是。用纸币计算的债可以偿还，可是心债，一辈子也还不了……

三

黎明时分，车到了徐州。外边在下雨，糟糕！离开家乡久了，忘了这里的冬天也会下雨，没有带伞，只好风雨兼程了。我得冒雨赶到西关的汽车站，坐两个多小时的长途汽车到县城，从那里再徒步奔走二十多里才能到家。唉，这雨天！

一出徐州站，迎面碰上了救星——长途汽车！一问，是我们县的一个什么“运输公司”，个体户的。车站就在火车站门口，方便得多了，而且票价同公家一样。我喜出望外，赶紧上车买票，踏上归程。

车上的人坐得满满的，都是家乡人。听着这熟悉的乡音，坐着家乡农民自己的汽车回家，使我感到异常亲切。这两年，报纸上、广播里不断有各地农民“富起来”的新闻，总觉得与我无关。没想到我们这个穷乡僻壤也有了农民的汽车！

我的邻座是一个黑脸大汉，一身油渍麻花的制服，手里提着一只旧手提包。此人非常健谈，好像一分钟也不愿把嘴闭上。

“出差?”他主动向我打招呼。

“不。是回家探亲。”我说。用的是标准的乡音，对故乡人，我一直是这样的。

“哦，老乡！在哪儿工作？”他愈见热情地看着我这个戴眼镜的知识分子，很愿意攀谈。

“北京。”我说。

“北京的形势咋样？听说江西的农民要进京办公司，王府井大街要成农民街了？”他望着我，很想得到一个明确答复，好像我是北京市长似的。

“我……说不好。”我据实回答，并不掩饰自己的孤陋寡闻。这惊人的消息我还是从他嘴里第一次听到，自然也不知确否。而且，我心里惦记着病危的父亲，也无意扯这些山海经。

“下个月，我上北京看看，找市政府拉拉，”他说，口气之大更令我瞠目结舌，“我这个公司也想打入王府井！”

“你是什么公司？”我忍不住问他。

“运输公司。俺家弟兄仨，三部车。一部拉微山湖里的鱼，一部客运，一部跑上海做买卖。”他向我伸出三个手指头，如数家珍。

我只好对他刮目相看了。“这就是你的车？”我指了指现在乘坐的长途汽车。

“不，不！”他不屑地摇摇手，“他这是小打小闹，光跑徐州，挣有数的死钱，没多大意思。我准备在北京搞个出租汽车公司，一色的进口小卧车，带空调的！”

我简直目瞪口呆了！他有多少钱？这么大的口气！

他似乎意识到我的不信任，把他当成吹牛大王了。笑嘻嘻地说：“你甭看我这一身不咋样，秀才不在蓝衫旧。咱不打扮外观，穿旧衣裳，提个破包，到哪儿，谁也想不到偷咱的。这一趟上海，净利这个数！”他伸出了五个指头，不知是五千、五万，还是五十万。

唯恐我不信，他干脆从提包里拿出一张单据让我看。我瞟了一眼，上边大写着人民币两千元整。

“这才两千。”我说。心里认定他刚才是吹牛了。

“两千只是住宿费，”他微微一笑，“旁的都从上海直接转账了！”

我没有话说了。他一趟上海，仅仅住宿费就相当于我两年的工资！而且，他又是个体户，没地方报销去，挥金如土，必定有殷实的家底。

“想不到……”我喃喃地说。

“嘿，你想不到的事多得很啦！到了县城你再看看，咱县成了小上海啦，新上任的县委书记是个干家，亲自抓建设，大楼一座接一座，个个不重样儿！”

“噢，好……”我听得心里热乎乎的，生平第一次听到家乡人这么自豪，即使有点“贫汉骤富”的卖弄也可以原谅。他们毕竟穷得太久了，穷怕了，猛然间富了起来，未尝不可在人前夸一夸，况且我又是家乡人。

可是，现在占据我心头的是我那生命垂危的父亲！黑脸大汉说的这一切，同我的父亲又有什么关系呢？父亲老了，风烛残年，靠的是我的工资养活，而我，每个月才能拿到七十二块五毛钱，上要养老，下要抚幼啊。那“万元户”，那什么什么“公司”，那不重样儿的大楼，与我又有什么关系呢？我无心再听黑脸大汉的唠叨了。

车子进了县城的时候，雨已经停了。我急急下车，奔进国营汽车站，要买回家的票。如今，那二十几里路不用腿跑了，可以乘车到离家不太远的小镇，然后再徒步回家。

上午的班车过了，我只好买下午一点的票，还有一个多小时，好难打发啊！

我走在那条极熟悉的东关大街上，这条街变得我几乎认不出了。两旁的大楼一座接一座，果然不重样儿。马路尽头，是县城的中心部位，也就是两千年前秦始皇埋宝剑、丹砂的地方，盖起了一排壮观的楼房，八十年代气息。远远望去，真的以为是上海或北京的某一条新建的大街呢。

故乡，在游子心中唤起的是喜悦，也是酸楚。我一生中金色的时光，父亲一生中年富力强的岁月，是在苦难中度过的。如今父亲老了，这一切对他都失去了意义。

我从“秦台”故地折回来，重新朝汽车站走去。路旁各式各样新年的店铺，邻街摊贩高声叫卖的家乡小吃，樊哙的传人正在兜售的本县传统狗肉，收录机中播放的邓丽君歌曲，这一切，都不能吸引我，我心里只有家，赶快回家！可是，家在哪里？已经没有家了。我出生的那两间茅屋，院子里的那棵我和姐姐亲手栽的脆枣树，都已经没有了，这个家，已经不复存在了。父亲现在住在姐姐家里！

姐姐从县立师范肄业回乡不久就出嫁了。那时她已经二十好儿，在乡下，谁家的闺女也不会等到这会儿再出嫁。经同村的二大娘做媒，姐姐嫁走了。那一天，我们全家都像办丧事，一点儿喜庆劲儿也没有。姐姐扑在母亲怀里哭了一场，告别了这个家。按照家乡的风俗，我手里提着一把茶壶送姐姐出了村，一直送了很远很远还舍不得分手。姐姐没有坐花轿，那过时的东西早不兴了；也没有坐汽车，那新派的东西也还没有传到我们这个角落。她坐的是马车，一辆平时用来拉庄稼、拉粪用的马车。

我们终于分手了。十几里地，我不能送到头，家乡的风俗也不允许，男家娶妻要闹新房的，一个小舅子怎么能参加那种尴尬的场合呢？我站住了，手里提着茶壶，木然地目送着马车辘辘远去……

姐夫是一个中学教员，高高的个子，脸又黑又瘦，戴着一副眼镜，沉默寡言。起初，姐姐对这个陌生人完全没有感情，但不久，她就变了，向我说了姐夫的许多好处。这，我完全相信，后来我和姐夫之间的感情几乎像亲兄弟一样。他比姐姐大六岁，像个大哥哥似的，处处让着她。可是，他无法排遣姐姐心中的痛苦：一个师范肄业生，就这样成了他家的一个媳妇，和东邻西舍那些文盲大嫂一样，伺候公婆，生儿育女，喂羊喂鸡，缝补浆洗……如此而已。自己花了十年心血学来的知识，粪土一样扔掉了；而丢掉了多年的活儿，从来也没想到还会拾起来的活儿，又占满了她的双手。那双手，那双曾经写出过许多篇优等作文的手，喂鸡喂羊去吧，抚养孩子去吧，上地里送粪去吧！失去的梦，攀登知识高峰的梦，上京下海的梦，甚至当一个乡村小学教员的梦，统统都忘了吧！

每逢寒暑假，我都要到姐姐家里去看看。姐姐被家务、农活和一群孩子缠累，老得很快。从她身上，已经很难看出和左邻右舍的大嫂的区别了，她变成了一个道道地地的农妇，在重复着我不识字的母亲做过的一切。姐夫常在假期里开各种各样的会，我去了不一定能见到他，而姐姐则忙着为我做饭，我坐在堂屋里和她的公公说话，耳朵里却在听着从厨房里传来的“哐当哐当”的风箱声。我轻易不来，姐姐定要做点好饭菜，拉着风箱，往锅底下塞着柴火，“哐当”好几个钟头才算完事。而吃饭的时候她又不能陪我，妇女不上席。姐夫不在家的时候就临时请村上的“文化人”来作陪，说着搜肠刮肚找出来的闲话。而我是来看姐姐的啊，却一句体己话都顾不上说。在我同陌生人吃完她费了不少劲才凑齐的“四个碟子”之后，她才和孩子们坐在锅屋里享受残汤剩饭。姐姐，我的姐姐！她把自己看成一个废人，全部的希望都寄托在我身上了，巴望着我大学毕业好挣钱奉养父母，承担起做儿女的责任。

母亲没有等到这一天就在贫穷之中去世了，家里只留下父亲。

我大学毕业的时候正是大学生粪土不如的年月。四十六块钱的工资要养活自己，还要结婚、生孩子、奉养父亲，一分一分地计算也难以安排。我这个农民的儿子念完了大学还穿着家乡的土布褂子，裤子上打着补丁。要在北京安一个家，哪怕置办最简陋的东西，也要四十六块的多少倍？我和妻子在一间十平方米的斗屋里举行了只有我们两人参加的"婚礼"。结婚好几年连锅、案板、菜刀都没有备齐。

父亲怜惜我，没有到北京来拖累我。他仍然在贫瘠的土地上挣取连口粮都换不出的"工分"，年年决分都要"透支"，由我向生产队偿还父亲劳作一年仍然欠下的债务。进一步孝敬父亲我就没有余力了。也许家乡父老把我看成"一年土，二年洋，三年不认爹和娘"的人了。我可怎么向他们解释呢？电影导演在前些年是挨批的角色，这几年处境不同了，但也只是"有名无利"的职业。我跑遍全国各地拍片，每部影片都花去几十万、上百万元的成本，为国家赚回成倍的利润。可我自己从去年开始每月工资才涨到七十二块五毛，并没有"富起来"啊！

父亲终于完全丧失了劳动能力。"痨病"时常发作，一个人躺在那两间茅屋里，如果半夜里一口气上不来，死了都不会有人知道。感谢我的一个当"赤脚医生"的堂弟给他打针吃药，替他挑水做饭。可是，这总不是长久之计，人们都会问："他儿呢？不会找他儿去？"

我无法再忍受心中的愧疚，一再写信敦促父亲到北京来治病。

一九八一年秋收之后，他终于来了。

我拿着电报，去车站接他。从家乡小镇上打来的电报几经周转到我手里已经过了钟点。出站口如流的人群、无数张面孔我一个都不放过，但里边没有我的父亲。我逆着人流往里挤，在纷纷攘攘的车厢里寻找他，一直到最后一节车厢，才在已经快走空的座位中间发现了一位老人。他穿着黑布夹袄，守着几个大大的粗布包袱，在焦灼地等待着他的儿子。

“大大，您来了！”我急切地叫着从小习惯的称呼，去搀扶我的父亲。

白发苍苍的头从车窗边转了过来，那双棕黑色的眼睛朝我注视了一会儿，父亲才认出我来。在他的心目中，儿子永远是小时候的样子，自从翅膀硬了飞走之后，一年一度、数年一度的探亲已留不下十分确切的印象。而且儿子也在变老，面前的这个戴着眼镜、鬓发斑白的中年人是他的儿子？他得凭着记忆中的印象儿经印证才敢确认。

“噢，我知道你一准来接我，就坐在这儿没动窝。包袱忒沉，得等你接啊！”父亲的脸上漾出笑意。刮得干干净净的脸一笑，两边的皱褶拉成好几条深深的沟纹。

“包袱？您带这么沉的包袱做啥？”我提了提他身边的包袱，埋怨地问。

“穷家难舍，我都搬来了。”

“那房子呢？”

“屋，扒了。树，刨了。连床，都卖了。你寄的盘缠没动，我还能给你添点儿过日子的钱呢，这回来了，就不走了！”

父亲一一历数着他的行李，告诉我哪件里边是什么。除了他自己的四季衣服，还有用了多年的被褥，几件舍不得丢的小玩意儿，还有一口袋绿豆，一口袋芝麻，一罐香油和一包脆枣，那是我家的枣树最后一次收获。

我只好雇了一辆三轮车，用超过这些包袱价值的车钱把父亲的家产运回了我在北京的家。父亲见了他日夜惦念的孙女、孙儿，用哆哆嗦嗦的手抓了脆枣给他们吃，眼里涌出了两行老泪：“吃吧，咱家的水土好，这枣儿甜。吃吧，就这一回了，往后就吃不着了！”

夜里，在一间半斗室里住下了老老少少五口人。床铺不够，就搭行军床吧，就是搭地铺也不回家了。

父亲住下来了。他要在生命临近终点的时候住在儿孙身边，过一过大都市的生活。天安门、故宫、颐和园、长城，都逛一逛。历史博物馆也得看一看。闲着没事到公园里打打太极拳，玩玩鸟儿，像那些退休的干部、工人们似的。儿子的书橱里有很多闲书，他可以好好地看一看，甚至还可以写写字。年轻的时候他替人家写了不知多少春联，而最得意的一副是贴在自家门上的："读书写字真乐事，种竹栽花最怡情。"一个农户贴这样的春联？那是他的志趣，他的爱好，他的精神支柱，他一辈子没有实现的愿望。

他在北京过得很愉快，从颐和园的排云殿，他沿着山路走走停停，一直登上佛香阁。从万寿山的制高点上俯瞰整个北京。他陶醉了，随口吟出了"会当凌绝顶，一览众山小"这杜甫的名句。在天坛的回音壁前，他像孩子似的把耳朵贴在那弧形的墙上，谛听我在另一端亲切地呼唤："大大，大大！"这最悦耳的乡音，使他得到了极大的满足。在故宫，他久久地注视着"金銮殿"上的皇帝宝座，仿佛在心中丈量从农民到帝王之间的十万八千里距离，而这距离，刹那间缩得近在咫尺。他也许在回味陈胜在当农民时说的一句话吧："王侯将相宁有种乎？"我不是在用知识分子的心理溢美自己的父亲，不，父亲是博学的，他甚至在凭吊历史古迹的时候，好几次指出了写在牌子上的说明词中的谬误之处。我告诉他：等我手头的这部电影完成之后一定拍一部历史片，父亲说的这些说不定能用上。

父亲在北京的日子是美好的，却又是短暂的。西山的枫叶红了的时候，父亲的"痨病"犯了。他无力地躺在床上，半闭着眼睛。嗓子里呼着微弱的气息，带着咝咝的痰音。瘦骨嶙峋的胸腔艰难地起伏着，那里有许多话要说，却说不出。

担架！救护车！输氧！紧急抢救！我被吓蒙了，唯恐死神夺去父亲的生命。

父亲又活过来了。他在阴曹地府的门口转了一遭重回人间之后已不再留恋北京，而急于回去，回家去。也许他知道自己不久于人世了，要把遗骨埋在故乡的祖坟上。也许，是地下的母亲在冥冥之中召唤他吧？

北京的冬天天气奇冷，我的心也像冰冻的土地一样板结，没有什么可以使它融化了。带上必备的药品和须臾不敢离开的氧气袋，在万木萧疏的季节，我把苟延残喘的父亲送回了家。不，已经无家可归了，是送到姐姐家，然后，只身返京。“对望无言唯有泪，几番徘徊意踟蹰！”父亲后来在信中这样回忆我们的离别。我不能留在他身边照料他，“等”他死，我还有工作，还有事业，还得走，只有把父亲交给姐姐了。说不定哪一天，父亲会突然死在姐姐家里，连通知我回去都来不及。我的心缩成一团，有什么办法？一切都拜托姐姐吧。她，曾经将阳关大道让给我，自己跨上了独木小桥。而这一次，我却把重担都“让”给她了。心债，我的心上，欠了姐姐多少债啊！

我终于挨到了下午一点，登上了从县城往西开的长途汽车。不，路不长，只有二十多里，我过去背着胡萝卜徒步要走两个小时，现在，汽车只要三十分钟。可这三十分钟我却觉得长似一年。“父病危，速回！”每一分、一秒，我都在赶，在抢，谁知道父亲是不是还活着？也许，姐姐为了不使我过度伤心才把死讯说成病讯？也许，姐姐怕我不回去摔“老盆”才这样把我“骗”回去？哪儿能呢？我岂有不回之理！哪怕父亲还剩下最后一口气，我也要赶回去见他一面，哪怕父亲已经闭眼，我也要按传统的仪式披麻戴孝，摔“老盆”，把父亲的灵柩送进祖坟，与母亲的遗骨合葬。我要在坟前做双倍的忏悔！不，我相信父亲不会死，他已经奇迹般地在姐姐家又活了三年，前不久，还亲笔给我写来了长篇书信。不会死，他一定还活着，在等着我——他唯一的、最爱的儿子。

汽车到站，我又上了乡间土路。从这里到姐姐家还有五六里路，我踏着雨后的泥泞，沿着当年汉高祖起兵斩蛇的“白帝河”，没命地跑，奔向那个在地图上找不到、在我心中却永远抹不掉的小村庄。

走进村子，我的心咚咚地狂跳，我担心会听见哭丧声。没有，村子里静静的，大人都出去干活了，只有几个小孩在墙边路口上玩。我怀着惴惴不安的心，一步一步走近姐姐家的大门。到了门口，我几乎要窒息了，好像预感到姐姐正在里边抚着父亲的尸体痛哭。啊，生离死别，我在艺术创作中极为陶醉的生离死别降临到自己的头上了。在电影中，我总不让任何一个角色痛痛快快地死，不让他的亲人在死前得到“大团圆”的结局，想方设法折磨观众的心，巴不得让他们的眼泪流成河。现在，在一幕话剧中我成了剧中人，才知道自己曾是那么残酷！

院子里没有哭声，一点声音也没有。大门口也没有贴那种×形的草纸，丝毫也没有出殡的迹象。父亲真的还活着吗？我的心跳到了嗓子眼，像跨进鬼门关似的快步走了进去。父亲，我来了！

四

走进卧室，我竟然没有看到父亲。姐姐家的两间东屋间壁土墙上挖了个下方上圆的小门，套间里唯一的小窗上蒙着旧塑料布，屋里一片昏黄幽暗。两张床靠墙摆成“丁”字形，占据了房间的大半。临窗的床上堆着黑乎乎的被褥和棉衣。父亲，我的父亲在哪里？

姐姐一家人跟着我走进来。

“外爷爷在这儿咪！”我的外甥女指着临窗的床上对我说。

啊，我这才看清了，父亲原来竟围坐在那堆起的被子、棉袄中间！

他佝偻着腰坐在床上，头无力地耷拉在怀里抱着的氧气袋上，一动不动。猛然间，我竟然不敢相信那是一个活人！

我扑在床上，抓着父亲的手：“大大，大大，我回来了！”

父亲仍然一动不动，任我摸着那双干得起皱的手，对我的呼唤也毫无反应。不，他听见了，只是没有力气做出反应。一顶旧绒线帽遮住了他满头的白发和宽阔的前额。背着西窗的微弱光线，他的脸上一片昏暗，眼睛无力地半闭着，上唇和下颚都长满了杂草似的胡须。他轻轻地喘着气，夹杂着咝咝的痰音。父亲从来不是这个样子。他不喜欢留胡子，不愿意显出老相，总是把脸刮得干干净净。他在农民中长期保持着与众不同的卫生习惯，刷牙、漱口、洗澡，从不马虎。而如今，他连这一点力气都没有了，仅靠氧气袋维持生命的残躯，一动不动地佝偻在床上，像是只等我回来做永久的告别。

“这回犯病犯得怪厉害，还怕等不到你回来哩！”姐姐对我说，“吊针打了三天三夜啦！”

“三天三夜？”我看着一动不动地佝偻着的父亲，“一直就是这个姿势吗？”

“三年都是这样！他不能倒下睡，倒下就憋得慌，三年就这样坐着，腿上都磨出茧子啦！一天天地受罪！”姐姐说着，抬起衣袖擦泪。

我的心痛苦地战栗。三年，父亲竟是这样度过的？为什么每次写信都没告诉我？我自以为尽量地寄钱可以减轻姐姐的负担，可以减轻父亲的病痛，可是这三年的僵坐，我怎么代替啊？我自以为时时刻刻都在惦记着父亲，用夜以继日的工作来压制自己的怀念之情，可我毕竟每天从半夜到凌晨还有一夕安眠啊！而父亲，却连片刻的平卧歇息也没有，就这样似醒似睡、半死不活地坐了三年！为什么父亲不让我在梦中看见他这备受煎熬的身影？他的信，那一封封写得很长，字迹又很工整的信，竟是伏在膝盖上写的，字里行间向我报着平安！

“咱把大大送医院吧？”我对姐姐说，“住院治疗，不惜一切代价，我带着钱呢，带了五百块！”

姐姐擦着泪说：“多少钱也没有用了，他不能动，几十里路送医院能把他颠打坏喽！还不抵在家，俺啥工夫都不缺，医生天天上家来打针、给药，我白天黑夜守着他，端屎端尿，医院里能行？”

姐姐说得对，我不忍心再让父亲受颠簸了，“就把钱留在家里吧，凡是能买到的东西，凡是咱大大想吃的东西，都给他办到！可惜我来得太急，啥吃的都没带！”

“不缺，啥都不缺，”姐姐说，“他的胃弱，也不能吃旁的啥，就是吃稀的，鸡蛋膏子、蜂糕茶。怕大便干，还得常喝蜜。”

父亲床前的草囤子上盖着块木板，权当桌子。上面摆着点心盒子、蜂蜜瓶子……虽然上面落满了灰尘，可在我们家乡没有人把灰尘当成什么有碍卫生的东西，吹一吹就行了。我看着这一切，揪心似的疼痛。如果父亲住在我那里，总比这里强得多啊！可是他现在已经不能经受千余里的汽车、火车了。何况我那里有天天到家里来看病的医生吗？有整日整夜在床前值班守候的人吗？没有。这里是父亲唯一的安身之处了。

“俺这给他生了个炉子，他这屋最暖和了！”姐姐说。语气里有尽孝的自慰，还有一些自豪。

的确，我们家乡在冬季从没有生炉子取暖的习惯，家家都是屋里屋外一样冷，充其量在来客人时才抓把柴火烤烤。现在父亲的床前生着一只烧蜂窝煤的铁炉，大概是全村最优越的了。那炉子还兼做炊具，无盖，无烟筒。

我又不安了：“别中了煤气。”

“不要紧，门跟窗户都不严，中不了煤气。”姐姐说。

可不是嘛，我们家乡的房子都是那种老式的双扇门，关起来也露着好大的缝。门楣上还有一块空当，是留给燕子飞来飞去的“燕路”。窗户不安玻璃，也不糊纸。只有父亲的这扇窗口蒙上块塑料布，被西风吹得呼扇呼扇的。唉，既要取暖，又要透风，这糊涂的生活哲学！

父亲醒来了。不，他根本就不是在睡，他一直在倾听我们说话，只是没有力气插嘴。此刻他蓄足了力气，终于张开了嘴要说话了。我期待地望着他，他的眼睛却照样地半闭着，并不像凝视着归来游子的样子。只是嘴唇在动：“这一崩儿(一段时间)……没见你的信，小报上说，你在拍刘邦的电影？完了没？我还……能捞着看不?”

父亲的声音极为微弱，而且被喘息时时打断，但在我心中却激起了巨大的波涛。我没有想到，父亲在自己随时都有可能死去的时候，在盼望已久的儿子突然来到面前的时候，他关心的首先是儿子的艺术！啊，我那该诅咒的艺术，它像磁石一样死死地吸着我，耗去了我二三十年的岁月，把我作为一个儿子应尽的责任差不多都推给了姐姐。为什么，为什么父亲却不恨我，也不恨我为之献身的艺术？连我自己有时候都恨哪！好几次，在摄影棚里，水银灯下，我突然走了神，从紧张的拍摄现场“闪回”到父亲的病床前。我愣着，愣着……一个镜头拍完了，没有我发出“停”的口令，摄影师不能停机，胶片沙沙地空转着。“导演，导演！你怎么了?”所有的人都吃惊地望着我。父亲，艺术，在我心中打架，顾此而失彼。父亲却并不恨它，因为那也是他的向往、他的寄托，他渴望着我在艺术上有所成就，了却他一生的夙愿。而在他病魔缠身的时候，在他勉强栖身的这间土屋里，他心中闪耀着光辉的，还是艺术！这时，只有在这里，我才注意到，这间小屋的四面墙上都贴满了父亲的书法。那是用乡下仅能买到的孩子们钉练习本用的纸写的，但字却写得很认真，倾注了父亲的心血。一幅，一幅，我动情地看着。在那个下方上圆的套间门旁贴的是一副我极为熟悉的对联，“读书写字真乐事，种竹栽花最怡情”。啊，支持父亲艰难地活过来的不独是我，还有他丢不下的艺术！

对于我那部拍了一半又不得不为了父亲的病危而放下的影片，我现在没有心思谈它了。但我不愿让父亲伤心，只好说：“快了，明年春天就可以拍完了。‘秦台’和‘白帝河’准备到家乡来拍，到时候，我用小车接你去看我怎么拍电影！”

父亲半闭着的眼睛闪了一下，显出了一些光泽，显然得到了一些慰藉。他盼望着看到儿子的这部电影。

“咱大大的病眼看着见好！”姐姐兴奋地说，“见了儿啦，喜的。你一回来，啥病都好啦！”

我却没有这么乐观。我虽然相信父亲的心情会因为我回来而有所好转，病也许会轻一些，但“病去如抽丝”，哪会一下子全好呢？维持吧，尽全力维持，能延长父亲的寿命三年五载、一年半载也好。

“我盼着好，我还没活够……”父亲的话多了起来，虽然说得吃力，但总想说。仿佛他的生命中又注入了新的动力，他要与病魔搏斗，长久地再活下去，“看着你成名，看着你姐姐出去工作，我的心事就全了啦……”

“工作？姐姐要出去工作？”我没听明白。

“噢，还没顾上跟你说，”姐姐说，“俺这一拨儿师范肄业生，上级要给落实政策了，补发毕业证，安排工作，可能是当小学教师。”

我简直不敢相信自己的耳朵，真的？这是真的？失掉了二十多年的梦想竟然要实现吗？这对于姐姐简直是僵死的生命重新复苏！我激动地望着姐姐，从心底里祝贺她命运中这个尽管来得太迟了的转折。

“真的，”姐姐说，脸上并没有过分激动的神情，也许她“初闻涕泪满衣裳”的时刻已经过去了。她忧心忡忡地望着父亲，“可我咋去哇？咱大大病得离不开人，我情愿把这个机会放弃了！”

放弃？她说得那么轻松！不，那是经历了痛苦的内心搏斗之后无可奈何的选择。父亲，工作。这两者她只能选一样。但在这关头，她只能要父亲，日日夜夜伺候父亲，而放弃她失而复得的理想！这二十多年，她虽然不存任何幻想，但并没有忘记自己走了一半的路啊！每当她在路上遇见过去的老师或是在外地工作的同学，她都要经受一次刺激，不敢接触那种询问的目光，一转脸走了过去。她死守在农村，没有任何出路，虽然如今的农村也出了一些能人、富翁，可她没有那种本事。她能搞什么什么“公司”吗？能当什么什么“专业户”吗？能去跑长途运输当二道贩子吗？不，她没有经商赚钱的本领，只有缠手的一群孩子、一身的家务、承包的责任田、卧病的父亲，还有烂在肚子里的师范二年级的文化知识。要用，也只有这一次了。而且，她要追求的，父亲要追求的，也不是去做腰缠万贯的“经理”，而是吞吐知识的乐趣。现在，机会终于来了，而姐姐却又要轻而易举地放弃！又要“让”吗？啊，又到了该她“让”的时候了！

“不行！”我急切地对姐姐说，“不能放弃，照顾父亲的事，咱再想想办法！”

“啥办法都想了！”姐姐说，深深地叹息，“谁也不能替我。你能行？你姐夫能行？你们有工作的都不行。孩子都在上学，也不能耽误他们的学业。只有我能守着他。工作的事，反正也没想过，丢了二十多年的东西，不想啦！我也老了，四十多岁的人，干也干不了几年了，算了！”

“不，哪怕一年，一天，你也应该过一过另一种生活！”我说。说得很坚决，很恳切，却想不出实现的办法。

“我也是这样说，”我的外甥女给我沏了一杯糖开水，放在我面前，说，“我想休学不上了，回家伺候外爷爷，叫俺娘出去工作，可俺娘不愿意……”

“甭说了，那不行！”姐姐瞪了女儿一眼，“你明年就该考大学了！”

噢，外甥女现在正上高二，又到了姐姐肄业的时候！姐姐怎能忍心让女儿再走自己的老路？怎能忍心用女儿的前途换取自己这棵老蔓再去开一朵太迟了的花？不，她不肯，绝对不肯。她心甘情愿把那诱人的未来留给女儿，“让”给女儿！

看来，进退维谷，姐姐的确无路可走了。父亲静静地听着我们的话，嘴唇在轻轻地嚅动，他又在积蓄力量，要说话了。

“是我误了你……误了你一回，还要再误第二回吗……”父亲喘息着说，眼睛又恢复了先前那暗淡无光的老样子。看得出，他对姐姐怀着与我同样的负债感。是的，间苗、掐顶，一次次地改变姐姐命运的决定，都是父亲做出的，那不是一笔一笔的债务吗？这一切，我本来都认为是我欠姐姐的，因为都是为了我。可是，父亲都揽在自己身上了。从他那歉疚的眼光里看得出，他对于女儿怀着深深的愧意，愧自己的无能，误了女儿的一生。现在，女儿又到了需要他帮一把的关键时刻了，不是需要他的钱、他的力气，只需要他健康地离开病床，就一切都迎刃而解了。而这，难道是他自己能够主宰的吗？

“大大，大大！”姐姐满脸是泪，俯在父亲床边，“甭说这话！大大，这是命，我认命！为了大大，我啥都能舍，心甘情愿！”

“命？”父亲半闭的眼睛中滚下了浑浊的老泪，喘息着说，“……五十而知天命，你还不到五十啊……”

…………

不知不觉，夜已经很深了。

父亲不再说话，头耷拉在氧气袋上一动不动，像是困了。我和姐姐悄悄地退出来，在外间屋里的马槽前对坐着，谈论着面临的难解难分的矛盾。外面下雪了，雪花打在门上，打在窗户上的塑料布上，沙沙地响。这一夜，在这个小小的村庄上大概只有这一间小屋里亮着荧荧如豆的煤油灯光。姐姐家的那匹老马“咯嘣咯嘣”地咀嚼着草料，一夜都没有停，伴着姐弟两人无尽无休的绵绵夜话。

我终于没能说服姐姐，她打定了主意：不去工作了，让孩子安心上学，让父亲安心养病，让我回去上班。她就守在家里，哪儿也不去了，什么也不想了。而我，却还没有死心。

天色微明的时候，油灯灭了。父亲半闭的眼睛终于合上了，嗓子里咝咝的痰声停止了。他不再佝偻着腰，安详地平卧在黑乎乎的褥子上。这是他三年来第一次平展展地安睡，也是最后一次。他，再也没有醒来。用胶布粘在鼻孔上的橡皮管不知什么时候被他拔了下来，扔在一边，那一袋氧气还没用完，成了无用的废气，在无声地吐向昏暗的斗室。

夜里的一切争论，都无须再继续了，父亲用最后的一点气力结束了这场争论，偿还了终生的债务，轻松地走了，到极乐世界去享受读书写字、种竹栽花的乐趣去了。他去得很急，很匆忙，连我的《秦台夜月》也等不及看了。

大雪停了，惨淡的月光下，小小的村庄，无尽的田野，一片洁白。

白色，圣洁的颜色。在西方，是新嫁娘礼服上的轻纱；在中国，是哭灵的儿女身上的孝衣。

写于 1985 年春

（发表于《人间》1985 年第 6 期）

魂归何处

从黑暗到光明，眨眼之间，她跨过了两个世界之间森严的界限……

一张陌生的男人的脸，离她那么近！

“你是谁?”她恐惧地喊道，竟然不认识自己的丈夫。

一张陌生的女人的脸映现在镜子里。

“这是谁?”她甚至不认识镜子里的自己。

“她是我？我是谁?”

…………

——本篇某一章的片段

第一章　当作家好，还是卖苦力好?

作家高迈正在受着痛苦的煎熬，不仅苦不堪言，甚至连大气都不敢出。

他把自己关在书房里，埋头写作电视连续剧《凤求凰》的剧本。剧情是一个尽人皆知的老故事——司马相如和卓文君这一对才子佳人的爱情瓜葛。高迈力求写出新意，写出自己的风格，并且运用电视这种现代艺术手段去赢得观众的喜爱。他自信可以达到这一目标。电视剧制作中心的领导也对此寄予厚望，导演江石正等着他的剧本，以便尽快分镜头，尽快投入拍摄。高迈把手头的创作计划：中篇、长篇、电影剧本，统统放下，全力以赴《凤求凰》。他闭门谢客，嘱咐妻子李金镯，有客人来访就说他不在，不管什么事都等客人走了再告诉他，特别注意不要让客人在会客室里乱翻书柜里的书，作家的藏书是供创作参考的，概不外借。

现在，妻子李金镯正在忠实地执行他的命令，在会客室里和一位屁股挺沉、来了就不想走的客人周旋。

客人正是等着《凤求凰》剧本的导演江石！

高迈后悔没有告诉妻子：江石例外。现在，后悔也晚了，妻子已经照计行事，对江石说“高迈不在”了，他想出去见客也不行了，那样，会使妻子难堪，也显得自己无礼。他只好继续躲在书房里，耐心地等江石告辞。

无奈，江石没有告辞的意思。

无奈，妻子为他“挡驾”，赢来了写作时间，他的写作却无法继续了。

会客室和书房只有一门之隔，只要推开门，江石就会看见他正抓耳挠腮地坐在那儿呢。不用开门，他也可以清清楚楚地听见江石的说话声、喝水声、划火点烟声以及妻子的应酬声，这声声入耳，他还能写得下去？写个鬼！他呆坐在写字台前，侧耳倾听着外边的动静，自己反而不敢“乱说乱动”了，稿纸不敢翻，水不敢喝，火柴不敢划，怕江石听见声响，甚至连嗓子痒痒也不敢咳嗽一声。他突然觉得自己可怜而又可笑，躲在自己家里，却像个小偷似的，“窃听”别人说话！电影、电视里“窃听”的镜头不少，唯独没见过这么独特的，如果这事儿让江石知道了，没准儿给用到哪部电视剧里去！

江石舒舒服服地坐在会客室的沙发上，解开西服上衣的纽扣，免得胖墩墩的肚子受窘。这家伙块儿大膘肥，体重一百六十斤，一般的木椅、折叠椅都难以承受，亏得高迈会客室里的沙发既大且软又富于弹性，他坐在那儿像一尊弥勒佛，把中间的三连座占了一半，李金镯坐在旁边的单座上，相比之下像个瘦弱的小鸡子。

其实，李金镯既不瘦也不弱。她身高一米六四。在女同志当中算高个儿了。年已三十四岁，开始发福了，人们都说她比年轻时候要胖多了，但胖得适度，不蠢，肤色红润而有光彩，眼角连鱼尾纹也没有。同事们说，到底还是当作家夫人合算，高迈的稿费源源不断，李金镯的手头"活泛"，日子过得宽裕、舒心，人也越打扮越漂亮了，真是夫荣妻贵。眼下，正值五月天气，乍暖还寒，乱穿衣的时候，李金镯穿一件高领、长袖、银灰色薄毛衣，胸前绣着淡粉色的几朵小花儿，下面穿一条黑色、滚金边儿的毛线裙，挺秀的双腿穿着"安芬娜"肉色高筒丝袜，足蹬尖头、高跟的褐色皮鞋，再加上烫成大波浪的一头青丝，浓眉大眼、俊秀精明的面孔，确实有相当的仪态，初次见面的客人未必能看得出她只是一名普通的女工。

李金镯是制皂厂香皂车间的工人，开搅拌机的，每日里操纵那一台庞然大物，把成吨成吨的白坯儿皂片兑色儿，加香精等辅料，拌匀了，输送给出条机，压制成长龙般的皂条，再由打印机打成一块块香皂。这工作虽然简单，却也是有意义的，市面上供应的香皂，只要是本市产品，无论玫瑰香型、牡丹香型、茉莉香型、檀香型……一律出自她手——她的手上、身上，永远散发着洗不掉的香味儿。

江石是来过多次的，知道她的行当，就跟她没话搭拉话儿，还学着她们厂里的师傅们那样称呼她："大镯子，今天什么班？歇了是怎么着？"

"歇？凭吗歇？没病没灾的！我们工人可不像你们作家、艺术家，自由班儿！待会儿伺候他吃了中午饭，我就得走，中班儿，今儿个打透明皂，又得费老了劲啦您哪！"李金镯说，操一口天津话，音节急促，抑扬顿挫，嘎嘣脆，连珠炮似的。那语气，却不知是埋怨，还是炫耀，好像全然没有什么目的。天津人嗓门大，平常说话也跟吵架似的，一说就是一大套，似乎生怕人家怀疑她的口才。

江石爱听这天津味儿。当导演的嘛，对生活中的语言有一种职业性的探寻乐趣，他常常感到电影、电视中的人物一律用标准的普通话不够味儿，使一些戏失去地方色彩，所以每当遇上天南海北的人，总爱听听他们的南腔北调，四川话、湖南话、广东话、上海话、胶东话……当然还有天津话，江石都能瞎搭呼一气。今天既然高迈不在家，他也就索性跟李金镯聊聊，就接茬儿问她："做透明皂有什么窍门儿？我特别爱使透明皂，晶莹透亮、清香淡雅、碱性适度、老幼咸宜啊！"

李金镯笑着说："我们厂的广告，你都会背了！说真格的，也没吗窍门儿，就是油炼得纯，漂得净，再就是——你可别说出去，这是技术机密：里头搁上点儿冰糖，这透明度就出来了！"

江石哈哈大笑："原来是这么回事儿？我不费吹灰之力就把机密搞到手了！以后就不干导演这个苦差事了，领个执照当个体户，专门生产透明皂，保证赚大钱！"

李金镯说："我给你当技术指导，三七开分红，我拿大头儿，你拿小头儿，怎么样？"

江石说："好，一言为定，我就靠你发财了——透明皂大王！"

李金镯咯咯地乐。

两人这么样儿你一言我一语地逗闷子，跟说相声似的，高迈在书房里边听着，越听越憋气。没心没肺的娘们儿，你跟他瞎扯什么？他一个堂堂的导演能去卖肥皂吗？那是拿你要笑着玩儿呢！怎么，你还乐？知道他是穷开心，你还跟着他耍贫嘴？不自重，不自爱，忘了自己的身份！你现在不是在那个破香皂车间里，想说什么就说什么，工人一个比一个的野，什么玩笑都敢开，什么粗话都敢说，男男女女，打打闹闹，你们班长还和女工摔跤，扭打着满地滚，沾一身皂粉子！你是在家里，是一位作家的夫人，来来往往的客人都是文人雅士、社会名流，你扯做肥皂的事儿干什么？真他妈的三句话不离本行！唉，也难怪，你也就这点儿能耐，除了做肥皂，你还懂什么呢？文学、艺术，你一窍不通啊！

遗憾的是，他在里边儿干着急，却无法遥控外边儿的李金镯和江石。李金镯甚至还觉得挺得意呢，她不是正在“牵制”江石、“掩护”高迈吗？谁说她不懂艺术？不会演电影，看总是看过的！电影里常有这样的事儿：妻子在门口望风、和特务纠缠，丈夫在屋里发电报、烧文件。大镯子文化低，帮不上高迈创作上的忙，能替他糊弄客人就不错了。

江石跟她扯了一阵“透明皂”，还不走，屁股像生了根似的，稳稳地坐在那儿，端起茶杯“吸溜吸溜”地喝，就跟八辈子没喝过茶似的，上这儿解亏心来了。

李金镯问他：“喝出味儿来了吗？你猜这是吗茶？”

江石咂咂嘴，眯着那一双本来就很小的眼睛，抖着八字眉说：“不用猜，这是庐山云雾茶！”他有意模仿着李金镯的天津腔，把“这”说成“介”，把“茶”说成“擦”。

书房里，高迈一皱眉头，心里挺不是味儿：江石这小子嘴欠，不该拿人家的口音取笑！常住北京的人都知道，北京人的地方观念最强，把北京口音视为正宗，除此以外的任何方言，不管南蛮北侉，一律贬之为“怯话”，左道旁门一般看待。在公共汽车上，外地人问路，售票员常常带搭不理，在商店里，外地人买东西，很难受到“百挑不厌”的待遇，在单位里，外地人也会被北京籍的同事捕捉住一些不标准的发音而被嘲弄。这也是无可奈何的事，国家规定普通话以北京语音为基础嘛！不过，上述种种，本意都不在于推广普通话，而是北京人由于久居天子脚下的古都而产生的优越感。高迈久居北京，又以语言文字为职业，自然深知这种北京人的地方性心理，连他本人都未能免俗，对自己的妻子在北京生活了这么些年却改不掉一口天津腔而遗憾。现在，江石却偏偏跟李金镯学天津话，虽未必有什么恶意，也让高迈听着刺耳。

李金镯却毫不在意，江石那夹生的乡音，她听来还挺亲切的呢！

“你这人真哏儿啊！”李金镯笑道，“喝茶还是个行家！告诉你，这庐山云雾茶可不是一般人喝得着的，那么高的山，云山雾罩，出好茶叶！越是好东西，产量就越低，每年就采那么一点点儿茶叶，根本不卖，专门给首长和名人上供！咳，我们高迈这几年不也是出了名了吗？隔长不短地就有人来巴结他，拍他的马屁，这茶叶——”

透明皂大王在这儿又大谈起茶经，那边儿高迈暗暗叫苦：真他妈的“贫汉骤富，露出措大本色”，这点儿茶叶也值得吹嘘？吹嘘也得看看对象，怎么偏偏对江石吹？

高迈在里边儿发恨刚发了一半儿，李金镯在外边儿吹牛也刚吹了一半，话茬儿就让江石给接过去了：

“这个拍马屁的就是我！我去年在庐山拍《白鹿书院》的时候，朋友送我一点儿茶叶，我分了一半儿给高迈，别吹了您哪！”

“哟！”李金镯不好意思地笑了，“我倒是当着孔圣人的面儿吆喝《百家姓》了！”

书房里的高迈发出一个无声的叹息。

李金镯对江石说：“茶叶是你的，你放开肚子喝，管饱！”

江石倒不喝了，放下茶杯，站了起来。

李金镯以为他要走，就做出送客的架势说："不吃了饭再走？"

江石笑着说："等哪天我带着茅台、烧鸡来上供，再在这儿自个儿吃自个儿送的礼吧！"

说着，并不走，却站在沙发旁边的书柜前头，瞄着那一排一排的书，挨个儿瞅书脊上的书名。

李金镯猛然记起丈夫关于"概不外借"的嘱咐，自己身上还负有看守图书的使命，就对江石说："他这书……"

江石接茬儿说："这书真不少啊！"顺手去拿三卷本的新版《金瓶梅词话》，"这书我借去看看，外边买不着，内部出的，只卖给作家！"

李金镯怦然心跳，心说：甭管内部外部的了，什么书也不能让你拿走！心里一急，就伸手拦住说："这书不能借！"

江石以为是怕他外传，就解释说："我自个儿看，保证不再借给别人，还不行吗？"

李金镯心说：拦的就是你，你的脸比别人白？高迈有话，概不外借！可是，这么脸对脸的，她不好把这话明说，一时急中生智，找了个理由："这书我正看着呢！"

江石倒是吃了一惊：大镯子在研究《金瓶梅》？真是近朱者赤、近墨者黑，透明皂大王受高迈的影响不浅哪，竟然涉足目前作家队伍的热门课题了！不由得刮目相看，挺认真地问李金镯："噢，你倒走到我的前头了。依你看，这次出的'洁本'怎么样？删去了那么多内容，影响不影响原著的风貌？"

李金镯根本不知道他说的是什么玩意儿，只好听话听音儿，跟他胡篡："那可不！掐头去尾，只能看个大概其。好比咱们看的外国电影儿，铰得一骨辘儿一骨辘儿的，都接不上茬儿了！"

她这儿胡篡，无的放矢，江石却硬往《金瓶梅》上安，对号入座，还真觉得她说得有理。因为江石是主张《金瓶梅》照原样出版，不必删节的，李金镯恰恰是希望外国电影不要“铰得一骨辘儿一骨辘儿的”，由此及彼，互相印证，观点明确，江石点头称是。

江石又问：“里边的人物刻画怎么样？你喜欢哪个人物？”

李金镯蒙了，她根本不知道书里写的是张三还是李四，没法儿回答，就绕了个弯子：“我还没有看完呢，等看完了再跟你讨论！”说着，就手把三本《金瓶梅词话》复归原位。

“别价！”江石说，“我先看第二本行不行？等你看完了第一本，咱再交换！”

李金镯说：“不行，我三本儿一块儿看！”

江石挺纳闷儿，眯缝着眼问她：“这上、中、下三本儿你总得看完一本再看另一本儿，三本儿一块儿看，怎么个看法儿？”

李金镯说：“我每天三本儿都看点儿。”

江石扑哧乐了：“哎呀我说大镯子，天底下有你这么看书的吗？你当这是三碟菜呢，一碟儿糖醋鱼，一碟儿白斩鸡，一碟儿熘肉片，你每样儿都吃点儿？”

李金镯没辙找辙：“那可不！”

江石乐得小眼睛眯成一条缝，八字眉乱颤悠，心说：这娘们儿真会瞎掰！他索性也不借书了，也不走人了，重新往沙发上一坐，慢悠悠端起茶杯：“大镯子，你这三碟儿菜都吃了多少了？我想见识见识！”

李金镯没词儿了。

书房里，高迈都快气死了！此刻，他手里要是有一支枪，准能一怒之下把老婆毙了！

事不宜迟，救场如救火，高迈倏地拉开门，只一步，就已经跨进会客室。

李金镯吃了一惊，脸腾地红了，喃喃地说："哟，闹半天你在屋，我还跟老江说你出去了呢！"

高迈心说：我要是真出去了，谁给你解围？洋相非出够不可！可是当着客人的面，他没法儿训斥妻子，只好压着怒火，故作惊讶地冲江石说："噢，江兄别来无恙？不知大驾光临，有失迎迓，抱歉，抱歉！"

江石并无责怪之意，只觉得好笑，嘻嘻哈哈地朝高迈说："算了吧你！我来了这么半天，你会不知道？躲在屋里唱空城计，让大镯子跟我云山雾罩！"

李金镯抱怨地瞪了高迈一眼："为了写那个缺德剧本，忙得他六亲不认了！"

这一来，让高迈抓住了理，朝江石说："缺德剧本是给缺德导演写的，顾了聊天就顾不了写，我是怕误了你给的期限！"

江石笑着说："这么说，我还得感谢你的闭门羹！哎，大作家，本儿写得怎么样了？"

高迈坐在他旁边，叹了口气，说："费劲！我好像是在沙漠里打井，掘了好几丈深，还找不到泉眼！"

江石一愣："噢，怎么回事儿？"

高迈又是一声叹息，抬眼看了看呆站在旁边的李金镯说："你还不做饭去？老江中午在这儿吃。"

"哎。"李金镯终于领到了自己得心应手的差事，就像得了赦令似的，转身就往外走，在会客室门口又站住了，回过头来请示高迈，"有鸡，有鱼，有啤酒，再炒点儿素菜，行了吧？"

高迈朝她挥挥手："你看着办吧，这还用跟我商量？"

李金镯果然身手不凡，饭菜很快就做好了，在门厅里摆满了一桌子，挺丰盛的。

高迈和江石边吃边谈，李金镯在旁作陪，兼负女主人和服务员的双重身份，斟酒布菜，不亦乐乎。

江石不客气地啃着一条鸡腿，问高迈："剧本的难处在哪里？"

高迈慢慢地喝着啤酒，说："说难也不难，依据现成的史料素材，把司马相如和卓文君的故事结构成一个剧本，是很容易的。问题是，我不甘心走老路、烫剩饭，把人家在戏曲舞台上演了多少年的戏，去掉唱段，加点台词，搬到电视屏幕上去。那样做，就用不着我了，你随便找哪个剧团，让他们照老本子演，你在镜头上鼓捣鼓捣就行了。当然，你不会甘心这么省事儿，所以才来找我。我呢？也不贪图你们那点儿稿酬——你们电视剧的稿酬比起电影和小说来简直低得可怜——我是想搞出一件真正能称得上艺术品的电视剧来。难！历史题材的作品尤其难！难就难在故事是旧的，作品却应该是新的，有新的发现、新的追求、新的创造。否则，人们就不看了。古人都已经死了，戏是给今人看的，要让今人认可，要有今天的时代感。"

江石嚼着鸡腿说："不，要有历史感，要准确地再现剧中的那个时代。"

高迈说："这是不可能的，任何人也做不到。历史已经成为历史，无法再现。古人的生活方式、思维逻辑、道德观念，乃至一些日常生活的细节、语言特色，都大大不同于今天，如实表现，就像把未经翻译配音也没有中文字幕的外国影片拿给中国观众看，听天书似的，不懂！比如，曹操的'东临碣石，以观沧海'，这'海'字，古音念成'米'，你在戏里要是这么念，就成了'外语'了！何况，更有许多东西已经被历史湮没，无从查考了，你怎么'准确地再现'？所谓历史感，实际上是今天的人立足于今天的时代去认识历史。历史，不属于死人，而只属于活人，永远是活人心目中的历史，如果有朝一日，地球崩溃，人类灭绝，历史就不存在了！”

李金镯又打开一瓶啤酒，给他们倒进喝空了却忘了添酒的空杯子里，嗔怪地说：“喝！吃！你们这是胡扯的吗呀？地球儿崩喽，就吗也吃不上喽！”

高迈瞥了她一眼：“地球崩溃之前让你一个人迁到月球上去，那儿还有兔子肉炸酱面给你吃！”

李金镯吐吐舌头说：“我可不去，要死咱们一块儿死！”

江石笑着说：“你看，大镯子对你的爱情多么坚贞，海枯石烂不变心啊！”

高迈喝了一大口啤酒，长长地嘘着气说：“是啊，永恒的主题！多少人为这‘爱情’二字讴歌，可爱情到底是什么呢？好像只是艺术作品中的虚构和想象，搞得很神圣；而在现实生活中又变得很庸俗，爱情成了婚姻的同义语，男大当婚，女大当嫁。嫁汉，嫁汉，穿衣吃饭！——哎，吃啊，吃啊！”

江石摇摇头，不以为然：“照你这么看，《凤求凰》该怎么写？难道卓文君跟司马相如私奔是为了穿衣吃饭？她爸爸那么大的富翁还养不起一个女儿，她非得自个儿去当垆卖酒混碗饭吃？”

高迈说：“古人又作别论，我说的是今天的人。”

李金镯不高兴了：“你别鼓吹‘今不如昔’！今天的人怎么了？我当初嫁给你，贪图你的吗了？一个‘臭老九’，四十六块钱的工资，还不如我呢！”

江石拿筷子指着李金镯，眼瞅着高迈说：“一个活卓文君！老兄，你可以写一个大镯子式的卓文君嘛！仔细挖掘一下当初你们从相识到相爱的心理过程，人物就活了嘛！”

高迈差点儿喷饭！心说：饶了我吧，你！我给她弹《凤求凰》？

有美人兮，见之不忘。
一日不见兮，思之如狂。
凤飞翩翩兮，四海求凰。
张弦代语兮，慰我彷徨。
无奈佳人兮，不在东墙。
愿言配德兮，携手相将。
不得于飞兮，使我沦亡！

这便是当年司马相如拜见文君之父卓王孙时弹唱的一曲《凤求凰》，卓文君隔帘而听，怦然心动，遂生爱慕之情，毅然与其私奔。

这和高迈、李金镯的罗曼史有多少关系？

“大镯子，给你招了个徒弟！”香皂车间机器班的班长刘利华这么嚷嚷着朝李金镯的搅拌机走过来了。刘利华，是个男的，却起了个女里女气的名字。他说不然，《三岔口》里的客店掌柜的也叫刘利华，一身好武功，鼓上蚤时迁一类的小花脸英雄。今人的名字古已有之，古人的名字今人接着用，这也是“历史是活人心目中的历史”之一小小的佐证。机器班班长刘利华是个四十七八岁的糟老头子，干瘦，虾米腰，鹰钩鼻，一脸黄胡茬子，眼珠也是黄的，松皮耷拉的脸上每边好几条皱纹，嘴里还有一颗金牙，也不知是什么年头儿镶的。

刘利华给李金镯带来的“徒弟”就是高迈。

“吗徒弟？在哪儿呢？”李金镯站在搅拌机后边的高台子上，可着嗓门嚷嚷。机器的声音太响，不这么嚷嚷谁也听不见谁说的话。

刘利华指着身后的高迈说："这不吗？给你个有力气的徒弟，往后，你这当师傅的就省点儿劲儿啦！"

李金镯往刘利华的身后一瞥，这才瞅见了那个白面书生，原来这就是她将来的"徒弟"，刚才她还以为是外边来参观的呢，没注意。这会儿一看，徒弟比师傅还大，他大概二十四五了吧？细高挑儿，漫长脸儿，戴副眼镜儿，穿着咖啡色的四个兜儿的军便服。那年头，男人的外衣只有军便服和中山装两种，灰、黄、蓝三色占绝大多数，高迈的一身咖啡色就显得有点儿特别了，多少带出点儿知识分子的味道。

李金镯不知为什么心里有点儿发慌，糊里糊涂地按了一下绿键，搅拌机停了。

"师傅！"高迈挺拘谨地叫了她一声。

李金镯不好意思了，赶紧说："叫吗师傅不师傅的？我也是学徒工，咱俩一块儿凑合着干吧！"

刘利华说："哎，学徒跟学徒不一样，上边交代了，他是来接受工人阶级再教育的。交给你啦，大镯子！"

刘利华走了。

高迈怯生生地看着他的师傅"大镯子"。这姑娘虽说个儿不矮，穿着工作服，戴着白帽子，挺像个工人阶级的样子，论年纪却不过只有十八九岁，说一口老里老气的天津话，叫那么个古怪的名字"大镯子"，小大人儿似的，真逗！

李金镯也怯生生地看着她的徒弟。

"哎，你打哪儿分配来的？"她问。

"外语学院。"他答。

"吗？外语学院？"她觉得奇怪，"外语学院也有制皂专业？"

"没有，"高迈说，"我学的是俄语。"

“那分配到这儿来干吗?”她更加不理解了。

“学的没用，来当工人，接受再教育。”高迈说。

沉默。高迈心中茫然，李金镯为他惋惜。

愣了半天，李金镯才说：“我想上大学没上成，你上完大学又白扔了。初中毕业的做肥皂，大学毕业的还是做肥皂，乌龟跟兔子赛跑，我倒跑到前头了，你说邪门儿不邪门儿?”

高迈被她逗乐了。这个小嘎嘣豆儿师傅还挺有意思的！

高迈就留在她手下了。

她带着高迈去领工作服、帽子、手套、胶鞋，帮他挑“经拉又经拽，经洗又经晒，经蹬又经踹”的，不要“再生布”的，保管员爱欺生，有姑奶奶在，甭想打马虎眼！

她手把手地教高迈干活儿。

“这是什么?”

“这是皂片！你瞅着跟刨花似的？跟富强粉揪片儿似的？咳，这就是皂片，是咱的料，打那边儿送过来，在传送带上就烘干了，咱把它装到搅拌机里去！哎，别用手抓，跟乡下柴火妞儿抱柴火似的，咱是工人阶级，使大耙子搂！您瞅着这耙子好玩儿？铁的！像不像猪八戒使的那玩意儿?”

“这是什么?”

“这就是搅拌机，咱们要手艺的家伙！你瞅，这机器其实没吗，就是个大铁槽子里装个铁麻花。这儿是开关，一摁绿键，就是关，一摁红键，就是开，你瞅，铁麻花转了，皂片也跟着翻腾起来了，这边儿下去，那边儿上来，就像个瘸子掉到水里，临淹死之前那么乱蹬乱踹!”

“这是什么?”

“这是灵丹妙药——香精、颜色啊吗的。开搅拌机没吗技术，关键就是配料。你瞅，香精搁多少，颜色搁多少，都有精确数字，拿量杯量。姑奶奶不是多少喝过点儿墨水吗？这方面儿从来没出过差错，给刘利华狗脸上贴金了。哎，你瞅，这兑色儿还有讲究：单搁红的，白皂片，出粉红；再兑点儿黄的出肉红；单搁绿的，出翠绿，再兑点儿黄的出嫩绿；红的兑蓝的就出藕荷色儿了。嘛？你说像画画儿的？我觉得倒像炒菜的，往这口大锅里搁点儿油、盐、酱、醋、葱花儿、味精、料酒……”

高迈腼腆地一笑。

“你觉得挺有意思吧？咱姐儿俩一块好好干!”李金镯说，口气像个大姐姐似的。高迈热爱她这项工作，这使她很高兴。

其实，高迈一进车间心里就凉了，这些简陋的设备和机器，半手工业式的操作方法，引不起他丝毫的兴趣。他的兴趣根本不在这里，哪怕这儿是造火箭的国防尖端厂子也一样，何况这儿是造肥皂！俄语系出来的高迈，他本来应该进制造精神产品的“工厂”，经过他的手，把那些文学大师的作品翻成中文，果戈理、契诃夫、陀思妥耶夫斯基、托尔斯泰……可是，命运让他来造肥皂，唔，是香皂。香皂又如何？红的、绿的、蓝的、紫的！他之所以耐心地听她讲解，看她表演，并且报以腼腆的微笑，完全是因为她这个人，这个如此年轻却又如此老练的小师傅，这个性格爽朗语言幽默的小姑娘，她简直具有语言艺术大师侯宝林的魅力，不动声色地带给人会心的微笑！

为了报答她给予的这点儿乐趣，他也得好好干。他疯狂地抡着大耙搂皂片，仿佛自己真的在扮演猪八戒似的，那九齿钉耙狠狠地砸下去，每一家伙都把小山似的皂片挖一个坑，皂片哗哗地往下流，变成奇奇怪怪的形状，像托尔斯泰的大胡子，像陀思妥耶夫斯基阴郁的面孔，一会儿又都不见了，像随着流水消逝的一摊泡沫，他的心里涌起一种幻灭感，为了驱散心头隐隐的痛楚，他继续疯狂地举起大耙……

身后伸过来一双手，抓住了大耙的铁杆。“慢着，伙计！饭要一口口吃，活儿要一点点儿干，这儿累死人不偿命，你歇着，我来！”

高迈猛然回过头去，他看见了一张美丽的脸，红扑扑的，汗津津的，在四周白茫茫的皂片包围之中，那张脸像冰雪中的一朵山茶花！他觉得奇怪，从来也没有这样注意地看过李金镯的脸，这张脸，过去在他的眼中仅仅是健康和友善，而现在觉得，完全可以称得上美丽！

在他愣神儿的时候，大耙被李金镯接过去了，山茶花消失在冰雪之中。

“大镯子！”刘利华在叫。

“你咋呼吗?”李金镯转过脸来，擦着汗。

刘利华朝高迈努努嘴，“让他干，小伙子有的是力气！这抡大耙根本不是女人干的活儿！”

李金镯朝他笑笑：“头儿，你才想起来说？这活儿姑奶奶干了三年啦，练出来啦！”

刘利华走过去，嗤地一笑，露出嘴里的那颗金牙，拍拍她的肩膀说：“你真傻，我这是心疼你！”

李金镯肩膀一歪，用大耙的铁杆把那只搭在肩膀的手撞开，“姑奶奶不领情，有这份孝心，回去心疼你家老太太去得啦！”

刘利华哼了一声，走了。

“你的嘴真不饶人！”高迈说。

李金镯说：“这老小子不能饶了他，他踩着鼻子上脸！”

“其实你不必为了我而得罪他，我多干点儿力气活儿没什么，接受再教育嘛！”高迈说。

李金镯说：“接受他的教育？越学越坏！你瞅，又在那边儿坏上了。”

高迈回头一看，那边的打印机停了。这道工序一停，前边的出条机也停了。

高迈说：“怎么回事儿？停电？”

李金镯说：“灯还亮着，停吗的电？他是想玩儿会儿，领导来了就说机器坏了，得检修！”

“咱们呢？”

“咱们也‘检修’，歇会儿！”

高迈觉得挺新鲜，他不知道工厂里的八小时工作制还有这么灵活机动的战略战术。

他们俩就坐在搅拌车后边的高台子上休息。

高迈从兜里掏出一本书，翻到夹着纸条的一页，往下看。

李金镯说：“你看的吗书？”

高迈说：“小说，俄文的。”

李金镯挺吃惊：“俄文？你怎么还看苏修的书？”

高迈笑笑说：“俄文就等于苏修？你没看见天安门广场两边的那四位老人家吗？马、恩、列、斯，说俄语的占一半呢！”

李金镯没词儿了：“还是你的嘴厉害，我说不过你。不过，你留神别让那小子瞅见，咱这儿上班干吗都行，就是看书不行。”

高迈连忙把书合上，抬眼望着刘利华。

那边打起来了！刘利华抱着一个中年女工在地上打滚儿，嘴里骂骂咧咧，别的人嘻嘻哈哈在旁边看热闹，还喊着：“加油！加油！”

高迈吃惊地说：“他们……这是干什么？”

“娱乐！”李金镯撇了撇嘴，“这些女工都让他当猴儿耍，他想耍谁就耍谁！”

“……”高迈无言地张大了嘴巴。

刘利华在一阵哄笑中站了起来，得意地掸着身上的皂粉子。被他摔倒的那位女工也在咯咯地乐，似乎完全没有什么羞辱与气愤之类。

刘利华喘息着说：“怎么样？我，刘利华，扁担打得它开了花，煮熟的豆腐也叫它生芽！”他瞟着周围的几个女工，“谁不服，接着来！”

“流氓！”高迈鄙夷地骂了一句。

刘利华这小子脑勺上也长眼睛，他突然转过身来，朝高台子上嚷：“大学生儿！你刚才说什么？有本事，下来练练！”

“什么叫‘练练’？”高迈问李金镯。

李金镯说：“就是跟你打架……”

高迈有些慌：“打架？我……”

李金镯捅捅他的腰，“别怕他，这小子欺软怕硬，你一硬他就软！他就会在娘们儿堆里逞威风，没真本事！”

高迈被刘利华一激，又被李金镯一挑，只好扔下手里的书，站起来，走下工作台，“练练就练练！”

刘利华捋胳膊卷袖子，也迎过来了。

那些女工的精神头儿为之一振，要看这二雄相争！

“慢着！”李金镯喊了一声，走了过来，手里提着那只大铁耙，递给高迈，“拿着咱的家伙！”又瞅着刘利华说，“咱把话说在前头，打死人不偿命！”

刘利华一愣，连连后退，“慢着，慢着……”

一场激战就这样没开场就结束了。

李金镯哈哈大笑，那些女工也跟着笑。

高迈似乎成了英雄。其实，他攥着铁耙把儿的手心里满是汗！

一阵虚惊之后，他无力地坐在台子上大口地喘气，早把刚才放下的那本俄文书忘了，事后再找，不知去向。

两天之后，高迈被厂革委会政工组组长叫到办公室去，那本书奇迹般地出现在政工组长的桌子上。

“知道你的问题是什么性质吗?”政工组长突然问他。

“……”高迈无语，心里纳闷儿，又有些紧张，他在琢磨这本书的来龙去脉，在考虑对策，担心有理也讲不清。

政工组长掂起那本书，摇晃着说：“工人阶级最爱读毛主席的书，你呢？手不离封资修黑货，还把它带到车间里去，想放毒吗?”

“!”高迈吃惊地望着政工组长严肃的面孔。

门突然被推开了，李金镯一阵风似的闯了进来。

政工组长不耐烦地看了她一眼：“你来干什么？这儿没你的事儿!”

“哎，别价!”李金镯说，“他是我的徒弟，师徒如父子，有什么差池，都是我教育得不够，找我好了!”

政工组长把那本书啪地摔在桌子上，“这也是你教他的吗?”

李金镯吐吐舌头，“这事儿？得找祖师爷，您问问列宁、斯大林得啦，他们都是俄文专家!”

政工组长发火了，“严肃点儿！怎么能拿革命导师开玩笑?”

高迈却镇定了，身边有他的小师傅在场，他的心不慌了，思绪也理清了，对政工组长说：“不是开玩笑。这本书是高尔基写的《母亲》，俄国最早描写无产阶级斗争的小说，受到列宁的高度赞赏，说这本书教育了一代革命者……”

李金镯没等他说完就乐了，朝着政工组长咯咯地乐!

他们带着那本俄文书走出了政工组办公室。

李金镯轻松地舒了一口气，“幸亏这书是无产阶级的……”

高迈说：“根本不是，这是果戈理的《死魂灵》，反正他也不认得俄文！”

李金镯得意地笑了：“你也学会滑头了！嗯，将来一定会有大出息！”

一年之后，他们结婚了。论年龄，李金镯还不够晚婚的标准，可是那时候有一条通融的政策：男女双方的年龄加起来满五十岁即可结婚，她沾了高迈的光，高迈比她大。他们的小家庭安在女方的家里。李金镯的父亲是“文化大革命”前夕调来北京的，制皂厂需要老技术工人，就全家从天津迁来了。独养女儿招上门女婿，高迈到李家入赘。他自己的父母都被发配到外地干校去了，在北京没有家了。

新的家庭给了高迈温暖。在厂子里，年轻的妻子则成了他的保护人，那种视知识分子为“臭老九”的年月，竟然也没有人再找高迈的什么麻烦，他渐渐成了一名熟练的制皂工人，紧张的体力劳动和灵活机动的战略战术相互交替，这种生活也不无乐趣。

…………

十几年过去了。刘利华老了，离退休不远了，由李金镯接替了班长职务，香皂车间的机器照样转动，照样生产各种香型的香皂，除了牌子的翻新和工人奖金的恢复，似乎也没有多少变化，只是每个人都老了十几岁，李金镯已经从当年的小嘎嘣豆儿跨入中年了。

高迈的变化天翻地覆，粉碎“四人帮”不久他便离开了制皂厂，成了专业作家。说起来，成功出于偶然。1976 年之后，被十年浩劫洗刷得一片空白的文坛上，突然冒出了许多过去不知名的作家，不管是教书的、插队的、当工人的，一篇文章打响，便出人头地。高迈想有所作为，却深深地叹息，他的俄语还是用不上啊！现在，日语、英语都成了热门货，电视教学、翻译片、畅销书……沸沸扬扬，唯俄语仍在冷落之中，要想翻译点儿苏联现代小说，连原版书都难以找到！看他愁眉苦脸的，李金镯无意中说了一句："干吗非得翻译人家的？你自个儿不能写吗？在制皂厂卖了十几年苦力，还不够一篇小说的材料？"

一句话提醒了梦中人，高迈提笔理纸，十几年酸甜苦辣，如泉水般涌上心头，他写啊写啊，写出了平生第一个短篇小说，牛刀小试，竟然首战告捷，一举成名！

他们搬出了岳父母家拥挤的宿舍，住进了新楼，家中的一切迅速地更新。高迈跨入了一个全新的领域，以文坛新秀的身份活跃在上流社会之中，创作会、笔会、座谈会、茶话会、宴会、舞会……应接不暇，约稿、拜访、会见、接见……夜以继日。他的才能像积蓄了多年的水库，一旦倾泻出来，无遮无拦，浩浩荡荡，洋洋洒洒，十年不到已写了近百万字，书柜中并排六七本新书都印着高迈的名字。感谢时代，感谢命运，感谢文坛伯乐。高迈对一切该感谢的都感谢了，唯独忘记了感谢生活，感谢历史。如果他身边不至今保留着这位开搅拌机的妻子，历史本可以割断了。

然而历史是割不断的，历史老人在作家的家里派了一位常驻代表李金镯，时时提醒高迈和他的文友们，使他们无法忽略过去的岁月，好像在高迈的脸上打了个肥皂模子似的烙印。

"历史是活人心目中的历史。"一点儿不错，有多少个活人，就有多少部不尽相同或者完全不同的历史，哪怕是刚刚发生在昨天的历史，在高迈和李金镯的记忆中也是不同的。

关于《凤求凰》的谈话难以继续，高迈和江石便把主要精力用于吃喝，对话越来越少了。高迈吃得很少，只不断地喝啤酒，闷闷的。大概由于李金镯在场吧，他怕她瞎打岔，在江石面前再出洋相。他希望他的妻子被别人尊重，而不是被嘲弄。这也是人之常情。

李金镯心疼地望着闷闷不乐的丈夫，试探着说：“活人也别让尿憋死，这个题目不好写，就不能写写别的？好比咱们造香皂，这个牌子卖不动，咱换个牌子就打通了销路……”

高迈的酒喝到了极限，气也憋到了极限，眼睛红红地瞪着李金镯说：“行了，行了，你就说到这儿吧！”

江石好觉没趣，默默地腆着胖肚子站起来，在桌子上留下一大堆鸡骨头、鱼刺。

李金镯垂下眼皮，收拾桌子。忽然朝江石说：“老江，你说，是当作家好，还是卖苦力好？”

好容易有人搭理江石，他审慎地问：“此话怎讲？夫人！”

李金镯叹了口气：“我说还是卖苦力好。他跟我开搅拌机那会儿，我还能看见个笑脸儿！”

第二章　活得好好的，怎么想到了死？

花开两朵，各表一枝。关于高迈和李金镯这一对夫妻之间的烦恼，我们不妨先放一放，暂且把注意力从他们的这个安静却不安宁、舒适却不舒心的家庭移开，从这座邻近交通干线的高层住宅大楼移开，穿过几条马路，跨过大片民房，随便走进一条小胡同去看看。

黄昏时分，夕阳把金黄色的温和的光洒在这些砖瓦平房上，使平淡的灰色活跃起来，错落的房脊起起伏伏，犹如丘陵地区的一座座小小的峰峦。瓦楞上跳动着一根根弧形的金线，瓦垄之间的阴影在慢慢地扩大。一缕缕淡蓝色的炊烟从房檐下徐徐地升上来，在空中飘散，与房前屋后的洋槐花、梧桐花、牵牛花、草茉莉花的香气相混合。

胡同里有许多人在走动，南来北往。步履匆匆的是由此穿行的过客，或是提着沉甸甸的网兜的妇女；或是空手挽着小伙子胳膊的姑娘，牛仔裤下的高跟鞋咚咚地敲着路面响过去；或是一面按铃一面在人缝里朝前挤的自行车，这里车与人可以混行，还可以骑车带人，没有交通警找“麻烦”。步履蹒跚的才是这里的住户，或是一个老头儿慢慢地推着竹制的婴儿车走过去，车里一头堆着青菜，一头坐着个嘴衔指头的娃娃；或是一个老太太端着一只土簸箕走出来，望望行人，朝那一排绿漆垃圾箱走去。墙根和路面都已沉在阴影里，只在人们的上半身闪着煌煌的斜晖。

一个男人蹬着自行车往北赶。他就住在这条胡同，却并没有在自己的家门口下车，一直往北赶，急急的。

从胡同的尽头再往西拐入另一条胡同，在一群人停着的地方，他下了车，支起车子，往人群里挤。他舒了口气，人群挤在这里，说明他并未迟到。这是些天天见面的人，却彼此都不知姓名，也不大说话，早晚聚首一次，匆匆而来，又匆匆而去，大家的目的是一样的。他们都眼巴巴地望着两扇漆成朱红色的门，等着打开，如同探监的人们等待着允许进入的时刻。

门打开了，人们鱼贯而入，争先恐后。少顷，便各人领了一个男孩或女孩出来，一边走，一边问：“今儿晚饭吃的什么？”“中午睡午觉了吗？”“跟小朋友打架了吗？”

那男人也把自己的三岁小女儿抱了出来，把她放在自行车前头的儿童加座儿上，推了几步，便抬腿跨上车，熟练地从人群中穿行着，扬长而去。他必须立即赶回家，家里还有人等着他。

此人姓何名泉，三十六岁，在附近一家商场工作，初为售货员，因为性情温和，待客热情，又手脚利索，账目清爽，不久便被领导改任为采购员，与各厂家打交道，信息灵通，货源充足，工作做得极有成绩。采购员是一项灵活的职务，来来往往，跑跑颠颠，没有明确的上下班时间概念，这也正好给何泉带来一点儿小小的方便，商场晚七点关门，他却可以五点多钟就去幼儿园接孩子，否则，这将是个难题。

何泉带着女儿珊珊驱车回家，进门楼的时候和街坊马大妈打了个招呼，马大妈告诉他，儿子亮亮已经背着书包坐在屋门口等他了。

“今天老师留作业了吗?”

“留了。”

“多吗?”

“多。”

“吃了饭再做作业吧，你先跟珊珊玩会儿，我做饭。”

何泉一边和儿子说话，一边把门打开。珊珊进屋就直奔床底下，找她那一堆杂乱无章的玩具。亮亮把书包扔在桌子上，“珊珊，来，我给你叠一个美国兵的船形帽!”

何泉已经开始了紧张而又井然有序的操作。自行车的后座儿上有捎带买好的菜、肉，取下来，飞快地择净，洗了，放在案板上，先细细地切碎，然后当当地剁起来。

“爸，吃饺子啊?”亮亮问。

“不，包肉龙,”何泉说，“饺子太麻烦了，我一个人包不过来。”

“我妈怎么还不回来?”

“别指望她了，她忙，哪天不是回来吃现成的?”

“还是爸爸好!”亮亮说。

何泉笑笑：“别尽说好听的了，你小子什么也帮不上我，一句好话哄得我团团转，给你们当奴才!”

亮亮在方桌上抖搂着书包，开始做他的作业，头也不抬，咯咯地笑着说：“爸爸怎么老说自己是奴才，跟电影里的那个李莲英似的!”

何泉揉着面说：“差不多，你妈是垂帘听政的老佛爷!”

珊珊戴着纸叠的船形帽，磨蹭在他身边撒娇："爸，我要喝橘汁儿水!"

何泉努努嘴说："我手上有面，让哥哥给你倒!"

亮亮踢皮球似的顶了回来："我还做作业呢!"

何泉鼻子里喷出一口怒气，扔下面团，在围裙上擦擦手，"好，还是奴才伺候你！奴才要是只螃蟹就好了，八只手，什么活儿都包了!"

珊珊撇着嘴，胆怯地翻眼瞅着爸爸。她知道，爸爸只要是自称"奴才"，就是有气了。"爸爸说话不好听，我不喝橘汁儿水了!"

何泉惭愧地叹了口气，做出了笑脸："爸爸不这么说了，再不说了!"他从小柜子里拿出橘汁瓶，倒在珊珊的专用杯子里，再兑上温开水，"喝吧，珊珊乖!"

三岁的孩子是很容易哄的，珊珊满足地享用橘汁儿水去了。这工夫，何泉的肉龙已经上屉了。

二十分钟之后，暄腾腾、香喷喷的肉龙端上了饭桌。亮亮自觉地收起了作业本。

"吃吧，亮亮!"何泉摆好筷子，说。

"爸，我要看电视!"珊珊扔了船形帽和水杯，嚷起来。

"珊珊真讨厌！你在幼儿园吃饱了，爸爸还饿着呢，让爸爸先吃饭!"亮亮说。

"我等你妈回来，跟她一块儿吃吧!"何泉放下刚刚拿起的筷子，抱起珊珊进了里屋，"来，奴才陪你……"

话刚出口，他就发觉自己走了嘴，停住了。一个男人，干这些婆婆妈妈的活儿就够意思了，别再婆婆妈妈地唠叨了。亮亮说得多深刻？像李莲英？一个太监，毫无男子气的男人!

电视里正在播放一部日本的电视连续剧，珊珊看得津津有味。何泉根本没看懂剧情，他的心思不在这儿，他在想，妻子今天怎么又回来这么晚？老是忙！日本的妇女就不这样，她们都不上班，在家里伺候丈夫、孩子，饭做好了端到丈夫跟前，还哈着腰等候吩咐，丈夫说句什么，她就“哈依！”中国和日本正好颠了个个儿，邪门儿！

亮亮在外屋已经吃完了饭，手里拿着个作业本走进来，“爸，这是今天的作文，明天交，您给我看看行吗？”

“作文？”何泉手里抱着女儿。心里想着妻子，脑袋还得贡献给儿子，“你念给我听吧！”

“题目：《我的妈妈》，”亮亮念道，“我的妈妈叫曾平，是一位中学教师，今年三十六岁。她个子不高，皮肤黑黑的，虽然不太漂亮……”

何泉听得不对味儿，曾平在儿子心目中怎么是这么个形象？他瞪了亮亮一眼，打断他说：“一个小孩子，怎么能议论家长漂亮不漂亮？在儿女眼里，父母是最慈祥可亲的人！这样写不行，得改！”

亮亮嗫嚅着说：“老师说，得先写人物的外貌……”

何泉说：“你妈的外貌有什么不好？她头发很黑、眼睛很大嘛，这都可以写！再往下念！”

亮亮跳过去一段，念下面的：“妈妈工作很忙，每天很晚才回家，我和妹妹都由爸爸照顾……”

何泉又打断了他：“你这不是拆你妈的台吗？改！你应该说：妈妈热爱教师工作，一心扑在工作上，把她的学生看成自己的儿女，为教育事业贡献青春，荣获全国模范班主任的光荣称号。重写！”

“哎。”亮亮合上作文本，回去重新做这篇文章，直到他的爸爸看过之后，点头认可，才算完成了任务。

模范班主任曾平回到家里的时候，两个孩子都已经进入梦乡了，丈夫何泉在等她。

“快吃饭吧，饿得够呛了吧?”何泉把肉龙从笼屉里端出来，上面还冒着缕缕蒸汽。何泉对妻子的体贴完全达到了日本女人的水平，并且，绝不像在孩子们面前那样自称“奴才”。

曾平大口地吃着，说：“今天回来太晚了，没办法的事儿。明天带学生春游，去樱桃沟，得把准备工作都做好。车子说妥了，一辆大轿子车，坐五十二个学生足够，连我五十三个。从司机那儿出来，顺便到王校长家里坐了坐，他说支部最近要讨论我的入党问题，让我做好思想准备。下星期局里有个会，也让我去参加，还得发言。看来，下一段更忙了。”

何泉说：“忙是好事儿，谁过日子都得有个奔头儿，有图利的，有图名的。你是榜上有名的人了，应该往前奔，不能往后出溜。”

曾平感激地看着丈夫，歉意地说：“就是不能公私兼顾，把整个家都扔给你，你的负担太重了。”

何泉不以为然：“你跟我不同，你有电视大学的文凭，现在是重用知识分子的时候，好好干，有前途。我最大就是个采购员了，又不想当经理，凑合着完成任务就得了，抽空儿多干点儿家务，免除你的后顾之忧吧！我插队的时候什么苦都吃过，身体好，这点儿活儿累不着!”

曾平更加不安了：“人家女同志都是贤妻良母，我算什么?整个儿和你交换位置了，这么下去，你都快变成家庭妇女了。咱俩是成一个，毁一个，为了我，把你给耽误了。要不然，你也可以上上电大什么的。”

何泉笑笑说：“得啦，我胸无大志，不求上进，甘愿为你做牺牲。记得有一出什么戏里说过这样的词儿：爱情，是给予，不是索取!”

曾平动情地说：“你还上升到理论高度了！的确，你给予我的很多，却从没有索取什么。可是，我也应该给予你呀，我给了你什么?”

两人已经吃完了饭，何泉把碗筷收起来，抹着桌子说：“你给了我劳动的权利呀!”

曾平不安地笑了:“你真会说话，挖苦人也挖苦得这么艺术！我来吧，我来吧，你该休息了!”

曾平把何泉手里的抹布抢过来，擦净了桌子，折叠起来，放到一边。然后扫地。

出去倒垃圾的时候，她把湿漉漉的墩布带进来，擦地。

何泉笑道:“大晚上的擦什么地？明天我擦吧!”

曾平一边擦一边说:“不忍心，不忍心！让我也尽点儿家庭主妇的职责吧!”

擦了地，又用湿布擦家具，大衣柜、小衣柜、椅子、床头、电视机架子、衣架，都擦遍。

何泉急了:“都快十一点了，你这是干什么？以后有的是工夫，明天又不死!”

曾平还是不停地擦。“不死才得干呢！我爱这个家，活一天就希望看着它像个样子！你还记得吗，这个大衣柜是怎么买的?”

“记得!”何泉抚着柜子说，“你从互助会借钱买的，一百一十块钱，怕我嫌贵，就骗我，说是三十八块买的处理品！要是现在，当然骗不了我，可那时候，我插队刚回来，不知道行情，还真信了。你这家伙!”

“不光是骗你，还骗了我妈，要是让她知道我花了这么多钱买嫁妆，准不干！这椅子是哪儿买的，你还记得吗?”

“记得，在菜市口信托商店。那天我约好了在六路车站等你，老远看见你提溜着一把椅子来了，到跟前一看，还是个外国货，像马克思的椅子似的。我问你多少钱买的，你说四块，恐怕又是骗了我吧?”

“没有，确实是四块，那时候这种旧货不值钱。你还记得咱买过一台收音机吗?”

“怎么不记得？长城牌的，二十七块，只用了一天就又卖了。唉，只用了一天！一天……”

两个人突然都不言语了，茫然地互相对视着，心里头同时记起了十年前的那一天。

那一天是他们的喜日，两个青年人在这里结成了夫妇。那时候，他们还只有一间房子，十平方米。刚刚由插队的地方“困退”回城的何泉财产近乎零，唯有这间房子可作资本。他幼年丧母，家中只有一个退休了的父亲，他以照顾父亲为名困退回来，然后，在青海工作的哥哥再把父亲接走，留下房子让他成家立业。家具几乎都是曾平购置的。她本来和何泉是高中的同学，又一起插队，以“病退”为理由回城，比何泉早二年。回城后，她侥幸进了母校当打字员，把菲薄的工资悄悄积攒着，等待着何泉的归来。

曾平的全家压根儿不赞成这桩婚事。她父亲已经过世，家余老母、两位兄长和一个妹妹。哥哥们都已成家立业，妹妹曾莉还小，刚上初中。母亲希望曾平能嫁个有出息的丈夫。“何泉连个工作还没有，你们结婚怎么过？只有爷们养活娘们，哪有娘们养活爷们的？跟他吹了吧，有合适的再找一个，年龄大点儿也不碍事。何泉跟你同岁，模样儿比你年轻，再过几年，你就像他的老大姐了，男人的心活，靠不住！”

任凭她瞎唠叨，曾平自己心里有主意，她和何泉是共过患难的朋友，立过山盟海誓，怎能因为他暂时没有职业就抛弃他？

就在那一天，他们结婚了。

岳母带着全家来到了他们的新居。

“妈，您来了？大哥、大嫂、二哥、二嫂，还有小妹，你们都来了？请坐，都请坐！”何泉跟在曾平的身旁，殷勤而谨慎地迎接他们，那神情，不像是乘龙快婿，倒像饭馆里的服务员。

岳母脸上挂着强做出来的笑容走进这间斗室，两眼挑剔地巡视着室内的一切，如同一位什么检查团的团长，此行的使命是吹毛求疵。

“哟，这大衣柜倒不错，米黄色儿，挺雅致的，比啊们那个红啦吧唧的强！哪儿买的？北京没见过这种样式的？”曾平的大嫂说。

曾平睁着两眼扯谎说：“这是何泉的大哥从青海托运来的，说是出口的！”

何泉在旁边听着，心怦怦地跳。

二嫂用手按着床说：“这床不错，还带弹簧的呢！”

曾平说：“这是老爷子特意为我们定做的，花了好儿百呢！”

何泉心中暗笑：床屉是买的旧货，床架是原来的床改了改腿儿，刷了刷漆。

“这椅子真好玩儿，像马克思坐过的！”小妹曾莉坐在那把旧椅子上，还跷起了两条腿，她和何泉所见略同，也想到了马克思。“哪儿买的？”

“这是四……”何泉想告诉她椅子的底细，却让曾平接住了话茬儿，往下说：“这是四十年前的东西了，他们家老爷子买的外国古董！”

何泉听了直想笑。

“检查团”把每一样东西都做了调查研究，结果，尚表示满意，他们相信何泉花了不少钱，不是白赚媳妇。那时候还不兴罗马尼亚家具、组合柜什么的，好糊弄。

何泉使出了全身解数招待贵客，滋滋啦啦炒了十几个菜。他的老父亲是退休的厨师，做饭是看家本领。

曾平为他们斟酒布菜，一家人吃得高兴。

“旁的客人呢？”岳母突然问。

曾平说：“都来过了，从昨儿晚上就待客，屋子小，只好一拨一拨地来，你们这是最后一席了。”

“怪不得满地都是瓜子儿皮!”小妹曾莉说，踩得地上哗啦啦地响。

端菜的何泉听得心酸，那瓜子儿皮是曾平有意撒的，造造气氛。其实。他们的婚礼连半个来宾也没有，他们没有钱邀请任何客人，连兜里的钢镚儿都凑在“检查团”的这顿饭上了。谢天谢地，他们吃得还满意。

“来点儿音乐吧!”小妹曾莉瞅见了桌子上的那台长城牌收音机，伸手扭开了开关，样板戏乐声大作，使这喜宴更加热烈。

曾平偷偷溜出来，凑在做汤的何泉的耳边说：“你听，你听，收音机里正在唱什么?”

“唔?”何泉想着心事，没听清楚。

曾平轻轻地哼给他听：“众匪徒吃醉酒乱作一团哪……”

何泉突然开怀大笑起来，里边的人不知道他笑什么，只当是人逢喜事精神爽呗!

第二天，曾平就让何泉抱着收音机去卖掉了，他们得吃饭哪！记得是卖了二十九块，比买的时候还赚了两块。

十年前，他们连一台旧收音机都用不起，如今，他们有了电视机。十年前，他们只有一把椅子和四只方凳，如今，他们有了沙发。十年前，他们只有一间房子，如今，住房面积翻了一番，何泉还设法买来了廉价的壁纸，把两间小屋装饰一新。十年前，他们是两个形影相随的青年，如今，他们有了一双儿女，成为四口之家。十年前，曾平养活了待业的何泉，如今，何泉挑起了全家的重担。

“这个家，全靠你!”曾平说。

“没有你，就没有这个家啊!”何泉说。

曾平笑了：“瞧咱们俩，互相吹捧呢!”

何泉也笑了。两人的笑都含着酸甜苦辣。

时钟的指针转到了十二点，两人上床安歇。屋里两张床，曾平陪女儿珊珊，何泉带儿子亮亮。

熄了灯，却睡不着。曾平闭着眼睛问："睡着了吗？"

"没有。"何泉说。

"睡不着就再说会儿话吧，"曾平说，"平常咱俩忙得连说话的工夫都没有。"

何泉打个哈欠，"明天再说吧，明天又不死，日子长着呢，干吗这么急着做总结？"

曾平笑笑说："你又说死，好像我明天就去死似的！"

何泉不在意地说："人都得死，谁也不知道自个儿什么时候死。听说有一对新婚夫妇，旅行结婚到了黄山，在天都峰想照张相，没人帮忙，就把照相机架在石头上自拍，两人挤在一块儿，只顾着瞅镜头，忘了后边是悬崖峭壁，一脚没踩稳，两人一块儿下去了，完了，照相机被人家捡去，那里面留下了他们永恒的爱！"

曾平闭着眼睛说："这故事倒是挺动人的！如果我们到了死期，我也希望这样一块儿死！"

何泉笑道："那可不行！一块儿死，两个孩子怎么办？"

曾平也笑道："这么说还得留一个？那你留下吧！"

何泉说："你留下吧，你比我有用，少了你，国家就少了个模范班主任！"

曾平说："还是你更有用，你是全家的顶梁柱！"

两口子这么开玩笑似的闭目交谈，话又说得那么平静，仿佛面临着死神的抉择，两人都是视死如归、争先恐后地去死的英雄。

"要是我真死了，你怎么办？"曾平闭着眼睛，把两手摊在被子上，像遗体告别仪式上的死者似的。她在体会“死”的味道。

“我为你举行隆重的葬礼，把我们这个家庭的缔造者送上天国。”何泉声调缓缓地说，真像致悼词似的。

“我不要隆重的葬礼，”曾平说，“一个平凡的人，不需要那么多人来悼念。我参加过别人的追悼会，发现到会的人并不都是情愿的，有的是为了死者，有的是冲着生者，给个面子而已。许多人是借追悼会的机会和老朋友见面，握手寒暄，扯些和死者无关的事，甚至还说说笑话。有的人是为了在这个时候结交名人，散发自己的名片。还有的人是去看热闹，如果死者遗留下较小的孩子，一定让他们戴上黑纱，一双小手捧着骨灰盒，做出悲剧效果，让人看着可怜，这才过瘾。这些我都不要，连孩子都不要来参加我的追悼会，到那天，你买两张电影票，让亮亮带着珊珊看电影去。别的人也都不要来，你一个人就足够了，我只希望活在你心里……”

“你永远活在我心里。”何泉凄凄地说。这玩笑开得庄严而又肃穆。

“骨灰盒怎么办？”曾平问。

何泉答：“不搁在八宝山，也不埋在地下，我把它摆在家里，朝夕陪伴着你，不让你寂寞。”

“不行，那样孩子看着害怕，”曾平说，“我要求你——能做到吗？把我的骨灰吃了！”

“能做到，”何泉一口答应，“我用水把它冲开。再搁点儿糖，就给喝了！这样，我们两人就融为一体了。”

曾平停了一会儿没说话，仿佛觉得自己已在何泉的肚子里了，死后有了安身之所。想了想，又试探地问：“你不会再结婚吧？”

这是一个更深层次的问题，既然想到了自己会死，就应该想到何泉再婚的可能。她似乎看到了不知何年何月之后的未来，她不在了，另一个女人成了何泉的妻子。她不安了，不能像想象自己的死一样想象这一切。死不可怕，可怕的倒是自己所爱的人又爱上了别人，这并不是单单曾平一个人的心理。试想，如果何泉先于她死去，她会再和另一个男人生活吗？“夫妻”，这一个人类专用的名词，并非动物的“配偶”可比啊，动物结合的基础仅仅是性爱，而人类结合的基础却是情爱，或曰爱情。建立爱情是多么不容易的事！这对她和何泉来说，意味着十年中的一切，这一切，难道能是随便哪一个别人可以继承的吗？

“我做梦也没想到过这辈子会结两次婚！”何泉说。

“应该想到，应该想到……”曾平的声音变得喑哑而迟缓。玩笑越开越真，她把自己的情绪弄得十分沮丧，像亲手编织的一个精美的工艺品，又亲手给撕碎了，心里空落落的。她伸手抚弄着身边熟睡的女儿，沉默了一阵，有气无力地说：“你还得生活啊！孩子怎么办？你一个人，又当爹，又当妈……”

何泉也被她所感染，心里堵得难受，好像自己真成了鳏夫似的。“我反正已经这样惯了。”他说。其实，他心里知道，这个家要是没有曾平，就完了，他的精神头儿一点儿也没有了。有的夫妻，两地分居，互相不能照顾，却仍然把日子过得有来有去，那是因为有一根感情上的线在牵着双方，都觉得有奔头。不信，死一个试试？就散了。有一个不在身边的爱人，或是一个瘫在床上什么也不能干的爱人，也是一个伴儿，这，谁都知道。平时，曾平确实不大顾家，可是，她对这个家的作用，又有谁能代替啊！呆呆地想了一阵，他说：“要是你不放心，我就把姥姥接来，对孩子也有个照顾。”

他说的“姥姥”是指孩子的姥姥，他的岳母。

他说这话的语气，真像是安排“后事”。

“那不行！”曾平的声音突然高了起来，斩钉截铁，“我宁愿让你再结婚，也不让我妈来！我这辈子最恨的是我的家庭，是我妈！她什么也不懂，也不爱，只爱钱。这十年，咱们是怎么过来的？她管过吗？只知道按月要钱！大哥、二哥四口人挣钱，工资比我们高得多，却什么都不管，好像妈是我一个人的妈！”

“妈毕竟是妈啊！”何泉在这个问题上不便附和，只能开导她。

“她哪像个当妈的样子？”曾平愤愤地说，“我两次生孩子，月子里她都没来过一次，却忘不了让小莉按月来拿钱！”

何泉说：“妈也有负担，小莉不是还在待业吗！”

“她待业，没事儿，怎么不能来帮我料理料理家务？算了吧，她们都是无情无义的白眼儿狼，不能理她们！我死了，这门亲戚就算断了，让孩子也不要认他们，什么姥姥啊，舅舅、姨啊，统统再见了，你领着孩子好好地过吧，我在天国等着你！”

“好吧，我一切照办！”何泉说，“问题是，不知道你什么时候死？”

“死？我才不死呢，活了三十六岁，刚刚喘过一口气，尝到一点儿人生的乐趣，夫妻之爱，天伦之乐，事业之志，才是个开头，我才舍不得死呢！咳！活得好好的，怎么突然想到了死？咱们今天准是发了神经病了，真是！”

“这都是你扯起来的，我可没盼着你死！睡吧，天快亮了，明天你还得出远门呢！”

第二天一早，曾平起身，匆匆洗漱，带上何泉为她准备好的肉龙，往学校赶去，五十二名学生兴致勃勃地跟着她，乘上大轿子车，直奔山花烂漫、春意盎然的樱桃沟。

她不该，不该在昨天晚上大谈其死，那些像玩笑又像呓语的昏话，却不幸言中，她果然没有回来！

也许，人一生的命运真的有什么冥冥之中的力量在主宰，好像在旅途上早已插好了一个个路标，等待你去走？

也许，人这种生物真的有一种尚未能被科学所解释的潜在能力，使之对前途有朦胧的预感？正因为朦胧，才不使人那么畏惧。

第三章　早知今日，何必当初？

当何泉和曾平这一对恩爱夫妻用虚构的死来表达深切的爱情的时候，作家高迈却在自己跟自己发火，把刚刚写了一集的电视连续剧《凤求凰》的手稿撕得粉碎，扔在地下，然后用脚去踩，好像那是一群令人生厌的蟑螂！

午饭之后，李金镯上中班走了，江石也告辞了，高迈醉眼蒙眬地倒头便睡，什么都不想干了。

他做了一个长长的梦。

他梦见，他带着李金镯去参加一个宴会，与会者都是作家、艺术家。宴会的主持者做了一个奇怪的规定：不准单身汉或单身女子出席，男的必须带夫人，女的必须带丈夫。高迈无可奈何，只好带李金镯前往。行前，他指挥李金镯进行了长达三个小时的化妆，让她穿上他精心替她选购的那些入时的服装，头发仔细地卷过，眉毛认真地修了，脸上搽了奥琪抗皱美容霜，嘴唇上涂了口红，脖子上还挂了一串金项链。这些，李金镯都乐于接受，女人没有不爱美的，现在不是以“傻大黑粗”为荣的时候了。使李金镯为难的是高迈要求她在宴会上尽量别说话，免得“露怯”。

“带了嘴去只顾吃？”

“你可不就这一样拿手吗？光吃就行了，别说话。吃的时候也注意文明点儿，不能像在你们厂食堂里那样，狼吞虎咽的，嘴里还吧唧吧唧响！”

“那当然喽！”李金镯笑笑，“哎，是不是还得给客人夹菜？”

“用不着，你算老几？又不是你请客！”

“那……要是人家给我夹菜呢？”

“你说声‘谢谢’就行了。”

“就这么着吧，唉！”李金镯勉为其难地答应去装哑巴。

宴会上，李金镯却没有信守君子协定。她的座位挨着江石的夫人。江石夫人是一位颇有名气的电视剧演员，很年轻，又很漂亮。尽管李金镯是初次跟她见面，但因为江石是高迈的朋友，江石夫人自然也就是她的朋友了，姐儿们、妯娌们似的，自己人，可以无话不谈了。她很不得体地赞扬江石夫人的美貌，说：“想不到，老江像个弥勒佛似的，媳妇倒像个天仙！”她揪着人家的衣裳，一件一件地问：“哪儿买的？多少钱？”还提溜着自己脖子上的项链，问人家是不是真金的。每上一道菜，她几乎都大惊小怪地问江石夫人：“这是吗呀？”

对这一切，江石夫人都报之以居高临下的微笑，并像导师似的做出种种解释。

阴错阳差，高迈的座位和她不挨着，只能频频地隔着好几个人向她使眼色，而她竟然毫无觉察。

好容易挨到宴会结束，高迈迫不及待地要带着老婆逃走，此时，乐曲高奏，开始跳舞。高迈走不脱，只好安排李金镯先在角落里坐一会儿，他先去转几圈儿，趁别人不注意时再走。

高迈请江石夫人跳舞，他想借此向江石夫人做些解释，弥补刚才李金镯的“露怯”。

“你的夫人真逗！”江石夫人笑着说，“什么都想问，跟小孩儿似的！”

高迈尴尬地说："她……没见过世面，让您见笑了。"

"不,"江石夫人说，"我没有取笑她的意思，她很朴实，很本分，不像文艺圈子里的人那样矫揉造作。高迈同志，我很敬重您，一个风流倜傥的作家，和一个普通女工妻子相处得这样和谐，这真是美德！实在说，这在文艺界是不多见的，如果换了别人，可能就会生出种种变故，什么'没有共同语言'啊……"

"唉!"高迈无言，只是叹了口气。

江石夫人停顿了一下，说："也许，我这话说得不合适?"

高迈说："不，不，谢谢您的美言。不过，您并不了解她，也不了解我。"

"怎么？你们中间也有……"

"没有，什么也没有。她对我很好，我们曾经共过患难，所以，我什么都能原谅她，也应该原谅她……"

"原谅？她对您有什么不忠诚的行为吗?"

"没有。恐怕是我对她的要求过高了些，我不应该……"

"您好像也有痛苦?"

"不，没有，我很……幸福。"

谈话是吞吞吐吐、欲言又止、莫名其妙的，只有高迈自己明白说的是什么。

谈话被打断了。江石夫人忽然停住了舞步转过脸说："您看，您的夫人怎么了?"

高迈蓦然回首，只见李金镯慌慌张张地绕过那些翩翩起舞的舞伴跑过来，嘴里嚷着："走，走！我受不了啦!"

高迈的脑袋嗡的一声，沉下脸问李金镯："你嚷什么？出了什么事儿?"

李金镯急赤白脸地说：“走！出去说！”

跳舞的人都停了，吃惊地看着他们。

乐队还在卖力地吹奏。

主持者气急败坏地朝高迈跑来，“老高，你先出去一下，不要把家庭矛盾带到会场上来嘛！”

“矛盾？我和她有什么矛盾？”高迈不由得升起满腔怒火，竟然抡起了胳膊，一个巴掌打在李金镯脸上！

高迈醒了，他平生第一次打了自己的妻子，虽然是在梦中打的，但在醒来之前他并不知道是梦。

如果这梦再短一点儿，他就不会做出这种鲁莽行为了；如果这梦再长一点儿，他就可以听听李金镯把他叫出场外要说什么了。

不必管它了，梦就是梦，梦境都是虚幻的，不能看作现实。从来也没有规定带配偶才能参加的宴会或舞会，高迈也从来没有带李金镯参加过任何会，这一切都是他胡思乱想的。

但是，梦也是他的一件“作品”。高迈所写的小说、剧本都是这样编造出来的，未必有真人真事做依据，只要读来觉得真实、可信，读者认为在情理之中，也就认可了。

那么，这件“作品”呢？他为什么把自己的妻子莫名其妙地编进梦中，加以嘲弄？

他不得不承认，这是他长期以来的一种潜意识在梦中的一种顽强表现。他的妻子使他痛苦。一个作家的精神生活是极为丰富的，而在家庭中，他和李金镯只是“柴米夫妻”。对于他那些呕心沥血的创作，李金镯只看作是“干活儿”，跟开搅拌机一样是一种谋生手段，每天看他写出了一沓稿纸，就笑笑说：“嗬，今儿又编了不少！”当他在写到高潮处，文思泉涌、妙笔生花、欲罢不能的时候。李金镯一声命令：“吃饭，吃饭！

还等我请几回啊?”使他愤然掷笔，食而无味。而在深夜静思，偶有所得，不可遏止地想和人交谈时，李金镯已昏昏睡去，鼾声如雷，又使他兴味索然。他家中不断客人，而他又最怕李金镯见客，那东一鎯头西一棒槌的谈话使客人捧腹，使高迈汗颜，不到万不得已、手中的工作实在放不下，他不会让李金镯去演出如今天上午对付江石的那种闹剧。他恪守一条准则：从不搞“夫人外交”，从不让李金镯在外边的正式场合抛头露面，因为他这位夫人实在拿不出手。

这些，只藏在他的心里，折磨着他，而他却又极力否认这些念头。他认为不应该有这些念头。是的，不少名流、学者都有个端庄秀丽、温文尔雅的贤内助，不仅是生活中的伉俪，也是事业上的伴侣，但也不全是这样，某位大名鼎鼎的作家就把目不识丁的“糟糠之妻”带到北京来，面对别人的议论、讥诮，坦然自若。高迈宁愿多想想后者，而不去正视前者，仿佛自己也得到了安慰，也坦然起来。

梦中的高迈比醒着的高迈要坦率，他在梦中失去了控制，因而更清楚地看到了自己。在光天化日之下，人的行为往往是虚假的，说的、做的、想的，不是想要如何，而是应该如何。而在夜幕之下、睡梦之中，理智的警戒被解除了，本能才被真诚地显露出来。

高迈做了一个荒唐的梦，一个严肃的梦。在梦中，他的婚姻、家庭、爱情、理想、追求……经历了一次检验，这检验使他在顷刻之间猛醒，又在顷刻之间重新陷入苦闷。

记得古代有一则笑话：一位旧书生于饥寒交迫之中做了个美好的梦，科举高中，招为驸马，于是珍馐美味也有了，金枝玉叶也有了，高官厚禄也有了，什么都有了。醒来之后，什么都又没有了，仍然是寒窗孤灯、衣食无着。他又接着做梦，那梦像连续剧一样，一段比一段美妙。书生欣然自慰：我且把梦境当真、把醒时当假，岂不妙哉！

高迈竟然希望把刚才的梦再接着做下去，看看会有什么结果。

生活不是梦，生活是严峻的。

这个梦，干预了他的生活。

他踢开被子，坐在床沿上愣了好久。一双脚下垂着，寻找自己的拖鞋，触到的却是李金镯的一双高跟鞋，一只朝天，一只朝地。他狠狠地踢开去，什么玩意儿！

他低下头从床底下找出自己的拖鞋，低头低得脑袋充血。他抬起头，无意中从床边的梳妆台上镜子中看见自己的脸，涨得发紫。怒气冲冲的样子。镜子前头摆着一排化妆品：雪花膏、奥琪抗皱美容霜、皮肤增白露，还有香水、唇膏。这些，都是刚才的梦中李金镯用的，也是她生活中用的，大都是她自己买的，有的还是高迈为她买的。

他突然生起一种极其厌恶的念头：人为什么要用这些东西来粉饰自己？虚伪之极，可笑之极！他伸手拂去这些讨厌的瓶瓶罐罐，任它们在地上摔得四分五裂。

他走进卫生间，想用冷水洗洗脸，压压火气，伸手拿起香皂，又勾起了无名火。那个嘈杂的香皂车间，猪八戒的大耙，瘸子跳舞似的搅拌机……够了，那种气味闻够了！他把香皂扔出去，管它什么香型！

他把脑袋伸到水龙头下，让凉水把头发浇个透，等到凉得彻骨，才直起身来，甩着湿淋淋的脑袋走开去。如果这时有人看见他，一定把他看成个落水鬼。

他揪了一条干毛巾，擦着脑袋，往书房走去。书房是他的天地，这里的空气也许能使他得以稍稍的平息。

稿纸散乱地堆在写字台上，钢笔都没有扣上笔帽，搁在最后一页上。那一页还没有写满，刚写到“一日不见兮，思之”就被打断了。他清楚地记起了是怎样被打断的。

还“思之如狂”哩，讽刺，简直是莫大的讽刺！他高迈从来也不曾体味过什么叫“思之如狂”！他觉得自己十分可怜，靠着贫乏的想象去猜测、去描绘司马相如初见卓文君时的心情，把好端端的一个《凤求凰》给糟蹋了。他根本不懂得《凤求凰》，那是上界的仙乐，是日月星辰、行云流水谱成的，而他自己，是凡夫俗子，东施效颦，附庸风雅。他不配！他仿佛看见了司马相如和卓文君在浩渺的天空向他投射过来轻蔑的一瞥，瞥得他自惭形秽。

他突然想起前几天去拜访一位他所敬重的作家，本来想谈谈小说，那位作家却没有兴致，把刚刚写好还没有拿去发表的一首小诗见示，诗曰：

相互热恋的人，
不一定是真的理解了爱情。
结为夫妻的人，
不一定感情越来越深。
歌唱爱情的诗人，
论证爱情的学者，
虽然都说得头头是道，
却未必都能处理好自己的爱情。
夫妻之间有矛盾，
恋人之间有苦痛。
欢乐和痛苦，
矛盾和爱情，
大概将同样永恒。

诗的题目就是《永恒》。他不知道那位年过半百的作家为什么突然写了这么一首诗，也许是对爱情的彻悟，也许是痛苦的呻吟。也许，他窥见了高迈的痛苦，以此来安慰或是惊醒他？

就是这么回事儿！高迈只有承认这《永恒》。

他受不了啦！伸手抓起《凤求凰》的手稿，撕得粉碎，连一页都不留！不要编造爱的神话了，爱情不是这样的！

上中班的李金镯心神不宁，搅拌机里的铁麻花像疯子一样打转，把血红的皂粉子翻腾得沸沸扬扬，像个开了膛的怪物把肚肠血污往外抖搂，使她触目惊心。

搅拌机突然停了，是刘利华替她关的。

“干什么？”李金镯恼火地问刘利华，她猜想这老小子蹿到操作台上来肯定不怀好意。

“你这是干什么？”刘利华指着铁槽子里血红的皂粉问，“透明皂干吗搁红色儿？班长！”

李金镯这才意识到自己闯了祸，“怎么的？我糊涂了！”

“你糊涂了，大伙儿跟着倒霉，这月的奖金得玩儿完！咱们可不像你那么阔，老婆孩子都指望这点儿奖金呢！”

“这怎么办？这怎么办？”李金镯手足无措。

“好办！”刘利华笑笑说，嘴里的那颗金牙闪闪发光，“磕出来，搁一边儿去，等下回做红色儿的时候再羼进去不就得了？真是！”

李金镯感激不尽：“噢，对，对！刘师傅，亏了您啦！”

“这没啥！我虽说不当这个班长了，也不能看着你出差错，谁让我是你的师傅呢！”刘利华帮她把红皂粉子倒出去，再装上白坯儿皂片，望着愣头愣脑的李金镯说，“大镯子，你今儿个是怎么了？好像心没在这上头？家里出了什么事儿？”

李金镯说：“没有，吗事也没有。”

刘利华笑笑说：“甭瞒我，我这个人眼里不揉沙子，咱们班上这些个娘们儿，一举一动我都心里有数。谁在家受气了，脸上准带相儿！你怎么回事儿？是不是高迈那小子……”

“你瞎扯吗呀？没有！”李金镯极为敏感地拦住刘利华的话茬儿，但那语气却没什么力量。

“哼！”刘利华冷冷一笑，“我就知道有这么一天！当初我不让你跟他摽得那么紧，你还把我当仇人，到今儿怎么着？唉，人家是个大学生，到咱这儿来劳动是一时不走运，韩信能忍胯下辱，一口一个‘师傅’地叫你，是想让你可怜他，你当是真跟你好？你跟他登记结婚的时候，我跟你说什么来着？‘大镯子，可别只顾眼前，得看远着点儿，他不会在这儿当一辈子工人，说不定哪天时来运转，你留都留不住他！听我的，先别登记，耗两年再说！’可你那会儿哪儿听得进去呀？如今，我的话都应了吧？”

李金镯默默地听着这些刺耳的话，竟然觉得不无道理。可是，她不能默认，嘴里还得说：“得了吧你！你是神仙？早知道‘四人帮’要垮台，知识分子要吃香？”

刘利华说：“我没那个本事。可我就认准一个理儿：夫妻好比一杆秤，秤盘秤砣两头儿平。那时候，你甭看他是徒弟，你是师傅，往根儿上说还是你巴结他。为什么？人家是大学生，你才初中毕业，瘦死的骆驼也比马大，你配不上他。现在怎么样？人家成了大作家，你呢？还离不开这搅拌机，这高山平地就显出来了！大镯子，姆们都替你悬着心呢，你会没觉出什么？”

李金镯装傻说：“没有，吗也没有呀！”

“唉!”刘利华说，“没有就好。你往后留点儿神就是了。没别的，钱上头你得把紧点儿，不能让他掌经济大权，男人手里要是趁钱，去干什么事儿你还不知道?”

“抽烟?喝酒?”李金镯说，“这些我都不短他的!”

“这都是面儿上的!”刘利华说。

“还有吗呀?”李金镯惶惶然。

“饱暖生闲事，你自个儿琢磨吧!”刘利华说到这儿就打住了，往台下走，又回头叮嘱了一句，“快拌料，那边儿供不上了!”

搅拌机又翻腾起来，李金镯心里也像开了锅。她当然知道刘利华说的“饱暖生闲事”指的是什么，厂子里有不少这样的“闲事”，刘利华本人就有过好几桩“闲事”，只是上了岁数，他本分多了，并且摆出长者的架子来，告诫年轻人了，这也是难得的。

高迈有没有“闲事”?好像是没有。他多数时间都是闭门不出，在家里写作，每天写好几千字，每年写几十万字，除此之外什么闲心也没有。不，家里还常常来客人，有男的，也有女的，有的坐在会客室聊天，有的和他一起关起门在书房里说话，一说就是好几个钟头，说的是什么，李金镯却一直没在意。他还常请人吃饭，在家里吃，当然是李金镯做，在外边呢?她就不知道了，高迈从来也没带她出去吃过饭，高迈上馆子花多少钱，她也从来不过问，钱是他挣的嘛!高迈还经常收到外边寄来的请帖，这个会，那个会。这些会不像厂子里开会，只讲生产任务、奖金什么的。高迈参加的会有些纯粹是瞎耽误工夫：宴会、舞会。他每次都去，去干什么?有什么人在吸引着他?

李金镯仔仔细细地回想在家里见过的高迈的朋友，像江石这样的不算，专排女的队。哟，女的还不少，她都记不得名字。有一个唱越剧的，南方人，自称是高迈的学生，进门就叫：“老撕，老撕!”好像要把高迈撕了吃掉，贱啦吧唧的，会来事儿。来了就缠着没完，让高迈推荐她去演电影，还想当主角，高迈好像挺不喜欢她，总是板着脸说："我又不是导演，没这个权力！"还有一个是什么刊物的编辑，老是死皮赖脸地求高迈给她稿子，有一次竟然说："您不给，我就给您下跪！"说跪就真的跪下了……这种人，高迈当然也不会喜欢。还有一个留披肩发的姑娘，自称是个文学青年，管高迈叫"高叔"，每次来都带来一大摞稿子，让高迈给她看。高迈还真认真地看，一边看，一边帮她改，等下回她再来了，就笑嘻嘻地还给她："这篇不错！"她就拿走发表，再留下一篇新的。咦，高迈为什么对她那么好？替她改文章，让她拿去发表挣钱，不等于送给她钱吗？难道高迈对她有什么"意思"？不会吧，那姑娘那么年轻，比高迈年轻二十岁呢！

李金镯这么忽来忽去地胡思乱想，越想心里越没有底，就像一个人走夜路，深一脚浅一脚地瞎摸索，瞅着黑黝黝的树影儿像一个个怪物似的。

今天的透明皂打得不好，透明度仅够二级。唉，班长的心里乱成了一锅粥！

下了中班，她一反常规，连澡也顾不上洗，就急急地往家奔，似乎预感到家里出了什么事。

夜班公共汽车上，人很少，她随便找了个座儿，坐下来愣神儿，继续想自己的心事。

她的前面，坐着一男一女，紧紧地挨在一起，轻声在说话。那女的，留着披肩发，像老来找高迈的那个姑娘；那男的，瘦瘦的，穿件风衣，头发挺长，戴副眼镜，有点儿像高迈。当然不是高迈，高迈不会三更半夜地出来坐车兜风，那女的也不是请高迈改稿的姑娘，只是都有点儿像。

李金镯本不想听他们说话，但他们说话不避人，如今搞对象的人都是这么大方。

女的说：“你得快点儿，我不能再等了！”

男的说：“我比你还着急！可是她死活不肯离，我有什么办法？”

女的说：“真赖皮，向秦香莲学习啊！不要紧，只要你态度坚决，法院一看确实感情破裂，调解无效，照样判离婚！”

李金镯心里一动：原来是这么回事儿，这“饯行”的还挺理直气壮！

男的为难地说：“你得给我点儿时间，这种事，不能操之过急，得考虑社会舆论！她最近老是到我们单位去哭闹，弄得人们都挺同情她，领导批评我好几次了！”

女的愤然说：“你们领导也太不通情达理了！硬撮合没有爱情的婚姻，对你、对她都没有好处！他们怎么也不为我想想？我这个‘预备夫人’得等到什么时候才能‘转正’啊？”

男的压低声音说：“我跟领导可不能提你，要是他们知道有‘第三者’插足，就更麻烦了！”

女的不以为然：“什么叫‘第三者’？法律上根本没有这一条！你呀你呀，真是个胆小鬼！早知今日，何必当初？那时候来缠我，色胆大似天，生米做成了熟饭，你又怕起老婆来了！现在，两条路由你选一条：要么为婚姻牺牲爱情，要么为爱情砸碎婚姻！”

李金镯吓了一跳，她头一回听说这“葛”词儿！

男的说：“你光有勇无谋也不行，得慢慢地想办法说服她……”

女的气呼呼地说：“你软啦吧唧的，一见了她就说不出话来，还是我亲自出马，给她来个‘逼宫’！”

男的央告说：“那可不行！她现在名义上还算我的妻子，受法律保护！”

女的毫不畏惧地说：“我也不犯法！你知道不知道？婚姻法规定‘感情破裂’是离婚的唯一理由和条件，刑法中不对‘通奸’治罪！”

“真的？”男的有些吃惊。

“当然是真的！”女的说，“我请教过一位律师，他说，在起草刑法时，有人强调‘通奸论罪’，可是人大在正式通过的时候，没有接受这种观点，这难道是一时疏忽吗？”

男的声音里流露出惊喜：“那就好了，我就是不离婚，不也照样可以……”

“呸！”女的狠狠地说，“想得美！你想脚踏两只船？”

男的低下了头。

车到了终点站。李金镯这才想起来自己已经坐过了站。败兴，听了一路人家的私房话，误了自个儿的路！

高迈的书房里亮着灯，在楼下就能看见，这证明他还没睡。

李金镯脑子里突然闪过了一个可怕的念头：是不是有哪个“野娘们儿”在里边儿呢？她的心怦怦地跳着，上了楼，掏出钥匙，轻轻地打开单元门，不让高迈听见，想来个突然袭击。不管是谁，我把她堵在里头！她当然希望事实并不是这样，但谁知道呢？道听途说来的那些只言片语在她脑子里勾绘了一幅图画，她越想越觉得可怕！

“谁？”高迈到底还是听见了她开门的声音，一声严厉的喝问从书房里传出来。

“我，我回来了。”李金镯回答。不知怎么回事儿，声音有些发抖，好像她是闯进别人家的小偷儿似的。

高迈就不再言语了，书房里既没有叽叽喳喳的说话声，也没有慌乱的脚步声。这证明书房里没别人。李金镯嘘了一口气，她心里嘲笑自己刚才太“神经”了，家里什么事儿也没发生！

她没往书房去，先进了卧室，想换换衣服，再去问高迈晚饭吃了没有。这个人，她不在的时候，自己是懒得做饭也懒得吃的，即使把挂面、作料都给他预备好，嘱咐他到时候煮煮就行，回来一看也照旧是一动没动。

卧室里的地上是什么东西？被脚踢得骨碌碌跑，咯喳喳响。她拉开灯，看见了那些摔得乱七八糟的化妆品瓶子、盒子。

李金镯的心乱了：这是怎么的啦？

她噔噔噔往书房走去，迎面看见的又是一地撕碎的稿纸！

高迈和衣躺在写字台旁边的长沙发上，看见她进来，连动也没动。

李金镯一肚子火，“高迈，你这是跟谁生气？”

高迈看也不看她，“跟我自己。”

李金镯踢着地上的碎稿纸说：“没本事当作家干脆拉倒，别拉不出屎赖茅房，拿别人撒气，摔我的东西干吗？”

高迈被她激火了，坐起来说：“对！我无能，我白痴，我草包，我饭桶！真是委屈了你这位千金小姐，当初干吗看上了我啊？”

当初？这是在责问她：早知今日，何必当初？如果不是刚才刘利华和公共汽车上那一对男女的“铺垫”，李金镯也许不会把高迈在气头儿上说的话往心里去，可是现在，却一下子打在点子上了。她听明白了，高迈的烦恼完全是冲着她，而且账从头算起，从当初俩人一起开搅拌机的时候算起！

李金镯慌神儿了！人们都说，如今的男人个个怕老婆，其实，更多的还是老婆怕丈夫。平时，丈夫让着她们，她们好似一家之主，至高无上；一旦丈夫翻了脸，就乱了方寸啦！不信，可以调查调查……

李金镯本是个泼辣女性，可是在家里——正如刘利华所说——她是“巴结”高迈、怕高迈的。她从来也没当过“一家之主”，只不过替高迈经营管理这个家而已，有些“丫鬟拿钥匙——当家不主事”的味道。现在，连当丫鬟的资格都成问题了！

当下李金镯傻了眼，心中涌出许多话来，却一齐堵在嗓子眼里，吐不出来，竟哇的一声哭了，瘫了似的坐在沙发上，哽咽了半天。才说出一句：“让人家说准了！”

高迈并不劝她，只冷冷地问：“什么说准了？”

“忘恩负义！”李金镯说，“你拍拍良心想一想，你刚进厂那会儿，是什么地位？一个‘臭老九’，戗风臭十里，谁理你？谁心疼你？要不是我瞅着你可怜，跟母鸡护雏那样护着你，说不定让人家整成吗样儿呢！那会儿我才十九，一个大姑娘，整个把心掏给了你！后来，人家不敢欺负你了，不是冲你有大学问，是冲我，姑奶奶在厂子里是惹不起的人物；是冲我爸爸，你这会儿瞅着他这个退休老工人不起眼，那会儿是你的保护伞！高迈，不是我们家收留了你，你能有今天吗？”

这是李金镯常念的一套经，十几年，不知念了多少次了，但每次的情绪、声调又各不相同，有时是甜蜜的回忆，有时是深情的感慨，而这次则是悲怆的抱怨。说到这儿，自己就被自己感动，鼻子酸酸的，眼泪跟着就下来。这一套也极能感染高迈，每当生活中有什么不顺心，两口子就说起往事，抚今追昔，忆苦思甜，感情得到抒发，烦恼被解除，两颗心贴得更近了，使他忘了妻子还有什么不足之处。觉得自己是幸福的。可是，今天真怪，听李金镯又念起她的“老三篇”，高迈竟然无动于衷，甚至觉得有些好笑：这能说明什么呢？只能说明我们是怎么成为夫妻的，如此而已。不错，你曾在我最困难的时候关怀过、帮助过我，恻隐之心，人皆有之，但这就是爱情吗？

“这些，我都记着呢，”高迈说，“一辈子也忘不了你的恩情，过去感恩，现在也感恩。欠债总是要还的，我不是一直在还吗？”

“还债？你把夫妻关系当成欠债、还债？”李金镯吃惊地看着他。

“你说那是什么呢？”高迈点燃一支烟，慢慢地吸着，喷着烟雾。他现在平静了。他后悔刚才怒气冲冲地和李金镯说话，那样不好，有点“没碴儿找碴儿”的味道。与其吵吵嚷嚷，不如平心静气地谈谈。“你不是常把那句话挂在嘴边吗？没有你李金镯，我就怎么怎么了，时时提醒我，欠着你的债呢。还吧，这辈子还不清，下辈子接着还！这没什么。我们中华民族有这个优良传统：知恩必报。我的家庭也有这个传统。我爷爷年轻时候是个流浪汉，身无分文流落到通县，给一家地主扛活儿。他感激主人收留了他，饭管饱，还管衣裳，就拼命地干活儿，后来当了长工的头儿，把地主的家管得井井有条，年年丰收。地主没儿子，只有一个独生女儿。为了感谢这个忠心耿耿的义仆，就把女儿嫁给了他，成了我的奶奶。我的爷爷、奶奶是很恩爱的，感情基础就是报恩，互相报起来没完没了，到后来也不知道到底谁欠谁的，还清了没有。我父亲那一辈另有一番景象。抗日战争中，我父亲在战场上挂了花，眼看快让鬼子捉活的了，一个年轻的卫生员冒死冲上去，把他背了回来，自己也中了好几弹，只是没伤着要害。他们一起被送往后方医院。这个卫生员是女的，父亲为了感谢她的救命之恩，就娶了她为妻，这便是我的母亲。当时他们的职位相差很多，一个是营长，一个是小卫生员；年龄也相差很多，一个快四十了，一个才十八岁；长相更不般配，一个像座铁塔，一个像朵小花儿。可是他们彼此都觉得挺合适。我至今想象不出，当时我的母亲莫非有天助之力，怎么会背得动死沉死沉的营长？当然，如果没有那一幕，就没有以后的一切了。我的父母后来白头偕老，相敬如宾，一直到死……”

李金镯拦住他这滔滔不绝的长篇大论，说：“得了，甭背你们的革命家史了，我知道你的血统比我们这些卖苦力的高贵，我爸爸是……”

“我从来也不认为自己的血统高贵，你的父亲、我的父亲，本质上都是农民，只不过一个穿上了工装，一个穿上了军装。祖辈、父辈传给我们的是一样的血液！他们常常教导我们的是一样的信条：人得有良心，不能忘恩负义！‘得好好干，要不然，怎么对得起……’这一句就概括了人生的全部意义。我曾经问过我父亲：当年您在战场上冲锋陷阵的时候，想的是什么？他一瞪眼说：‘什么也没想，军人嘛，该冲就得冲，宁死也得冲上去！要不然，怎么对得起……’你还记得吗？‘批林批孔’那年，厂里把一份写好的稿子让你父亲上台去念，为的是借用他这张老工人的嘴。他竟然真的念了。后来，你埋怨他，他说什么？‘咱不能不识抬举，不能对不起……’也是如此。他们所做的一切，都是报恩，好像一生下来就欠了债，得花一辈子的工夫去偿还它，从来没想到过自身的价值。……”

高迈又是滔滔不绝，像演讲似的。

可惜，听众只有一个人，这个人只听懂了其中的一点点儿，并且还不赞成。

“照你说，人就该没良心才对？当白眼儿狼才对？”李金镯再次打断了他的话，质问他。

“不是，”高迈说，“我认为知恩不报和施恩图报同样是可耻的。人生不应是银行，不应是交易所。穷的借债，富的放账。本钱又生出利息，必须成倍成倍地偿还。在这种交易中，赖账是不光彩的，讨债是天经地义的，债主可以索取一切，包括生命和爱情都可以作为抵押品！我说的不仅仅是《白毛女》里那个被抓去抵债的喜儿，连我的爷爷奶奶、父亲母亲，他们的婚姻也都是这种产物，千百年来的旧道德观念的产物！

当然，他们不会承认，因为没有‘黄世仁’去强迫他们，他们是自觉自愿的。唉。他们不懂！恩格斯说过：只有以爱情为基础的婚姻才是合乎道德的。他们不懂！”

高迈深深地叹息。

李金镯沉默不语。她听懂了，高迈这一番挺难懂的话，绕来绕去，终于落在了实处，她听懂了：无非是说他高迈和李金镯的婚姻是“感恩”，是“还债”，没有“爱情基础”，是“不道德的”！这使李金镯暗暗吃惊，她的猜测、刘利华的妄语，竟然被高迈招认了。她一心护着、敬着、爱着的丈夫，原来并不爱她，肚子里装的是这么一堆狗杂碎，借用一句前些年常用的话说：狼子野心，何其毒也！更使李金镯吃惊的是，高迈的这一套歪理，还找着了挺硬的后台，拉出个大胡子的恩格斯来当枪使！唉，知识分子难斗啊，从前用列宁对付政工组长，现在又用恩格斯来对付老婆，他想干吗呢？

想到这里，李金镯心灰意冷，心慌意乱，像一只既没有缆绳也没有桨的小船在水上晃荡，她似乎非被高迈抛弃不可了。

“行了，大知识分子！”她说，“你的意思我听明白了，你是喜儿，我是黄世仁，我霸占了你十几年，你的债早还清了，我又欠你的了，吃你，喝你，成了你的拖累。该怎么办吧？你说！”

高迈打了一个寒战。李金镯说的也许正是他要说的话，可是，他说得含糊，李金镯说得明白。自己的意思被别人如此明白地说出来，他又感到震惊，感到难堪。他，毕竟是个懦弱的人。

“我……不是这个意思。”他说，说得那么软弱无力，好像一个被当场捉住的小偷否认自己有偷窃行为。

含糊的辩解比招认更可恨，李金镯几乎得出了结论：高迈确有外遇。一种难言的悲哀掠过她的心头，这是爱，是恨。是爱极而生出的恨，当她发现自己一心一意爱了十几年的人如今在爱着别人，她不能遏制心头的愤恨。但是，这种恨，不是恨高迈，和许多刚刚开始觉察出丈夫有了外遇的女人一样，她恨的是那个企图夺走她的丈夫、毁灭她的爱的女人！她不情愿地想到，那一定是一个又漂亮又风骚的女人，说不定也是个大学毕业生，说不定也是个作家，甚至相当年轻，换句话说，样样比她“强”，要不然，怎么能把高迈的魂儿勾住呢？他一向老实巴交的，不是那种寻花问柳的人！一想到有一个尚不知名姓、不知模样的“强”女人在威胁着她，她浑身的每一根神经都紧张起来，很明显，她的前途无非两条：一是听任高迈把她抛弃，离婚，让他如愿以偿，让她无家可归；二是撕破脸跟他闹，死活也不能让他可心——说到底不能让那个在背后勾搭高迈的骚女人可心！而这两条，哪条都不是李金镯愿意走的，其结果都会使她失去高迈，而失去了高迈，对她来说就等于失去了一切。苦心经营的这个家，就这么拆了吗？十几年的夫妻就这么变成仇人了吗？以后，她还怎么生活？怎么见人？不能，绝不能！那样，她在刘利华那帮人眼里都不是个人了，甚至对自己的父母都没法儿交代！她本能地要和那个女人较量一番，只是还不知道她是谁？她突然产生了一种莫名其妙的好奇心。很想摸摸“对手”的底细，尽管感情上非常害怕知道。

“明说吧，”她朝高迈说，声音有些喑哑，好像声带充了血，“你跟谁勾搭上了？‘第三者’是谁？”她用了一个眼下很时髦的词儿。

她以为高迈听到这个词儿一定会像触电似的跳起来，冲她嚷嚷：“你管不着！”

恰恰相反，高迈无动于衷。“哈，”他竟然冷笑了一声，“你高抬我了，在这个家庭，你第一，我第二，没有第三！”语气甚至可以说有点儿遗憾的意思。

李金镯的心像鼓面被鼓槌“笃”地敲了一下，她觉得高迈的话拐了弯儿了，好像把“第三者”的意思有意扭到别处去了，“在这个家庭……没有第三”，是不是刺她一下：你连个孩子都没给我生！这是李金镯心灵中的禁区，她怕触及，一触及就由衷地痛苦，甚至感到对高迈的歉意。

她绕开这个禁区，硬着头皮继续朝主攻方向进逼：“没有‘第三者’？谁信！那些个骚狐狸，时不时地来找你，光我在家碰见的就好几个！”

“你见的那几个算什么？年轻的女作家有的是……”高迈扳着指头说出一大串名字，“你能一个个都去怀疑吗？只怕我高迈有意去高攀，人家还不肯低就呢！”高迈好像有意气她，显然把那些骚女人摆在他本人之上，更在李金镯之上。

“你有意高攀，攀一个试试！”李金镯嘴唇发紫，声音都颤抖了。

“我不想试，爬得高，摔得重！”高迈说，神情不阴不阳，不冷不热，好像在说插翅高飞遨游太空那种不切实际的事儿。他慢慢地抽着烟，看着那些丝丝缕缕的烟雾在面前飘散，懒懒地叹着气。停了一会儿，突然转过脸来，奇怪地盯着李金镯问：“你今天是怎么了？怎么尽胡思乱想这种事儿？”

李金镯被他弄糊涂了。瞧，他倒问起我来了，还不是你引起的？她想。你胡说八道够了，又装好人儿了，装得还挺像，好像心边儿没想过“第三者”似的。可是，要真是这样，你就该把我真正当成妻子，当成爱人！如今，你变了。像“东家”似的发号施令、指东道西，动不动就发火、数落，我都成了你雇来的“老妈子”了，雇人还得花钱呢，我是义务劳动！你以为我文化低就吗也不懂？连那些大字不识的工人、农民也懂得夫妻恩爱！你对我还有这些吗？

她的疑虑、她的惶恐、她的嫉恨，使高迈也感到悲哀。他当然知道，自己近来的烦躁和冷淡是造成这一切的起因，这伤害了她。应该说，她是一个称职的妻子，不该受到伤害。但是，难道高迈不是一个称职的丈夫吗？一个好丈夫和一个好妻子之间竟然也会产生隔膜，也会拉开距离，这又是什么引起的呢？没有爱吗？当初怎么结合的？有爱吗？那么，爱在哪里？作为一个作家，一个以探索人的灵魂为职业的人，高迈自不难深入地“反思”一下自己的历史，他甚至可以勇敢地解剖自己：他当初投入李金镯的怀抱，只是弱者求助于人的一种本能，这种本能又发展到感恩。并以法律形式肯定了下来，但是，这不是爱。或者说，只是广义的人类之爱，而不是狭义的男女情爱。他们的结合，虽有法律保护，又有道德的和生理的内涵充实，但终究不能生根发芽、开花结果，时间愈久，便愈加暴露出“先天不足”！但是，这一切，他能对李金镯明说吗？不能，面对面地对她说：“我不爱你！”她怎么受得了？她毕竟是自己十几年来同甘共苦的妻子，毕竟是有恩于自己的“恩人”，理论上的东西一放到实践中，就不灵了，高迈不敢想象，真把李金镯抛弃另觅新欢，他自己将会受到多少外界的谴责和内疚的折磨！他甚至后悔不该对妻子发火，不该不假思索地大谈什么“传统观念”和“真正的爱情”！

“你多心了，”他说，“这也难怪，如今文艺界风流逸事不少，社会上传得挺花哨！不过请放心，没有一个人指着我高迈的脊梁骨说三道四。也许我的作品并无出众之处，但就作风而言，还堪自慰、自豪！我是一个恪守传统道德的人，从不涉足风月场中，在家正襟危坐，出门目不斜视。你不信？你应该相信，咱们结婚十几年来，我没有任何大事、小事背过你，我还可以向你保证，无论现在还是将来，我都不会和别的任何一个女人在感情上产生什么暧昧和纠葛，创作就已经够我忙的了，我没有那份儿闲心。我今生今世不会结两次婚，你是我第一个妻子，也是最后一个，我可以……”他停顿了一下，十分严肃地望着李金镯，“可以庄严宣誓！”

他那古怪的样子很引人发笑，但李金镯却笑不出来，她哪里又有那份儿闲心！

高迈说完了。李金镯并没有想到他会一股脑儿说这么多，说得这么彻底、肯定。她不能不信，高迈说的都是真的。这就是她要向高迈讨的“底”，高迈已经向她亮底了。唉，夫妻是一种多么奇妙的关系！刚才还在剑拔弩张，转眼之间又化干戈为玉帛，李金镯应该放心了。不，一对成年的夫妻，毕竟不同于顽童“过家家”，可以在打闹之后又破涕为笑，握手言欢。感情这东西，一旦错位，就很难完全恢复原状。李金镯明白，在此之前高迈说的那些她听不太明白的高谈阔论，并不是信口胡说的，那是他情感的流露，心里有一种什么念头，行动上又做不到，就像嗓子里卡了块骨头，吐了半天没吐出来，只好又往回咽，那也不是好滋味儿。

“那你摔东西、撕稿子是干吗?”她问高迈。

“我烦！人都有烦躁的时候，也需要处处向别人解释吗？知我者谓我心忧，不知我者谓我何求！”高迈把手里的烟头摁灭在烟灰缸里，也在极力把心里的火熄灭，他没有勇气改变家庭的现状，宁愿一切如故。他极力压制自己，想结束这场气氛不大对头的谈话，“我以后再不这样了，再不这样了！摔了的东西，我给你重买，撕了的稿子，我自己重写。嗯？这总可以了吧？我们以后好好过日子！”

夫妻的确是一杆秤，现在，高迈那一头儿在往下压，李金镯这一头儿随之就升起来。你想打就打，想和就和？她想，我天生是个受气包儿，老得瞅你的脸色儿行事儿?

心里一阵委屈，李金镯不觉又垂下泪来：“就这么样儿一会儿好，一会儿歹，不顺心的日子还怎么过！”

“凑合着过吧！”高迈说，“有一位马拉松运动员说过一句极平常又极深刻的名言：当你坚持不下去的时候，坚持下去就是了！”

这真是一句振聋发聩的名言，它使李金镯的心顿时像铅块一样沉重。马拉松？真亏得高迈能找出这么个吓人的比喻，夫妻之间难道进行的是一场拼体力、耗耐性的长途赛跑？俩人走着同一条路，甚至肩并肩、脚跟脚，却彼此都把身旁的人看作对手，谁也不理谁，呼哧带喘地赛着跑啊跑啊，谁跑不动了，半路累死拉倒！

沉默。

秤杆不动了，处于持久的平静状态。然而分挂在两端的秤盘和秤砣都没有感到任何实际的分量和实际价值，好像在摆脱了地心引力的太空之中，处于失重状态！

无话。安歇。夫妻嘛，仍然像往常一样并肩躺在同一张床铺上，仿佛在并行的跑道上各就各位。

天快亮了。高迈经常是在这个时候才上床睡觉，他喜欢在宁静的夜晚写作，没有客人来打扰他，也没有电话吵他，甚至临窗的街上也极少车辆声，这种时候他的工作效率极高。他夜间写作的时候，照例是让李金镯先睡，而李金镯又往往是睡不着的，一会儿起来给他送一杯咖啡，一会儿送一碟儿点心，总是轻轻地、一声不响地放在他的稿纸旁，再蹑手蹑脚地退出去，怕惊扰了他。有时候，看见他左手夹着的香烟已经快烧到手指，烟灰寸把长地举在那儿，才心疼地提醒他一声。直到高迈自动停笔，他们才一起休息。而高迈的创作激情往往还要持续一阵，难以入睡，就服一片安眠药，他的枕边老是放着那个小瓶儿。

今天又要服一片安眠药了，不是因为创作激情无法平息，而是因为那一番令人不愉快的谈话！

高迈睡着了，李金镯却还醒着，她在回味着那一番谈话。十几年的夫妻，他们还是第一次谈得那么久、那么多、那么深，直插进她的心灵深处。爱情、婚姻、家庭，他们谈的是个大题目，高迈旁征博引，渲染发挥，夹叙夹议，淋漓尽致，有相当的内容是李金镯听不大懂的，她只有初中文化水平，而且这些年也不看书看报，更没有研究过什么理论。然而，作为一个妻子，她完全可以感知丈夫的心，即便是大字不识的乡间妇女也具有这样的本能。毫无疑问，她和高迈的这辆车出了毛病，驾辕的和拉套的在往两处使劲儿，似乎要走两个方向。这辆车非散了不可，这个家非拆了不可！一想到这里，她就觉得浑身的骨节儿都散了，没有了一点儿朝前奔的心劲儿。她维持这个家不容易！十几年了，简直像一头牛，拉着沉重的缰绳。低着头，一步一步朝前走，没有叫过苦，没有说过累，甚至没有停下来歇息片刻，一个劲儿地往前赶，可前头等着她的是什么？月光透过窗帘洒进来，照得地上白晃晃的，她睁着眼，看着室内的一切，仿佛觉得自己到了向这个家告别的时候，这里要让位给一个新人了。一个处处都比她强的女人，也许就是她曾经见过的某一位，也许高迈还要挑另外更好的。尽管高迈矢口否认这个可能性，但是，男人的话不一定是真话啊，老话说：“孩子是自己的好，老婆是人家的好。”这是男人的本性！谁能保证高迈不这样？他没有孩子，没有什么可以自豪的东西，是不是在心里把李金镯和别人的老婆比？难道老婆是一件什么家具，可以跟人家比来比去吗？难道老婆是一件衣裳，穿旧了就可以扔了换新的吗？唔，如今这种事儿不少哩，时不时地听说张三把老婆甩了，李四把老婆甩了，都是因为当了官儿或是成了名，还说得好听哩：“无爱的婚姻”。无爱，你们当初干吗结婚呢？是父母包办？是买卖婚姻？眼下城市里没这一套了，都是自由恋爱。只不过爱着爱着又不爱了。高迈不就是这样吗？你当初如果不是自己亲口对李金镯说我爱你，谁也不会勉强你，早就各走各的路了。李金镯又不是没人要的贱货，你想爱就爱，不想爱就甩？

一想到自己将被“甩”，她就立即想到了自己的父母。父亲退休之后和母亲又回天津定居了，他们在北京过不大惯。如果她被高迈“甩”掉，怎么样回去见自己的父母？她还想到了制皂厂的那些同事，怎么样向他们交代？十几年来，那些人一直对她和高迈的结合议论纷纷，过去那样说，现在又这样说，刘利华在上中班的时候说的话还响在耳旁，真让他说准了，要让他看笑话了，他是个专揭别人短处的人！

不，也许高迈真的不会甩她，和她照旧过，马拉松赛跑，累死了算，这就是他给她规定了的余生的行程。可是，她跑不动了，肩负使命的跑和无目的的跑是不同的，失去了目标也就失去了动力，她不愿意像一头牲口那样让人家拿鞭子赶着往前跑。当然也可以不跑，主动提出和高迈分手，各奔前程。她没有前程，她一向把高迈的前程看作自己的前程，失去了高迈，就不知道自己该走向何方了。

她不敢再想下去了，希望自己能睡一会儿，让迷迷糊糊的梦占住脑子，免得再受折磨。可是，她的头脑竟是这样清醒，一点儿睡意也没有。她的手无意中触到了高迈枕边的那个小药瓶儿，便拿了过来，想吃上一片，借用一下药力使自己入睡。她把药片倒在手心里，不留神把瓶儿都倒空了，手心里堆了十几片。她的心突然一动，产生了一个可怕的念头：都吃了，吃了就睡着了，永远不醒，永远不烦恼了，既不当拉车的牛了，也不参加马拉松长跑了，什么都不知道了，那多好！

她被自己吓了一跳，很奇怪为什么想到了死。死，多么可怕！一死，什么都没有了。不，死不可怕，既然活着是痛苦的，为什么不结束它？结束它吧，结束它！那样，她和高迈就都从痛苦中解脱了，以后高迈想干吗就干吗吧，她一闭眼就都不知道了。结束它吧，结束它！她知道自己的价值，这么大的中国，十亿人口，一名制皂女工是无足轻重的，有她，没她，搅拌机都照样转，各种香型的香皂照样上市，中国人绝不会因为没有李金镯就洗不上脸！

她决定这样做了，只是手有些哆嗦。她害怕再过一会儿就会后悔，命令自己快些做。她轻轻地下了床，倒了一杯水，把手里的药片塞在嘴里，含口水，一仰脖儿吞了下去。

她重新轻轻地上床，躺在自己的位置上，闭上眼，等待那个永恒的睡眠到来。

高迈一点儿都没被惊动，他睡得真死。

第四章　我当然乐意，他姨儿乐意不乐意？

车还没到樱桃沟就折回来了。原因很简单：出了人命！

既不是翻车，也不是撞车，连司机都没明白是怎么回事儿，车上突然掉下一个人来，司机从后视镜中看到，急忙刹车，已经晚了，后面跟上来的一辆车从那人身上急碾而过！两辆车都定在那儿，大祸已经酿成了。

警察闻讯驱车赶来，把两个司机问了个仔细，说的都是些行话，还用皮尺在地上量来量去。责任在后面那辆车的司机，单位、姓名、车号，收本子，扣人。前面那辆车的司机，死者单位的，赶快，送医院！

送医院只是个形式，人已死了，用不着抢救，唯一可用的是医院的太平间，在送八宝山之前先放在那儿，等着打官司。

何泉惊得魂销魄散，抚尸痛哭。曾平啊曾平，这是真的吗？怎么会？你昨天晚上还……

——她昨天晚上刚刚谈到了死，今天就死了。好像她知道今天会死，把一切后事都安排好了。也许她就是准备今天去寻死，去自杀？

不，她没有自杀的理由，没有自杀的动机！她昨天晚上是说着玩儿的，谁能想到这个玩笑开得这么惨！

一群人把何泉好歹搀出来，都是曾平学校里的人，王校长为首，他是校长，也是书记。还有许多何泉认识的、不认识的教师，还有一大帮学生。大家都在流泪，悲痛程度并不亚于何泉。他失去了妻子，他们失去了模范班主任！

曾平的母亲来了。老人家像是发了疯，嘴里喊着："平啊，平啊！"猛地朝王校长扑过去，一双手撕着他那呢料的中山装，恨不得从里边掏出五脏六腑，"还我的女儿！还我的平啊！"

王校长任她撕，任她骂。可怜天下父母心，老人家有权利这么做，让她出出气吧，王校长甘愿接受！

"你们这些个杀人不眨眼的！你们怎么不死？都活得好好的，怎么就摊上我的平？"

怎么回答她呢？没法儿说！据学生们回忆，路上什么事儿都没发生，曾老师一路上高高兴兴的，带同学们唱歌儿，给他们说，樱桃沟有什么什么花儿，让会画画儿的同学画画儿，会摄影的同学照相，喜欢生物的同学采集标本，还要求每个同学回来写一篇作文，最优秀的由她译成英文印发——她是英语教师。谁能料到会出事儿呢？唉！据司机回忆，车上坐满了，同学们要给曾老师让位子，她不肯坐，在车厢里来回走，和大家说话，也许正赶上她走到车门旁边的时候，车门突然开了，她就掉下去了！

"门肯定是你开的！你为什么开门？存心害人哪？你还我的平，你抵命！"老人家又去撕司机。

司机吓得浑身哆嗦："哪儿能呢？大妈！又不是公共汽车，我开门干吗？也不到停车的时候！可能是车门失灵了……"

“你为什么叫车门失灵？你司机是干什么吃的？”

问得有理，司机答得也有理：“出发前我检查过，车门没坏！我还防着意外呢，告诉他们别靠车门站着，要是曾老师坐在座儿上，就……”

这话不能往下说了，再说等于是曾平违犯乘车规则，自个儿找死。曾平当然不会找死。她的死完全是偶然的，太偶然了！司机不忍心再责备一个死者。王校长、老师们、同学们也不忍心，他们只有痛心，只有惋惜，悔不该让老师站着！

最痛心、最惋惜的是何泉，他是直接的受害者。说什么也晚了，也没有用了，人已经没有了，他的妻子，昨天还是一个生龙活虎、情意绵绵的人，今天，已经成为太平间里一具冰冷的僵尸了。他懊悔，昨天不该和她彻夜长谈，也许因为睡眠不足才出了意外；他又自慰，如果昨天不把话说完，就再也没机会说了！

何泉平时清冷的家，如今热闹异常。所有有关的人都来了，曾平学校的人，何泉商场的人，岳母的全家，亲戚，朋友，还有儿子的老师，女儿幼儿园里的阿姨……一片感叹唏嘘，一片哭哭啼啼，一片吵吵嚷嚷。

王校长就后事安排征求何泉的意见。何泉抑制着悲痛，竟说出了曾平临终嘱咐的那一套：不开追悼会，不致悼词，不请来宾，让两个孩子去看电影……

话未说完，王校长大骇：“何泉同志，你这是怎么了？是不是……精神受了刺激，所以才……不，不能这样！你清醒清醒，我代表学校……”

何泉垂泪说：“这都是她的遗言，我答应过她，不能违背。”

王校长惊奇更甚。年纪轻轻的曾平怎么可能早早地立下遗嘱？一定是何泉悲哀过度，精神错乱！

那边，老岳母早已哭着骂着过来：“你这叫混蛋！一日夫妻百日恩，我女儿刚咽气，你就这么对待她？良心呢？你的良心让狗吃了！”

何泉就不言语，把头埋在膝盖中间，一任她骂。死无对证，谁也不会相信他这昏话，只当他是“魔怔”了。

慌得王校长忙起身搀扶曾平母亲，请她坐在沙发上，一口一个“老人家”，百般安慰。王校长满头银丝，年纪尚在她之上，此时却如同她的晚辈诚惶诚恐。

“老人家，”王校长说，“曾老师是全国模范班主任，她的逝世，是我们学校乃至整个教育战线的重大损失！学校决定为她举行隆重葬礼，先搞一个遗体告别仪式，然后再开追悼会，请教育局长致悼词。学校号召全体师生员工，继承曾老师的遗志，学习她的……”

这套官样文章还没说完，老太太就哇地大哭起来：“平，可怜的儿啊！你就这么不明不白地死了，叫我可怎么活呀！”鼻涕一把泪一把，声音抽抽噎噎，抑扬顿挫，犹如唱评戏一般。

老太太背后，黑压压站了一排人，全是曾平的亲人。

大嫂扶着婆婆说：“妈，你别光顾哭啊，有话慢慢说，王校长给咱做主！”

二嫂接着说：“那是！人不能白死，这后事先等，得先说道说道，什么条件儿？”眼睛扫着王校长。

王校长心里一动，明白了。就说：“噢，刚才我还没有说到这一点。警方已经查明，事故的责任在后面那辆车的司机，人已经拘留，并且与他们单位协商，由他赔偿经济损失……”

“给多少？”二嫂问。

“具体数字……我还不太清楚，”王校长说，“政策有规定，估计在一千元左右。”

“一千块钱能买条人命?”二嫂愤愤然。

王校长哑口无言。是啊，生命诚可贵，死了个曾平，他再花一千元也没处买回来一个模范班主任。人的价值怎么能以金钱计算?

此时大嫂又插进来说:“一千块?够干什么的?我妹妹人口多，开销大，光拉账都不止一千块!还了账，他们爷儿几个还过不过?”

何泉听得纳闷儿，他家不欠账啊!

大嫂又说:“老太太怎么办?女儿没了，往后还能向姑爷要生活费吗?”

老太太大哭。

王校长没有想到这一层，嗫嚅道:“这个嘛，学校可以根据实际情况给予考虑……”

老太太哭得更伤心:“平!孝顺妈的平，心疼妈的平!妈情愿不要你每月三十块钱也舍不得你死呀!”

何泉心里一动:往常给老太太每月二十。

王校长心里明白:老太太要价了，不得少于三十。他想了想说:“这样吧，你们的意见……”

王校长要做总结了，可现在还不到做总结的时候。曾平的大哥靠前一步说:“你们这是干什么?不能光算经济账，得算政治账!”

王校长抬头看着这个五大三粗的汉子。

大哥说:“王校长，我妹妹生前的表现……”

王校长说:“表现很好，是全体教师的表率!《人民日报》《光明日报》《北京晚报》都登过她的事迹，有口皆碑!”

“那你们怎么到现在都没有发展她入党?”

“这个嘛，党组织一直关心她的政治生命，最近再次讨论了她的入党申请。做一个党员，她完全够资格了，党总支的意见在九月份发展她，正好赶在第一个教师节。”

“哼，她等不到了！”大哥哥愤愤地叹了口气。

“是啊，很意外，”王校长也叹了口气，以表达由衷的遗憾，“不过，我可以提请党总支考虑，并报请上级党组织批准，追认曾平同志为中共正式党员！”

“还应该追认为烈士！”这回说话的是二哥，“我妹妹是因公牺牲的！”

又是一个新问题，王校长有些为难了：“因公牺牲是不错的，可是追认烈士……还有具体的政策规定。”

“什么规定？您说，为什么因公牺牲不算烈士？”二哥咄咄逼人。

王校长答不出，他这辈子还没经历过这种事儿，也没研究过这方面的政策，只觉得一个人的名字要和黄继光、罗盛教相提并论，恐怕不是轻而易举的，也不是他王某人说了算的。

他只好答应向上级反映，等候裁决。

“还有什么要求？”他的眼睛巡视着这一排占压倒多数的死者家属，胆怯地问，声音有些打战。他担心今天走不脱，不知还有什么强人所难的问题提出来。

大哥、二哥、大嫂、二嫂一齐把目光看着老太太。老太太又号啕大哭起来：“平啊，平！你死得惨啊，丢下疼你爱你的妈，丢下你那没成年的妹妹，叫呣们怎么过啊！”

“王顾左右而言他”，老太太又扯到曾平的妹妹。王校长这才想起，还有一个人没出场呢！

曾莉并没走远，就在里屋，一针一线地给珊珊、亮亮缝了两条黑箍，戴到胳膊上，此时听得母亲点到她，便揉着红红的眼睛走出来，半跪在老太太身边："妈！您别哭了……"

老太太越发哭得伤心，抚着女儿的头，眼泪吧嗒掉在她的头发上："王校长啊！谁瞅着这孩子不可怜啊？她爸死得早，起小靠她平姐拉扯大，平一死，往后她可靠谁啊？二十一了，还没个工作呢！"

曾莉俯在妈腿上呜呜地哭。

大嫂说："妈，您甭难过！组织上有规定，因公牺牲的，可以让家属顶替。珊珊、亮亮还小，还不该小莉顶她姐姐？"

二嫂说："当然是这么着！王校长，您说呢？"

王校长说什么？他心里翻江倒海！哪儿想到会有这么多麻烦，连环套，一环扣一环，看来，这家人是商量好的，得寸进尺，没完没了啦！此时，他心中为曾平之死而引起的巨大悲哀不知不觉消退了大半，只为陷入重围的自己着急了。曾平啊曾平，我宁愿以自己的死换回你的生，别这么折磨我了！你好端端地立下了那么神圣的遗嘱，却不知道身后事是这般模样！

曾平的遗体在医院太平间里静静地躺了半个月。

王校长半个月没睡一个囫囵觉。他瘦了一圈儿，原来红光满面，如今蜡黄泛着灰绿，干巴巴起了好多皱纹；原来抽烟极少，如今一支接一支；原来笑容可掬，如今一脸苦相。

这半个月好奔波！从家到学校，到教育局，到市委，到死者的家，还得到医院。医院没完没了地催他：遗体得赶快火化，不能再存放了！死者家属一口咬定：不答应全部条件，甭打算烧！

"条件"一个比一个难办。

最容易的是车祸赔款。警方的事儿，有明文规定，不必讨价还价，款子直接由肇事单位拨过来，一张支票解决问题。

其次是入党问题。支部讨论了一次，同志们为曾平的死而惋惜，赞扬了她生前的工作成绩，但也提出了一些美中不足。有人说：曾平之所以工作做得好，是因为她的爱人何泉特别支持她、成全她，把家务都揽下了，她才能没有后顾之忧。别的同志多数都没有这个条件，拖儿带女，百事缠身，要不然，也不会次于曾平。言外有愤愤不平之意。有人说：曾平好大喜功，有浮夸风，报纸上关于她的报道，好几处与事实有出入。发表前她本人看过清样，竟然不予改正。又有人说：曾平是一花独秀，孤芳自赏，教师中很少合得来的，群众关系不好。还有人说：曾平不孝敬老人。自从结婚以后没有回过娘家，生活费还得她妈派她妹妹来取。更有人说：曾平违反了计划生育政策，别人只生一个，她生了俩，还没罚款呢！为什么纵容她？她既不是归侨，又不是少数民族，凭什么？……简直一无是处。这样的人，能当党员吗？最后举手表决，竟然一半对一半。

王校长发火了："人非圣贤，孰能无过？既然死了，就不必苛求了！"他一一批驳那些反对意见：后顾之忧，人人都有，只看怎么克服，曾平的成绩是明摆着的，不能因为她爱人好就否定她忘我的工作；报纸上的文章，校长也看过清样，责任在他；至于群众关系嘛，曾平不是党员，本身就是"群众"，倒是在座的党员同志应该扪心自问，平时怎么团结人家的；至于孝敬老人问题，这些天来，他根据自己和曾平的母亲打交道的体会，觉得这位老人也确实不大好"孝敬"。计划生育问题嘛，王校长就略去不谈了，他能说什么？算了！王校长说完，再次举手表决，刚刚获得勉强多数，就算通过，再报党委批准。同意追认曾平同志为中共正式党员——追认就没有预备期了。

追认"烈士"就更难了。

王校长专门请教了上级，答复说：因公牺牲有多种情形。比如矿井塌方，许多矿工井下丧生，显然是死在工作岗位上，是“因公”，但能一律算烈士吗？再比如运动员在球场上踢球，不慎伤了内脏，一命呜呼，能算烈士吗？干脆再举个你们教育界的例子，一位老教师在讲台上突然心脏病发作，抢救无效而死，能算烈士吗？

王校长承认说得有理，但又解释说：“曾老师是在带着五十二名学生外出春游的时候牺牲的，学生都安全回来了，她自己却……”

上级说：那就要看看具体情况了。当时有没有什么危险？比如说，有一匹惊马冲过来，眼看就要伤着学生了，她挺身而出？或者，一个学生差点儿跌下悬崖峭壁，她用自己的身体……

王校长失望地摇摇头，这些都没有。不过，他愿意再调查调查当事人，看看能不能挖出点儿材料？

于是，吓傻了的五十二名学生，还有那名心有余悸的司机，再次受审。

“你们当中哪一个不好好地坐着，往车门那儿跑了？曾老师是为了救……”王校长问。

学生们你看我，我看你，互相证明，谁也没动窝儿。

“就算没动。你们谁向曾老师提出什么要求？曾老师为了帮助你们，只好跑来跑去，不慎……”王校长再问。

学生们大眼瞪小眼，异口同声说：我们什么要求也没提！

王校长只好把目标转向司机：“你是不是请求曾老师守着门？”

司机连连否认：“哪儿能啊！我不是跟您说了吗，一再提醒他们别往车门那儿站呢！”

学生们证明：是这样。

王校长为难了，他总不能强迫他们说假话。

学生们和司机都不知校长的用意，以为是追查责任。他们热爱曾老师，但不能把人命官司硬往自个儿的头上安啊！要是他们知道这是为了给曾老师争取烈士称号，也许愿意违心地编造一点儿情节！

毫无收获，王校长失望了。

王校长垂着头坐在何泉家的沙发上，一群人扇面似的围着他，他不敢看他们，好像一个负债累累的人面对着他的债主们，任凭你们怎么发火，怎么埋怨，怎么凌辱吧，他是无法把债还清了。

长久的沉默煎熬着每一个人。

“合算我们提的条件您一样都没办到？”大哥说，语气很横。

“报纸上一个劲儿地说提高教师的地位，完全是瞎掰！骗人玩儿呢？你们！”二哥说，要打架的阵势。

“您这校长是怎么当的？”大嫂说，口吻严厉似校长的上司，教育局长什么的。

“一条人命就这么白搭进去了？没门儿！”二嫂说，态度强硬，坚持原来的立场不变。

“平啊，屈死的平啊，你在黄泉路上等着我，妈不活了，妈跟你做伴儿去了！”老太太连哭带唱，向王校长下了最后通牒，即是说：条件不答应，她就死去！

王校长只是一言不发。

何泉耐不住了，喃喃地说：“不能再等了，人都在太平间停了半个月了！再不火化，就……”

大哥拦住他说：“唔，一切严重后果由学校承担责任！”

王校长把头垂得更低。

何泉抬起头来，乞求地看着这些“娘家人”说：“妈，大哥、二哥、大嫂、二嫂！王校长他也有难处，咱不为他着想，也得为曾平着想。这样下去，她不能瞑目啊！”

王校长胸中涌起一股感激之情，他没想到还会有人替他说话。何泉毕竟也是这所中学毕业的，有师生之谊。这使王校长看到了一线希望，“娘家”再厉害，何泉毕竟是事主，有他这个态度，那些条件也许还有通融的余地。

“那不行，”大哥说，“不赔偿经济损失，法律也不容！”口气仍很坚决，但已暗暗地将条件削去了政治内容，仅强调经济了。

“那是！”二哥附和说，“咱们不是伸手向国家要钱，有政策嘛！”

“娘家人”们你一言我一语，渐渐地统一了口径，只讲钱了。

王校长顿时觉得浑身的关节都松宽了些，这样，他就好办了。他这才体会到：对付讨价还价，最好的办法是沉默。

“我还是希望……”何泉乞求地望着王校长，“希望领导能在政治上对曾平的一生做出适当的评价。”

王校长抬起了头，用悲哀的目光巡视着曾平的这些亲人。他不是故作悲哀，半个月来的艰苦奋斗使他苦不堪言。现在，这种悲哀已经过去了，刚才的一刹那，他甚至感到一丝快慰。但他仍然应该以悲哀的表情说话。

他说他对曾平同志的突然逝世感到无比悲痛。这虽是说了无数次的一句话，还得再说，因为这是带有总结性的发言，必须从这里开始。接下来，他说学校完全理解和充分同情曾平同志的家属的悲痛心情。这句话是属于安抚性质的，不可省略。然后他说他本人对死者家属提出的要求是支持，并且力争全部给以满足。这样，无论满足与否，家属们对他个人都是感激的。“但是……”他在人们不无好感地、平静地、怀着朦胧希望地听他继续说下去的时候，他重重地抛出了“但是”两个字，然后再狠狠地泼冷水，讲他“个人”怎样怎样和“组织上”交涉，“组织上”摆出怎样怎样的政策，使他“心有余而力不足”，“爱莫能助”。他一样一样历数那些没办到的事情，听的人心一阵比一阵冷。

说完了吗？好像是说完了，他不言语了，表情挺沉痛。

“娘家人”透心儿凉！

老太太差点儿背过气去，嗓子里哑哑地说：“怎么着？合算一个子儿都没有？”

现在，终于到了王校长由被动变主动的时候，他接下去说：“经过我们再三交涉，再三争取，最后由警方决定车祸的肇事单位赔偿死者家属两千元！”

说到这里，他拉开随手带来的提包的拉锁。取出两沓崭新的钞票，向何泉递过去，像发奖金似的。

何泉一见这钱，眼泪就涌了出来，手捂住了脸。老岳母把钱接了过去。

这就算完了吗？“娘家人”都认为完了。

其实并没完。王校长此时如释重负，又宣布了由校党总支做出的两项决定。他特别强调“党总支”三个字，表明这不是按照上级的指示而是由他主持决定的，对领了钱就不再抱任何幻想的“娘家人”来说，就像是额外恩赐。这两项决定是：

一、追认曾平同志为中共正式党员。

二、接受曾平同志的直系亲属一名来本校工作。

王校长说完，端详着他的对手们。

他们都哭了。一直不大说话的曾莉珠泪涟涟，仰望着王校长，像对待救命恩人似的，因为那个名额显然是她的。

王校长突然觉得他们都很可怜，在这以前他曾觉得他们很可恶。这些人显然并不高尚，很贪心；但这贪心也不大，很容易满足。

王校长终于赢得了胜利，为了胜利他不得不使用了一点儿谋略，而这些谋略竟然未被对方识破。他心中隐隐感到愧疚，为自己的“狡诈”。

曾平的遗体好容易得以过关，送八宝山火化。

遗体告别仪式免了，因为……天气热了，又搁得太久。追悼会按原计划进行，人到得不少，挤满了小礼堂，由教育局长致悼词。

曾平的“遗言”一样没照办。珊珊和亮亮也没去看电影，他们臂戴黑纱，捧着亡母的骨灰盒，催下了好多人的眼泪。

何泉没履行他答应曾平的诺言。事实上，即使他坚持也做不到，他身不由己。

有一件事，也许他本可以做到：把骨灰兑水喝下去。他没喝，也没敢说出来。他想，那样做，别人一定把他当疯子，他还得做人，不能去干疯事儿。那骨灰，就留在八宝山了。

追悼会当天的晚报上，登载了一篇八百字的“专访”：《记以身殉职的模范班主任曾平》，为曾平短暂的一生，为拖得太久了的后事，做了一个圆满的总结，王校长毕竟是一位会办事的长者。当然，“专访”的对象已死，被“访”的是王校长。文章还配了一幅曾平生前和王校长合影的照片，已记不清是什么时候照的了，难为王校长妥为保留至今，好像是为今天的报纸做准备似的。在这张报纸上，人们在看到千里马遗容的同时也看到了伯乐。

大事办完，何泉已经筋疲力尽。如今，如果让他回忆这半个月的时光是怎么度过的，他会觉得是一次漫长而又艰难的跋涉。“事非经过不知难”，半个月前他和曾平那么轻松地谈到死，仿佛两人相约去听一次音乐会，那样情意绵绵，那样充满诗意。而今才知道，活着不易，死也不易。不，对死者是容易的，在车轮从她身上碾过的一刹那，她可能什么都没有来得及想，甚至都没有感到恐惧和痛苦，就结束了生命，她绝不会有无法忍耐又无法摆脱的煎熬感。

她没有体味到的，都留给何泉去细细体味了。

何泉没有料到以老岳母为首的娘家人会提出那么多的条件。在他看来，曾平的死纯属意外，没有任何人存心加害于她，因此，也谈不上向任何人进行报复和惩罚。但他毕竟是曾平最亲近的人，为了曾平，提出任何要求他也并不觉得过分，尤其是要求追认为“烈士”，那是至高无上的荣誉，如果能以此告慰曾平的亡灵，也是他所希望的。他也没有料到死去的曾平在这个世界上还留下那么多的对手，一讨论，这也不行，那也不行，生前美如完人，死后一无是处，这简直是对于死者的莫大侮辱。他愤慨，但是不愿意像岳母那样哭闹，也不愿意像二位内兄那样气势汹汹、直眉瞪眼、讨价还价。他不忍对王校长那样做，他也曾是王校长的学生，拉不下脸来，而且也相信王校长从内心深处也是向着曾平的，但孤掌难鸣，也有苦衷，不能强他所难，强也没有用。何泉不是一个势利小人，他一向与世无争，宽大为怀，和曾平婚后十年来，他一直是让着曾平的，把事业上成功的路让给她，牺牲自己，成全曾平，如今，曾平死了，他不愿意为争这个争那个而坏了曾平的名誉——人们有一种习惯，如果一个人是名人，便把其家属的劣迹算在名人的账上。因此，何泉在漫长的“谈判”中，扮演的是一个“中立”的角色，既维护“娘家人”的利益，又照顾到“公家”的回旋余地。事情总算获得了一个“折中”结局，何泉已经感到满意了。

此刻，他疲惫地坐在自己家里的沙发上，嘘出一口长长的气。事情办完了，他不愿意再回忆那些过程和细节了，痛定思痛是折磨自己的事，不必了。“我希望我能死在你前头”，曾平生前这样对他说过，现在已经应验了。他亲手办完了亡妻的后事，虽然并未完全按照她的遗愿，但比那样光彩、圆满，何泉觉得，这也对得起她了，追认为党员，登了报，还要怎么样？有几个人死后能受到这种待遇，何况家属方面还……

“娘家人”差不多已经走光了。两位内兄及其夫人本无私心，是在助战的，既已鸣金收兵，各自班师回朝了。那两千元是给何泉的，他们也并不想分点儿。曾莉奉命上医院检查身体，学校让她快些去上班，参加一期打字培训，她接的是姐姐上电大以前的差事。继续留下来与何泉做伴的只有他的老岳母，她刚刚把珊珊和亮亮这些天揉得泥巴巴的衣服洗净、晒在院子里，这会儿，又在归置屋子，把女儿留下来的家具擦了又擦，一面擦，一面叹气。何泉望望老人家消瘦的面容，心里又是一阵酸楚，唉，老人家不容易！她这一辈子，幼年丧母、中年丧夫、晚年丧女，人生的三大不幸全摊上了。曾平生前一直对她有成见，认为她是小市民、钱串子脑袋，也太过了点儿。他们结婚时，岳母“嫌贫爱富”，曾从中作梗，是事实；他们婚后，岳母没有给予任何帮助、照顾，还按月索取生活费，这也是事实。但是，能要求她怎样呢？她没有能力，一辈子没挣过一分钱，丈夫活着靠丈夫，丈夫死后靠儿女，按照眼下的世风，主要靠女儿。不能怪她，曾平毕竟是她一把屎一把尿养大的亲生女儿啊！如今，这个女儿没了，老太太本指望曾平的学校能按月给她一笔生活费，却未被批准，理由是她尚有二男一女。唉，政策并不一定都能符合实际啊，制定政策的人哪知道儿子和女儿是不等价的？

“妈，”何泉眼眶里滚着泪花，望着老岳母说，“我妈死得早，您就是我的亲妈。曾平在，是这样；曾平不在了，也是这样。您的生活费，我照旧给您，给您养老、送终！”

老太太没抬头，只是默默地擦着柜子、桌子……眼泪吧嗒吧嗒地往下掉，“孩儿啊，你的心我知道，你比平还孝顺我，可那是冲着平啊！如今，平不在了，我怎么能再要你的钱？白吃姑爷的，让人家戳脊梁骨！孩儿，我不要你的，别看我那么样儿地跟公家争，要小钱儿似的，不是为我，是为你，为平留下的这俩孩子！那两千块，我给你搁柜子里了，赶明儿你拿到银行存上，我一分不要。我不能从没娘的孩子嘴里争食啊！”

一向被曾平鄙弃的母亲也有一颗慈母心，这颗心让何泉感到热得发烫！他站起来，扶住岳母瘦弱的胳膊：“妈！您说些什么呀？您还是孩子的姥姥，还是我的妈！您……搬过来住吧，我们和您一起生活，永远不分开！”

老太太又是一声叹息：“唉！没有这么着的！孩儿，你还年轻，才三十六，往后的路还长着哩！过个一年半载，碰见合适的，你能不再找一个？”

老太太平静地用泪眼瞅着何泉，何泉的心猛地像被烙铁灼伤了似的抖了一下，“您说什么？我……还会再结婚？您还不如骂我呢！我要是做出那种对不起曾平的事儿……”

老太太依然那么平静地瞅着他，眼神中似乎还有一丝威严的冷笑，“甭赌咒发誓的，你又不是个娘们儿，还能一辈子守寡？跟我似的！眼下妇女也不拿改嫁当回事儿了，何况男人？男人没有一个守得住的，开头儿，备不住难过一阵子，可到了儿，还得过日子，还得朝前奔呢！你有工作，又有俩孩子，天大的能耐，一个男人撑不起来！总有一天，你会活动心眼儿……这话，我这个当丈母娘的不该说，可我见得多啊，孩子，早晚是这么回事儿！”

何泉愣住了。岳母的话句句刺耳，却又不无道理。那不是冷嘲热讽，是岳母为他着想哩，难得有这样的好岳母，为他想得这么远，这么周到，竟然一点儿也不嫉恨姑爷再娶，尽管何泉心中从未有再娶的念头，他也不能不感激老岳母的这一片真情！

不语等于默认。老太太的观点被何泉真的接受，她自己反倒又难过了：“唉！谁的路谁走，旁人拦不住。就是……得找个老实可靠的人，能安心跟你过日子，能疼孩子。就好……”说到孩子，她的声音不禁颤抖了，“……哪能像亲妈那样疼孩子呢？天下的后娘……有一个好的吗？”

何泉的心也在颤抖，他仿佛看到了自己的一双儿女在后娘的淫威下偷偷地抽泣！“妈，您别说了，我不结婚，永远不结婚！”老岳母把何泉的心揉碎了！

老太太又不说话了，慢慢地，慢慢地用手中的那块抹布擦呀，擦呀，这会儿，正在擦那台电视机。其实，在谈论如此严肃的话题时，她本不必干这些无关紧要的活儿的。

何泉被她征服了，她真正了解了何泉，而何泉并没有了解她。她在想：你这会儿什么好听说什么，过后碍不住翻脸不认我这个“妈”，谁能拿绳子捆住你不许你结婚？哼，我见得多了，新坟土还不干，就又搞上对象了，有了新的，就把那个死的忘得一干二净了，还能想着我这个过时的岳母？唉，娶了后娘有后爹，俩孩子就掉到人家眼里头了！还有那两千块钱，满屋子的家具，都是人家的了，我女儿置下这些东西不容易，到头来都是给人家预备的！老太太想到这里，眼泪又吧嗒吧嗒往下掉。

“妈，妈！”何泉把头垂在岳母肩上，泣不成声。

“一个男子汉，五尺高的大老爷们儿，别这么哭哭啼啼的，你坐下！”老太太抹了一把泪，推开何泉说，“你把我当妈，我就让你听妈一句话！”

“妈，您说吧，我听您的！”何泉顺从地又坐在沙发上。

老太太却并不落座，从桌子边转过身来，背靠着桌子，脸朝着何泉说：“孩子啊，妈什么都想过了，为你着想，也为孩子着想。妈不想耽误你，想把小莉给了你……”

何泉像弹簧似的跳起来："妈，您……您说什么呀？您疯了？"

"妈没疯，妈心里头清楚着呢！听着，孩儿！小莉跟了你，俩孩子跟着亲姨儿，吃不了亏，妈就放心了，平也就合眼了，这么办，死的、活的，都对得起了！"

"不行，绝对不行！"

"不行？怎么不行？老年成，这么样儿续亲的多的是，谁也说不出什么来！"

"可……我都三十六了，小莉才二十一呀！"

"你比她大，往后就多操点儿心吧！妈盼着你们好好过，别抬杠拌嘴，别亏待孩子，妈死了也放心了。怎么？我把娇娇的大姑娘许给了你当填房，你倒不乐意？"

何泉的脑袋嗡的一声，如同一霎时被抽成了真空，失去了思维能力，他无力地跌坐在沙发上，愣愣地望着老岳母，不知该怎么回答。这个问题提得太突然了。

时间，是治愈心灵创伤的一剂良药。一位什么名人这么说过。此刻，何泉在经受这剂良药的治疗。但这个疗程不是几年、几个月，而是短短的几个小时。他呆坐在那里，耳边嗡嗡地回响着老岳母刚才发出的惊人指令。

奇怪！他那空空如也的头脑里，怎么闪现出了曾莉的脸？曾莉，过去在他心目中一直是个小妹妹，现在，却以另一种面目、另一种身份闯入他的脑海了，她那少女的身姿、年轻的面容，她那眼睛、头发……何泉极力驱散眼前的影像，仿佛在割断自己心中不道德的邪念，但是，曾莉的形象却越来越清晰，他甚至看见，她亲密无间地搂着珊珊和亮亮，像他们的妈妈一样。这不是幻觉，珊珊和亮亮从小就是他们的小姨的宠儿，她每次来，总和他们亲个没完，尤其在他们失去妈妈之后……

“你说话呀。到底乐意不乐意?”岳母在催他。

何泉把头垂得低低的，像受审的罪犯似的说：“我……当然乐意，就是不知道他姨儿乐意不乐意?”

第五章　魂归何处?

这一觉睡得好实在。

高迈醒来的时候，不知道已经是什么钟点儿，满屋子都是灿烂的阳光。他伸伸懒腰，披衣下床，下意识地往旁边看了一眼，才知道李金镯还没有醒。这有点儿奇怪，她从来没睡过懒觉，每天总是起得很早，等高迈醒来，家里已经收拾得窗明几净，连早饭都预备好了。

“金镯!”高迈叫了她一声，好像是有意缓和昨夜的沉闷气氛，他叫得轻柔而亲切。

李金镯没有应声。

“金镯，金镯，该起床了，太阳都晒着你的眼睛了!”他故作轻松地笑着说，开玩笑似的。的确，一缕阳光正洒在她的脸上，呈现出温暖的橘黄色。

李金镯仍然没有应声，连动都没动。

那就……让她睡吧，高迈想，金镯够累的，难得这么好好地休息。他不再叫她，还给她掖了掖被子，这时候，却突然发现了枕头旁边那个空了的药瓶儿。为什么空了？药呢？他急忙拉开了自己的枕头、被子，一片也没找见。他清清楚楚地记得，昨天晚上还有大半瓶呢，哪儿去了？空瓶为什么丢在金镯枕边？他有些慌了，“金镯，金镯！你看见我的安眠药了吗？金镯，金镯!”

任他又推又喊，李金镯纹丝不动。

高迈如雷击顶！他断定安眠药统统让李金镯吃了，她自杀了，死了！金镯，你为什么要死？怎么会想到死？昨晚上的吵嘴——如果那算得上吵嘴的话——能至于死吗？高迈不能理解，伤害了别人感情的人，很难设身处地地理解被伤害的人。昨晚上……咳，哪一对夫妻都会产生口角的，我们又没有动手打架，只是随便瞎说说而已，你怎么就走了绝路？如果昨晚上……

高迈后悔了，他昨晚上都胡说了些什么？欠债啦、还账啦、赛跑啦，简直是胡扯！他等于明白地告诉李金镯："我现在不爱你了。"或者说："我从来就没爱过你！"等于当面宣布要抛弃她！这太绝情了，高迈没有什么理由嫌弃他的妻子，嫌她是个工人？嫌她文化水平太低？嫌她一口"怯话"，语言粗俗？这一切，原是她固有的，从高迈认识她的那一天起，她就是这个样子，为什么那时候什么都不嫌？如果你一开始就目不斜视，本来什么都可以避免的。不，那时候高迈什么都不觉得，他没有看到她有什么缺陷，反而觉得她一切都比自己强：技术上拿得起，人事上戳得住。他惊奇这位娇小的姑娘的神通和胆量，自己这个文弱书生还须仰视她哩！就连外观的视觉形象，他也认为金镯完全称得上美丽！十几年的时间，难道她一切都变了吗？美好的都变成丑恶的了吗？不，金镯没变，保留着一切素朴的美德，只是悄悄地改变了位置和作用，由高迈的监护人变成了家属和附庸。她忠于职守，一日三餐，四季衣履，待人接物，送往迎来，承担了一切琐碎、繁杂、劳累的事务，几乎像一个老妈子、看门人、服务员、女管家，说得好听一点儿：贤内助。没有她，很难设想高迈能像现在这样心安理得地坐在书斋里当毫无后顾之忧的作家。而这一切，都是在她业余时间完成的，她也有工作，每天要花八个小时去干强体力劳动，筋疲力尽之后回到家里来还要继续服务，是高迈的忠实而又尽职的奴仆！她也有收入，如今每月的工资连同奖金达百元之多，并非依赖高迈赐予衣食。她是一个无可挑剔的、无愧于丈夫的妻子。那么，是高迈变了？见异思迁、喜新厌旧、朝秦暮楚？高迈的背上、头上渗出了一层冷汗，难道在他的生活中，或者只是在意识中，出现了什么“第三者”吗？没有，高迈扪心自问，绝对没有！虽然，他曾经结识过众多的年轻女性，女作家、女记者、女编辑、女导演、女演员、女画家、女音乐家、女教师、女企业家……都是些女“强人”，并且也曾经不由自主地在心中拿金镯和她们相比——以金镯的短处和她们的长处相比，越发显得相形见绌，但是，他却从来没有想过，或是不敢设想由她们之中的任何一位来代替金镯，做他的妻子。因为，如果那样，就意味着他遗弃了金镯，而“遗弃”，无论在中外古今，都不是高尚的行为，尤其在当今的中国，在高迈和金镯的社会地位大相悬殊的情况下，将会受到社会舆论的谴责。他当然也没有背着金镯和那些女人做超出正常接触范畴的交往，虽然时下人们对这种事多持“睁一只眼闭一只眼”的态度，并不怎么过问，但如果他那样做，就意味着背叛了金镯，对于忠实于他的妻子，他的“不贞”是有罪的、不道德的。高迈只是在内心深处埋藏着一个不曾告诉过任何人的念头：我多少希望金镯能是一个女“强人”——女作家、女演员、女教师……强于现在的她，强于许多普通的女人，甚至强于我！那样，即使我们离异，我也不必负遗弃弱者的罪名，可以坦然地追求自己的所爱了。可是，这样的念头是那样地荒唐和缥缈，永远也不可能实现。金镯就是金镯，她不具备女“强人”的任何素质，怎么会在一个早上突然变成另一个人呢？高迈嘲弄自己这虚幻的非分之想，并且在萌生的同时就悄悄地在心中扼杀了它。今生今世，他已命中注定只能和金镯一起生活，并且“白头偕老”，在世人心目中，这是理所当然的。高迈实际上接受了这一命运，虽然有痛苦，有不满足，但并不打算去做对金镯、对他自己、对社会都是一个难题的事，一辈子就这样打发算了，好在他还有事业，有赖以弥补心灵病痛和缺憾的文学创作。一个人，不可能得到他想得到的一切，有所得，必然有所失，他宁可克制自己，牺牲自己，而不去伤害金镯。这种克制和牺牲，似乎在世人看来也是一种美德，一些有成就的大人物曾因此受到赞誉。他为自己的这美德而自豪。他认为金镯也应该为有这样一个高大而又完美的丈夫而自豪。

但是，金镯似乎没有这样的意识，要不然，她怎么会……高迈觉得金镯简直是一个不可理解的人，他要唤醒她，告诉她：你知道吗？为了你，我是怎样……晚了，金镯已经叫不醒了，什么也听不到了，她，已经永远永远地睡去了！

高迈突然意识到面前的李金镯是一个——死人，一个服药自杀的女人！现在，他悔恨也罢，解释也罢，表白也罢，自豪也罢，都是多余的了，在金镯面前，他只感到恐惧：人命案，自杀，他的妻子！过一会儿，再过一会儿，高迈就必须回答人们的提问：她为什么自杀？谁能够证明是自杀而不是谋杀？邻居、亲属、同事、警察都会这样问，他怎么回答？

高迈脸色惨白，瞳孔缩小，浑身冰冷，四肢发抖，绝望地扑在床上，苦苦地呼唤着："金镯，金镯！"

李金镯纹丝不动，毫无声息地安卧着，全然不知道她给高迈带来了多么巨大的悲痛和恐惧，留下了多么触目惊心的难题，十几年来，她第一次睡得这么安详。若在往常，这会儿正是她忙得不可开交的时候，"一日之计在于晨"，现在，她不用忙了，永远也不用忙了！

"金镯，金镯！你不能死，你睁开眼！……"生者无休止地呼唤着死者，死者什么也听不见了！

"你睁开眼，你睁开眼……"沙哑的呼唤，字字血，声声泪，此时的高迈，是一个情真意切的丈夫，竭尽全力在叩打地狱的门，如果真有地狱的话，精诚所至，金石为开！

奇迹出现了！李金镯的睫毛动了一动……

高迈疯狂了！死神被他感动了，向他屈服了，金镯没有死！她还活着！

“金镯，金镯！”绝望的呼唤又闪耀着希望的光辉。

李金镯的睫毛又动了一动！即使高迈怀疑自己的眼睛，但事实毕竟是事实！“金镯，金镯！”他欣喜若狂！

像地狱之门的门扇在开启，那双眼睛，那双紧闭着的眼睛。一闪，两闪，在几度轻微的闪动之后，居然重新睁开了……

一团亮光突然射进眼睑，她什么也看不见，从黑暗到光明，眨眼之间，她跨过了两个世界之间森严的界限，她还不能适应，只觉得双眼酸疼，浑身胀麻，凝滞的血液又在流淌，轻飘飘的躯体又变得沉重，无依无靠的双脚乃至全身都落在了实处。强烈的阳光晃着她的眼睛，她只听见一个陌生的声音在叫着一个陌生的名字：“金镯，金镯……”她不知道这是谁在叫谁。

她觉得有一双手抓住了她的手，一张脸贴在她的胸脯上，还流着热泪，洒在她的脖子上，那个声音在问她，哭着问她：“你好糊涂啊！为什么要扔下我去死？为什么要自杀？”

“自杀？”她喃喃地重复着这两个莫名其妙的字，实在想不起自己什么时候有过自杀的行为，“自杀？……”

“你把安眠药都吃光了，不是自杀是什么？”高迈痛哭流涕，“你不该这么做！有什么话不能好好跟我说吗？原谅我吧！是我错了，我昨晚上不该说那些让你伤心的话！我……再不说了，永远不说了！”她完全听不懂他说的是什么。

那一团亮光渐渐清晰起来，像照相机的镜头在调整焦距，白光化成一块块彩色的光斑，化成越来越具体的物像，原来是一张陌生男人的脸，离她那么近！手，还握着她的手！

“你……你是谁?”她恐惧地喊道，声音很小，但她用了很大气力。

“是我呀，我是高迈！你怎么连我都认不出来了?”高迈动情地说，惊喜中又掺杂着疑虑。

她同样困惑地看着他，想不起来在何时何地见过这个“高迈”！她吃力地移动视线，这时才发现自己竟然躺在床上，不知是谁家的床？她的身上只穿着内衣，不知是谁的衣服？她愣愣地环顾着周围，这里的一切都是陌生的，床、墙壁、吊灯、梳妆台、组合柜、衣架、沙发……她完全弄糊涂了。

“告诉我，请您告诉我，我……怎么会在这儿？这是什么……地方?”她惶恐不安地问那个“高迈”。

高迈在流泪，听着她那声调异样的胡话，苦笑着说：“这是在咱们自己的家呀，金镯!”

“金镯?”她不相信这是自己的名字，“您……认错人了，我不是……不是……让我走，我要走!”她想挣扎着坐起来，可是，没有这个力气。

高迈悲哀地看着她，“金镯，你这是怎么回事啊?”

怎么回事？她自己也弄不清是怎么回事，好像做了一个奇怪的梦，糊里糊涂地飞到了另外一个星球上似的。她疲倦地闭上酸疼的双眼，极力回忆着那个梦，回忆着自己的来龙去脉……

是的，那好像是一场梦，一场噩梦。在梦中，她清楚地听到了尖厉的刹车声，自己的肋骨的断裂声，一腔热血向外迸射的如同原子弹爆炸的轰然一声巨响！然后，她感到自己的身体像碎石和尘烟一样向四处飞散……那是一种神秘而又清晰的感觉，仓促之中，她来不及找到一个恰当的形容，一个贴切的类比，对了，也许安徒生笔下的小美人鱼有这样的体验：生命结束的时候，感到自己化成了虚无缥缈的泡沫！

她当时就觉得自己成了那样的泡沫，不，比泡沫还要轻，没有些微的重量，简直像一缕烟云，一阵清风。她升腾在空中，随风飘荡，如一片落叶，一根羽毛。她极力想弄明白自己在什么地方，在做什么，却弄不明白。她极力想使自己的脚跟着地，或是伸手抓住一根树枝，却无法驾驭自己。

很奇怪，她睁不开自己的眼睛，也许她正在大睁着眼睛，却什么也看不见，她的面前是无边的黑暗。她不知道自己闯进了什么地方。怎么没有太阳，没有蓝天，没有云彩，也没有树木、花草、人迹？也许这是在黑夜，又为什么没有月亮，也没有星星，甚至没有一盏灯光？

只有声音。她听到了各种各样的声音，那声音嘈杂得很，有车声：汽车、摩托车；有人声：跑步、惊呼、哭叫、叽叽喳喳的交谈。有陌生人的声音，也有熟人的声音，只是一时想不起也听不清谁是谁。她猜想，下边一定是发生了什么事。

她很想凑过去听个究竟，很费劲地朝声音嘈杂的地方"飞去"——真奇怪，她怎么竟会飞了？飞行很不容易，像一个生手驾驶飞机，她一时还不会掌握方向，控制平衡，操纵高矮，是的，《追捕》里的杜丘开的飞机就是这样瞎撞！她暗自自嘲地笑了一下，极力调整航线，凭着听觉向下俯冲。降落很难，在没有导航信号、没有灯光指引的情况下，她看不见跑道，无法落到地面，好几次，她感觉已经贴着那些人的脑袋了，又身不由己地滑了过去，飘了起来。她在人们头顶盲目地盘旋。

那些人在喊叫，哭哭啼啼。她不知道他们为什么在喊叫，好像还在叫她的名字！又一次俯冲，她闻到了一股刺鼻的血腥味儿，是从嘈杂的人群中心部位发出的。她明白了，突然之间明白了，那是她！她"死"

了！她不由得感到了钻心的痛楚，怎么会“死”了呢？刚才那爆裂、那飞散、那飘荡，就是“死”吗？她想大声地对他们喊：我没死，我在这儿呢！但是，她喊不出，那大张着的嘴巴没有任何声响。唉，原来“死”了的人是不能说话的，真可惜！

车子又在响动，好像是开走了，那一团血腥气，连同嘈杂的人声也随着消失了，只把她孤零零地抛在这里，什么声音也听不到了，周围是死一般的寂静，伸手不见五指的黑暗。

她无声地叹息着，悲哀地离开了那若即若离、始终无法降落的地面，又回到了高不可测的空中。她完全没有力气了，也不想再费什么力气，像一朵云彩飘在空中。她感到风在吹她，托着她，推着她，在空中游动。她完全不能左右自己，只能随风飘荡，飘荡……

“我没死，我没死！”她喊着，睁开眼来。

“是啊，你没死，你不会死的！”高迈热切地俯在床边，对她说，“你活着，活着！”

“可是，我的学生呢？五十二个学生……他们都没事儿吗？他们在哪儿？”她问高迈，问得那样急。

“什么学生？”高迈完全不知其所云，“你说些什么呀？金镯！”

“什么金镯？我不是……”她也同样不知其所云，极力想解释清楚，却又无法解释清楚。刹那间，她的脑际闪过一个可怕的念头，咽下了自己想说的话，下意识地望着床边梳妆台上的镜子，真奇怪，镜子里映出一张陌生女人的脸！

“啊！这是谁？是谁？”她愣愣地问。

“这就是你呀！”高迈哭笑不得，像开导一个精神病人，像启发一个从未照过镜子的婴儿。

“她是我？”她眼睛睁得大大的，吃惊地望着镜子里的“自己”，“那么，我是谁?”

离奇的现实使她无法正视，却又不能不正视，她发觉自己已经不存在了，今日何日？此身何身？她完全变成了另一个人，一个自己根本不认识的女人，那么，“我”呢？“我”呢？

高迈被她弄得晕头转向。

旁观者迷，当局者清。她反而清醒了，清醒地意识到“自我”的存在，“自我”的毁灭！犹如当头一棒朝她打来，她头晕目眩，失去了知觉。

她一直昏睡，不计时日地过了许久。

大夫来了好几次，是高迈请来的，大夫为她诊脉，察看她的瞳孔、舌苔、耳根、手心、足底，未发现任何病变；还用一种挺复杂的新式仪器测试她的神经，结果一切正常。出于自卫的本能，高迈向大夫隐瞒了妻子发病的原因，“吞药自杀”这四个字他难以启齿，那会给他招来很多麻烦，社会舆论，亲属的非难，甚至会承担什么法律责任。一个作家如果惹上这些，就会像捅了马蜂窝，嗡嗡地追着他没完没了，他的名誉、他的社会地位、他的创作生涯，就难以维持了。他没说，大夫竟然也没看出来，做了一个似是而非的结论：“您的妻子，她患了一种叫‘嗜睡症’的病。这种病，古今中外曾有过为数不多的先例，病人昏睡不醒，少则几天、十几天，多则几个月、几年甚至几十年。我国晋朝的阮籍——您是作家，一定知道他——他因为醉酒而昏睡了半年；苏联的一个姑娘则昏睡了二十一年，她是由于母亲去世，悲痛过度而失去知觉的。您的妻子在发病之前。精神上受过什么突然刺激吗?”

“没有。我们夫妻感情很好，家庭幸福，她工作上也很顺心。她昨天夜里，下了中班，从厂子里回到家就睡了……情况就是这些。”高迈说，省略了很多细节。

“唔，也许她在回家的路上遇到了什么意外，比如持刀抢劫之类……而回来又没告诉您?”大夫猜测说，很像在编造一篇推理小说的样子。出于对高迈这位社会名流的尊重，他看病是很认真的，远远超过了在门诊或病房里应付普通病人的那种心不在焉。

“没有，完全没有这种可能。”高迈堵死了这条思路，他可不希望把他的妻子牵扯进什么桃色凶杀案中。他暗暗嘲笑这位大夫在医术上的“二五眼”并且假充斯文，卖弄博学。

“那就好。”大夫说，不再深究了，给他开了好几种药，一一嘱咐服用的时间、剂量。并且告诉他：“在她醒来之前，除了药和水之外，不需要喂任何东西，嗜睡病人的新陈代谢是很缓慢的，药里面已经提供了足以维持生命的东西。耐心等她醒来吧，大概不会太久!”大夫临走的时候，甚至还回过头来像开玩笑似的补充了一句，“不管多久，她在睡眠状态都不会变老，假如……假如她睡上二十年，那么您在白发苍苍的时候，陪伴您的仍然是一位年轻美貌的妻子!”

这个饶舌的家伙，每隔两三天就来一次，把李金镯摆弄一遍，如同处理一具尸体；然后再调整一下他的药品的品种和剂量，并且和高迈说些天南海北的奇谈。他来了大约五六次，每次都说：“快了，她快醒了!”

高迈还得感谢这位大夫，没有他垫底，高迈心里不会这么踏实。“自杀”“谋杀”的阴影消失了，连高迈也认为李金镯是患了“嗜睡症”，即使将来有个三长两短，有大夫的诊断证明，他也可以向任何人交代了。因此，他没有给天津的岳父岳母去信和电报，不想惊扰他们了。

制皂厂的人倒不请自来。班长突然不去上班了，那些婆婆妈妈就寻到家里来，问长问短，连刘利华也跟了来，还提溜了一网兜水果。

高迈看见这帮人，不免想起开搅拌机时的往事，恍然有隔世之感。他藐视刘利华这个势利小人，真想“损”他几句，话到嘴边又忍住了。算了，时至今日，早已证明了谁是谁非，不必跟他计较了。

刘利华倒未必不想跟他计较，这是一个“无缝不下蛆”的角色。“哎呀，大镯子真是福浅命薄，这日子正过得滋润，怎么突然病了呢?”他嘻嘻哈哈地，说出话来就带刺儿，“那天中班儿我还跟她说来着：您可得好好伺候高大作家，留神别让他甩了！得，这回她自个儿倒躺倒不干了，还得让您伺候她！唉，活该您倒霉，人生在世，破锅、漏屋、病老婆，这三样摊上一样就够呛！”

刘利华的语言有多么生动，转弯抹角，把高迈心里头的“压痛点”都点了一遍，远比那位大夫更懂心理学！要不是同来的婆婆妈妈们拿眼睛瞪他，他还会更加入木三分地说下去。高迈本想回敬他几句，却说不出。低头沉默了半天，对刘利华说：“没什么，夫妻之间本应该互相照顾！”

婆婆妈妈们点头称是，啧啧赞叹，看着高迈耐心地给李金镯喂水喂药，艳羡她有这么一位好丈夫，各自满足地回去传播口头新闻去了。

这十几天来。高迈极尽丈夫之责。他捧着误诊的大夫给的那些药，却宁愿虔诚地相信这可以治妻子的病，定时、定量喂给她吃，轻轻地撬开她的嘴，用小勺把温度适当的药水一滴一滴地滴进去。他做得那样细心，如果有一点水星儿溅在她的脸上，也用手绢轻柔地拭去。每天早晨，他用毛巾蘸着温水、香皂给她洗脸、洗手，每天傍晚，为她洗脚。也许这纯粹是一种道德上的自我完善，一种良心上的自我谴责，感情上的自我补偿，也许是一种男人的本能。泼妇使男人猥琐，贤妻使男人疏懒，弱女子使男人怜爱。李金镯大难不死，慵倦昏睡，病潇湘似的静卧榻上，倒让高迈觉得她更像个妻子，自己也更像个丈夫了。他还从来没有这样做丈夫，第一次感到关怀人、照顾人、体贴人也是一种幸福和享受。他半麻木地陶醉在这种自我感觉中，似乎自己的形象也更加高大完美起来。他想起卡尔·马克思在燕妮卧病时丢下了繁忙的写作日夜守候在床前，想起苏里柯夫在妻子去世后有半年的时间未握画笔而使调色板上的颜料干枯，想起元稹在亡妻灵前“为君营奠复营斋”的凄凉心境，仿佛自己也和这些杰出人物一样，成了一个奇男子，或者简直就是一个愁思百结、柔肠万转的文学形象，他感到满足。这些，冲淡了他的悔恨和自疚。他有对不起妻子的地方，但那已经过去了，金镯已经忘了，他也可以忘了。忘了吧，把一切不愉快的过去都忘记，让生活重新开始。他甚至觉得金镯失去记忆未尝不是一件好事，待她醒来的时候，他们之间就再也没有怨恨，而只有恩爱。他决心更专一、更深沉、更真挚地去爱金镯。他长久地端详着静卧中的妻子，越发觉得她是端庄的、俊秀的、美丽的。金镯不老，三十四岁的人还像二十八九的样子，也许是没有生育过的缘故吧？在现代人的意识中，没有子女并不算缺陷，他们可以生活得无忧无虑、无羁无绊。一件东西，轻易得到时并不一定充分意识到它的价值，突然失去时却身价百倍，失而复得更觉得价值连城。现在，在高迈眼中，金镯是完美无缺的妻子，是他生活中不可或缺的伴侣，是他的精神支柱，是他的骄傲，他深情地望着她，盼望她快些醒来。

这些，如果李金镯有知，她应该感觉到。

她是感觉到了，十几个日日夜夜，她并不是一直在昏睡，有时像在做梦，有时似梦非梦，有时相当清醒，清楚地听到每个人说话，不同的性别、不同的身份、不同的语调，而中心议题都是一个：关于李金镯。凌乱的信息输送给她的头脑里，她费了好大的劲才理出了点儿头绪，结论使她骇然：这个李金镯是自杀身死的，而周围的这些人，包括她的丈夫都认为她还活着！她想大声告诉这些人：“我不是李金镯！我是……”

不行，她又恢复了在空中飘荡的那种感觉，喊不出，看不见，动不得。像一只被关在屋子里的飞虫，想飞出去，往玻璃上撞呀，撞呀，撞得筋疲力尽仍然毫无希望，颓然落在地上喘息，她只好顶着“李金镯”的名字，静静地躺在床上，听任大夫对“嗜睡症”患者的摆布，听任“丈夫”高迈的侍弄，听任来访者的谈论。

她多么想听听这些人说点儿别的！难道这个世界上除了“李金镯”就再没有别的人、别的事了吗？他们没有听说有一个叫“曾平”的女教师遇上车祸了吗？她后来怎么样了？还有她的学生，她的丈夫、孩子怎么样了？可惜，谁也没说起这件事！这个世界上发生的事太多了，每天四版《参考消息》、八版《人民日报》，再加上晚报……也只能登登重要的新闻，小小的曾平不会引起社会上的注意；这个地方也许离她的学校、离她的家太远，口头新闻传递不到这儿来。唉，信息！她多么需要信息！可是，关于“李金镯”的信息过剩，而关于“曾平”的信息却奇缺！

半月久违，江石突然光临。他兴致勃勃地催问高迈《凤求凰》写完了没有，高迈却告诉他这件事早置之脑后了。

他们默默地坐在李金镯的病榻前，相对无语。江石为李金镯不幸染上这种“嗜睡症”感到悲哀，也感到奇怪。

“是不是因为她过于劳累的缘故？”江石问。

“可能是吧？她上班的工作量很重，回家又有很多家务，把她累垮了！”高迈说。

“唉，唉！”江石连连感叹，“人毕竟不是机器，超过负荷就承受不了啦！我每次拍完片子，最大的愿望就是：睡上它三天三夜！——可是，金镯怎么一下子昏睡十几天都不醒呢？”

“有时候也醒过来一会儿，还跟我说话呢！”高迈说，“不过，她好像记忆力减退了，话说得糊里糊涂，我都听不明白。”

“这倒没关系，病人嘛，说胡话的情况是常有的。老高，别惊动她，让她好好休息。等彻底醒过来就好啦……”

江石正说着，高迈却突然拉住他，压低声音说：“你看，她……她好像又醒了！”

“噢？”江石看见金镯的嘴唇果然在轻轻地嚅动，便立起身来，期待地站在床边，想和金镯说句话。

金镯却不像要醒来的样子，身子、手、脚都一动不动，眼睛也没有睁开，只是嘴唇在蠕动，像说梦话似的发出微弱的声音：“同……同学们，现在听我朗读课文……”

“她在说什么？朗读课文？”江石奇怪地看看金镯，又看看高迈。

“她……她做梦呢，说的是梦话，听不清楚。”高迈说。其实，他听得清清楚楚，金镯在叫“同学们”，俨然是个老师的口吻。对了，她在第一次醒过来的时候不就急着找她的“学生”吗？高迈心里非常奇怪：金镯这辈子从来也没当过老师，她哪儿来的学生呢？这到底是怎么回事？

“她好像说什么‘朗读课文’？”江石疑疑惑惑地问。

“哦，好像是。也许是她在梦中回忆自己的学生时代吧？”高迈只好这样捕风捉影地解释。不知为什么，他不大喜欢江石那种大惊小怪的神情，好像一个工人连上过学、在梦中读读课文都不可思议似的。

“可是，她怎么连口音都变了？”江石却固执地刨根问底，“金镯平时一口天津话，现在怎么变成纯正的北京口音了呢？”

是啊，这是高迈无法回答的。但是，此时的高迈却突然极力想为这一切都找到证据，好像金镯在面临什么攻击，他作为她的丈夫，要为她辩护。

“哈，”高迈不以为然地笑了一声，“在北京生活这么些年，口音还能不改？她平时说天津话，只不过是出于家乡观念罢了。”

“是吗？”江石喃喃地说。

这时，更加不可思议的事情却发生了，躺在床上的金镯已经在“朗读课文”，虽然声音很轻，却很清晰，音调柔和、徐缓，像电台的播音员，而且……

“她念的是英语！”江石吃惊地说。

“噢？”高迈也吃了一惊，他呆呆地望着妻子。金镯闭着眼，在轻声朗诵：

“Once there lived an old tiger in a forest. He did not often go to look for food himself. Each day he made one of the smaller animals bring him something to eat...”

“一篇优美的童话。她念得这么流利、抒情，标准的伦敦音！”江石不由得赞赏，他问高迈，“金镯什么时候学的英语？我怎么从来都没见她露过这一手？”

高迈比江石更纳闷儿。他当然知道，金镯的那点儿文化水平，连中文都念不大通顺，何况英语？二十六个字母恐怕都认不全！怎么可能因为得了“嗜睡症”就无师自通？但是，他不愿意向江石承认这一点，眼下，英语变得越来越时髦，他自己都后悔当初学的是俄语，后来跟着电视学英语，年岁大了，很费劲。而金镯却……虽然这件事莫名其妙，高迈却希望它是事实，容不得别人怀疑！

“噢，她学过，小时候，家里专门给她请过一位家庭教师，教了她好几年，可惜……一直也没有用上！”高迈信口为妻子编造了这么一段历史，连他自己都觉得像在虚构故事。可是，他本能地要这样做，不然怎么办呢？

江石默默无语。他觉得这两口子都很反常：金镯突然口音变了，谈吐变了，连气质和职业特征都变了！他太熟悉金镯了，根本不相信高迈的那些“解释”。怎么高迈也变了？他以前总是嫌金镯“土”“粗俗”，奚落、嘲弄、不满，而今天却一反常态，处处为金镯“美言”，极力把他的妻子描绘成另外一个样子——而金镯也确实像变成了另外一个人！

江石怀疑自己是在做梦。他悄悄地掐了掐自己的手，很疼；又回头看看窗子，很亮。大白天，不是做梦。那么，这怎么解释？简直是见了鬼了！他想起不断听到的一些怪事：耳朵认字啦、透视眼啦、未卜先知啦，说得有鼻子有眼，科学家却认为是反科学的无稽之谈。还听说有的人死了之后，“灵魂”附在别人身上，说话、做事都像死者的样子！这些，他自然都不真信。可是，面前的这个李金镯不就是已经“摇身一变”了吗？

江石不敢把这些都说出口来，显然，那样会使高迈不高兴。他突然觉得自己和高迈之间疏远了，交往多年，他并不真正了解高迈，现在才发现了高迈身上过分的虚荣：对“病态”的金镯比对正常的金镯更爱！

他不禁为自己的老朋友担心：一旦金镯睡醒之后，变得像个生人似的，高迈将怎样和她一起生活？

金镯又静静地睡去了。高迈深情地端详着她的脸，心里翻腾着不可言说的思绪。他对金镯的“变”所感到的惊讶，丝毫也不亚于江石，一向以“唯物主义者”自居的他，此时也疑疑惑惑地想起那些关于“灵魂”的说法，他愿意相信人死了是有灵魂的，灵魂是可以“转世”的。现在，显然他的金镯已经死了，造物主赐给了他一个全新的金镯，理想的金镯，难道这不是事实吗？他为什么不接受上天的这个馈赠？即使这个金镯完全变成了另一个人，又有何妨？她丢弃了原来的金镯的一切短处，凭空增添了许多长处：知识丰富、谈吐文雅。这不正是他需要的妻子的形象吗？——何况她的相貌并没有改变。她还是金镯，只是变得可爱了，完全有资格做他的妻子，甚至可以成为一个女“强人”，他梦寐以求的一切，都奇迹般地得到了！

他被幸福所陶醉，想象着以后的全新的生活，并且不知不觉说出口来：“金镯早就说过，在制皂厂工作太累了，不能发挥她的所长，我也一直想给她调个地方，可是写作一忙，总也顾不上。等她病好了，老江帮她想想办法吧！教书，当翻译，都行。呃，你们那儿缺不缺人？搞搞译制片什么的？”

“嗯？”江石在默默地思索中被他问得一愣，他没想到高迈已经盘算得这么远了，眼前这件稀奇古怪的事情还没弄清楚呢，你做什么梦啊？唉，老高！……可是，他不想打击高迈的兴头，“噢，我回去帮你问一问吧！”说着，便想告辞，回去琢磨琢磨。

“你可要抓紧啊！”高迈又叮嘱他。

江石微笑着点点头。不知为什么，他突然想和高迈开个玩笑：“等金镯病好了，你们将开始全新的生活，一个作家，一个翻译，配合得更默契，更协调了。你还可以带她多参加一些社交活动，宴会啦、舞会啦，过去都没有金镯的份儿！如今可是夫人外交的时代哟，你出国访问，金镯是最理想的翻译和旅伴，会给你的事业带来更大的成功！”

“我相信！”高迈完全没有听出江石有什么嘲讽的意思。憧憬于理想世界之中，“凤飞翩翩兮，四海求凰！”

“你还求什么‘凰’？最理想的‘凰’就在你身边！”江石那胖胖的圆脸上，八字眉幽默地动了动。

“唔！”高迈像突然获得了创作灵感那样激动，“一点儿不错！这就是我苦苦寻找的司马长卿的自我感觉，他的情感，他的脉搏，他于琴弦上倾诉的心曲！老江，我要尽快地给你完成剧本；没有金镯，就没有《凤求凰》啊！”

"好吧！"江石拿起沙发上的皮包，又往床上的金镯望了一眼，走出了高迈的卧室。高迈送他出去。江石没有再催问稿子的完稿日期，只是叮嘱高迈在伺候病人方面该如何如何，并且表示，如果有什么困难，他和他的妻子都可以来帮忙，随叫随到。高迈却处于精神亢奋状态，喋喋不休地说着《凤求凰》的风格样式，甚至演员和外景地的选择，等等，把江石送下了楼，又沿着马路走了好一段路，直到地铁的入口处，才挥手作别，怀着一种不可言状的激情走回家来，似乎立即就要坐在那间闲置了半月之久的书房里，奋笔疾书。

当然，他现在还不能动笔，还得先耐下心来照顾金镯，等她好了以后……

他走回卧室，顿时惊呆了。李金镯已经不在了，人去楼空！

"金镯，金镯！"他张皇四顾，呼唤着，寻找着，只听到空屋子里嗡嗡的回声。

她现在正走在大街上。

一离开那个房间、那套单元、那座大楼，跨上了马路，她立即就不再感到陌生了。认得的，她认识这条街道，过去常从这儿经过。北京城是一座方方正正的城市，街道大多是东西南北走向，排成一个密密麻麻的棋盘，她很快从心中的棋盘上找到了自己现在的方位，并且准确地知道，从这里到她的学校、到她的家有多远，坐几路公共汽车，几站下来。她好像又回到了人间，不知是从天堂还是地狱回来，总之是又回来了。她不知道自己在那个陌生的地方耽搁了多久。只是突然发现街上已经是盛夏了，柳树、白杨树、国槐树，树冠变得墨绿墨绿的，在太阳的照耀下，闪动的叶片银光耀眼，树间有蝉鸣。她新奇地看着这一切，好像离开好多年之后又回到了北京。一辆公共汽车开来了，她像往常一样尾随着等车的人们，拥挤着上车，这时候，她本能地提一下手中的皮包，才发现自己并没带皮包，又想摸摸衣兜里有没有月票，结果，又发现身上没有衣兜——她只穿着一件衬衫和一条毛线裙，连一分钱也没带。她愣愣地留在车站上，售票员鄙夷地瞟了她一眼，关上车门开走了。好一阵，她才明白过来，她的皮包、她的月票、她的衣服都不知在何方了，她现在穿的是李金镯的衣服，匆忙之中，她来不及细看，胡乱穿在身上就跑出来了。啊，那个倒霉的李金镯、可怜的李金镯，早已不存在了！

在高迈和江石谈话的时候，她开头模模糊糊，后来越来越清醒了。她的“病”，像装有一个奇妙的开关，关上时昏昏欲睡，打开时头脑清晰。一切都听明白了：李金镯、高迈，他们之间复杂的感情纠葛和微妙变化，这些都和她无关，听来却又让她动心、寒心！躺在床上的她，莫名其妙地扮演了一个多么可怜的角色！不，她根本不承认自己是“李金镯”，甚至想一跃而起，夺门而走。她没有那样做，而采取了现在这种方式，不辞而别。

身上分文莫名，她只好徒步行走了。沿着熟悉的街道，她走得很快，很急。虽然身上十分疲乏，但她却似乎不觉得累，这是往家里走啊，对于一个离家很久的女人来说，还有什么能超过丈夫和孩子对她的吸引力！

夏天的夜幕落得很迟，很慢，她走到了自己家所在的那条胡同的时候，天刚擦黑。正是下班的时候，胡同里很拥挤，骑车的、步行的，摩肩接踵地奔忙在窄窄的小街上。路旁，人家门前的草茉莉花儿正开得灿烂，暮色苍茫中犹如点点灯火。远处，那几株大树绿荫如盖，她离家时槐花、梧桐花飘香呢，现在，花谢了，碎瓣儿在地下随着人脚飞。这景象，她感到亲切，好像嗅到了从家里飘来的温馨的气息。她猜想，儿子亮亮该放学了吧？女儿珊珊也已经接回来了吧？何泉在干什么？在做饭？这个巧手男人，今天又准备了什么晚饭？唉，难为他，自己离开家这么多天，让他一个人辛苦了！

胡同不长，她却像走了很久很久，也难怪，她几乎是数着脚步走的，每迈一步，心跳就加快一挡！到了，望见那个门楼了，走到自己的家门口了，她的脚步快得像奔跑，简直要大声疾呼："何泉、亮亮、珊珊，我回来了！"

门楼里出来一个老太太，手里端着个土簸箕，歪歪扭扭地走着，是去倒垃圾。那不是马大妈吗？老年人眼花，走对面竟然都没认出她来，也不打个招呼。

"马大妈！"她激动地叫了一声。

老太太吓了一跳，抬眼瞅着她，问道："姑娘，您……您找谁啊？"

马大妈不认识她了！"我是曾平……"她说，伸手扶住老太太的肩膀。

"啊，曾平？"老太太像见了鬼似的骇然色变，"曾平不是都死了吗？死了半月啦！"

"噢……"她像是突然听到了原子弹爆炸，巨大的冲击波几乎要把她推倒！这是第一次从别人口中得到自己的"死"讯，第一次意识到自己是一个"鬼"！是了，马大妈当然不认识她，因为她的脸、她的身体是"李金镯"！不要说了，她能对一位街坊说什么？她只能自找台阶地补充了一句："我是曾平的朋友……"

"哟！"老太太一惊一乍地说，"您这一大喘气差哪儿去了，把我吓着了！敢情您是曾老师的朋友，怎么连她死都不知道？好家伙，官司打了半个月，昨儿才算完，不是都登了报了吗？您没瞅见？还有大相片呢！得，这官司也算没白打，这党也入了，钱也给了，她妹妹也有了工作了，全齐！"

官司？又是一次核爆炸！她简直被击昏了，一个踉跄，差点儿把老太太撞倒，土簸箕哐啷一声摔在地上！

“姑娘，别太难过，”老太太倒不急于捡她的土簸箕，反而先安慰这位“曾平的朋友”，“人死如灯灭，再好的朋友也有分手的时候，人家事主都比您想得开，这不，曾老师刚死，何泉就张罗着续弦啦！”“什么？什么？他怎么会……”

“怎么不会？丈母娘保的媒，娶他的小姨子！”

屋里好亮堂，和幽暗的胡同、幽暗的院子相比，那才是人的世界。

好像不曾发生过家破人亡的大事，这个家依然存在。那张用了十年的方桌还摆在原来的地方，一家人围坐在桌旁吃晚饭，何泉、亮亮、珊珊，还有曾莉，她坐的是过去曾平常坐的地方，右边挨着何泉，左边挨着珊珊。饭菜显然还是何泉做的，曾莉不擅烹饪，这，曾平是知道的。

何泉给亮亮夹着菜，问他：“今天的功课多吗？”

亮亮说：“多。老师让我把这些天缺的作业都补上，我把同学的作业本借来了。”

“是得补上，”何泉嘴里嚼着饭说，“学好了本事是自个儿的，父母不能跟你一辈子。你已经是大孩子了，往后要自个儿管紧点儿自个儿。”

“哎。”亮亮答应着，往嘴里扒饭。

珊珊还是那么娇气，自己有手不用，噘着嘴说：“爸爸喂我！”

“又是这一套！”何泉看了她一眼，“在幼儿园你不是自个儿会吃吗？”

珊珊嘴一撇，想哭。

何泉放下筷子，拿起珊珊的小勺，说：“好，奴才喂你！奴才要是螃蟹……”

珊珊推开他的手，“爸爸说话不好听，我要小姨喂我！”

“好，小姨喂珊珊！”曾莉笑着接过何泉手中的小勺，嗔怪地朝何泉说，“以后不让你再当‘奴才’了！”

何泉不好意思地笑了：“珊珊，小姨疼你！不要再叫小姨了，叫‘妈妈’！”

“妈妈！”珊珊果然甜甜地叫了一声，曾莉的脸羞红到耳根。

“你也叫！”何泉朝亮亮使个眼色。

亮亮没有叫，一双大眼睛垂了下来，闪着亮光。他毕竟是大孩子了。

“你是不是……”何泉迟疑地看了他一眼，“还在想着你妈？不要再想她了，她把我们都扔下了，不管了，以后小姨就是你妈！”

“我没妈！过去没妈，以后也不要妈，自个儿管自个儿，您刚才不是说了吗？”亮亮说，抹了抹眼睛，继续吃他的饭。

“那也好……”曾莉扫了他一眼。

何泉为难地叹了口气，望着曾莉说：“小莉，你……别跟他一般见识！”

…………

窗外，一个暗淡的身影悄然离去了。如果再耽搁一分钟，她就可能一阵冲动闯进屋去，那不知将是怎样一种局面？不能那样！这里已经没有她的位置，她——一个陌生的女人“李金镯”闯进人家的家庭干什么？这里的一切都与她无关。她都管不了啦！

她退了出来，从熟悉的院子、熟悉的门楼退了出来，在熟悉的胡同里游荡，像一个幽灵。路灯下，在公共阅报栏里张贴着昨天的晚报，一点儿不错，她的照片、她的名字，通栏标题印着《记以身殉职的模范班主任曾平》。这像一篇祭文、一块墓碑，标志着她已经功德圆满地走完了人生的旅程，她已经死了。死了的人都是悠闲的，她有充分的时间逐字逐句地看完了这篇文章，王校长向记者谈的那些关于她的赞誉之词，甚至使她有些激动不已。她当然不会知道在这篇文章的背后，她的同事对她所发的微词，也不会想到此文发表后在学校里会引起什么实际反应。好在死者并未审阅清样，不必承担什么“自我吹嘘、一手炮制”的罪名了。她感到欣慰的是自己终于在死后成了一名共产党员，而且以“以身殉职”盖棺论定，一个人，这样的死法，是极为体面的了，应该知足了。况且，她从文章中知道，她的五十二名学生全部安然无恙，也了却了她的一桩心事，的确可以死了。

她离开阅报栏，在路灯下踽踽前行。走着，走着，脑子里想起很多奇奇怪怪的事。据科学家说，世界上死亡的人，相当一部分是“假死”，被匆匆地烧了或是埋了。有的到了火葬场又“诈尸”活过来，有的在棺材里又恢复了知觉。所以，现在西方发明了一整套仪器，作为陪葬之用，如果“死者”有生还的可能，他可以在棺材里发出求救的信号，于是，家属破坟开棺，亲人团聚，“死者”又开始了第二次人生。这不是神话，也不是科学幻想，而是事实。这真是一项伟大的发明，它将挽救多少人的生命，挽回多少个家庭的悲剧！试想，一个人睁开眼发现自己躺在棺材里，没有光明，没有门窗，没有足够的氧气，呼天天不应，叫地地不灵，那将是怎样的痛苦！而她，正是在这样的痛苦之中，她没有死，她还活在人间，可是，又有谁承认？在人们的心目中，她已经死了。

一个“死”了的人，优哉游哉，从胡同走向大街。一条大街又一条大街，都是她过去走过的地方，熟悉得很。只是过去太忙，不像现在走得这么清闲，这么从容。

夏夜，清凉而宁静。长安街上的枝形路灯闪耀着一串乳白的光，伸向远方。马路上车辆少了，显得空荡荡的，红绿灯不再明灭，交通警下班睡觉去了，一对一对的恋人，手拉手，肩靠肩，在街心通行无阻，信马由缰，交通规则不存在了，人变得自由了。

她从来没有这么自由地游逛，无遮拦，无阻隔，也无目的。是的，她不知自己在往哪里走。

她突然想起，这个世界上还有一个挂念她的人，只有这个人顽固地相信她还活着，他就是高迈。这是一个萍水相逢的人，她在他家里住了据说有半月之久，他一直守候在她的床前，给她喂水、喂药、洗脸、洗脚甚至擦身！他表现了极大的耐心和温情，握着她的手，一再叙说着他是多么爱她。她失踪了，高迈一定急坏了！

那么，她现在是去找高迈吗？回到那个“家”，去当高迈的“妻子”？从此隐姓埋名，作为“李金镯”而苟延残喘、苟且偷生？不，那还不如去死！仅仅想到这个念头就足以使她感到莫大的耻辱！

不错。高迈那里有她的位置，他在焦灼地等她，惊慌地找她。如果她安然回家，高迈会高兴得发狂！

高迈，真的是这么爱他的妻子吗？

他的妻子是谁？谁是他的妻子？

不，她不是高迈的妻子，她不是李金镯！李金镯已经死了，再也不会回来了！

她回味着在高迈家里时的一切……

她躺在床上，眼睛看不见，手脚动不得，声音喊不出，像一座雕像，像一具僵尸，像一只筋疲力尽从玻璃窗上撞落的飞虫。那是谁？是曾平，还是李金镯？不知道。那是一个死了的人，被钉在棺材里，可还想挣扎。不管是谁吧，反正都一样！

我是谁？我究竟是谁？

我到底是死了，还是活着？

我去哪儿?

她问自己，问空荡荡的马路，问清凉的夜色。

她走着，像一撮泡沫，一根羽毛，一片落叶，一缕烟云，一阵清风……

写于1986年春

（发表于《女作家》1986年第4期。收入霍达小说集《魂归何处》，北京十月文艺出版社1988年出版）

红　尘

引　子

北京的这条胡同，就建筑而论，并没有多少“京味儿”。要想看北京典型的四合院：高门楼、影壁墙、垂花门、五脊六兽、四梁八柱、磨砖对缝、飞檐滴水、曲径回廊、门簪石鼓……趁早别上这儿来，一律没有。这胡同不长，也不拐弯儿，一眼可以看到头儿。两旁是一式的排房，一样的街门，一样的院子，一样的房子，灰砖、灰瓦，每个院子一溜儿五间北房。房前带个简易的廊子，以砖柱支着廊檐，檐下铺砖，并有砖铺甬路从各个房门通向院里，再通向街门。胡同里却既没铺砖，也没铺沥青，是一条土路，下雨时满地泥泞。每院住两家、三家不等，说是“大杂院”，又不太大，也不太杂。院墙极矮，装两扇木栅栏街门，不常关闭，门闩多被孩子们弄坏了，就敞着。有的门扇不知被谁卸去搭床了，也没人管，不要门就是了。院子两两相对，每一排的东西两院合用一个自来水龙头，街坊之间的接触便十分频繁。再则，每排房的后墙又兼作后一排的前院墙，后窗户实际上冲着人家的院子，谁家有点事儿，前后左右都能知道，保密程度极低。有时候，隔着墙就说上话儿了：“嘿，这儿夜班回来正睡觉呢，别吵了嘿！”“二婶儿，我这儿正炝锅呢，有葱吗？劳您驾扔过来一棵！”

这儿的街坊大都能和睦相处。原因很简单：他们都是几十年的老街坊，上辈子、上上辈子就住一条胡同，虽是杂姓，却穿插着好多关系，她叫她“三奶奶”，他叫他“二爷”，甚至连小孩还分“姑姑”“侄子”辈儿，也不知是怎么排的。早先，这些住户的职业以经商居多，有“勤行”的，便是开饭馆、卖小吃之类。有“玉器行”的，卖珠宝古玩。有“菜行”的，担挑、摆摊儿卖菜而已。解放以后，有的仍操旧业，有的改了行，但仍沿袭过去的称呼不变，如“爆肚儿陈家”“炸糕刘家”“玉器赵家”“花儿洪家”等，以此代替了门牌号码。他们原来都住在菜市口附近的一条胡同，挨着闹市，各行各业做生意都方便。后来市政建设征用地皮，旧房拆迁，这些人家集体搬家，连根儿拔到了现在的地盘儿，给他们盖了这片排房。好比一个小社会，整个儿挪了窝儿，社会关系并没变，一切照旧。刚搬进新家，孩子们倒觉得新鲜，各家的房子都一样，不留神就走错了，难免嬉笑一场。后来各家按照各自的习惯和需要，把本来一样的院子变得不一样了。有的在院子里种上几棵草茉莉，开得火红一片。有的在房檐前头种上扁豆、丝瓜、葡萄，绿荫遮住了小半个院子。有的则搭个鸡窝，养几只下蛋的母鸡，虽然街道上有时候声称“城市不准养鸡”，来嚷嚷一阵，嚷过也就罢了。还有悠闲的人，在房前摆了大大小小的鱼缸，养金鱼、神仙鱼，水儿清清，鱼儿摇摇，倒也像神仙过的日子。

六十年代中期，胡同里搬进来一家外来户。这“外来户”并非来自上海、南京、两广，而是北京人，从东城搬到南城来而已。因为不是集体搬迁的老街坊，在人们心目中就成了“外来户”。这户人家的到来，理所当然地引起老住户们的注目，平添了很多茶余饭后的谈资，并且由此生出了一段故事。

其实，即使没有外来户搬来，这儿也有故事的，只是彼此都知根知底，老年陈账就觉得平淡了。自此之后，胡同里便有了一些新鲜感。

故事便从这儿开始，时在公元一九六五年夏秋之交。

一

礼拜天是她出游的日子。

瞧，她出来了，穿着花丝葛紧身旗袍，淡紫色的底子上撒满了浅绿的碎花儿，袖口和旗袍的下摆外边露出细白细白的胳膊腿儿。高高的领口连扣两个纽襻儿，衬得那张粉脸像梨花儿似的。其实，她并没搽粉，天生就这么白，一头青丝天然打着鬈儿，洗得干干净净，再抹上那么一层梳头油，乌亮乌亮的，散发着一股清香。眉毛精心地摘过，细细的，长长的，弯弯的，像两道月牙儿。她年已三十五岁，妙龄已过，称不上娇艳了，脸上的肉皮儿也有些松弛，可身条儿保持得好，不像旁人家的媳妇那样，生过几个孩子就早早地发了福，一个赛一个地胖。何况她又十分会打扮自己，不是靠珍珠翡翠往身上堆砌，而是让自己的美恰如其分地得到显示。一件半旧旗袍，胸前缀一朵白兰花，这在上海南京路也许平平无奇，可在北京的这条小胡同里，就足够艳冠群芳了。

她坐在三轮车的座儿上，布篷子遮住了早晨的阳光，一抹淡淡的阴影儿罩住她的上半身，有一种浮云遮月的朦胧意韵。两条细长的白腿，穿着长筒丝袜，月白色尖口儿布鞋，像曲艺演员爱穿的那种样式，一只脚踩在踏板上，另一只跷起来，摆成一个优美的 X 形。她不用吩咐，车夫就像识途老马，轻车熟路地拉着她穿过胡同，到她想去的地方去。

车夫是她的丈夫，叫石凤德，人称“德子”。

德子早先不住这条胡同，去年才搬来的。他在三轮联社工作，这工作当然不起眼，解放前叫“臭拉车的”，骆驼祥子一类的角色。现在当然把这个“臭”字去掉了，可也没人叫他“三轮儿司机”。德子四十多了，红脸膛儿，剃光头，头顶和下巴都是尖的，颧骨挺高，整个脑袋像个枣核儿，媳妇说得好听，像“香榧子”。德子大高个儿，胳膊腿儿成年累月让三轮儿给练出来了，一疙瘩一疙瘩的肉，要多瓷实有多瓷实，让太阳晒成了古铜色儿。他嘴笨，卖力气的人，不大会说话，厚嘴唇，眯缝眼，透着憨厚样儿。这么个粗笨男人，竟然娶了个天仙似的媳妇，不是天意的安排，就是命运的偶合。“德子，你他妈的是不是跑到王母娘娘的瑶池偷看仙女洗澡，藏了人家的衣裳，才拐了个媳妇来?”有人这么问他，德子只是咧开厚嘴唇嘿嘿一笑了事，并不回答。那笑容，美滋滋的，说明他确认自己是捡了个大便宜，说是“拐”的也无妨。可他那媳妇并不像拐来的，她对德子甭提多体贴。衣裳给他洗得干干净净，熨得板板正正。他出车回来，饭菜早就预备好了，变着法儿地给他调剂口味，拉车挣的钱，多半花在拉车人的嘴里。夏天，德子吃完晚饭往凉席上一躺，媳妇坐在旁边，手里拿把芭蕉扇，给他轰蚊子。冬天，一只热水袋早把被窝焐热了，他全靠脚力挣钱，可不能冻了脚。德子知足，总觉得欠了媳妇的情分，又不知该怎么报答。

他报答的办法简单而有趣。每逢礼拜天，德子就不出车了，拉着他的媳妇出去玩，逛王府井，逛西单，逛北海、天坛，再远了就去颐和园、香山、十三陵。媳妇坐车，像个贵妇人，他拉车，像个雇来的车夫。

这会儿，两口子收拾停当，三轮儿出了院门，轻快地行驶在胡同里。

胡同里好多人出来看。出门上班的，手里提溜个包儿，一边儿走，一边儿向那车瞄一眼。上街买油饼儿的，手里托个管箩，站住脚，朝那车瞥一眼。在街门口倒泔水的，端着盆，也往那车瞅一眼，不提防泔水洒在脚面上。这些都是路遇。还有专门等着看的，都是些半大孩子，不知是出于什么心理，一到礼拜天，早早地就到门口等着这辆车。那会儿，北京还没有普及电视，人们也不像现在这么迷球赛之类，大伙儿奔日子奔得乏味，平常谁家打架便是附近居民的一次娱乐，纷纷跑来围观。自从德子两口儿搬来，“德子拉车”便也成了胡同里的一景。

德子不怕看，双手握着车把，两脚悠然自得地蹬着脚蹬子，径直朝前驶去，乐于当街坊们的展览品。他的媳妇也不怕看，那贵妇人的派头儿，决不因人们的围观而微露羞怯之色。她居高临下，一双微微下垂的眼睛，目光从街坊们的头顶扫过，巡视着这些浑浑噩噩的看客。

在胡同北头住的小黑子是美术印刷厂的工人，有一次拿回一张刚印出来的画——克拉姆斯柯依的传世名作《无名女郎》，他奶奶一瞅就说：“哟，这不是德子媳妇吗?”街坊们也都说像。当然，不是哪儿都像，那帽子、衣裳当然不像，高鼻子、深眼窝也不像，年纪也比德子媳妇“少相”，就是那个“劲儿”像。那女郎斜靠在出游的马车上，微微扭过脸来，低垂着眼睑，高傲地俯视着人生……黑子奶奶说：“活脱一个德子媳妇!”无形中，这张画又大大抬高了德子媳妇的身价，增添了一种神秘色彩，《无名女郎》使她在胡同里有了名。

德子媳妇并没有因此而变得傲慢起来，红花儿还要绿叶衬，远亲不如近邻，街坊们是得罪不起的。车子一路走，她一路和人们打着招呼：“吃了吗，您哪?”

“吃了，吃了，”人们照例这样作答，并再找补上一句，“出去遛遛?”

她答：“出去遛遛。”

三轮儿驶出了胡同，往北奔大街走了，看热闹的人也渐渐走散了。

只有疯顺儿没走。他站在胡同口大伙儿倒垃圾的地方，一手扶着电线杆子，一手伸着食指，抠着嘴，哈喇子顺手流到胳膊肘儿上。他望着远去的德子媳妇，含糊不清地说了句：“好咳……”瓮声瓮气，像是嘴里衔着个热茄子，舌头不听使唤。疯顺儿是街道主任孙桂贞的儿子，生下来起名叫“风顺儿”，是“一帆风顺”的意思，不曾想这小子越长越不顺，三岁才会走路，八岁才会说话，说也说不利落，连裤腰带都不会自个儿系。现在都十六七岁了，挺高的个子，还像个拖鼻涕、流哈喇子的孩子，吃饱了没事就往胡同口一站，愣愣地冲着什么都能看半天，然后感叹一番“好咳……”再蹒跚地挪个地方发愣。人们叫他“疯顺儿”，他妈是街道主任又怎么着？反正谁也听不清“疯”和“风”有什么差别。他妈忌讳这个名儿，就把“风”字免去，叫他“顺儿”。

“顺儿！你还不回来塞？”这是他妈在叫他了。“塞”，就是吃饭。

孙桂贞站在院门口，腆着胖墩墩的肚子，望着这边儿叫。矬老婆高声，她这一嗓子，整个胡同都能听见。

疯顺儿快快地往回走，到了家门口，还恋恋不舍地扭头往胡同口又瞅了一眼，那儿，德子的车拐过弯去了，瞅不见了。

孙桂贞往家里推推疯顺儿：“快塞去吧，还瞅什么？”

住德子前边那排的马三胜正好走过来，就笑着搭上了茬儿：“他瞅德子媳妇呢！孙主任，您赶明儿也给疯顺儿找这么个媳妇！”

疯顺儿嘿嘿地一笑，缓慢地转着脖子说：“好咳……”

马三胜开心地大笑：“您瞅，怎么样？”

孙桂贞瞪了他一眼：“晦们顺儿才十七，早着呢，用不着张罗媳妇！”

“这倒是！”马三胜顺着她说，他有这个本事：什么话茬儿都能接上，瞎打哈哈的话还说得挺认真，“孙主任，您家的疯顺儿是贵人语迟，说不定后福无穷，到时候，说媳妇的人挤破门，拣好的挑！这辈子，谁也不知道谁走到哪一步！哎，就说德子吧，这小子论长相没长相，论家产没家产，论工作也没个露脸儿的工作，可媳妇倒挺是样儿，也不知是怎么走了桃花儿运，从哪勾搭来的？”

马三胜是个大工厂的锅炉工，他瞅不起德子这拉车的。

孙桂贞笑了：“三胜，你小子说话没正经的，瞅着人家的媳妇眼馋？谁像你？三十多了，从农村诓了个媳妇来都留不住，还让她跑喽！”

“瞧您说的！那是我嫌她土，跟她打离婚啦。您瞅我赶明儿娶个更好的！”马三胜用手胡噜着脸上的胡茬子，讪讪地说。随即又把话题绕回来，“要说诓，没准儿德子这媳妇才是诓来的呢！瞧那娘们儿的做派，官儿太太似的，怎么鬼迷心窍跟了他呢？”

“就说呢！德子旧根儿不在咱这儿住家，咱也不知根知底。也许，他媳妇的娘家是个富贵人家，解放后失了势才肯嫁给这个臭拉车的，图他个阶级成分儿？”孙桂贞说。她这话似乎不大合乎街道主任的阶级立场。

“倒也不言定。资本家又不像地主，财产不充公，不至于连姑娘都找不到好主儿，嗬们厂的老板今儿还拿定息嘛，姑爷还是个干部哩！我说德子媳妇没准儿是哪个奔台湾去的大官儿的小老婆啊什么的。”马三胜坚持他的推断，尽管说不出什么根据。如果他看过老舍的《骆驼祥子》，也许会联想更丰富、更具体些，干脆就认定德子媳妇就是那个跟拉车的私通的虎妞得啦。

“咳，甭管人家是怎回事了，”孙桂贞说，“我瞅德子媳妇倒是个有心路的人，过去吃香的、喝辣的，年月变了，就嫁给个工人，家里又没拖累，还是享清福。天生的富贵人，就是个富贵命。三胜，你可别满世界去嚼人家的舌头，‘台湾’啊‘官儿太太’啊什么的，这话说不得，留神让德子听见了，跟你翻扯！”

“咳！哟们家住这胡同几十年了，还怕他？”马三胜一笑，“他翻扯怎么着？我说屈了他，让他自个儿说给咱们老街坊们听听！他搬这儿来也年把了，怎么压根儿没瞧见他丈母娘家有个人毛儿来过？”

“呃？”孙桂贞也犯了寻思，“这娘们儿也三十好几了，怎么也没个孩子？横是都撇下了，跟着德子跑出来的？”

“妈，还塞不塞啦？”疯顺儿在院门里头等得不耐烦了，瓮声瓮气地催他妈。

孙桂贞这才想起了吃饭的茬儿，丢下了马三胜，往院里走，一边儿走，一边儿还琢磨着刚才说的这码事儿。德子媳妇到底是怎么个话儿？身为街道主任，连本胡同的人头儿都摸不清，多少有点儿“失职”的味道。

二

马三胜回家站了站，他妈给他把早饭做好了：昨天的剩米饭，有些馊，拿凉水淘了，切点儿葱花儿炒了炒。马三胜只瞅了一眼，就饱了，鼻子里哼了一声，转脸走出去。

年过三十的汉子，还没混上个媳妇，这其实怪不得马三胜，都是家拖累的。他爸爸早先是个卖菜的，孤零零一人，担着挑子沿街叫卖，人称“菜芽儿马”。菜芽儿马嘴巧，人缘好，左近几条街上的居民都认识他。“菜芽儿马，今儿个有什么菜？”“萝卜秦椒脆黄瓜，茄子大葱嫩冬瓜，吃吧你哪！”人们就拣好的挑，菜芽儿马也不用秤，估摸着要个价儿，保证不让买主儿吃亏，当然也不让自个儿赔本儿，他的眼睛比秤还准。如果你手头没零钱，他就爽快地笑笑，允许赊账，久后忘了还，他也不开口讨债，只当是忘了。这样，菜芽儿马辛辛苦苦奔忙了半世，只糊得一张嘴，吃饭之外，还嗜好喝两盅儿酒，当然也就攒不下什么家业。但是好名声却出去了。于是就有一个中年的寡妇，也是菜芽儿马的老主顾，主动跟他搭乎上了，两家合为一家。寡妇还带了个独养儿子，按原来夫家的大排行取名“三胜”，便改姓马，名字照旧。菜芽儿马年过半百，突然时来运转，老婆孩子全有了，还带来了一份家当。三胜他妈料理家务，日子过得有来有去，手头渐渐宽裕，菜芽儿马往酒铺跑得更勤，酒瘾骤增，像要把前半辈子欠的都找补回来似的，天天灌得酩酊大醉，胡言乱语，有时醉卧街头，有时醉打妻儿。有一回，三胜他妈偷偷地给前夫烧纸，让他知道了，一顿拳打脚踢，砸锅摔碗，酒疯撒邪乎了！“菜芽儿马”的名称遂被“酒罐”所代替，一提“酒罐”，街坊便掩鼻而笑，人人不齿。不消几年，马家的日子便被“酒罐”糟得叮当作响，以至每年的布票刚发下来，“酒罐”就一把从老婆手中夺去，撕得粉碎，还扔到炉子里化为灰烬，嘴里愤愤地骂着：“我叫你穿！我叫你穿！”那年月，三胜母子几乎快到了衣不蔽体的地步，他妈思前想后，后悔不迭。三年困难时期，“酒罐”瘦得皮包骨头，一阵风就能吹倒，仍然不惜倾囊买高价的劣质白酒，终于失尽元气，卧病不起，一命呜呼，临终之际，“酒罐”四肢无力地躺在光板凉席上，一双眍眍眼还直直地望着桌上的空酒瓶儿，渴望再得一醉。三胜他妈不禁心头火起，抬起巴掌，抡圆了，朝“酒罐”脸上打去！那瘦干郎脸颊上留下了煞白的五个指头印，血色全无，“酒罐”登时气绝。人们又怜惜起死鬼来，说三胜他妈心狠、手狠，爷们是让她打死的。殊不知，“酒罐”不倒，三胜母子就休想有条活路。如今，三胜三十出头了，还没成家，好岁数让“酒罐”给耽误了。其实也有过好机会，那年，他到北边儿出差，帮厂里食堂买蘑菇、羊肉，从张家口那边儿带来一个女的，等人家在北京落上了户口，就跟他吹了。那时候“酒罐”还没死，这个家，连口外的乡下人也瞅不上。

…………

马三胜伸手从院里那一堆鱼缸跟前拿了网子、瓶子，想到护城河捞鱼虫去。出了街门，又懒得去了，不知不觉迈腿进了街道主任的院子。

孙桂贞正和疯顺儿吃早饭呢，烙饼、薄脆、焦圈儿。

“三胜，你来个焦圈儿!”孙桂贞说。

“不了，我刚吃过，也是焦圈儿。”马三胜撒了个谎，他要面子。

疯顺儿满嘴沾着焦圈儿的渣儿，眼睛望着马三胜手里的网子、瓶子说：“鱼……鱼……”

马三胜把瓶口倒过来说：“空的。”

孙桂贞笑着说：“没人要你的。哎，你的神仙鱼多少钱一条?”

“钱?”马三胜不以为然地说，“咱不卖钱，我是养着玩儿的!”

孙桂贞不信：“养着玩儿的？那么多!”

马三胜说：“多了就送人，真是对劲儿的朋友，喜欢哪条，拿去!”

孙桂贞半开玩笑地说：“那你给我一条?”

马三胜也半开玩笑地说：“不含糊！可是您送我点儿什么呢?”

孙桂贞说：“我给你一个耳刮子!”

马三胜觍着脸说：“大婶儿，别价！您该送我一个……哎，给我介绍一个对象!”

孙桂贞收拾着碗筷说：“去，去！没这么值钱的鱼!”

马三胜正想走，又回头问了一句：“娟子没在家?”他说的娟子，是疯顺儿的姐姐。

孙桂贞往里屋努努嘴说：“姑奶奶还没起呢，大礼拜天的，让她多睡会儿。”

马三胜往里屋瞅了瞅，床上被子靠墙摞着，根本没人。就笑了笑说：“八成是昨儿晚上没回来吧？住哪儿啦?”

孙桂贞沉下脸说：“瞅什么？没规矩!”

马三胜一边儿往外走，一边儿讪讪地说：“您放心，我马三胜就是打一辈子光棍儿，也不用神仙鱼换您的美人鱼！您这街道干部、革命烈属，咱们高攀不起啊！”

孙桂贞嘴角泛起一丝微笑：“明白就得！”

她转过脸来，骄傲地瞟了一眼正中墙上挂的镜框，那里边，端端正正地镶着一张发黄的证书，印着五十年代的繁体字“光荣烈属”。

三

三胜家前边儿的这院子里清静。东头两间是德子家的，两口子锁上门出去逛去了，中间李家是双职工，都上班走了，就剩下西头的梁奶奶一家人在家了。三个孙女儿，趴在饭桌上、炕桌上各人做各人的作业，梁奶奶的儿子梁思济在里屋的床上裁一块花布。梁奶奶坐在廊子底下，案板搁在板凳上，手握着菜刀在剁肉馅儿，院子里只听见这持续不断的鼓点儿似的响声。梁思济是个大夫，大学毕业之后，和他的一个同班同学结了婚，两人分配在一个医院工作。两年一个孩子，两年一个孩子，台阶儿似的生了三个女儿，等到大的上五年级、二的上三年级、三的上一年级，女的突然有了外遇，死活要离婚，梁思济不强留，就办了离婚手续，随她去吧。家里撇下三个娇女，可让他为了难，上班一天看几十个病人，下了班又得分担老母的家务，既当爹，又当妈，甚至还得学着给女儿做衣裳。梁奶奶心疼儿子，泪往心里流，今儿个是礼拜天，她早早地买了三斤扁豆、一斤牛肉，给全家包顿饺子，这会儿正剁馅呢。

梁思济站在里屋床边，对着那块花布发愁，琢磨着怎么合理利用，才能裁成三条裙子。比画了半天，画好了粉线，小心翼翼地剪了下来，一一拼在床上。猛然间，发现出了一个大错：料倒是凑合够了，可老三的这件，梅花儿全是倒着的了，倒梅？倒霉！

梁思济背上渗出了一层汗，衬衫贴在脊梁上，从心里往外冒火。这时候，廊下的鼓点儿正敲得均匀，梁思济一把团了床上的花布，拿起剪子“咔嚓、咔嚓”胡铰了一通，“啪”地扔下剪子，冲着外头大吼一声：“别剁了！”

三个女儿大吃一惊，老太太吓了一跳，那菜刀剁在了左手指头上，老大的一条口子，血滴滴答答往下掉！

梁思济慌了，赶紧从抽屉里找出红药水、止痛粉和绷带这些医生家里常备的东西，一边儿给梁奶奶包扎，一边儿自己的手在哆嗦，老母的十指连着他的心！

“不碍事，不碍事，”梁奶奶的脸都变了色，惊恐地望着儿子，“你今儿个是怎么了？吼什么？”

梁思济把母亲搀进屋，望着吓傻了的三个女儿，长叹一声：“妈，我……舍不得丢下你们啊！”

梁奶奶听着话音儿不对，愣愣地说：“儿啊，你这是怎么话儿？日子再难，妈领着你们过，有合适的咱再找一个，你可别往绝路上想啊！”

三个女儿都懂事早，听了这话，一齐扑到爸爸身上，哭着说：“爸爸，您可不能死啊！”

梁思济揽着女儿，一个一个抚摸着她们的脸，给她们擦泪，半晌才说：“我哪会死啊？不看着你们长大成人，爸爸舍不得死！可是，爸爸要走了，到很远很远的地方去了！”

梁奶奶眼睛瞪得老大：“疯话！你上哪儿去？”

梁思济垂下头说：“妈！昨天领导找我谈话了，我们科里要派一个大夫去支援三线，派我去。”

大女儿着急地问：“三线在哪儿？”

二女儿紧跟着问："什么时候回来？"

三女儿也追着问："带我们去吗？"

梁思济叹了口气说："好几千里地，西边儿，山里头，远得很，我一个人去，谁都不带！调到那儿工作，永远不回来了！"

梁奶奶心里咯噔一声："你答应了？"

梁思济说："领导上决定了，我还能不答应？支援三线，是光荣的任务，那儿有很多工人，也是从北京调去的，不能没有大夫！"

梁奶奶沉下脸说："这么大的事儿，你也不和家里商量一声儿！你们医院里那么多大夫，别人不能去？干吗非得你去？"

梁思济说："领导上对我说：你的业务是全科最好的，一个顶十个用！再说，你又不存在夫妻两地分居的问题！"

"这叫放屁！"梁奶奶气得浑身打战，"你们领导横不是人养活出来的，怎么没个人心眼儿？我找他们讲理去，告到毛主席那儿，咱们也占理！哼，这是看着咱们老的老、小的小，还没死喽，活得太舒坦，再往心里扎一刀！"

梁思济一把抓住老母亲的手："妈，您可不能告！这么一来，您可就把儿毁了！"

梁奶奶被砍伤的手指，霍霍地跳，钻心地疼，血从白绷带里边儿渗出来，殷红的一片，往下滴答！

四

天快黑了，德子两口子才回来。

一进屋，"主仆"身份就倒了个儿，德子拉了一天车，累了。媳妇说："上炕躺会儿，该伸伸腿儿了。"德子就脱了鞋，往床上一躺。这儿的人习惯把床说成"炕"，其实，土炕早就被淘汰了。媳妇忙乎起来，从碗橱里端出个花边小碗儿，边上扣着一把调羹，递到床边上：“嗯，吃了这碗，解解乏！”

德子折身坐起，接过碗。那里头，红枣、莲子、白木耳，熬好了，撒上白糖，早拿凉水镇着，这会儿吃起来，又甜，又凉，又腻乎，德子一勺一勺舀着吃，咂摸着生活的甜蜜。

刚撂下碗，串门儿的来了，马三胜、小黑子，还有疯顺儿。

“吃了吗，您哪？”马三胜进门就打个招呼。

“嗯们在外头吃了。”德子说，连忙穿鞋下地，招呼客人坐。

德子媳妇从里屋走出来，她已经脱去了旗袍，换了一身月白色的睡衣、睡裤，见来了客人，笑盈盈地说：“哟，是你们二位啊？”一抬头瞅见门边儿还站着个疯顺儿，来的都是客，便一视同仁地找补上一句：“噢，三位，坐，都请坐！”

马三胜和黑子早就坐在八仙桌旁边的那两把老式木椅上了，只是疯顺儿没进来，倚在门框上，食指抠着嘴，两眼直直地往里瞅。

德子媳妇嫣然一笑，转身端出一盘五香瓜子，搁在桌子上：“闲着没事儿，嗑点瓜子儿吧！”又瞅了一眼门旁的疯顺儿，便抓了一把递过去，“给你！”她是外来户，明知疯顺儿是傻子，也不便得罪，在这条胡同里，疯顺儿也算是个“干部子弟”哩。

疯顺儿不去伸手接瓜子，却把上衣的口袋撑开：“嗳……嗳……”德子媳妇便把手里的瓜子给他装进去。马三胜不屑地往那边儿瞥了一眼，心想：你把他也当个人！

黑子捏着盘子里的瓜子嗑。马三胜不爱嗑瓜子，伸手从工作服口袋里掏烟。

“哟，您瞧我，忘了拿烟了！”德子媳妇歉意地说着，顺手从桌上搁粮票、油票的盒子后头拿出一盒“前门”烟，抽出三支，递给马三胜和黑子，剩下一支叼在自个儿嘴上。

黑子接过去了。马三胜一看人家的烟比他的强，掏出了一半的烟盒又塞回去了，伸手也接了过来。德子媳妇划着了火柴，给他们点着。马三胜猛吸一口，然后慢慢地从鼻孔中喷着两条烟柱，像是在品评这烟味儿，又像是在品评由德子媳妇亲手点烟的味儿。

德子媳妇把手里那根火柴甩灭了。又划了一根火柴才点着自己的那支烟。

黑子说："大嫂，您这不是成心费一根洋火儿吗？"

德子媳妇吸了一口烟，说："有学问的人都说：三火成灾，一根洋火儿只能点两根儿烟。"

马三胜瞥了黑子一眼："长见识了吧？"

黑子也不臊，嘻嘻地笑着说："咱井底下的蛤蟆，见过多大天儿？哪儿能比德子嫂见多识广的？"回头又瞥着德子媳妇，"大嫂，您这身儿旗袍儿素净，比那花的更好看！"

德子媳妇叼着烟说："兄弟，这是睡衣。"

马三胜把沾在舌头上的烟末子啐出去，奚落地朝黑子说："你他妈的净露怯，人家睡觉都单有一套衣裳，像你似的？一身工作服滚到黑？"

黑子又嘿嘿地自嘲。

德子媳妇把手里的火柴棍儿甩灭了，转过脸去，对着桌上的小镜子，用那火柴棍上的半截儿炭灰描了描眉梢，左手里的烟却舍不得放下，两个手指头夹着，向上舒卷着一缕线儿香似的青烟。

德子坐在板凳上，皱了皱眉头，朝她说："你把那烟掐了成不成？咱这边儿的妇女没有抽烟的，叫人瞅着不是样儿！"

媳妇这回没听他的，又吸了一口说："戒不了啊！哎，国家开烟厂，抽烟又不犯法，哪儿写着这烟只许男人抽啦？"

德子的厚嘴唇却嘟囔着说："男人也不是个个抽烟……"

马三胜斜眼瞅着他，明知他不会抽烟，却有意说："德子哥，男人不抽烟，就没个汉子味儿……"说着，从桌上烟盒里抽出一支，朝门旁的疯顺儿扔过去："疯顺儿，来一根儿！"

德子像被打了脸，脖根红红地扭过头去。

疯顺儿把手从嘴角抽出来，捡起那支烟，送到鼻子跟前闻了闻，塞到那装满瓜子的口袋里去。

"哟，"德子媳妇笑着说，"你还舍不得抽，给你爸爸带家去？"

马三胜和黑子都乐了。

德子媳妇说："这可别笑话人家，他不傻，还知道孝顺他爸爸呢！"

马三胜说："他哪儿有爸爸？他家挣钱的那位是他叔！"

德子媳妇自觉失口，不好意思地说："他叔？我还当是……"

马三胜笑着说："您可别给人家安错了位儿，孙主任的爷们早就光荣牺牲了，全靠小叔子领家过日子，疯顺儿他们也差不离儿把他当成爸爸了。街坊们倒也没人敢闲言碎语的，这有什么？老嫂比母嘛！哎，大嫂，您可别当着孙主任打听这事儿，留神她跟您翻扯！"

德子媳妇听出马三胜话里有话，便表情肃然地说："我可不待见嚼老婆舌、串是非的，各人的日子各人过，我管人家干吗？"

马三胜依旧是那么嘻嘻地笑着，肚子里还憋着话呢。瞅着墙上贴的那张年画《武松打虎》，借题发挥，扯得不着边际："大嫂，要都像您这么样儿，世界倒清静了。咳，什么事儿不是坏在街坊的嘴里？就说武二爷吧，要不是卖梨的郓哥儿和那个老不死的何九叔串是非，武二爷也不至于连杀三条人命，闹得一条街不得安宁！"

德子是懂戏的主儿，听到这儿，便搭茬儿了："三胜，你这叫歪批《水浒》！潘金莲儿勾搭奸夫害本夫，我看是该杀！"

“你们犯不着替古人担忧，”德子媳妇说，叹了口气，“唉，自古红颜多薄命，潘金莲儿也过得不容易！”

黑子年轻，二十来岁的毛孩子懂不了那么多的老戏，不知道他们说的是什么，只是想听，听到这儿，插嘴说：“是个女的？”

“可不嘛！”马三胜说，“早先是个财主家的丫鬟，因为和老爷不大清楚，叫太太知道了，一发狠，把她白给了卖烧饼的武大郎。武大郎你总得听说过吧？”

黑子说：“听说过，是个小矮个儿？”

马三胜说：“三块豆腐干儿那么高。又矮，又丑，又没能耐。你说，潘金莲那么个女子，有沉鱼落雁之容、闭月羞花之貌，嫁给这么个窝囊废，能痛快吗？她见了那些个堂堂男子汉，能不动心吗？”

德子媳妇说：“倒也是。”

德子脸上挺不自在：“什么‘倒也是’？你们越说越岔路了！”

“哎，我说的是这个理儿，”马三胜毫不介意，说得正在兴头儿上，收不住，“早先，潘金莲儿也打过小叔子的主意来着，武二爷假正经，死活不干，她才找的西门庆。咳，错了！要是武二爷认了头，就像孙主任似的这么过不就得啦？什么事儿也没有了！”

说完，大笑。黑子也跟着笑。倚在门旁的疯顺儿也跟着没头没脑地笑，哈喇子垂下了，成了个惊叹号。

德子急了，虎着脸说：“伙计，你们要说，上外头说去，我可惹不起人家街道主任！”

“顺儿，该回来塞啦！”是孙桂贞的声音。

“嘛呀？……嘛呀……”疯顺儿挺不耐烦，朝外头嚷嚷。

孙桂贞一路寻了来，进了院子，还在喊，只是语气缓和了：“顺儿，吃饭去！”

疯顺儿扒着门框，晃着身子：“不，不……还看……”

孙桂贞知道她儿子是在这儿看德子媳妇，心里有气没法儿说，就朝门里说：“德子，自打你们搬来，这胡同里添了西洋景啦！”

德子媳妇赶紧迎出来：“孙主任，您屋里坐！”

孙桂贞走进屋，马三胜和小黑子都不言声了，只剩下里屋的匣子在不知疲倦地播送着《评苏共中央公开信》的长篇文章。这儿的居民习惯于进屋就打开匣子，而不管里头唱什么、说什么，只是当个点缀，闲话儿照说。这会儿安静了，只听见匣子响，倒仿佛是为街道主任的来临造造政治气氛似的。

“哟，你们这儿是在政治学习哩？”孙桂贞打量着马三胜和小黑子。

“那可不，”马三胜说，“嗨们德子哥正争取入党呢！”

“瞎扯！这怎么能当笑话儿说？”德子挺尴尬地瞪了马三胜一眼，不知所措地拿起桌上的烟盒，“孙主任，您抽烟！”

孙桂贞说：“不会。女人抽烟像什么样儿？”

德子听着扎耳朵，蔫蔫地把烟盒又搿到桌子上，“您坐！”

孙桂贞并不坐，看了看屋里新刷的墙、新糊的顶棚和墙上花花绿绿的年画，启动那两片薄薄的嘴唇说：“勤学习点儿好，说话就要来运动哩，说是要‘四清’：清政治、清经济、清组织、清思想。咱这胡同里也不简单哩，也得透透地清一清。要不然，闹起修正主义，咱就得人头落地！”

马三胜吐了吐舌头：“您吓着了我啦！咱这胡同里还藏龙卧虎？嘁，老年成说话：可着北京城，就数南城穷，乾隆爷私访都没到过咱这儿。几十年的老街坊了，谁不知道谁啊？我爸爸就算最穷的了吧？就说爆肚儿陈、花儿洪、玉器赵他们，也只够个小业主，连个资本家都没有，我闭着眼睛都能给您背一遍各家儿的老底儿，也就是德子哥这一家儿是刚搬来的……”

德子一下子脸色变得挺难看，“刚搬来的怎么着？呣们家三代都是无产阶级，打我爷爷那一辈儿就拉车！”

马三胜讪讪地站起来：“德子哥，我没说别的……”

德子媳妇笑吟吟地拦住她男人：“瞧你这倔脾气，咱也叫人家说不出什么来。现如今，咱们工人阶级当家做主，什么运动也是整坏人。孙主任，您说是不是？”

“那可不？”孙桂贞说，“地富反坏右，时里刻里都惦记着变天哩，叫咱吃二遍苦、受二茬罪！老区长说了：如今那‘苏联’‘男子拉妇’就是地富反坏右领导的哩！”她说的“男子拉妇”大概指的是南斯拉夫。

马三胜在厂子里隔长不短地听报告，自然不理会这传达到终点站、走了调儿的“精神”，他巴不得孙桂贞快点儿走，他好接茬儿和德子媳妇说话儿。

德子媳妇倒听得很认真，望着孙桂贞说：“孙主任，这天可别变啊，还是如今世道好！不是有个歌儿这么唱嘛：旧社会，好比是，黑咕隆咚的苦井万丈深。井底下，压着咱们老百姓，妇女在最底层……”她说着说着还唱了起来，眼泪汪汪，像要哭似的。

孙桂贞颇有领导风度地笑了，拍拍她的肩膀说：“他大嫂，你放心，天变不了，变不了！呣们这些个干部是干什么吃的！”说着，转身就要走，推着门旁的疯顺儿，“走啦，吃饭去，吃了饭妈还有工作哩！”

也许是因为孙桂贞刚才做出的“不变天”的庄严许诺使德子媳妇吃了定心丸，她感激地望着最末一级的政权代表，送她出门，还伸手又抓了一把瓜子塞给疯顺儿。疯顺儿受宠若惊地兜着衣裳襟儿，嘿嘿地笑着，跟他妈往外走。孙桂贞见人家这么给脸，眉开眼笑地对疯顺儿说：“瞧嫂子多疼你！”

马三胜和黑子在屋里咯咯地乐。

等德子媳妇折身回来，马三胜没头没脑地问了一句："大嫂，您跟德子哥哪年结的婚？"

德子今晚晌儿一直气儿不顺，早盼着这俩屁股沉的主儿快走，这会儿又听他瞎打听，虎着脸说："干吗？查户口？"

德子媳妇比她男人灵得多，接过话茬儿说："没吃着呣们的喜糖是不是？那会儿还不认得您这位兄弟呢！这么着吧，咱补！"随手从桌上小盒儿里抽出一张一元票，"呣，两位兄弟，嫂子请客啦！"

德子瞅着那张票儿，心里挺不是个滋味儿。他出牛力挣来的钱，媳妇却这么样儿地扔！

黑子伸手去接那张票儿，马三胜一把摁住了他的手："闹着玩儿的，真这么下三烂？"转脸折身起来，知道自己该走了。临走，对德子媳妇说，"大嫂，在娘们儿里头，我还没见过您这么义气的！往后有什么用得着兄弟的，言语声儿！"

两人走了。马三胜哪是为了吃喜糖，他是出于一种好奇心理，很想知道德子家的过去。厂子里的女工也不少，但多数是穿了工作服的家庭妇女，上班混工资，下班忙着买菜、做饭、奶孩子、骂架，屁吗不懂。他没接触过德子媳妇这样的女性，她也是个家庭妇女，可怎么那么开通呢？好像是个文化人，懂得那么多的事儿。但又和厂子里的那些女工程师、技术员不同，据说她们回家都是男人侍候，德子媳妇却又那么会体贴男人。猜不透，真是猜不透。要是能娶上这么个媳妇，也不枉为人一世，他想。

五

娟子昨晚上确实没回家，礼拜天又接茬儿在外头玩了一天，这会儿才回来，骑着辆“飞鸽”自行车，进了胡同也不下来，铃铛摁得叮当响，让步行的人给她让道儿。胡同本来就窄，上下班时候往往摩肩接踵，哪儿还有车行道？可是这儿没交通规则，愣小伙子们都舍不得下车，凭着铃铛开路，横冲直撞，从人缝儿里飞穿而过。娟子虽说是个姑娘家，比小子还横。她个子高身子壮，再加上从小生长在“干部”家庭，造就了一身傲气，见了街坊四邻，就像公主对待臣民，根本不往眼里瞧，爱理不理的。

她正傲然驱车赶路，前头有个手提土簸箕的老太太挡道儿。娟子连摁铃铛，车子却未减速。老太太心里慌张，一时辨不清身后的车子从哪边儿过，左躲右躲都不是，这当口儿，前轮子撞到她腿上，老太太一个大马趴摔倒了，土簸箕甩出去砸得西边的院墙当的一声响。

老太太大骂：“这是哪个没长眼的？赶着回家挨头刀儿去？”

娟子只好捏住闸，下车搀起老太太，正眼一看才知是黑子奶奶，“哟，是您哪？”

黑子奶奶发觉是主任的女儿，语气便立时缓和了下来：“娟子姑娘啊？往后骑车得留神，这道儿窄！”

老太太没伤着，站起身来，也不再说什么，拾起土簸箕，蹒跚地走回去了。娟子搀她起来的那会儿工夫，她瞅见娟子旁边还跟着个男的，也骑着车，她停下，那男的也停下了，急得什么似的。

黑子奶奶是眼瞅着娟子长起来的。她跟黑子同岁，属小龙的，小学、中学都是同学。这丫头从小架子大，爱支使人，黑子没少替她削铅笔、背书包。赶到初中毕业，他们谁也没考上高中，黑子进了美术印刷厂当工人，娟子到北京站当了列车员。在这条胡同里的人眼里，列车员就是个很了不起的职业了，穿着制服，戴着袖标，见天儿价坐火车，上海、广州，专跑大地方。出车回来，香蕉、菠萝一嘟噜一串的。这时候，小黑子就更不在她的眼下了，偶然碰上，就跟不认识似的。黑子奶奶琢磨着，人家横是有了对象了。

后来，娟子又不当列车员了，留在站上接车。孙桂贞说，那是领导照顾娟子，嫌出车太辛苦，也有危险，铁路上隔长不短地有“事故”。街坊们倒听说，“事故”不是翻车，是娟子在车上出了事啦，跟坐软卧车厢的一位当官儿的怎么怎么着了，领导上就不再让她出车了。这当然只是“民间传说”，胡同里的居民，谁也没有资格和胆量到车站去调查主任的女儿。娟子还是像平常那样傲气，不像做了什么丢人现眼的事儿似的臊眉耷眼，也许压根儿就没有那回事。这不，人家大模大样儿地领着个男的来了，准是她的对象。

娟子一进门，正赶上全家人在吃晚饭，就回头瞅了瞅随她进来的那个男的，向孙桂贞介绍说：“妈，这就是许炳炎。”

孙桂贞连忙笑眯眯地站起来，“噢，炳炎哪？早该来家里玩嘛，外头齁热的，没处待！快，屋里坐吧！”

许炳炎矜持地走进屋，恭敬地望望孙桂贞，叫声：“伯母！”再望望饭桌旁坐着的那个胖老头儿，叫声：“伯父！”

娟子指着胖老头儿说：“这是我叔。”

“噢……”许炳炎尴尬地望着娟子她叔，忙改口说：“叔叔您好！”

娟子她叔倒没有什么尴尬的，俨然一家之主的姿态，笑容可掬地说：“客气什么？坐，坐！”

许炳炎坐在饭桌旁。娟子从提包里掏出一串香蕉，把吃了一半饭的疯顺支到里屋去了，她怕这个傻兄弟在她男朋友面前现眼。

娟子她叔站起身来，伸出两只胖胖的手，迅速地收拾桌上的碗碟，热情地说：“还没吃饭呢不是？哎，往后吃饭就来家吃，家里方便！”一边儿又对孙桂贞说，“哎，你们陪着炳炎先聊聊，我得亮亮手艺，咱们爷儿俩喝几盅!”

娟子她们家是“勤行”世家，早先在菜市口开“和合居”饭馆，她爸爸是名震南城的厨师，光荣牺牲之后，饭馆由老二接管，娟子她叔也是个手艺高强的厨师。公私合营之后，他因为沾了烈士哥哥的光，不算“资方”，成了堂堂正正的工人阶级。胡同搬迁时，他调到这边儿来了，在胡同北口大街上的饭铺里当掌勺的大师傅。下班回来，自然也不让老嫂下厨，都是他一人的手艺，有贵客来临，更是责无旁贷。就这一点说，他一点儿也不像武二爷，倒是像武大郎。潘金莲是从不下厨的。

这边儿，孙桂贞陪着许炳炎说些桌面上的话儿，为了显示他的干部身份，较多地问了许炳炎一些关于政治学习的事儿。“你们铁路上也得搞‘四清’吧？我说都得清!”好像她掌管全国的方针大计似的，“你看‘男子拉妇’像社会主义国家吗?”好像许炳炎刚出国考察回来似的。没等许炳炎回答，她又自个儿下了断语，“我看不像!”又好像她已经去考察过了。

许炳炎哼哼哈哈地应付着。

“妈，您说的应该是‘南斯拉夫’!”娟子纠正她妈。

“就是‘男子拉妇’啊！咱们街道上见天儿价学习，还不知道?”孙桂贞很自信。

那边儿，娟子她叔“滋滋啦啦”地又煎又炒，转眼间端了上来，一盘宫爆肉丁儿，一盘焦熘肉片儿，一盘辣子鸡块儿，再加上一盘拍黄瓜，一盘芝麻酱拌粉皮儿，这桌子就摆满了。他又提溜来一瓶“衡水老白干”，摆上两只小酒盅儿，带头“啧儿咂”地喝起来。许炳炎文文静静的，不习惯喝白酒，又不便推辞，每当他举杯，就随着端起来，只用嘴唇轻轻地抿一下。

"炳炎，你今年二十几岁啦?"娟子她叔问。

"三十……呃，二十九。"许炳炎答。

"嗯，大了点儿。大点儿好，大点儿知道疼人，喃们娟子从小娇惯了，你以后得让着她点儿。"娟子她叔喝得高兴，话说得急了点儿，初次见面，不该这么直来直去。

"妈，您看我叔说的什么话?"娟子故作忸怩地拿胳膊肘儿捅捅她妈。

孙桂贞笑笑说："老当家儿的，可不就是这点儿心事嘛！你都二十四了，还晃荡什么？我瞅着炳炎挺老实的孩子。"

娟子她叔受到鼓励，话就更收不住了，进一步盘问许炳炎："什么文化程度哇?"

"中专，铁路技校毕业的。"

"那好，比喃们娟子强呢！家里都有什么人哪?"

"呃……没什么人了，父母都去世了，就我一个人。"

"清静，清静!"孙桂贞插嘴说。

娟子她叔眉开眼笑地说："一个人？赶明儿还不搬过来得啦，倒插门儿，咱这儿房宽敞!"

看来，娟子的这朋友交的时间不长，双方都还不摸底，但说话的口气却已像定下了似的。一家人正在越说越近乎，巴不得今晚上就成就百年之好，没提防"噔噔噔"一串脚步声，闯进来一个人。

孙桂贞抬头一看，是个女的，二十六七岁光景，一脸怒气，呼哧带喘。孙桂贞就问："你找谁?"

那女的也不答话，径直奔许炳炎冲过去。

许炳炎猛然扭过头来，脸"唰"地变成了死灰色，手中的酒盅儿"哗啦"掉在地上，摔成五六瓣儿!

娟子她叔瞪着血红的眼珠："这……这叫怎么个话儿?"

那女的也不理他，伸手朝许炳炎就是一巴掌！

娟子呼地跳起来："不许你打人！"

那女的眼珠子像在冒火，冲着娟子说："我打我的男人，碍着你这个骚货什么事儿了？我……我还敢打你呢！"说着，一个巴掌打过来，娟子一个趔趄，两眼冒火星儿！

许炳炎恨不能磕头求饶，拽住他老婆的手说："我说，你听我说……"

"啪，啪！"又是两巴掌，那女的可着嗓子嚷嚷："还说你他妈的个×！老婆孩子都扔了，一个礼拜都不着家，钻到这儿闻骚味儿来了，这儿是他妈的窑子？"

里屋的疯顺儿，老半天都没言声儿，此刻大概已经嚼完了那一串香蕉，被这突然而来的刺激弄得兴奋异常，风风火火地蹿出来，跳到院子里，像过节似的大声嚷嚷："噢！打架喽，打架喽！"

疯顺儿这么一嚷，院子里立时呼呼啦啦进来一大片人。这条胡同的人喜动不喜静，爱看个热闹，寻求点刺激，"看打架"也是一项娱乐，不管谁家打架，听见嚷嚷，便闻风而动，争相观看。疯顺儿则是其中的积极分子，每每充当这种召集人的角色，高呼："打架喽，打架喽！"而全不管是谁家打架，为何而打架。今儿个，疯顺儿的消息快，嚷得及时，不用动地方，站在自己院子里就完成了召集人的使命，自是美得了不得。孙桂贞脸上挂不住，啪地扇了他一巴掌："缺德吧你！"这是她头一回舍得打儿子，疯顺儿一边儿哭还一边儿还嘴，骂的什么却听不大明白。

看打架的人们赶到，战场已从屋里拉到屋外，许炳炎的老婆像疯了似的，拿脑袋往她男人肚子上撞，又伸手揪住娟子的头发，使劲地抽她的脸。娟子披头散发，鼻子被打破了，血抹得满脸都是，连白衬衫上都是血点子。许炳炎帮着娟子对付他老婆，三个人扭成一团，打得激烈，骂得花哨，从那些凌乱的只言片语，人们自不难明白其中发生了什么事。此处的居民还有一大特性，只是观战，从不助战，也不劝解，劝开了岂不没戏看了嘛！偶然也有一两个娘们儿说两句“别打了，别打了”，也只是象征性地往熊熊大火上洒儿滴水珠，不顶用的，那仗反而愈打愈烈。像马三胜、小黑子这样五大三粗的汉子，如果冲上前去，拦腰抱住其中任何一位，便可熄了战火。可是他们却懒得这样做，反而缩在女人、孩子们后头，袖手旁观。大约各人都有自己的想法，看着一向傲气冲天的娟子今儿个落到这般下场，隐隐有一种解恨之感。也有一些平时与孙桂贞不大对劲而又慑于权势不敢正面对抗的妇女，此刻在小声议论：

“这回，现眼现大发了！”

“现吧，叫她现吧！样样都让她们家拔了尖儿啦！”

场子中心的两女一男，打红了眼，苦战不休，孙桂贞在那儿瞎嚷嚷，无济于事。娟子她叔心头火起，从厨房里抓了把明晃晃的菜刀，冲了出来，厉声喝道：“老子宰了你们！”

眼瞅着要出人命！

这时候，从大门外头进来一个真劝架的，急急地挤过人群，迎面拦住娟子她叔，“二叔，不能，可不能！”夺过了菜刀，“哐啷！”给扔了。

这个人是谁？是德子媳妇！

德子媳妇劝住了老的，再转身拦少的，忘了自己的身子单薄，就往娟子和许炳炎老婆当中一挡，顿时脊梁上噼里啪啦替娟子挨了好几个义务巴掌。那边儿，许炳炎就势逮住了他老婆厮打，这边儿，德子媳妇救了娟子的驾，搀着她往外走，得找地儿包扎去！

争战双方少了第三者，便显得单调了，许炳炎索性两手抱在胸前，往那儿一站，任凭老婆哭闹。这老婆改换战术，开始争取舆论，冲着大伙儿连哭带唱地说：“街坊邻居你们都看看，咽们好好的一个家叫她搅成了什么样儿啦……”

娟子她叔站在厨房门口咋呼：“谁认得你是哪儿来的个娘们儿？两口子打架回你们家打去！”

这句话及时地提醒了孙桂贞，她突然意识到自己的身份，此时不应是事主，而是一级地方政权，霎时间便自我解脱了精神上的困境，恢复了平时调解民事纠纷的那种超然和镇定之态，摊开两手，威严地做出一个逐客的手势说：“什么事都有组织管着嘛，找你们的当地居委会、派出所打官司去！”

许炳炎的老婆气昏了头，全然不知是计，伸手抓着她男人的脖领子说：“走！我跟你打离婚！”

许炳炎针锋相对：“离就离！这可是你先提出来的！”

两口子面红耳赤，扭打着，气昂昂地走了，许炳炎的自行车也丢在了娟子家的院子里。

看热闹的人跟着出了院子，又在胡同里尾随了一阵，就像迎新或是送葬的队伍似的。直至出了胡同，两口子的身影消失在路灯照不到的远处，人们才在那块倒垃圾的地方渐渐地走散，悻悻地，怏怏地，似乎还不大满足。

六

梁思济用药棉花给娟子擦脸上的血，都擦净了，也没找着一个口子。

德子媳妇问：“梁大夫，她这是伤着哪儿啦？”

梁思济说：“没什么伤，都是鼻血。没事儿啦。”

娟子哭着，还直嚷疼。

梁思济从抽屉里拿出一个小药瓶说：“吃点止疼片吧，歇一夜，明天就好了。”

娟子把胳膊扭到脊梁后头，指着后肋条骨说：“我这儿还疼着呢！”

梁思济说：“那就……我给你按摩按摩吧，你上床！”

娟子趴在梁奶奶的床上，德子媳妇替她撩开衣裳，露出胸罩后边的背带。脊梁上的皮肉，青一块紫一块的。

窗户外边，挤着一些孩子，他们看完了外边的那场热闹，又追到这儿来了。

梁奶奶瞥了一眼趴在床上的娟子那裸露着的后背，说：“娟子，你这是跟谁打架，落了这满身的伤？”

娟子气呼呼地说：“一个骚娘们儿，没人要的货，上这儿来犯疯！瞧她那个德行，哪点儿配得上炳炎？还有脸见我呢！要不是德子嫂拦着，我非得撕了她！”

德子媳妇说：“得了，得了，我不拦，你还得吃大亏！”

梁奶奶这才听了个八成明白：“哟，敢情……人家家里有媳妇啊？娟子，你这可不对啊，不能拆人家的家啊！”

娟子不以为然地说：“我不拆，炳炎也得甩了她！没有爱情还过个什么劲儿？”

梁思济用药棉花擦了擦手，说：“按摩的时候，别说话！”

梁奶奶心里装着一肚子的心事，早就不耐烦了，又听娟子的这话满不对胃口，瞥着她裸露着后背大模大样地趴在床上，更觉得硌硬，就扭过脸说：“娟子，这各人家有各人家的事儿，你赶明儿上医院捏去成不成？”

梁奶奶这么一说，梁思济就住了手。

娟子翻身坐起来，“哼”了一声就走，心里骂道：老帮菜，怪不得你儿媳妇不在这儿待呢！

梁思济挺不落忍，摊着两手对他妈说："这……这不大好吧？"

梁奶奶砰的一声掩上门，拉着哭腔说："儿啊，着你自个儿的急吧！明儿早晨你怎么跟领导回话儿？"

梁思济不言语了，心里头那团关于"三线"的乱麻还没理出个头绪来。

梁奶奶瞅着儿子，不觉垂下泪来："唉，什么人的病都上心给人家看，都能看好，就是看不了自个儿的病啊！"

德子媳妇把德子撵到外屋，让娟子趴到她的床上，说："我给你捏！这点儿跌打损伤算不了什么，捏捏，揉揉，捶捶，就舒坦了！"

她那尖尖的十指，又轻柔，又灵巧，像两只蜘蛛在娟子脊梁上爬，渐渐地，使娟子忘了疼痛。"德子嫂，您在哪儿学来的这一手？"

德子媳妇说，"浮来浮去的，这点儿本事不值钱！怎么样？好多了吧？你别动，我拿热手巾再给你敷敷！"

娟子挺舒坦地趴在那儿，脸贴在那散发着香味儿的绣花枕头上，说："大嫂，咱这一个胡同里，我瞅就数您的心好！"

德子媳妇叹了口气说："女人的心，总是向着女人！我一瞅见旁人挨打就着急，好像打的是我似的。"

娟子说："得了，您还会挨过打？德子哥对您多好？衔在嘴里怕化喽，捧在手里怕碎喽！"

德子在外屋嘿嘿地笑了两声。

德子媳妇说："赶明儿嫂子给你介绍一个也这么疼你的！傻妹妹，可别再错打主意了！"

娟子说："哎，我可不要拉车的！"

德子在外屋气得一跺脚。

七

梁思济终于鼓足了勇气，向医院领导递交了一份报告。报告上说：本人由于老母年迈，小女尚幼，家庭确有无法解决的实际困难，请领导重新考虑支援“三线”的人选，本人一定加倍努力工作，以报答领导的关怀照顾，云云。

报告递上去以后，立即把他自己玩了个底儿掉：开除公职，回家好好地照顾家庭去吧。罪名不大不小正合式：对抗党中央关于建设“三线”的战略方针，不服从组织调动，违背革命人道主义，丧失人民医生的职业道德。

梁思济悔恨交加，自惭形秽，站在居委会办公室里，耷拉着脑袋，听凭孙桂贞的训斥。

孙桂贞坐在办公桌后面，似看不看地瞄他一眼，手指甲敲着桌子，那架势一点也不亚于医院的党委书记，“街道上几百号人，吃喝拉撒睡都得管，工作就够我忙的了，你们这种犯错误的人也交街道管，又给我添个迟累！这运动说话就来啦，国庆节眼瞅着就到啦，街道上要加强治安，地富反坏右，还有你们这种犯了错误的人，只许老老实实，不许乱说乱动！咱们这条胡同里，绝对不许出现什么杀人放火啦、拦路强奸啦、溜门撬锁啦……”

梁思济恨不能咬碎自己的牙！唉，三天之前还是个堂堂的大夫，现在变成什么人了？

没有了公职，便没有了工资，梁思济平时积蓄寥寥，一家的经济核算得重新安排了。粮本上的五口人口粮，无论如何得买下来，月初一次买完。一百斤煤球，得想着法儿地撑到月底。烟得戒了，茶呢，连茶叶末儿也嫌贵，买一毛五一两的“茶土”，也就是末儿的末儿。沏上，澄半天，沉下去半碗泥沙样的渣子，水里才泛出点儿茶色。三个女儿的学，还是得上，好歹靠家底再糊弄一阵，等大的初中毕业再让她出去挣钱，新社会，工厂里不招童工。梁思济一时找不到干临时工的地方，完全成了一个男性的“家庭妇女”，在家里倒腾来，倒腾去，洗衣服做饭。见了人，把脑袋一耷拉就过去了，什么话也不说。晚上，等老人、孩子都睡了，他闷上一杯茶土，封上炉子，关上灯，拿本医书，坐在廊子底下，就着院子里的公用路灯看。夜里总有人上厕所，这灯一夜不熄，他就一直看书看到后半夜。他明知道自己不再是个大夫了，这书也用不上了，可实在是丢不下，就靠看书解闷儿。而且，他心里头还有一个长远的打算：医学宝库，他这辈子没用了，下辈子还有用，等女儿长大了，说不定还出个学医的，他不能荒废了，要不，将来辅导孩子都没有本钱。

夜里两点多钟，他才上床睡觉，第二天早晨九点以后，等女儿都吃过早饭上学走了，他才起床，为的是省自己的一份早点。

他在水管子那儿接水漱口，马三胜来了。这小子早晨六点进厂烧上锅炉，八点钟就颠儿家来了，赶十一点钟再去看看火，下午两点钟就下班，这一天就算拿下来了，玩的时间比干活的时间多得多。这会儿，正是头一回往回溜的时候，没事儿似的向梁思济打个招呼：“梁大夫，刚起床？吃了吗您哪？今儿早上，武二爷他们店里的油饼儿，比哪天都炸得好！”他明知梁思济如今舍不得买油饼儿了，还是有意地说，揭别人的短儿，在他是一种享受。

“吃了，吃了。”梁思济嘴里咕嘟着一团白沫，头也不抬地说。

“梁大夫，您说这肚子里吃不下东西是什么毛病？”他又问。哪把壶不开专提哪把壶。

饥肠辘辘的梁思济噗地喷出去漱口的水，转脸就往回走，挺没兴致地说："三胜，你往后别这么'大夫''大夫'地叫了，我已经不是大夫了。"

"哎，梁大夫"马三胜追着他说，"秦琼还有卖马的时候呢，您别一落难就英雄气短哪！这艺不压身，您这救死扶伤的本事，可不能扔，人民医生的职责，不能丢啊！哎，就说白求恩吧，人家在外国把老婆也离了，工作也蹬了，不远万里来到中国，不是又当上大夫了吗？"

梁思济简直听得恼火了，"你扯哪儿去了？我能跟白求恩比？"

马三胜笑笑说："我是说的这么个理儿。哎，梁大夫，我妈这几天吃不下东西，今儿早上说心口里堵得慌，那什么……您能不能劳驾给瞅瞅？"

梁思济这回听到心里去了，就像他过去上班的时候坐在诊室里一样，一听到病人的诉说就把自己的事儿忘了。他就手把漱口盂扔到水龙头旁边，对马三胜说："走，我去看看！"

两人一走，个把钟头没回来。这当口，该到做午饭的时候了。

梁奶奶出去买菜回来，篮子里空荡荡的，只有几根豇豆。

德子媳妇正在水龙头底下洗韭菜："梁奶奶，中午吃什么？"

"吃面吧，豇豆汆儿面，省事儿。"梁奶奶说。

德子媳妇往篮子里瞅了一眼，心说：哪儿是省事儿？是省钱！就说："豇豆汆儿面没个吃头，吃素馅儿饺子得啦，今儿的韭菜好！"

梁奶奶说："我没买韭菜。"

德子媳妇说："我这不成心多买了点儿嘛，够您的，呣，我都洗好了。"

梁奶奶说："这怎么好……"说着就去捏篮子底里的那点钢镚儿。

德子媳妇连忙按住她的手："我还能要您的钱？一院里的街坊，跟您自个儿的儿媳妇能差哪儿去？"

梁奶奶一阵难过，心说：差老了去啦，我要有这么个好儿媳妇，儿子也不至于栽这么大的跟头了！想着想着，眼圈儿红红的，泪珠儿说话就要出来，望着德子媳妇说："他大嫂，我儿子虽说是犯了错误，可他一不偷，二不抢……"

德子媳妇攥着她的手说："街里街坊的，谁心里都知道，没人把梁大夫另眼看。人生在世，谁能没个三灾六难的？您得往开处想！"

说话间，梁思济看完病回来了，马三胜追着他，往他手里塞两盒"恒大"烟："我说，这不叫送礼，也不算出诊费，是咱哥们儿的一点意思！"

梁思济使劲地往外推："我不是告诉你了吗，我戒烟了！"

"戒烟？你还戒饭呢！你们知识分子就是不实在，老是酸文假醋！拿着，你拿着！"

不早不晚，这时候孙桂贞踱进了院子，站在旁边儿瞅了一阵，冷冷地说："他梁大哥，别忘了你如今可不是大夫了，这……不大合适吧？"

八

运动说来就来了。

"大家都坐好，开会啦，开会啦！"孙桂贞手里拿着个基本上是空白纸的本子，招呼那些懒懒散散来得晚的人快找地方坐。

会场就设在德子他们这院儿。这院儿孩子少，收拾得利落，没那么多碎砖头、破盆烂碗、鸡屎、孩子尿。德子媳妇爱干净，一扫地就把整个院子都扫了，房前的扁豆、丝瓜，爬得半拉院子的荫凉。老街坊们都吃过了晚饭，拿着小板凳儿、小马扎儿，各找各的地方坐下，聊着家长里短。往常开会，一家儿来一个人，今儿个不止，男女老少来了一院子，反正晚晌儿没事儿，下了班的人也来凑凑家庭妇女的份子，听说，今晚上的会还要宣布什么大事儿。

"'四清'，'四清'，不清不知道，一清吓一跳!"孙桂贞把手里的本子合上，两手交叉着拢在肚子那儿，学着上级的样儿做报告，"老区长说了，咱们可别老是觉着风平哩，浪静哩，忘了这阶级还斗着争哩！就说咱这胡同里……"

梁思济垂着头，老老实实地坐在自己门前的房檐下，等着点自己的名。街道上的这种会，过去他当大夫的时候历来是不参加的，现在不同了，他成了连这些家庭妇女也不如的贱民，随时听候训斥。他后悔那天不该去给三胜他妈看病，落了个"地下行医"并且"收礼"的罪名。今天的会也许就是批判他吧？要不为什么在这院儿里开呢？他想。批判就批判吧，只要你孙桂贞提这事儿，我就当着大伙儿的面问问你：那天晚上我给娟子看伤算不算"地下行医"？

他多虑了，孙桂贞今天不是冲着他。

"……要不是'四清'，谁能知道这个张刘氏——就是小黑子他奶奶——是个恶霸地主!"

大伙儿吃了一惊，纷纷探着脑袋在人群里寻找黑子奶奶，想看看那位白天还端着个豁口碗去合作社买黄酱的老太太这会儿变成了怎么样儿的一个青面獠牙的阶级敌人。

黑子奶奶就坐在孙桂贞旁边，刚才孙桂贞特地招呼她往中间坐，她可没想到是为了寒碜她。老太太低着头，两手扶着自个儿的膝盖，一双小脚儿并排摆在那儿，似乎还有些哆嗦。

孙桂贞继续做报告："……她打从在保定府那阵子，就骑在咱劳动人民头上拉屎撒尿，趁着土改跑到北京来，钻到咱这胡同来捡个城市贫民的成分儿，横是等着老蒋再回来!"

黑子奶奶抬起那白发苍苍的头，昏花的老眼惶恐地望着孙桂贞，张开那缺了门牙的嘴说："孙主任，您说话可不兴屈囒，俺打七岁进张家门儿当'团圆媳妇'，压根儿没进过保定府，在乡下过到二十五……"

孙桂贞说："这叫废话！地主不在乡下还剥削谁哩?"

黑子奶奶又说："俺也没过过地主的日子，俺那死鬼早先给地主当过两年管家……"

孙桂贞说："狗腿子比地主还厉害，喜儿就是让穆仁智给抓走的！老话说什么来着?'京油子，卫嘴子，保定府的狗腿子'，什么好东西!"

街坊们"轰"地笑了起来，不是笑黑子奶奶，是笑那句顺口溜。

黑子躲在扁豆架后头，两手抱着头，眼泪吧嗒吧嗒往下掉。他父母早丧，从小跟奶奶吃窝头咸菜长大，在他的心目中，奶奶就是慈母，就是靠山，就是家，就是美好情感的寄托，没料到奶奶原来是个这么可耻的角色。

马三胜坐在他旁边儿抽烟，安慰他："黑子，别怕，你奶奶是你奶奶，你是你，划清界限不就得啦?"

黑子低着头，哽咽着说："我……我划不清!"

马三胜说："划不清也没事儿。凡是运动，开头都是这么洋鼓洋号地吓唬人，到后尾儿还得讲政策，地主跟狗腿子到底不一样!"

黑子想，这"狗腿子"也不怎么好听，可比起"地主"来总是强点儿，还不知命运的发展能不能满足这个愿望呢！咳，真窝囊，这回算是到孙桂贞的眼儿里了，自个儿连疯顺儿都不如了。想到这儿，黑子嫉恨起疯顺儿来了，狠狠地小声儿说："她姓孙的要是给呣们家定地主，我就瞅空子挤住疯顺儿往死里揍，反正他丫……的也不会学话!"

马三胜笑着说："哎，一个男子汉欺负个傻子算什么本事？有种，你哪天瞅准了，从孙主任炕上把'武二爷'给揪出来送派出所，给他挂个'坏分子'的号，一报还一报，你也算打个一比一!"

"呃……"黑子受了莫大的启发，不哭了，也不言声了，抬眼瞅瞅正大模大样地站在会场当间儿的孙桂贞，又瞅瞅凑在院门口有一搭无一搭地听会的疯顺儿他叔，黑子胸中被一种复仇的怒火所燃烧，酝酿着一件英雄壮举，那简直是真正的武二爷大闹狮子楼！

孙桂贞全然不知螳螂捕蝉黄雀在后，依然在兴致勃勃地发动阶级斗争的攻势，"老街坊们听着没有？这地主婆儿还不服软儿哩！她就是想着：要是老蒋回来才好哩，好让她再种十顷、百顷的地，让咱们这些劳动人民都踩到她的脚底下！……"

黑子奶奶的小脚儿又是一哆嗦，她做梦也没想过这双连走路都费劲的小脚儿能踩这么多人。

"咱可不答应！老街坊们，咱们哪家儿没受过旧社会的苦？今儿个把苦水都倒出来，让大伙儿听听！"孙桂贞说，拿眼睛巡视着会场。

街坊们本来都嗡嗡地说话，这么一来倒安静了。历来开会都是听孙主任一个人说，没想到这回让大伙儿发言，就都不知道该说什么了。指着鼻子说黑子奶奶的不是？说什么？她欺行霸市了？为害四邻了？偷鸡摸狗了？贪污盗窃了？杀人放火了？没有。别说这些了，她守寡儿十年，连点儿寡妇门前的"是非"都没有过。诉解放前的苦？这跟黑子奶奶有什么关系？日本鬼子是她请来的？混合面儿是她配给的？金圆券是她印的？都不是。

谁也不言声儿，孙桂贞只好点名了："花儿洪家，您说说，旧社会当个花儿匠是多么的不容易！"

街坊们一齐回头瞅着花儿洪。这个干瘦老头儿臊得脸红到脖梗子："孙主任，我……没什么'白话'的。您知道，咱们家旧根儿不是花儿匠，是卖西葫芦、老倭瓜的。打从日本人来了，这'倭'字就不兴说了，我也不敢再卖'倭瓜'。哎，日本人不是讲究'花道'吗？我就改行种花儿、卖花儿了，要说日本人倒是真阔气，一买就是十盆、八盆的，有个日本教授还请我吃过生鱼片呢！……”

“得了，得了！”孙桂贞打断了花儿洪，“你这叫诉的什么苦？别说了。呃……那个……爆肚儿陈家，您说说旧社会卖爆肚儿多么的不容易！当官儿的白吃不给钱，还叫你给送家去是不是？啊？”

爆肚儿陈早死了，孙桂贞指的是他媳妇。这老太太是个双眼瞎，在家待得无聊才来开会的，听到点她的名，抬着一双什么也看不见的眼睛说：“唉！做买卖都是爷们的事儿，我眼不顶用，什么也帮不上，还不就是跟吃跟喝？要不人家就说呢：陈老板心眼儿好，这么个瞎娘们儿也舍不得扔，从乡下带到北京来……”

瞎老太太说得不得要领，孙桂贞只好拦住话茬儿再引导：“哎，陈婶儿，您也是打乡下来的？这眼睛是不是地主给弄瞎的？”

“不是，不是，”瞎老太太瞪着视而不见的眼睛说，“我没等会跑眼就瞎了，都是瞎在我那该死的亲爹手里！”

孙桂贞忙问：“你爹是国民党吗？”

瞎老太太捂着眼睛说：“不是，不是，他穷得给地主扛活儿，能是什么党不党的？唉，那年头，孩子多，拖累忒大了，我妈养了六个女儿，我是老疙瘩，没人待见，爬在炕上哭一天都没人理。那天我爹一进门，瞧见我在炕上又拉了，心里一气，一巴掌把我从炕上扇下来，怎么那么正可好儿，摔到墙根儿的铁抓钩上，两只眼睛就都扎瞎了！”

六十多年没见天日的瞎老太太说到这儿，揉着那双松皮耷拉的眼睛，哭得不成声儿，只是没有泪，也许当年那一家伙把泪腺也扎坏了。

会场气氛严肃起来，孙桂贞好容易取得这么一点儿进展，趁热打铁地说：“听听！这都是旧社会害的啊！不忘阶级苦！牢记血泪仇！”她带头高呼口号，会场上也跟着响起一片喊声。瞎老太太平时人缘儿不错，说起她的不幸，人们不能不动情。

喊了一阵口号，会场里又静下来了。这时候，最好能再有个主儿出来接茬儿诉苦，这会就越开越热火。可是，前边两员将都是孙主任点的名，不点到名没人发言，孙桂贞看着会场渐渐冷下去，着急再找个人。可是今天来的人上岁数的不太多，多数是姑娘媳妇、半大小子，她一时还没想好点谁。片刻的安静，没人说话，只听见低低的啜泣声。

孙桂贞赶紧循着哭声看过去，是德子媳妇在哭。她穿着那身月白色的睡衣、睡裤，坐在自个儿房门口屋檐底下，手里攥块手绢，正在擦眼泪。

孙桂贞发现了新大陆，不失时机地点了她的名："他德子嫂，你说说吧？"

"我？"德子媳妇收住哭声，抬眼望着孙桂贞，"孙主任，您是说我？"

众人齐刷刷地把目光集中在德子媳妇身上，觉得奇怪。马三胜从扁豆架的缝隙里往那边儿瞟了一眼，心说嘞：孙主任真是乱点鸳鸯谱，你让她说什么？这娘们儿把人间的福都享够了，她有什么苦可诉？赶明儿开故事会你再找她吧，她给你"白话"点儿潘金莲、阎婆惜倒是在行！

这边儿，孙桂贞却挺认真，对德子媳妇说："你就说说你们家德子在旧社会受的苦吧！那会儿北京没有如今这么多的汽车，有钱人出门坐车，就是洋车啊、三轮儿啊，这拉车的行当，可真是牛马不如，人家吃香的，喝辣的，穿金的，戴银的，大模大样儿地往车上一坐，这拉车的就跟孙子似的，玩儿命地跑，什么世道啊？"

马三胜心里暗笑：什么世道？你说什么世道儿？德子过去拉车，现在不还是拉车吗？他还拉他老婆呢！你这不是让她自个儿批判自个儿吗？

马三胜想歪了，孙桂贞并没有这个意思，还一个劲儿地撺掇德子媳妇："你说是不是？"

"那倒是。"德子媳妇说。她也并不认为孙桂贞的话里有什么别的意思，一边儿附和着，一边儿还在擦眼泪。

德子坐在屋里床上听会。这种会，他原不必参加，因为是在他院里开，他也就只得用半拉耳朵旁听。听到孙主任说到他这一行的苦处，又听到自个儿的媳妇为他而伤心流泪，不免动了心，心想：都说臭拉车的上不了纸笔，如今上级体恤咱，媳妇也是知冷知热，心疼自个儿的男人。德子这就知足了，决心一辈子为人民拉车，礼拜天为媳妇拉车！

德子媳妇说得毕竟太简短了，"那倒是"三个字满足不了孙桂贞的需要，便启发她说："这俗话说：饱汉不知饿汉饥，骑驴的不知步辇的，各家儿的苦处都有一本账，你就给大家伙儿说说，德子在旧社会是怎么受人欺负啦？当官儿的坐车不给钱呀，当兵的还拳打脚踢呀……"

孙桂贞简直要包办代替。德子媳妇说："那会儿的事儿，我也说不清，我跟他是解放后才结的婚……"

众人觉得失望。马三胜撇了撇嘴，心说：这不结了？她跟德子光享福了，没有苦，你还非让她诉？

孙桂贞的热情也减退了许多，讪讪地说："我瞅你哭得倒是挺伤心……"

德子媳妇说："我是叹我自个儿的命苦！"

孙桂贞一愣："你自个儿？"

德子媳妇拿手绢掩着鼻子说："孙主任啊，人人都说黄连苦，我比黄连还苦十分！八岁那年，我们家乡遭了大灾，先是旱，后是涝，庄稼一粒都没收上来，地主还堵着门催租讨债……"

众人都愣了。谁也没料到，这个在本胡同里顶洋的女人，竟然也是乡下人出身！马三胜心说：邪了门儿了，今儿个是赶集怎么着？怎么净是农民？真的假的？瞅着贫下中农这几个字儿光荣，都往脸上贴！别人说说还罢了，德子媳妇简直是瞎掰，她哪儿像农民？知道花生是树上摘的还是地里刨的吗？知道棉花几月里开花儿吗？

德子媳妇接着说："……我爹被逼得没法儿，一咬牙，把我给卖了，八岁的闺女只换了一升黑豆！"

马三胜点点头。听这语气倒像是乡下人，要是城里人该说换了二斤糖火烧了。

孙桂贞赶紧问："把你卖到哪儿了？"

德子媳妇抽抽噎噎地说："保定府！"

小黑子心里一哆嗦。冤家路窄，怎么还是同乡啊？他爷爷是保定府的狗腿子，这又出来个保定府的贫下中农，不妙，眼瞅着要阶级斗争！

孙桂贞又接着问："哪家买主儿，买你去做什么？是当丫鬟，还是当'团圆媳妇'？"

德子媳妇说："他说是老两口儿没孩子，是花钱买个养老的闺女，我爹才放心地卖给他了。心想闺女有了享福的地方了，保定府又离得不远，还有见着的时候，久后老两口儿殁了，闺女还能认姓归宗哩！哪知道，我们上了当啦！我到了他家才知道，人家孙男弟女成群，不缺我这个黄毛丫头，那是个人贩子，把我带到保定府，一转手就又卖给别人了！一升黑豆翻成了十几块大洋的利啊！"

德子媳妇说到这儿，仿佛回到了童年时代，五内俱焚，肝肠寸断，眼泪就像断了线的珠子，吧嗒吧嗒往下掉。在座的人，谁也没有过被卖的历史，那些过去做些小本经营的买卖人，心中本来也想起一两件酸楚事，此时像小巫见大巫，觉得自个儿的那点儿苦实在算不得什么，无法与德子媳妇相比。在以诉苦为风尚的那个时代，苦大仇深本身就是一种资本，一种荣誉。于是，四座动容，神情肃然，不由得对德子媳妇刮目相看，且恨自己有眼不识金镶玉，相处年余，尚不知胡同深处埋没着这么一位英雄。孙桂贞在心中暗暗叫好，发觉自己寻着了一棵“四清”运动的好苗子，这德子媳妇人有人才，貌有貌相，伶牙俐齿，苦大仇深，赶明儿应该推荐到街道办事处去，让领导再培养培养，请老区长指点指点，说不定能到区里、市里去做诉苦报告，到时候也少不了她孙桂贞陪同前往，她是她的领导嘛！想到这里，孙桂贞心里飘飘然，脸上愤愤然，挥着胖拳头，高呼口号：“不忘阶级苦，牢记血泪仇！打倒旧社会，打倒地主！”

一呼百应，会场上把这口号重复了一遍，小院落里竟像响起了雷鸣。后两句口号所表达的内容，本是在一九四九年就已实现了的，但此时喊起来，仍有其新意，便是给“人还在，心不死”的角色听的。会场里，人们都是人云亦云，并未过什么脑子，唯小黑子祖孙二人听了如雷击顶，因为此时此地，那“打倒”二字，是落实到黑子奶奶的头上的。老太太又是一哆嗦，心说：我那死鬼可没当过人贩子！小黑子心里可没这个底，生怕最后提溜出来那个人贩子果然是他那没见过面儿的爷爷！

万幸的是，人们谁也没有追究人贩子的姓名，孙桂贞往下问，德子媳妇往下说，大伙儿跟着往下听。

孙桂贞问：“那后来又把你卖到哪儿去了呢？”

“天津卫！”德子媳妇说，“给一个资本家的太太当贴身丫鬟……”

孙桂贞又问：“就一直当到解放吗？”

德子媳妇涕泪横流，“哪儿呀！她家的丫鬟没有一个当长的，一年的工夫就快把我折磨死了，又买了新的丫鬟，就把我卖了！”

这车轱辘话一问一答，说相声似的，即使孙桂贞不觉得麻烦，别人也听得有些絮叨了。就听见扁豆架后头马三胜插了一句：“大嫂，这么卖来卖去的，你到底被卖了几次？”

“八次，整整八次啊！”德子媳妇伸出右手的拇指和食指，组成一个“八”字。

人们又一次被震动！鸡鸭也不过经二道贩子的手便被宰杀了，一个人竟然被卖了八次！本胡同的居民叹为观止，伸长了脖子，瞪大了眼睛，互相交换着眼色，以示心中的惊叹，并且庆幸自己的眼福、耳福，参加了这位英雄的首次报告会。孙桂贞的激情又翻了几番，她认定自己培养的这棵苗子能放“卫星”了，到哪儿都能“震”！

“那末末了儿呢？”孙桂贞急切地跳过数次的买卖经过，急于知道故事的结尾。

这也是其他人的心情。在看戏、看电影的时候，常有这种沉不住气的观众，对于繁复的情节早不耐烦，怀着怦怦跳动的心，想立即看见最后到底怎么着了？那颗定时炸弹爆炸了没有？解放军能不能在最后时刻赶到，抓住敌人？

正当德子媳妇动人的叙述吊住了大伙儿的胃口，几十双耳朵急等着听“下回分解”的时候，斜刺里杀出个程咬金。德子在屋里坐不住了，“噌”地下了床，站到房门口说：“得了，得了，陈芝麻烂谷子的，甭抖搂了！”

德子这么一说，媳妇就不言声儿了，只是拿手绢掩着嘴，抽抽搭搭地哭。

大伙儿好扫兴，一齐朝德子扭过头来。怎么个意思？诉苦都不让诉？平常德子蔫得连个屁都放不响，今儿个倒在众人面前立家规了？咳，你选得多不是时候！

马三胜说：“德子哥，别打岔，让她说嘛，大伙儿等着听呢！诉苦是光荣的事儿，怎么了？”三胜有三胜的想法，他听出了门道，猜想这里头准是"有戏"，德子媳妇保不齐真像潘金莲那样被卖给德子的。

孙桂贞虎着脸说："德子！你也是劳动人民，不说夫妻情分，也得有点儿'阶级感情'吧？他大嫂说的这些个苦处，你就不动心？亏得你还是她的爷们！"

德子的厚嘴唇张了几张，没再说出什么来。孙桂贞朝德子媳妇鼓励说："他大嫂，你接着说！"

德子媳妇只是哭，却不说话。一条手绢已湿漉漉的，泪珠子还在顺脸流，两只肩膀一抽一抽地动。

"大嫂，你末末了又卖给谁了？"马三胜接茬儿问。

众人都等着她回答。

德子媳妇此时如梦方醒！对于自己的身世，多少人想打听，她一直讳莫如深，守口如瓶，今天是怎么了？为什么说起过去的事了？都怪自己的泪罐子太浅了，听了别人说起旧日的苦，就勾起了自己的伤心事，不由自主地说起来了，哪想到，一开了头儿，想收都收不住了。人家逼着她往下说，可她不能再说了呀！

孙桂贞催促她："他大嫂，你倒是说呀！"

德子媳妇陷入绝境，进退两难，抬起泪汪汪的两眼，望着孙桂贞，只好谨慎地选择一个笼统的字眼儿，说："他们后来把我卖到……卖到火坑里去啦！"说罢，哇的一声大哭起来，用湿漉漉的手绢擦着鼻涕眼泪，肩胛和全身都在痛苦地颤抖！

"火坑？什么火坑？"孙桂贞竟然没有听懂这个含义很广又很窄、很抽象又很具体的词儿。

回答她的，只有德子媳妇的痛哭和战栗！

马三胜心里一动，事情比他想象的还要复杂！就试探地问："八成就是窑……窑子吧？"

回答他的，仍然只有德子媳妇的痛哭和战栗。马三胜的猜测被证实了！

众人的心房为之一颤，整个会场像突然降下霜冻，使人们不寒而栗。“窑子！”这个和旧社会一样遥远的字眼儿，在人们心中唤起的印象是罪恶、恐怖、肉体的买卖、灵魂的腐烂、生命的践踏、人间的地狱！

会场的气氛凝固了。出乎意料的答案，使人们感到难堪，就像不经意地走进别人的内室，突然撞见了人家的隐秘，进也不是，退也不是，只后悔自己不该长了双眼！

然而，这凝固、冰冻的气氛只持续了极短的一刹那，人们的心理便开始了缓和，开始了微妙的变化，至少对马三胜来说是这样。在北京尚存在“窑子”的时代，马三胜还是个孩子，解放那年才十五，因此，他不知道前门外“八大胡同”中那灯红酒绿、纸醉金迷的所在是个什么样儿，只知道那是达官贵人、富豪财东出入的地方，朦朦胧胧地有一种神秘感、艳羡感。他也曾看到那些被人称作“窑姐儿”的女人，妖妖艳艳，袅袅婷婷，实在想象不出她们是怎样生活的。他在舞台上看到的杜十娘、李香君，整天被一些公子哥儿簇拥着，歌舞饮宴，吟诗作对，俨然神仙过的日子，很难相信她们还会有什么痛苦。现在，突然从天上掉下来一个活的杜十娘、李香君，就住在他这条胡同里，后窗户对着他的房门，见天儿价碰头碰脸、打招呼说话，现在，就坐在他身旁不远的地方。一种强烈的好奇心，使马三胜抬起头来，仔仔细细地瞅着德子媳妇。那苗条的身材，雪白的肌肤，修长而柔软的手，鸭蛋形脸庞，乌黑的浓发，弯弯的眉毛，还有与众不同的衣着和气质……一切都有了答案。好像猜了很久的谜语，终于知道了谜底，他感到兴奋和满足。

他又感到不满足。因为在揭开谜底之前，他所看到的德子媳妇是和正常人一样生活的，也在院子里的公共水龙头接水，也在合作社排队买油盐酱醋，也吃炸酱面、浇氽儿面。虽然有些“各色”，却也没怎么显出杜十娘、李香君的本色。马三胜很想知道那些“本色”。

“大嫂，你在窑子里，每天都接客吗？”他突然问道。

人们被吓了一跳，虽然在刚才的一刹那谁都立时想到了这个问题，却谁也没有勇气像他这样当面提出来，而一旦被他提了出来，人们的心就怦怦地跳着，和他一样期待着回答。

“不接客！不接客！我死也不接客！”德子媳妇突然大声吼着，嗓子哑哑的，像是咯着一团血！

众人的心里又是一阵冲动：这是个烈性子的窑姐儿！

“开头都是这么着：宁死不接客，有寻死上吊的，有拿脑袋撞墙的，有喝药的，有把裤腰带系死扣儿的……”孙桂贞神情凄凄地说，似乎她十分了解窑子里的事儿，替德子媳妇做解说，“可没一个硬到头儿的，人家能白花钱买你？白养活你？不听话就打，往死里打！是不是？”

在座的谁也没有亲身体会，因此对孙主任的说法儿难免将信将疑。你搭什么茬儿？听人家自个儿说！

“可不是往死里打嘛！”德子媳妇哭得泪人儿一般，眼睛红红的，像两颗大樱桃，仿佛面前站着她当年不共戴天的仇人——那个毁了她终生的老鸨儿，今天到了跟她算账的时候。“她歹得很哪！杀人不用钢刀，打人不用皮鞭，她把一只猫装到我的裤子里，扎上裤腿儿，拿棍子使劲地打那猫，把猫打得嗷嗷叫，就拼命地抓我！……”

又是一个强刺激，惊得众人身上起鸡皮疙瘩！

有胆儿小的妇女，吓得“妈吔”一声：“那还不把人抓烂喽？”

不知哪个心术不正的浑小子，在角落里阴不阴阳不阳地小声儿说：“这就得问问德子了。”

于是就有一两个哧哧的笑声，渐渐地蔓延开来，会场里有些乱了。

德子忽地从屋里蹿出来，可着嗓子大吼一声："笑什么？我……我×你们大伙儿的祖宗！"

刚才，他捺着性子缩在屋里，先是拿手堵着耳朵，后来用被子捂着脑袋，终于无法忍受，跳将起来，发作了。可惜，太不讲策略了，怎么好骂大伙儿的祖宗？众怒难犯，好多双眼恶恶地盯着他，像要拼命的样子，连孙桂贞脸上也挂不住，厉声训斥他说："你撒什么野？对抗运动是怎么着？"

"咳！"德子从腔子里发出一声痛苦的叹息，两只大手抱着涨得紫红的脑袋，蹲在会场的当间儿，呜呜地大哭起来。他也是个五尺高的汉子哩，此刻窝憋得只想哭！

好端端的一个诉苦会，让德子给搅了。孙桂贞又领着大伙儿喊了几声口号，像斗争德子似的，就宣布散会了。人们不像往常散会那样走得积极，今天像是听戏没听够似的，留恋地坐在板凳上愣了片刻，终于发觉戏确实到此为止了，才不无惋惜地起身掂起板凳，愣愣地走去。

黑子奶奶仍旧坐在那儿不敢动。她是斗争对象，心想，别人走了，她恐怕还不能走，孙主任总还得再数落几句才算完。看看人们走了好多，连孙主任也走了，她才犹犹豫豫地想试着动窝儿。三胜他妈正好从她脸前头经过，就说："回去吧您哪，来，我搀着您！"黑子奶奶受宠若惊，就势站了起来，颤巍巍地跟着三胜他妈走了。一边儿走，一边儿心里头纳闷儿：今儿这会，倒是算怎么一出？

九

两口子几乎一宿没合眼，开着灯，背对背和衣躺在床上，也不说话，两人赛着地难过。

德子媳妇仍然沉浸在痛苦的回忆之中，那个早已散了的诉苦会，在她心里却永远也散不了。她不敢闭眼，一闭眼就像又重新掉进了那个魔窟，一张张狰狞的脸，一双双色眯眯的眼睛，一只只罪恶的手……在她眼前团团转，吆五喝六地猜拳行令，放荡的笑声，污秽不堪的言语，姐妹们的呻吟和啜泣，在她耳边嗡嗡响。苦井！“黑咕隆咚的苦井万丈深，妇女在最底层……”这歌声说尽了她的苦处，触到了她的心。当她第一次听见这歌声的时候，才知道这个世界上还有把她从苦井中搭救上来的救星。是解放军，是共产党的干部，大踏步走进那像囚笼似的、雕梁画栋的院子，大声宣布她们被解放了，自由了！那也是一个大姑娘呢，不过二十来岁的样子，长得文文静静的，说话的口气却像个执掌乾坤的大官儿，棉军装上束着皮带，还别着盒子枪。“解放了，自由了！”姐妹们只觉得高兴，却不知道这到底是什么意思。“是不是就算……从良了？”她问。穿军装的女干部笑盈盈地露出一口整齐的牙齿，看着她说：“从良？对，从今天起，你们大家都从良了，全中国再也没有这一行了！”“那……我们去干什么呢？”“回家、嫁人、找工作，都随自便！有困难的，政府可以帮助你们！”

后来，她就嫁给了德子。

如果不是听说有阶级敌人想变天，如果不是今天的这场诉苦会，她也许永远不会提起那不堪回首的往昔了，即使在心中偶然忆起，也像做噩梦似的立即惊醒，绝不向任何人提起。一九四九年，那是她人生道路上的阴阳界，回到阳间的人还会留恋阴曹地府吗？

连她自己都没有想到，她今天竟然当着大伙儿的面讲了自个儿的身世。她是怕！怕天地真的再翻个个儿，怕自己再次掉进苦井，她要呼喊，她要抗争。她觉得孙主任就和当年那个穿军装的女干部一样，为她撑腰，为她保卫解放和自由。但是，她又有些后怕！当她听到会场上的嗤笑声、德子气急败坏的哭声，后悔自己的话说多了，说错了！她现在仔仔细细地回想着自己在诉苦会上的发言，其实也没什么有损于自己的内容。咳，说了就说了吧，不说，人家还把我当资产阶级看哩，论起来，谁也不比我更“无产”了，连身子都不是自个儿的！

德子心里想的和她满拧。妇道人家就是见识短浅，人家给你个棒槌你就认真(针)！天底下三百六十行，最提不得的就是你那一行！我瞒都怕瞒不住呢，你还在大会上说！这下好了，让大伙儿看我的笑话，说我是乌龟王八蛋！

一只猫，被打得嗷嗷乱叫，在裤子里乱窜，抓得血糊淋拉！德子打了个寒战，仿佛那猫在撕他的脸，撕他的心！

“你说的——那猫，是真事儿？”他背着脸，冷不丁地问。

“可不真事儿嘛！我腿上叮今儿留着疤，你又不是没见过！”媳妇背着脸说。

“见过，见过……”德子喃喃地说。那语气，绝不是心疼，而是硌硬，又问：“那打完了呢？你‘从’了吗？”他尽量把话说得含蓄一些，避免直接使用让自己感到刺激的词儿。

“我宁死不从！宁死不接客！”媳妇回答得斩钉截铁。

“那就好，那就好……”德子讪讪地说，心里像是有一块石头落了地，“你在会上应该说明白，要不然，人家还以为……”

媳妇冷冷地说：“人家还以为我当过千人的老婆、万人的媳妇呢是不是？你说呀，拣狠的说，姑奶奶是打哪儿出来的？还怕听这些？你说呀！”

“嘿嘿……”德子软了，真的软了，他知道媳妇说的是反话，越这样说，他心里就越踏实。他伸手去扳媳妇的肩膀，还像往日一样地温存，“谁也没这么说，我信你的话。”

“你不信又怎么着？”媳妇翻过身来，伸出右手尖尖的食指，狠狠地点着德子的眉心，“男人哪，心比狼还狠！只想着自个儿娶个黄花闺女就可心了，人家的死活都不顾！”

“嘿嘿……”德子只是傻笑。他心里的确是这么想的，当初这个漂亮姑娘倒贴了衣裳首饰嫁给他这个穷光蛋时，他大概知道她的来路，却没敢仔细盘问。那时候，能有个媳妇就求之不得了，还问？后来，左思右想，既然她是从那地方出来的，还不……唉，没法儿问，多年来成了一块心病。没想到，今天有这个机会，他终于得着了实底儿，那块心病没了。他感到欣慰，感到解脱，并且，从心里头涌起一种感激之情。女人家不容易！在那种地方，能保住自个儿的干净身子，像戏词儿里说的“守身如玉”，真是不容易！敢情这是老天的安排，让她在地狱里遭受千般煎熬、万般磨炼，等着我德子呢！德子苦了半辈子，白白捡了这么个如花似玉的老婆，却又不是捡人家的“剩儿”，这也不容易！他觉着自己是天下最幸福的人，比那个独占花魁的卖油郎，比那个得着百宝箱的李甲，比那个手摇桃花扇的侯朝宗，都强得多，他们都是捡的别人的“剩儿”！

媳妇却嘤嘤地哭了，牵心动肺地哭。似乎花魁娘子、杜十娘、李香君也曾经这么哭过。不，她的痛苦比她们还要深，德子对她的“从良”，比古人还要苛刻一层！

屋里的哭泣、对语渐渐停息，一切归于平静，也许两口子又像往日一样偎依着睡去了。后窗底下，马三胜懒懒地从墙根踱开去，心里酸酸的，轻声儿哼着从旧戏里听来的唱词儿：“今古情场，问谁个真心到底？……”

十

一小撮蘸了油的面团，在铺了铁皮的案子上擀了擀，摊成了个巴掌大的饼子，刀片儿拉了三下，一双胖手把它提溜起来，丢到油锅里，“呲啦!”就膨胀起来，成了张大油饼儿，颜色由白变黄，由黄变褐，接着，下一个……

娟子她叔戴着油腻腻的白帽子、白围裙，在炸油饼儿，旁边还有一个售货员，负责卖。他们这个铺子，早晨卖油饼儿、薄脆、焦圈儿、火烧、炸糕、切糕，管这一片儿居民的早点，十点以后才卖正餐。

“二叔，那什么，那什么，我今儿个早班儿，劳您驾先给我拿俩油饼儿!”马三胜向来不排队，往最前头一挤，伸过去捏着一毛二分钱的手。当着面，他不敢叫娟子她叔“武二爷”，亲切地叫他“二叔”。

娟子她叔正把一摞油饼儿用签子一穿，往柜台上拿，笑着说：“这小子哪天不早班儿?”说着就给他拿油饼儿。

德子媳妇从队伍里站出来说：“三胜，就手给我带仨得了!”

“好嘞!”马三胜马上向娟子她叔伸开五指：“五个!”

马三胜托着五个热油饼儿出来了，“拿着，你的仨!”

德子媳妇把捏在手里的钱往三胜工作服口袋里塞，三胜笑着说：“得了吧你！我还垫不起你这三六一毛八?”

德子媳妇就去接油饼儿，她觉着，马三胜那油乎乎的手指头，在她手背上捻了捻，是有意还是无意？她觉着有点儿硌硬。

排队买油饼儿的人都扭脸瞅着她，平常挺熟的人，这会跟不认识了似的。她觉得很多双眼睛在她身上瞄。自从她在诉苦会上诉苦之后，这几天老是遇到这种眼光，不是像过去看她坐德子的车出门的时候那样羡慕，也不像诉苦会开头的时候那样感叹，人们的眼光变冷了，冷得瘆人；人们的个子好像都突然变高了似的，从高处瞅低处那么瞅着她。就连孙主任也不像前几天那么热乎了。她还以为诉苦会之后，孙主任会找她谈谈，更把她当自己人了呢，谁知这几天孙主任见了她也没什么话说，打个招呼就过去了，还用手绢擦擦鼻子，就像别人有狐臭味儿似的。其实，她哪知道，孙桂贞也在暗自懊恼：怎么想起来让她诉苦？还一个劲儿刨根问底，问到后来是这么一块料，都没法儿向上级汇报！

德子媳妇听见旁边排队的人在小声议论：

“买个油饼儿也加塞儿？美的她！”

“也没给人家三胜钱，犯贱！”

“什么好东西啊？臭窑姐儿！”

……

“臭窑姐儿！”十几年前的旧词儿，突然又冒出来了，冲着她叫，扎她的耳朵，扎她的心！她的脑袋嗡的一声，像挨了一闷棍，恨不能扔了手里的油饼儿，恨不能一步离开这里！

“今儿的油饼儿炸得好！”德子几口就吃完了俩，擦擦手上的油，要出车走。

德子媳妇说：“你把剩下的那个也吃了吧，我不饿！”

德子拿起桌上的油饼儿就走了，没注意媳妇的神色。

德子一走，她就觉得自己的魂儿也被带走了，身子像是失去了主宰，不知道该想点儿什么，也不知道该干点儿什么，瞅着两间屋子，空荡荡的，像是杳无人迹的深山空谷，静得瘆人。瞅着墙上的年画，张生、莺莺啦，吕布、貂蝉啦，平时笑模笑样儿的，这会儿都仿佛换成了嘲弄的冷眼，一个个盯着她，又好像听见了喊喊喳喳的议论声：“臭窑姐儿！”“臭窑姐儿！”

她走到镜子前头，望了望自己茫然的脸，突然看见了十多年前自己的脸，那么年轻，那么娇媚，柔嫩得像花瓣儿，胭红的嘴唇像一颗樱桃。穿戴着不属于自己的珠翠绸缎，造作出违心的笑容，承受着不堪忍受的侮辱，去挣取人间最不干净的钱。那时候，她才是“窑姐儿”，人人都可以这样称呼她，脑满肠肥的嫖客可以以此为爱称、戏称，沿街乞讨的穷人可以以此表达鄙夷和唾弃，她不敢和任何人争辩，因为她确实是“窑姐儿”，连乞丐都不如。她曾经望着街头捡烂菜叶子的小脏丫头发愣，羡慕人家再穷、再苦，也是一个干净的人。她不是，她是“窑姐儿”……

镜子里的脸变了，一瞬间变老了，变丑了。解放已经十六年，她成了三十好几的妇人了。如果不是解放，她到了这种年龄，也已经“人老珠黄”，失去挣钱的姿色了，或者熬成老鸨儿，自己再去坑害别的姐妹，或者，冻饿街头，沦为乞丐，也不是一个干净的乞丐！命运，给她堵死了这两条仅有的路，却开辟了一条崭新的路，她从良了，成了和大家一样的公民，成了工人阶级石凤德的妻子，成了跟别人肩膀一样高的人。虽然是老了，但活得踏实了，舒心了……

镜子里的脸又变了，变成了一个又老又丑的“窑姐儿”，松弛的皮肤搽着厚厚的粉，干裂的嘴唇上涂着血红的口红，耳朵上吊着明晃晃的耳坠儿，挤眉弄眼儿地做出令人恶心的微笑。“臭窑姐儿！”“臭窑姐儿！”无数的声音在围着她叫……

一个寒战，她清醒了。那不是她！镜子里的德子媳妇不是好好的吗？和平常一样，没搽粉，没涂口红，没戴耳坠儿，也没有那令人恶心的笑容。她不是窑姐儿，她是德子的媳妇！为什么人们还那样叫她？她身上哪点儿像窑姐儿？

她发愣，自己望着自己发愣，脚踢着了身后的脸盆架，“当！”的一声。她突然觉得该洗洗脸，透透地洗洗脸，便拿起毛巾、肥皂，使劲地搓着自己的脸，好像要搓去一层皮。再照照镜子，脸洗得真干净，都搓出血丝儿来了，眉毛上，用火柴炭灰描的那点眉梢儿也洗去了。她瞅着自己哪点儿也不像“窑姐儿”。她又想到该换换衣服，虽然这会儿没穿旗袍，也没穿睡衣，穿的是一件月白色的府绸对襟衬衫，可这件衣裳胸前绣了点儿花儿，该换换。她打开柜子，把衣裳翻了个遍，终于找出了一件藏蓝色的中式大襟儿上衣，穿上它，显得像个老太太了。这样好，跟梁奶奶、三胜他妈没有多少差别了。“一不扭众，百不随一”，她想起了这句老话。应该处处和大家一样，那烟也得戒了它，礼拜天也别再坐车逛去了，别让人家说：“臭窑姐儿，美得你!”

“大嫂!”院子里突然有人这么喊了一嗓子。

她冷不丁地被吓了一跳，赶紧捋捋衣裳襟儿往门外走，看看是谁来找她。

是三胜他妈进了院子，打她门前走过来，嘴里叫着“大嫂”，奔梁家去了。原来是找梁奶奶，三胜他妈管梁奶奶叫“大嫂”。

德子媳妇就又退回来。

梁奶奶正拆了两床被子，抱着棉花套打算往院子里的绳子上晒，迎面碰上三胜他妈。“马嫂?”她跟她打个招呼，她管她叫马嫂，街坊之间就这么串着地叫，弄不清尊卑长幼，“您肠胃的病好点儿啦?”

三胜他妈帮着她把被套晒上，说：“打那天让梁大夫瞧过之后就轻多了，梁大夫还真是有能耐!”

梁奶奶心里泛起了不愉快的回忆，脸上木然地说：“能耐有什么用啊？这不，因为给您瞧了瞧病，还落下不是了。”

三胜他妈扭头瞅瞅外头，压低了声音说：“真损啊！街里街坊的，她也不留点儿德行!”

梁奶奶说："要是不缺德，能养活出这么一对儿女？一个傻子，一个养汉精！"

话说到这儿，三胜他妈才想起来正题，转过话头说："养汉精这不说话就聘出去了嘛！我正挨门挨户给她敛份子钱呢。"

梁奶奶说："聘？往哪儿聘？谁要她那样儿的破货？"

三胜他妈说："就是那天挨打的那个相好的！鱼找鱼，虾恋虾，王八瞅绿豆——对上眼儿啦，两人都登上记了，孙主任正准备正经八百地聘姑娘呢！"

梁奶奶说："人家不是……家里有媳妇吗？那天闹得翻江倒海，能容他登记？现如今又不兴娶俩！"

三胜他妈说："家里那个离了！那天顶到火头儿上，女的说要离婚，男的乐得乎呢！两口子拉着扯着就办了手续，家里的孩子也让女的带走了，唉，爷们也真忍心！现如今打离婚，只要是女的先提头儿，这手续就办得快！咱们三胜，你们梁大夫，不都是这么离的嘛！"

两个丢了儿媳妇的老太太，顿生同病相怜之感，一人拽着棉花套的一角，相对着，各自发出一声长长的叹息。

梁思济正在屋里做活呢，把一只用旧了的黑色人造手提包拆开来，尝试着给女儿裁成皮鞋面儿。这活儿难度颇高，他边干边琢磨，反正在家待着没事儿干，就试试，做成了，就能省点儿钱。别人的孩子都有皮鞋，女儿眼巴巴地望着人家，又不敢说要，他都看在眼里了，心里难受，才想出这么个"修旧利废"的法子。外边两个老太太说话儿，他都听见了，也不言语。他觉得自己虽然是赔了夫人又折兵，也终不能和马三胜相提并论，他那离了婚的妻子也不能和三胜从前的那个拐来没几天又跑了的媳妇、和声名狼藉的娟子同日而语。他不愿意用恶言恶语咒骂自己的前妻，她总也是受过高等教育的人，是个大夫，他们是由于感情破裂而离婚的，双方自愿，也没像娟子她们家那样动武。何况，他们也有过相亲相爱的过去，她还给他生下了三个女儿，对于女儿的生母，他不忍心伤害她。过去的事了，何必挂在嘴上没完？

外边儿，两个老太太却说个没完，而且话题又进了一步。

梁奶奶说："还给她凑份子？"

三胜他妈说："怎么着也是老街坊了，谁家娶儿媳妇、聘姑娘，大伙儿都凑份子，到她这儿还能免了？甭管怎么说，娟子也算个大姑娘，结婚也是明媒正娶，人家妈又是主任！"

梁奶奶说："那……一家儿给多少钱？"

三胜他妈说："过去都是五毛，这回还是五毛。"

"五毛？"梁奶奶心里掂量着，这五毛钱在过去不算什么，如今儿子没了工作了，五毛钱能顶半个月的煤球哩！

三胜他妈看出了这层意思，就说："您要是没零钱，我替您出五毛，回头帖子上写上梁大夫的名儿就是了。"说着，就要走。

"马大妈，您等等！"梁思济丢下手里铰了一半的鞋帮子，推门走出来，"我不凑这个份子！"

三胜他妈瞅了瞅梁思济，不由得怜悯起来，顺口说："啧啧，五毛钱难倒了一个男子汉！"

"我不是穷得拿不出这五毛钱！"梁思济说。他从心里反感任何人对他的怜悯，不相信"哀兵必胜"这个说法，不愿意向任何人诉说自己的苦衷。如果他不听老母的话，不向领导递交那份用自己的困难乞求怜悯的报告，而是忍辱负重地奔赴"三线"，那么，虽然将加重他的困难，却可以至今保持完整的人格。可惜，一失足成千古恨，他错了！教训有一次就够了，他不想再错第二次，就干脆向三胜他妈说："我不想巴结她这个主任！"

三胜他妈吃了一惊，神色不安地又往外瞅了一眼，压低声音说：“梁大夫，人在矮檐下，怎敢不低头？你如今不是……刚犯了错误嘛，别这么给自个儿找事儿！我说话不怕你恼：这五毛钱，你就是出了，还不知人家收不收呢！”

梁奶奶心里咯噔一声，惶惶然地望着三胜他妈说：“不能吧？又不是申请补助，给她钱还能不要？官儿不打送礼的！”现在，她巴不得交这五毛钱了，只怕人家不要，转念一想，又问：“哎，黑子奶奶出份子了吗？”

三胜他妈说：“她倒是出了，也是五毛，名儿都写上了嘛！”

梁奶奶似乎找到了政策依据，壮着胆儿说：“她能出，嗯们也出，嗯们总不能连个地主都不如！”

三胜他妈觉得也是，就做了裁决：“就这么着吧！钱，我给你们垫上啦！”转身就要走。

“不！”梁思济皱着眉头，拦住她，从兜里掏出三张毛票儿、四个五分的钢镚儿，“您拿着！”然后，一扭头进了屋，长叹一声！他心里好不是滋味儿，既然这出份子关系到政治待遇，他只好为五毛钱折腰了！

三胜他妈接过钱，也无可奈何地叹了口气，感到做个人也真难！

三胜他妈刚要出院门，德子媳妇追了上来：“马大妈！”

三胜他妈站住脚，回头打量了她一眼，觉得这媳妇今儿个怎么变了样儿了？穿着件老太太的褂子！

德子媳妇朝她递过去一张一块钱的票子：“马大妈，嗯们家也随个份子！”

三胜他妈愣了一下，没接。似乎她压根儿没打算收这一户的份子钱。

德子媳妇以为是找不开，就解释说：“今儿早上，三胜兄弟替我垫了三个油饼儿的钱，您刨去一毛八，剩下的就都算给娟子的份子啦！”

三胜他妈一听这里头还有三胜的钱，心里就不是味儿，瞅了瞅说：“你到底儿出多少？一块，刨去一毛八，还剩八毛二呢，人家可都是五毛！”

德子媳妇说：“那……您等等，我再给您拿张五毛的整票儿！”

“算了吧！”三胜他妈说，“嗨们是老街坊，都是早先谁给过谁，就借机会谁再给谁。你们家是后搬来的，又没欠过谁的人情，出不出的不碍事！”说着，就朝门外走。

德子媳妇又追上一步：“我还是随大伙儿吧！”

三胜他妈沉吟着说：“这么着吧，你愿意送多少，就单给她送去，甭掺和嗨们老街坊的事儿，成不成？”

德子媳妇想了想说：“那也成。”

娟子正对着镜子试衣裳。许炳炎给她买了一大摞衣裳，她试试这件，试试那件，脸上泛着幸福的红晕，回过头来问她妈：“您说，到那天我穿哪件好？”

孙桂贞笑眯眯地说：“炳炎瞅着哪件好，你就穿哪件！还得叫他雇辆小卧车，载着你兜一圈儿再回来！”

新房就在孙桂贞家，许炳炎果然是当上了倒插门的姑爷。新房里，大概已布置停当，大衣柜、双人床、两头儿沉、五屉柜……那年头必备的东西，都有了。正中墙上，挂着娟子和许炳炎的半身合照，也不知是什么时候就照好了的。许炳炎不在，几个穿铁路制服的小伙子，把柜子、桌子抬过来，搬过去，寻找最佳布局，马三胜在旁边抽“蹭儿”烟。

一个小伙子说：“许师傅的这事儿，倒是办得快当！”

马三胜叼着烟卷儿说：“不快，儿子都该生出来了！”

小伙子笑笑说："你的嘴太损了点儿！"

马三胜拍着胸脯说："嘴损，可心不损！我这儿有一颗金子般的心哪！"

这后半句话让那边儿的娟子听见了，探过去脑袋说："你的金子留着娶媳妇当聘礼吧！"

马三胜扔了烟头儿，突然想起了什么事："等等，我还单给你准备了一份儿贺礼！"

马三胜刚走，德子媳妇就来了。

"孙主任，我刚听说娟子妹妹结婚的信儿，也来不及给准备点儿什么礼物……"德子媳妇说着，拿出手里的一对绣花枕套。

娟子连忙接过去看，喜欢得什么似的。

孙桂贞说："哟，还让你破费啦！"

德子媳妇解释说："这也不是现买的，搁了好儿年了，倒是一回都没用过。现在买不着这样儿的了……"

又有左邻右舍来了，孙桂贞没等她说完就去应酬别人。德子媳妇瞅见窗户玻璃上还蒙着一层土，就端了盆水，淘把手巾去擦。出去换水的工夫，顶头碰上进门的马三胜，一盆脏水差点儿搁到他身上。德子媳妇不好意思地说："瞧我，慌里慌张地，溅你身上没？"

马三胜开始是一惊，马上就嬉皮笑脸地瞅着德子媳妇说："没事儿，没事儿，小娘子别闪了手！"

德子媳妇听得出这是西门庆初见潘金莲时说的词儿，脸一红，正色说："三胜，你这是说的什么话？"

马三胜说："别人不懂，你还不懂？"

德子媳妇被他干噎了。那是点她呢，点她的来路不正！她突然想起早晨买油饼儿时候马三胜在她手面子上搓的那一下，这会儿也明白了，这是捏小软儿、欺负人呢！要是在过去，三胜他敢？现在就敢了。为什么？还不是因为那天晚上的“诉苦”……德子媳妇的心突然一沉：这回，哑巴吃黄连，有苦也没法儿诉了。她怒得脑袋发胀，把脏水朝南墙根狠狠地泼出去！

马三胜手里拿着一副大红对联，抹了糨子就往新房门口贴，上面写的是：“有情人终成眷属，结良缘双喜临门。”这对联没什么新鲜，全是老词儿，对得也不工整，却是马三胜费尽了心思请他们厂看门的老头儿帮他编的，那老头儿有点歪才。这两句话，表面上没有一丝破绽，实际上却把娟子搅了人家的家庭而和许炳炎结婚，并且眼瞅着就要生孩子这“双喜”的意思全概括进去了。这儿的人没什么文化，不解其意，只说“这红对子一贴倒是鲜活”，那几个帮着归置家具的小伙子，有看出门道来的，就朝马三胜丢个眼色，说：“真够奸奸的！”马三胜只是笑笑。

屋里有几个妇女在看娟子的嫁妆，看到那一对枕套，都说好，还问哪儿买的，赶明儿呣们也买这么一对。娟子说是德子嫂送的，早买的了。

看的人就不再说好了。

“哟，拿旧的送人？新人结婚可不能用旧东西！”一个说。

“说不定她还枕过了呢！窑姐儿枕过的枕头，你不嫌硌硬？”又一个说。

娟子的语气也变了：“哟，这我可没想到……”

“得亏我给你提个醒儿，要不然，枕这枕头准是妨孩子，十个窑姐儿九个不能生养！”一个说。

“瞅着也恶心啊！你想，她的枕头，什么人没枕过？”又一个说。

娟子说：“那怎么办？人家好意送来的……”

“咳，这人也忒没个眼里见儿，”这回是三胜他妈在说话，“我敛份子钱都没收她的，她还真自个儿送来了！”

孙桂贞正忙别的事儿，听见她们议论，就说：“刚才，我不能不给她个面子，就收下了，可心里有数，没打算让娟子用。搁着吧，赶明儿娟子的同事谁结婚，送人得了呗！”

德子媳妇倒完脏水，提溜着空盆进来，这些话她全听见了，像是有一盆凉水浇在了自个儿的头上，透心儿的凉。她想进去朝她们骂一通，没法儿骂，想悄没声儿地退出去，却又让她们看见了。

众人见她站在门口，就都闭了嘴，脸上挺不自然的，刚才那些话原没打算让她听见的。

德子媳妇觉得那一双双眼睛都像利箭一样在穿她的心，自个儿像犯了万剐凌迟的罪犯似的在示众。愣了片刻，也不知那双腿是从哪儿来的力气，竟然朝着里面走进去，伸手扯过娟子手里的那对绣花枕套，转身像逃犯似的跑出去了。

众人没料到她会这么做，倒愣了。

愣了片刻，三胜他妈带头打破了沉默：“哼，一个臭窑姐儿，还使什么性儿！”

“就是，就是！”大伙儿一片声地附和，怕败了娟子的好兴致，又接着抖搂别的嫁妆了。

十一

转眼又是一年秋。

如果说，人们在一九六五年感到空气中有点儿异样，那么，到了一九六六年，才知道那点儿异样只不过是风雨雷电到来之前的一点儿小小的前奏，算不了什么了。胡同里的居民们，虽然谁都没能脱离那场“触及灵魂”的大动荡，却没有一个人能对此做出权威性的解释，连街道主任孙桂贞也感到茫然。不知道从哪儿来的一群袖子上戴着红箍儿的天兵天将，洪水般地冲进胡同，直奔她家而来，直眉瞪眼地对她说：“要革命的跟我们走，不革命的滚他妈的蛋！”

孙桂贞吓得哆嗦，指着墙上的镜框说：“呣们……要革命，呣们娟子她爸就是为革命牺牲的！”

这一句就行了，她没事儿了，被承认为“革命的街道主任”，让她带路，去“荡涤一切污泥浊水，横扫一切牛鬼蛇神”。胡同里好热闹！爆肚儿陈家、花儿洪家、玉器赵家……统统从小业主升级为资本家，受到抄家的待遇。黑子奶奶呢？去年的“狗腿子”之说本已不了了之，如今则又成了“地主婆”无疑，遣返原籍，监督劳动。红卫兵说：这胡同里“庙小妖风大，池浅王八多”！

黑子奶奶卷铺盖走人。她那保定老家，已经离开了几十年，既没了房子，又没了亲人，可怎么过？黑子要跟奶奶回乡下，他奶奶哭得要断肠：“孩啊，不能！奶奶是七老八十了，哪儿的黄土不埋人？走就走吧！你可不能错打了主意，自个儿好好地过吧，老天要是可怜你，好歹让你寻上个媳妇，有个后辈，奶奶就是死了也闭眼了！”

临走之前，三胜他妈赶来送行，给她煮了十个鸡蛋，买了二两好茶叶，攥着黑子奶奶的手，哭得抽抽噎噎，实在不忍生离死别。

黑子奶奶说：“马嫂，您是好成分儿，别让我给连累喽！”

三胜他妈说：“王法是王法，人情是人情。老年成在菜市口砍人头，还得让收尸呢！”

花儿洪家、爆肚儿陈家、玉器赵家也来洒泪话别。这些被抄家的主儿，是偷偷地来的，没敢让孙主任瞅见。

末末了儿，孙桂贞也来了。打狗还得给它留条跑的路，也不想把事儿做得太绝，对黑子奶奶说了几句大面儿上亮得过去的话：“唉！这是上边儿的政策，哪们街道上就是想留你，也不敢留！张刘氏，你到乡下好好改造，甭惦记小黑子，哪们大家伙儿谁还能跟个孩子过不去？唉，走吧！”

黑子奶奶一步一回头，抹着泪，告别了这条留着她几十年酸甜苦辣的记忆的胡同，奔永定门搭车走了。

孙桂贞回到自个儿的家，娟子她叔正抱着娟子的小孩在犯愣。娟子两口子“停产闹革命”去了，这孩子整个儿交给了孙桂贞。孙桂贞也得忙革命，孩子就归“姥爷”管，自从“革命”一起来，饭馆里上班也没个准钟点儿了，娟子她叔在家的时候多。

“该做饭了，你还愣着干什么?”孙桂贞一进门就指使老头儿。

娟子她叔不像往常那样脆脆地答应一声就去要手艺，坐在那儿没动窝儿，忧心忡忡地望着她说：“哎，你看这……革命会不会革到咱们头上来?”

孙桂贞斜着瞅了他一眼：“哼，你呀，一辈子窝囊废！怕什么？谁瞅见咱们俩睡一炕啦？革命又不革这些事儿!”

娟子她叔嘬着牙花子说：“啧啧，你扯哪儿去了？我说的是那件事儿……”说着，往墙上的“光荣烈属”镜框瞄了一眼。

孙桂贞心里咯噔一声。这，触动了埋藏在她心中十七年的一个巨大的秘密!

…………

一九四八年十二月，北平城被百万解放军重重包围，城里的居民已经清晰地听得见隆隆的炮声和啪啪的枪响。一个风雪交加的夜晚，孙桂贞的家门被凿得咚咚响，她以为是土匪来抢劫了，吓得缩在炕上不敢动，怀里搂着八岁的娟子和刚添下来的疯顺儿，抖成一团。她男人从柜里捧出一摞银圆，壮着胆子去开门，忽地闯进来三四个荷枪实弹的大兵，进了门，既不搜，也不抢，一把抓住她男人，五花大绑地带走了……

一个月之后，北平和平解放，成了人民的天下。共产党从头收拾旧山河，开始了百废俱兴的艰巨事业……

街道上，来了人民政府的干部，抚慰百姓，收容难民，户籍登记，等等，忙得不可开交。这条胡同的居民，有出去做生意的，有给傅作义修工事的，都回来了，安居乐业，唯独孙桂贞的男人——“和合居”饭馆掌柜的没影儿了。后来才听说，他那天被国民党抓走，就给枪毙了！没多久，孙桂贞就拿来一张“光荣烈属”的证书，悬挂在家里，烈士的遗孀、遗孤得到了很好的安排，孙桂贞在街道上跑里跑外，参加了革命工作，后来正式被任命为街道主任。“和合居”饭馆由她的小叔子接手经营，因为是烈士亲属，成分也没定什么小业主、资本家，定成了城市贫民，公私合营之后，便是工人阶级了。

风平浪静地过了十七年，娟子她叔重提往事，却使孙桂贞的心怦怦地跳个不止，其惊慌的程度丝毫不亚于男人被抓走的那个夜晚。

她男人其实没死。“在押”期间，孙桂贞和小叔子去见过他一次。男人说：“你们甭担心，我没做什么犯法的事儿，是因为军长吃惯了咱们馆子的菜，就把我接来了，怕往后吃不着喽。”

孙桂贞说：“那什么时候放你回家?”

“回家?”男人垂下头说，“恐怕是回不去了。北平说话就保不住了，他们肯定要跑，横竖要把我带走。”

“走？往哪儿走?”

“南京、上海，最末不成就是台湾了。”

“台湾?”孙桂贞绝望了，“这辈子还能回家吗？你不能扔下呣们娘儿仨不管哪！”

男人也垂下了泪，呜咽着说：“这不是咱能做主的事儿，不跟着走，他们还不枪崩了我？”

孙桂贞扑在地下，号啕大哭，小叔子抱着哥哥的肩头，也难分难舍。

哭了一阵，她男人抹抹泪，对兄弟说：“老二，念咱们是一个娘肠子里爬出来的哥儿兄弟，你往后得帮你嫂子一把，领着娟子、风顺儿过吧，把他们拉扯成人！”

他果然走了。

老二牢记大哥的嘱托，承担起了家中的一切，顺便把嫂子也“接管”了。这是小节，不足挂齿，可是，令人心神不宁的是：“和合居”掌柜的并不是“烈士”，他活着呢，跟着国民党跑到台湾去了，那张“光荣烈属”是孙桂贞浑水摸鱼、要手腕儿蒙来的！

如今，“文化大革命”正开展得激烈无比，连革命几十年的老区长都被揪出来了，说是“假党员”，还不断听说这儿揪出了国民党特务，那儿挖出了地下电台，红卫兵格斗勿论、格打勿论，皮鞭下丧生的不计其数！如果这件事露了馅儿，该当何罪？孙桂贞和娟子她叔被捉去戴高帽子游街或是打个皮开肉绽都跟玩儿似的，更甭说“烈属”身份、“市贫”成分儿、“街道主任”的职务了，没准儿连命都得搭到里头，这一家子就要全玩儿完！相比之下，那些被抄家的、遣返的都只算“小菜儿”了。去年的“四清”，清这个，清那个，虽然没把这事儿清出来，娟子她叔却也难免肝儿颤，这一回，许是混不过去了。

孙桂贞毕竟是个能成大事的女人，她心慌了一阵，又镇定了，“不碍事，运动归咱领导，整不到咱头上来！”

娟子她叔说：“就怕什么地方漏了风儿……”

孙桂贞说：“只要你不说，我不说，就没人知道。当初给咱们发证儿的那小子，‘三反’‘五反’的时候就给整下去了，这无头案子上哪儿查去?”

娟子她叔就不再说什么，既然已经上了这条船，就和嫂子同舟共济吧，走一步说一步，反正是一条绳上拴俩蚂蚱，要崴泥谁也跑不了。一回头，瞅见疯顺儿站在旁边呢，心里一沉，小声问疯顺儿说：“顺儿，刚才我和你妈商量的事儿，你听见了吗?”

疯顺儿茫然地傻笑着：“嘿嘿……”

孙桂贞过去搂着疯顺儿的肩膀，嘱咐说：“顺儿，记住：对外边儿的人，可不能说实话儿。谁要是问你咱们家的事儿，你听见的也说没听见，看见的也说没看见，知道的也说不知道。听见没有？最当紧的就是别说实话儿!”

疯顺儿只是傻笑，一点儿也听不懂这些绕脖子的话。他活了十七八年，压根儿不知道什么叫实话，什么叫瞎话。

孙桂贞叹了口气，心说：傻儿子也有傻儿子的好处!

疯顺儿他叔心里总觉得不那么踏实。家里没人的时候，他还自个儿偷偷地试着弯腰、坐“喷气式”，以防有朝一日被揪了出来，他这么胖，怕不能适应，得先练练。

孙桂贞还像往常一样昂首挺胸，领着一帮家庭妇女跳忠字舞，唱语录歌，早请示，晚汇报，煞有介事，毫不含糊。喊“永远健康”的时候，嗓门儿震得窗户纸哗啦啦地响。

胡同里，最憋气的是小黑子。他成了“狗崽子”“黑五类”，在人前抬不起头来，上班蔫蔫地干活儿，下班往屋里一扎，谁家的门儿也不串了。

马三胜没有忘记他这个朋友，找他来了，给他送来了一条“红造总”的袖章。那年头，这玩意儿比金子还贵重。

小黑子受宠若惊，“我这出身，能戴吗？”

马三胜一拍胸脯，“有咱哥们儿顶着呢！‘红造总’是全市工人的造反组织，跨行业、跨系统、跨厂子，只要你对你奶奶反戈一击，就是革命的了！”

小黑子顿时身价陡涨，腰杆儿挺起来了。反戈一击？他心里说：我是要反戈一击，人若犯我，我必犯人！

一股复仇的怒火在他胸中燃烧，他要让小胡同里的这些居民意识到他小黑子的存在，他要和造成他一家人悲剧的仇人拼命！他想起那天在扁豆架底下马三胜对他说的话，对！把“武二爷”揪出来，杀孙桂贞一个回马枪！

小黑子运足了气，攥紧拳头，直奔孙桂贞家而去。

孙家堂屋里明晃晃的，站了一屋子的人，有的站不下，挤在门外边儿。这是家庭妇女们集中在这儿做“晚汇报”呢！小黑子走到院子里，发觉来得不是时候。抬头看到屋里迎面墙上那个“光荣烈属”的镜框，又不觉一愣，对自己的“革命行动”产生了怀疑：这合适吗？万一扳不倒人家，怎么办？想到这里，他停住了脚步，进，勇气不足；退，又不解气。

站在门边儿的德子媳妇首先瞅见了他，就打了个招呼：“黑子，你找谁？”

小黑子的心里噌地升起一股无名火，哼，听那口气，好像我都不配上这儿来似的！谁都可以欺负我？突然间，他的脑际闪过了去年秋天那个难忘的夜晚，他的奶奶被当众批判，而这个娘们儿还大诉其苦，火上浇油！如今，奶奶终于被赶走了，而她却是了味儿啦，她算……算什么东西？对，奶奶的倒霉直接和她有关，她就是不共戴天的仇敌！哼，别人我惹不起，还惹不起你吗？

“找谁？我找的就是你！”小黑子气昂昂地冲着德子媳妇大吼一声。

一屋子的人都愣然地回过头来。

德子媳妇不知就里，胆怯地问：“黑子兄弟，找我有什么事儿？”

小黑子也不答话，忽地伸出手去，一把抓住她的头发，就往下按，愤愤地说：“我们‘红造总’把你揪出来示众！你这个臭窑姐儿！寄生虫！糖衣炮弹！美女蛇！浑身都是资产阶级的臭味儿！你还……”小黑子一口气给她戴了好几顶帽子还觉得不解气，正想接着说“你还害得我奶奶……”一想这事儿最好别提，话到舌尖儿又改了口，“……还钻到革命队伍里来腐蚀工人阶级，拉德子下水！”

众人目瞪口呆，实在没料到胡同里还剩下个这么厉害的阶级敌人没揪出来，经小黑子一点破，恍然大彻大悟：唔，是这么个理儿，早就觉着跟她一块儿开会怪硌硬的，是该把她择出去！可又一想，这小黑子不也是黑……

孙桂贞眼尖，瞅见了小黑子左胳膊上的红箍儿，心里有了底儿，立即表态，大呼口号：“支持小黑子的革命行动！”

不同目的的造反者合流了，小黑子在前，孙桂贞随后，一群人追着看热闹，簇拥着德子媳妇出了院门，沿着胡同朝南走去。这一次游斗，比以往对任何一家的“革命行动”都更能给人们增添趣味，期望着最好立即开个公审大会，让她把上回“诉苦”没说周全的详情细节再透透地说一遍，那才有滋有味呢！

梁思济从胡同南头往北走。他新近在铸造厂找了个临时工差事，推小车运沙子，每天挣一块六毛七分钱，这会儿歇了工，正往家走，迎面碰上这浩浩荡荡的队伍。

“这……这……”梁思济忘了自己是唱哪一角儿的，竟然上前拦住说，“黑子，这是干什么？”

小黑子瞪着眼说："咱们斗臭窑姐儿，碍着你什么事儿？"

"斗她？"梁思济为这种莫名其妙的行动感到悲哀，"斗她干什么？她又不是走资派！唉，一个妓……妓女，在旧社会是被侮辱、被损害的人，也是咱们的阶级姐妹……"

孙桂贞拦住他的话说："放屁！谁跟她是姐妹儿？"

小黑子冷笑着说："姓梁的，你可是没事儿找事儿，想给这个臭窑姐儿当保皇派是怎么着？是不是趁德子不在家的时候得着她的什么好处，同流合污了？嗯？"

梁思济愤愤然："这……简直是无稽之谈嘛！"

小黑子顺手把他甩到一边儿去，"别他妈臭践了你！留神把你跟她一块儿斗！"

孙桂贞指着他的鼻子说："你自个儿是什么东西？好人还能让公家开除喽？"

梁思济一个激灵，顿时想起了自己的身份！

满街筒子闹嚷嚷的时候，马三胜却没事儿似的，叼着烟卷儿往北走，在胡同的北头，他迎上了出车回来的德子，笑呵呵地打个招呼："德子哥，刚下班儿？走，那边儿铺子里正卖羊头肉呢，咱哥儿俩喝两盅去！"

十二

金乌西坠，玉兔东升，小胡同笼罩在朦胧的砖灰色调之中。这儿不可能像王府井、前门大街那样用不计其数的红漆刷成红海洋，也不可能像北大、清华那样沸腾着大字报、大辩论的热潮，疯狂的年代也有冷清的角落。各行各业的人们在一天紧张的劳作之后，带着仆仆风尘回到栖身之所，还有一番必不可少的奔忙，冷清的角落也并不沉寂。公用水管子那儿，好多人在轮番儿接水，洗菜、淘米、洗衣裳、涮墩布。和户籍同等数量的煤球炉子在冒烟，炝锅的声音、炸鱼的声音、剁骨头的声音，汇成一片嘈杂的天然交响乐。人们不习惯默默地完成这些事，还要左邻右舍互相招呼着，议论着，交换着各自听到的、见到的新闻。各家的匣子也都不闲着，这边儿在唱《红灯记》，那边儿在唱《沙家浜》，跟唱对台戏似的，一直要持续到九、十点钟。甚至到后半夜，也还有些精力过剩的小伙子，聚集在路灯底下打扑克，打得高兴，没准儿来一嗓子："鸠山设宴和我交朋友……"孙桂贞照例睡得很晚，年岁大了，她对"武二爷"已不大热心，更多的是惦记着阶级斗争，常常在夜间还出来转转，免得有什么"新动向"从眼皮子底下错过。

吃过晚饭之后，马三胜家里是一个聚会场所，不是正规的会议，也不是他邀请人们来做客，而是由他的地位所决定，吸引了那些怕耳朵闲着的人来听他高谈阔论。马三胜当了"工宣队"，作为工人阶级的一员，光荣地登上了上层建筑，他去的地方，是堂堂的美术学院。

"咳，进了美院，咱才算真正见识了花花世界！"他左脚踩着凳子掌儿，膝盖支着拿烟的胳膊，唾沫乱飞，"你们猜美院的学生上课画什么？画光屁股的！"

人们见所未见，闻所未闻，不敢深信。就有人问："男的？"

马三胜说："男的、女的都有，还有十七八的大姑娘呢！"

人们惊得吐出舌头，表示无论如何也不敢相信。

"这倒是，"小黑子帮他证实，"唔们厂印过裸体画，裸体就是光屁股。"

人们嗡地哄笑起来，不知是谁说了句："那……那不成了窑子啦？"

"差不多！"马三胜表示同意，"我还瞅见了那张窑姐儿的像呢，就是德子媳妇!”

“不能吧?她又没去过美院!”人们又不信了。

马三胜望着小黑子说:“就是你拿来的那张《无名女郎》!”

小黑子愤愤地说:“你抬举她了,那张画儿根本就不像她!”

马三胜不以为然:“像还是像的!美院批斗画那张画儿的家伙的时候,我就说啦:你知道你画的是什么人?是咱们胡同里的一个臭窑姐儿!你们猜他说什么?”

“说什么?”人们实在是猜不着,津津有味地等着他往下说。

“他说:‘那是我在苏联留学的时候临摹的,克拉姆斯柯依十九世纪就死了,根本就没到过中国,更不可能进过你们胡同了!’你们听这话多反动?他还替苏修翻案哩!”

我们都是木头人,
不许说话不许动,
看谁立场最坚定!

苏修老混蛋,
睁眼看一看,
中国人民不好惹,
打你个稀巴烂!

胡同北口,那块倒垃圾的地方,一群孩子在做游戏。这游戏是当时颇为时髦的,玩法如下:大家手牵手围成一圈儿,边唱第一段歌词边走动,唱到“看谁立场最坚定”一句时,便戛然而止,静立不动。如果哪一个此时足跟动摇,或是口中发声,便算输了,被当作“苏修老混蛋”,人们群起而攻之，齐唱着第二段歌词，拳头雨点儿般地朝他打来，当然，这打只是象征性的。这种游戏，通常是学龄前儿童和小学生玩儿的，疯顺儿傻大的个子，却也挤在孩子堆里，乐此不疲。可惜，他常常是“立场不坚定”，被大家拳脚交加，那打也变成了真打。打完之后，疯顺儿毫无怨言，嘴里流着哈喇子，执拗地说：“重来，重来……”接着，是一遍又一遍地挨打……

德子垂着头，从垃圾场旁边走过去，回家。他近来总是早出晚归，天不亮就走，天黑了才回来，免得在胡同里碰见人。革命革到他家来，是他做梦也没想到的，报纸上、广播不是说要揪“当权派”吗？这根本碍不着他的事儿，爱揪谁揪谁，把那些光“支嘴儿”不拉车、钱还比他挣得多的人揪出来，他还觉着“解气”呢。抄家，爱抄谁抄谁，反正那些挨抄的主儿解放前都不干净，不是剥削就是坑人，抄吧，都抄干净了哞们无产阶级活得更踏实，看起来甭管到了什么时候也是卖力气挣饭吃的人省心。哪想到小黑子揪了他媳妇！这一揪，把德子给揪蒙了，原来可着这条胡同，最不干净的是他老婆！唉，让人揪着头发游斗，满街筒子吆喝“臭窑姐儿”，寒碜死了！怨谁呢？怨她自个儿，那时候诉什么苦啊，你不说谁知道你当过“窑姐儿”？吃饱了撑的你！人，谁不护短？你偏把小辫子自个儿亮出来，让人家揪，这下子完了，德子虽然是“无产阶级”也择不清一身毛了！他一想起媳妇被揪的情景就脸上发烫、心里发冷，幸好那天没亲眼瞅见，亏得三胜邀他去“喝两盅”，他心里还感激三胜呢。三胜越是口口声声跟他说“哞们工人阶级”，他越臊得慌：家里炕上还躺着个“窑姐儿”呢，要不然……唉，如今人不人，鬼不鬼，在街坊面前抬不起头来，每天下班一进胡同就发怵，不知家里又现了什么眼，还不都是因为她！他懊悔自个儿当年穷疯了，不挑不拣，剜到篮子里就是菜，这会儿想扔都扔不掉了。对，趁这会儿跟她划清界限，打离婚，她当她的牛鬼蛇神，我当我的无产阶级！德子好几次下了决心，可是一进家门，望见媳妇那憔悴的面容、自惭形秽的神色，再瞅瞅早已为他准备好了的饭菜，德子的心就软了，那句话，他说不出口。他们结婚这么些年，德子没跟她红过脸，更没动过她一指头，也没埋怨过她不能生孩子。她进过“火坑”，德子过去没嫌她，现在再抓这个碴儿，不大地道。且别说夫妻一场，交朋友也不能这么着，现如今她在难处！胡同里被揪出来的不止她一个，可就数她的罪名最寒碜，上不了纸笔，又比谁都臭。还特别让她天天去扫厕所、扫街，说不定什么时候就揪去斗一通，数落一顿，一个女人家，够受的了。她那么能忍！这种日子口儿还处处想着德子，为了让他拉车回来能吃饱、吃好，见天儿价去排队买鱼、买肉、买菜，在街坊四邻中要遭多少白眼，要听多少恶言恶语？她又哪能想到德子正打算扔她、甩她呢？不能，无论如何不能！德子又尽往好处想，自个儿一个臭拉车的，如果不是她肯嫁，恐怕叮今儿还是光棍一条。这些年过得有荤有素，有单有棉，全亏了她操持。人得有良心，不能忘恩负义。况且，虽然人人都骂她是“臭窑姐儿”，德子心里明白，在她跳出火坑嫁给他的时候，还是个“宁死不从”的贞洁女子，他还能嫌她什么？

德子走进家门的时候，屋里黑着灯儿，媳妇一个人儿正发呆呢。她是在做“晚请罪”。这事儿早晚各一次，本来要到居委会，在孙主任的监督下进行，后来连孙主任也想省事儿，就让牛鬼蛇神在自个儿家请罪吧，反正各家都有“宝像”“宝书”。德子媳妇低头闭目，口中念念有词，心里头想的远了去啦。屋里没开灯，黑咕隆咚什么也看不见，她觉得像又掉进了万丈深的苦井，压在了最底层，再也爬不出去了。当年，她第一次迈出青楼大门，抬头仰望着晴朗的蓝天，太阳是那么明亮，空气是那么清新，人间是那么美好，那种光景再也回不来了吗？唉，要是八岁那年没被卖出来该有多好，吃糠咽菜当个乡下妇女，到如今也儿女成群了，压根儿就不遭后来的这些罪了，活得多踏实！这是做梦呢，走过来的路，退不回去了。记得刚解放那会儿，她曾经托人给老家写过信，回信说，她的爹娘都死了，两个哥哥已经成了家，叫她“工作不忙的时候，回家看看”，还开口向她要钱！接到信，她大哭了一场，和家里断了来往。如今，她想像黑子奶奶那样回到老家去也不可能了，人家是“地主”，好歹也算个阶级成分儿，她算个什么？一个被揪出来的“臭窑姐儿”怎么见家乡父老？眼前没有一条路能跳出这苦井，除非死。因为德子，她又不能死。她死了，德子连个家也没了，连口饭都吃不上了。也许是前世欠下了德子的情分吧，为了德子，她得苦撑苦熬着活下去。德子上班走了，她扫完厕所、扫完街，就在家等着他回来，就像魂儿让他带走了，扔个空身子在家，没着没落的。德子回来了，她才有了依托……

德子推门进来，她没听见；摸黑拉着了灯，才把她吓了一跳。看见德子，她想哭一场，又想起到这会儿还没做饭呢，真对不起他，就连忙起身去张罗，伸手拿起擀面杖，又去端淘米盆儿，也不知道该干什么。德子心里一酸，就拦住她说：“我不饿，先歇会儿吧，抽根儿烟！”

她一愣，看着德子从工作服口袋里掏出一盒“工农”牌的烟，递给她。从不抽烟的主儿头一回买烟，是给她买的。傻德子，买烟也是外行，“工农”牌的，名儿挺好听，却是顶贱的了，两毛钱一盒！

她感激地接过烟，抽出一根来，放到鼻子底下闻了闻，又插回去了，“我不是戒了嘛，不抽了，女人抽烟不是样儿，我这会儿又……”

德子把烟又递给她，自己也含上一根儿，“抽，抽！连根儿烟也不抽，人就得憋死了！”

有德子这份心、这句话，媳妇那没着没落的心有地方靠了，她放下烟，就去给德子和面、擀面，瞅着德子在旁边抽烟，烟雾在她脸前头缭绕，像一缕缕柔情在抚慰她破碎的心……

两口子吃完了面，媳妇刷着碗说："你上炕歇着吧！"

德子说不累，就自个儿找活儿干，他是怕闲着烦。他把脑袋伸到床底下，把去年冬天用的铁皮烟筒找出来。"天儿凉了，炉子该挪到屋里来了。"他踩着凳子，把烟筒一截儿一截儿地安上，接缝儿的地方还用橡皮膏糊上，怕漏煤气，去年就听说有人没把烟筒拾掇严实，全家都让煤气熏死了，多冤！

媳妇看着他那么吭吭哧哧地上上下下心里憋得慌，就说："咳，活得这样儿，还这么顾命！"

德子说："好死不如赖活着，也别自个儿找死啊！"

第二天，两口子还是天不亮就起床，德子去拉车，媳妇去扫街。其实，这两件事儿都不必这么早，他们不是怕碰见人嘛！

"你歇着，我帮你扫完了再走。"德子说。

媳妇死活不肯，"你走你的，让人家瞅见了寒碜！"

德子怀着一颗沉重的心，走了。

媳妇抡起扫帚，从北头往南，顺着胡同扫。

胡同的南头儿，又出现了一个人影儿，也抱着个大扫帚，立愣歪斜地扫街，往北扫。

德子媳妇不知是谁，也不敢招呼。许是又揪出个什么人吧，有了做伴儿的牛鬼蛇神了。等到渐渐地越扫越近了，她猛一抬头，才知道那是疯顺儿！疯顺儿笨手笨脚，脖子、肩膀运转不灵，那把大扫帚累得他满头大汗，汗珠子混合着哈喇子，垂在肮脏的下巴上，晃晃悠悠的。

德子媳妇愣了："疯顺儿，你这是……"

疯顺儿抬眼瞅着她，咧开大嘴笑了，含含混混地说：“你……扫那头儿，我……扫这头儿……”

“疯顺儿，疯顺儿！”德子媳妇麻木的心感到一种针刺般的疼，轻轻地呼唤着那个低能儿，不知该怎么表达感激之情。

小小的胡同，还在沉睡之中，灰蒙蒙的上空，晓月如钩。

马三胜的“工宣队”没当多久便给撸下来了。据说他在美院犯了“生活错误”，这四个汉字表意不清，逻辑不通，中国人却人人都懂，便不必解释了。马三胜自己的解释是：“那个地方，咱大老粗没法儿待！”街坊们联系到他过去对美院的形容，便也认定美院不是好人待的地方，一定有什么臭窑姐儿、狐狸精之类勾引马三胜，才使他栽了跟头。不当那个“工宣队”还省得烂到那个“大染缸”里呢，丝毫也没掉马三胜的价儿。马三胜回厂照旧烧他的锅炉，见天儿价早班儿，腾出了好些工夫，优哉游哉，金鱼、神仙鱼不养了，他现在又热衷于养鸽子，不知从哪儿讨换来一对儿，不久，就繁殖了一群。鸽子窝就在他那屋，大大小小的一排笼子，占了好大的地方，满屋的地下都是鸽子屎，他也不在乎。他妈管不了他，嘟囔两句他跟没听见似的，嘟囔急了，他就高声大骂一通，老太太就不敢言声儿了。好在经常有鸽子蛋、鸽子肉吃，他妈也得到一点儿实惠。

早晨起来，马三胜起床去烧锅炉，一开门，“轰！”鸽子就飞出屋去，满世界盘旋。他八点来钟从厂子里回来，就咕咕地逗鸽子玩儿。

梁奶奶房顶上的瓦咔嚓咔嚓响，老太太就骂骂咧咧地走出来，朝着房顶上说：“我一猜就是你！下来，你给我下来！我这房一下雨就漏，敢情是你踩的？”

马三胜站在房顶上，嬉皮笑脸地说：“那什么……那什么，我这鸽子……”到底也没听清楚他要说什么，就讪讪地往东走了。虽说眼下梁思济时运不济，可是梁奶奶跟三胜他妈有过节儿，三胜不能不给她留点面子。

梁奶奶瞅他往东走了，像要下房的架势，就不再说他，自个儿回屋了。其实，马三胜并没下来，顺着房脊又走到德子房顶上去了，望着空中盘旋的鸽子，咕咕地叫。

德子家的房顶上咯嚓咯嚓响起来了。德子媳妇忍着，不言声儿。房上却响个没完，还有踩碎的瓦稀里哗啦往下掉。德子媳妇没法子，就走到院子里，央求地朝高高在上的马三胜说：“三胜兄弟，您能不能下来……”

话还没说完，马三胜就接上茬儿了，阴阳怪气儿地说：“让我下来干什么？我这儿有事儿呢，没工夫陪你聊天儿！哎，你瞅，你瞅，我这只母鸽子不是个正经玩意儿，老从外边儿招引人家的公鸽子，一群一群的……”

德子媳妇立即像听到了紧箍儿咒，脑袋一耷拉，缩回屋去了。

院门口挤着一帮孩子，本来是想看看热闹的，见这架没打起来，就疯狂地嚷起来：“噢嚎，噢嚎！给她一大哄噢，噢嚎，噢嚎！”

天上的那群鸽子，在马三胜的周围自由地盘旋。

十三

1976年7月28日凌晨，唐山发生了强烈地震，北京城也跟着狠狠地摇晃了一阵子。胡同里的居民直嚎乱叫地都跑到了当街，以为天塌地陷了，由于事出偶然，人们本能地只顾性命，把别的全忘了，女的有没穿上衣的，男的有没穿裤衩的，谁也没心思笑话谁了。马三胜赤条条地直跑到倒垃圾的胡同口，也忘了他自己曾是以怎样藐视的口吻谈论美院的“裸体画”了。只有疯顺儿一个人在屋里昏睡不醒，他妈死拉活拽也没把他拉出来，大地就已经停止了哆嗦，他也没事儿了。天亮后听人们谈论晚上的惊吓，他根本没听明白，仅以一笑置之。“傻子命大。像他那么样儿，倒也活得踏实。”人们说，嘲笑之中还有些羡慕。

这条胡同里没有超过五米高的建筑，跟着大地晃了一通，无一倒塌，仅仅个别房屋摇落了一些瓦片，这当然是德子家的。德子媳妇心里明白，马三胜几乎每天都要爬上她家的房顶去训练鸽子，那瓦被他踩碎了不少。但嘴里不敢说，便把这一切罪过都推给了天灾。地震过后，接连几天大雨，德子家雨脚如麻，淅沥不止，连床上都摆了大盆小盆接水。德子媳妇去找房管所，请他们给拾掇拾掇，房管员早已风闻她的艳史与目前的处境，斜瞅了一眼，说：“地震不是一家的事儿，咱们的活儿忙着呢，凭什么先给你修啊，嗯?”

听了这话音儿，德子媳妇就唯唯后退，回来了。到了儿，还是德子下班回来自个儿上房把瓦码了码，又搭上一块油毡，压上几块砖头，现挡一时，再震再说。“震塌了才好呢，不过了!”德子愤愤地说。

后来就没再有大震，只轻轻地又哆嗦了一两回，就完了。人们于是又该干吗干吗，渐渐地对地震也淡漠起来，并且骂地震局的人白吃饭，地震前没本事预报，震过之后又理论，纯粹是骗人。不过，胡同里的住户倒是由此也得着了一些好处，凡有工作的都从单位领来了一些竹竿苇箔、油毡之类，便借此大兴土木，各自在院子里空地上盖起名曰“抗震棚”实则为厨房或住房的各式各样的小屋，以解决这些年人口增长的需要。胡同口上不知哪个单位备用的砖头也被大伙儿半公开地各取所需，无人过问。胡同里的建筑也便由原来的统一规格变得百花齐放，各有千秋。只有德子和梁思济两家没搭“抗震棚”，德子是没心思，梁思济既没兴趣又没材料，他上哪儿领苇箔、油毡去？马三胜紧贴着德子家的后墙盖了两间“抗震棚”，把鸽子都请到这儿来了。他妈高兴了，只是德子家的后窗户一打开便是咕咕声。德子媳妇自是不敢言语，德子虽是心中不快，但一想这已属后院的事儿，出了他的疆界，较起真儿来，他也未必占理，何况马三胜又是个不好惹的主儿，犯不上跟他伤了和气。如今的德子已不如过去硬气喽！

孙桂贞这些日子格外忙碌，因为“抗震”时期，“批邓”也正闹得凶，学这个社论，发那个材料，她的活儿多着呢。紧接着，毛主席逝世，举国痛悼，她又得忙着带领一帮老太太、半大媳妇布置灵堂，做纸花，扎花圈，缝黑纱，发给居民们人人佩戴。人们自然想起一月份周总理逝世的时候，她挨家挨户嘱咐不要戴黑纱，这一回却又挨家挨户发黑纱，是何道理？道理自然是有的，但没人说得明白，也没人敢于提问，反正是上级布置的，遵照执行就是了。

灵堂就设在居委会办公室，这也是照上面的指示办的，各机关、团体、学校一律如此，小小的胡同自然也不例外。灵堂布置得庄严肃穆，老人家的遗像挂在正中，旁边摆满了花圈，虽是小百姓手工自制，不免有些土气，但也表达着朴素的哀思。人们集合在遗像之前，默哀，三鞠躬，想起在新社会得着的种种好处，伤心落泪。内中有些人又想起十来年间受到的种种委屈，也伤心落泪。这形形色色的人们，却是划分为等级的，运动中那些受到冲击的户儿，虽也被允许吊唁，却不能靠前，只是尾随在众人后头，站在院子里，垂着头默默地想自己的心事。

德子媳妇当然是在这“另册”之列。她哭得泪人儿一般，从人群空隙里往前瞅着毛主席的遗像，不由得想起二十七年前，那位穿着军装的女干部宣布她“解放了”的时候带来的那张毛主席像，戴着八角帽，穿着粗呢上衣，面带笑容，那笑容把春风带给人间。从那以后，她就是一个人了，挺起了腰杆过日子了。一眨眼，二十七年过去了，谁能料到会有这一天，救苦救难的毛主席竟然撒手西归了，丢下我们这些人，往后该怎么办呢？二十七年，她只过了十七年的好日子，剩下的十年，她又成了“臭窑姐儿”了，又被压到“最底层”了。她心里一直纳闷儿：毛主席领导全中国，制定这政策那政策，不知道有没有能沾上她的边儿的政策？共产党不是让“窑姐儿”“从良”吗？“从良”以后的窑姐儿还算窑姐儿吗？她多想问问毛主席！可是，过去没法儿问，今后更没法儿问了。她只有哭，用眼泪泡红自个儿的双眼，腌自个儿的心。

吊唁结束，人们默默地退出，孙桂贞要锁门了。马三胜打厂子里回来，瞅见说：“哎，哪能把红太阳锁屋里？呣们厂的灵堂，那是二十四小时有人值班，比锅炉还当紧！得一直坚持到十八号开完追悼会！”

这种事，没人提醒倒也罢了，他这一提醒，谁也不好反驳。孙桂贞心说：就你小子嘴欠！呣们街道上又不像你们厂子，三班儿倒，这儿净是些老娘们儿，半夜三更的怎么值班儿？埋怨尽管心里埋怨，她可不敢明言，这年头儿，明摆着这是上纲上线的事儿，她得照马三胜说的办。

于是就排班儿，张三、李四……谁挨谁，几点接班儿，一一排定。这些老太太、半大媳妇，平生第一次干这值班儿的差事，倒也觉得新鲜，到时候，提个马扎儿，端碗酽茶，攥块烙饼，到灵堂里守上几个钟头。有的还拉上个伴儿，在那儿聊天，不知不觉到了钟点儿，也不觉得寂寞。开头几天，秩序井然，后来，渐渐地没了常性儿，值了两回班儿的人便想出一些偷奸耍滑的办法，或是趁上茅房的机会一去两钟头，或是到了钟点儿因为点儿什么事儿迟迟不来，致使灵堂常有冷清的时候，一些孩子便乘虚而入，在庄严的殿堂做起儿戏，还从花圈上揪朵花儿来玩玩，气得孙桂贞大骂，甚至动手扇他们一巴掌。被打哭的孩子不服，说：“你怎么不打你们家孩子？呣们是跟疯顺儿来的！”孙桂贞脸憋得通红，不得不忍痛在疯顺儿的屁股上轻轻地啪了一下。

这天夜里，孙桂贞睡醒一觉，起来解手儿，顺便到灵堂来查查班儿。此时更深人静，万籁俱寂，唯有灵堂里亮着蓝荧荧的日光灯，照着惨白的纸花，一个嘤嘤的哭泣声从室内传来，断断续续，抽抽噎噎，哭得好伤心！孙桂贞心中为之感动：还是咱们居委会教育得好！一个人值班儿还痛哭流涕，可不是装给人家看的！

她步履轻轻地走进门去，那人还在哭，只看见一个背影儿，垂着头，跪在毛主席遗像前，不时地拿袖子擦着鼻涕眼泪。

孙桂贞安慰她说："唉，他老人家已然过世了，人死不能复生，你也别老是哭了，当心自个儿的身子！最当紧的是继承他老人家的遗志……"

这一劝，那人反而更加大恸肝肠，号啕大哭："毛主席，毛主席呀！……"

孙桂贞一愣："闹半天是你？我还当是……"

那人抬起头来，是德子媳妇！

德子媳妇眼泪汪汪地望着孙桂贞说："孙主任，您就让我痛痛快快地哭一场吧！"

孙桂贞脸色一沉："谁叫你来的？我压根儿没排你的班儿！"

德子媳妇说："我……我瞅见这儿没人，就自个儿来了。孙主任，您就让我在这儿守一夜灵吧！"

"哎呀，这哪儿成啊？"孙桂贞愤怒了，"你不知道自个儿是什么人吗？"

德子媳妇仍旧跪在那儿，苦苦哀求："我……我有罪，请毛主席恕了我的罪吧，我也想重新当个人哪！"

"啧啧！你不怕寒碜，咱们还怕寒碜呢！咱们街道上革命群众都死绝了？让一个臭窑姐儿来给毛主席守灵？啧啧，快走吧！"

德子媳妇双眼直直地盯着孙桂贞，嗓子里噎着一口气，半天也没挤出声儿。

十四

岁月，在小胡同里艰难而又迟缓地流逝，但也时而为人们制造一点儿调剂口味的作料，不至于使生活过于单调枯燥。至于天下大事，此亦一是非，彼亦一是非，自有大政治家、大哲学家去关心，本不是这条胡同里的居民所管得了的，就随它去。最简单而又稳妥的道理是：凡是发生了的事，都是该发生的；凡是没发生的事，都是不该发生的。清朝缠足是该缠，民国放脚是该放，以此类推，便没有什么不能接受的了。所以，十年动乱，一旦平定，倒使人们感到惊讶，听到马三胜在当街毫无顾忌地骂江青，还以为是他发了疯，想蹲班房了怎么着？也有一些人在单位里听到了一点儿风声，却不敢相信，回家也不敢对街坊们传播，对惹不起的人物，千万别招惹。直到广播里真的点了“四人帮”的名，才又追着马三胜去打听江青的野史外传，这时，新闻已成旧闻了。

历史，迅速地改变着人们的命运。

爆肚儿陈家、花儿洪家、玉器赵家……查抄物资都退回来了。玉器赵的胆子也大了，甚至敢跟公家翻扯，说还有两个青花瓷掸瓶没退回来，非要完璧归赵不可。负责退赔的人说：这又不是咱们抄的，当时红卫兵没立账目，不成您找“四人帮”算账去得啦，都是他们没事儿找麻烦！

梁思济又回医院上班了。医院党委说：梁大夫当时不去“三线”是因为家庭确有困难，他向领导打报告是合乎手续的，对他处理不当，现予撤销。梁大夫重新工作，补发十几年的工资，崭新的票子拿回来一大摞，好几千块。梁奶奶热泪纵横，感激“老天有眼”，说要把这钱存起来，赶明儿再给儿子结婚用。梁思济说：“您都这么大岁数了，还存钱干吗？都花了它！我也不会再结婚了！”他望着镜子里自己花白了的头发，沉默良久，发出一声长长的叹息，十几年的光阴，他本来可以医好多少病人啊！

小黑子的奶奶又从乡下迁回来了。按照政策，土改前三年之内拥有多少土地、雇有多少长工方可定为地主，而她从乡下出来的时候，离土改还差二十多年呢，根本沾不上边儿！街坊们说：“就是！呣们早就瞅着她不像地主！”少不了又是一番慰问，比送她走时更要热烈，连孙桂贞也来看她，亲亲热热地说：“当初闹红卫兵那会儿，要不是我护着，他们能把您打死！得，只要人好好儿的，您这一回来，街坊们也高兴！在乡下吃几年五谷杂粮，消病除灾，长命百岁吧您哪！”黑子奶奶是绝处逢生的人，自然也对孙桂贞只拣好听的说喽，还得感谢她这些年照应小黑子呢。三胜他妈攥着黑子奶奶的手，相对流泪，感叹不已，说起十年离异，齐声痛骂“四人帮”害得三胜和小黑子叮今儿还没娶上媳妇！

娟子给马三胜介绍了个对象，也是铁路上的，三十二了，离了婚的，没孩子。三胜他妈说：“有孩子都不碍事的！离婚的有什么寒碜的？前娶后婚古来兴，明媒正娶，谁也说不出什么来！”

娟子说：“女方还想了解了解三胜哥……”

三胜他妈说：“叫她来了解吧，街坊四邻谁能说呣们三胜有什么差池？”

正好黑子奶奶也在旁边，就插嘴说：“可着这条胡同，就数三胜这孩子出落得好，心眼好，做派正！娟子，你好好保这个媒，等成了，下边儿还有呣们小黑子呢！”

娟子笑笑说：“我得给黑子胡噜个大姑娘！”

黑子奶奶对这“月下老人”连声道谢，早把娟子骑车撞她的事儿忘没影儿了。如今娟子已是三十好几的人了，不像过去那么傲气了，在黑子奶奶眼里竟然找不出她的什么缺点。

孙桂贞家在十年浩劫中保存得最为完好，不但街道主任的官职雷打不动，毫毛未损，而且阖府安康，人丁兴旺——娟子接连生了三个儿子。那时计划生育还抓得不严，使她充分发挥了自己的潜力。现在，孙桂贞按照新政策，在胡同里狠抓“只生一个好”了。

这天下午，老区长突然光临，坐着小汽车进了胡同，问孙桂贞住哪儿，立时招了一大帮人，前呼后拥，进了疯顺儿家。平时孙桂贞老是把“老区长”挂在嘴上，谁也没见过区长是个什么样儿，这回真来了，自然是争睹丰采，孙桂贞更是光耀门楣，喜出望外，激动地上前握住区长的手：“老区长，可把您给盼来了！您身体还硬朗啊？前几年，‘四人帮’可把您害苦了，咱们谁都不信您是假党员，这不，到了儿归齐，真的假不了……”

老区长笑着打断了她的话，往后边儿转过身来，孙桂贞一瞅，后边还有人呢！从小汽车上下来一个黄胡子、黄头发、蓝眼珠的外国人，还跟着一个女翻译。

老区长笑容可掬地对外国人说：“这就是孙桂贞女士。”又朝孙桂贞说：“这是美国的弗朗西斯先生。”

外国人望着孙桂贞，激动得什么似的，握着她的手，还放在嘴边儿亲了亲手背，那黄胡子扎得孙桂贞怪痒痒的，脸一红，还有点不好意思。旁边儿围着的大人小孩轰地笑了。马三胜经多见广，不以为然地说：“笑什么？没见过世面！这是外国的见面儿礼节！”

孙桂贞招呼客人进屋，娟子她叔忙不迭地慌着沏茶敬烟，接待贵宾，屋门外挤了一院子的人，这热闹场面，在本胡同尚属罕见。

外国人对孙桂贞叽里哇啦一通，谁也听不懂。孙桂贞眨巴着眼，心想横是要参观街道卫生？要是早点儿通知就好了，也让各家归置归置……

跟来的女翻译说："弗朗西斯先生说，他是您丈夫的好友，前不久还在台湾和您丈夫一起吃饭……"

女翻译的话还没说完，孙桂贞的脸就"唰"地变成了死人色儿，身子往后一仰，就要跌倒，娟子她叔也慌得手脚哆嗦，连忙用肩膀戗住她。

外国人愣了，叽里咕噜地问女翻译这是怎么回事儿，老区长让女翻译这么翻："孙女士听到这个消息，太激动了！"

外国人点点头："也斯，也斯！"

院子里围观的人，这会儿炸了窝！大伙儿敬了二十多年的"烈士"原来是假的？是个国民党！这条爆炸性的新闻足够在胡同里掀起七级地震！马三胜站在房门外头，心里乐开了花：嗬，有好戏瞧了，这个"代代红"的骚娘们儿该尝尝无产阶级专政的滋味儿了！

这时候，就有人去喊梁大夫，梁大夫下班刚进家门，听说孙主任死过去了，就急急地跑了来，给她掐了掐人中、虎口，又灌了几口白糖水，孙桂贞就渐渐醒了过来，嗓子里"啊"地发出一个长声，睁开了眼，像老鼠见了猫似的盯着老区长，想起老区长过去抓阶级斗争的那个狠劲儿，不由得浑身哆嗦，"老区长啊！我是您培养起来的，您可得给晦们做主啊，晦们跟那个死鬼没有过一点儿来往啊！"

外国人瞅着挺纳闷儿，问女翻译她说的是什么，女翻译很为难，不知该怎么翻，老区长想了想，微笑着说："你告诉他：孙女士向他表示诚挚的谢意！"

孙桂贞心说：我还感谢他？他来北京的路上从飞机上摔死才好呢！晦们家眼看都毁到他手里了！只觉得眼发黑，脚跟发软，扑通跪在老区长的面前，浑身哆嗦得更厉害了。

老区长扶起她，亲切地说：“孙桂贞同志，您得到亲人的喜讯，应该高兴呀！弗朗西斯先生说，他是受您丈夫的委托，特地来找你们的，您的丈夫在台湾生活得很好，他已经离开了军界，在台北市开了个饭馆，还是用的‘和合居’的老字号，以后还想叶落归根呢！”

孙桂贞张大了嘴巴，“他……他还想回来？”

老区长说：“回来好哇！我们欢迎台湾同胞回到祖国怀抱，也希望他们为统一祖国大业做出贡献！对他们在大陆的亲属，人民政府一定给予很好的照顾，您有什么困难，可以提出来！”

孙桂贞愣了，娟子她叔也愣了，简直不相信自己的耳朵！

外边儿围观的人也愣了。马三胜的脑瓜儿就够灵的了，都半天没转过弯儿来：怎么着？合算好事儿全让她们家占了，专吃香饽饽？什么时髦的都先尽着她们？真是邪门儿了！搞阶级斗争的时候她是“烈属”，搞统一大业的时候她又变成“台属”了，比那会儿还来劲！怎么我爸爸——那个混蛋“菜芽儿马”、老“酒罐”不滚到台湾待会儿去，给儿孙积攒点儿德行！

到底还是孙桂贞的脑瓜儿快，她这会儿回过味儿来了，脸上的晦气相一扫而光，振作精神大宴宾客，吩咐娟子她叔赶紧做晚饭，炒几个“和合居”的拿手菜，让外宾尝尝，跟台湾的娟子她爸炒的一样味儿不？再包点儿饺子，美国许是吃不到咱这三鲜馅儿！还得去买酒，拣好的，什么“二锅头”“衡水老白干”不能待这样的贵客！老区长和翻译都别走了，一起吃顿皆大欢喜的团圆饭！当然，她没忘了趁客人没注意的时候把墙上的“光荣烈属”镜框取了下来，掖到旮旯里去了。也没忘了老区长刚才说的最后那句话：有什么要求尽管提出来。就满脸笑容地说：“老区长，呣们家也没什么困难，大姑娘在铁路上工作，就是小子还在待业，要是能安排个工作，那就什么心事也没有了，他爸回来，也瞅着高兴!”

老区长满口答应：“可以考虑，可以考虑！哎，他在哪儿？让弗朗西斯先生看看他好友的儿子嘛!”

孙桂贞这会儿不想让他们看到疯顺儿，就遮掩说：“他出去了，买本儿书啊什么的……”

老区长说：“如今孩子们都爱学习，让他学点儿外语，等他爸爸回来，可以用英语对话了!”

疯顺儿正缩在人群里看热闹，人们起着哄把他往前推，“还说外国话呢？你能把中国话说利落就不错了！快上前边儿去，让外国人好好看看你!”

疯顺儿被推到了当门，他一脸的泥，手指头衔在嘴里，流着哈喇子，朝着这几个生人嘿嘿地傻笑。

孙桂贞不好意思了：“瞧瞧，也没洗洗脸!”

老区长一看傻了眼，没想到“和合居”老板的贵公子是这么个成色。

弗朗西斯先生端着挂在脖子上的照相机，本打算给他照张相带给他那在台湾的老子，一看疯顺儿这副模样儿，也愣了。大概美国也有这样的低能儿，所以不需翻译也能看懂。

十五

德子买了一台十二英寸的牡丹牌黑白电视机。来得太迟了的现代文明，毕竟也来到了这个角落。德子媳妇每天晚上都看电视，从头到尾，一个节目不落。从这里，她似懂不懂地感到外部世界在变化，大量的新信息目不暇接，撞击着她的心房。都是好消息！多少年的沉冤昭雪，多少人的政策落实，过去连想都不敢想的事，如今都成了现实。人们都说，这是第二次解放。她像是又嗅到了头一次解放的那种气息，却又觉得那气息离自己还很远。虽说是早就不再让她扫厕所、扫街了，可也没人告诉她：你不是……她悄悄地等待着。

电视里正在播放日本影片《望乡》。

“望乡？望乡是什么意思？”德子说。他不爱看外国电影，想拧到另一个频道去，那边儿有京戏。

德子媳妇平常也是爱看京戏的，今天却劝德子跟她一块儿看《望乡》：“看看吧，这名儿挺好听的：望乡！”

这名儿让她想到自己，她就像一个被命运抛到天涯海角、荒漠深山的人站在路的尽头，盼啊盼啊，盼望着能有个车呀船呀把她带回人间。

《望乡》展示的是一个她完全陌生的国度，但是，她却在阿崎身上看到了那么熟悉的命运，外国也有穷人，为了糊口，就把年纪幼小的闺女卖了。啊！阿崎也是从乡下卖出去的！人家买她干什么？

“我不接客！说什么我也不接！……”屏幕上，孤弱无援的少女阿崎在绝望地惨叫！

天哪，电影里演的简直就是她的事儿，她的心被阿崎揪住了，被阿崎撕碎了！

“啪！”德子伸手把电视机关上了，挺腻歪地说：“甭瞅了！这他妈的算什么电影？”

媳妇没言声儿，默默地站起来，心里没着没落，就拿起炕笤帚扫炕，说：“不瞅就睡吧，你也累了。”

德子没搭理她，拿起桌上的烟，取出一支，狠狠地抽着，就往外走，走到门口，丢过来一句话：“我出去遛个弯儿。”

媳妇没拦他。等他一走，就又忍不住打开了电视机……

德子出门顺胡同往北走，不知不觉顺腿进了马三胜家，心里烦，到这儿串串门儿。自从那回马三胜邀他“喝两盅”之后，他对酒也有了兴趣，常去小铺里喝点儿，马三胜还算个酒友。至于在他房顶上飞檐走壁的事儿，媳妇压根儿就没对他提过。

马三胜也在看电视，屋子里烟雾腾腾，还坐着几条汉子，有小黑子，还有谁，一时没看清。

马三胜瞅见他进来，连忙打招呼：“德子哥，来瞅日本电影咳，《望乡》！”

也是这？德子觉得扫兴。一脚门里，一脚门外，想转身走开，又不大好意思。

马三胜已经递过了烟，“来，来，这儿有地儿。快瞅，这骨辘儿热闹！”

德子只好硬着头皮进来，屋子里的人都笑嘻嘻地瞅着他，他心里挺不自在，总觉得那眼光里有一层什么意思。特别是那个挨着他坐的小黑子，让他硌硬。自从小黑子揪斗了他媳妇，他便就不说话，仇人似的。

屏幕上，《军舰进行曲》大作，五百名南下婆罗洲的日本水兵像雪崩似的涌进“八号番馆”，妓院老板兴奋地喊着：“……别挤，按次序来，五块钱，五块钱！”

德子全身的血猛地涌到脸上！

小黑子看得开心，跷着二郎腿儿，叼着烟，一边瞅，一边高谈阔论、旁若无人。不，正是因为旁边有德子，他才说得更带劲儿：“好家伙，一个窑姐儿接三十个，那还不累散了架啦？”

在座的人们哄堂大笑，笑得那么放肆，那么开心。

马三胜满不在乎地说：“这有什么新鲜的？窑姐儿嘛，都是这样！”说着，还往德子瞥了瞥。

德子也是个男子汉，再瞅下去，他能一头撞死在这儿！忽地站起来，扔了手里的半截儿烟就走了，也没跟马三胜打个招呼。

他听到屋子里又是一阵笑声。

他走到胡同里，好几家的电视都在响，满街筒子都是《望乡》！祖宗的，今儿个怎么不停电？德子恨不得把所有的电视机都砸了！

他没回家，往北出了胡同口，上了大街。街北里的那家饭铺儿，关门很晚，柜台上有羊头肉和烧酒。

十六

德子回来的时候，胡同里已经听不见电视的声音了。

媳妇还没睡，在等着他。眼睛红红的，像是哭了很久，揉了很久。而脸上的表情，却已经不是痛苦，好像很激动似的，有什么话等着德子回来说。

德子耷拉着脑袋进了里屋，脱了鞋，就势往床上一躺。

媳妇跟进来说："也不洗脚？不脱衣裳？"伸手去拉被子，闻见一股酒气，"唉，又喝了？酒可不是什么好东西！"

"这个世界上没有好东西！"德子一扭脸，突然问她，"你是不是又接茬儿瞅电视了？"

媳妇并不掩饰，嗯了一声。

德子更没好气儿了："哼！瞅那东西？那不是存心寒碜人吗？一人接三十个？瞎掰！"

"可不就是这样儿嘛！"媳妇愤愤地说。《望乡》勾起了她的伤心事，提起就恨得牙根疼，"咱们那会儿，国民党兵也是成群结伙地来，唉，哪是人受的罪？"

"怎么？"德子一骨碌坐了起来，瞪着血红的眼睛，直愣愣地瞅着她，像是突然不认识了似的，"你也是这么样？跟那个阿崎……一样？"

媳妇慌了，愣了，望着突然变得陌生了的德子，不知该说什么好了：“我……我……”

德子的脸涨得紫红，脖子上的筋都蹦了起来，霍霍地跳。就这么对视了一阵，他突然抓起被子，蒙住了脑袋，在床上缩成团，两只长着厚茧的大脚露在被子外面，抽风似的搓着床单。

媳妇的心凉了，她真想狠狠地抽自己一个嘴巴：说！又说！这话连对德子也不该说！过去，她骗德子，德子也就宁愿相信她是“黄花儿闺女”，这层窗户纸，到什么时候也不能捅破啊，德子也是个男人，他受不了！

“我寻思，电视里演《望乡》这样的电影，是咱们的政策要下来呢……”她失神地喃喃自语。

“哼!”被子里头传出德子沙哑的声音，“你没瞅见大伙儿是怎么瞅稀罕儿，找乐子！什么政策能落实到你头上？给你平反？改正？说什么？说你不是……”

一阵痛苦的呻吟，被子蒙得更紧了。

媳妇一夜没合眼。挨到天亮，又去给德子买来了油饼儿，还有薄脆。德子起来了，连瞅都没瞅，也不漱口，不洗脸，就走了。

媳妇的魂儿又没处依托了，悠悠忽忽地上街买菜。街上的人好像昨晚上都看了《望乡》了，瞅见她就像瞅见了阿崎婆似的，叽叽咕咕，指指点点。她低着头，买了一条鱼，赶紧回家。她心里空荡荡的，也不知怎么把鱼鳞刮干净的，怎么把鱼烧熟了的，端下来，凉了再热热，耗干了水再添上，就这么等着德子回来。

德子又是很晚才回来，喝得醉醺醺的。

她迎上去，“又在外边儿喝了？家里还有衡水老白干儿呢，比铺子里的散装酒强。我给你做好了鱼啦……”

德子打着嗝，手扶着床帮说：“我在外头吃了，有钱在哪儿买不着鱼?”

媳妇怕他摔倒，连忙扶着他，“那……就早点儿睡吧!”

德子的大手一扒拉，把她推了一趔趄：“去！靠边儿点儿!”

媳妇愣愣地站在旁边，看着他，心想：今儿个准又跟昨儿一样，得闹腾!

德子一躺倒就呼呼地睡着了，没闹腾。媳妇替他盖上被子，扒下来鞋，把腿给他挪正了。德子翻了个身，朝后踹了一脚，瓮声瓮气地说：“躲开我！你睡……睡那屋去!”

德子打了一宿的呼噜，媳妇坐了一宿。

天还没亮，德子翻身起来了。媳妇说：“天儿还早，你再睡会儿。”

德子也不言语，弓着腰，把铺盖卷巴卷巴，往胳肢窝底下一掖，就往外走。

媳妇吃惊地拦住他，“你……这是干吗?”

德子头也不回地说：“活儿忙，我不家歇了。”

媳妇就没再拦他。

今天的天儿晴得真好，一丝云彩花儿也没有。该把被子拿出去晒晒。不，不用晒了。换下来的冬天的衣裳该拆洗拆洗了。不，不用拆洗了。房前的那一小块地，去年种的扁豆结了不少，还留着种儿呢，今年也该种了。不，不用种了。

院子里真清静。李家两口子、梁大夫都上班去了，梁奶奶上街买菜去了，她的三个孙女都上学去了，大的已经上了大学，最小的也上了高中了。都走了，院子里连个人影儿也没有，只有马三胜的那群鸽子自由地在天上盘旋，有的落在房檐上，有的落在当院地上，啄点儿什么吃。再过一会儿，马三胜又该回来训练鸽子了，又要上房踩瓦了。让他踩去吧！

院子里的那两只鸽子轰地飞了，有人进院里来了。是谁？噢，是疯顺儿。疯顺儿的工作已然安排好了，眼瞅着就要去上班了，也不知道他能给公家干点儿什么？咳，路铺平了，自有他走的办法。

疯顺儿磨磨蹭蹭走进来，脑袋不灵便地转动着，像是对什么都有兴趣，又像是什么也没看。两只肮脏的手，一只蜷着抬在胸前，一只抠着嘴，他在嗑瓜子呢。

他朝德子媳妇走过来，嘿嘿地傻笑着，也不知道是什么意思。

“疯顺儿，出去玩儿去吧，小孩都在胡同口呢，这儿没人跟你玩儿。”德子媳妇好言劝他走，她有自个儿的事儿，怕让疯顺儿耽误了。

疯顺儿不走，却把攥着瓜子的手朝她伸过来，“你吃……你吃……”

德子媳妇的心“扑通”一声，像是一块大石头从半空中掉下来，砸在深潭里，溅起老高的水花。好久以来，没人这样真诚地对待她了。

“瓜子儿？咱们这儿有！”她突然想起来家里还有一大包瓜子，搁在罐子里好久没动了，就进屋找了出来，都递给疯顺儿，“咱，嗑去吧，都给你啦！”

疯顺儿毫不客气地接过来，还是不想走，嘿嘿地朝她笑。那笑，没有恶意。

德子媳妇不撵他，开始干自己的事儿，蹲到廊子底下，拿劈柴装到炉子里，点着了，慢慢地装满煤球。刚刚开始燃烧的煤球，冒着浑浊的浓烟。她抄起旁边的一把破芭蕉扇，扇着，扇着，慢慢地火旺了，烟少了。这炉子，冬天搁到屋里，连取暖，带做饭、烧水。天暖和了，就挪到廊子里来了，屋里的铁皮烟筒也拆了，等冬天，屋里生火的时候再安上。

“疯顺儿，劳你驾帮我搭把手儿，把炉子抬屋去。”她想了想，说。

疯顺儿嘿嘿地笑着，小心地把瓜子搁到炉盖儿上，帮她把炉子从廊子底下抬进屋去，也不问抬进去干吗。然后，又赶紧捧起瓜子来，接着嗑，把瓜子皮就扔在屋里地上。让他扔吧！

德子媳妇把衣柜打开，拿出自个儿的一摞衣裳，搁在床上。提起一件，是那件老式的蓝布大襟褂子，问疯顺儿："疯顺儿，你说这褂子好看吗?"

疯顺儿一边儿嗑瓜子，一边儿摇摇头。

她又拿起月白色的睡衣："这件呢?"

疯顺儿又摇摇头。

她把睡衣搁在一边，找出一件素色的府绸对襟上衣："这件好看吗?"

疯顺儿还是摇摇头。

最后，她翻出了那件十多年没穿过的淡紫色花丝葛旗袍，两只手提着，垂在身子前头。

疯顺儿嘿嘿地笑了："好咳……"一张嘴，哈喇子流了下来，垂成一个长长的惊叹号。

德子媳妇长长地叹了口气。

"顺儿！顺儿！你又死到哪儿去啦?"是孙桂贞的声音在胡同里叫。这回不是叫疯顺儿回去"塞"，兴许是关于上工作单位报到啊什么的。

"叫你呢，快回去吧。"德子媳妇说。

"吗呀……吗呀……"疯顺儿挺不情愿地嚷着往外走，立愣歪斜地出了院门，刚刚落在地上的鸽子又轰地惊飞了。

德子媳妇目送着疯顺儿走远了，看不见了，就从院子里接了一盆水，端进来，在镜子前头洗脸。洗得很慢，很仔细，洗得干干净净，搽上薄薄的一层润肤油。然后，端起脸盆，把脏水倒进水龙头底下的地沟里。

她回到屋里，把门、窗户都关上，拉上窗帘，这样，就谁也不会来打扰她了。其实，这里已经好久没有人来串门儿了，她一待就是一天，等着德子晚上回家，吃饭、睡觉。现在，连德子也不回来了，屋子里真安静。

她想了想，还有什么事儿忘了办吗？没有了，这个月的房、水、电费都交过了，什么也不拖欠了。噢，对了，还欠着马三胜一毛八的油饼儿钱呢，十几年了，竟然一直没有机会还给人家！她拉开小柜的抽屉，找出一堆钢镚儿，凑够一毛八，包成一个纸包儿，上床打开后窗户，朝马三胜的鸽子房里丢过去。

她关上后窗户，拉上窗帘，心里踏实了。

她对着镜子，把头发梳理整齐。然后，脱下身上的旧衣裳，换上那件淡紫色的花丝葛旗袍。她望着镜子里的自己，几乎认不出了。唉，这些年，她变得太多了。人过青春无少年，谁都得老。不知不觉，她都快五十了。这个年纪，别人都该抱孙子了，而她，还是一个没有生育过的身子，从来不知道怀抱着婴儿喂奶是怎么样一种滋味儿。

十几年没穿过这件旗袍了，还这么合身，好像身体的胖瘦一点儿也没变，只是脸瘦了，老了，暗淡了。仔细看看，还是自个儿的模样，如果跟那些抱孙子的大嫂、大婶比，谁也不信她是快五十的人。她朝着镜子，不觉泛起一丝苦涩的微笑。她想再抽一支戒了十几年的烟，顺便再用点过的火柴棍儿描描眉梢，刚拿起烟盒，便又放下了，算了，戒了的东西，就别再拾起来了。

她现在什么事儿都没有了。再仔细想想，也想不起还丢下了什么。不，丢下的不少，那……都是该丢的。她不打算像阿崎那样满怀深情地回到家乡去遭哥哥的白眼。她不打算再去求德子搬回来住。和德子过了这二十多年，权当是一场梦吧，醒了好，人不能靠做梦过日子。她也不打算再到胡同里、大街上走走，看看这些年到过的地方、见过的人。算了，那么大的世界，那么长的路，那么多的人！那么多的脸，那么多的嘴，那么多的话！这个世界真累人！

什么也不看了，什么也不想了，她的事情都办完了，该走了。她看见一片白花花的海水，被太阳照得银光闪耀，一个披头散发的女人踏着海水，踏着沙滩朝前跑去，笑着，嚷着，招呼着阿崎，不，是招呼着她："动身走啦，这么晴朗的天！哈哈哈……走啊，走啊！"

她又拨了拨炉子里的煤球，又撮了一簸箕续进去，让它慢慢地着，慢慢地。

她把不穿的衣服都装到衣柜里，屋里不能这么乱，她爱干净。把地扫扫，炕上也扫扫，都扫干净。

她从柜子里找出一条从没用过的床单，雪白的，没有一点花儿。德子不喜欢这条床单，说："白得忒素，像死人使的。"就没让用。这回该用了，她自个儿用，德子管不着了。

她把床上的被子挪开。枕头，德子拿走了一个，还剩一个了，摆到当间儿。然后，平静地躺了下去，把雪白的床单蒙在自己的身上。

炉子里，煤球在静静地燃烧，一氧化碳气体在密闭的房间内无声地蔓延，蔓延……

尾　声

媳妇死了之后，德子就换房搬家走了，搬到离这儿很远的另一条胡同里去了。那儿，谁也不知道他的过去，在街坊们眼里，他是一个全新的人。

德子搬走了就再也没回来过，拉座儿经过这一带也绕着走，他不愿意再看到这块地方，不愿意再碰到这儿的人。他要忘掉这儿的一切，也希望这儿的人把他和他的媳妇忘掉，就像这条胡同里压根儿就没住过这一户似的。

这实际上做不到。胡同里少了他这一户，人们便感到了一种不大不小的缺欠，感到生活中少了一点儿调料。人们需要有不完美的人来衬托自己的完美，需要用无聊的话题来打发自己的无聊。于是，就时常提起那些有关德子媳妇的往事，好像十分怀念似的。遇有生人到这胡同里来，他们还指点着德子故居对人家说："从前，咱们这儿还住过一个窑姐儿呢……"那语气，似乎有些炫耀。

（发表于《花城》1986 年第 3 期。1988 年获第四届全国优秀中篇小说奖、第二届《花城》文学奖。收入：《1986 年中篇小说选》，人民文学出版社 1988 年出版；霍达小说集《红尘》，花城出版社 1988 年出版；霍达小说集《魂归何处》，北京十月文艺出版社 1988 年出版；《太阳很好》，今日中国出版社 1996 年出版。1993 年由作者改编为同名电影文学剧本，北京电影制片厂、深圳三洲、五洲实业股份有限公司摄制，2004 年由作者改编为四幕话剧，获第二届国家舞台艺术精品工程优秀剧本奖；2005 年 4 月由国家话剧院首演，曹其敬导演。2007 年 5 月参加中国话剧一百周年暨第五届全国话剧优秀剧目展演）

年　轮

第一章　走

一　顺着铁路往北走

一九四六年夏。

西边天上，太阳已经落下去了，落在了高粱棵子的后面。铁道边上，高粱窸窸窣窣地抖动着宽大的叶子，似乎给人一丝凉意。在那一片墨绿色的高粱地上空，橘红色的鱼鳞云扇面似的在天上展开，好像空中有一只巨大的犁铧，刚刚从云层中犁过，把大片的红云犁得一块一块，摆满了天上。看这样子，明天又是个大晴天，会更热。王月梅一边走着，一边抬手抹了抹脸上的汗，把粘在脸上的鬓发拢到耳后去，撒着细碎纹路的额头，本来就走得渗出了一层汗珠，一低头，汗珠顺着高高的眉弓流下来，流到微微塌陷的眼窝里，杀得眼珠发涩。八岁的女儿小寒妮，跟她跑路跑惯了，尽管头发已经湿得打绺儿，尽管身上穿的厚得像铜钱的家织布褂子被汗水贴在脊梁上，还是不停地倒腾着两条细瘦却很结实的小腿，一颠颠儿地跟着娘不停地走。她知道，娘比她更累，更饿，更渴。她只是空身赶路，娘身上还背着包袱哩。那包袱，是她们全部的家当，几件衣裳、一条旧被子、两只吃饭的碗，还有她们路上吃的干粮——用高粱面、豆面混合做的一摞饼子，现在吃得已经剩下不多了。

鱼鳞云从橘红色渐渐变成暗红色，越远越暗，扇面形的边缘已经是旧棉絮似的灰云，天，暗下去了。微弱的天光被密密的高粱地遮住，地上一片灰蒙蒙的。朦胧中，两条铁轨闪着冷光伸向远方，消失在看不见的天边。四野静悄悄的，只有高粱叶子相互摩擦的窸窣声和从远处开过来的火车的隆隆声。茫茫天地间，母女两个跋涉者的身影，沿着铁路，持久地、不知疲倦地朝前移动着。

“娘，北平到底有多远?”寒妮拉着娘的手，轻轻地问。其实，她不是为了计算行程，也不懂得怎么计算，只是问问。在没有人的旷野里赶路，尤其是天快要黑了的时候，她和娘说着话儿，心里便觉得踏实。

“娘也没去过。”王月梅说，“天边儿，地沿儿，远得很吧？说书唱戏，那进京赶考的举子骑着马还要走好几个月哩!”

“那……咱啥时候才能走到哇?”

“娘也不知道。咱顺着铁路往北走，总能走到吧?”

“娘，俺爹为啥要到那么远的地方去呀?”

“寒妮呀，”王月梅瘦削的脸上，那双微微陷在眉弓下面的眼睛，冷峻而阴沉，“别问娘，娘……心里乱得慌。”

其实，王月梅不知道该怎么回答孩子。寒妮提出的问题，她也不明白。要是能找到她的丈夫章子侠，她第一句话就得问他：你呀，你呀，为啥要到那么远的地方去？可是，现在，她上哪儿问去？问谁去？她真后悔，为什么当初他走的时候没问清楚。

他走得好急呀。那天夜里，王月梅像往常一样，把一家吃过晚饭的碗筷洗刷完毕之后，让鸡进了窝，羊进了圈，公公婆婆都回堂屋里歇着去了，她一个人在东屋里点起了棉籽油灯，把灯捻拨到最小，微微能照出一星昏黄的光亮，然后，盘腿坐在用高粱叶子编的圆垫子上，操起那辆好几辈人用过的榆木纺车来纺线。右手的食指插在纺车木把上的洞孔里，那洞孔已经被经年累月的转动磨得浑圆油亮，她摇着木把，车轴带着那风车般的轮子缓缓地转动。从她做小姑娘的时候起，纺线便是每日必修的基本功之一。十七岁嫁到章家来，算来也已经三年了，三年之中，每个白天的其他劳动的空余时间，还有每天晚上的大半，她几乎都用在纺线上，就像牛拉犁、驴拉磨、蚕吐丝，天经地义，习惯成自然。她很少说话，生活中也没有多少说话的工夫，纺织的嗡嗡声仿佛就是她活着的标志，就是她的声音。丈夫经常不在家，他在县城师范上学，每个星期六才回家一次，带上够吃一个星期的干粮，带上媳妇纺线挣来的几个钱，第二天就又走了，再见面，又得一个星期。在县城不比家里好凑合，总不能再让他吃掺了榆叶、榆钱儿、槐芽、麦苗、红薯叶的糁子窝窝，他还得买书，一买就买那么多，好像他活着不是靠吃粮食，吃的是书。他还有那么多朋友，来来往往的，开销大。家里宁愿纺线、喂鸡，靠那一寸一寸的棉线，靠那一个一个的鸡蛋，来帮衬他。只要每个星期能见他一次，听见他那熟悉的脚步声，看见他穿着蓝大褂儿走回家来，陪他坐着，看着他像饿了八年似的把家里的粗食淡饭吃得津津有味，王月梅就满足了，觉得自己活得值。星期六晚上的那点时间，他也不舍得放下手里的书。王月梅也舍不得放下手里的纺车，坐在他的旁边，用那有节奏的嗡嗡声陪他看书。灯头的火光跳动着，照着丈夫清秀的脸，挺长的黑发，打中间分开，随便地拢向两边，宽阔的前额下边，两道长眉微微地皱着，一双眼睛紧紧地盯着书本，好像在琢磨着书里边的道理。瘦削的下巴上，泛着淡青色的细胡茬儿，嘴唇紧闭着，两边的嘴角留下轻轻纹路。男人嘛，总是男人，哪怕他的脾气再好，再随和，从不直眉瞪眼地大声嚷嚷，也总是在脸上、在身上，透出那么一股子领家立业的男子气息。当她把脸贴在他宽大的胸膛上，听着那咚咚的心跳，刚强而有力，她陶醉了，好像自己的生命也是靠那咚咚声而发动的，在自己的胸膛里，也有一颗心，用同样的节奏跳动着，发出咚咚的共鸣。

昨天是星期六，丈夫又回家来了，跟过去不一样，脸色阴沉沉的，很少说话，夜里点着灯，写了半夜字，也不知道写的什么。王月梅纺着线，陪着他。写着，写着，他停下笔，抚着桌上的纸，对她说："月梅，我教你认这几个字。"

她挺不好意思："俺又没上过学，还认字？"

他说："这几个字还是该认得的。"

她停下纺车，好奇地探过头去。

他指着纸上的字："中、国、是、中、国、人、的、中、国！"

"噢，"她一个字一个字地跟着认，"这意思，俺懂！"

她有生以来第一次学认字。

他娶媳妇以来第一次教她认字。

他把写好的字都收起来。第二天一早就出门去了，也不知道去干啥。

门外传来一阵熟悉的脚步声，她知道是他回来了，赶快停下纺线，下床去迎他。

他进来了，还带着他的一个同学陈禹民。

"你咋出去一天，这会儿才回来？我给你热热饭去。"

"不用了，我在禹民家吃了。"

"那……天都到这会儿了，你不回城了吧？明儿早起来再走？"

“嗯。明天，明天再说。”他答应得很含糊，脱下大褂儿，拉过一只板凳，“禹民，坐吧！”

王月梅想不出家里有什么可以招待客人的，就从小柜上端来一笸篮刚刚打下来的脆枣，对陈禹民说：“大兄弟，尝几个枣儿吧！年月不好，连枣儿都结得稀！”

陈禹民拈起一颗枣，却没吃，左看右看，像有啥心事似的说：“恐怕到明年连这样的枣儿也吃不上喽！”

王月梅知道他说的是啥意思。今年夏天，枣花开的时候，日本人打过来了，把县城占了，离本庄六里的集镇也占了，修起了炮楼，让保长派粮、派款，说往后这儿就归大日本帝国了，得好好伺候“皇军”。要不然，“皇军”发了怒，就把这儿血洗了，孩娃不剩、鸡狗不留！大伙儿提溜着心过日子。

“唉！”王月梅叹了口气，把盛枣的笸篮搁在桌子上。

院子里的狗叫起来，随着，响起了一串脚步声。

“子侠家里的，你男人没走吧？”

来的人是保长！一边儿嚷着，一边儿就推门走进屋来。王月梅赶忙招呼：“保长，是你哪？这不，子侠正跟禹民……”

章子侠和陈禹民无言地看看保长，站了起来。

保长看了看他们：“好，你们俩都在这儿！我正想问问你们，咱庄上有八路，知道不？”

章子侠笑笑说：“八路？没听说。”

“没听说？”保长把背在身后的手拍在桌子上，摊开几张写着大字的纸，“看看，这样的帖子都贴到皇军的炮楼上去啦！”

王月梅往桌上一看，心怦怦地跳：啊！那纸上的字，咋跟子侠昨儿晚上写的一样？子侠不是还教她认这几个字了吗：中国是中国人的中国！

章子侠却像没事儿人似的，朝保长说："这跟我们有什么关系？哪儿有八路，你上哪儿找去就是喽！"

保长冷冷地一笑："咱这庄上不就出了你们这两位师范生吗？那些一头高粱花子的庄稼老冤能写这一手好字？"

陈禹民故意看了看标语，说："嗯，这字儿是写得漂亮，意思也好！"

保长立愣着眼瞅着他："咋着？你还说好？"

章子侠微笑着说："你说咋着？中国不是中国人的，难道是日本人的吗？你怎么胳膊肘儿往外拐？"

"这……这是啥话？你小子肚子里有点儿墨水，拿我耍笑着玩儿？"保长悻悻地说，"大侄子！我还不是怕咱们本乡本土的乡亲们受委屈，万般无奈才应承当这个保长吗？皇军那边儿……"

"乡亲们多亏了你的照应才当上了亡国奴！"章子侠轻蔑地瞅着保长，"我看你跟日本人续家谱、当孙子，挺舒服！"

"好小子！你说得好，说得在理！"保长可没受过庄稼人的气，除了在日本人面前，还是头一回让中国人数落，气得浑身哆嗦，伸手指着章子侠的脸说，"有种你就跟我到炮楼走一趟，让皇军见识见识中国人里头还有你这样儿的出头椽子！没准儿……"说到这儿他忽然眯起眼笑了笑，"没准儿皇军还赏给你个文书啥的干干！"

"托你的福喽，走就走！"章子侠说。

保长看看陈禹民："还有你，都请！"

王月梅慌了："保长，保长……"

堂屋里的公公、婆婆听着这边儿吵嚷，也都赶快跑过来，一看这阵势，慌得要给保长磕头。保长哼了一声，说："大哥、大嫂，先甭这么谢我，我是想帮大侄子找个好差事，成得了成不了还得听皇军的，你们在家等着听信儿吧！”

章子侠穿上大褂儿，就往外走，笑呵呵地对保长说：“走吧，帮人帮到底，送佛到西天！”

王月梅脸色苍白地拦住丈夫，“子侠，你们……不能去！”

她没能拦住他，她怎么能拦得住他！子侠和禹民跟着保长走了，她等在家里，心里像一团乱麻。半夜了，子侠还没回来。她怕公公、婆婆着急，就好言安慰他们，让他们上床歇着，自己一个人等着。一会儿摸摸纺车，一会儿做做针线，一会儿把耳朵贴在窗户上听外边的动静。她啥也干不下去了，心都让子侠带走了。

天快亮的时候，子侠突然气喘吁吁地闯进了家，随手掩上房门，低低地叫声：“月梅！”

“咋？你回来啦？”

“你别咋呼！我是跑回来的，家里不能蹲啦，得走，这就得走！”

“上哪儿去？”

“不知道，走了再说！你和爹娘也得躲一躲，恐怕要……”

“出了啥事儿啦？你到了炮楼了吗？保长他……”

“别问啦，没法儿跟你说！你就当啥也不知道！我走啦！”章子侠说走就要走。

王月梅慌忙拦住他，“那也得跟两个老的说一声……”

“不啦，”章子侠拨开她的手，“见了爹娘我就走不成啦！你们多加小心吧……”

王月梅的心咚咚地跳，她没想到事情来得这么突然，什么都来不及准备，就从小柜上拿起一件新大褂儿，“多带件衣裳，路上一早一晚的冷！”又捧起桌上的枣儿，装到子侠的衣兜里，“啥吃的都没有，饿了就吃点儿枣儿吧!”

章子侠不耐烦地等她装完枣儿，刚要走，又有些不忍心，伸出手去抚着妻子的肩背，把她的头贴在自己的胸脯上，“月梅，我不能顾家啦!往后，两个老的就都靠你啦！你也要当心自个儿的身子，身上还……怀着孩子，可惜，我不能看着你把孩子生下来，给孩子起个好名儿……”

此时此刻，王月梅觉得自己的身体连同腹中的胎儿都和丈夫融为一体了，她多想就这样偎依着，永远不分开！可是，她马上被子侠那咚咚的心跳声惊醒，突然推开丈夫，“要走就快走，俺等着你!”

章子侠动情地抓着妻子的手臂，“等着我！无论我走到哪儿，总会回来的!”

王月梅抽出自己的手，脱下手腕上的银镯子，交给丈夫，“拿着当盘缠!”

他就这样走了。

第二天，王月梅才知道到底发生了什么事。

狼狗在叫，“皇军”在喊，他们在野地里发现了保长。保长已经死了，被齐胸埋在土里，只露出肩膀以上的小半截儿，大张着嘴。瞪着眼，保留着憋死之前的绝望神态，像一条翻白眼的死鱼。他的右手被滑稽地摆在额头上，好像至死还在给“皇军”敬礼。死者面前的土地上，土坷垃压着一张大字标语:“中国是中国人的中国!”

…………

小村庄立即变成了一片火海。日军疯狂地焚烧房屋，抢掠粮食、鸡鸭，用上着刺刀的长枪驱赶着手无寸铁的男女老幼，暴怒地吼叫着:“八路的交出来!”

找不到“八路”，谁也不知道“八路”在哪儿。

章子侠家里连人影儿也没有。茅屋倒塌了，门板、桌凳、榆木纺车和院子里的那棵枣树都在燃烧。日军手持着火把喊：“人的，统统地出来！”

没有人。

“太君，这儿有个红薯窖，人八成儿藏到里头去了！”翻译官提醒“皇军”。

日军踢开地上的一捆秫秸，露出红薯窖口，“哒哒哒哒”打进去一梭子弹。

“太君，扔手榴弹！”

“轰！”火光和尘烟把废墟湮没了。

…………

死一般的寂静，死一般的黑暗。

王月梅醒过来了，她吃力地睁开眼睛，周围黑洞洞的，什么也看不清楚，只感到胸闷，感到刺鼻的血腥气。她想翻身起来，却动不得，身体被什么埋住了，挡住了，伸手一摸，黏糊糊的，又凉又腥。她费了很大的劲才想起来自己是在红薯窖里，和公公、婆婆在一起。自己还活着，那么，他俩呢？理智完全复苏之后，她的心灵马上遭受了有生以来最凄惨的刺激！她的公公、婆婆都已经死了，尸体已经僵冷了。他们佝偻在坍塌的红薯窖里，紧紧地偎依着，用自己的身体挡住了儿媳。在死亡不可避免地到来的时候，他们好像把自己忘了，想的只是儿媳和她腹中尚未降生的婴儿，他们的后代！

王月梅没有为公婆的惨死而哭泣，在这个时候，人已经流不出眼泪了，这里是地狱，是死亡之所，她必须赶快离开，不为自己也该为了腹中的婴儿，为了死去的公婆的希望！她不知道自己是怎么从炸塌了的红薯窖中爬出来的，一身土，一身血，像从地狱里钻出来的一个鬼魂。她又回到了人间，人间也和地狱里一样黑，什么也看不见，只闻到一股浓烈的焦煳味和血腥味。她摸索着把身旁的焦土推下坑去，掩埋公婆的遗体，然后，使出剩余的力气，艰难向远处爬去……

一阵剧烈的疼痛使她腹如刀绞，仿佛自己的肉体在撕裂。她知道，这是肚子里的小生命要向人间报到了。

腹痛一阵紧似一阵，疼得她不能忍受。她死命地抓住脸前的泥土，抓着身旁的草棵子，翻滚，挣扎……

终于，草棵子里响起了婴儿清脆的啼声，泥土上蔓延着殷红的鲜血。血，她身上流出的血，这血，不是生命的结束，而是新生命的开始！

西边天上，最后一缕红光也消失了，天黑了下来。默默地跋涉着，母女相依，沿着漫长的铁路，向北，向北……

"月梅，你等着我，等着我……"

丈夫的声音在夜空中消失了，像梦一样醒了，像风一样散了，无影无踪……

俺等着你！一等就是八年，咱寒妮都八岁了，可你咋还不回来呢？日本人被赶走了，你还在外边儿干啥呢？也不给家里来封信！禹民兄弟都给他亲戚家来了信啦，还在信上说在北平见过你，你咋不知道来信呢？俺找你去，凭着两条腿，走到天边儿也得找着你！

一列火车从身后开过来，鸣着汽笛，喷着烟雾，哐当哐当地震响着，从她们的旁边飞驰而过。

"娘，要是咱能坐上火车……"寒妮说，她不知怎么竟生出这种异想天开的念头。

王月梅揽着寒妮，往后退了退，生怕被火车携带的那股带烟味的风把她们卷到车轮底下去。“唉!”她凄然地叹了口气,“憨孩子,咱一辈子也攒不够买张车票的钱!”

火车风驰电掣,隆隆地远去了,把她们抛在后面。她们依旧迈动着自己的双脚,追着火车开过去的方向,沿着笔直的铁轨,向北走去。只要这个世界上还有她的丈夫,她就一定要走到他的身边去。她相信,章子侠在天的尽头等着她。

二　俺不是要饭的

车站上就热闹得多了,纵横交错的铁轨,像蜘蛛网似的缠在一起。来来往往的火车,在这里都放慢了速度,喘着粗气,吐着大团大团的白烟。这一辆停下来了,像是一条僵卧在地上的长虫,那一辆又开走了,好像长虫喝足了水,吃饱了食,又忙着赶路。铁轨旁边,信号灯闪着紫荧荧的光,像长虫的眼睛。

火车逢站必停,沿着铁路跋涉的人,也就赶到车站才歇息。站上人多,还有电灯,娘儿俩不用害怕。王月梅领着寒妮,远远地绕开火车走过去。

她们绕过车站,来到大街上。车站门口,挤满了人。有带着一箱子一箱子的财产和老婆孩子回家来的,有归心似箭离开这暂居之地回故乡去的,有趁着战乱结束,出门做生意的……人们熙熙攘攘,在票房门口进进出出。王月梅不进票房。她又不坐车,不过问与她无关的事,她只想找个地方歇歇,临时铺上那条连铺带盖的旧被子,和寒妮将就睡一夜,等天明再接着赶路。

马路边上,昏黄的路灯下,摆着一个接一个的小摊子。卖煎饼的,卖馓子的,卖丸子汤的,一边忙着做,一边像唱戏似的吆喝。卖狗肉的,热气腾腾的肉案旁边,还摆着一只剔净了肉的狗的头骨,黑洞洞的眼眶，龇着满嘴的白牙，那叫“狗幌子”，做招牌用的，使人一望而知卖的是什么。寒妮瞟了一眼那龇着牙的狗幌子，怪瘆人的，赶快把脸挡在娘的胳膊后边。王月梅对那些摊子看也不看，领着寒妮穿过去，想挑个没人的僻静地方。

墙根儿前，蹲着一个蓬头垢面的老头儿，正从一只破篮子里往外拿干粮，晾在脚边的一块烂席子上。贴饼子、窝窝、菜团子、煎饼、馒头、包子，五花八门，只是没有多少是完整的，大都残缺不全，有的其实只剩了一口。他这是干什么？是卖吗？哪有这样卖东西的？

寒妮停下脚步，好奇地看着那个古怪的老头儿和他丰富的藏品。

老头儿抬头看了她们娘儿俩一眼。当他看到是一个乡下女人领着个身穿破衣烂衫的孩子，便本能地升起一种同病相怜的感觉。看她们那疲惫不堪的样子，一定是老远来的，又累又饿了，那孩子望着他的食品的时候，似乎还眼馋地咽了一口口水。

老头儿顺手拿起一块馒头，慷慨地递过去，“饿啦？吃吧？”

寒妮犹犹豫豫地要伸手去接，王月梅朝她递过去一个眼色，寒妮的手又缩了回去。

王月梅自尊地朝那老头儿说：“俺不是要饭的！”

“唏！”要饭的老头儿好似受了侮辱，把馒头珍惜地放回席子上，感慨地说，“孩子饿成这样，还说硬话！要饭咋唻？要饭不丢人，比那些吃人肉、喝人血的老爷干净得多！俺要饭还不是穷逼的？要是俺儿不走，咳！”

王月梅站住了脚步。她突然又想起了死去了八年的公婆，想起了走了八年的丈夫。这八年，家破人亡、妻离子散的不光是她一家呀！她不该伤这个老头儿的心，说不定他的儿子也……想到这里她歉意地对老头儿说：“大爷，您家也有出门在外的人？”

一声“大爷”，沟通了人与人的感情，老头儿的语气不那么硬了。他本来也就是借话说话，要饭的爱说话，到谁家门口，自己五老六十了还充小辈，“大娘”“大爷”地叫，好话说一大堆，再抖搂自己的陈年旧账，听得人家不耐烦了，赶紧给点残汤剩饭打发他走。他有一肚子的话没处说，没人听，如同祥林嫂的口头禅：“我的阿毛，阿毛……”既然有人问，老头儿就打开了话匣子，啰里啰唆地说，他的儿子怎么五大三粗，怎么犁锄耙种是一把好手，偏偏那一年的中秋节前夕，汪精卫的“和平军”要抓他当兵，小伙子攥起拳头撂倒了好几个“和平军”，翻墙逃跑了。“和平军”当然不肯罢休，把老头儿吊起来毒打了一顿，还把他仅有的一间草房给点着了。从此，孤老头儿疯疯癫癫、磨磨叨叨，四乡流浪要饭为生，说是走遍天涯海角也要找到他的独生儿子，回来报仇。

这么一大套半疯不疯的话，恰恰王月梅听得极有耐心，好像这里边给了她力量和希望。“大爷，”她说，“俺也是出去找人的，她爹是‘沦陷’那年走的，到这会儿还没回来！”

“是中央军还是……”要饭的老头儿挺认真地望着她，压低了声音，“还是八路？”

王月梅摇摇头，叹口气说：“谁知道啊？说走就走了，上哪儿去？干啥去？都没说……”

老头儿咂咂嘴：“这就难说啦，你们上哪儿找去？”

小寒妮插嘴说：“上北平！俺有地址！”

“北平？”要饭的老头儿有些吃惊，他没有想到这娘儿俩要去的是那么个大地方，让他有些肃然起敬了，“你家先生……他是在北平干啥的？”

“还不知道呢！”王月梅说，“俺只有他一个朋友的地址，他们是一块儿出去的，还不都在一个地方工作？大爷，打这儿到北平，还有多远？”

“喔，远啦！”要饭的老头儿那神情、那语气，显然是经多见广，“我是打徐州来的。徐州到济南七百二，济南到德州七百二，德州到天津……反正远得很啦，得有好几个七百二呢！”

“啊？”寒妮听了这个以“七百二”为计算单位的大数目，不禁打了个寒战，“老天爷，俺的干粮都吃完啦，咋能走到呀？”

“啧啧，”要饭的老头儿不以为然，“不会伸手要吗？要饭不算下九流，吃百家饭，长命百岁啊！不信你尝尝，酸辣苦甜，啥味儿都有啊！”

他重又提起那块馒头，递给寒妮。

寒妮这回再不伸手了，只是咽了咽口水，回头看了看她娘。

王月梅无可奈何地垂下了头，“寒妮，爷爷给你，你就吃吧！看起来，赶明儿咱也得拉棍抱瓢啦！”

夜深了。要饭的老头儿躺在墙根儿的草席上，早已安然睡去，风餐露宿的生活，他习以为常了。

王月梅和寒妮依偎着坐在一棵槐树底下，竟然毫无倦意。

“娘，俺爹他能知道咱去找他吗？”

“天南地北的，他哪能知道哇！”

“娘，也许俺爹这会儿正想咱，在梦里看见咱哩！”

“唉！让咱天天想他、夜夜梦见他吧！别让他想咱，想人的滋味难受哇！咱娘儿俩还能做个伴儿，他在外头一个人哪！”

街头静悄悄的，只有这母女俩的轻声絮语，伴着街旁墙根下蛐蛐儿的低鸣。

在她们的头顶，秋夜晴空，星斗满天。银河像一缕轻纱，横贯苍穹。

“娘，那颗最亮的星星叫啥呀？”

“唔，那就是织女星！河那边，那颗大星星是牛郎，旁边的两颗小星星是他的孩子。”

“不是说，等到七月七他们就能见面吗？”

“唉，都这么说，谁也没见过。他们就是隔着银河，望着，望着，啥时候能见面呢？谁知道！”

银河，星斗，渐渐地淡下去了，朦胧的晨曦中，传来了遥远的鸡啼声。

新的一天开始了，娘俩又上路了。王月梅挎着包袱，拄着木棍，领着女儿，踏着铁路旁的碎石和野花，继续着艰难的跋涉。锃亮的铁轨伸向远方，为她们指路，往北，往北。两双脚，走向北方，追着隆隆的车轮、滚滚的白烟。两双眼睛，望着北方，怀着渺茫的希望、坚定的信念。每走一天，在她们风餐露宿的时候，王月梅总是拔下发髻上的簪子，在木棍上刻下一道刻痕。等到她们的行程走到了尽头，等到她的丈夫出现在她的面前，问她在路上走了多少天，她就把这根棍骄傲地递给他，让他自己数去！

这根棍儿，总有刻满了道道的时候。当它的上面刻得密密麻麻，再也找不到一点空隙再刻上一道新的刻痕的时候，已经是秋天了。路上很不平和，她们常常被队伍阻隔，只好走走停停，停停走走，终于，王月梅和寒妮来到了古都北平的街头，站在巍峨的前门箭楼下面。一路的风吹日晒，把她们的皮肤变成古铜色，衣服被汗水和雨水浸得褪了颜色，半灰半白，尘迹斑斑。

“噢，北平！咱到底走到北平喽！”娘儿俩仰着脸，望着那高高的城楼，露出了难得的笑容。

在她们的身后，前门大街的行人和车辆熙来攘往。报童一溜小跑儿，高声叫卖当天的报纸：“看报，看报！看重要新闻：政府和美国签订《中美友好通商航海条约》！……”

一辆敞篷吉普车驶过，开车的是一个嘴里叼着雪茄的大鼻子美国兵，旁边坐着一个金发碧眼的女人，手里拿着照相机，朝着前门箭楼咔嚓照了一下，车子又飞快地开走了。

王月梅用胳膊护着寒妮，疑惑地望着那辆开走的车子。

寒妮紧紧地靠在她的身边，“娘，我害怕……”

“寒妮，别怕！咱这就去找你爹！”

“娘，俺陈大叔的地址呢？你没弄丢吧？”

“丢不了，娘都背熟啦，取灯胡同九号！”王月梅摸摸自己的衣襟，珍惜地从衣袋中掏出一个皱皱巴巴、染着汗渍的信封，“咱找个人打听打听！”

她掸掸身上的尘土，看看手里的篮子和棍子，想了想说：“这要饭的家什，扔了它吧！”

她掂着手里的木棍，摸着上面密密麻麻的刻痕，又惋惜地说：“这根棍儿，跟着咱走了千把里路咪，真舍不得扔！唉，扔了吧，别叫你陈大叔笑话，也别丢你爹的脸，俺不是要饭的！”

第二章　寻

三　他到底上哪儿去啦

取灯胡同，是北平的一条极普通的胡同。北平的胡同之多，很难算出一个详细而准确的数目。王月梅，一个在山东乡下土生土长的妇女，在家的时候，活动范围不过方圆十几里地，进一趟县城就算出远门了，这一回，为了寻找她的丈夫，不远千余里跋涉而来，不但在她自己，在她周围的乡亲之中，都创造了不可思议的惊人纪录。如果回去如实地对乡亲们说，惊叹之余，他们还会表示怀疑。北平那地方，是皇上住的地方，金銮宝殿、三宫六院、七十二妃……充满了神秘色彩，至高无上，高不可攀。你一个娘们儿家，能去过那地方？嘁，谁信！可是此刻，王月梅无暇顾及将来人们的信与不信，她刚刚来到北平，就被抛在无数胡同的汪洋大海之中，尚不知彼岸远在何方。

她们娘儿俩，一路上走走问问，问问走走，现在，王月梅母女总算踏进了取灯胡同。这是一条东西走向的胡同，挺长，挺窄。路面凹凸不平，垃圾杂物扔了一地，老厚的尘土被风一刮，纷纷扬扬，灰蒙蒙的一片，这跟乡下的路也差不多少。两旁的院墙、房舍也大都残残破破，墙上抹的灰剥落得一片一片的，露出大小不等的碎砖，墙头上，门楼上，半青半黄的杂草长得老长。

王月梅领着寒妮，走在这条陌生的胡同里，犹犹豫豫地观望着，摸索着，寻找着。

快到西口的时候，看见几个小孩在一座大门口的树底下玩儿，领头的是个小姑娘，也就像寒妮这么大，头上剪着短发，身上穿着件月白色的大褂儿，在那儿踢毽子，王月梅走到跟前，向他们打个问讯："俺问问九号是哪家？"

踢毽子的小姑娘停下来，看看她，反问道："九号？您找谁？"

王月梅赶紧说："找姓陈的，陈禹民，你认得不？"

小姑娘噢了一声，没等她说话，旁边一个五六岁的男孩抢着说："那是我爸爸！"

总算找着门了，王月梅心里舒了一口气。

小姑娘收起毽子，和男孩争着往家跑，嘴里喊着："爸，有人找！"

九号院里，进了大门，往西挨着两间南房，这便是陈禹民的家。客人进了门，陈禹民从里屋迎出来。

八年不见，陈禹民大变了样儿，瘦瘦的身子有些驼背，鼻梁上架了一副近视眼镜。见了他，王月梅如同见了久别的子侠，心里一阵激动，走上前去，“大兄弟，俺可找着你啦！”

陈禹民一愣。七八年了，他没听到这么熟悉的乡音，虽然不知道来者是谁，只凭着那一口纯正的、不夹杂任何南腔北调的家乡话，就知道这是从他的老家来的，犹如带着家乡泥土味儿的风扑面而来，唤起了他的无比亲切之感。“老家来的？老家来的？”他喃喃地说着，仔细端详着这位三十岁左右的山东妇女，试图辨认她是自己的哪一系亲戚。可是，他看不出，这个女人似乎从来也没见过。他只好嗫嚅地询问：“你是……”

王月梅眼里噙着激动的泪花说：“大兄弟！我老得都让你认不出啦？我……我是子侠的家里呀！”

“噢，噢！是章大嫂！”陈禹民的高度近视镜后面，一双鼓出的眼珠放射出兴奋的光。他像孩子似的手忙脚乱，给客人让座、倒茶，一边回过头去朝他那两个孩子说，“大蓉、小雨，快喊你妈来，看看家乡的亲人！”

两个孩子像领了圣旨，颠儿颠儿地跑出去了。屋里，客人落了座，陈禹民迫不及待地要问问他想知道的一切：“大嫂，你这是从哪儿来呀？”

王月梅就像到了自己的家，喘息着坐下来，疲惫的脸上泛出兴奋的光彩，“打咱们山东老家来呀！你看，这是寒妮，你们走的时候，她还没添下来呢！你们扔崩一走就是八年，要不是从你们亲戚家得着准信儿，俺哪知道她爹在北平啊！”

陈禹民赶忙问：“你见着子侠哥啦？”

王月梅喝了一口茶：“这不是先奔着你来了嘛，找着你就找着他啦！”

“噢……”陈禹民的语气有些犹豫，“我跟他不是一块儿跑出来的！”

王月梅一愣：“咋着？你们活埋了保长，不就一块儿……”

陈禹民叹了口气说：“我们俩跑出了村就没碰上头儿！本来想投八路，也不知道八路在哪儿，我扒火车到了济南，就跟着一个亲戚进了北平。不知道后来子侠哥……”

王月梅心里一沉：“你信上不是说在北平还跟他见面儿了吗？”

陈禹民愣愣地望着她，说：“是见过一面，去年春天，日本人还没投降呢，有一回，我去琉璃厂买本儿书，刚进了书店，正好碰见一个大高个儿、穿长衫的人提着一捆书往外走，一晃就过去了，我心里说：这人怎么这么面熟？心里一动，就叫了声：‘子侠兄！’那人一愣，回头看着我。我仔细一看，可不是子侠嘛！他也认出了我，挺高兴地说：‘禹民，是你？真想不到在这儿碰上你！’我朝他挤过去，急着问他：‘子侠兄，你是怎么到北平来的？’他还没来得及回答我，这时候，几个日本宪兵冲进了书店，枪口对着老板，说要检查这儿有没有宣传品。柜台前的人一下子全乱啦，我挤到门口儿，再找子侠，不知道他上哪儿啦！打那以后，就再也没见着他！”

“啊？！”王月梅手里的茶碗当地落在桌子上，“这么说，你也不知道他到底在哪儿？”

“是啊！”陈禹民说，“北平这么大，没有个准确地址，可就难找啦。再说，又不知道他是长住还是路过！”

好像一个在空中炸裂的霹雷，把王月梅震晕了。她万万没有想到，这就是她苦苦等了八年，又苦苦走了千把里路得来的结果！

“娘！”寒妮眼巴巴地望着她娘，“你不是说，俺爹在北平等着咱吗？咱找他去啊！”

“找他，一定得找着他!”王月梅喃喃地说，“日本人走啦，年月平和啦，找人也好找啦!”

陈禹民用手绢擦着眼镜说：“日本人走啦，美国人又来啦，中国，还不是中国人的中国!”

陈禹民的妻子陈嫂正在外头买粮食，被两个孩子风风火火地喊回家来，听说老家来人了，心说得好好聊聊家长里短，没想到客人已经哭得泪人一般，什么心思都没有了，反反复复地就是那么句话：“他到底上哪儿去了?”

陈嫂抹着桌子，安慰地说：“大嫂，甭着急，来到这儿，就跟到了家一样，先住下，再慢慢儿打听嘛!”

王月梅忍住泪，擦擦眼睛，打量着陈禹民的家。敢情北平的人也住得这么艰窘，四口子人也就这么里外两小间南房，单是床铺、锅碗瓢勺就占了不少地方。看那桌子板凳、床上的被褥，也不像阔绰人家。王月梅一路上食无求饱、居无求安，当然没有住不下的地方，她是怕……怕人家不方便。千里行乞，她多少次向别人伸出屈辱的手，接过嗟来之食，寄人篱下是什么滋味，她比谁都清楚。带着个孩子，在这儿住下，非亲非故，她不能不有所犹豫。

陈禹民是个读书人，他当然能看出王月梅的意思。就苦笑着说：“我跟子侠可是亲兄弟一样的交情，你什么也别想，就住下吧！我现在当教书匠，一个月能挣两袋面钱呢，日子还过得去，有我们吃的，就有你们娘儿俩吃的!”

饭桌周围，六口人挤得满满的。陈嫂把饭碗盛满，递到寒妮和王月梅的面前。

小雨捧起饭碗，高兴地说：“咦，白米！今天不吃二米饭了，真好!”

陈嫂瞪了小雨一眼，又笑着催促这娘儿俩："快趁热吃吧!"

寒妮捧起白花花的大米饭，抬眼看了看娘。

王月梅把一切都看在眼里，垂下脸说："寒妮，吃吧，你大婶儿特意给咱做的!"

陈嫂忙着给她们夹菜，一边说："多吃点，多吃点！大嫂，您快吃啊，把心里的事放下！这些年啊，老陈的同乡、朋友、同事，南跑北奔，上哪儿的都有，说不定就有人知道章大哥的下落!"

陈禹民举着筷子在愣神："对，我都给他们写信问问。"

天黑了，屋里亮起了电灯。寒妮坐在里间的床上，把一双脚浸在热水盆里，她娘替她洗着，搓着。这双脚，满是划破的伤痕、厚厚的硬茧和一个个血泡。在旁边看着的陈嫂一阵心疼："啧啧！千把里路，敢情你们是走着来的?！唉，这么点的孩子，遭了多大的罪!"

她把几件衣服放在床上，"大嫂，洗完了，你们娘儿俩把衣裳也换洗换洗，这也不是新的，都是我和大蓉穿过的，您不嫌弃吧?"

"陈嫂，"王月梅感激地望望她，"还叫俺说啥？就盼着她爹早点有信儿……"

外间屋里，在收拾干净的饭桌上，陈禹民在灯下用毛笔写信。他要给凡是能想得起来、有通讯处的人都发一封信，他们当中，总会有人回信告诉他章子侠的下落，哪怕是一点线索也好。

四　秋瑟瑟

王月梅在陈家已经住了好几个月。这几个月，她觉得一点也不比八年短。陈禹民一下子发出去十几封信，就好像在无边无沿的土地上撒满了种子，说不定哪一粒种子能有收获。她盼啊，盼啊，盼得心焦。陈禹民天天夹着个书包去教书，下班回来的时候，一家人都盯着那个书包，希望那里边能有一封刚刚收到的信，信上写着章子侠的下落，或者是一点消息。信，是收到过好几封了，可是都令人失望，他们也都早已和章子侠失去联系，还希望能从陈禹民这儿得到点线索哩。王月梅计算着数目，发出去十几封信，回信的有多少？还有没回信的哩，没有全部接到失望的消息，就等于存在着希望。她听说，这年把光景，中国的事变化很大，随着日本军队的撤走，原先见了日本人就跑的队伍又从很远很远的“大后方”回来了，原先打日本的队伍，又被不打日本的挤走了，总之，从南到北，从东到西，中国的军队流动得很厉害，就像一锅粥，被勺子一搅，稀的稠的都搅得挺乱乎，可就不知道这勺把子拿在谁手里。她没读过书，知道得太少了，很难明白那么复杂的天下大事。只有一条，她心里认得很准：日本鬼子非赶走不可，打日本的队伍一定是好人，鬼子打完了，也就该回家了。可是她的章子侠呢？他在这一锅粥乱搅和的时候，被搅到哪儿去了呢？难道就没有一个人看见过他、听说过他吗？不能。活要见人，死要见尸，她等着。她借住在丈夫的朋友陈禹民家，焦灼地等着丈夫的消息。为了排遣无法排遣的烦躁，为了占据空荡荡的心，她不让自己闲着，所有该陈嫂干的活儿，她都抢着来干，陈嫂没想到的，她也主动提出来去做。一家子的棉袄、棉裤，趁着天不凉还不赶快拆洗拆洗？孩子盖的薄棉被，还不再絮上点棉花？到冬天买不着鲜菜，还不趁这会儿腌点儿萝卜缨、芥菜疙瘩？这样一来，陈嫂就添了一个好帮手。这不，陈嫂正蹲在院子里择菜呢，王月梅正坐在床沿上缝棉衣呢，她把单的、棉的、大人的、小孩的，都收拾得干干净净、井井有条。她要让自己和寒妮不成为人家的累赘，尽自己的能耐为人家多做点事。

门口的那棵大洋槐树的叶子黄透了，随着深秋的寒风，阵阵飘落，像凋谢的花儿。

寒妮和大蓉在树底下玩。大蓉还不到上学的年龄，寒妮比她大两岁，照理该上学了，可她哪有上学的份儿？除了跑跑颠颠替大人买酱油打醋，也就没有什么事可做，北平城里既不用割草喂羊，又不用伸着胳膊到鸡窝里拾鸡蛋，没事儿她就和大蓉、小雨玩。说是在玩，其实她是在门口等着陈大叔回来，想第一个问问今天有信不。

大蓉蹲在树底下，用手指在浮土上画着，画得曲曲弯弯，怪好看的。

寒妮问她："你这是画的啥？"

大蓉笑了笑："这是字。你不认识字啊？"

寒妮没上过学，她哪能认识字？不过她并不觉得脸红，因为从来也没有过念书的念头，她和大蓉都是读书人的女儿，可人家没等上学就跟爸爸学认字了，自己却一个字也不认识。不过，她觉得大蓉在地上画的"字"挺好玩，自己也未尝不可试着画一画。她伸出食指，先画了最简单的一个杠杠。

"这是一。"大蓉指着寒妮画的杠杠说。

咦，寒妮没想到自己竟然写出了一个字，刹那之间，她已经跨越了文盲和识字的人之间的那一道神秘而森严的界限。这轻轻的一杠杠，触动了愚昧荒蛮的童心，唤起了人类渴求文化的良知，复苏了她没有见过面的父亲留在她血液中的灵性的种子，一种鬼使神差的力量鼓舞着她，照着大蓉的样子，在泥土上写下去，写下去。

"……这是九，这是十……"大蓉像一个诲人不倦的良师，一笔一画地教她写，"挺好学的，会了吧？"

"会了，会了。等我学会一百个字，就会写一百个数了！"寒妮充满了自豪与憧憬。

大蓉笑着说："不用，一共就十个字，再学会了'百''千''万'，就什么数都会写了！”

“啊！”寒妮没有想到字有这么神奇，她和她娘经过那么多日日夜夜走过来的千把里路，一会儿工夫就能用字写完，“你再教我，我都要学会！”

“喵呜！喵呜！”是什么声音？是一声声猫叫从她们头顶传来，打断了树下的犹如孔子教导颜回那么专注的文坛盛事。

她们抬起头，朝树上看去。老洋槐树的一根树杈上，一只瘦小的幼猫战战兢兢地蹲在那儿，想跳下来，又没有胆量，发出求救的哀鸣。

寒妮拍拍手上的土，望着小猫说：“呀，真可怜！咱把它救下来吧？我会爬树！”

说着，她就要脱鞋上树。这在她，是一件极容易的小事，乡下的孩子，不管男的、女的，都会这一手，每年的春天，成串成串的洋槐花、一嘟噜一嘟噜的榆钱儿，都是他们的粮食。到了夏天，树上的枣儿熟了，就爬上去，哪颗红了摘哪颗。现在，她就要拿出上树的看家本领，去帮一帮那只还没有学会爬树的小猫。既然下都下不来，也不知是怎么上去的？

隔壁大门的墙角里，站着个小男孩，正朝这边看着，看她真的要上树，呼地跑过来：“哎，哎，碍着你什么事？这是我成心搁上去的，这只小猫，又瘦又难看，它妈死了，我们家不要它啦！”

寒妮瞪了他一眼，“它妈死了，还有它爸爸呢？”

男孩子朝她调皮地一笑：“猫还有爸爸？没听说过！它从生下来就没有爸爸！”

“噢！”寒妮充满同情地望着那只在树上瑟瑟发抖的小猫，“你也没有爸爸？”

男孩子嘻嘻地笑着，恶作剧地晃动着树干，小猫在树杈上左右摇摆，失去了重心，大声叫着：“喵呜！喵呜！”

寒妮和大蓉急得朝男孩子直嚷：“你干什么？你干什么？”

男孩子可不怕这两个动口不动手的小姑娘，摇得更起劲，小猫终于经受不住，脚爪抓空，从空中摔了下来！

“哎呀！”寒妮惊叫一声，伸开小手去接。小猫在空中旋转着，惨叫着，落了下来，要不是寒妮在底下接着，这一下也许把它摔个半死。可是树底下有人等着它，寒妮把衣裳大襟扯起来，像个大簸箕，小猫一下子落到了这个簸箕里，寒妮一兜，就把它兜住了。

男孩子很扫兴，恼火地过去要抢，“干吗？干吗？这是我的猫！”

寒妮护着衣裳里的猫，“你说过不要了，俺要！”

男孩子不依不饶，“给你？没门儿！我摔死也不给你！”

寒妮愤怒了！“你的心真狠！”她狠狠地瞪着男孩子，把小猫递过去，“给你，你敢摔？摔吧！摔死一只猫，你家的老鼠能成精！”

男孩子被镇住了，没有敢伸出手，两只脚却不由自主地后退，不知是慑于这乡下小丫头儿的威风，还是出于对老鼠精的恐惧。

“喵呜，喵呜！”小猫在寒妮的怀抱里亲切地叫着，像是在表达对她的感激之情。

寒妮笑了，抱着小猫往家跑，一进门，就对她娘说：“娘，俺拾了个小猫……”

正在做针线活儿的王月梅瞥了一眼，叹口气说：“唉，你真不懂事儿，连咱娘儿俩都争人家的嘴，拿啥喂猫？”

寒妮抱着猫往套间里走，嘟嘟哝哝地说：“我省下饭来喂它。它没爹没妈多可怜！”

“唉，”王月梅心也软了，“就让它跟着咱一块儿过吧！给它起个名儿，叫……叫‘盼盼’，图个吉利，盼着早点儿找着你爹！”

陈嫂提着一捆雪里蕻走进来，一眼看见王月梅在忙，就说："瞧您，也不歇会儿？"

王月梅笑了笑："不累！我也只能帮你这点儿小忙，旁的能耐也没有！"

陈嫂拿起王月梅缝的棉衣，不由得啧啧赞赏："大嫂，您的针线活儿真好！"

王月梅不好意思地说："啥好不好的？凑合着穿吧！"

陈老师放学回来了，手里捏着个信封。立时，吸引了所有人的视线，什么活儿都停下了。

陈嫂是个急性子，"有信？怎么样？"

王月梅期望地盯着陈老师，"快念给俺听听！"

陈老师把信随手扔在桌子上，无精打采地说："没戏。我发了十几封信，差不多都有回音了，一点线索也没有，唉！"

王月梅的目光黯淡了下来。撒出去的种子颗粒无收，她没盼头了。心里凉凉地，就像麦子抽齐了穗，灌饱了浆，赶几个晌晴天就熟透了，可以磨镰割麦了，突然来了一场雹子，打得一个穗儿也不剩。不，比那还厉害。麦不收秋收，粮食不够还有红薯、野菜、树叶，可是人呢？没有了人，领家的人，对一个娘们儿家来说，这是灭顶之灾！

呆呆地愣了半天，她望着陈禹民夫妻说："陈老师、陈嫂，你们的心尽到了，人没找着，我也领情。俺娘儿俩在这儿住了不少日子啦，给你们添了不少麻烦……"

陈嫂以为她要走，就赶忙说："又说这话！您想走是怎么着？哎，来一趟不容易，怎么能半截儿打退堂鼓？再等等，兴许还能找到点信儿！"

王月梅叹了口气："唉，这样等，等到哪一天？在这儿吃你们、喝你们，俺不忍心哪！”

陈老师一边脱着长衫，一边说：“自己人别说这话！一定得找着他的准信儿，甭管在哪儿，我打车票送你们找他去。”

王月梅当然巴不得这样了，可是，她有她的顾虑。“可你们的日子也不宽裕。一下子多了两张嘴，哪能受得了哇？”她说，“要不，你给俺找个干活的地方，能挣俺娘儿俩的一碗饭吃，俺心里也踏实，等，也等得下去。”

“不行，不行！”陈老师坚决反对，“你们是客人，出去干活儿，叫我的脸往哪儿放？”

“就是！”陈嫂也说，“我好儿回要去找活儿干，他都不让去，怕丢他这个教书先生的脸！”

王月梅强笑着说：“凭力气挣钱丢啥脸？陈老师每月这两袋面钱，不也是苦心巴力地挣来的吗？俺找个洗衣裳做饭的地方，倒也不见得比教书还累！”

陈老师不再说话。陈嫂沉吟着说：“可也是。隔壁的刘嫂在被服厂做工，锁锁扣眼也能挣几个钱呢！要不，您也去试试？”

五　这比俺的命还当紧

寒妮神不守舍地等在被服厂的门房里。起先，她一动不动地缩在墙角里，听着厂里面传出的隆隆的机器声，看着那个穿着肥大的夏布褂子、黑扎腿裤子、手里托着两颗大核桃转来转去的看门老头儿，心里一阵阵发怵。心想，她娘叫她等在这儿别动，就一定不能动。看门老头儿托着的那两个大核桃，没准儿就是专打不听话的小孩的。等了半天，老头儿也没有要打人的意思，她娘老是不见出来，她渐渐地耐不住了，尝试着从墙角里往门边磨蹭，偷偷地从门缝往厂里探头探脑，看看她娘出来没有。

没想到，看门的眼尖，早提防着她呢。眼一瞪，朝她说："哎，哎，你好好待着，可不许进去乱跑！工厂可不比你们乡下，满世界乱串！"

寒妮只好再退到墙角里。乡下的孩子，不懂人家的规矩，一举一动就可能有错。她娘也是，头一天进厂就带着个孩子来，叫人家好一顿"呲儿"。这被服厂有好几千工人，管得严着哩，进门要验证，出门要搜身，谁要是想从厂里偷出块布头儿、线团儿，查出来就不得了。像寒妮这样的"闲杂人等"，更不许入内。好说歹说，看门的老头儿才答应她把寒妮暂"存"在这儿一会儿。

"俺娘咋还不出来?"寒妮小声嘀咕着。

看门的老头儿不屑地冷笑着说："你妈在车间里考试呢，要不要她还不知道呢！哼，你当挣钱那么容易?"

"唉!"寒妮像个大人似的叹了口气，倚在门框上说，"我要是能挣钱，就不叫俺娘作难了!"

"嗬，人儿小心不小!"看门的老头儿笑了。原来他也不是总那么凶，也有笑的时候。他伸手拿起桌上的香烟盒，一捏，已经空了，转过脸瞅着寒妮说："喂，你到街上给我买盒烟怎么样? 回来我给你一个铜子儿!"

"真的?"寒妮立即来了精神。上街跑一趟，这算啥? 可就能挣到钱，她当然愿意，还怕看门的老头儿是开她的玩笑哩!

"当然是真的。"看门的老头儿把买烟的钱递给她，告诉她到马路对过门口有张画着挺大的香烟盒子的那家商店去买，买回来，一个铜子儿就挣到手了。

寒妮听得仔细，郑重地接过票子，一溜烟跑出去了。

这时候，王月梅正在车间里接受技术考试。那"试题"挺复杂，是让她在一块缎子上照着规定的图样绣花。王月梅心里暗暗庆幸：考俺的学问，俺大字不识，考绣花，俺可不怕！她小心翼翼地提起多年没摸过了的绣花针，仔仔细细地看清了人家规定的样子，心里有了数，便俯下头来，屏息静气，飞针走线，使出浑身解数。工头守在她旁边，一双挑剔的眼睛紧盯着她的手。他们周围，许多女工都在埋头绣花，整个绣花车间鸦雀无声，静得能听见丝线从缎子中穿过的沙沙声。

规定的时间还没有到，王月梅已经绣完了，她轻轻地用牙咬断了连在针上的线头，把手里的活儿递给工头。

工头心里早就有数了，他朝王月梅点点头："嗯。打今个儿起，就算你上班了。"

一种无上的荣誉感第一次从王月梅的心头升起，她几乎激动得流泪了："俺考上了?"

"嗯。"工头回头招呼那些女工，"你们都过来看看，人家一天没学过，瞧这活儿干的!"

几名女工围过来，接过工头手里的绣花缎子，互相传看着，嘁嘁喳喳地议论着：

"大嫂，你的运气不错，这道关，闯过不容易哪!"

"哟，你的手可真巧！乡下人还会绣花？哪儿学的?"

王月梅倒有些不好意思，笑笑说："起小跟俺娘学的。乡下，闺女穿的花鞋、出嫁的衣裳，都是自个儿绣花，这不稀罕。"在她的心里，认为自己能考上就不错了，没想到能引起她们的"轰动"。

"你们都挤在这儿干什么？干活的时候，可不许扎堆聊天、偷奸耍滑!"人们的后面传来一个威严的女声。

女工们哗地散开了，把那块绣花缎子递到一个正走过来的青年女人手里。王月梅不知道发生了什么事，愣愣地看着出现在她面前的这个青年女人。她穿着银灰色的缎子旗袍，烫着鬈发，脖子上的项链金光闪闪，看样子是个贵妇人，可不知她是什么身份。

工头在她旁边低声下气地指着王月梅说："太太，这是新来的女工。"

贵妇人的脸上，皱着的眉毛渐渐舒展开了，抬眼看了看王月梅，"这是你绣的？"

"哎。"王月梅不知该说什么，只是应了一声。

工头大声提醒她："喂，厂长太太问你呢，回太太的话呀！"

王月梅赶紧说："回太太的话，我绣得不好……"

"不，你绣得很好！"厂长太太朝她点点头，"看得出来，你是个干净、利索又心灵手巧的女人，干这活儿还有点儿委屈你了。我还想抬举抬举你，让你……"

厂长太太的话说到半截又停住了，微笑着端详王月梅，似乎想先看看她的反应再做决定。王月梅几乎被惊呆了，她没有想到自己的运气会这么好，刚刚像做梦似的考上绣花女工，又立刻受到了厂长太太的赏识，简直是一步登天了！

工头笑着说："今个儿该你走运，厂长太太一年到厂里来不了几趟，可巧让你头一天就碰上了，还不快谢谢太太？"

"谢谢太太！谢谢太太！"王月梅简直是感激涕零，"只要有俺娘儿俩的一碗饭吃，让干什么就干什么，太太吩咐吧！"

厂长太太满意地一抿嘴，"听话就好！我想让你到我家去干活儿，比这儿要轻松，工钱也拿得多……"

"噢，是叫俺伺候太太？"王月梅小心地问。

厂长太太一摆手，"不，我有女用人，叫你去伺候厂长。厂长年岁大了，身体又不方便，需要个人去伺候他。让那些个年轻的女用人去，贱啦吧唧的，又怕生出别的事儿来。我看，你老老实实的，倒挺合适，只要让厂长吃好、睡好，按时喂他药，别的什么活儿都不用你干。”

王月梅低下了头，不安地挪动着两只脚，半天没吱声。

厂长太太等得有些不耐烦了，“你看，怎么样？”

王月梅依旧低着头说：“太太，这活儿，俺干不了。”

厂长太太显然不大高兴了。在这个几千人的厂子里，还没有一个人敢于对她的指令表示任何异议，何况王月梅这样一个刚刚进厂的乡下女人。不过，她并没有发作，也许是她的确急需这样一个照料她的丈夫的女用人，又许久没有合适的人选吧，既然说出了口，她就不想收回去，所以，她不仅容忍了王月梅的不敬，而且还允许她讨价还价。她笑了笑，以居高临下的宽容朝王月梅说：“嗯？你是不是想问问工钱？这没什么，只要你干得好……”

不等她说出数目，王月梅毅然抬起头来，坚决地说：“不，钱再多。俺也不干。”

厂长太太的容忍到了限度，她恼火了，剔得细细的两条眉毛竖了起来：“为什么？”

王月梅为什么不干？自然是有原因的。她已经从太太的几句话里听出了很多名堂。很显然，这个厂的厂长是个病病歪歪的老头子，靠着手里大把大把的票子娶了这么个花枝招展的年轻女人，这女人嫁给他无非是为了荣华富贵。她哪儿有心思去哄那个老头子？说不定在外头姘着多少男人哩！她是想找个可靠的奴才去陪伴着那个老不死的，自个儿好逍遥自在！王月梅虽然初到北平，不可能了解上流社会的隐私，但在乡下却是听到过一些大户人家的种种传闻，公公和儿媳妇如何如何，小叔子和寡嫂如何如何，乃至女用人和老太爷如何如何……想到这些，王月梅不寒而栗。自己如同一汪清水，一旦泼到那么个污泥坑里，谁知道那个老病鬼是个什么德行的人？“年轻的女用人贱啦吧唧的”，听听！也许他们家里早就成了一团理不清的乱麻，缠进去，好人、坏人就没法儿分了，毁了自身的清白，跳到黄河也洗不清！不能去，可不能去，章子侠的媳妇，不能叫人家指着脊梁骨说出半个“不”字，要是给她的丈夫沾上一星半点儿的灰尘，那她还不如自己去死！她打定主意，鼓足勇气，抬起头来，要对厂长太太说，可是这些话又不能出口，她只好说：“太太，俺不会干伺候人的活儿，还是让俺在这儿绣花吧！”

她想得太简单了。厂长太太根本不打算给她挑选的余地。

“嗬，你一个乡下娘们儿，还穷毛病不少，挑三挑四的，不识抬举！”厂长太太轻蔑地把绣花缎子往工头手里一扔，“这儿是我的工厂，你想干什么就干什么？没门儿！”她朝工头一摆头，“让她走人！”

“你看你……”工头朝王月梅狠狠地瞪了一眼，“走！”

“走就走！”王月梅咬着嘴唇，头也不回地走出了车间。

等在门房里的寒妮，看见她娘出来了，就兴冲冲地迎上去，“娘，你考上了吗？”

王月梅咬着嘴唇，不说话，拉了寒妮就走。就像逃离虎口似的，她的步伐急促而凌乱，拉得寒妮踉踉跄跄。出了厂门，走了好远好远，她还在小跑。

寒妮不明白这是去干什么，只是一个劲地问：“娘，你说话呀！到底考上了吗？”

王月梅停下脚步，一把搂住寒妮，“寒妮呀，娘不能挣这个受人踩践的钱！”

“娘，娘！”寒妮把手伸进衣袋里，迫不及待地说，“我有钱！”

王月梅吃了一惊：“啊！你哪儿来的钱？寒妮，咱是规矩人家，可不许手贱，偷人家的！”

“咦，是我挣的钱嘛!”寒妮坦然地对娘说，“我替老头儿买烟，他给我的嘛！你看，这够咱吃一顿饭的吗?”她把小手伸开，手心里托着一枚被她攥得汗津津的铜钱。

王月梅忍了好久的眼泪终于涌了出来，“寒妮，寒妮……”

寒妮说：“娘，你哭啥？我能挣钱了，不好吗?”

王月梅望着寒妮那托着铜钱的庄重神态，忍不住掉过了头。没见过钱的孩子，让当娘的痛心啊！那铜钱，当中铸着四方孔、周围铸着四个字的铜钱，在清朝的时候倒是顶用的，打王月梅这一代记事。就只能当玩意儿了，攒上一大把，兴许能够从走乡串户收破铜烂铁的小贩手中换一个糖稀吹的黄鼠狼拉鸡！

…………

娘儿俩走回陈老师家，陈嫂放下手里的活儿，笑嘻嘻地迎着她问：“大嫂回来啦？您考上了吗?”

王月梅忍住泪，低下头来，“俺考……”刚说了两个字，又理智地改了口，“俺没考上，乡下人哪会绣花啊？人家嫌俺的手笨，不要!”

教书匠陈禹民沉吟着说：“未见得。如今找个工作不容易，近水楼台先得月，挣钱的门路往往让管事儿的送人情了。算了，大嫂，我早就说过，您就在我家住着，哪儿也别跑啦!”

王月梅却固执地说：“不，俺干不了细活儿，力气倒还有，你给俺找个干粗活儿的地方。”

几经托人，王月梅进了“茂源染坊”。染坊的活儿，挺杂。成衣洗、熨、染色，都在经营范围之中。不过，那是需要经过相当严格的技术训练的师傅才能拿得起来的，王月梅没有那么大的本领。掌柜的让她干的，的确是一道极简单的、不要技术只需力气的工序：把整匹整匹的白布，用清水漂洗干净，去掉浆性，晾干，以作投进染缸的材料。王月梅望望那堆积如山的布匹，蛮有把握地应承下来，她相信。她能干好。

"这孩子……"掌柜的看看寒妮，不明白王月梅带她来干什么。

"这孩子能帮我一把，俺娘儿俩就要一个人的工钱!"王月梅赶紧说，怕人家把寒妮赶走。能让寒妮陪着她干活儿，她就感恩不尽了，比被服厂严格的门卫制度松宽了许多，还敢说别的?

就这么定了。王月梅每天起早贪黑，带着寒妮来上班，娘儿俩在院子里，卷起裤腿，捋起袖子，在大盆的清水里无尽无休地漂洗那些白布，洗净了，拧干了，再晾到绳子上去，挂得院子里一排一排，就像乡下粉坊里挂的粉条似的。这么简单而笨重的劳动，日复一日地重复着，王月梅在极度的劳累中觉得挺知足，干活，吃饭，没有什么闲事。中午吃饭的时候，她娘儿俩就在院子里廊下石阶上一坐，取出随身携带的包袱中的窝头，就着大葱、凉水，吃得挺香。染坊的男伙计们有时候看不过去，就说："就这么啃冷的?到里边儿烤热了再吃吧，煮颜色的火，现成的!"王月梅总是眼皮儿不翻地说："不用，俺惯了!"

她对于生活上的需求，的确是太简单了。对于吃、穿、休息……好像没有这些欲望，她活着，根本就不是为自己。费死巴力地活着，全是为了她的女儿，为了她的丈夫。如果不是因为有个尚不知踪影的丈夫支撑着她，她就一点心气儿都没有了。可是，丈夫在哪儿呢?为了等待章子侠的消息，她一头扎在这些白布当中，这儿跟章子侠有什么关系?简直是两个世界！章子侠在另一个世界里飘着，她在这一个世界里傻等，也许到死都见不了面。有时候，她想来想去，心里发空，失望之至，可是，一会儿工夫，好像堵死的黑屋子又开了一扇窗户，模模糊糊照进一点亮儿，她又用虚构的想象填充自己的心，就像乡下人烧香拜佛，不是佛不灵，就怕你的心不真！等下去，像相信神佛有灵那样相信她的丈夫总会有消息的，等下去！

这天，下班时候，她从账房领到了一个月的血汗钱，像命根子似的攥着，一张一张数着，心里盘算着怎么省着花，除了娘儿俩吃饭之外，最好能攒下点儿，一旦子侠有了准信儿，在什么州、什么府，叫她去，不得用盘缠吗？

她这么想着，往外走。掌柜的在里边叫："小顺子！"是叫一个男伙计，她没在意。

小顺子也是刚领了工钱，从王月梅身边往里走，"掌柜的，您叫我？"

掌柜的手里提着个衣架，上面挂着一件长衫，对小顺子说："你顺路办点事儿。这件长衫洗熨得了，老不来取，你给章先生送去！"

小顺子接过长衫，在手里叠着："哪个章先生？"

掌柜的说："就是住呈祥胡同六十一号的章子侠嘛！"

已经走到院子里的王月梅一愣，好像做梦似的，她突然听到了那个刻在她心中的名字！

寒妮也听见了。她的大眼睛忽地一闪，"娘，你听，你听，他说的是俺爹的名儿！"

王月梅捏着票子的手激动得直打战，说："要真是他就好了！"她紧走几步，跨上台阶，迫不及待地问掌柜的："您说的这个章子侠是山东人吗？"

"听口音像是山东人。"掌柜的随口说，"这碍不着你的事儿，打听这个干什么？"

王月梅听到"像是山东人"，心中更有了几分把握："这个人俺认得，是俺……"

掌柜的挺纳闷："是你什么人？"

王月梅赶紧绕了个弯："……是俺的老乡！俺替您送去吧？"

小顺子顺水推舟，把叠好的长衫递给王月梅。王月梅在身上擦擦手，接了过来，一双手在微微颤抖哩！

掌柜的有些不放心："你……可别给人家弄丢了！"

王月梅把衣服紧紧地抱在胸前，"丢不了，这比俺的命还当紧！"

掌柜的觉得这个娘们儿挺好笑，愿意送就让她送吧。"你知道地方吧？呈祥胡同六十一号！"

第三章　访

六　俺有一肚子的话，要跟他说明白

夕阳从西边低低地斜照过来，呈祥胡同几乎整个都在清冷的影子里，只有东面的院墙和房顶上投过一抹金黄色的阳光，稀疏的树影轻轻地摇曳着枝丫，偶尔落下一两片枯叶。

王月梅和寒妮娘儿俩急急地在胡同里穿行，望着一个个外形接近又不尽相同的院门，寻找着她们千里跋涉的终极目标。真怪呀，不知道是一种什么力量，天赶地催地让她们进了茂源染坊，在几乎完全无望的时候，在纯属偶然的机遇中，使她们突然得到了上天入地都没有找到的地址。这太巧合了。可是世界上往往到处都有巧合的因素。每个人都可能有一万种命运，而最终，九千九百九十九种都没有实现，被实现的那一种，不正是由于种种巧合才使其他的各种选择性统统落空吗？细细想来，一点也不奇怪。谁也没有保证章子侠不在北平呀，他住在北平，总要穿衣服，一个教书先生、文化人，穿得讲究一点，必然要送到染坊去洗烫，而染坊掌柜的知道他的住址，原是极平常的事。一切都在情理之中。"有缘千里来相会"，她这么想，坚信是命运之神有意促成他们夫妻

团圆啦。

感谢陈老师的女儿大蓉，她在无意之中教给寒妮认识了不少的字，这简直像给大海的航船装上了罗盘，使寒妮足有资格给她娘当船长了。

“五十九、六十、六十一！娘，就是这儿，六十一号！”寒妮的眼中放射出兴奋的光，胜利地完成了领航使命！

一座坐东朝西的大门展现在她们面前。门关着，铜门钹上静静垂着两只大圆环。门前的青石阶上，一边一个雕成鼓形的青石座。下边有好几层台阶，几只家雀正在啄食飘落的树种草籽，被突然到来的不速之客惊飞了。

王月梅仰起脸来，眉心的愁结、眼角的鱼尾纹，舒展开了：“挺好的一所宅子哩！问问是这儿不！”

她下意识地拢了拢鬓边的乱发，抹擦抹擦衣裳的大襟，然后，迈上台阶，伸手去拍门钹上的铜环。过分的激动，使她的手有些颤抖，声音也变得异样：“有人吗？”

大门吱呀打开了一扇，现出一位五十来岁的女人，头上梳纂，腰里系着围裙，看模样是个老妈子。老妈子探头看了看这娘儿俩，冷淡地问了声：“找谁啊？”

王月梅赶紧说：“俺找章子侠，他是住这儿吗？”

“噢，找章先生的！”老妈子的脸色马上温和多了，“请进来吧！”

寒妮拉着她娘，一步跨进了门槛，完全没把自己当客人。

这是一座西南开门的四合院。进大门之后，迎门是一面刷得雪白的影壁，影壁前种着一丛青竹。影壁后面便此路不通，真正的院子由此向北呈长方形，往左进二道门就可以看到方方正正的四合院。房子造得磨砖对缝，四梁八柱，加上游廊彩绘，花木掩映，显得清雅宜人，绝非取灯胡同那样的杂院可比的。铺着方砖的地上，长着两棵黑枣树，一棵高大而枝干稀疏，无实；另一棵则粗壮而繁盛，果实累累。

“这屋！”老妈子朝西厢房指了指，就停住了，让她们自个儿去，老妈子折身顺着廊子朝南房走，大概南房是下人的住处。

“噢。”王月梅望了望在廊下虚掩着的西厢房门，答应了一声，就往那边走去。寒妮心里急切，捷足先登，抢在她娘头里。

南房廊下，老妈子刚要进屋，转过脸来朝西厢房喊了声：“章太太，有人找章先生！”

正走在西廊下的王月梅听了这一声，却如沉雷击顶！她心里“咯噔”一下，刹那间，阴云驱散了满面春风，红扑扑的脸变得煞白，困惑地喃喃自语：“啥？太太？太太！……”

她的心乱了！

这时候，她的闺女寒妮已经伸手去推西厢房的门了。

几乎在同时，西厢房里传出一个柔和的女声：“谁呀？”

门被寒妮推开了。屋里，一个二十五六岁的女人，怀里抱着个不满周岁的孩子，坐在椅子上，正想站起来去开门。她看见来人竟是这么个小丫头，疑疑惑惑地问：“你……找谁？”

扶着门的寒妮忽闪着大眼睛：“找章子侠！”

那女人听这口气，有些吃惊，警觉地问：“你从哪儿来的？”

寒妮不假思索，直来直去地回答：“山东老家！”

“山东老家？”屋里女人的语气，吃惊之中又增加了急切，“你……快进来！”

“俺娘还在后头哩！”寒妮赶忙回头招呼，“娘，快来呀！”

抱孩子的女人倏地从椅子上站起来：“你娘？！……”

廊子底下，王月梅思绪纷乱，踌躇不前。寒妮的叫声使她不得不强自镇定，迈着凌乱的脚步，硬着头皮朝西厢房走去。走到门边，她像护雏的母鸡似的伸手把寒妮拦在自己的身后，嘴里却在向女儿暗示：“寒妮，别这么咋咋呼呼的，听大人说话儿，啊！”

她站在门口，在心里硬逼着自己抬起头来，去正视那位“太太”。她看见了，那女人比她年轻得多，身穿淡紫色的暗花旗袍，显露出青春女子以优美的曲线构成的体型，披着一条长长的披肩。那张脸，白嫩得像荷花的花瓣似的一张脸，衬在一头浓黑的鬈发之中。两边的颧骨微微耸起，漫长的下巴棱角分明。这样脸型的女人，多半是挺厉害的，“高颧骨，主克夫”。算命的瞎子有这个说法，这张脸，使王月梅第一眼看到就觉得心里硌硬。再看那两道柳叶眉，眉心都快连到一起了。眉梢挑得老长，还往下打着个弯儿，一双大眼睛闪着忧郁的光，像是有满腹的心事，没个透索样儿。

现在，她俩一个在门里，一个在门外。一个是主，一个为客。现在不是打量人家长相的时候，得赶紧想准了怎么跟这个女人说话。

“请进来吧！”那女人主动招呼她，并且也在打量她。

王月梅跟她就没法儿比了。一身肥大的土布衣裤，虽说浆洗得干干净净，却旧得发白。穿着尖口布鞋的脚，显然是在幼年曾经裹过而后又放开了的。清瘦而憔悴的脸，被烈日和风霜染成了紫糖色，岁月在那上面无情地刻下了不少细碎的纹路。向后梳着、绾着纂儿的头发，已在鬓边出现了几缕银丝。

王月梅在极力控制自己，但毕竟无法掩饰埋藏着痛苦和充满疑问的眼神。在微微塌陷的眼眶中，那一双瞳孔在探究她不愿正视却必须正视的一切。她嘴唇动了动，以异样的声音说：“你就是……”话只说了一半，就停住了，好像嗓子里有个什么东西，堵得难受。

年轻女人回答说：“我姓林，林若竹。”

林若竹的身后，一张挂在墙上的大幅照片突然映入了王月梅的眼帘。照片上，林若竹披着白纱，甜甜地微笑着，偎依在章子侠(!)的身旁。那是子侠，虽然脱了长衫，换上了洋服、领带，也没改了子侠的模样！瞧他，还是那么清瘦，脸上，挂着那熟悉的笑容，浓眉下的一双炯炯有神的眼睛，默默地注视着王月梅呢！

照片模糊了。

泪水充盈了王月梅的眼眶。但是，她没有让眼泪流出来，像被强光灼伤了似的，急忙把视线从照片上移开了。她不愿意看见章子侠情意绵绵地偎在那个女人的身旁，而那个女人，此刻却正站在王月梅的面前，脸对脸，你躲也躲不开！人在矮檐下，怎敢不低头，王月梅不得不垂下了眼睑，说出她不愿意说的话："你就是他的……太太喽？"

"啊。请坐吧，请坐！"林若竹迟疑地招呼着她，保持着礼貌，"您是子侠的……什么人？"

王月梅终于忍住了眼泪，猛然抬起头来，并且在脸上强作出一丝笑容："他的……老乡啊，俺们是一个村的，都姓章！"

"哦。"林若竹嘴里应了一声，但显然并没有轻信。

寒妮完全被弄糊涂了。她从后边揪着娘的袖子，怯生生地问："娘，这到底是谁家呀？这个人是谁呀？"

王月梅伸手抓住寒妮的腕子，这只手在颤动，在痉挛。可是，怎么对女儿说呢？她只能装作若无其事的样子，像在数落自己的孩子："乡里的丫头，没规矩。这是……"她朝林若竹指了指，确实无法向女儿说明这是什么人，只好临时找了个凑凑合合的称呼，"叫婶子吧！"

寒妮疑惑地望着林若竹，并没有叫"婶子"。

彼此一阵难堪的沉默。

"大嫂，您坐呀！"林若竹只好用这个称呼打破僵局。

"噢。"王月梅这才意识到自己一直呆站着。

"大老远来的，我还没给您沏茶呢!"林若竹极力使自己显得自然，把怀里的孩子送给王月梅，"您……替我抱着燕燕。"

王月梅双手接过那个胖胖的女孩，抱着她坐在椅子上，麻木地端详着孩子的圆脸。刚才，她没大顾得上细看这孩子，这会儿抱在怀里，就近看，猛然就觉得抱的是小时候的寒妮。她不由得抬眼看看寒妮，这俩孩子，是这么惊人的相像，黑而亮的大眼睛，微微翘着的小鼻子，柔嫩红润的小嘴……简直像是一母所生。

"咿呀咿呀……"燕燕忽闪着眼睛，朝寒妮伸出胖胖的小手，发出含糊不清的声音，似乎要和她攀谈。

寒妮毕竟是个孩子，这个像玩具娃娃似的小伙伴冲淡了她的陌生感，她俯在娘的腿边，伸手摸摸燕燕的胖手、圆脸，一见如故地和她玩了起来。

林若竹泡了一盏盖碗茶，给王月梅端了过来。王月梅哪里有心思喝茶？她环顾着房间，似乎在寻找着什么。"她爸呢?"她问林若竹。

林若竹似乎早等着她问呢，也随口淡淡地说："没在家。"

"晚上回来？他在哪儿上班呢?"王月梅紧迫着问，仍然装作聊天的神气。

林若竹说："他没在北平，到外边做买卖去了。"

王月梅一愣："做买卖？他原本不是买卖人啊!"

林若竹说："咳！出来混世，总得找一个饭碗，谁也不知道自己走到哪一步。"

"这倒也是，"王月梅说，又问，"他上哪儿做买卖去啦?"

"不知道。"

"那……啥时候回来呢?"

"也不知道，走的时候没说日子。"

不知道？王月梅当然不信。她猜想林若竹兴许是看出点儿什么来，才有意搪塞的。你搪塞得过去吗！还得问："那他啥时候回来呢？"

"也不知道。"林若竹好像故意咬定了一问三不知似的，"走的时候没说日子。"

王月梅没法再问了。林若竹把口封死了。王月梅感到一阵茫然，不知不觉地站了起来。这不是撵俺走吗？

林若竹连忙接过燕燕。她也觉得这样的一问一答太冷了，就主动问王月梅："您找他，有什么急事吗？"

"也没啥事儿，"王月梅已经心灰意冷，双手下意识地抚摸着自己搭在椅子上的包袱，突然想起了染坊的差事。她打开包袱，取出那件长衫，递给林若竹说，"这是章先生的衣裳，俺给他带来的。"

林若竹一看，怪了，这确实是章子侠的长衫，是她送到染坊去洗、烫的，怎么会落到这个女人手里的？她把长衫接在手里，诧异地问王月梅："这……这是怎么回事？您从哪儿拿来的？"

王月梅只好顺着原来编的一套说："染坊知道俺是他的老乡，叫俺带来的。"

"噢！"林若竹似乎真的相信了。

王月梅交了长衫，再也没有停留的理由了，伸手拉着寒妮，就要往外走。一边走着，一边强做笑容朝林若竹说："乡里乡亲的，多年不见了，来看看他。他不在家，俺就走啦！知道他在这儿成了家，大人孩子都……挺好，家里也就不挂牵了！寒妮，走，咱走啦！"说到这里，她的嗓音禁不住有些哽咽了。本来是以"乡亲"的口吻来一段结束语，不想说着说着被真情实感走了调儿。

林若竹抱着孩子，疑疑惑惑地跟她到门边，"他家里不是什么人都没有了吗？"

王月梅赶紧拉着寒妮，跨出房门，凄怆地说：“哦，没有了，啥人都没有了！寒妮，走啦，咱走啦！”

“等一等！”林若竹越听越不对味儿，追出房门问她，“您……到底是谁啊？”

王月梅回过头来，凄然一笑：“俺不是跟你说了吗？俺是他的老乡！”说完，转脸就顺着廊子朝大门走去。

林若竹送也不是，不送也不是，一时愣在了那里。

就在这一场尴尬的告别的同时，北屋的廊下，站着一个身穿睡衣的四十多岁的女人，她是林若竹的大姐林若萍。这个人，冷冷地斜视着西廊下，微蹙着修得细细的眉毛，玩味着王月梅说的那两个字：“老乡”？

天色暗了下来，最后一抹夕阳已经从呈祥胡同退去，狭长的小街笼罩在一片青灰的暮色之中。地上的落叶被寒风催赶着在地上漫卷，发出窸窸窣窣的响声。王月梅领着寒妮，茫然地沿着来路走回去。

寒妮困惑地拉着娘的衣襟：“娘，咱不找俺爹了？”

王月梅不说话，只是走。

寒妮恐惧地追着娘问：“娘，咱上哪儿去啊？”

王月梅不说话，只是走，走在暮色中，踏在落叶上。

寒妮惊慌地抱住娘的腿，“娘，你咋不说话？”

王月梅俯身搂住寒妮，把脸贴在女儿的脸上，心碎了：“寒妮，我苦命的憨孩子！你爹不要咱了，把咱娘儿俩扔了，忘了！”

…………

回到陈老师家，天早已黑了。娘儿俩在染坊里意外得到喜讯的喜悦，还没有来得及让他们分享，这喜悦已经化成了悲伤。娘儿俩坐在套间里，不吃不喝，哭成一团。

陈嫂端来两碗面。“大嫂，快吃点儿吧！他无情无义，您也不能葬送自个儿的身子，啊?”陈嫂嘴里劝着王月梅，自己却也忍不住扑簌簌落下两串泪珠。

王月梅搂着寒妮，只是哭。

陈嫂把面碗放在桌上，抹着眼泪说：“好容易找到地方，他倒躲着不见您！男人哪，心就是狠，停妻再娶，连亲生骨肉都不要啦？怪不得人常说：‘痴情女子负心汉’哪！”

“哎，你这是怎么劝人呢?”陈老师不耐烦地打断妻子的话，从衣兜里掏出手绢来擦着眼镜上的泪迹，“连人还没见着，你怎么就知道他无情无义呢？也许他真的出差走了呢？他总得有回来的时候吧？叫我说，大嫂您别走，哪怕仨月五个月，咱也等他回来！”

王月梅抬起脸，眼泪汪汪地说：“俺不走！千把里路奔着他来了，俺来得不易，不能就这么走了！俺等他，一年半载、十年八载也等他，俺有一肚子的话，要当面跟他说清楚！”

“对，跟他说清楚!”陈嫂气呼呼地给她帮腔，“下回去，就赶个礼拜天去，我就不信他真的没在家！要不，我陪您去!”

陈老师也说：“我陪您去!”

“不。”王月梅却说，“还是俺娘儿俩去吧!”

七　家书抵万金

寂静的夜空，繁星点点，织女和携儿带女的牛郎依然在隔水相望。神话中的牛郎，是个痴情的汉子，他挑着扁担，一个筐里装着儿子，一个筐里装着女儿，赤着脚在天上赶路，赶得那样急。一条银河拦住了去路，他也不回头，依旧挑着扁担，站在岸边，等着，等着，等到过去了三百六十五天，他就能踏着喜鹊搭成的桥，渡过河去会他的妻子！

王月梅未必没有这样的痴情、这样的决心、这样的耐性，可是章子侠呢？他也在等她吗？不，他没等，他已经在银河的对岸另娶娇妻了！王月梅真傻，这八年中间，她怎么从来没有想到这一点呢？她相信，章子侠绝不是那种抛弃糟糠之妻的陈世美，三年鱼水相依的情感，临别的一再叮嘱“等着我”，都使她坚信这一点。她当然没有读过《陈涉世家》，但是“苟富贵，勿相忘”作为一种信条，是印在识字的和不识字的中国人心里的，万古不移。正因为这样，中国人，尤其是女人，自古以来就具有一种等待的耐力。王月梅靠了这种耐力，一天一天地熬过了八年，又一步一步地走到了北平，直到走进了丈夫的“家”，她才突然意识到自己只不过是一个被丈夫抛弃又被自己愚弄了的傻子。现在，严酷的现实摆在了她的面前，她必须做出自己的抉择。

王月梅坐在取灯胡同九号南房套间里的床上，把摊在床边的一堆五颜六色的零碎布头挑过来，拣过去，一块一块地抹擦平整，摊在膝盖上，像在收拾自己破碎了的心。她操着剪刀，把布头剪成需要的形状，伸手从发髻上拔下一根针，穿上线，开始缝起来。

“娘，娘！”寒妮突然在睡梦中哭叫起来。

“寒妮，寒妮！你咋咪？”王月梅急忙俯下身，抚着寒妮的脸。

小猫“盼盼”偎在床头，伸出小红舌头，舔着寒妮脸上的泪珠。

王月梅心里一酸：小生灵子，这么通人性？

寒妮醒了，抽抽噎噎地说：“娘，我刚才梦见俺爹了！”

“啊？”王月梅心里一震。

“就跟燕燕她们家里的相片上一样，我看得可清楚啦！”寒妮眼泪汪汪地说，那样子，不知是笑还是哭，“我朝爹扑过去，刚想搂住他的脖子，燕燕一把把我推倒了，说：‘这是我爸！’……后来，我一喊娘，就醒了。我真恨燕燕，她把俺爹抢走了！”

王月梅心酸地搂住寒妮，“别，那么小的孩子，不招人恨。她也是你的妹妹啊，一个爹生的，可不许恨她，啊？”

娘的心这么软！寒妮低下了头，解释说：“俺说的是梦，梦又不是真的。娘，你不是说，梦都是反着做的吗？这会儿，我一想起燕燕的小圆脸儿，冲着我笑，我就不恨她了。我……我恨她妈！”

恨！小小的寒妮已经懂得恨了。她有权利恨，就像她也有权利爱一样。所爱的让别人抢走了，她为什么不可以恨？只是，这仇恨的种子是谁种的呢？

“要恨，就恨你爹吧！”王月梅望着寒妮，喃喃地说，“早知道这样，唉！……”

她想说：早知道这样，那会儿，俺不该那么疼他。他说声走，俺不拦他，把俺陪嫁的镯子都给他当盘缠！他叫俺等他，等他，可他……

陈嫂撩开门帘，从外屋探过来半个身子。他们四口早就睡下了，听到这边娘儿俩说话，她醒了，看见里屋的门里还亮着灯。她不放心，就披衣下床，过来看看。

陈嫂系上扣子，走过来，看看王月梅手上的活儿，“哟，虎头鞋！您的手真巧，这么点碎布头儿，到您手里就成了宝啦！”

王月梅捏着刚刚做了一半的虎头鞋，只是淡淡地一笑。

陈嫂伸手接过来，观赏着那只两寸长的小鞋：圆乎乎的，像个小船，鞋头上，护着虎头图案，圆耳方嘴的小老虎，像小猫似的那么可爱，脑门儿上还绣着个“王”字。“您这是给谁做的？咱没有这么点儿的孩子啦！”

“她的孩子。”王月梅低着头说，“我估摸着，燕燕的脚就这么大。”

“啧啧，我的傻嫂子啊！”陈嫂吃惊了。她伸手按住王月梅的胳膊，“她抢走了你的丈夫，你还给她的孩子做鞋？你这是拿针扎自个儿的心啊！”

王月梅的手一抖，针刺在左手食指的指尖上，一颗血珠儿滚了出来。她把食指尖含在嘴里，默默地抬起眼来，望着陈嫂说：“俺还得登她的门儿，总得找个由头啊！”

一个星期之后。

清晨，天上下着零星小雨。呈祥胡同里，静悄悄的。

六十一号大门里，走出了那个老妈子，她端着个笸箩，显然是去为主人家买早点。一出门，迎面碰上了王月梅和寒妮。

“找谁?”老妈子朝她们问了一声，没等回答，就认出了她们，“噢，上回来过不是？等等，我跟太太言语声。”

王月梅连忙说：“不用了，大娘，您有事忙您的去吧，俺认得地方啦！”

老妈子想拦，没法儿拦了，娘儿俩已经跨进了大门。

王月梅有意不让她进去通报。今天是礼拜天，她认定章子侠准在家，要来个突然袭击，堵住他，让他躲都来不及，看他怎么着！

西厢房的门虚掩着。王月梅没敲门，径直推门走了进去。

屋里，林若竹正坐在椅子上，看一封信，听到脚步声，猛然抬头，王月梅领着寒妮已经进了门，来到了她跟前。她一点思想准备也没有，“你……”

王月梅主动和她打招呼：“俺又来啦！子侠回来了吗?”

林若竹从椅子上站起来：“没有。”

王月梅盯着她手里的信纸和放在桌上的信封，“他……来信啦?”

“噢。”林若竹手里捏着信纸，却说，“没信，也不知道他现在在什么地方。”

王月梅心里说：没信，你手里拿的是什么？睁着眼说瞎话！她装作并不在意，放下手里的小包袱，心里头已经有了一个小小的计策。她从包袱里取出那双虎头鞋，朝林若竹递过去，若无其事地说：“我给燕燕做了双鞋，也不知道合适不？”

林若竹很觉突然。她望着那一双细针密线、五彩斑斓的虎头鞋，宛如精致的民间工艺品，而这是给她的女儿做的！这使她一时不知如何是好，放下手中的信纸，接过鞋子，爱不释手，“大嫂，您……”

寒妮在旁边插嘴说：“燕燕穿上一准很好看！”

“燕燕呢？”王月梅环顾着房间，“给她穿上试试！”

“在里屋，还没起来呢！”林若竹捧着鞋，朝里屋走去，“燕燕，看看这是什么？”

里屋，传来燕燕那咿咿呀呀的奶声。

林若竹哄着燕燕：“嗯，燕燕乖，妈给你穿衣服，穿了衣服穿新鞋。嗯，虎头鞋，多好看！”

此刻，外屋的王月梅，心思早不在虎头鞋上了。她的视线落在桌面上，那信纸、信封，吸引了她全部的注意力。

王月梅的手向桌面上伸过去，心怦怦地跳。

她的手已经按在信纸上，心跳得更厉害，她犹豫了。

不能再犹豫了。王月梅迅速地抓起信纸、信封，掀起大襟，塞在兜里。心怦怦地乱跳着，还没有平静下来，林若竹已经抱着孩子出现在她的面前。

好在，林若竹并没有注意她的神情，双手托着燕燕的腿，“让她们看看，这鞋穿上正合适！”

王月梅竟无兴致欣赏自己的杰作了。她伸手拉住寒妮，匆匆忙忙地朝林若竹说：“林……林先生，你忙着吧，俺走啦。”

林若竹简直不可思议，抱着孩子追出来，“怎么刚来就走啊？”

寒妮也不懂娘的意思，回头指着燕燕说："娘，你看，她穿上鞋多好看！"

"是啊，是啊，特意给她做的嘛！"王月梅心慌意乱地说，"林先生，俺没啥事儿，就是来送这双鞋……俺走啦。"

林若竹倒觉得过意不去："这……您等一等，外头雨下大了，拿上把伞！"

"不要紧的！"王月梅说走就走了，不管房外廊檐下已经垂下了密集的雨丝。

秋雨淅沥，道路泥泞。王月梅拉着寒妮在胡同里跌跌撞撞地奔跑。凉风吹着淋湿了的衣裳，寒妮冷得发抖，牙齿咯咯地打战。她埋怨地边跑边说："娘，你咋这么急着走？"

王月梅抹了一把脸上的雨水，"你爹有信啦，我拿上他的地址啦！"

寒妮一脚踩滑，扑倒在泥水中。王月梅把寒妮拉起来，自己蹲下，让寒妮伏在她的背上，背着她向前跑去，母女俩的身影，消失在雨幕之中。

寒妮躺在被子里，还在瑟瑟发抖。

陈老师走进套间，吃惊地问："你们娘儿俩这是怎么了？"

王月梅拧着换下来的湿衣服，兴奋地说："俺得着子侠的信啦！"

她小心翼翼地把一个信封递给陈老师。

"噢！"陈老师摸不着头脑，接过这个已经浸上雨渍的信封。王月梅、寒妮和陈嫂的视线都像被磁铁吸住似的盯着他的手。

"呈祥胡同六十一号，林若竹收。"陈老师把近视眼凑近信封，读着上面的地址、姓名。

王月梅几乎屏住了呼吸，听到这儿，赶紧追着问："下边儿呢？子侠的地址是哪儿?"

陈老师指指信封说:"下边，只写着'内详'。"

王月梅问:"'内详'是个啥地方?"

陈老师一边抽出里边的信纸，一边解释说:"'内详'的意思就是要说的话都写在信里啦!"

陈嫂着急地说:"那你还不快念信! 啰唆什么?"

陈老师赶快展开信纸。王月梅连眼睛也舍不得眨一眨，紧紧地盯着那张薄薄的信纸。

陈老师念道:"亲爱的若竹……"

陈嫂飞快地向王月梅递了个眼色:"肯定是章子侠来的信了，别人谁能称呼她'亲爱的'?"

王月梅顾不上对信的内容进行"评点"，只是催着陈老师:"啊，下边怎么说?"

陈老师继续念信:"……收到你的来信，使我激动的心情久久不能平静……"

念到这儿，又被陈嫂打断了:"哼，子侠还收到她的信了呢，她还说不知道地址，张嘴就是瞎话! 往下念!"

陈老师不耐烦地咂咂嘴，示意她不要再打岔了，接着念下去:"……感谢你的大姐和姐夫，促成了我们的这桩婚姻。在这个时刻，我有很多话要对你……"

这回没有人打岔，他自己倒念着念着不念了，迟疑地跳过了大段文字，去看信的末尾。陈嫂不耐烦地碰碰丈夫的胳膊:"念呀!"

陈老师咂着嘴说:"这信……甭念了。"

王月梅似乎感到了什么不祥，紧张地问:"他在外边出了啥事啦? 你给俺明说! 是祸躲不过，俺不怕!"

陈老师放下信纸，眯着近视眼，透过鼓鼓的镜片望着王月梅，哭笑不得地说：“大嫂，这封信是两年前写的，那时候，他俩还没结婚呢！”

“咳！”陈嫂失望地叹了口气，“闹了半天，是封旧信！人家谈恋爱的时候写的‘情书’，闲着没事儿又翻出来解闷儿，哪想到落到您的手里！”

王月梅失神地坐在床沿上，抓着寒妮的手，一句话也说不出来了，只是默默地、默默地承受着命运的折磨和戏弄。

八 情 敌

燕燕穿着虎头鞋，虎虎有生气。林若竹扶着她的腰，在西厢房的廊下，教她学步。刚刚迈开人生步伐的小燕燕，睁着神奇的大眼睛，鼓着粉红的小嘴唇，“哦，哦”地叫着，好像现在就迫不及待地向未知的世界前进，去探索她不知道的一切。

林若竹俯着身子，扶着她，轻轻地说着：“走，走……燕燕要找爸爸去……”

“燕燕！”突然一个亲切的童声在叫。

小燕燕绽开了笑脸，两只小手兴奋地向前抓去。

林若竹一愣，抬起头来，王月梅带着寒妮，正顺着廊子朝她们走来。林若竹只好放开了手，直起腰来，望望王月梅说：“您……又来了？”

王月梅完全听出了“又来了”三个字的冷淡。在这个家庭里，她是不速之客，是多余的人，她不应该来啊，来了，大家都不是味儿。可是，不来又怎么着？难道她到北平的目的，仅仅是为了给茂源染坊洗那些白布吗？仅仅是为了给林若竹的孩子送双鞋吗？不！她要找的人，至今还没有见到，她决不肯就此罢休，悄悄地撤退。她心里明知道，破镜已经根本不能重圆了，可是，她是明媒正娶地嫁到章家来的，不能连“一纸休书”都没有就把她甩了。她有话要当面锣、对面鼓，跟章子侠说。你林若竹代表不了他！一次见不着，两次，两次见不着，还不兴三次？“可不，今儿是第三趟了！”她说，眼睛正对着林若竹的视线，又不能把话说得太硬，就缓和一点儿，指着孩子说，“住得不远，来串串门儿，寒妮直说想燕燕哩！”

林若竹淡淡地说：“屋里坐吧。”

进屋落座，沏茶。这些在林若竹只不过是空空的客套，两人待坐下之后，就相对无言了。

尴尬的冷场。

房门敞着，门外，寒妮扶着燕燕，沿着廊子栏杆挪动着稚拙的脚步。

林若竹不放心地朝外看了一眼。

王月梅立即领会了她的意思，朝门口探过头去说：“寒妮，你可别……摔着她！”

寒妮倒满不在乎：“没事儿，俺俩玩得可好啦！”

两个孩子融洽的欢笑声从廊下传来，屋里，两个大人却又陷入了冷场。

王月梅嘴张了张，像有话要说，却又犹豫着没有开口。林若竹冷冷地看着她，索性主动地开门见山：“你又是来找子侠吧？他还没回来，也没有信。”她把北平人习惯用的尊称“您”已经换成了“你”，并且有意把最后一个“信”字说得很重。说完了，注意地观察着对方的反应。

“噢，这又是一个礼拜了。”王月梅只当没在意，顺着话茬说，“俺上回来得急……”

林若竹没等她说完，就接了过去："走得也急，天下着大雨呢，慌里慌张的，也没送你。可巧那天，我丢了点东西。"

王月梅的脸唰地红了，眼睛不自然地垂下来。一语击中要害，她知道林若竹丢了什么。这使她难堪，感到一种无法辩解的羞辱。然而，她本能地要自卫，要压倒对方的气势汹汹，要使自己立于不败之地："哟，林先生，你这么说，俺下回都没法儿来了，好像俺偷了你家的东西似的。俺乡下人穷是穷，没吃过山珍海味，没穿过绫罗绸缎，可骨头不贱，饿死也不做贼！不是自个儿的东西不眼热，你的金条、银圆就是摞成摞，俺连眼皮儿都不翻！"

林若竹冷冷地看着她，不紧不慢地说："我这儿也没有成摞的金条、银圆。就是有，你也不会偷。你来我家两次，连水都没喝一口，还给燕燕做了鞋，看得出，你很自爱，不是贪财的人。可我丢的，也并不是什么值钱的东西……"

活越说越明了，王月梅如坐针毡，"林先生，你是识文断字的人，大道理说不过你，拐弯抹角地把俺庄稼人都绕糊涂了！"

林若竹的大眼睛一闪，"你可不像个糊涂人！我说的，你心里明白着呢，要不，你千把里路赶到北平，干什么来了？"

王月梅坐不住了。心想：看你美的，借这个机会踩践我来了！这么样儿守着个谁都知道的闷葫芦斗嘴，听你没鼻子没脸地数落，还不如爽利把盖子揭开，看你怎么着？你能吃人？"林先生，别这么连挖苦带损的了，你说的不就是这封信嘛！"她伸手从衣兜里掏出那封信，拍在桌子上。

林若竹倒吃了一惊，她没有想到王月梅会这么痛快地把信还给她。这一还，顿然使她费尽唇舌追信的举动失去了意义，倒显得自己小题大做了。不，这封信在她眼中是比金子还贵重的，能追回来，就好。偷信人把真赃实据自己交出来。主动权还是掌握在她的手里。她问王月梅："你拿这封信干什么？"

王月梅如释重负，又从容起来，顺嘴就给自己圆了场："那上边儿不是有这儿的地址吗？俺回去也许给你们打封信呢！"

林若竹把那封信收起来，搁在抽屉里。心想：这女人可真会说！偷信是为了给我写信？什么样的傻瓜才会听你的这一套！她背着脸，不客气地说："算了，不要再说假话了！你到底是谁，真当我不知道吗？从你们头一次来，我一看见小姑娘的长相，就明白了！"

一层薄薄的窗户纸，眼看就要捅破！捅破了好，省得这么猜谜似的！王月梅横下一条心，准备迎战。她那张瘦削的脸，微微塌陷的眼睛，显示出凛然不可侵犯的尊严："你明白好哇！情愿跟明白人打架，不跟糊涂人说话！"

剑拔弩张，气氛骤然紧张起来。

"打架？"林若竹突然转过脸来，那本来就很白的脸，此刻全然失去了血色，白得发冷，一个个毛孔都在收缩，"你是来找我打架的？！"

王月梅逼视着她，长久地沉默，紧闭的嘴唇中好像蓄藏着将要决堤的洪水，微陷的眼睛里似乎饱含着将要喷吐的火焰。

然而，架并没有打起来。在一触即发的瞬间，王月梅突然虚晃了一枪，把矛头从林若竹的鼻尖前闪到一旁，"不，俺找的不是你！俺要找章子侠，俺的男人，孩子的爹！"

林若竹的心震惊了！虽然她早已料到如此，但，当她的猜想得到证实，她仍然无法抑制自己的震惊。

而在王月梅的眼里，此刻，林若竹似乎已经不存在了，她像是站在一个空旷无人的深谷里，望着两边陡立、无法攀登的峭壁，对着自己的心在说，每一个字都像空谷的回声震荡着自己的耳膜："俺要找他，问问他，还记得山东有个家吗？还记得生他养他的那片黄土吗？还记得家里的二老爹娘吗？俺要对他说，爹娘是怎么死的，埋在啥地方，俺是怎么打死人堆里爬过来的。他走的时候，寒妮还怀在俺身上，如今都八岁了！他不要俺，总还要他的亲骨肉吧？也许，他早就忘了俺这个媳妇，这个打十七岁过门就把心交给他、纺线织布供他上学、送他远走高飞的媳妇！八年的日子，富贵人一眨眼就过去了，可俺是咋熬过来的？熬成了个一脸皱纹的老妈子，也许他见了都不认得了！……”

林若竹默默地听着这名义上是说给章子侠而实则说给她听的话，直到王月梅的绵绵诉说被哽咽打断，直到泪水从那微微塌陷的眼睛中滚落，她没有插一句话。

随着一串“笃笃”的高跟鞋声，林若竹的大姐林若萍突然出现在房门口，冷冰冰地盯着王月梅，问：“这是谁啊？在这儿哭哭啼啼、吵吵闹闹的！”

王月梅猛然抬起泪眼，看着这位居高临下、目中无人的贵妇，不知是何许人。然而，王月梅并不畏惧，不再想对任何人隐瞒自己的身份，她用手背擦擦眼角，坦然地回答：“你问俺？俺是……”

林若竹却抢先站起来，把话说在她的前头：“这是子侠家乡的大嫂，路过北平，来看看我们。大嫂，这是我家大姐。”

王月梅为她的举动感到奇怪，她没有想到林若竹会这样替她挡驾。这是为什么呢？她迟疑地看看林若竹，又看看林若萍，喃喃地说了声：“大姐……”

林若萍不屑和她应酬，以怀疑的目光瞟了瞟她和寒妮，悻悻地转身走了。她的身后，飘过来一句有意无意却让人听得很真切的话：“哼，‘大嫂’？又成了‘大嫂’了……”

林若竹垂下眼睑，随手掩上了房门。

王月梅似乎明白了。她望望林若竹，嘴角挂着一丝苦笑说：“这样也好。省得挑明了，大婆、小婆的，面子上都不好看。她婶子，你也是要脸面的人，俺得给你留脸儿……”

“大嫂，你说错了!”林若竹抬起长长的睫毛，一双大眼睛毫无愧色地看着王月梅，“这个家门儿里，没有三妻四妾的阔老爷，没有争风吃醋的姨太太，我嫁给章子侠，不是给他当‘小老婆’!”

咦，这是啥话？给你留点面子，你倒跳着鼻子上脸啦！俺可是花轿抬进章家的门儿，那时候，你在哪儿呢？买东西还有个先来后到哩，不管怎么说，俺为大，你为小。不好意思？那你一个黄花闺女为啥要找有了媳妇的主儿？你们又不是偷偷摸摸地相好，那大相片都挂着呢！那相片……王月梅抬眼盯着那相片，恨不得上去撕个粉碎！“这……这算啥?”她指着墙上的照片，理直气壮地质问林若竹。

这边，更理直气壮的人正等着她问呢。林若竹看看照片，平静地说：“这是我们的订婚照。照这张相之前……”

“怎么着?”

“他都告诉我了：他结过婚，家里有妻子，分手的时候还怀着孕。后来，同乡的人告诉他，日寇血洗了他的家乡，他的全家都被杀害了，只留下一片废墟!”

“！……”

王月梅沉默了。从林若竹的眼睛中，她没有看到一丝的羞愧和卑下；从林若竹的嘴里，她没有找到一点可供她进攻的缝隙，一切都是那么顺理成章：人家是续弦的媳妇！她痛苦地把目光从照片上移开，只感到自己已经失去了存在，仿佛从灵魂到肉体已经离开了这个世界！“在他心里，俺是死了的人啦！俺不该来，真不该来啊!”

“不，你该早来。早两年来，就没有今天了！可现在……”林若竹深深地叹息，为自己，也为王月梅。

“她婶子，别这么说!”王月梅用衣袖擦拭着泪水，“俺不想搅了你们，俺走！只想……最后再见他一面，就算缘分尽了，啥话也不说了！你倒是告诉俺，他这会儿到底在哪儿啊?”

“大嫂，我真的不知道。”林若竹说。王月梅看她那神情，确实不像是在说假话，她连两口子结婚前的私房话都已经对王月梅说过了，还有什么可瞒着的?“他很少在家，常年在外边经商，一走就是几个月。”

“噢!”王月梅觉得，对她来说，章子侠已经是一个十分陌生的人了。一个读书人，从来就对经商有一种本能的鄙弃，他在家的时候，虽然吃、喝、买书，样样都得用钱，却不把钱当好东西，开口闭口“铜臭”“铜臭”的，现在竟然弃文经商了！王月梅环顾着这布置得典雅华丽，还保留着新婚气息的房间，心里“咯噔”一声：章子侠这些年混阔了，买了这么好的宅子，置了这么多的东西，还……还娶了这么个如花似玉的太太！他哪儿来的这么多钱啊？不知为什么，王月梅突然想起了在家乡一带横行了多年的汉奸。“他做的什么大买卖？难道他……他没做啥黑了良心、对不起祖宗的事吧？要是那样，俺可就不见他了!”王月梅说着，又瞥了一眼墙上章子侠的照片，章子侠脸上的微微笑容，变得那么捉摸不透，像是不怀好意哩!

这时候，林若竹却比任何时候都平静，那白净净的脸、那亮晶晶的眼睛，就像没有一丝风的湖面，连一点水纹也不起。她微微地一笑，对王月梅说：“大嫂，你想到哪儿去了？我就是瞎了眼也不会嫁给那种人！你不知道，这些年我们的日子过得也很艰难，这房子、家具都是我姐姐家的；他做的买卖，也是人家的。虽说是个药店的代经理，可资本都是总经理的，委托他代管，他跟伙计们一样，干活儿领工钱。”

王月梅心想：你跟我说钱不钱的做啥？俺不想要你们的钱！就说：

“俺来，也就是要见见他。既然他出去了，俺就等他回来!”

“可就不知道他什么时候才能回来，你们娘儿俩……在北平怎么维持呢?”林若竹从对往事的回忆中清醒过来，面对现实，她不能不为王月梅母女俩设想。双方都说开了，她与王月梅无冤无仇，一个乡间妇女，千里寻夫，遭到这么个结局，也是令人同情的。林若竹不愿意伤害她，甚至还想给她一点什么帮助。当然，这帮助绝不是把她留下来，留下来怎么向子侠交代?怎么向大姐交代?怎么向左右邻里和社会舆论交代?而且，怎么向……自己交代?她怎么能容忍丈夫的前妻留在眼前?心胸再豁达、性情再温顺的人也不能容忍情敌——她们毕竟是“情敌”啊!唯一妥善的办法是安抚，是送她们回去，从哪儿来，还回到哪儿去，把这一段历史造成的误会、清官难断的公案，就此了结!为此，林若竹宁愿给她们以经济上的帮助。想到这里，她从身上掏出一串钥匙，要去打开柜子，“大嫂，我这儿还多少有一点积蓄……”

“林先生!”王月梅倏地从椅子上站起来，声音都变了调儿。她感到被误解、被侮辱、被人看作可怜虫，她不能忍受!她虽然没有文化，可在乡下也是听过几出戏的，那个拖儿带女千里寻夫的秦香莲就是个有骨气的女人，包公断不了她的冤案，却给她几个钱想打发她回家:“这是纹银三百两，你拿回家去度饥寒……”秦香莲咋着?就是没收!王月梅此时觉得自己现在就是秦香莲，她冷冷地站在林若竹的面前，以不容置辩的语气说:“俺不是来朝你伸手要钱的，不让旁人下眼子看!俺有手，有力气，没靠旁人养活过!俺给茂源染坊帮工打短，自个儿挣饭吃，养活俺寒妮，等她爹回来见一面。八年都等过来了，俺能等，俺且不走呢!只求你一样:她爹回来，给俺说一声!”

王月梅牵着寒妮的手，又一次走去了，走出了六十一号大门，走出了呈祥胡同，一步一步走去了。她不再流泪，不再叹息，只是紧紧地拉着唯一亲人的手。她已经明确意识到，丈夫再也不会属于她了，只等着见他最后一面，就永远分道扬镳了。

她牵着寒妮的手，在冬日的寒风里茫然地走着，走着，穿过小巷，穿过大街。

大街上，行人很少。她没有心思看身边走过的任何人，既然找不到章子侠，北平就和她没有什么关系了。

一辆洋车从她们旁边经过，朝相反方向驶去。车上坐着一位穿长衫、戴礼帽的中年男子，一晃就过去了。人生中有多少偶然，多少遗憾！这个擦肩而过的人，正是王月梅苦苦等待、苦苦追寻的章子侠！可惜，各怀心事的双方都根本没有留意也根本没有想到对方是谁……

第四章　盼

九　他犯了案了

百年老店“同济堂”的金字牌匾高悬在门楣上，玻璃橱窗里陈列着人参鹿茸、丸散膏丹，大门两旁的柱子镌刻着一副对联：“客来千金聚，药到百病除”。店堂里边，一排排方格子药橱占满墙壁，柜台上，伙计们“叮叮当当”地捣药，用精巧的戥子秤称药，用印有“同济堂”字样的纸包药。

来了个美国大兵，胳膊上挎着个妖冶的“吉普女郎”。美国兵颇为新奇地打量着这具有东方色彩的药店，用生硬的中国话说：“中国，很好玩！”

吉普女郎眉毛颤动着说：“好什么呀？也就只剩了中药还值点儿钱！”

正包药的一个伙计悄悄地跟捣药的伙计说：“哎哎，听说有个叫沈崇的女学生让美国兵给糟践了，大学生们上街游行都闹开了锅！您瞅这位，还上赶着跟美国人摽！”

捣药的伙计说：“啧，少招事儿！只要来花钱买药的就是咱的财神，好好伺候噢！”

说话间，吉普女郎挎着美国兵已经来到了柜台前，她傲然地递过来一张药方：“哎，这个方子可是给威尔斯上校抓的！人参、鹿茸都得挑最好的，不能掺假！”

别看她在美国人跟前贱，对中国人说话时候俨然觉得自己是个“高等华人”。

把他们当“财神”的那位伙计笑脸相迎：“好您哪，二位稍等，这就给您抓！同济堂是百年老店，童叟无欺，更何况这位还是美国客人！”

这儿正抓药，门外“呱嗒呱嗒”敲着家伙，有人唱起了快板儿：“哎，哎，同济堂，生意好，听我说段数来宝……”

“啧，要饭的裹什么乱？”捣药的伙计不耐烦地往门外瞅瞅。

药店门口，一个肩披破麻袋、蓬头垢面的叫花子敲着牛胯骨，有板有眼地在唱：“掌柜的发财我沾光，赏我俩钱儿度饥荒……”招得过往行人围着他看，把店门都堵上了。

伙计恼火地走出店门，朝叫花子挥挥手：“走！要饭上别处要去，这儿没有闲钱给你！”

叫花子笑嘻嘻地接着唱：“哎，哎，同济堂，势利眼，别看我今儿个混得惨，明天就当上大老板！掌柜的，快来看，来得晚了看不见！”

“哼，掌柜的哪有工夫理你？快走！要不然……”伙计一眼瞅见从店堂里走出来的美国士兵，“我让美国人把你抓走！”

美国士兵却并没有干涉的意思，反而和吉普女郎一起凑在旁边看热闹。

叫花子仍然在唱：“甭拿这话吓唬咱，要饭的生来穷大胆！哎，哎，先生小姐听我劝，买药别进这个店！卖假药，多赚钱，病人吃了准玩儿完！”

吉普女郎“咯咯”地笑着说：“你们也真够抠门儿的，给他俩钱儿不就得啦？”

伙计这才无可奈何地掏出一点零钱赏给叫花子：“得，得，快走吧！”

叫花子还是没有走的意思，反而唱得更带劲儿了：“给得少，给得少，我想要个大元宝！”

围观的人哈哈大笑。伙计急了：“你有完没完了？快走吧！”

叫花子反唇相讥：“小伙计，别神气，你的命跟我差不离！要饭要跟有的要，掌柜的厚道谁不知道？”

伙计不愿再和他纠缠了，推推搡搡往外撵：“滚，快滚吧你！”

叫花子不依不饶：“怎么着？打人？找你们掌柜的讲理去！”

一辆洋车停在店门边，一位手提皮箱的先生走下车来，拦住伙计说：“哎，这是怎么回事啊？”

伙计一惊，回头见是章子侠，立即满面笑容地说：“哟，经理回来啦！您看，您看，要饭的堵在门口儿恶心人，给了钱还不走……”

章子侠看了一眼叫花子，随即从衣兜里掏出一枚银圆，“给你，给你，别在这儿耽误我们的买卖，快走吧！”

“还是掌柜的心眼儿好！”叫花子笑嘻嘻地接过银圆，献殷勤地伸手去提章子侠的箱子，“我给您送里边儿去！”

“不用啦，走你的吧！”章子侠拨开那黑乎乎的手，从容地提着箱子往店里走去。

门口的人四散了，叫花子敲着牛胯骨，唱着数来宝走远了：“掌柜的，心眼儿好，同济堂招财又进宝……”

伙计陪章子侠踏着木质楼梯，走进经理室。

“经理，您这回出去日子不短了，有仨月了吧？您歇会儿，我上馆子里给您端几个菜，得先吃饭哪！”

章子侠说：“甭张罗，我不饿。你去把账房徐先生叫来，先把账清了。”

“哎。”伙计走了。

章子侠回身关上房门，展开捏在手心里的一个小纸棍儿，这是刚才唱数来宝的叫花子帮他提箱子的时候，两人一推一拉之中塞给他的，当时在场的人谁也没看见，谁也没想到。

他展开那张纸卷儿，上面写着几个极小的字：“广利西药店出事了。”他只看了一眼，就什么都明白了，飞速划着一根火柴，点燃了纸卷儿。

外面有人敲门：“经理，我是徐仲义！”

“徐先生？请进！”章子侠就着未燃尽的火柴，点上一支香烟。

徐仲义走进来，“您回来啦？这一趟还顺利吧？”

章子侠一边打开手提箱，一边说：“还好。给分店的货都运到了，该卖的全部出手。单据、支票、现款都在这儿，你立即结账！特别是广利西药店的那批西药，一个子儿都不能错！”

徐仲义默默地接过这只沉甸甸的皮箱，拿过桌上的算盘，噼里啪啦熟练地动手结账。

章子侠拿起电话话筒，拨通号码之后，说：“总经理吗？我是子侠！”

电话里，传来了总经理慢条斯理的声音：“噢，你回来啦！咱们的几个分号，买卖怎么样？”

章子侠说："托您的福，南京、上海的买卖还挺兴隆，黄河以北就差点事儿了，兵荒马乱的，名贵的药都卖不大动，只能出手点儿大路货。我这次去，把各分号的存货都互相调配了调配，再想点儿别的办法，无论如何，您这块'同济堂'的金字招牌不能倒，得想方设法招财进宝，财大才能气粗嘛！"

总经理哦哦笑道："多亏你帮我维持喽！沦陷那几年，同济堂差点儿垮了，你能调理到这份儿上就不容易啦！老弟，好好干，你在我困难的时候为我出过力，我不会亏待你！"

章子侠说："多谢总经理的栽培！您看，我这就到府上去，把账目都报一遍，好吗？"

总经理笑着说："你是代经理，是我的心腹，报不报还不是一样？要来，你明儿再来吧，到我这儿吃饭！今儿先回家歇着吧，一走仨月，家里还扔着老婆孩子呢！"

章子侠挂上了电话。

徐仲义也合上了皮箱，"账目一笔不差！"

章子侠递给他一支烟，"好，没事儿啦！"

黄昏时分，章子侠才拖着疲惫的身子走进呈祥胡同。离别三个月，他三个月没看见若竹和小燕燕了，真想她们！他猜想，现在小燕燕一定会跑路了，会叫"爸爸"了，待会儿，他一进门，就先考考小燕燕，看看她还记不记得这个一走就没影儿的爸爸。他要仔细听听这个小生命平生第一次叫"爸爸"的声音，那一定比得上世间最美好的音乐！他等不得了，快步跨上六十一号大门，伸手去拍门环，他想：说不定里边会传出小燕燕的声音："谁呀？是爸爸回来了吗？"

可惜，他听不到了。他的手还没有碰着门环，两个黑影儿已经从门楼旁边的暗处蹿了过来，硬邦邦的手枪顶住了他的脊背。

章子侠一动不动，从容地问："什么人？"

背后，一个沙哑的声音："章先生，跟我们走！"

呈祥胡同六十一号的大门被擂得震天响。

这是从来没有过的。六十一号是林若萍一家的独院，总共就这么几口人，她的丈夫梁先生和妹夫章子侠每逢下班回家的时候，敲门总是那么斯斯文文的，只两三下，便停住了，静静地等着胡妈出来开门。有时候有来访的客人，多是梁先生、章先生的熟人，也都是有礼有节的人，没这么样敲起来没完的。胡妈一边从南屋跑出来去开门，一边不耐烦地嘟囔着："听见啦，听见啦！这是谁呀？死命地敲，跟土匪似的！"

她刚刚拉开门闩，门猛地就被外边的人推开了，两名警察饿虎扑食似的冲进来，差点把胡妈撞个仰面朝天。

那年头，兵、警、匪的确是差不多的，真让她说着了！胡妈一时惊慌失措，战战兢兢地说："啊，查……查户口啊？"

警察劈头便问她："章子侠是你什么人？"

胡妈战战兢兢地答道："我……我是他家的用人，他住西屋！"

警察不再理睬她，径直朝西厢房跑去。

西厢房里，顿时来了个底朝天。箱子、柜子、床底下都被翻了个遍，那成摞成排的书籍、小本子自然更不会放过，稀里哗啦地扔了满地。

小燕燕被吓得哇哇大哭。林若竹抱着孩子，惊慌地大声嚷着："干什么？你们这是干什么？"

警察理也不理她，只顾翻！

"慢着！光天化日，砸明火是怎么着？"门外一声断喝，使两名警察一愣，抬起了头。

蹲在地上的警察，先看见了一双绣花拖鞋。顺着这双拖鞋看上去，软缎旗袍，珍珠项链，狐皮披肩，蓬松的鬈发衬托着一张半老徐娘的脸，竖眉怒目，威风凛凛。刚才的一声断喝，便是这个女人。瞧这架势，就不是好惹的主儿。警察不得不有所收敛，其中像小头目似的那个说："我们是奉命来搜查，太太……"

林若萍傲慢地仰着脸问："你们大概是找错了门了吧？知道这儿的户主是谁吗？"

警察迟疑地说："没错，六十一号……"

林若萍伸出右手，尖尖的两个指头夹着一张名片。

警察犹犹豫豫地站起身来，从她手里接过名片。名片上赫然印着：国大代表、北京大学法学教授梁轩亭。

这张小小的纸片，果然显出了巨大的威力，使两名警察诚惶诚恐。其实，"梁轩亭"这个名字，他们并不熟悉，使他们敬畏的是前面的头衔。抄家抄到国大代表的家里，这可不是闹着玩儿的！国大代表无须亲自出马，只消打发个人凭着这张名片就可以砸了他俩的饭碗。不要紧，吃警察这碗饭的也不傻，他们有好几张面孔，见什么人，卖什么货。此刻，警察脸上的表情已经变了，从虎视眈眈的狼犬变成了温驯可爱的哈巴狗。眼轮匝肌迅速收拢，口轮匝肌随之扩张，放射状的纹路之中，构成一副谄媚的笑容："噢，梁太太！您误会了，我们查的是姓章的……"

林若萍依然冷若冰霜："没误会！章子侠是我的妹夫！"

警察一愣，回头看看林若竹，又看看林若萍，她俩年龄虽说有十来岁之差，脸盘儿眉眼儿倒像是一个模子刻的，可不是姐儿俩嘛！这……"你们原来是一家人？"警察尴尬了，事到如今，也只好硬着头皮摊牌，"可章先生他……他犯了案啦！"

“犯案!”林若竹心里吃了一惊。虽然明知抄家必然是犯案引起的，但从警察嘴里说出这个瘆人的字眼，她还是吃了一惊。

大姐林若萍决不相信她的妹夫会“犯案”，铁着脸问：“嗯？什么案子?”

“我们……不清楚案情，只是奉命搜查。”说着，他向林若萍哈哈腰。朝另一名警察努努嘴，“走!”

“你们不能走！还我人，还我人!”林若竹拦住他们不放。

林若萍显示出国大代表夫人的大度，不屑地说：“要人，用不着跟这两个小力巴儿说!”

两名警察就着这个台阶下坡，“是这话儿，您找南城稽查所交涉去!”匆匆撤离了这个是非之地。

林若竹坐在北屋客厅里的沙发上，心乱如麻。燕燕在她怀里哭个不停，她哄着燕燕，眼泪汪汪地说：“大姐，这可怎么办啊?”

林若萍抚着她的肩膀安慰说：“别着急。我不是给你说了嘛，现在时局太乱，学校里、工厂里都没完地闹事儿，动不动就罢课、罢工、上街游行，警察局天天在抓人，保不齐有抓错了的！妹夫是个本分人，咱不怕。他们横是看着同济堂的生意兴隆，绑票儿要钱！你别哭，你姐夫不是答应想办法了嘛!”

她的丈夫梁轩亭，此刻正对着穿衣镜打领带，这边的哭声、劝声，都没有影响他出门前这道工序的井井有条、从容不迫。梁轩亭五十多岁了，身材不高却已显出肥硕，保养得极好的面庞细致而红润，圆脸下边，垂着双重下巴，分寸恰恰能体现出学者兼政治家的身份又不失之臃肿，上唇的一抹黑髭修剪得整整齐齐。头发虽已稀疏，却依然浓黑，上了油之后闪着光泽。他已经梳洗停当，一身咖啡色西装，平平整整地罩住了那略略腆出来的小腹和臀部，把身体的曲线拉得笔挺。

林若萍看看装束停当的丈夫，心里有一种胜券在握的自豪感："凭你姐夫的地位、人缘儿，警方还能不给这点儿面子？堂堂的法学教授，还怕打官司吗？"

胡妈在门外轻声说："先生，车来了。"

"嗯，我这就去。"梁轩亭答应着，又抬起胖胖的、指节上有一个浅涡的手，最后拂了拂其实一丝不乱的头发，转身朝门外走去。走到门边，又半侧着脸说了声："家里就别再哭哭啼啼的了。"

外边，天色暗了下来。

现在，灾难降临了这个家庭，章子侠突然犯案了。他们虽然谁也不知道案情，但林若萍第一个念头就是：要救他！为了燕燕，为了若竹，当然也为了和子侠的友谊，要救他！梁轩亭已经亲自出马了，天这么晚了，还不见回来，林若萍再胸有成竹，也难免心焦。她像在安慰自己，更主要的是安慰若竹，猜想着梁轩亭在外边奔走进行到了哪一步，有意以一种心中有数的口吻说："别着急！这种官场上的事儿，就得在吃饭、打牌的时候谈，这会儿不定在全聚德或是鸿宾楼呢！"

院子里，传来了脚步声。

胡妈的声音："在这屋呢，这屋。"

进门的人不是梁轩亭，而是同济堂药店的账房先生徐仲义，神色匆匆地和她们打个招呼："梁太太、章太太！"

林若竹的眼泪唰地涌了出来："徐先生，我们家出事了！子侠他……"

"我已经知道了。"徐仲义说。这个账房先生，不是那种头戴瓜皮帽、眼配老花镜、嘴上两撇八字胡的老头儿，是个青年人。穿件长衫，留着分头。方脸盘儿，黑黑的，厚嘴唇上方有一道茸茸的须毛，带着几分稚嫩。人虽然不老，办事却很老练，话也说得沉稳，“事情来得突然，店里的同人都很震惊。我们一定要设法营救章先生！”

“胡妈，给徐先生沏茶！”林若萍打起精神招待客人。她不愿意在客人面前表现出惊慌，做出笑吟吟的样子说，“我们梁先生已经去过问这件事了，这不正等着他嘛！”她有意选用了“过问”这个词儿，以便显出梁轩亭的分量，不是去求他们，是以国大代表的身份去“过问”。这样，让徐仲义心里也有个底儿，要不，赶明儿子侠出来了，人家还以为是“药店同人”的力量呢，自己人倒落在了后头，不好。

挂钟敲响了十点，梁轩亭回来了。

屋里，所有的人都唰地站起来，期望地仰视着他。

梁轩亭神色严峻而疲惫，对徐仲义只微微点了点头，一言不发，默默地脱去外衣，像出门之前的梳妆一样慢条斯理。

林若竹沉不住气了：“姐夫，怎么样啊？”

梁轩亭就像没听见似的，只顾解他的西式马甲的纽扣。

林若萍心里火烧火燎的，提高嗓门冲着丈夫嚷：“咳，你这个人，倒是说话呀！”

梁轩亭烦躁地一把扯下领带，瞪了妻子一眼：“你嚷什么？”

这气氛，不用问，事情准是办得不妙。姐俩儿谁都不敢言语了。

徐仲义轻声说：“梁先生，到底是怎么回事？”

梁轩亭疲惫地跌坐在沙发上，用右手的食指抹了抹唇上的小胡子，斜睨了徐仲义一眼：“怎么回事？徐先生，你应该比我清楚！你们同济堂是老字号的中药铺，怎么卖起西药来了？”

林若萍听得纳闷：“这糊里糊涂地说的什么呀？我问你，子侠的事……”

梁轩亭不耐烦地朝她摆摆手："没你的事，少插嘴!"他眼睛只盯着徐仲义。

"噢。"徐仲义倒好像心里有底，打开烟盒，向梁轩亭递过去，"这很简单：做买卖嘛，就是唯利是图。西药也是药，价钱看涨，我们为什么就不能卖呢?"

梁轩亭并不接他的烟，目光阴沉地说："那要看卖给什么人!"

徐仲义说："当然是卖给病人，谁给钱就卖给谁。"

梁轩亭冷冷地一笑："哼，你们的大主顾是共党，你们好几次从广利西药店进了大量的盘尼西林和'TAT'抗毒素，运到外地都卖给了共党，共军的医院用的是你们的药！哼，你们以为政府的情报人员都是白吃饭的?"

"啊!"林若萍失声惊叫，像突然被蛇咬了一口，跌坐在沙发上。

林若竹眼睛一闪，吃惊地张大了嘴巴，却没有发出声音。她的心情由焦躁变得沉重了。

"这，我们就管不着了。"徐仲义却出奇的平静，"钱货两清，账目上分文不差，买药的是什么党，又没写在脑门儿上。因为这抓我们章先生，那可是大大的冤枉!"

梁轩亭烦躁地说："人进去了，你喊'冤枉'有什么用!"

徐仲义期待地望着他："您是法学教授，法律权威，可以依照法律为章先生辩护。请问：宪法的哪一条写着，凡一切商店须审明顾客系何党何派方可售货?"

梁轩亭哑然。刚刚在国大上通过的宪法上的确寻不出这样的词句，但是，这并不能说写进宪法中的条款中引申不出这样的含义。法律，从来就是政治的产物，政治的工具，从来就是掌握在政治家手里。中华民国的宪法，虽然通篇都是用法律词汇组成，但用两个字便可概括：剿共。依照这部法律为涉共案辩护，怎么辩护？

林若萍对于法律又有她自己的理解，“轩亭，这案子按照法律得花多少钱呢？你说个数儿，咱不怕破费！”

法学教授无可奈何地望望对法律一窍不通的妻子，长长地叹了一口气：“钱？妇人之见！你就是倾家荡产也无能为力了。你知道‘私通共党’这四个字的分量吗？章子侠是政治犯！”

林若萍被惊呆了：“啊？！”

林若竹失声痛哭：“姐夫，您再想想办法，再想想办法……可不能见死不救啊！”

这句话，直刺梁轩亭的心脏，他痛苦地闭上双眼，把嗡嗡响的脑袋仰靠在沙发背上。他感到，这是他有生以来受到的最严厉的谴责，良心的谴责。“忘恩负义”，在任何一本中文词典上都可以查到它准确的含义，自古以来被认为是莫大的耻辱。现在，这耻辱降临到他的头上了。他突然想到了自己是欠着章子侠的“债”的，那一次，要不是子侠，就……现在，该他偿还了！而只要他挺身而出，捧着那部他举手通过的宪法，从字里行间寻找有利于章子侠的词句，发挥法律学家的辩才，也许，他可以成功，可以使章子侠无罪获释，或者至少能够从轻发落？不，他不能！这样做等于毁灭自己。现在章子侠所需要的不是钱，而是他的政治生命！他感到恐慌，章子侠啊章子侠，你为什么偏偏要他最珍贵的东西啊？他想起自己为获得国大代表的席位而进行的艰难角逐，想起在国大期间蒋委员长与他进行的那次谈话，虽只有三言两语地说了几句“法，较之礼，较之仁，犹本较之末”之类的似通不通的话，但意义重大，那是告诉他，也是告诉所有的与会代表：法，是比仁义礼智信更为重要的！何况，委员长的接见，是他终生最引为自豪的光荣！而现在，要他为章子侠而失去这一切，值得吗？不！负章子侠一个，只不过是负

“义”，而负了蒋委员长，则是负了……归根到底是负了自己。不能，他辛苦半世，艰难地一个台阶一个台阶地爬到今天的位置，不容易，岂可毁于一旦？而且，章子侠是逆党，对逆党，没有什么负不负的，中国不是有一条古训吗：“鱼，我所欲也，熊掌，亦我所欲也，二者不可得兼，舍鱼而取熊掌者也；生，我所欲也，义，亦我所欲也，二者不可得兼，舍生而取义者也！”这段文字，他从童年时代便背得滚瓜烂熟！他忽然有了一种俨然“舍生取义”的自豪感，心里踏实多了。

“若竹啊，该走的地方我已经走了，该问的人我也问了。”他缓缓地说，当然只字不能提什么鱼和熊掌之类，虽然今天的晚宴上他确是“二者得兼”了的，“你还要我怎么样呢？现在，《双十协定》破裂，国共两党正在打仗，我这个国大代表怎么能去替共产党打官司？你也得为我想想啊！”

“唉！”林若萍左右为难，没有了主张，她觉得丈夫说的也在理，“你姐夫可一向是为朋友两肋插刀的人，何况咱们是连襟的亲戚！可这事……唉！怪都怪燕燕她爸，不该财迷心窍，犯了这样的罪，害了自个儿不算，连老婆、孩子、亲戚都跟着担惊受怕……”

林若竹默默地听着姐夫、姐姐夫唱妇随的话，心里冷静多了，冷得脸苍白，双肩发抖。她紧紧地搂着睡梦中的燕燕，把脸贴在那圆润温馨的脸庞上。她已经没有了泪水，没有了企求同情的哀伤，长长的睫毛下面，一双黑亮的眸子，闪着两点光。

她倏地站起来，平静地对徐仲义说：“徐先生，咱们想办法。”

徐仲义无言地站起来，跟着她往外走。

梁轩亭坐在沙发上一动不动，闭着眼。林若萍慌乱地追到门口，“哎，若竹，你等等，咱们再合计合计……”

林若竹冷冷地说：“大姐，祸摊到谁头上谁受吧，我不连累你们！”

她和徐仲义走出房门，朝西厢房走去。

林若萍扶着门框愣了片刻，还是追了出去。

梁轩亭此时睁开了眼，瞥着廊子里的妻子说："算了，随她去吧！"

西厢房里乱七八糟。徐仲义从散乱的书堆里拽出一把椅子。坐下来，点燃一支烟，想着心思。

"刚才，稽查所给同济堂打了个电话，是我接的。他们说，没把章先生从店里抓走，就是给总经理留着面子啦，让我们别管。我问他们案情，他们一字不吐，这不，梁先生倒是漏出点儿内情。看起来，这案子不轻，您是不是带着孩子躲一躲？"

林若竹把燕燕放在床上，想了想说："不行，子侠出了事儿，我怎么能走？那样一来倒给子侠添了麻烦啦，好像我还有什么来头似的！"

"嗯，您想得很周到。"徐仲义沉吟着说，"现在，我心里多少有点儿底儿了，明天一早就去找总经理！"

十　俺的天塌啦

静静的夜。

小燕燕呼呼酣睡，也许她做了个什么美丽的梦，粉红色的小脸上挂着甜甜的微笑。

林若竹坐在床边上，冷冷清清，寻寻觅觅，凄凄惨惨戚戚。墙壁上挂着的那张她与章子侠的订婚照，镜框被抄家的警察弄得歪斜了，她站起身，把镜框重新扶得端端正正。

她深情地凝望着这张照片，往日的情景又清晰地展现在她的眼前……

两年前，她还是协和医院妇产科的一名助产士。每天，和产妇、婴儿打着交道。

她的大姐林若萍那时正住在她们医院里，却不是生孩子，而是患了胸膜炎，久治不愈，奄奄一息地躺在内科病房里。内科大夫已经尽了力，可是，西医对付胸膜炎的办法也就是注射盘尼西林消炎，口服止痛剂解除病人痛苦，林若萍胸腔积液过多，每天要穿刺抽取几百 CC，却无法止住。大夫说，长期积液过多会使心脏移位并引起呼吸困难，随时可能窒息，发生生命危险！

“还有别的什么办法吗？我求您啦，一定把大姐的病治好！我父母去世早，从小靠大姐带大的，大姐就像我的妈妈，您无论如何……”林若竹央求着内科大夫。

内科大夫却无可奈何地回答她：“我完全理解你的心情，可是疾病这东西是无情的！你也是大夫，应该懂得……”

“我只是个助产士，除了接生，什么也不懂！只能求您啦！”

梁轩亭也眼巴巴地望着内科大夫：“若能救贱内一命，敝人感激涕零，不惜倾家荡产相报！”

内科大夫叹了口气说：“钱，还是花在病人身上吧！她想吃什么，就给她买点儿什么，增加点儿营养，也许能延长些生命，家属心里也多少是个安慰。”

林若竹的眼泪夺眶而出：“不，大姐不能死！不能死……”

年轻的助产士恨自己无能，在大姐濒临死亡的时候，束手无策！内科大夫所说的纯属安慰性的话给了她一线渺茫的希望，她把自己积蓄的钱全部带上，疯了似的在街上跑，买最名贵的御膳糕点、最鲜美的果品、最有营养的补药，只要能延长大姐的生命，她一切在所不惜！

同济堂药店的伙计满面笑容地迎接这位财神：“好您哪，最好的补品我们这儿应有尽有！人参为百草之王，能延年益寿；灵芝有‘仙草’之称，可起死回生；鹿茸强身健骨，枸杞子明目养肾；党参补气养血，银耳滋阴润肺……要什么，您说吧！”

“都要，都要！”林若竹一边说着，一边掏出大把大把的钞票。

店堂一侧的木质楼梯上，走下来章子侠。

正在给林若竹包药的伙计微笑着向他打个招呼：“章经理，今儿这买卖做得痛快，来了个大主顾！”

章子侠往柜台上瞥了一眼，“嗬，买这么多名贵补药，治什么病啊？”

林若竹急等着拿药走，无心多说：“胸膜炎！”

章子侠在柜台前停住了脚步，有些奇怪地问：“胸膜炎用这么个治法儿？谁给您开的方子？”

“没方子！”林若竹忧心忡忡地说，“病人快不行了，我也是没法子才……”

章子侠皱起了眉头：“才自作主张？这可不行！病人虚弱到了极点，您这么大补，还不要了命？”

“啊？那……怎么办？胸腔的积水都快把人憋死了，西医已经没有办法！”

“胸腔积水？我倒是在古医书上看到过一个方子……”

“噢？”林若竹的双眼放出希望之光，“您把方子开给我，不管多贵重的药，我不怕花钱！”

章子侠说：“值不了什么钱！是个小小的单方：您回去把甜瓜子和西瓜子焙干、研末儿，给病人冲服，试试怎么样？”

“瓜子儿……能治得了这么重的病吗？”林若竹不敢相信他的话。

“小姐，救人当紧，您要信得过我，就赶快去办！”

这位章经理那诚挚的目光和神色使她不再怀疑了，转身就往外跑，去找西瓜子儿、甜瓜子儿，把已经付了款的补药全忘在柜台上了。

“小姐!”章子侠叫住她，“把您刚才买的药，退了吧!”

刚才兴致勃勃的伙计这时挺扫兴地看着他们的经理，“退？这是已经卖出去的药！是她自己要买的……”

“退!”章子侠严肃地对伙计说，“咱们不能乘人之危，谋取不义之财！……”

…………

瓜子儿找到了，给大姐服下去了，令人吃惊的奇迹出现了：大姐的胸腔积水止住了，垂危的病体一天天康复了!

一辆“别克”牌小卧车停在同济堂门口，车门打开，走出满面春风的梁轩亭和林氏姐妹，他们是专程来向那位章经理道谢的。

在经理室里，梁轩亭握着章子侠的手，激动不已：“章先生真是神医啊!”

章子侠谦逊地微笑着说：“不，我连庸医都不是，哪敢称得神医？只不过为了经营药店，经常翻翻医书，碰巧有这么个方子而已！这其实是令夫人的造化，也亏了令妹奔走及时!”

林若竹红了脸说：“我当时还不大信呢，幸亏听了您的话!”

“是啊，是啊,”梁轩亭感恩戴德，“您的救命之恩，如同贱内的再生父母，梁某没齿不忘!”

林若萍连忙从手提包中取出一只精巧的锦盒，打开之后，里边是一条金光闪闪的项链。“章先生!”她双手递上去，“这点儿薄礼是送给您太太的，实在不成敬意……”

梁轩亭赶紧接着说：“请一定笑纳!”

章子侠却没有接，他只朝项链瞥了一眼，脸上就泛起了阴云。“谢谢梁太太的盛情，可我怎么能收你们的礼呢?”他说，“请留着自用吧!

我这无家无室的人，与首饰无缘哪！”

“噢？”林若萍盖上锦盒，诧异地说，“章先生做着这么大的买卖……”

章子侠笑笑说：“同济堂是总经理的，我只是代管而已！”

林若萍说：“代经理也是个了不起的地位呀，怎么三十多了还没选个太太？横是那些名门闺秀、大家千金，您都挑花了眼了吧？”

旁边，梁轩亭轻轻咳嗽了两声，林若萍就停住了嘴。

章子侠岔开话题说：“如今战乱不休，生意萧条，我受人之托，只想把药店办好……”

梁轩亭就起身告辞：“章先生商务繁忙，我们就不打扰了，改日请一定光临舍下，梁某扫径以待！”

章子侠也不挽留：“好，有机会当去拜访梁先生，恕不远送！”

…………

从同济堂回来，“章子侠”就成了他们一家谈论的话题。

梁轩亭赞叹道：“章先生真君子也！我的那些教授朋友当中，也很少有像他这样仪表堂堂、谈吐不凡，为人又是那么谦逊和善！若萍，你不是早就想物色一个中意的妹夫吗？”

林若萍嗔怪地说：“我刚才就是这个意思，才说了半截儿就让你‘吭，吭’两声给闷回去了，我还以为你不喜欢这个开药铺的呢！”

梁轩亭说：“他可不同于那些庸俗的商人，倒像个文人。不过，像你那样单刀直入地问人家打算娶什么样的老婆，未免太俗气了，这事儿还得我出面，先交个朋友，慢慢地再谈正题。当然，最重要的还得先看若竹本人的意思，”他转过身看着林若竹，“你觉得这个人怎么样？”

林若竹低下头，只觉得脸上发烫，心里发慌。一种奇异的情感袭击着姑娘的心，她觉得自己像是做梦，在梦境中不知不觉撞进了一片从来没有到过的天地，这个地方有一个叫章子侠的人，好像已经等了她很久很久了。她自己好像也是寻找了很久很久才找到了这个人。他是为她而生的，她也是为他而生的。啊，奇异的西瓜子儿、甜瓜子儿，谁能料到会在她的心中开花、结果呢？

她当然没有把这些都告诉姐姐和姐夫，但是，她的表情、她的眼神已经说明了一切，她瞒不过他们。

后来，姐夫和章子侠成了很好的朋友。

后来，她和章子侠也成了很好的朋友。

终于，姐夫委婉地向子侠表达了他们全家的意愿，不料，子侠对此的反应却是沉默。

姑娘的心受到了挫折。

"若竹，"子侠对她说，"你毕竟太年轻、太单纯了，把爱情看得过于美妙，过于理想，恐怕我会让你失望。我是个苦命人，少小离家，浪迹天涯，四处奔波，不会给你带来幸福！嫁给我，你以后也许会后悔的！"

"不，我永远也不会后悔！你一个人太孤单了，应该有一个家。只要两个人相知相爱，就比什么都珍贵！"

"可是，你并不知道，我是一个结过婚的人！……"章子侠诚挚地望着她，向她述说着自己的妻子——已经怀着孩子死于非命！他不愿意瞒她，怀着深深的思恋向她说起王月梅，眼里含着泪，"我没有家了，永远没有了！"

"不，你有家！你，和我，咱们两个人，就是一个新的家！"

两颗心贴在一起了，他们互相偎依着，拍了那张订婚照……

订婚照依然挂在墙上。

那是他们的“家”的标志。可是，这个家成了才两年就毁了！她凝望着照片上子侠的脸，直到现在，她才真正明白了当初子侠为什么对他们的婚事那么犹豫。他是想一个人做他想做的事，不愿意牵连她。也不愿意牵连任何人！他总是那么忙，很少有时间陪她。甚至这次临出门的前一夜……

那天晚上，章子侠下班回来，还没顾上吃饭，账房先生徐仲义就追到家里来了，谈买卖。说是和广利西药店谈妥了，答应明天提货。

子侠说：“好，提了货，我明天就可以走！”

徐仲义问他：“广利西药店的事儿还跟总经理打招呼吗？”

子侠想了想说：“总经理胆小怕事，未必同意这么干。咱们先斩后奏！只要把钱给他赚到手，总经理还能不乐意？”

徐仲义说：“要是遇到什么风险……”

子侠说：“做大买卖嘛，就得铤而走险！就这么办了。”

正在张罗做饭的林若竹插嘴说：“何苦呢？同济堂是人家的店，用得着你这么卖命？”

子侠笑笑说：“买卖上的事儿，你不懂！总经理把这么大的家业托付给我，我不能不卖力气。再说，我也得靠同济堂挣钱养家啊！”

“得啦！谁靠你养活？”林若竹把饭端到桌子上，“我不就是从有了燕燕才辞了工作嘛！你要是丢了饭碗，我就自己挂牌子开业，给人家接生！”

子侠就跟她开玩笑：“那好，我给你当护士！”

“章太太真开诊所，我帮您张罗！”徐仲义笑着站起身来，“经理，我该走了。您准备准备出门的东西吧……”

吃完晚饭，已是半夜。灯下，林若竹为子侠打点行装。子侠说：“不要带这么多东西，越简单越好。沿途有我们好几个分号。跟自己家一样，什么事都好办。”

“这一趟去多长时间？”

“说不定。好几个分号都得去安排安排，事情办利索才能回来。你别着急，耐心等着我……”

子侠走了。

啊，他的声音，“等着我，等着我……”还那么清晰地响在耳畔，好像是昨天说的，可是三个月过去了，林若竹却没有等到他回来，他……锒铛入狱了！

往事如烟，现实冰冷。突然的灾祸降临到头上，林若竹才感到自己是这样孤单！她本能地求助于大姐和姐夫，可是，那个一直像母亲一样拉扯她长大的姐姐，那个口口声声说子侠“恩重如山”的姐夫在关键时刻却撒手不管了！她该怎么办呢？

孤独中，绝望中，林若竹突然想到了王月梅。啊，自己还答应了她呢，子侠回来了告诉她一声儿，现在，该不该告诉她呢？那是个痴情的女人，她是那样爱着子侠，这事儿，应该让她知道！当然，一个乡下女人是没有能力解救子侠的，可是，事到如今，除了她，林若竹还能向谁去诉说呢？

窗棂外，天色已经微明。

床上，小燕燕还在熟睡。

林若竹推开房门，朝南屋喊道：“胡妈，你给我看着燕燕，我出去一趟！”

茂源染坊的院子里，一大早，繁重而又枯燥的劳动又在继续。

娘儿俩在拧着一匹湿漉漉的白布，水从拧紧的布中哗哗流下来，裤腿和布鞋都被溅湿了。

“拽紧，寒妮，拽紧喽！”王月梅叮嘱着女儿，生怕她一失手把布掉在地上。

雪白的布在绳子上挂起来，挂得层层叠叠。娘儿俩把布在绳子上拉平，布的一边，露出寒妮踮起脚尖的双腿，绳子的上边，露出王月梅小心翼翼的眼睛。

“大嫂，大嫂！寒妮！……”是谁在叫她们？听声音这么熟……

她突然看见了林若竹，匆匆地在两条绳子之间穿行。王月梅十分意外：“林先生？你找俺……”

林若竹顾不上打招呼了，气喘吁吁地说：“子侠……子侠……”

寒妮兴奋地从白布底下钻出来：“俺爹回来了？”

王月梅心里一阵狂跳，她终于等到这一天了！她把湿漉漉的布匹摊在左臂上，右手一把拉住林若竹：“噢！他在哪儿？”

林若竹上气不接下气地说：“南……南城稽查所……”

王月梅脸上绽开了笑容：“又找着新工作了？稽查所是做啥买卖的？”

林若竹脸色阴沉，压低了声音说：“那是关犯人的地方，他被抓起来了！”

王月梅如雷贯耳，脑袋嗡的一声，手中的湿布啪地落在泥地上。

“寒妮啊，寒妮，走，快走！”她双眼直直的，手脚都在哆嗦，拉起寒妮就走，什么白布，什么染坊，什么工钱，一切都对她毫无意义了，不存在了！

掌柜的早在店堂里往外瞄着哪，刚才看是一位有身份的太太跟她说话，没好意思出来阻拦，此刻，气咻咻地追上来：“哎，哎，你这叫怎么回事？疯了？”

王月梅真像疯了似的，脸色铁青，两眼闪着吓人的光，一边走，一边回头说："掌柜的，俺的天塌啦！"

出了茂源染坊，她们没命地跑。

人的心，没法说啊！现在，王月梅把一切都忘了，忘了陈嫂关于"痴心女子负心汉"的论述，忘了章子侠已经不再是自己的丈夫，忘了自己拒绝"纹银三百两"、痛下分道扬镳的决心，她的心里只有一个念头：子侠在受难，得马上赶到他的身边！

十一　人多了壮胆

一清早，徐仲义就跑到总经理家里来，在床边儿上说了一大套。

总经理让他吓了一大跳！揉着惺忪睡眼，恼火地问："谁让你们倒腾西药的？这个章子侠，他怎么乱当家？"

徐仲义苦笑着说："他是想替您把家当好啊！眼下时局动乱，物价飞涨，常用药不赚钱，老百姓吃不起人参鹿茸，光指望'大老美'买您的？那才能卖多少？谁不各找各的门路？连军界、政界的一些要人也在半明半暗地贩烟土、卖军火。您有一大家子人得吃得喝，店里的伙计、药厂里的工人得发薪，我这个账房找谁要钱？为难的是章经理！万般无奈，他才从广利西药店进了点儿货，捎带着卖……"

总经理哼了一声说："那也不能卖给共党啊！"

"哎，官司打到总统府咱也不能认这个账！"徐仲义说，"药店里天天有人买药，医院里天天有人看病，谁知道都是什么党？他们抓章经理，未必有什么真凭实据，都怪广利西药店不讲信用，钱到了手，把我们给卖啦！这有什么？他们想赚钱，我们也想赚钱！总经理！您请过目，章经理这一趟……"

总经理心烦意乱地推开徐仲义递上来的账本："钱，钱！钱能养人，也能害人！在官府的眼里，同济堂的这份家业是一块肥肉，这一回，恐怕连招牌都得砸喽!”

徐仲义说：“那倒未必！眼下最当紧的是，咱得把‘私通共党’的罪名洗干净！章先生为人仗义，绝不会招供那些没影儿的事儿，坏您的名誉；您呢，又是名声在外的社会贤达，如果出面跟警方交涉交涉……”

总经理胆怯地连连摆手：“不，不，我历来不跟官府打交道!”

位于珠市口东柳树井路北的南城稽查所，高高的围墙上架着布满铁蒺藜的铁丝网，紧闭着两扇铁栅栏大门。两名荷枪实弹的警察紧张地守在那里，如临大敌。门外，挤满了乱糟糟的人群，有手提篮子的白发老人，有怀抱娃娃的年轻妇女，也有知识分子打扮的学生、教员。他们有的抓着铁门上的栅栏，呼叫着被关押的亲人，有的围在警察跟前，好说歹说，一片乱哄哄。警察理也不理他们，冷冰冰地把人们往外轰：“走开，走开!”

人们谁也没往外走，倒是想着法地往前靠。现在，王月梅、林若竹和寒妮加入了这茫然期待的队伍，从人和人的缝隙中朝前挤。

王月梅问身旁的一位老太太：“大娘，你也是来探监的？见着了吗?”

老太太正气得哆嗦呢!“这帮子挨枪子的，说什么也不让见！找儿子怎么了？他一不偷，二不抢，就因为美国兵糟践了一个叫沈崇的姑娘，我儿子写文章说了几句公道话，这也犯法?”

旁边一位穿长衫的老头儿气愤地说：“哼，如今是卖国、打内战有理，要饭吃、要和平、要自由有罪!”

警察气势汹汹地朝这边嚷道：“说什么呢？活得不耐烦了是怎么着？留神把你们都当共党给抓起来!”

王月梅好不容易挤到了警察跟前，她强作笑脸说：“长官，你辛苦!

俺跟你打听个人，叫章子侠……”

警察不屑地瞥了她一眼，不耐烦地摆了摆手：“没有！去，去！”

“没有？人叫你们抓来了，咋能没有！俺不信！”王月梅说着，从衣兜里掏出个烧饼递过去，“长官，你赏个脸……”

警察反感地扭过脸去，一甩手把烧饼打落在地。

王月梅火了：“你这个人咋不识好歹？”

“什么？你敢骂人？”警察被激怒了，挥拳就要打，“老子毙了你！”

小寒妮忽地冲过去，用自己瘦小的身体护住娘：“你敢打俺娘！”

“哟嗬！”警察顺势抬起穿着大皮靴的脚，“你这个小杂种！”

那皮靴只要踢过来，就够小寒妮受的。林若竹急忙挤上前去，拦住警察：“长官，长官，别跟小孩一般见识！”

这柔和的女声使警察一愣，一股温馨的气息朝他袭来，他收住了手脚，回头看看这位身穿绸缎、头烫鬈发的美丽少妇，口气不知不觉地就缓和了：“你……”

“我想见见一个叫章子侠的先生，昨天被抓到您这儿来了……”

警察迟疑地看着她：“你也找章子侠？是不是那个药铺老板？”

“对。”林若竹赶紧顺手摘下左腕上的坤式金表递过去，“您行个方便！”

警察接过手表，飞快地扫了一眼，放在耳朵边听了一听，迅速塞在怀里，脸上露出了油滑的笑容：“不是我铁面无私，上头有命令，稽查所的犯人一律不许见。这么着，你等着，我去问问。”

说着，朝另一名警察使了个眼色，叫他看着外边，自己钻进了门旁的岗亭。从玻璃门上可以看到，他在拧电话摇把。

令人难以忍耐的等待，三双满怀期待的眼睛。

警察终于走出了岗亭。三个人立即围上去，旁边的人也停止了吵嚷，一张张屏息专注的脸，鸦雀无声地望着警察。

警察若无其事地甩了甩手："章子侠不在我们这儿了，已经引渡到外交部街警备司令部去了！"

"警备司令部?"林若竹期待的脸顿时变了色。

王月梅急切地问："那是个啥地方?"

"严实地方，专关重犯的！"警察爱理不理地说。

王月梅伸手拉了寒妮，喊着林若竹："她婶子，咱去！"

"警备司令部可不是随便进的地方，子侠这案子不轻，咱们得好好合计合计。"陈老师脸色阴沉地扔下手中的筷子。吃了一半的午饭撂在桌子上，一家人围着林若竹。

陈嫂长吁短叹了一阵，突然灵机一动："燕燕她大姨父是什么官儿来着？跟司令部说得上话不?"

林若竹垂下眼睛，叹了口气说："不指望人家了，我这就从他家搬出来，正托徐先生找房子呢！"

"咋着?"王月梅愤愤地说，"说变脸就变脸，他六亲不认了？她婶子，咱不沾他！"

陈老师感慨地说："为富不仁，人情薄如纸！"他那鼓鼓的近视眼望着林若竹，"您要是不嫌弃，就别到处找房子了，搬到我们这儿来住吧。"

林若竹环顾着这拥挤的斗室，很觉迟疑："哪能再给你们添麻烦呢?这儿已经够挤的了。"

"咱不是在难处嘛，人多了壮胆，就这么着吧！"陈婶爽快地说。她抬头往窗外望了望，"要不，咱跟房东说说，把东边那两间空房租上来，不就够住了?"

“噢,”林若竹站起身来，从北窗打量着挨着影壁往北的一溜两间东房，“这倒是个办法。”

呈祥胡同六十一号西厢房的房客，就要撤离这所院子了。

林若竹一手抱着孩子，一手摘下墙上那镶着她和章子侠的订婚照的镜框，小心地夹在腋下，回头再看看这个她住了多年的房间。这里，镶着大理石面的硬木桌椅、西式沙发、弹簧双人床、书橱、花架……凡是属于姐夫的财产，该留下的都留下了，属于自己的日用杂物、衣服被褥、子侠的书……该搬走的都搬走了，这里不再属于她——从来也没有属于她，她只是寄人篱下的房客，现在，该走了。留恋吗？不，一点也不留恋。少女时代的梦，新婚之后的情，都装在她的心里，一起带走了，这里，什么也没有遗落，什么也不值得留恋。相依为命的姐姐，这已是过去的概念。现在，姐姐心中最重的是国大代表、法学教授梁轩亭；而她，心中只有那个身陷囹圄的囚犯章子侠。执法者和犯法者继续住在一起是荒唐的，该走了，走吧！

她默默地转过身，门也不用带，顺着廊子往南走，往大门口走。

林若萍呆呆地站在北廊下，看着匆匆走去的林若竹的身影，看着敞开的西厢房门，觉得自己的胸膛都被掏空了。她的同胞妹妹，和她相处了半辈子，就这么分手了。她像对待亲生女儿一样疼爱的小燕燕，乳毛未脱，就要飞去了。她呢，她身边还有什么？只有早出晚归地在官场奔波的梁轩亭。他每天挺晚才回来，一脸疲惫，夫妻之间的灯前夜话也只有“市党部的会议非去不可”“明天去拜会胡适之先生”之类，在她听来味同嚼蜡。以后，她将再也听不到小燕燕的欢声笑语，只能整天和胡妈那个干瘪的老妈子一起守着这个空荡荡的大院子，看着黑枣树上的果实一颗颗地飘落。她心里一阵发慌，觉得除此之外，她什么都没有了，妹妹不是被赶走，而是弃她而去！她终于忍不住了，无力地俯在廊柱上，肩背在痛苦地抽动，哭出声来，声音沙哑而哽咽：“真的走了？若竹，若竹！……”

林若竹停下脚步，背着她，静静地站了片刻，本不想做任何告别的表示，但终于还是回过头来，最后看了一眼一母同胞的大姐，什么也没有说，扭头走了，走出游廊，走过影壁，跨出大门。呈祥胡同六十一号，再见了！

梁轩亭嘴里含着雪茄烟，从北屋踱出来，两手钩着背带裤的吊带，淡淡地说了声：“胡妈！愣着干什么？还不快把西厢房打扫出来？天凉了，院子里的花都得搬到屋里去！”

灰蒙蒙的夜空，一弯下弦月挂在光秃秃的洋槐树梢上，清风吹得槐荚沙沙地响。

取灯胡同九号的杂院里，陈家东面的两间空房已经亮起了灯光。

草草搭起的铺板上，铺起了雪白的床单，摆着林若竹结婚时候置办的缎面被子和绣花枕头，两年的时间，这些东西还没有用旧，摆在这简陋的房间里，显得鲜鲜亮亮的，好像在布置新房。

林若竹手里捧着那个镶着订婚照的镜框，寻找着合适的地方。按照过去的习惯，她准备挂在迎门的墙上，现在，小柜子的上方空着一块地方，正好那儿楔着一根不知以前做什么用的木橛子。她踩着小凳子，刚想把镜框挂上去，突然下意识地瞟了一眼正在门边拾掇碗筷的王月梅，心里一动，意识到不妥，犹豫了一下，从小凳子上下来，把镜框装进了小柜的抽屉，无声地叹了一口气。

小燕燕似乎对乔迁新居极为新奇兴奋，在床上爬来爬去，咿呀咿呀地叫着。寒妮幼小的心灵中，忧愁也暂时让位于欢乐。她用两只手巧妙地变着花样，让燕燕看投在墙上的手影：“咦，小兔！咦，变了，小狗！看，小鸟，小鸟，飞了！……”这处于患难之中的临时住所，竟然充满了孩子们不知忧愁的笑声。

徐仲义默默地走进来，林若竹和他打个招呼，请他坐在柜子旁仅有的一把椅子上，自己则坐在床沿上。

徐仲义脸色严峻地低声说：“章先生这案子棘手得很，一时还打不通门路，我们商界同人在积极奔走。您心里要有个底儿。”

林若竹低着头，搓弄着修长的手指，“您不说我也明白，我心里有底儿，他也许出不来了！”说着，眼圈红红的。

“不，无论如何，咱得想办法把他救出来！”徐仲义伸手从身上掏出一摞用红纸封着的钞票，“章先生为店里吃官司，他的薪水照发，您收着，先安置生活。”

“不！”林若竹推开徐仲义的手，“徐先生，你们的心意我领了，把钱花到该花的地方吧！”

“章太太，您……”徐仲义眼里噙着泪花，“你们娘儿俩总得吃饭啊！”

“我有办法。”林若竹抬起脸，想了想说，“我还当我的助产士，自己开业，出诊接生。我以前说过，子俟还当是开玩笑，真到了这一天啦！”

徐仲义愕然。他望着纤细柔弱的林若竹，没想到这个看上去像林黛玉似的弱女子，心里这么有主意。“可是……”他迟疑地看看小燕燕，“您带着孩子，怎么出诊？”

林若竹似乎早想到了：“把燕燕交给她大妈。”

徐仲义没听明白，指指王月梅，问：“这是……”

“这是我大嫂。”林若竹说。

“噢。”徐仲义手里托着钱，沉吟着说，“开业也不是简单事，总得准备点药品、器械。都用什么？您说吧，我去办！”

十二 助产士

一九四七年的春天悄悄地到来了。

取灯胡同九号的大门旁，挂着一块白底黑字的木牌，上面写着：“产科医士林若竹寓所”。

一辆洋车停在洋槐树底下，车夫紧急地敲着大门：“大夫，大夫！”

陈老师手里夹着书包正要出门，听外边喊得这么急，赶快拉开大门。车夫冲着他说：“您就是林大夫吧？劳您驾，有位太太要添孩子……”

“噢！”陈老师连忙朝里边大声喊，“寒妮，快叫你婶子，人家来请大夫啦！”

林若竹提着出诊包匆匆忙忙走出东屋，一面走，一面朝屋里说：“大嫂。我走了！”

林若竹坐上车子，车夫抄起车把，迈开大步一溜小跑地拉走了。

菜市口丁字街西北角的一座临街的门楼，敞着大门，门扇上的漆皮半新半旧，大红底子上漆着黑字楹联：“向阳门第春常在，积善人家庆有余。”青石台阶上，站着一位挺富态的胖老太太，她正焦急地手搭凉棚，朝着丁字街口，望眼欲穿。突然，她看见了救星，颤巍巍地迈开小脚，跌跌撞撞地奔下台阶，嘴里一迭连声叫着：“大夫来了，可有了救了，可有了救了！”

没等洋车夫把车停稳，林若竹就匆匆跳下车来，快步跑上前去，“产妇怎么样了？”

“正折腾呢！吓死人了！”老太太顾不上寒暄，语无伦次地说着，引着林若竹急急忙忙往里走。

西厢房里间的卧室里，产妇挺着个大肚子，躺在硬木雕花罩顶的大床上，正疼得死去活来，大张着嘴喘个不停，有气无力地嚷着："妈呀，救救我，救救我……"

"大嫂，你别害怕，安静一点，安静一点……"林若竹给她检查胎位。

林若竹的眉头皱了起来，问胖老太太："为什么不早送医院?"

"家里没人哪！我儿子这几天也不知怎么那么忙，媳妇都到日子了，也不惦记着早点儿打主意，家里头净是不主事的……"胖老太太唠唠叨叨，一看林若竹脸色不对，才就此打住，不安地问，"大夫，您看，不要紧的吧?"

林若竹严峻地说："胎儿是臀位……"

胖老太太没听懂："怎么个话儿?"

林若竹说："噢，就是孩子屁股朝下，难产!"

"啊!"胖老太太慌了神儿，"我添元儿的时候就是难产，差点儿……大夫，您可得救命啊！我家三辈子单传，就盼着添个小子，您积积阴德，救了这两条命，我给您挂匾扬名……"

产妇的呻吟淹没了胖老太太无济于事的唠叨。剧烈的疼痛使产妇在床上翻滚，双手死命地扯着自己的衣服，好像要撕破自己的肚子，一串豆大的冷汗珠从额头上滚下来，发出撕裂人心的惨叫。

送医院显然已经来不及了！林若竹冷静地把两个枕头摞在一起，垫在产妇的头颈下面，使她微微呈半坐状，然后吩咐胖老太太紧紧扶着产妇的上半身，自己屏住呼吸，开始施行她独立接生以来遇到的最棘手的手术……

没有麻醉，产妇像被宰杀似的惨叫，叫得胖老太太浑身哆嗦，叫得林若竹也毛骨悚然。一霎时，她好像觉得这惨叫声是从围着铁丝网的监狱里传出来，她好像看到了带血的皮鞭、烧红的烙铁、从老虎凳上坠落的碎砖、倾盆泼下的冷水，她好像看到了那残害人的肉体、折磨人的灵魂的场面，好像看到了她的丈夫章子侠正在血泊中受难……

不，她什么也没有听到，什么也没有看到，她的眼前只有这挣扎在死亡线上的产妇，只有维系于她那纤纤十指之中的两条生命！

煤球炉子上的粥锅在冒着蒸汽。王月梅端下粥锅，坐上带屉的蒸锅，飞快地在屉里码上一圈玉米面窝头，最后，在屉的中心部位摆上两个用白面做的、捏着精巧的花边的小包子，盖上了锅盖。

她擦去了手上的面，拎起放在门槛旁边的一条床单，按在大盆里，使劲地揉搓起来。

门槛里边，寒妮抱着小燕燕，从小柜的抽屉里取出那只大镜框，指着那个穿西服的人，教燕燕学说话："这是爸爸！"

陈老师的儿子小雨吃力地抱着一床被子，从外边歪歪扭扭地走进来："大妈，我又给您找了一家，对过儿油盐店里的伙计要拆洗被子！"

"噢，好孩子！"王月梅在围裙上擦了擦手，赶紧接过被子，搭在房前的绳子上，"雨儿，你再去问问旁的铺子，啊！"

"哎。"小雨答应一声，又跑了出去。他对这桩差事极有兴趣。

王月梅俯下身去，继续揉搓那满盆的胰子沫儿。

随着婴儿呱呱落地的啼哭，林若竹长长嘘了一口气，疲惫地抬起右臂，用衣袖擦拭着脸上的汗水，纤细的手指上沾满鲜血，滴在她雪白的罩衫上。

胖老太太抹着脸上的泪花，不知该用什么言辞来表达她的感激之情：“林大夫，您真是观音菩萨，给我们送来个胖小子！我们给您挂匾，给您扬名……”

林若竹只是对她笑了笑，没有力气说话了，她脱去橡皮手套，洗了手，开始收拾自己的医疗器具。

这家的男主人不知什么时候已经回来了，一直等在外屋，这时，撩开门帘走进来，也是千恩万谢：“林大夫，您救了我家的两条人命啊！您请外边休息，饭都准备好啦！”

林若竹提起出诊包，随着他走到外屋，有气无力地说：“不了，我得赶快回去了，家里还有孩子……”

男主人说什么也不依：“哎，无论如何，也得吃了饭再走，家里人做不出什么好的，这都是从馆子里端的……”

他指了指外屋的八仙桌，的确，一桌丰盛的饭菜早已预备好了。

“不打扰了，何必这么客气？我在外面接生，向来不在人家吃饭。”林若竹执意要走。

男主人过意不去地追着她，递过去一个早已准备好的红包：“那……这点小意思，请您拿上，实在不成敬意！”

林若竹并不推辞：“出诊费两万就够了！”她抬起头来，伸手去接钱。

当她的目光正面接触到男主人的脸，不禁一愣。这个人，虽然没戴大檐帽，没穿束着宽宽的皮带的制服，却也能认得出来，和她有过一面之交。她迟疑地辨认了片刻，当她确信自己没有认错人的时候，心里泛起了一阵厌恶之感。但是，这种厌恶之感，在她心中只停留了短短的一刹那，只有一刹那，便消失了，一个突然冒出的念头使她的眼睛里闪出了一点希望之光。她几乎是兴奋地脱口而出：“噢，是您哪？”

“您认识我？”男主人显然不记得他在什么时候曾经和这位大夫见过面。

林若竹微笑着说："您不是南城稽查所的吗？您忘了，那天还麻烦您给打了个电话呢！咱们也算是熟人了，出诊费您就甭给了！"

"噢！"男主人终于想起来了，那天是有一个挺漂亮的太太求他找人来着，对，对，虽然缎子旗袍换上了白罩衫，可脸盘儿还是那个漂亮太太的脸盘儿。当然，他不会忘记还有那块表……南城稽查所的警察有些尴尬了，讪笑着说："瞧我这记性！那天，咱们还是初次见面，也没帮上您多大忙，没承想，今儿个倒托了您的福了！"

"没什么，互相都有个照应嘛！"林若竹倒不急于走了，她顺手放下出诊包，试探地望着这位警察说，"我还想求您帮个大忙呢！我家先生关在警备司令部还没出来，你们稽查所和司令部熟不熟？大哥您门路广，能不能给活动活动……"

胖老太太从里屋走出来，听了半截话茬儿，连忙插嘴说："噢，元儿，这可是得管！人家林大夫救了咱家两条人命，儿啊，咱得知恩报恩！"

警察沉默了。这张脸在变化，作为产妇家属的感激之情消失了，一瞬间恢复了在稽查所门口时的那种冷漠和阴沉。

"元儿，你说话呀！"胖老太太在催促他。

里屋，新生婴儿的哭声好像也在催促他。

林若竹，此刻从救苦救难的观音菩萨又降为在押囚犯的家属，眼巴巴地期待着他。

警察为难了。一个人，无论是怎样一个人，去做锦上添花的事总比雪中送炭容易得多，何况他这种人，压根儿就没打算过去做什么雪中送炭的事。他感到很晦气，天下的接生婆有的是，干吗非得让他赶上这么一个带附加条件的？这个女人也真讨厌，你的营生干完了，该多少钱给你多少钱不就得了？干吗还腻腻歪歪地缠着说这些事？

他避开了林若竹那期待的目光，垂下了头，背过脸去，嘴贴着胖老太太的耳根说：“妈，这可是砸饭碗的事，您不知道，她男人犯的可不是一般的案子，是共……”

胖老太太哦了一声，吃惊地望着林若竹。

警察的声音虽然很小，林若竹也听见了。即使听不见他说的话，林若竹也能看出他的意思来了。林若竹醒了，从一时的迷蒙中醒了，她的脸上，那被迫做出来的谦卑之态一扫而光，一双大眼睛充满了做人的尊严：“你不必为难了，怪我自己不该多嘴！”

她提起出诊包，转身朝门外走去。

“哎，哎，”警察拿起已经放在桌上的红包，“出诊费拿走，咱们公事公办！”

大街上，一辆三轮车拉着徐仲义在行驶。车到无人的地方，车夫回过头来，轻声说：“信送到了。上级同意你继续留在同济堂，充分利用社会关系，不惜一切代价营救子侠同志，但必须注意隐蔽，不能暴露组织！”

“知道了。”徐仲义说了声，下了车。小巷里，林若竹急急地奔走。路旁的小摊子一个接一个，冒着热气，散着香味，耳旁的叫卖声接连不断：“买蒸炸咪！”“牛肉包子！”她好像都没有听见，生怕自己的脚步有一秒钟的迟缓，眼紧盯着前面，急急地奔走。

到家了，终于到家了。她望见“产科医士林若竹寓所”的木牌，一阵晕眩，急忙扶住门框，才没有跌倒。

她扶着门框，做片刻的喘息，让心神定一定，让呼吸匀称一些。她不愿意让王月梅看见她这种疲劳的样子。

几秒钟之后，她推开了大门，迈着正常的步子朝里面走去，脸上微微笑着。

她的小燕燕，正坐在王月梅的腿上。王月梅揽着她，左手心里托着一只吃了一半的包子，右手的食指贴在自己的嘴唇上，把嚼碎了的包子抿下来，一口一口地抹到燕燕的小嘴里去，那两片花瓣儿似的小嘴唇，在津津有味地嚅动哩。

林若竹默默地站在东屋门外，看着这缺乏起码的卫生知识的喂养方式，她无法接受，皱起眉头，叫了声："大嫂！"

"吔，你回来了？"王月梅抬头望着她，炫耀地说，"你瞧，燕燕吃得多香，大半个包子都下去了！"

林若竹咽下了要说的话。她不忍伤害这个从未听过"卫生"二字的农家妇女，只是伸手去接过燕燕说："噢，我喂她吧！"

小寒妮从外边跑进来，嚷着说："被子都送去了，娘，我饿了！"

王月梅起身掀开锅盖，"这不，你婶子也回来了，吃饭，吃饭！"

寒妮眼馋地瞅着热气腾腾的笼屉，伸手去拿当中仅存的一只包子。

王月梅拍了寒妮的手一下，低声说："不知道给你妹妹留着？"

寒妮乖乖地缩回了手，从娘手里接过一个窝头。

热泪霎时充盈了林若竹的眼眶，她伸手拉住王月梅，"大嫂，别这样，都是一样的孩子！"

"厚德福"饭庄楼上的雅座，一场盛宴就要开始，桌上已经摆上四个冷碟和杯、盏、勺、箸，同济堂总经理同几位政界、警方人士分宾主坐定，徐仲义在一旁作陪。

同济堂总经理笑容可掬地说："今天请诸位光临，品尝品尝厚德福的风味儿！他们的老板是我的老主顾；我呢，是他们的老主顾。厚德福是我们老家河南在北平开的头一份馆子，是汴京正宗，道地的梁园风味儿！来，来，来！”

他端起了酒杯。

“无功不受禄，老先生如此盛情，是不是有什么吩咐？”客人问。

“不，不！”总经理谦恭地说，“兄弟不敢有劳诸位，无非是希望在买卖上……”

那位客人不阴不阳地说：“你开的是药店，谁没病没灾地盼着多吃你的药啊？”

“呃……是啊……”总经理没词儿了。

徐仲义赶紧接过去：“我们行里有句老话：但愿世间人无病，何愁架上药生尘？总经理的意思是说：诸位阁下治理地方，劳苦功高，小店也得以发达，特备薄酒以表心意，请！”

总经理连忙附和着说：“是这个意思，请！”

亏得徐仲义这么一圆场儿，四个酒杯总算清脆地撞出了一声响。跑堂的穿梭似的来回斟酒，轮番儿上来一道又一道名菜：猴头、铁碗蛋、糖醋瓦块鱼，都是厚德福最拿手的！

总经理热情邀客：“请！这糖醋瓦块鱼是厚德福一绝，您先吃鱼，等吃到一半儿，再尝尝他们用鱼汁儿焙得又黄又脆的龙须面，那才叫……”

跑堂的端上面来：“龙须面来啦！”

客人们纷纷举箸，赞不绝口：“嗬，果然是一绝！”

总经理是个有名的“吃主儿”，此时如鱼得水，炫耀地说：“更绝的还在后头——熊掌！”

跑堂的躬身说：“真对不起，今儿没法儿上熊掌啦！”

总经理顿时脸上变了色儿：“为什么？小瞧我们同济堂，怕我们花不起六十万吃你的熊掌吗？”

“不是这个意思，”跑堂的赶紧解释，“熊掌这东西费火，火候不够烂不了，客人都得三天前预订，您打招呼打晚啦！请多包涵……”

那几位等着吃熊掌的客人悻悻然，不悦地望着总经理。总经理“啪”地把筷子一撂：“你说什么？去年你们老板娘犯病，半夜三更找我们买安宫牛黄，我让你们等三天三夜了吗？看人下菜碟儿，也不瞅瞅老子是谁？今儿你要是让我脸上无光，我……”

跑堂的吓坏了，赶紧赔罪：“您老人家息怒！我……先把别人订做的给您端来，这就得！”

喝得半醉的那几位客人互相瞅瞅，纵情大笑起来。徐仲义连忙站起身去斟酒，心说：喝吧，吃吧！喂饱了，还得靠你们出力呢！

这一顿饭钱，得够王月梅拆洗多少条被子的？够林若竹接多少个娃子的？那就没法儿算啦！

十三　这钱干净

岁月，又过去了一年。

下雪了。纷纷扬扬的雪花，在古都北平的上空飘落，无论是金碧辉煌的宫殿，还是灰暗低矮的民房，也无论是大街闹市，还是陋巷贫窟，甚至那戒备森严的监狱，都暂时披上了一层银装，高贵变成平淡，贫困显得素雅，污秽也被掩饰，邪恶得到装点。雪是无私的，它将天上的琼屑玉粉平均分配给人间；雪又是虚伪的，它何必用洁白无瑕的外衣去掩盖满目疮痍的大地呢？

现在，取灯胡同的坑坑洼洼的土路、两旁高高低低的房舍，都被雪的绒毯所覆盖，比往日的破败景象，显得洁净多了。落尽了枯叶的槐树，光秃秃的枝丫上挂上了一团一团的白雪，像是突然之间绽满了梨花。正值年头岁尾，家家的大门上都贴了大红的春联，在白雪映衬之下格外鲜亮。

南房的外屋里，陈嫂正在和面，准备包饺子。今天已是除夕，学校里放了假，陈老师闲暇无事，也帮不上陈嫂的忙，就坐在藤椅上，拿过当天的报纸，不甚经意地浏览着。“蒋主席昨登匡庐度岁”“北平艺术馆上演《大团圆》”的大字标题，都与他的心情并不合拍，便匆匆地跳过去，看报纸上的物价，猛然看到了煤球、火柴、面粉的价格又在猛涨，不禁脱口说道：“嗬，又涨了！”

这没头没尾的半句话，陈嫂竟完全听懂了，接上去说：“可不，今儿这一口袋面，一百三十二万！”

“唉！”陈老师无可奈何地叹息，“北平当了‘陪都’，这身价跟物价一块儿飞涨啊！”

陈嫂瞥了他一眼，鄙夷地说：“‘陪都’算什么？不解渴，不充饥，一句空话糊弄老百姓，要什么故事眼儿？”

“砰！砰！砰！”是谁在外边敲门。

陈禹民走出南屋，准备去开大门，大门已经被正在院子里的林若竹打开了。

一个头戴狗皮帽子、满脸络腮胡子的人，披着雪花闯进来，劈脸就问：“您贵姓？”

林若竹说：“姓林。”

那人喘着粗气，咧开大嘴笑了：“可找着您了！我到了呈祥胡同，那家说您搬到这一带，可不知道门牌号码。要不是您在门口挂着牌子……”

“是接生吧？”

那人压低声音说：“不，你们章先生……”

“哦，”林若竹心里一震，没让他说下去，“您屋里来！”

在南房门口探着半个身子的陈老师，起先也以为是请大夫的，正想退回去，隐隐约约地听到“章先生”三个字，连忙跟了过来。

林若竹把来人让进东屋，急得心脏就像要从喉咙里跳出来似的，迫不及待地请他快说。那人掸着肩上的雪，一张嘴，嘴里就冒出大团大团的白汽：“我是刚从北新桥炮局监狱里放出来的，章先生……”话刚说到这里，王月梅和陈老师都围了过来，那人迟疑地望望他们，停住了嘴。

林若竹掩上房门，急切地说：“家里没外人，您快说！”

大家的心像被揪住似的，眼巴巴地望着那个戴狗皮帽子的人。王月梅怀里抱着燕燕，急睁着两眼问：“你见着她爹了？”

那人说：“当然，我跟他关在一个‘号’里！”

林若竹嘴唇颤抖着问：“他……他怎么样了？”

“要说你们章先生，真算得上是条江湖好汉！”戴狗皮帽子的人竖起大拇指说，“我琢磨着，像他这样跑黑市买卖的，总得有帮有伙吧？可他嘴严得很，任谁不攀不咬，一人做事一人当，一拍胸脯，全揽在自个儿身上，跳河一闭眼，随你动什么刑罚……”

“啊，刑罚！”王月梅听了，牙齿都在打战，急得咬住自己的手指。

“刑罚还能脱得过？”戴狗皮帽子的人苦笑着说。他也是过来人了，说起刑罚，并不像这些人这么大惊小怪，“压杠子、坐老虎凳、烫火钳子、过电……连我都灌了辣椒水嘛！”

他一一历数的这些酷刑，此刻，就像加在王月梅和林若竹身上一样，两颗心脏在痛苦地战栗。

“这伙子杀人不眨眼的魔王！”王月梅不禁悲愤地骂道，“他的身子骨哪经得住这么折磨？”

林若竹连忙问：“他现在身体怎么样？”

戴狗皮帽子的人叹了口气：“唉！一条好汉生生地给他们折磨垮了，

浑身血淋淋的，没有一块好肉。天又冷，伙食忒次，章先生病倒了，身上热得烫人，还咯血……”

“病成这样，也不给治？”林若竹心疼地说，“他没说让家里……”

“哦。”戴狗皮帽子的人解开衣服，从棉袄里子里揪出一个小纸卷，只有火柴棍那么大小，“他让我带出来一封信。受人之托，无论如何我也得交到您手里！”

林若竹急忙接过那个小纸卷，哆哆嗦嗦地打开看了看，却没有说话。

王月梅急得等不得：“写的啥？”

陈老师伸手从林若竹手里接过纸条，看着那上面用草棍蘸着血写的八个字，他也愣住了。

王月梅更急了：“写的到底是啥？你给俺念念！”

“人为财死，鸟为食亡。”陈老师念着纸条上的血字，茫然地说，“这……这是什么意思呢？”

“准是缺吃的吧？”王月梅按照自己所能理解的加以猜测，“咱得给他送饭去！”

林若竹寻思着说：“嗯，恐怕……还有一层意思，让咱们报答这位送信的先生？是啊，我们不能让您这么冰天雪地地白跑，您等等。”

她说着，转身要去拿钱。戴狗皮帽子的人伸手拦住说：“章太太，您这就小瞧我了。江湖上讲的就是一个‘义’字，我可不是为了钱才送这封信的，只要以后章先生出来，能知道没白交我这个朋友就成了。你们呢？没别的，得赶紧想法子救章先生出来，钱就花在这地方吧！”

这人说着，站起身来就要走。陈老师拦住他说：“大年下的，吃了饭走！这位先生，我还想跟您打听打听，您是通过什么关节出来的？”

戴狗皮帽子的淡然一笑：“不怕您见笑，我是做没本儿的买卖的，因为出手了几条枪，阴错阳差，被他们当成‘政治犯’了。没别的，靠的是朋友，外边儿的哥们儿大把大把地塞钱，愣把我这条命给买出来了！”

“钱？咱不怕花钱！”王月梅喃喃地说。戴狗皮帽子的人说的这话，给了她极大的启发。钱啊，世界上这么多人，跟鱼似的游来游去，钱。就好比是水。有钱走遍天下，没钱寸步难行。没有钱的苦处，她尝得比谁都多。但是人比钱当紧，如果她王月梅有钱，如果钱能够挽救章子侠，她又何惜“挥金如土”！

年关底下的前门外大街，真是够热闹的了。王月梅从喧嚣的闹市中走过，并没有光顾任何摊子、商店的意思，她好像心目中有自己的既定目标，绕过重重的障碍，费劲地挤过去。而那些嘈杂的人声，她不想听也得听：

“嗬，这年头，钱不当钱了，票子成了废纸！这会儿一两茶叶赶早以前二斤的钱！”

“那可不，一盒取灯儿都涨到块把钱啦！”

“不怕贵，就怕没钱！”

“没什么也别没钱！”

…………

完全随意的议论，就好像精心编的相声似的，句句落在“钱”上，叫人心烦，在王月梅听来，是一串的“钱钱钱钱钱钱……”

王月梅从正阳门折身朝东走，到了哈德门奔北走，这时候，一辆救护车响着“叮叮当当”的铃声从她身边飞也似的开过去，直奔同仁医院去了。

王月梅快跑几步追了过去。

救护车停下了，几个穿白大褂的医务人员急匆匆地从车上抬下来一副担架，往手术室方向跑去。那担架上，躺着一个生命垂危的病人。

王月梅气喘吁吁地追到手术室门口，一名护士拦住了她：“你是病人家属?”

王月梅捋起袖子，大口大口地喘着气说：“俺……俺卖血!”

同济堂药店的账房先生徐仲义，坐在林若竹的东屋里，看着章子侠捎出来的纸条“人为财死，鸟为食亡”，双手在颤抖，眼里涌出了泪花。

“他是要钱吧?”林若竹望着徐仲义问。

徐仲义团起了纸条，丢进了炉火中，看着它在通红的煤球上燃起一朵火焰，又化成了灰烬，紧紧地咬着嘴唇，半天才说：“章先生啊！他这是告诉我们：他宁死也只承认卖药是为了赚钱，让我们放心!”

“噢!”林若竹这才恍然大悟。这一来，她心中存留已久的谜团似乎明白了许多。她早就想知道，章子侠在外边都做了些什么，他的这次被捕究竟因为什么，可是，没有人可问。她想问徐仲义，又不敢问。她想，子侠以前的许多事情都没有告诉她，总有不告诉的原因；她不了解的底细，也许她根本就不应该了解。她相信章子侠和徐仲义决不仅仅是经理和账房先生的关系，相信徐仲义一定知道子侠的底细，又不愿徐仲义把这个底细告诉任何人，包括她自己。秘密，就让它成为秘密吧！现在，章子侠通过曲曲折折的途径、用隐晦难懂的语言捎出来的信息，使她坚信这秘密至今还是绝对的秘密。这，她就放心了!

“只要他咬住这一条，就判不了死刑!”徐仲义寻思着说，“我们总经理正在疏通警备司令部稽查处长的关节，争取能从军事法庭转到民事法庭审理，那样，我们就只需要花钱了!”

“钱？咱不怕花钱!”王月梅突然踉踉跄跄地撞进门来，差点跌倒。她喘息着，一手扶着床沿，一手朝前伸过来，手心里托着一沓崭新的钞票。

林若竹急忙扶住她，“大嫂，您上哪儿去啦？这是哪儿来的钱？”

王月梅脸上浮现出欣慰的笑容：“她婶子，这钱干净，是俺卖的血！”

“啊！”林若竹和徐仲义都大吃一惊。

林若竹又急又气地埋怨王月梅：“谁让您去的？谁让您去的？您怎么想到去……卖血啊？”

“她婶子，你不是说医院里买人血吗？俺就去试了试，没啥，俺的身子结实，能经住……”一阵晕眩，王月梅随着林若竹的手，缓缓地倒在床上。

林若竹麻木了，她的确曾经给王月梅说过。可是，她哪里能够想到，一无所有的王月梅，此刻为了减轻她的负担，为了早日解救子侠，献出了唯一属于她自己的东西——血！

徐仲义含着热泪，俯在王月梅的床前。他想说，嗓子眼儿里像是有一摊血堵着，说不出。他感到愧疚。直到现在，他并不知道王月梅是章子侠的前妻，在他的眼中，只是一位大嫂——一位患难与共、肝胆相照的大嫂！

“大嫂！”他声泪俱下，嗓音沙哑地说：“您好糊涂啊，我们有同济堂呢，有总经理呢，怎么能榨您的血啊！”

第五章　别

十四　年　夜

“噼噼啪啪”的鞭炮声响彻了取灯胡同九号院，宣布了“年”的终于来临。大蓉、小雨和寒妮，用手捂着耳朵，怀着三分畏惧和七分好奇，仰着脸，看那在空中爆裂的火花，享受这一点难得的童年欢乐。过年了，他们都换上了新衣裳。本来，王月梅把大蓉的一件旧棉袍给寒妮改了改，就觉得也比在乡下时强多了，可是林若竹不依，说是千差万差也不差这一点，孩子是大人的脸，是大人的心，不能伤，硬是做主给寒妮也做了件新棉旗袍，寒妮美得了不得，穿着它和大蓉、小雨一起看陈老师放鞭炮，笑着，唱着，把一切都忘了。

陈嫂从南屋走出来，撩起围裙擦着手，嘲笑似的朝陈老师说："瞧你，快四十岁的人了，还扎在孩子堆里玩这个！"

最后一响结束，陈老师掸掸落在长袍上的红绿纸屑，笑笑说："好歹又熬过一年，应该鸣炮庆祝嘛，崩一崩这一年的晦气！"

"饺子这就得啦！"陈嫂嚷了一声，抿嘴笑着，又进屋忙活去了。逢年过节，最忙的是家庭主妇。那可不是为自个儿忙哟，为的是男人，是孩子，是家。

南屋外间当中的饭桌上，摆上了两大盘热气腾腾的饺子，一圈小碟儿、筷子、蒜瓣儿。

陈老师从柜子里拿出了他存了好久的一瓶酒，摆开几个小酒盅。捏着瓶子，斟满了第一盅，嘴里说："子侠兄，这一杯是你的！说点儿什么呢？唉，借两位老夫子的话敬敬你吧：劝君更尽一杯酒，与尔同销万古愁！"

大蓉、小雨围在桌边，馋馋地嗅着饺子的香味，抄起筷子就要下手。陈老师忙拦住说："等等，人还没到齐呢！"

咦，寒妮呢？刚才还跟大蓉、小雨一块儿玩，怎么转眼就没影儿了？"喊她们娘儿几个都过来，咱也过一个团圆年！"陈嫂说着，撂下手里的笊篱走出了南屋。

东屋里，林若竹正给燕燕穿新鞋，虎头鞋，一看就是王月梅做的。小孩的脚长得快，秋里的那一双又小了，这双新的，大了一圈儿，穿上正合适。寒妮正给燕燕系鞋带呢。这孩子，人儿小，心里可有数哩，自从林若竹搬到这儿来，她娘儿俩就不住南屋了，跟她婶子、燕燕一块儿过，南屋的饭，也就轻易不吃了，那边一喊“饺子得了”，她就悄没声儿地回了东屋。

陈嫂一进门就嗔怪地说：“快点，都给我过去吃饺子，就等你们啦！”

王月梅正弓着腰捅炉子，听了陈嫂这一嗓子，转脸笑了笑，指着炉子上的锅说：“陈嫂，都一样，俺炖了一锅肉嘞！”

陈嫂生气了，转脸往外走：“待会儿，我给你们端过来！真是！”

小寒妮给燕燕系好了鞋带，从床上出溜下来，凑到娘的身边，“娘，咱也吃饭吧？”

王月梅掀开锅盖，“拿碗！”

“哎！”寒妮答应得又脆又爽利。

一碗清汤，泡着几根骨头棒子。

寒妮端着碗，噘起小嘴：“净是骨头……”

王月梅正在盛汤的手停下了。心里一阵凄凉，说不出是个啥味儿。过年过年，过的是孩子的年，大年夜拿清汤煮骨头棒子打发孩子，她心里好受？说啥，谁的日子谁知道。大人还要打肿了脸充胖子，孩子不懂得啊！她心里不由得升起了一股怒气，瞪了寒妮一眼，说：“死丫头，不知道大人的心啊，你爹还关在牢监里呢，连口热汤也……”

话没说完，寒妮就低下了头。孩子的泪腺发达，那眼泪来得快着呢，嘴一撇，就要哭，大滴的泪珠唰地滚下来，落在汤碗里，“娘，我错了！”

怕什么，有什么。林若竹一看，今天最忌讳的事儿果然发生了，赶紧把燕燕放在板凳上，接过王月梅手中的汤勺，圆场地说：“好了，好了，今天谁都不许提伤心的事，咱们也过年了!”

她把汤一碗一碗地放在饭桌上，嘴里念叨着：“这一碗是爸爸的……”

得，今天的锣鼓全打在一个点儿上！林若竹端着汤碗的手停在半空，不知是要端起呢，还是要放下，只是不由自主地在摇晃，“我这是怎么了？不提，不提，又提起来了……”

一家子闷着头吃“年夜饭”。门口过去一个卖唱的，敲着两块小竹板，有气无力地唱着太平歌词《饽饽阵》，词儿里穿插的都是各种点心的名儿，听起来真叫吃不上的人馋得慌：

烧卖出征丧残生，
馅饼回城搬救兵。
锅盔坐在中军帐，
发面火烧是前部先锋。
吊炉烧饼来了十万，
荞麦饼催粮压寨后营。
红奎炮响惊天地，
不多时来到了馒头城。
小米面饼子上安营寨，
拉开了馓子麻花几座连营。
前面有脆糖麻花四尊大炮，
土炒钱粮在里边盛。
…………

王月梅听得心烦，伸手把房门掩上了，这时，一双穿着高跟皮靴的脚突然跨进了门槛。一家人回过头来，不速之客是林若萍。

林若萍身穿貂皮大衣，脖子上围着狐皮披肩，手里提着一个精巧的蛋糕盒。她跨进门槛，轻轻地、激动地叫了一声："若竹！"

林若竹并没有应声。大姐的到来，只使她感到吃惊而已，并没有唤起任何亲切之感。她不知大姐为何而来，也没有想好该怎么打发她走。小燕燕却不带有任何成见，她睁着大眼睛审视着突然到来的客人，竟然认了出来，伸出了小手，咧开了小嘴，咿呀咿呀地叫着，像是喊"姨"，又不大像。

愣在一旁的王月梅，理智地站起来向林若萍打个招呼："吔，这不是她大姨吗？大姐，一块吃吧？"

林若萍并没有理睬她，只是瞥了瞥饭桌上的几碗清汤、一盘饺子。她把蛋糕盒放在桌上，默默地抱起燕燕，贴在脸上亲了又亲，泪珠儿忍不住流了下来。"她爸爸……有希望出来吗？"她问林若竹。

林若竹站起来，摇摇头，指指床沿，"坐吧！"

林若萍没有坐，站在旁边问林若竹："那你准备怎么办？就这么下去？"

"嗯。"林若竹说，"我们这不挺好的嘛！"

"哼，挺好的？"林若萍垂下高傲的眼睛，俯视着这寒酸的住室中简陋的床铺，破旧的家具，堆积的杂物，吃了一半的"年夜饭"，最后，目光在王月梅、寒妮母女身上闪了一下，又不屑一顾地转了过来，"唉，这过的叫什么日子？要不，你换个地方单住！现在这像什么呀？前一窝后一块地伙着住，当个小老婆也不知道害臊，还挣钱养活人家的大老婆，我都替你寒碜！"

小寒妮两眼充满敌意地瞪着这个女人，小声对王月梅说："娘，你听听她说的是啥话！"

一直在忍耐的王月梅终于抑制不住，火了：“她大姨，你嘴里干净点儿，俺没吃你，没喝你，你寒碜不着！”

“我没跟你说话！”林若萍看也不看王月梅，依然望着林若竹说，“他恐怕是出不来了，你还傻等什么？赶紧找个合适的主儿吧，趁自己还年轻！”

林若竹微微一笑：“你是给活人妻说媒来了？给我找个什么主儿？也是国大代表？那你得先去问问章子侠同意不同意！”

林若萍那搽了粉的脸腾地泛出了红晕，“不为自个儿，还得为孩子啊，你看着办吧！”她尴尬地自找台阶儿，对燕燕说，“燕燕知道大姨疼你，你跟大姨亲，大姨抱你回家过年去，好吗？”

小燕燕听懂了，她哪能离开妈妈跟大姨走啊？不，她不走。她急得从大姨怀里转过脸来，伸开两手：“妈妈！妈妈！”

林若萍好丧气，连小孩子也不赏她的脸。那搽了粉的脸又变得苍白，修得细细的眉毛竖了起来，心里那一点残留的对孩子的温情也没有了。

林若竹伸手接过燕燕，坦然地冷笑着说：“这是章家的孩子，怎么会跟你走呢？”

十五　别误了火车

东方的地平线上，缓缓地浮起一缕晨曦，白雪覆盖的北平，渐渐在昏暗中显出了轮廓：嵯峨的宫苑城墙，冰封的河面，缀满树挂的树木，高矮错落的民房，印着足迹的雪地……

房檐上，倒挂的冰柱在悄悄地融化，一滴，一滴……

树枝上，残雪在无声地坠落，露出包藏在雪里的枝条。那上面，密密麻麻排满了将要吐放的新芽。在冰封大地、万木凋零的日子里，春色已在孕育中了。

残雪中，一行泥泞的脚印……

取灯胡同里，林若竹踏着雪水污泥急急地往前走。她肩挎着出诊包，疲惫不堪，也许又是刚刚接下了一个难产的婴儿，揣着两万元的酬金，支撑着走回家去。

“章太太！”一个叫声从她身后传来。

她停在泥泞中，转过头来，脸上露出了亲切的笑容：“徐先生！”

徐仲义向她跑过来，裤脚上满是污泥，脸上热气腾腾。他趺趺撞撞地跑到林若竹面前，上气不接下气地低声说：“章太太！总算……办妥了！”

林若竹一时听不明白：“您说的是什么办妥了？”

徐仲义兴奋地说：“当然是章先生的事儿！我们总经理出面保释章先生出狱，警方死活不肯放。后来，我们只好退了一步，保他暂时出来治病，昨天半夜里总算拍板成交，说定了！今儿一早，我就把他接出来了！”

“啊！”林若竹喜出望外，一把抓住了徐仲义的胳膊，“准许他出来治病？真的？这不是做梦吧？”

徐仲义兴奋地咧着嘴说：“大天白日，怎么能是做梦呢？我亲自接他出来的！”

徐仲义是值得信赖的。林若竹一秒钟也不能等待了，她要立即见到子侠！“人呢？他在哪儿？在哪儿？”

徐仲义压低声音说：“我们怕警方变卦，接出他来直接就送上了火车，现在，人已经出了北平了！”

“啊？”林若竹好像眼看着刚要来到面前的丈夫又飞走了，急得两手发颤，“送他上哪儿了？我连面还没见一见哪！”

“别着急!”徐仲义从兜里掏出一张火车票，“这是您的车票，您不要耽搁，赶快收拾收拾，带着燕燕上车。车站上人多眼杂，我就不能送您了。”

“去哪儿？怎么找他?”林若竹对这种匆忙的决定感到茫然。

徐仲义指着车票上的站名说：“就到这儿下车，有人在那儿等您。他问您：‘太太，您是大夫吗?’您回答：‘我是助产士。’”

“噢，噢……”林若竹双手接过这张比金子还贵重的车票，紧紧地贴在胸口上。

太突然，这一切来得太突然了！苦苦等待的子侠，已经比她更早地出了牢笼，脱了虎口，在那个陌生而又亲切的地方等她了，几个钟头，只要几个钟头，她就能和他见面了，她从来没有想到这一天来得这么快，这么美好！助产士的脸上绽开了从未有过的笑容，那双忧郁的大眼睛，阴霾扫尽，涌出了喜悦的泪花。

她激动地仰起脸来，望着那广阔无垠、明净澄澈的蓝天。阳光灿烂的晴空，一片洁白的云彩在徐徐飘走，像展翅高飞的天鹅。她的心儿飞了！

像踩着春风，她兴奋地跑进九号院，跑进东屋，从王月梅手里接过燕燕，一个劲儿地亲着孩子的脸蛋儿。

“她婶子，你这是咋啦?”王月梅吃惊地望着她，不知道发生了什么事。

“她爸爸出来了!”林若竹吻着孩子，宣布这盼望已久的喜讯。

“啊!”巨大的欢乐立即注入了王月梅的全身，“寒妮，寒妮，你听见了吗？你爹出来了!”

小寒妮不知在干什么，听见这句话，突然钻了出来，“在哪儿呢？俺爹在哪儿呢?”

“是啊，他在哪儿呢?”王月梅也盯着林若竹问。母女俩由于突然的激动而手忙脚乱，眼巴巴地搜索着林若竹的周围，好像哪里藏着寒妮他爹，到了眼前还开个小小的玩笑，让她们找呢！

“他已经离开北平了！”林若竹满面春风地说，掏出那张火车票，“这不，票都买好了，让我们娘儿俩……”

话突然停住了！

林若竹的笑脸突然凝固了，阴云立时重新笼罩了那双忧郁的大眼睛！

王月梅的脸上，意外的喜悦来也匆匆，去也匆匆，霎时不见了！那刻着细碎皱纹的面庞像是被冰雪冻僵了，微微塌陷的双眼闪着茫然的冷光。大滴大滴的泪珠坠落下来，那是绝望的泪！

这时，只有到这时，这两个女人才意识到，她们之间那条不知不觉填没了的鸿沟又突然裂开了，又宽又深，楚河汉界，壁垒分明，无法弥合，不可逾越！她们，爱着同一个人，盼着同一个人，等着同一个人，这个人一旦恢复了自由，却不可能同时属于她们两个！情敌，忘了吗?她们曾经是情敌啊！难道现在不是了吗？啊，这样的情敌，同心同德、患难与共、相濡以沫的情敌！

小寒妮一双稚气的大眼睛愣愣地望着两个神情异样的大人。一个孩子所能思考的，比起复杂的人生，毕竟太少了，太简单了。令人心碎的沉默中，只有她说话，而她，却只是提出了最简单的问题：“怎么只有一张票?”

两个大人都没有回答她的话。林若竹捏着那张车票的手仿佛僵死了，细长的手指缓缓地伸开来，伸开来，无力地垂下去，比金子还要贵重的车票滑落下来。

沉默。仿佛时间、生命、这里的一切，都停止了！

寒妮似乎明白了。她俯下身去，捡起地上的车票：“一张票？娘、婶子，是钱不够吗？咱再去挣，我有血，我也能卖血啊！”

“寒妮，我苦命的孩子！”王月梅从僵滞中醒来，伸手把寒妮揽在怀里，紧紧地、紧紧地搂住，“寒妮，咱再也用不着钱了！你爹他能活着出来，娘知足了，没心事了，不见他了！”

啥？娘这是说的啥？寒妮糊涂了。爹不是早就留下话，叫你等着他吗？你等啊，盼啊，好容易等到今天，怎么又……噢，娘是因为太高兴了，高兴地说胡话了吧？

“寒妮，寒妮！”王月梅怎么对孩子解释这剪不断、理还乱的一切呢？“你还小，有些话，娘没法儿给你说。你听话，听娘的话吧，啊？”

王月梅用衣袖擦擦眼角，拿过寒妮手中的车票，朝林若竹递过去：“她婶子，你带上燕燕快走吧！不用挂牵俺，俺娘儿俩能过，攒个盘缠还回老家去。你见了她爹，别提俺娘儿俩，省得他心里难受。倒不如让他照旧当俺早死了，反正死了多年了，也就不想得慌了……”

林若竹不去接车票，突然转过身来，痛苦地扑在王月梅的肩头：“大嫂，您真是我的亲姐姐！十八层地狱，咱们都手拉手闯过来了，让我怎么忍心扔下你们走啊？”

王月梅极力使自己镇静，声音喑哑地说：“她婶子……好妹妹，别说傻话了，咱咋能一块儿去见他？要不，你就把寒妮也带上，把他的骨肉交给他，我回去，给乡亲们说：俺寒妮这一趟没白跑，俺寒妮有爹了！”

她极力把话说得平静，平静得就像委托林若竹替她捎去一样什么东西。不，是捎去一颗心啊！这颗心撞击着另一颗心，使林若竹的灵魂受到极大的震动。她自愧不如王月梅，为什么自己就不敢！说出这样的话？是不是自己太自私、太残忍了？不，知识分子的本能告诉她：这不叫自私，爱情从来就是自私的！但是王月梅却把爱的希望、爱的权利拱手让给"情敌"林若竹了！为什么林若竹就不能？就不敢？就不情愿？啊，自己比起这个农妇，竟显得这样软弱、褊狭、渺小！

"不，我要跟着娘去见俺爹！"不懂事的寒妮也在这本来就乱乎乎的一锅粥中又搅了一勺，双手抱着娘的腿，在撒娇哩！惹得燕燕也在床上叫"妈"！

"哪个孩子也离不开妈。"林若竹抱起燕燕，心里已经做出了连自己都感到吃惊的决定。她抬起泪眼，对王月梅说，"大嫂，您就带上寒妮去吧！家里还有点钱，都带上，路上用。我还能接生挣钱养活燕燕，比您留下强……"

人心换人心，有这句话，王月梅死了也值了。林若竹看得起她，承认她是章子侠的妻子，就等于承认了她生命的全部价值，她还有何求呢？丈夫本来就是她的，林若竹只不过是她"死"后的续弦。现在，她又"活"了——压根儿就没死，林若竹理当把丈夫还给她，她完全可以理直气壮、当仁不让地去见章子侠！八年，不，十年了，十年的离苦该有头了。林若竹，也许该换班尝尝这滋味了。不，她……也尝够了。从王月梅第一次见到她，她就在受着离愁别绪的折磨，一直到今天。难道她就该一辈子这样交代了吗？

人心换人心，王月梅不忍心了。已经止住了的眼泪又簌簌地流下来，已经颠倒了的心思又急速翻了个个儿，她自己也不明白，为什么到头来还是开头的那个主意？她对林若竹说："她婶子，啥话都别说了！这又不是吃的、喝的，你让我、我让你的，叫人家笑话！我帮你拾掇拾掇，你就抱着燕燕快走吧，别误了火车！"

十六　别了，子侠

“呜——”笨重的蒸汽机车汽笛长鸣，喷吐着滚滚的白烟，浓云似的飘向后方。列车终于开走了，开出了北平，在早春的华北原野上风驰电掣，呼啸飞奔，载着妻子的呼唤，载着温暖的心，向远方飞去了。只是不知道，在列车开走之前，在取灯胡同九号院的东屋里，是怎样度过了那最后的离别时刻？

晴朗的天空，云彩在浮动，飞鸟在鸣啭。

山峦上，苍松翠柏抖落了冰雪的铠甲，挺拔的枝干上吐出了嫩绿的新叶。融化的雪水浸润了苍黑的岩石，浸润了褐黄的土地，曾经和松柏一起度过严冬的麦苗泛出绿油油的秀色，田垄上的二月兰、婆婆丁也早早地探出地面，向人间报告春讯了。一九四八年的春天来了。

笛声，清脆悠扬的笛声伴随着春风在回荡，吹奏着一支热烈欢快的乐曲：“解放区的天是明朗的天……”

这里，是一个崭新的世界。

小小山村中的小小院落，晾挂着的白色床单，进进出出的穿白大褂的军人，在山野之中又透露出一种独特的时代气息。这里不是与世隔绝的桃花源，整个中国境内正在发生的巨大变革，千年古都北平的命运，都与这里息息相关。

土墙泥顶的民房改建的病房里，病床上，静静地躺着一个中年男子。他脸色苍白，染着血污，头发胡子很长，还没有来得及修剪。他闭着眼睛，随着微弱的呼吸，胸腔在缓缓地起伏。一根胶皮管从裹着白套的军毯下面伸出来，连着挂在床头的架子上的药瓶。

“全身的伤口都恶化了！”护士把撩起的毯子轻轻地盖上，眼里闪着泪花。

“竭尽我们的力量吧！”大夫的心情和护士一样沉重，“我们的药品，都是他豁出性命搞出来的！他救活了千千万万个战士，我们不能让他……”

他闭着眼睛，静静地躺在那里。从魔窟里出来，他第一次这样平展展地躺在床上，真舒服！虽然全身都在灼烧般地疼痛，他还是充分地尝到了回到家里的滋味。不，等一等，这个家不可缺少的成员，还没有到来。

一位穿军装的首长急急地走进来，在他的床头俯下身来，轻声呼唤着：“子侠同志，子侠同志！你醒一醒，你的爱人和孩子接来了！”

章子侠并没有入睡。自从他的战友背着他走出昏暗潮湿的牢房，久违的阳光就晃着他的眼睛，暖着他的心，即使在颠簸的担架上，在奔驰的列车上，他也再不可能入睡。其实，他也没有力量入睡，周身的疼痛折磨着他，使他不能安眠，就像不能真正清醒、健康地起床、进食、说话一样。现在，一个异常亲切的声音响在耳旁，他当然是听到了，听得清清楚楚，像一滴一滴的甘露洒在心田。但是，他没有回答，也没有睁开眼，只是喉头动了动，用微弱得几乎只有自己才能听到的声音说：“啊……若竹……若竹……你来了……”

他感觉到了，一只颤抖的手急切地抚在他的胸口上，滚热的泪珠滴在他的脖子上。他知道，这是若竹来了，他的若竹！

他艰难地挪动着胳膊，把瘦骨嶙峋、伤痕斑斑的手抚在那只向他伸过来的手上。啊，妻子的手，那凝结着全部情爱的手，现在终于又握在他的手中了，他要握紧它，再不让它离开。不，不对啊，这手，为什么这么枯瘦，这么粗糙？他突然像被异物惊动，不安地缩回了自己的手：“不……这不是她，不是若竹……”

“她爹！”一声沙哑的、颤抖的呼唤响在他的耳畔，那么陌生，又是那么……使他心凉！他的心脏猛地一阵收缩，在意外的震动下，他的双眼竟然睁开了……

他的眼前，一团虚幻的光影，像漫卷的火焰，像滚动的硝烟，像翻腾的记忆。虚幻的光影渐渐清晰了，他看到了一张陌生的农妇的脸，憔悴的面容，瘦削的双颊，刻着细碎的皱纹，微陷的眼眶中挂着泪珠，两鬓的乱发夹杂着缕缕银丝。这是谁？这是谁呀？他困惑地审视着这张从未见过的脸。不，他见过，仿佛很久以前，他在什么地方见过，不过，不是现在这个样子，那时候，这张脸红润而俊俏，明亮的眼睛会说话，少言寡语的嘴边挂着羞涩的酒窝。那时候，满头的青丝乌黑发亮，发髻上套着丝网，散发着家乡的少女少妇用的梳头油那种气息。啊，这是他的月梅！“死”了的月梅！如今又奇迹般地出现在他的面前，而且变得他几乎认不出来了！

“月梅！月梅！……”意外的重逢，极度的冲动，使章子侠的双眼闪出了异乎寻常的光彩。他急速地喘息着，“你……还活着！”

“活着，活着！见不到你俺咋能死？”此时的王月梅倒真的觉着自己像突然从阴间里活了过来，见到了章子侠，她才实实在在地意识到自己的存在。泪花，不要蒙住她的眼睛；喉咙，不要噎住她的声音！她要仔仔细细地看看这个支撑着她的生命的人，她要把这十年的话统统说给他听。不，她说不出了，只觉得要把心掏出来，和那颗心贴在一起！她不愿意让悲哀占据这美好的重逢，伸手扯着身后的寒妮：“俺把咱寒妮给你带来了，孩子，快……快叫你爹！”

寒妮怯生生地看着这个陌生的父亲，和她头脑中想象的父亲，和燕燕家里照片上的父亲，很不一样。父亲怎么这样老，这样瘦，这样虚弱？苍白的脸，毛扎扎的胡须，大而无神的双眼，使她觉得恐怖。不，这就是她的父亲，娘叫她喊爹，还能有错？“爹！”寒妮扑在生身之父的枕边，平生第一次喊出了这庄严的称呼。

“啊……啊……”章子侠深情地端详着从未见过面的女儿，竟然觉得这简直就是长大了的燕燕。啊，燕燕！章子侠突然想起了燕燕。心房的两侧同时经受着爱的夹击！命运，使他在一生之中娶了两个妻子，生了两个女儿，此时，他不知道自己该属于谁？他突然感到在心脏的中间插进了一把锋利的钢刀，要把那颗仍在跳动的心一剖为二，他感到了，自己的心脏，自己的全身都在撕裂！

“爹！”寒妮叫着他，伸出小手，抚摸着他的脸、他的胸膛。

“寒妮……长得很像燕燕！”他喃喃地说。尽管他不愿在此时此刻提起在北平的另一个家庭，还是同时说出了两个女儿的名字，他不能自已了！“你们……不知道燕燕！”

“她爹！俺知道，知道，俺打北平来！”王月梅说着，撩起了衣裳大襟，掏出了一张折了又折的纸。

什么？章子侠无法理解她的话。她……怎么会从北平来？怎么会知道燕燕？

王月梅把那张折了又折的纸摊开来，向章子侠递过去：“这是燕燕她妈叫俺捎给你的信。”

“啊，若竹……”章子侠麻木了！

章子侠的手在颤抖，吃力地把这封信凑到眼前。洁白的信笺上，那娟秀清雅的字体扑入他的眼帘，使他如同见到了远在北平的林若竹，看到了她那白皙娴静的面庞，一双忧郁的大眼睛在深情地望着他，诉说着轻柔的话语，像夜深人静时的促膝倾谈……

子侠：

得到你平安脱险的消息，我是多么高兴！我相信这一天会到来的，渺茫的一线希望，给了我与命运抗争的力量！可是，当我们战胜了命运之后，又不得不再次受命运的摆布！

我不能把你的结发之妻和你的女儿再打发回家乡，不忍心把她们心中十年来的希望击碎！她们失去了的，应该重新得到；你失去了的，应该还给你！不要埋怨命运的不公平，在人生的十字路口上，只能有一个选择，谁也不能逃避！

子侠，原谅我不能亲自去看你，并且留下了你的爱女——我们的燕燕。我不能再失去她了，作为我生存的希望和支柱，让她留在我的身边吧！

子侠，我们生在多灾多难的年代，许多家庭都遭受了离散，这也是难免的。我希望，我们的分别不要使你悲伤。你在做着极其神圣的事业，从我们开始结合，我就感觉到了，虽然你从来没有告诉我。两年前，我们像一对燕子衔泥似的建立这个风雨飘摇中的家庭时，我就曾经想到过有朝一日会分别，可是没有想到分别来得这么早，这么仓促，而且是用这种方式！

别了，子侠！

你忠实的朋友　若竹

章子侠痛苦地闭上了双眼，拿着信纸的手吃力地举起来，晃动着，也许是想要说些什么？

王月梅和寒妮惊惶地俯在他的枕边，想听听他那微弱的、含混不清的声音。

听不到了。在他全身恶化的伤口里，无情的病菌在猖狂肆虐，吞噬他仅存的一点生机，太晚了，一切都已经太晚了！

医生和护士把病人的家属劝离病房，进行最后的紧张抢救。

松柏苍翠的山坡上，堆起了一坨湿土，尖尖的，像一座小小的山峰。崭新的石碑上刻着：章子侠烈士之墓。墓碑前，肃立着死难者的妻子、女儿和他的战友。

王月梅用衣袖擦去眼泪，默默地拉着寒妮，跪了下去，点燃一堆纸钱，喃喃地说："她爹，你死得值，俺没白等你，没白找你，俺……不哭！她爹，你合眼吧，别惦记俺，也别惦记她娘儿俩。等咱的队伍打过去，俺去找她们，让燕燕也来给你磕个头！"

在她们的头顶，一群伴随着春天归来的大雁排成"人"字形的队伍，向北飞去，嘎嘎地鸣叫着，向同行的旅伴，向遥远的故地，深情地呼唤。

雁群看不见了，一点儿声音也听不到了。寒妮抬起那肥大的、不合身的军装袖子，擦去了挂在腮边的泪珠："我想她们……"

此刻，在北平的取灯胡同九号的东屋里，林若竹的心在撕裂！别了，子侠，这一别，永不会再见了，愿你们……幸福！她抱着燕燕，嘴唇贴在女儿稚嫩的脸腮上，痴痴地亲吻，亲吻……

小猫"盼盼"立起前爪撕打着门扇，似乎急于寻找相依为命的寒妮，发出凄厉的哀鸣……

此刻，同济堂总经理正呼噜呼噜地吸着水烟袋，心里挺不是滋味儿地瞅着徐仲义："章先生住在哪个医院？我不亲自去看看他，不大合适吧？"

徐仲义微笑着说："在协和，住的是传染病房，严格隔离，连家属都不让探视，您就不必去了吧？省得招上病。等他病好了再说吧，我一定把你的这份儿心意转告给他！"

徐仲义从总经理家出来，想起来取灯胡同还住着一位大嫂，得去安置安置。

他走进那条熟悉的胡同，走到那个熟悉的九号院门口，瞅见“产科医士林若竹寓所”的牌子还挂着。“唉！”他深情地端详着这已经完成历史使命的牌子，嘘了口气，庄重地伸出双手，把它摘了下来。

院门敞着，他现在心情比什么时候都轻松了，提着牌子走进去，在东屋门口叫了声：“大嫂！”

给他开门的却是林若竹！

“您……您怎么还没走？”他吃惊地一步跨进房门，低声说，“警方一旦发现章先生不在北平，马上就会到家里来找麻烦！快走，这儿不能住啦！”

第六章 思

十七 “叛徒”

一九四九年，古都北平和平解放，告别了漫长的战争年代，获得新生。岁月如流，又是十七个年头过去了……

一九六六年，一场人为的大动乱爆发了，它触及了每个人的灵魂。改变着每个人的命运，就连北京的这座妇产科医院也闹得沸沸扬扬。一些身穿军装、臂戴红箍儿的人在院子里刷大标语，揪斗“黑帮”，另一些人却顾不得这些，仍然匆匆忙忙地用小汽车、三轮车、自行车往这里输送产妇。一切都失去了秩序。但是，人类无论在任何非常时期总还要繁衍后代，女人照样生孩子……

哇哇的婴啼。又一个小生命诞生了。

产妇脸上漾起笑意：“谢谢您……林大夫！”

林若竹疲惫地脱下胶皮手套，走出产房。

等在楼道里的产妇家属忽地朝她围过来。

她朝一个小伙子说："恭喜你，是个儿子！"

"嘿！"小伙子咧开嘴笑了，"谢谢您，林大夫！"

"不用谢！"林若竹微笑着摘下了口罩，露出一双明亮的大眼睛。岁月已经把她拖进中年，凝脂般的肌肤变得松弛了，细碎的鱼尾纹悄悄地爬上了眼角。

她刚要转身离去，小伙子身旁的一个老头儿拦住了她："林大夫，是您哪？这么多年没见面儿，我差点没认出您来！"

林若竹迟疑地看着他："您是……"

老头儿笑着说："刚才您给接生的产妇是我的女儿呀！她妈生她弟弟的时候就是您接的生……"

林若竹还是想不起来，只好抱歉地笑笑："接的孩子太多了，都记不清了。"

老头儿出于兴奋和感激之情，却不肯就此罢休，一个劲儿地提醒她说："啧，您忘啦？头解放前两年的事儿嘛，难产，请您到家来接的生嘛！我叫李元……"

林若竹望着这个叫"李元"的人。那张脸，粗糙苍黑，布满皱纹，稀疏的胡茬子没有修剪，一双小眼睛中充满感激和讨好的神情。

林若竹终于认出了这个人，他，就是南城稽查所的那个警察！人生何处不相逢？这个早已在她记忆中消失的势利小人，如今又出现在她的面前，再次向她感恩戴德。一刹那，痛苦的往事啮咬着她的心，使她重温往事的煎熬。然而，她不想以胜利者的姿态去奚落一个在政治上失了势的人，救死扶伤的医生身份使她很快抑制住了内心的情感。

"噢，是你。"她温和地说，"你现在……"

“好着呢，托共产党的福，解放后我就进了煤铺啦，凭力气吃饭!”李元满脸堆笑地说，“林大夫，您居家都好哇？您爱人现在也是挺高的领导干部了吧？”

林若竹平静地说：“他……出狱不久就牺牲了。”

“噢？唉!”李元无限惋惜地叹了口气，“功臣哪！拼着性命打了天下，也没享一天福就……唉！林大夫，您往后有什么跑腿儿的事儿，拉个煤啦唔的，跟我言语声儿，没得说!”

“谢谢，不用了，我现在生活得挺好。”林若竹无心再和他多说，转过身去吩咐护士，“十三床进产房!”

和李元的意外相遇，把林若竹深埋在心底的记忆都翻腾起来了。十几年来，她一直努力使自己不再想过去的一切，平平静静地过日子，仿佛自己的生活中根本就不存在过去的一切。子侠牺牲之后不久，她就从徐仲义口中得知了，痛哭了一场，从此不再提起。解放以后，甚至她的领导和同事都不清楚她有过一个了不起的丈夫，她不愿意分享子侠的荣誉。为理想而奋斗，死得其所，荣誉属于子侠；她呢，她不过是一个助产士而已，用得着再吹嘘自己吗？甚至她的燕燕有时向她问起爸爸的事儿，她也只是说：“爸爸早就去世了。咱们娘儿俩不也过得挺好吗？”

可是，在突然而来的风暴面前，她连这点平静也难以保持了！

一天。她突然被叫到一个什么组织的“司令部”去。她不知道找她干什么？她是一个只会接生、不问政治的人，“逍遥”于如火如荼的运动之外，批谁、斗谁，都和她毫无关系。

人家叫她交代的是章子侠的情况！

“章子侠？”她吃惊地叫着这个已经十几年没人提起了的名字，觉得是那么遥远，又是那么切近！问他的情况干什么呢？难道死去十几年的人也要接受“审查”吗？

片刻的沉默之后，她开始说话了，现在，子侠仿佛就站在她的面前，她熟悉他的每一根头发、每一条皱纹。

“子侠他……是在一九三八年离开家乡的，因为杀了一个汉奸保长，逃出来投奔了解放区，一九三九年在延安入党。一九四〇年被党组织派到北平，以经营药店为掩护，做地下工作。他利用外出经商的机会，给解放区输送了大批急需的药品。这些情况是解放以后徐仲义同志告诉我的，当时并不清楚。我和子侠一九四四年结婚，一九四六年春天保释出狱就医。那时候……”说到这里，她痛苦地垂下眼睑，“……我们就分开了，离婚了！”

“章子侠把你抛弃了？”审问的人立即抓住这个茬口儿。

“怎么能说是‘抛弃’？是我主动离开的，因为他原来的爱人来了……”她极力解释。

这种解释对她多么不利！

“噢？他有两个老婆？”审问的人对此产生了兴趣，“腐化堕落的生活作风！”

“不，不能这样污蔑他！”林若竹大声说。

“污蔑？哼，你还隐瞒了重大罪行呢！章子侠是从敌人的狗洞里爬出来的叛徒！你是叛徒的老婆！你以为离了婚就脱得过去吗？”

叛徒?！这晴天霹雳使她震惊，使她愤怒！“不可能，这绝不可能！章子侠绝不是叛徒！他在监狱里受尽酷刑，没有出卖组织，没有出卖同志，也没有暴露自己的身份，是党组织营救他出狱的！”

“算了吧！为了保住叛徒的狗命，你们所做的反革命交易还以为我们不知道吗？”审问的人大喝一声，“把证人带上来！”

证人？有什么证人？林若竹往门边瞥了一眼，那儿进来一个衣衫破旧、神情沮丧的老头儿，竟然是……李元！

“你？”林若竹疑惑地望着他，“你能证明什么呢？”

审问的人在命令：“历史反革命分子李元交代！”

“是，我交代，我交代！”李元垂着头，讨好地说，“我当过伪警察，对人民有罪！章……章先生被捕那会儿，林大夫送给我一块金表，托我给找找门路，还……还到我家里去过。我一想，做人得给自个儿留条后路，不能眼看着革命的同志受罪不管哪，就……到处求情，把章先生给放……放出来啦。这也是我对革命的一点儿贡献，请求政府宽大！”

林若竹被这无耻的谎言惊呆了，这个李元，他怎么能这么胡说八道？

“章子侠出狱前履行了什么自首变节的手续？”上面又问。

李元胆怯地看看林若竹，又看看审他的人，就接着胡编：“大概……也就是保证出来以后和共产党脱离关系吧？好汉不吃眼前亏，其实那也算不了什么……”

“你这个无耻的小人！”林若竹愤怒了，“你算什么东西？你根本不配说到章子侠烈士的名字！当时你只是在稽查所门口站岗的警察，子侠在你们那儿只关了一夜就转到警备司令部去了，以后的事你根本不知道！前几天你不是还问我吗？”

李元瑟瑟发抖：“章太太……林大夫！我被他们揪出来啦，打得实在熬不住，才想起了您这档子事儿，有影儿没影儿的……”

“不要再说了，押下去！”

李元被推搡着带走了。

林若竹大声疾呼：“这样的‘旁证’一钱不值！章子侠绝不是叛徒，党组织完全清楚！你们可以找徐仲义同志了解嘛，他是当事人！”

审问者打断她的话，说："地下党全烂啦！徐仲义抗拒'文化大革命'，已经跳楼自杀啦！"

"啊?!"林若竹心里又遭受了狠狠的一击！

"林若竹！你说，章子侠的那个老婆在什么地方?"

"我不知道！我们分开十几年了，再也没有联系！只听说子侠他们的那个部队南下时到了广州，别的就什么也不知道了！"

"打倒大叛徒章子侠！"

"章子侠死有余辜！"

广州的烈火烧得一点儿也不比北京差。也许，是林若竹在愤怒抗议中不慎说出了王月梅的下落而给她找来了麻烦？不，那年头儿，即使林若竹一字不吐，人家也会走到天边儿把王月梅提溜出来的，"革命造反派"，哪儿没有？

王月梅被押到了"大批判"会场上。

啊，老妈妈！她比以前苍老得多了，头发已经花白，凌乱地披散着，一双阅尽苦难的眼睛深深地陷在高耸的眉弓下面，放射出咄咄逼人的豪光："章子侠活着是共产党的人，死了是共产党的鬼！他不是叛徒，俺能证明！"

"你能证明？谁能证明你啊？你这个叛徒的臭婆娘，本身就不是什么好东西！"

"啥？你说啥?"王月梅扭过头来瞅着主席台上的人，一句不让，"共产党解放广州的时候，你还穿着开裆裤呢！俺跟着队伍跑了几千里路，给伤员洗衣裳、做饭，没白吃共产党的！如今俺老啦，靠的是俺寒妮挣钱养活俺，俺哪儿臭?"

立即遭到群起而攻之：

"街道上的卫生红旗都让你们家得了，打击别人，抬高自己！"

"你给人家看小孩不要钱，用小恩小惠收买人心！"

"你是解放前夕从山东乡下逃亡的地主婆！"

"打倒叛徒老婆王月梅！打倒逃亡地主王月梅！"

此时，寒妮就坐在台下，看着娘挨斗！一声声震天响的口号仿佛是用刀剜她的心！啊，寒妮，她已经是中国人民解放军的一员了。可是，她身上穿着庄严的军装，却不能保护一个无辜的老人；她身为一名护士，却不能去搀扶病弱的母亲！

她不能再忍耐了，突然站起来，冲上台去："娘，娘！"

王月梅朝女儿大声说："寒妮，甭怕！真的假不了，假的真不了！你爹不是叛徒，你娘也不是地主！"

震天响的口号湮没了她们孤单的声音。

就这么一个由"群众组织"召开的批判会，竟然做出了庄严的决定：把地主分子王月梅遣返原籍、监督改造！

王月梅就像当年千里寻夫一样，手提着个小包袱，又踏上了遥遥的征途，只是这一回，她连个伴儿也没有了。

"寒妮，你什么也甭说了，人家撵俺走，俺就走。俺本来就是庄稼人，还怕回农村？"

寒妮抓着娘的胳膊不放手："老家没咱的一个亲人了，娘年岁大了，又有病，把您一个人扔在那儿，我怎么能放心呢？"

王月梅苦笑着宽慰女儿："没事儿！娘这辈子走南闯北，什么苦都吃过！你甭挂牵，还得好好地工作。你们当护士的，病人一时一刻都离不开，快回去吧，省得待会儿车一开，娘儿俩准得掉泪，怪寒碜的！"

寒妮的眼泪，大滴大滴地掉在娘瘦骨嶙峋的手上！

"寒妮，别难过！中国不会这么乱下去，总会有能人出来收拾的！

到了那一天，你当紧记着上北京找你若竹婶子和你妹妹，告诉她们，你爹不是叛徒！”

王月梅转身朝车门走去。汽笛长鸣，车轮滚动……

寒妮随着开走的列车，在月台上奔跑：“娘，您可要好好地……好好地……”

十八　未了情

林若竹精神恍惚地走进家门。她的头发蓬乱，脸上、手上都带着伤痕和泥污。她伸手摘下脖子上挂的牌子，无力地扶着门框，喘息着。

“妈，您回来啦?”燕燕听到妈妈的喘息声，赶紧从地上站起来。刚才，她正在收拾劫后覆巢，屋里让抄家的人翻得不像样了。

她扶着妈妈的胳膊，把她搀进来：“妈，您又挨打啦?”

林若竹愣愣地看着女儿：“燕燕，给妈倒杯水！”

燕燕给她倒了一杯凉开水，她接过来，张着干裂的嘴唇，咕咚咕咚地几口就喝完了，用手背擦着唇边的水，把脸上的血迹和泥污擦得更脏了。

燕燕连忙又拿起脸盆去打水，端到她跟前：“妈，您洗洗脸吧，洗干净，我给您上点儿药。”

林若竹好像突然想起了什么事，拿过毛巾说：“对，洗洗脸，快走！”

“妈，您上哪儿去?”燕燕拿过香皂，吃惊地问。

林若竹飞快地擦了擦脸，把毛巾扔在盆里，又对着裂成两半的镜子拢了拢头发，煞有介事地对燕燕说：“去接你爸爸呀！你徐叔叔让咱们快去，火车票都买好了！”

“妈，您说什么呀？我爸爸不是死了十几年了吗?”燕燕慌了，她觉得妈妈今天的神情和语言都不对头，心里狂跳起来，“妈，您……”

“胡说！这么个好人怎么会死呢？”林若竹瞪了燕燕一眼，那眼神怪吓人的。她从镜子前转过身去，在衣柜里翻腾着，把珍藏多年的章子侠的衣服找出来。她抚摸着这些衣服，絮絮叨叨地说着，声调轻松而欢快：“你呀，几件好衣裳老是省着穿，一个堂堂的经理，连根儿好烟都舍不得抽，人家还当你是为了顾家呢！哼，天知道，这个家你管过吗？整天在外边跑，孩子见了都不认得你！得了，你保密我也猜得出来，你在干大事业，外边儿人马多着呢！”

燕燕愣愣地望着她：“妈，您这是跟谁说话呢？”

“傻丫头，这是你爸呀！”林若竹指着空椅子，凑到燕燕耳边小声说，“你爸爸是共产党的英雄人物，你看，你看，同志们到底把他救出来啦！”

燕燕的脸色变了！她恐惧地意识到，妈妈的神经已经错乱了，让人家逼疯了！“妈，妈！这些话可别在外面说呀，他们说爸爸是‘叛徒’！”

“听他们胡说八道！”林若竹不以为然地说着，急急忙忙地收拾那衣服，“你爸爸骨头硬，是个宁折不弯的汉子！要不，能被他们打成这样？……嗯，他的长衫、他的围巾，都给他带上，走，快走呀！”

燕燕急忙拦住她：“妈，您别这样，别……”

“快点，车快开啦！”林若竹抱起衣服，推开燕燕，匆匆地走出门去。

她抱着一大包衣服，走出院子，走出胡同，那神情，俨然是去办一件十分要紧的大事！

燕燕在后面追着她，苦苦地劝她，求她，可是，她全然听不进去了，她的心，跨越了十几年的岁月，倒流到了那终生难忘的一天：章子侠在等她，车票都买好了，她得快去，快去，可不能误了！

动荡年代，大街上到处是火红的标语，纷乱的人群。高音喇叭里播送着高昂的歌曲："政策和策略是党的生命……"

林若竹旁若无人。她抱着烈士的遗物，穿过大街，穿过人群，急急地奔走。在她的后面，燕燕紧紧地追赶："妈，妈！……"

临街的一座机关大门，挂着"自来水公司"的牌子，旁边，贴满了大字报、大标语。

林若竹急匆匆地往里闯，嘴里说："就是这儿！就是这儿！这不是监狱吗？徐先生叫咱们在这儿接他！"

"妈！快跟我回家！"燕燕拉她，喊她。

"瞧这孩子，这么性急！"林若竹一本正经地推着燕燕的手，"等你爸出来，一块儿回家呀！"

一辆载重汽车从院子里开出来。

"噢，出来了！你爸在车上呢，快，快上车！"林若竹拉着燕燕的手，朝汽车扑过去。

载重汽车睬也不睬她，径直开出大门，驶上大街，后轮扬起一溜烟尘。

林若竹突然挣脱燕燕，追着汽车跑过去："子侠，子侠！等等我呀！"

载重汽车转眼消失在车流中，林若竹的心被带走了。她发疯似的蹿进车行道中，在无数车辆中穿行，寻找她要找的车、要找的人，沙哑的声音不知疲倦地叫喊着："子侠，子侠！"

"妈妈，妈妈！"在她的后面，纷乱的车流、人流中，惊慌失措的燕燕在苦苦地追赶。

林若竹似乎把燕燕忘了，把整个世界都忘了，唯独没忘怀里紧紧抱着的章子侠的长衫、围巾，她大口大口地喘着气，脸上、身上，汗水和尘土混成污泥，还在没命地奔跑。

大街、小巷，飘荡着沙哑、凄厉的喊声：

“子侠，子侠！……”

一株枝叶繁茂的老枣树，挂满了累累的果实，在薄暮微风中，沙沙作响。它那历尽风雨、斑疖鳞鳞的老干，伸展着筋络血管一样的根系，依然屹立在泥土之中。只是它的脚下，当年的房舍、院墙、犁锄耙种的农具、榆木纺车，都已不复存在，连断垣残壁也无影无踪，那是早在日本人手里就烧光了的，只留下这棵没被烧死又发了新枝的老枣树。如今，在荡平了的旧宅基上，在老枣树的周围，栽上了许多一人多高的枣树苗，成了一片枣林。左邻右舍几经沧桑，都已搬到远离枣林的地方，这里只有一个用秫秸搭成的茅庵，好像是看枣儿的人过夜用的。

枣树下，王月梅佝偻着身子，双手撑着一根枣木棍，久久地伫立，眯起眼望着远方，半天也不动一动，像个木雕泥塑的人。

枣林旁边的土道上，一个邮递员骑着自行车过去了。

王月梅的眼睛盯着这个人：“哎，有俺的信吗？广州来的！”

邮递员头也不回地说：“跟队长要！地主的信都是先交给队长！”

“哼，俺是地主啦！”王月梅愤愤地顿着手里的枣木棍，“天跟地翻了个儿啦！公公、婆婆叫日本人杀啦，男人死到国民党手里啦，临了临了，俺又成了地主啦！天底下有俺这样的地主吗？”

邮递员才不听她这一套呢，早没影儿了。

“大嫂！”枣林那边有人在叫她。

王月梅回过身去，一个噙着旱烟袋的庄稼人朝她走过来。

“队长，有俺寒妮的信吗？”王月梅拄着拐棍迎上前去。

“没……没有，”队长含含糊糊地说，“这日子隔得够长的啦！大嫂，你这两天好点儿了不？要不，上公社卫生院去看看？”

“算了吧，俺这个‘地主’的命不值钱！接不着俺寒妮的钱，俺看病花谁的？”王月梅缓慢地挪动着步子，朝茅庵走去，“队长，那棵老枣树上的枣儿，熟啦，你叫人来摘吧，或是卖，或是分给大伙儿，俺这个‘地主’一个都不要！”

队长叹了口气，嘴里喷出一股浓烟：“大嫂，乡里乡亲的，谁也没把你当地主待！你家老辈子穷得叮当响，就那么三亩半地，又没雇过人，算啥地主啊？明摆着是受了子侠哥的牵连，你不是党员，也不是干部，哪一条都够不上，就硬安上个‘地主’帽子呗！”

茅庵里，点起了一盏荧荧如豆的煤油灯。

灯下，王月梅用勺子搅着半锅玉米面稀粥，队长蹲在旁边，就着灯火吸烟。

“哼，奸臣当道，忠臣受屈，自古来就是这么回事儿！”王月梅一说话就气得哆嗦，舀在勺子里的稀粥一半都撒在地上了。

队长吧嗒着烟袋说：“大嫂，别认死理啦！招灾惹祸的话，别说！政策惹不起！去年把你打发回来，一听说是‘地主’，大伙儿谁也不敢收留你，没法子才叫你一个人住草庵子看枣林。大嫂，人在难处可不能犯拧劲儿，得忍啊！”

王月梅拔下头上的簪子，拨了拨灯芯：“大兄弟，俺是个受苦的命，啥罪都能受。听你的话，俺忍着，天总有明的时候，俺不能挣工分，还有俺寒妮寄钱养活娘呢，俺饿不死！”

队长的嘴咻溜着吸了一口凉气，犹豫地看了看她，低下头，在鞋底上磕着烟袋锅，说：“大嫂，我不能瞒你，广州来信了，寒妮……也被隔离审查，往后，你的生活费也寄不了啦！”

“啊?!”王月梅的一双眼睛在灯下闪着绝望的光，“这是要把俺……斩尽杀绝啊！”

“唉！”队长叹了口气，又装上一袋烟，凑到灯头上去点燃，那烟袋锅，那手，在抖，“大嫂，你恁大年纪，又不能劳动挣工分，往后，得找个出路啊！这么着吧，西头的李德贵，苦大仇深，成分好，又有木匠手艺，一辈子没成家，你看，我做主……”

“啥？你说啥？”王月梅脸上的每一条皱纹都在颤抖，“叫俺改嫁？你看看俺是谁！章子侠的媳妇，打地狱的门口过了好几回，都没动过这个念头！五老六十了，叫俺改嫁？”

队长讨了个没趣，把烟袋别在腰里，跺跺脚，走了，把孤独、苦恼、困惑、愤怒，都留在这小小的茅庵里，留给这个上天无路、入地无门的人。

夜空，银河缈缈，繁星点点。月亮的周围，绕着一个朦朦胧胧的大光环，像是明天要起大风了。几只小鸟儿，喳喳地鸣叫着，从枣树的梢头飞过，消失在夜幕之中。

寂静的夜，只有枣树的枝叶在沙沙作响，蛐蛐儿在嘟儿嘟儿地叫。清冷的月光洒在枣林里，那株活了大半个世纪、葱茏茂密、果实累累的老树，树影婆娑，很像月亮里那棵永存的桂树。

枣树下，站着王月梅瘦骨嶙峋的身影。一双筋骨突出的粗糙的大手抚摸着布满斑疖、伤痕的老干，想说点什么，可又说给谁听啊？

算了。此刻，她觉得头脑里变成了一片空白，仿佛那纷乱的思绪、那沸腾的热血，都化作了一阵清风，托着她徐徐升起，去寻找一个安息的处所。她抬起头，望了望寂静的枣林、寂静的村庄、寂静的天空，然后，缓缓地举起双手，把一根麻绳搭在那根弯向东南方的枝干上。从容地打了一个活结……

枣树的枝叶在摇晃，摇晃，摇晃！摇落了满树的果实，摇落了银河的星斗！

麻木的乡亲们聚拢来，聚在这株足有资格作“村标”的老枣树下。

王月梅躺在故乡的泥土上，静静地闭着眼睛。她，勇敢地完成了对命运的最后一次抗争，对人的尊严的最后一次自卫，停止了呼吸，骄傲地告别了人生。她的身边，落满了粒粒熟透的红枣，那是亲人的血肉滋养出来的果实！

乡亲们默默无语，像那片寂静的枣林。

朦胧的月光下，那株老枣树不屈地屹立在夜空。

十九　暮色苍茫

一九七九年春。

晨光熹微的天空，一行北飞的大雁，嘎嘎地鸣叫着，向同行的旅伴，向遥远的故地，深情地呼唤。

高远的蓝天，辽阔的绿野，仿佛有一个苍老而深沉的声音在回响，那是母亲的声音，反复地说着：“告诉她们……告诉她们……”

母亲在哽咽，这哽咽被滚滚的雷声所湮没，那是巨大的车轮碾在铁轨上发出的轰鸣。

列车隆隆……

列车上，敞开的窗口里，一位四十岁左右的女军人，久久地、动情地凝视着窗外。瘦削的面颊上，被风吹起的鬓发中已经夹杂着几缕银丝，眼角旁细碎的纹路，刻下了逝去的岁月的印记。

她是谁？是寒妮吗？那双大大的、黑中发亮的眼睛，执着的、充满期望的神态，似乎还可以找到童年时代的影子，她是寒妮！寒妮——章忆寒，也已经进入了人生的中年。

她久久地凝视着车窗外广袤的田野、一闪而过的树木，仿佛又看到了三十多年前自己的身影，她跟着娘，挎着破篮子，背着小包袱，拄着要饭棍，沿着铁路，不知疲倦地跋涉，向北，向北……

啊，三十多年了，岁月过得这样艰难，又是这样迅速！她早就盼望着再次踏上北上征途，去和若竹婶子、燕燕妹妹重逢，又何曾想到重逢的一天来得这样迟！

列车隆隆，噩梦一样的往事，被巨大的铁轮碾碎了，碾碎了！章忆寒的耳畔回响着母亲的声音，那是她们分手的时候，母亲留下的最后遗言："告诉她们……告诉她们……"

这一天终于到来了！

火红的晚霞在北京的上空燃烧，给紫禁城的宫苑、林立的新楼、繁华的闹市、拥挤的居民区都染上了一层金红色，大街小巷都是人流。北京有那么多的公共汽车、无轨电车，从早到晚地奔波，仍然载不完滚滚不息的人潮，还有难以数计的自行车在林荫道旁穿梭。北京，也许不记得，三十年前，有一个小小的市民，悄悄地从这里跟着她的母亲走了；三十年后，她一个人又悄悄地回来，寻找她当年的栖身之所，寻找当年风雨同舟的人。她找得十分艰难，因为三十年的离别，实在是太长了，北京已经变得使她无法辨认，而对北京人来说，她等于是一个陌生的来客。取灯胡同还在，九号院还在，甚至门口的洋槐树也还在，只是她要找的人都早已不知去向了。是啊，北京这么大，八百万人口呢，就像在沧海之中撒进去几粒米，哪儿找去？但她还是找，她相信，只要这几粒米还在，就总会找到的。

根据市教育局提供的一条线索，她来到了景山脚下的一所中学。

早已过了放学的时间，校园里空荡荡的，只有校长办公室的门还没有关，一位六十多岁的老人正坐在写字台前，阅读一份文件。他穿着一身藏青色的半旧制服，头发花白，高高的鼻梁上架着一副方框眼镜。

章忆寒已经走到他的面前，潜心阅读的老人还没有发现她。

章忆寒默默地端详着，辨认着，在老人的脸上寻找当年居住在取灯胡同九号南屋的那位寒士、贫儒的影子。

“陈叔叔!”她动情地叫了一声。

老人骤然抬起头来，吃惊地看着这位陌生的女军人，“同志，您……”

章忆寒激动地扶住老人的双肩，“陈叔叔，您不认识我了?”

老人从座位上站起来，眯起眼睛，仔细地审视了一阵，还是摇了摇头，“真是健忘得很，您是……”

“我……我是寒妮呀!”

“啊，寒妮?”

像是一件失落了多年的珍宝又突然奇迹般地出现在面前，极度的兴奋使老人的眼中涌满了泪水，“寒妮！你……终于回来了！我们盼你，盼得好苦啊！为什么一去三十年没有消息啊?”

三十年的话不知该从何说起？两个人都抢着向对方发问，答非所问，语无伦次。章忆寒急着要问他：五十年代她从广州来了许多封信，难道都没有收到吗？陈老师说：她们走后，北平的大搜捕搞得很凶，徐先生知道林大夫还在北平，就让她立即转移，陈老师一家也一起搬出了取灯胡同，信自然是收不到了。他不明白，章忆寒是怎么找到这所学校来的？……真是一言难尽啊!

老人收起桌上的文件，手忙脚乱，忘乎所以，“走吧，跟我回家！你大婶儿和大蓉、小雨要是知道你来，该多高兴啊!”

“我婶子和燕燕还和你们住在一起吗?”章忆寒好不容易才插空问了这句至关重要的话。

霎时，陈老师的脸上罩上了阴云：“她们……”

十年前那不堪回首的一幕，清晰地展现在老人的眼前，他又看见了林若竹那双沾满了汗水、泥土和血迹的脚在没命地奔跑!

这双脚已经收不住了，没有什么力量能使它收住了，在晒得发烫的柏油路上奔跑，在撒满血红的栌叶、枫叶的泥地上奔跑，在印着血迹的雪地上奔跑，用全副的气力追赶那个永远也不会回来了的人。

这双脚，终于倒下了，倒在雪地上。

林若竹吃力地撑着胳膊，想重新站起来，已经没有了这个力气。她倒下去，全身都倒下去，像齐根锯断的树木。

“林大夫，林大夫!”陈嫂在哭喊。

“妈妈，妈妈！您醒一醒，醒一醒!”燕燕哭喊着。

林若竹的头枕在燕燕的胳膊上，张着嘴，想要说话。她使足了最后的一点力气，发出一声像是呼喊又像是叹息的声音，头无力地向后仰着垂了下去。一双眼睛还在睁着，像是在等着看一眼她等了多年的人；嘴大张着，像是在喊着那个刻在心上的名字：“子侠!”

章子侠的长衫、围巾，还紧紧地抱在她的手里，贴在她的胸口上。

“妈妈，妈妈!”燕燕扑在妈妈的胸膛上，扑在爸爸的遗物上。

暮色苍茫。血红的晚霞衬托着故宫角楼的剪影。高高的宫墙上，垂柳依依，波光粼粼。

沿着筒子河长长的堤岸，陈老师和章忆寒缓缓地走来，每一步都迈得那么沉重。

泪水泡红了章忆寒的双眼。

“那么，燕燕呢？我要见见燕燕!”

“燕燕……”陈老师垂下了头，他真不愿意把一切都告诉寒妮。可是又怎么能再瞒她呢？她是燕燕唯一活着的亲人了！“燕燕在……一九六八年的冬天，上山下乡，到北大荒去啦!”

“噢？她那时候该上大学了吧，怎么还去插队？”

“这……要看是什么时候，谁家的孩子。燕燕没上大学，她上的是四年制中专。毕业分配，哪个单位都不愿意要，她一狠心，主动要求去北大荒！家破人亡，她不愿意再留在北京了，要自己闯出一条人生的路。幼稚的孩子，她以为这样就可以摆脱家庭留给她的政治‘遗产’！那时候，我还被关在‘牛棚’，你大婶儿一个人送她出了门。临走，她把抄家时偷偷藏起来的一张照片——就是你父亲和林大夫的合影——托付给我们家，让给她好好保管，相信总有一天还能见到！这张照片，我至今还珍藏在箱子里，可是燕燕她……再也没有回来！”

泪水从老人的眼镜后面涌流下来，他说不下去了，突然停住身，伏在河岸的石堤上，痛苦地饮泣！

“啊？”不祥的预感使章忆寒的呼吸都要停止了，她一把抓住陈老师的胳膊，“燕燕她……她怎么了？”

陈老师转过脸去，那胳膊、那肩膀，在痛苦中战栗，“她死了！”

章忆寒瞪大了血红的眼睛，双手按着狂跳的胸膛，好像心脏突然被撕裂了，“她怎么会死？怎么会死？”

陈老师望着满天燃烧的云霞，发出一声呻吟般的叹息。那云霞，火焰般的云霞，是燕燕的灵魂吗？

“他们的农场，地处边疆要塞，两国的土地连成一片荒原，只隔着一块小小的界碑。一九六九年的冬天，孩子们在挖排水渠——冬天并没有水，只有冰，排水渠要到第二年夏天才有用。天那么冷，镐刨在冻土上，只留下一个个白印。有人提议把土烤化了再挖，或许省力一些。于是，他们点着了荒草。谁知道，火一着起来就失去了控制，整个草原成了一片火海！那一天，十一月七日，正是邻国的国庆，如果……如果火烧过了国界，将会引起国际纠纷，后果不堪设想！……

“孩子们慌了！他们冲进火海，脱下自己的棉衣扑打着燎原烈火！他们把自己的血肉之躯忘了，眼前只盯着火海，只盯着竖立在国境线上的界碑！

“终于，一场大火在国境线内被扑灭了，被赤手空拳的娃娃们扑灭了，这情景，使邻国的巡逻哨兵都感到吃惊。可是，娃娃们呢？几十个活蹦乱跳的娃娃，为了祖国的尊严献出了生命，连尸骨都没有留下，他们化为灰烬，撒在北国荒原上！这英雄的行列里，就有我们的燕燕啊！

“可是……可是……在追认共产党员和革命烈士的时候，并没有提到燕燕的名字！”

“啊?！为什么？为什么?”章忆寒不仅悲痛已极，而且愤懑已极了！

“还问为什么?”陈老师摘下眼镜，颤抖的手掩住双眼，泪水从指缝中涌流出来，“因为她是‘叛徒’的女儿!”

“‘叛徒’?”章忆寒的泪眼闪耀着晚霞的火焰，“为了洗刷这妄加的耻辱，我们付出了两代人的血!”

暮色苍茫，晚霞如血。

垂柳依依，波光粼粼。

长长的堤岸旁，两个身影缓缓地向远处走去，迈着沉重的步伐。

（发表于《民族文学》1986年第6期。收入霍达小说集《红尘》，花城出版社1988年出版）

芸芸众生

他胸有成竹地走马上任，当然是想做一番事业的。可是，头开得不好，没有马上去拜见“母老虎”，惹下了很大的麻烦，险些使他陷入泥淖之中不能自拔。

怪谁呢？怪他自己。他不是初来乍到，二十年前就是动物园里的人，在技术科工作了三年，园内的数百种动物，连同管理动物的三四百号人，他都熟。二十年来，动物园的变化并不大。鸟室、兽舍基本维持原样，动物的种类、数量也增加很少。一些老人儿退休了，让他们的子女来顶替，纯属新调来的人很少，这个地方“外来户”不大好生根。多数人还是老班底，只是都老了二十岁而已，陈郁都还记得他们当年的模样。难道恰恰忘了那位“母老虎”吗？不，他没忘，记得清楚着呢。

那么，是他有意不去见她。太相信自己的力量和园林局的那张“委任状”了吧？以为今天的陈郁已不是昨天的陈郁，从一个极不光彩的被驱逐“出境”者一变而成为动物园党委书记兼主任了，真正的“人中之王”，用不着去屈尊光顾那位“兽中之王”了，可以藐视她，无视她，甚至可以在适当的时候给她点厉害？

也许是这样，也许不是。

只好从“母老虎”说起

所谓“母老虎”，并非那铁笼中的一只猛兽，乃是一个人，并且，二十年前还是一个曾经很漂亮的女人。瓜子脸，高鼻大眼，腰身丰满匀称。她十八岁结婚，接连生了四个孩子，三十出头了，又养了个小五。有人说，坐一次月子老一轮，可她却依然那么标致，那么富态，白胖胖的胳膊像藕节儿似的，那张银盆大脸有如出水芙蓉，是动物园里的美人。她本名莫莲湖，也是个挺雅的名字。但性子泼辣得很，会抽烟，能喝白酒，敢和男人猜拳行令。说话毫无顾忌，开口“妈的”“妈的”，人人都惧她三分。她的男人是园林局工程队的，因公伤残，三十多岁就在家养老，行动不便，性子温和，一切都随她，更宠得她天不怕地不怕。加之她的工作岗位是食肉班猛兽组，在那威风凛凛的虎山饲养斑斓猛虎，又平添了一种腾腾杀气，于是便自然而然地得了个音似而义非的“母老虎”绰号，本名倒几乎被人遗忘了。人们谈论起她来，无论褒贬，一律用代称：

“‘母老虎’还真有两下子！”

“‘母老虎’那娘们儿真不是玩意儿！”

…………

如果仅仅是这些，倒也不值一提。真正树起“母老虎”的威风的，是她曾经赛过了铁笼中的母老虎，使整个动物园、整个园林局系统都为之轰动，连省报记者都引来了。

那是六十年代初，国家三年困难时期。中国人都勒紧了裤腰带，低标准，瓜菜代，碗里见不到肉，菜汤里漂着珍贵的油星儿。可动物园并没有“下马”，也不能关门，不管饿得发慌的人们有无兴趣去观赏珍禽异兽，而这些畜生还得养着。斑马、羚羊好办，它们本来就“瓜菜代”，可那些“食肉类”怎么办？狮子、老虎、豹、狼，顿顿都得吃肉，每天五六斤、八九斤、十来斤的定量，让饲养员都看着眼馋！渐渐地，人们在背地里流传着一个只可意会不可言传的举动：悄没声儿地从饲料肉里或粮食里匀出那么一点点。这件事当然是极为机密的，不会让第二双眼睛看见。而第一个敢于这样做的便是莫莲湖。没人敢管她，管她还不如学她呢，公家的东西，谁吃不都是吃？笼子里不会说话的朋友，对不起了，顾命要紧！

但是，不会说话的朋友却让事实说了话：动物接二连三地出现病弱、死亡现象。这不能不引起领导的重视了。于是，在大食堂召开全园紧急大会，当时的党委书记兼主任杨占山、副书记兼副主任林雁飞都紧绷着脸，坐在主席台上，气氛严肃得很。杨占山矮胖矮胖的，头发稀疏却梳得很整齐，四个兜的制服板板正正，胸前别着一支很少用的钢笔。林雁飞却是个细长个子，紫膛面皮，精瘦精瘦的，两只眼睛像雷达一般扫描着会场，什么都看在眼里。这是个精得谁也瞒不过他的人，最近偷偷流行的事，他当然知道，但是不管。他是在动物园学徒出身，和许多饲养员都是师徒、师兄弟、师姐妹关系，自己从这些人里头落成个官，得靠这些人维持。只要不跳槽，他轻易不得罪，施以怀柔政策。这年头儿送个人情，关系就“铁”了。当然，有跳槽、尥蹶子的，另说。他喜欢到各饲养室闲聊，让每个人都觉得他是自己在权力机构中的代表人物。许多事，都在闲聊中了解，在闲聊中处理，能“私了”就不端到桌面上去“官了”。当然，他认为该“官了”的，也另说。他不大在正规场合讲话，这事儿向来是杨占山的。杨占山是“三八式”，从太行山来的，经过枪林弹雨，说话硬得像太行山风，充满火药味儿。无奈仗早已打完了，神枪手到了动物园却没有用武之地，他的大嗓门儿只能无的放矢地瞎咋呼，看来挺威严，其实伤不着任何人的毫毛。林雁飞乐得做他的副手，动物园里的一切事可以满当家，只在门面用得着他。人们背后说："杨占山？'羊'怎么能占山？"

杨占山开始训话了，开门见山：

"上个月死了只狼，这个月死了头獾子，唵，咋搞的嘛！帝修反在卡我们的脖子，国家把珍贵动物交给我们饲养，只能养活，不能养死！刚才又听说死了五只猴？五只啊，死得多可惜！咋搞的嘛！"

台下哄堂大笑。

台上坐在他旁边的林雁飞也装着点烟偷偷地笑。

杨占山火了："还笑？有点主人翁精神没有？灵长班长站出来！那五只猴是怎么死的？啊？"

笑声更烈。

灵长班长尹怡云站了起来。尹怡云是个大学毕业生，分配到这儿不久。本来是把她安排在技术科，可她自己要求到基层锻炼，接触生产实践，领导就让她当了灵长班长。她还没结婚，人长得挺秀气，面庞白皙清雅，大眼睛，长睫毛，说起话来一忽闪一忽闪的，挺招人爱。两条大辫子总舍不得铰，上班时候就掖到白工帽里头，这会儿，没戴帽子，就垂到肩上，油亮亮的，格外惹人注目。

"杨书记！"尹怡云勉强忍住笑，一说话还是笑了出来，"我们班可连一只猴也没死，别说五只了！"

杨占山卡壳了，小声问旁边的林雁飞："咋回事？你刚才不是说……"

林雁飞哭不得、笑不得："您听错了，我说的武志侯是个人！是食草班的饲养员，今天早上，心肌梗塞，死了！"

尹怡云咯咯地笑着说："您怎么连猴儿和人都分不清？"

杨占山脸憋得通红，台下的笑声达到了高潮！

会议不欢而散。不，是尽欢而散，吃不饱肚子的人难得寻到这么大的开心，有这么个人猴不分的书记，他们什么事都可以放心了。

人们闹嚷嚷地拥出了大食堂。一直坐在后排角落里的陈郁觉得挺惋惜，耽误了好多工夫，这算开的什么会？既没有政治，也没有科学。他紧走几步跟上正在和同事们嬉笑的老同学尹怡云：“小尹！我想跟领导谈谈，咱们对动物进行一次普遍体检，看看到底是怎么回事？”

尹怡云哧哧地笑着，嘲弄地瞥了他一眼，“真是书呆子！”

陈郁不明白自己怎么“呆”了，他还是截住了已走到大食堂门口的林雁飞。

林雁飞有些纳罕地看着这个唯一认真参加会的人，听完他的建议，心里嘲笑他多事。但这种积极性不能挫伤，只能诱导。“你的建议很好。”先给句好话，然后说出了自己在开会时已经想好了的办法，“不过，老靠体检还是消极的，关键是增强动物的体质。这么着吧，由你以技术科的名义起草一个报告，写明珍贵动物食量的最高标准，最好能附上国内外各大动物园的参考数据，请上级尽量给以满足！”

这么一来，各方面都得到了满足，包括陈郁的事业心也得到了满足。林主任毕竟是行家，使陈郁服气，有这样的领导，他感到幸运。

大家都幸运。莫莲湖率先发起的自救运动更加有恃无恐，无人追究。林主任的威望又大大提高了一步。

也有不幸运的人。灵长班长尹怡云因为用大实话跟党委书记开了个大玩笑，为自己种下了祸根，以后的命运坎坷皆自今日始。这是后话，可以暂且不表。

那次历史性的大会之后，一桩与莫莲湖直接有关的、极为棘手的事情又突然摆在两位书记的面前。

虎山中，莫莲湖治下的一只东北虎喜生贵子，头胎就是俩崽儿。虽是添丁的好事，可惜这母虎生性暴烈，毫无母亲心肠，刚刚生下孩子，就连同衣包、脐带生吞了一只，张牙舞爪又要朝第二只下嘴。也许是饿的?

莫莲湖慌了。分点虎食是小事儿，不显眼儿，丢了虎崽儿就是大事儿了，不好遮挡。想到这儿，她突然来了虎劲儿，忘了那老虎是吃人的，往笼子里探过半拉身子，硬是从虎口中抢出了虎崽儿，手臂被虎爪抓得鲜血淋漓!关上笼门，她惊出了一身冷汗，自个儿都没想到胆儿有这么大。真够英雄的了，够上简报表扬一通了!可是，闻讯赶来的杨书记、林主任还没来得及找人写稿，就被新的难题难住了。莫莲湖用血肉模糊的手臂抱着虎崽儿，急赤白脸地问两个头儿:“这没娘的孩子，怎么养活?”

杨占山用胖手指挠着稀疏的头发，直瞅林雁飞。他当了十几年的书记，一直分工抓政治思想工作和卫生工作，参加劳动就是抡大扫帚打扫园容，深得清洁班的爱戴。管业务的是林雁飞，这得他拿主意哩!

“这好办。”林雁飞毕竟是饲养员出身，当了干部之后到北京、上海的大动物园去参观过，多少见过点世面，开口就拿出了办法，“人工哺乳嘛!”

于是，一连串的电话，一群人跑腿儿，把婴儿奶瓶、牛奶都拿来了，递给拿大主意的林雁飞。林雁飞不慌不忙，让莫莲湖抱好虎崽儿，自己捏着婴儿奶瓶，将橡皮奶嘴塞进虎崽口中。谁知虎崽儿只吮了一口，就打了个震天响的大喷嚏，把牛奶喷了林主任一脸。林主任耐着性子再喂，它也不认了。

“不习惯牛奶?”杨占山抓耳挠腮，瞅瞅林雁飞，再瞅瞅铁笼中的那只暴怒的母虎，“要不，挤虎奶试试?”

“谁敢去挤?”林雁飞狼狈不堪地擦着脸上的奶星子，心说这主意亏得十足的笨蛋想出来！“问题不在牛奶还是虎奶，”他说，“恐怕是虎崽儿不习惯橡皮奶嘴儿。哎，听说别的动物园有用母狗哺虎的！要是能马上找到一只刚下了崽儿的母狗就成了……”

“母狗？”杨占山两眼发直，“咱动物园又没养狗，上哪儿找这么现成的去？”

“找不着也得找，横不能眼瞅着虎崽儿饿死！”莫莲湖搓着手说。

“饿死？”杨占山十分严肃地瞅了她一眼。东北虎是国家一级珍贵动物，在全世界各种虎里占头一份儿，饿死还行？再说，刚刚在会上说过“只许养活，不许养死”，这不是自己抽自己的脸嘛！“再想想，还有啥法？”他启发式地问林雁飞，希望他再拿出个什么锦囊妙计。

智囊没辙了。林雁飞一别脑袋，用下巴颏指着莫莲湖说：“问她，她是饲养员嘛！”

“咦！当头儿的没辙了，拿我填馅子？”莫莲湖直眉瞪眼地说，“我要是有高招儿……”

林雁飞当真不当假地说：“那我就给你磕头啦！”

“好，君子无戏言！”莫莲湖就爱听这个，她乘着一股邪劲儿，一把拉开自己的衣襟，露出胀鼓鼓的两只雪白的乳房，两位领导惊得目瞪口呆！

“你……你这是干什么？干什么？”杨占山是个正派人，腾地红了脸，扭过头去，气急败坏地大嚷。

其实，莫莲湖并不是撒野。她刚刚生了孩子不久，正在哺乳期，这会儿，奶胀得慌，听林雁飞说起“母狗”，猛然间想起了自己也是一位母亲，怎能眼看着虎崽饿死？心里一热，才做出了这惊世骇俗的举动。她把虎崽儿的嘴贴到自己胸前，像对待儿子一样把奶头伸过去，奇迹出现了，虎崽儿就像见了亲娘，饿虎扑食，叼住奶头，啧啧地吸吮起来，津津有味!

这边，杨占山还在背着脸发怒，忽听得林雁飞一声怪叫：“嘿，成了！好你个母老虎!”杨占山倏地转过脸去，被这伟大的壮举惊呆了!

莫莲湖立即成了人人景仰的英雄，杨占山开动了一切宣传机器，简报、墙报、有线广播以至市里、省里的报纸都在宣传这位爱虎如子的饲养员，莫莲湖的头上闪耀着圣母般的光环，比佛教故事中那位舍身饲虎的莫那陀王子还要高大万倍。当然，“母老虎”的戏称也从此不胫而走，成了名副其实的尊号。据民间私下传说，她还当真硬按着林雁飞给她磕了个响头呢，自然没当着大伙儿的面。

尤其值得一提的是，打那以后，动物园里立下了两条成文的和不成文的规矩：第一，在为虎崽儿哺乳期间，向莫莲湖提供优厚的营养品。论功行赏，工作需要，这，谁也没话说。只是哺乳期到底多长却没有说，这规矩便有了开头而没有结尾，一直使莫莲湖以优越的生活条件平安度过了困难时期，那时虎崽也三岁了，成年了。第二，凡属来园参观、取经、实习、采访人员乃至新调来的大小干部，一律先去拜望这位“母老虎”。这一条，虽无正式决议，却从无例外，甚至在十年内乱中，杨占山、林雁飞都曾一度被打翻在地，也没有丝毫动摇“母老虎”的特殊地位。

可是如今，新改组的领导班子成立，陈郁调来任第一把手，竟然冒犯了山规，他不但没有去谒见“母老虎”，而且，千不该万不该，不该首先去猴山看望那早就被冷落的尹怡云。

冲突，就不可避免了。

猴山，有一段旧情

公正地说，陈郁并不是一到动物园就去看尹怡云。上午，他带了局里的信件正儿八经地到党委组织部去报到，随即，到党委办公室去，和刚办了离休手续的前党委书记杨占山、仍任副书记兼副主任的林雁飞以及原班子的成员都见了面，开了个小会，谈谈情况，这都是例行公事。然后，他就要下去走一走了，这也是常规。杨占山散了会就走了，要不是因为陈郁来得快，正赶上他在腾办公桌抽屉里还没腾净的东西，他就不会参加这个会了。坐了三十来年的位置如今要让人了，尤其是让给陈郁这样一个人，他心里很不痛快。无奈这是组织决定，自己的年龄又早过了杠杠，不痛快也得走。以后的事就不管了，不是还有老林吗？其实，林雁飞对陈郁的到来也没有充分的思想准备。他欢送杨占山离休，是因为尽人皆知他是“接班人”，局势明摆着。根据“民意测验”上报局里的人选名单也是他列在第一。没想到局里来了个闪电行动，把刚刚落实政策还没正式调来的陈郁定为一把手。刚宣布，陈郁就到了，快得令人吃惊，他甚至怀疑其中有什么“背景”。过去被他没当对手就轻易战败了的陈郁，竟然抢了本属于他的第一把交椅，他只能跟在旁边当个陪衬，唉，还不如当杨占山的陪衬更体面些。他没有提醒陈郁应首先去看看莫莲湖，也不想陪他去“走走”。这是熟地方，还用陪吗？谁不认识你？谁不知道你当初是怎么走的？陈郁也没有邀他同行，一个人出了办公室小院，信步走去，好像有那么一点微服私访的意思。

往哪儿走呢？要周游全园，有两条路。一条是顺行线，从左面先经过熊猫馆、鸣禽馆、水禽湖、海兽池，从鹿苑、羚羊馆往东，走虎山、象房、斑马馆、犀牛馆，然后到猴山；另一条是逆行线，出门往右，那么第一站就是猴山了。谁知道陈郁的腿是被什么支配的？他先奔猴山去了。也许是不愿意和游园的人挤在一起，或是二十年前走惯了这条逆行线？再不，就是猴山有一个他至今不能忘记的女人在吸引着他？

他顺着鹅卵石铺成的小路往东走，绕过那片夹在熊猫馆和猴山之间的竹林，猴山就到了。立即，他看到了阔别已久的奇峰异洞，听到了倍感亲切的猿猴喧闹声，而且，迎面遇见了那个既熟悉又陌生的女人——尹怡云。

尹怡云推着一辆两轮手推车，车上装着两桶饲料，正沿着小路往猴山走，在必经之途，两人相遇了。刚才，她远远地看见一个穿西服、戴眼镜的瘦高个子男人往这面走，没有在意。及至到了跟前，几乎要擦肩而过，才突然认出那就是陈郁，她吃了一惊。虽然前两天就听到了陈郁要来的消息，她似信非信，也没料到会这么快。她在心里打定的主意是，如果陈郁真的来了，她装作不认识，开大会时自己坐在角落里，不往台上看。路上碰见不打招呼。工作上打不着交道，自己上面有基层领导。她希望陈郁把她忘了，永远不要再发生任何联系。谁知道，要躲的偏偏躲不过，陈郁现在突然出现在面前，而且，眼睁睁地盯着她，连呼吸声都听得见。她立时慌了，先前准备的一切都不灵了，心里咚咚地跳，既迈不开腿，也张不开嘴，不敢看陈郁，也无法扭过头去，她呆在那里了。

陈郁站住了。他下意识地解开西服上衣仅扣着一颗的纽扣，然后，手指就抠在了那个扣眼上，抠得很紧。黑框眼镜的镜片后面，眼神似聚似散。眼角旁，额头上，这些年来逐渐加深的皱纹被眉头的紧蹙所牵动，一缕夹杂着银丝的乱发在额前飘动着，像在搅动着脑海中封存的往事。他静静地看着尹怡云。

尹怡云已经大大改变了模样。她已经四十好几，往昔的大学生风采全然没有了。脸干干的，像贮存过久而失去水分的梨，两颊还长着铁锈似的褐斑。身上柔美的曲线没有了，在肥大的工作服里面，只耸起两个瘦瘦的肩膀，像个衣裳架子。头上仍然戴着白工帽，只是那里面再也不用塞进两条大辫子，稀疏的头发已经盖不住前额，只在耳朵旁边还能露出两撮象征女性的鬓发，从帽子里伸出来。

“小尹！”陈郁轻轻叫了一声。这声音，在喧闹的猴山简直难以被人听见，但在尹怡云听来，却仿佛是一声惊雷！

二十年了，他又这样叫她了，她又听到了他的叫声。二十年，恍若隔世！

一九六四年，陈郁带着一个跃跃欲试的想法从技术科跑到猴山找尹怡云商量。两人过去是大学生物系的同学，现在又在一个单位工作，志趣相投，一拍即合。于是，陈郁起草了一个报告，要直接给园林局送去。

“这样不合适吧？是不是先让林主任看看？”尹怡云对越级上报的做法有些担心。

“有什么不合适的？”陈郁想起林雁飞让他起草报告的那件事，觉得很有把握，“对动物园有利的事，林主任肯定支持。直接报局里不是快点吗？”

尹怡云一想也是，报告就这么送上去了。果然，局里很快便签署了支持的意见，请动物园领导积极付诸实施。这两个不知天高地厚的青年人喜出望外，摩拳擦掌，却不知这一来使动物园爆发了七级地震，如同孙悟空摇动了东海龙王的镇海神针。

他们到底要干什么？说出来也并不可怕。报告原文的核心一段是这样写的：

我园地处翠竹山麓，依山傍水，风景秀丽，为我市名胜之一。但建园至今，未发挥其优势，各类动物，除水禽之外，均于笼中饲养，游人参观，如巡逻囚室，兴味索然。而且动物失去野生生活环境，对其生长、繁殖，极为不利。据资料介绍，一些国家辟有“天然动物园”，在自然环境之中，为动物提供休养生息条件，不仅可减少人工管理的繁重劳动，有利于动物的生长，而且对于游人也有极大吸引力，门票收入相当可观。我园动物种类繁多，而管理方法欠佳，病、弱、死现象，时有发生，长期不得解决。拟于灵长班先做试点，在水禽湖东侧山坡辟一“猴山”，因地制宜，可建立“花果山”“水帘洞”“操练场”等景观，将笼养之猴放入猴山，令其自然生长，不仅于猴有益，也将大大增加游人兴致，增加门票收入。由于东坡原有奇峰异洞，洞中有潜流可凿为喷泉，此项工程亦不需过高成本，预计××万元即可完成……

这样一件有百利而无一弊的好事，园林局予以批准是毫不奇怪的，当时“困难时期”已过，国民经济好转，百废俱兴，正是时机。奇怪的是，动物园中，从上到下，许多人并不赞成。

首先被激怒的是党委书记杨占山。三年前尹怡云当众嘲弄他“人猴不分”，他还没忘呢，现在这个黄毛丫头竟然越级向局里打起报告了，显摆你肚子里的那点墨水，欺负老子是扛枪的出身？枪杆子里面出政权，没有老子打天下，就没有你上的那所大学，就没有这个动物园，你尾巴翘个啥劲儿哩？你那个报告是给我脸上抹黑，是说我杨占山笨蛋一个，当了十几年的书记，动物园办得一团糟。笑话！难道这个书记能让你当吗？你连党员都不是哩！

林雁飞担心的倒不是尹怡云，而是陈郁。陈郁既有学问，又是党员，政治、业务，两样齐备，这根椽子一出头，使一直挑大梁的林雁飞预感到自己的“技术权威”地位面临着威胁。

最使尹怡云和陈郁想不到的，是莫莲湖极力反对这个方案。“真他妈的邪门儿！小孩养个家雀儿还编个秫秸笼子哩，你让把动物放了，狮子、老虎能放吗？他妈的有种你放个试试！”她这个人有气憋不住，就那么不指名地骂。

那天晚上，在虎山值班室里，她跟闲坐在那儿的林雁飞发牢骚：“这年头净出幺蛾子，石头缝里蹦出个齐天大圣，猴子要在这儿称王了，山中无老虎了是怎么着？”

林雁飞抽着烟，喝着茶，慢悠悠地说：“哎，女人就是气量小，别看着人家出风头就眼馋。难道月月红旗、年年先进、登报广播都该你一个人包了？凭过去的功劳簿吃一辈子？也得让人家表现表现嘛！”

这番话，足以把莫莲湖气炸。林雁飞就是有这个本事，从左边说，让你从右边冲！

“妈的，老娘的功劳簿是凭血汗挣的，他们凭什么？”莫莲湖一把扔了烟屁股，噌地从床上跳下来，要找局长去算账。她是个通天人物，局长办公室走平道儿。

“哎，咬人的狗不瞎汪汪！”林雁飞平静地笑了笑，又递过去一支“恒大”，划了根火柴给她点着，慢慢地说，“上头批准的文件，凭你，凭我，都顶不回去。你告人家什么？人家是两个正派青年，既不贪污，又不盗窃，也没有生活作风问题，有什么‘短儿’在你手里？”

“呃，这倒是！”莫莲湖琢磨着主任的这番指点，心里头似懂非懂地开了点儿窍。

猴山工程如期开工，进展顺利，尹怡云和陈郁在现场指挥，日夜连轴转，熬得眼睛血红，也不舍得离开。从大学毕业之后第一次调动这么多人力、物力来实施自己提出的方案，连做梦都没有想到会这么顺利，局里处处开绿灯，工程队全力以赴，动物园把全年的维修经费都投到这个工程上去。林雁飞戴着个柳条帽，亲临工地，凿石运土，忙得汗流浃背。尹怡云十分感动，从人群中赶过去，紧紧地握住林雁飞沾满泥沙的手，“林主任，太感谢您了！”

“谢我？我可不是外单位来义务劳动的啊！”林雁飞笑着说。他第一次和这位女大学生握手，原来这手那么软和，那么光溜！他突然有一种怜惜之情，这姑娘太稚嫩了，太单纯了，还以为林雁飞真的支持她哩！此时，林雁飞甚至觉得有点自愧，自己心中酝酿的那套计谋用来对付这个花骨朵般的姑娘，是不是太狠了点儿？不，你不吃她。她就吃你！物竞天择，适者生存，大自然规律如此。握手之间，林雁飞脸上笑眯眯的，心里头决心已下。尹怡云哪里知道！

转眼间三个月过去，猴山工程胜利竣工，少不了要举行一个别开生面的仪式，由林雁飞亲自剪彩，手起剪落，那红绸一断，灵长班长尹怡云一声令下，数十只猴子一起放入围墙之中，欢呼着，跳跃着，奔向园中之园、山中之山。高高耸立的太湖石上，刻着“花果山”三字，猴子们跳上峰巅，纵目四望，脚下有一匹轻纱似的瀑布从洞口垂下，玉珠摇落，薄雾漾漾，水帘洞是也。从洞口进去，九曲十八弯，可供游玩栖息。再往前走，豁然开朗，草翠花红。沿着凌空架起的铁索桥攀缘而过，下面是一片宽阔的平地，绿草如茵，容得下数十员猴兵猴将翻跟斗，此处即是操练场。场地四周，更有十数株特意保留下来的老树，盘根错节，如龙似蛇，顾盼生姿，猴子们游戏其间，仿佛置身于人迹罕至的深山老林，野趣横生。尤其令游人叫绝的是，人们可以循着特意架设的带有游廊的栈桥，直达猴山中心，居高临下，俯瞰全景，蔚然大观，尽收眼底。而游廊末端的六角小亭全部漆上朱漆，万绿丛中红一点，画龙点睛。这是陈郁特意设计的。因为猴子最忌红色，对此处视为禁区，敬而远之，绝不会攀亭与游人纠缠，这不能不说是匠心独运之妙。此亭名曰“观猿亭”，匾额是陈郁特请本省著名书法家吴老题写的。按动物学的分类，灵长目中只有猩猩、大猩猩、黑猩猩和长臂猿等少数几种属猿，其余则属猴，猴不能称作“猿”。但吴老说，人们历来猿、猴不分，李白的诗句“两岸猿声啼不住”，当指的是猴，而非猩猩。“观猿亭”似乎比“观猴亭”更雅一些。陈郁也就随俗了，园林不是研究所，不必那么较真儿。

大功告成，陈郁和尹怡云被自己的创作陶醉了。他们并不知道，到林雁飞剪彩的第二天，园党委就向园林局上报了正式的“工程总结报告”，说这一工程的方案，是两位青年同志根据党委的指示拟定的，党委书记杨占山同志高瞻远瞩，支持了这一具有战略意义的方案，副书记林雁飞同志“身先士卒、现场指挥、艰苦创业”云云，陈郁和尹怡云则淹没在工程队众多成员之中，成了执行领导意图的两名小卒。杨占山起初皱着眉头审阅这份报告，看到后来才舒了一口气，觉得这才像个报告的样子，便在自己的名字上画了个圈儿，写上“同意”两个大字，让林雁飞拿去打印、上报了。

陈郁和尹怡云更不会想到，一个决定他们命运的预谋就要实施了。他们有他们自己的计划，立即开始了第二步工作：观察、记录猴子的野外生态，准备著书立说。

这猴山中的数十只猴子，只有猕猴一个品种，而且是最普通的品种。园中的其他名贵品种如金丝猴、白头叶猴、疣鼻猴、食蟹猴以及虽不算名贵却不属猕猴一宗的台湾猴、熊猴、马猴等，均未放入猴山，仍各在笼中饲养。因为猴子宗派主义特别严重，非我族类，水火不容，所以猴山中只能放猴数量最多的猕猴一种。由于它最为活泼灵敏，马戏团多用此猴来做各种滑稽表演；又最常见，医学、生物学上的实验也以此猴居多。因之，陈郁和尹怡云的观察、研究也就具有普遍意义。

猴山开张伊始，便有了“山规”。由德高望重、年长体大的雄猴“狗尾巴”担任猴王，略逊一筹的雄猴“罗圈腿”担任二猴王，由年轻力壮、灵敏机智的“鬼眼”担任警戒。其余尚有雄猴十数只，均无职务，只是兵勇而已。母猴二三十只，别无他事，专事生儿育女。这些职务、身份，绝非尹怡云或陈郁指派的，乃是猴群中自然产生。那猴王“狗尾巴”拥有至高无上的权力：一切食物由它先享用；所有母猴归它占有；它无事闲坐的时候，由宠幸的母猴为之搔痒，等等。它那条标志王位的尾巴，从不像其他猴那样下垂，总是翘得高高的，蜷曲在屁股上，状如狗尾，并由此得名。

“狗尾巴”最为喜爱的一只母猴，名叫“花儿”，长得娇小玲珑，手足修长柔软，鼻眼周围那一块无毛的面皮白里透红，艳若桃花。

这一天，尹怡云投喂完了食物，与陈郁寻个僻静处所观察、记录去了。猴山里，按照山规分完了吃的，猴们各安职守。“鬼眼”蹿上树梢，双眼滴溜溜地巡视四方。“罗圈腿”带着兵勇们操练玩耍，逗游人开心。母猴们或攀石散步，或抱儿喂奶。“狗尾巴”懒懒地往一块向阳的青石上一躺，知趣的“花儿”便乖乖地跳过来，两条细腿半跪在旁边，轻轻为它搔痒。“狗尾巴”伸伸懒腰，嘴里发出“咦，咦”的叫声，那是告诉“花儿”：搔到痒处了，真舒服。再抓几下，再抓几下！“花儿”会来事儿，赶紧伸出纤纤五指，往“狗尾巴”的腋窝里轻轻地连搔十几下。“狗尾巴”咧开嘴笑了，眯缝着眼睛瞄了“花儿”一眼。它发现，“花儿”最近更加俏丽可爱了，一身光滑的茸毛，在太阳下闪着灰黄的光，甚至有点金丝猴的神韵呢！许是这猴山的日子比笼子里过得舒心吧？是，当然是了。你没见“花儿”的腹部微微鼓起了吗？它已经怀上头胎了，肚子里的猴崽子无疑是“狗尾巴”的。怀孕期间，“花儿”更显出女性的温柔，搔痒搔得比平时还轻软适度，猴王心里甜丝丝、软酥酥的。它怜爱地望着身怀太子的爱妃，忍不住伸手抚抚它的脸，“噢哇——噢哇——”地对它耳语了两声。这是告诉它：别太劳累了，亲爱的！你也去玩玩吧，不用再搔了，让我睡一会儿。

“花儿”好懂事，它立即缩回了手，悄手悄脚地退出去了。它走过草地，找女伴玩去了。

“狗尾巴”刚刚打了一个盹，就被一阵吵嚷声惊醒了。起初，它没在意，以为是孩儿们在练习拳脚，可是，不对！它听见担任警戒的“鬼眼”在头顶的树梢上大叫：“噢！噢！”不好，有敌情。

猴王骨碌爬起来，正不知发生了什么意外，只见二猴王撇着罗圈腿跑到它跟前，“唏！唏！”大叫不止。

“狗尾巴”吃了一惊。它知道，这是最危险的信号，它的王国里出现了图谋不轨的叛逆！这一惊，非同小可，猴王出了一身冷汗，睡意全无，顺着“罗圈腿”手指的方向看去，啊！王妃“花儿”在受到威胁，那只刚刚三岁的小公猴“愣头青”正对“花儿”动手动脚哩！

猴王心头火起，“噌！”只一跳，跳到了肇事地点，一手护着“花儿”，另一只手“啪！”朝“愣头青”打去，嘴里怒喝着：“呼哇——咔！”这是最威严的斥责了，翻译成人类的语言就是：孤王在此，谁敢欺我爱妃，杀无赦！

可是，“愣头青”全然不理这一套，龇牙咧嘴往后一闪，纵身朝猴王扑来。而且，猴王还清楚地看见，“愣头青”高高地翘起了尾巴！啊，他不但要争风吃醋，还要争夺王位，这还了得！

猴王怒不可遏，抖搂颈部的鬣毛，伸开粗壮的两手，铁钳似的抓住了“愣头青”，猛一使劲，将他仰面朝天按倒。“愣头青”不甘示弱，手动不得，嘴却动得，仰起脖子，一口咬住“狗尾巴”的肩胛，“狗尾巴”

尖叫一声，松开了手，“愣头青”乘机一跃而上，反守为攻，骑在“狗尾巴”的身上。此时，它心中只有一个念头：杀死它！杀死了它，一切都属于我了！“狗尾巴”怎能放弃这一切？它在极其艰难的处境中，仍清醒地意识到它必须奋力保护自己的王位、“花儿”，还有……青青草地上，两只猴子杀红了眼，斗得难分胜负，翻滚扭打之中，谁也没有忘记翘起自己的尾巴，那是旗帜，帅旗一倒，就全完了！

这时候，猴山里的数十只猴子都傻了眼，坐山观战，谁也不敢上前。包括那居于二猴王地位的“罗圈腿”，一向尽职警戒的“鬼眼”也都作壁上观，并不参战。它们有它们的私心：且看胜负如何，再作道理。如果“狗尾巴”获胜，它们就一拥而上，诛伐“愣头青”；要是“愣头青”侥幸得逞呢？它们也不妨改换门庭，投靠新主，“愣头青”做猴王不也得用副手和卫士吗？它们仍会有官可做。至于那些母猴，更是一个个吓得战战兢兢，不敢近前了。正在这群猴袖手旁观、猴王岌岌乎可危的千钧一发之际，只见母猴“花儿”厉呼一声，纵身跳入厮杀场中，不偏不倚，恰恰落入“狗尾巴”和“愣头青”中间，“咿，咿”地叫着，其声哀婉凄绝。“愣头青”一愣，不提防半路上杀出个“花儿”，它伸出去的手立时软了。别伤着“花儿”，我争王就是为着它哩！这边，“狗尾巴”一见“花儿”助战，如同西楚霸王在垓下之围中看见了美人虞姬，一种男子汉的阳刚热血从胸中沸腾，如火山之爆发，拼足全身力气，跳将起来，泰山压顶般地朝“愣头青”扑去！可怜“愣头青”在生死存亡之际只因瞥了“花儿”一眼，贻误了战机，被“狗尾巴”压倒，再无还手之力。这时，群猴见大局已定，发声喊，一齐奔上前去，生擒了乱臣贼子“愣头青”。二猴王“罗圈腿”双手搬起一块石头，就要对它处以极刑，成者王侯败者贼嘛！

陈郁和尹怡云躲在山石背后，目睹这场见所未见的恶战，大开眼界，不仅从头到尾欣赏了“争王”的活剧，而且拍下了完整的照片资料。

等到“愣头青”被押上断头台，他俩才猛然醒悟：要救它一命！来不及商量了，尹怡云不顾一切，纵身跳下山石，抱着“愣头青”就走，脚面上已被二猴王的石块砸得鲜血淋淋！

此后，“愣头青”又回到笼中饲养，造反不成，沦为阶下囚，也是咎由自取。猴山依然在“狗尾巴”的治理之下，一如往常，秩序井然，平安无事。猴王竟然想不起去追究二猴王和警戒猴护驾不力的渎职罪行，对它们照旧信任不疑。猴毕竟是猴，悟性太差！但对有功的“花儿”，它倒是更加另眼相看，爱之更甚了。五月妊娠期满，“花儿”生下一女，被猴王视若掌上明珠，每每怀抱于膝上，抚爱不已。“花儿”的这个女儿，尹怡云给她取名“果儿”，隐隐有“爱情果实”之意。她和陈郁的科研成果，也与日俱增，《猴群记事》的书稿已完成大半，剩下某些章节如《猴山之夜》，还需再做观察。

这时，天气已届深秋，猴山里木叶飘落，青草枯黄，夜深人静，冷气袭人。尹怡云和陈郁被胸中的热火点燃，顾不得寒冷，夜夜躲在石洞树丛之中，坚持观察记录。

这一夜，月明星稀，万籁俱寂，猴子们一个个都上了树，归了洞，各自安息。唯有夜不能寐的“鬼眼”高踞于树梢之上，担任警戒。

突然，“鬼眼”被惊动了，它不知是什么东西，只见黑影儿一闪，一闪，好几条黑影儿从围墙上闪进了猴山。不妙，有情况！“鬼眼”立即报警：“噢！噢！”

立时，猴山乱成一团，“狗尾巴”率领全体臣民，振作精神，准备迎敌，却不知敌在何方。猴群怪叫着，一声声，如鬼哭狼嚎，令人毛骨悚然。

山石背后，尹怡云突然感到一阵恐惧：“啊，怎么回事？我……我怕……”

“我去看看!”陈郁也觉得奇怪，说着，往灌木丛外走去。

“别，你别走……我怕……”尹怡云啊，毕竟还是个姑娘！以科学为职业却无法抗拒某些迷信传说的魔力，她甚至觉得猴山在闹“鬼”！她害怕了，瑟瑟发抖，紧紧地靠在陈郁胸前，双手抓着他的臂膀，“你别走，别离开我……”

陈郁无可奈何，只得抚着她的肩膀，轻轻安慰她：“别怕，我不走，不离开你……”猛然间，他嗅到了尹怡云头发上的清香，感到了她身体的温热，只觉得一根什么神经从脚跟麻到了头顶。他和她一起同学了五年，又工作了三年，第一次靠得这么近，贴得这么紧。他第一次明确意识到尹怡云不仅需要他事业上的合作，还需要他生活中的保护和陪伴，而这正是他作为一个健全的男子汉对于自己所喜欢的弱女子乐于承担的职责和义务，或者说是一种幸福。八年的相识、相知，也许这是必然的结局？八年的潜意识藏在心底，连自己都没有觉察，没有意识到它究竟是什么，一旦意识到了，自己又觉得突然，心怦怦地跳。啊，这是不是……

如果四周沉寂下去，如果以后的一切再缓一刻，他一定会想得明明白白，他对她，她对他，也一定会再说点过去从未说过的话。不，当时什么也来不及想、什么也来不及说了，他们被突然事变惊呆了。一道雪亮的手电筒光照在他们的脸上，晃得睁不开眼，好几条粗壮的汉子像天兵天将似的出现在他们的面前。为首的是保卫科长赵福通，粗野地怒喝着：“嗬！搂抱、亲嘴儿，还真会找地方，躲到猴群里，跟畜生一样！把他们带走!”

“你们这是干什么？你们……”尹怡云和陈郁气得说不出话来。

那群汉子里还不光是汉子，从后边跳出来“母老虎”，她以一种极为快意的腔调说：“捉贼拿赃，捉奸拿双，怎么着？还等到你们在这儿养下了猴崽子吗?”

…………

这一手厉害呀！结局是:《猴群记事》那本书半截儿中止，陈郁以一个极不光彩的角色被调出了动物园。事情巧得出奇，当时正好有本省一个边远的县要成立动物园，来函指名商调陈郁去开展工作，把他从困境中解救了。尹怡云呢？撤销了灵长班班长的职务，仍在她所开创的猴山工作——只是一个普通的饲养员了，而且是人人所不齿的“道德败坏”的女人。

如今，猴山还在，人还在，只是二十年的岁月已经在屈辱中流逝了。二十年，猴山也历尽沧桑。老猴王“狗尾巴”早已不在了。猕猴的寿命是很短促的，一般只能活二三十年，“狗尾巴”算是寿星了，直到近四十岁仍是一山之主。后来终因自然规律所限，寿终正寝。临死之时，一手牵着“花儿”，一手牵着“果儿”，恨不能把它们都带了去，洒下了几滴老泪，长啸一声，撒手西归，无疾而终。“花儿”泪眼汪汪，喊得嗓子都哑了。群猴围着先王的遗体，默默地转来转去，不忍离开，其情肃然。“狗尾巴”猴生一世，也算生履至尊、死备哀荣了。按照动物学家的习惯，这具猴尸本来是解剖、研究的极好材料，但当时尹怡云处境不妙，哪还有那份心思？便在山石脚下挖一深坑，埋葬了猴王。填土的时候，突然想起了黛玉葬花，“侬今葬花人笑痴，他年葬侬知是谁?”尹怡云被这猴冢勾起了满腹辛酸，不禁洒下点点泪花。一锹锹的土把眼泪埋住了，她的青春岁月，她的理想、志趣、追求也都一起掩埋在这地下了。自己将来的归宿恐怕还不如“狗尾巴”哩，不会有这么多的生前友好到坟前哀悼的。除非……陈郁，最好连陈郁也不要来。

猴王驾崩之后，猴山无主。本该递补为王的“罗圈腿”因力气、长相、胆量都较欠缺，难孚众望，没有了先王的荫护，谁也不听它的了。母猴们恓恓惶惶，不知谁属，公猴们嘁嘁喳喳，似乎在酝酿一次新的争王之战。历来的猴王之位要在血战中取得，猴们好像在空气中已嗅到了战前的紧张气息。偏偏这时候，锁在笼中的“愣头青”又闹得厉害，分工管金丝猴的饲养员十分厌烦这个不安分的邻居，几次提出要把它送回猴山，班长也认为一只猕猴用不着占一只笼子，应该归群饲养。尹怡云无可奈何，唯命是从，便抱了它去试一试。那“愣头青”进得山来，又把尾巴翘起老高，群猴想起它当年与“狗尾巴”杀得难分胜负的情景，如惊弓之鸟，心有余悸，谁也不敢反抗，原先有意与“罗圈腿”争王的几只公猴也悄悄地收起了野心，正是强中更有强中手，它们怕横的，一律臣服了。“花儿”年事已高，老态龙钟，步履蹒跚，也只好敢怒而不敢言。“愣头青”遂兵不血刃、轻而易举地摄取了王位。即位之后，果然沿用“罗圈腿”和“鬼眼”任其原职，似乎完全忘记了送断头台的仇恨，它的悟性一点也不比先王强，猴毕竟是猴！它甚至连当年引得它铤而走险、几乎丧命的“花儿”也忘了。“花儿”已年迈，是一朵枯萎的花儿，引不起它的兴趣了，不屑一顾，而钟情于“花儿”之女，妙龄的“果儿”。光阴荏苒，几年之后，“花儿”终于谢世了。现在，“果儿”年届二十，在猴龄中已是徐娘半老。那么，猴山的开山鼻祖尹怡云呢？算起来已有四十六七，大半生交代过去了，还是个独身。

“小尹，小尹！”陈郁还像二十年前那样叫她，轻轻地叫着她，仿佛又回到了难忘的往昔。不，今非昔比了，物是人非事事休！那个温柔得像月光、爽快得像清风、纯洁得像泉水的尹怡云已经不存在了，面前站着的是另一个尹怡云，冷漠得像冰块，呆滞得像石头，声名破败得像污泥！

尹怡云没有答应他，狠心一扭头，推着车子走了。

“小尹，小尹！”陈郁随着她追过去。他有话要对她说，非说不可。她就是躲，也躲不开了。

下 马 威

那边，陈郁前脚去了猴山，这边，林雁飞后脚就奔虎山去了，他有重要的事去找莫莲湖。

虎山，虽也名之曰“山”，与猴山却完全不同。它是一座穹庐形的建筑，以钢筋水泥筑成，外观塑成岩石状，种上“爬山虎”之类的攀缘植物，爬得密密麻麻，一片青绿。石壁上刻有“虎山”二字，但不是吴老手笔，是修建之初，林雁飞请杨占山写的，字好不好不碍事，借的是书记的威望，也讨老头儿喜欢，杨占山每次打扫园容，扫到这里，便喘口气，驻足而立，把自己写的那两个放得那么大的字好一阵端详。林雁飞会办事！

穹庐内部，仍是一大间厅房模样，左右两排铁笼，关着狮、虎、豹三种猛兽。其中狮、豹品种单一，只有非洲狮、金钱豹各一对，而虎则有东北虎、华南虎两种，老少共有六只之多，加以虎有“兽中之王”的地位。此处便统称“虎山”。不过，它们一律没有施展威风的余地，各自在笼中生活，吃了睡，睡了吃，无精打采。游人在两排笼子中间的过道参观，那些老虎懒洋洋地走来走去，四只脚上，利爪都缩在趾尖，用软绵绵的脚掌走路，百十斤重的分量，连点脚步声都没有，如同家猫似的。这使人们领略到虎的静态。虎并不是时时刻刻都在张牙舞爪，也有消沉闲散、无所作为的时候，被人制伏的虎也就没什么可怕了。

虎山旁边，另辟有房屋数间，供饲养员筹备饲料、值班休息之用，莫莲湖便住在这里。实际上，莫莲湖已不是食肉班猛兽组组长，也不是虎山饲养员，她今年五十八了，早办了退休手续，应该回家去了。可是不要忘记，莫莲湖是动物园的老英雄、老模范、老典型，不倒的红旗，永久的骄傲，舍身饲虎的光荣历史给了她终生荣誉，历次政治运动都经得起考验。一九六五年搞“社教”，她是“阶级教育”的活教材，“文革”当中，她又是“斗私批修”的活样板，到了现在的新时期，她理所当然地应该算做“四化”的排头兵。这样的一面旗帜，是应该在动物园插下去的，不能挪地方。因此，莫莲湖虽已退休，无事可做，仍然以园为家，长年住在虎山。这样，外边人来参观、访问，领导来看望、谈话，也都方便。

但她那间卧室，已非寻常的饲养员值班室可比了。满墙挂着大大小小的奖状、各种场合的接见合影，还摆着沙发、电视、大衣柜、食品橱，而且，还有一张颇为讲究的弹簧双人床。这床，原是为党委书记杨占山准备的，摆在他的办公室里间，供午休及节假日总值班之用，有时开会晚了，也在办公室过夜。有次莫莲湖去省里开“三八红旗手”大会，载誉归来，林雁飞说：“老莫同志为革命养虎，劳苦功高，还睡木板床，让我们心里不安!”杨占山一想也是，便命人把弹簧床抬到了虎山，以示关怀。送张床虽是小意思，可显出了身份，这表明莫莲湖拔尖儿已经拔到了杨书记之上，其余人等自然不在话下。她自当了英雄，已不用管饲养事务，除了演讲、接受采访，就是吃吃喝喝玩玩，虎山值班室成了“别墅”，动物园成了疗养院。玩累了，躺在柔软的弹簧床上，抽支烟，看看电视，旁边还常有大小的头儿来神聊一番，动物园里有屁大点事，没有瞒过她的。现在，动物园领导班子发生了重大变化，当了三十来年书记的杨占山唰地退了，放着林雁飞不提升，局党委竟然愣把第一把交椅送给八竿子打不着的、突然回来了的陈郁，这个变革无论正确还是错误、成功还是失败，都会给动物园这潭难得动荡一下的水掀起波澜，而波澜之中的第一朵浪花毫无疑问应该由莫莲湖溅出来。

林雁飞来到了莫莲湖的房外，轻轻地敲了敲门。里面传出莫莲湖大大咧咧的声音："谁啊？"

"我。"林雁飞应了一声。

"咳，老林呀，假模假式地敲他妈什么门啊，有话进来说！"

林雁飞推门走了进去，往床上瞥了一眼，莫莲湖正躺在那儿抽烟，跷着二郎腿，两只胖脚丫还直颤悠。瞅见林雁飞来，也不起床，顺手甩过去一根烟，"嗯，尝尝，拍电影的送的人参烟，说是能治百病！"

要是过去，林雁飞常来常往，本不敲门的，不管莫莲湖在干吗，都可以长驱直入，有烟就抽，有酒就喝，正经事儿也打打闹闹地谈，从不在她这儿摆领导架子。今天不同了，他有意做出一副矜持的姿态，斯斯文文地进来，脸上也没有笑容，那烟接在手里也没点，只是没头没脑地说了声："哟，他没在你这儿？"说完，好像转脸就要走，似乎根本不是来找莫莲湖，而是找别的什么人。

莫莲湖嘴角斜叼着烟卷，不经意地问："你找谁呀？"

林雁飞十分正经地说："新来的陈书记。"

莫莲湖心里老大个不痛快："哟，瞧你这嘴儿甜的，'陈书记''陈书记'的，马屁拍得倒真快！不就是那个陈郁吗？他来啦？"

"哎，不要带情绪嘛！"林雁飞的表情俨然是政策的权威解释者，一板一眼地对莫莲湖说，"铁打的衙门流水的官，干部的终身制废除了，杨书记再好，也不能领导咱们一辈子。现在干部要年轻化、知识化，陈郁同志是大学毕业生，有文凭，有知识，符合标准嘛！虽然过去有过这样那样的错误，在动物园跌过跟头，也不能揪住不放嘛！要向前看，要在各方面支持他的工作，可不能使绊子……"

这番话，说得和报纸社论也差不了多少，可话里有话，弦外有音，全在语气的轻重缓急、抑扬顿挫上做文章。话没说完，已经把莫莲湖的火气挑逗上来，腾地翻身下床。林雁飞却就此打住，没事儿似的往外走，好像很急的样子，“陈书记上哪儿去了这是？今儿头一天，我还当他先上你这儿来了呢，敢情是没来……”

莫莲湖这边已经气得发抖，从床底下抽出一双懒汉鞋，噌噌蹬上，站起脚就走，“好小子！他不来，我去拜他去！我要看看他这个书记戴几品的翎子，骑马来的还是坐轿来的？房梁上搁尿盆儿——架子不小！”

这一来，林雁飞倒不走了，他本来就不想走。转过脸来，拦住莫莲湖，以息事宁人的领导风度说：“坐下，坐下！现在可不是杨书记领导的时候了，领导都知道你是刀子嘴、豆腐心，咋咋呼呼也是为了工作，没有半点儿私心！新领导就不同了，他不了解你嘛！再说，你虽然过去为革命做出过贡献，咱也不能让人家说‘居功自傲’‘倚老卖老’，这一套行不通了！陈郁同志才第一天上任，工作千头万绪，忙得很，一时顾不上来看你，也不要紧嘛！他以前在咱这儿工作过，也有些同志比较熟悉，先去看看个别熟人也是人之常情……”

行了，文章做到这份儿上就算做足了，莫莲湖脸色铁青，两眼血红，虎劲儿上来，九条牛也拉不住了。她已经在心里断定：这会儿，陈郁一定奔猴山去了，和尹怡云重温旧情去了。她怎能容忍？一把拨开林雁飞，就往外走。

“哎，可别，别，要注意政策啊，老莫同志！”林雁飞一个劲儿地拦她，其实，毋宁说是激她。

政策？哪条政策能管住母老虎？这时候她一心想找陈郁出一口恶气，哪怕前头有刀山火海，也会毫不犹豫地跳过去！

猴山围墙外的小路上，出现了一个奇异的现象。饲养员尹怡云推着饲料车走在前头，新来的书记陈郁跟在后头。“小尹，小尹，你怎么不说话?”尹怡云仍然低着头，一言不发，只顾推着车子往前走，想赶快甩掉陈郁。不料陈郁甩不掉，她只好走个不停，完全忘了自己是在干什么，要到哪里去，于是，饲料车顺着岔路离开了猴山，竟然糊里糊涂地奔虎山方向去了。

狭路相逢，迎面碰上莫莲湖。她可不是一个人来的，从虎山出来，她一路吆喝着，早就吸引了那些歇班的或是虽在班上却没事的饲养员，在院子里搞绿化的花木班师傅，还有溜溜达达满园转的电工，以及一些看完了报纸正闲得无聊的科室人员，当然也有对陈郁的复出怀有某种期望的老人儿，都随着她来猴山为新来的陈书记接风。这个风，真接着了。

陈郁正跟在尹怡云后边走，猛听得一个嘹亮的女人声音：“哟嗬，一上台就唱起‘二人转’了！哎呀呀，咱们动物园的改革可是改得好，成了露天剧场了!”他一抬头，才发觉周围围了不少人，有认识的，也有不认识的，都在朝着他和尹怡云看，还有人忍不住嘻嘻地笑。正对着他的面，站着久违了的莫莲湖。二十年不见，她倒变化不大，只是比过去更富态了，更气派了，斜睨着眼睛，瞟瞟他，又瞟瞟尹怡云，毫无顾忌地笑。

陈郁只觉得脑袋嗡的一声，浑身的血往脸上涌，仿佛二十年前的旧景重现！他一直懊恼自己当时为什么没跟莫莲湖对骂？痛痛快快地骂一阵，挨整也值得！知识分子的面皮太薄了，骂人张不开嘴，他当时竟然什么也没有说，太窝囊了！现在，莫莲湖上门找骂，而他，又不能骂。周围的人正等着看热闹哩，看新来的书记第一天怎样和一个老工人对骂！今天的出场形象无论好坏都将鲜明而长久地留在人们的心目中。他必须冷静。他巡视了大伙儿一眼，然后望着莫莲湖说：“这不是莫师傅吗?”

"不错，是我!"莫莲湖阴阳怪气地说，"陈书记官儿升了，倒是不忘旧，还记得我这个小小老百姓。我本来以为，你心里只记着这位美人儿呢!"

尹怡云又气又羞，无地自容，扔了饲料车，扭头就往人空里钻。这时候，要是有个地缝，她一定会巴不得跳进去。

"哎，哎，别走啊!"莫莲湖伸出胖手抓住尹怡云的细胳膊，像抓个小鸡似的把她揪了回来，"你一走，好戏不就晾台了吗？还不快跟陈书记好好谈谈这些年是怎么想他了，盼他了？哎，你看，人家做了高官，薛平贵到寒窑来接你王宝钏了!"

尹怡云浑身发抖，面无人色，就像一个小偷儿被当众抓获，用一种近乎乞求饶恕的沙哑声音说："莫师傅，莫师傅……"

莫莲湖更加得意了，"啧啧，这会儿知道害臊了？晚了！当年干什么来着？黑更半夜地在猴山养汉，骚得出格了!"

陈郁好生奇怪！为什么莫莲湖偏偏要选择这个时机、这个地方来揭"短"呢？句句话打在一个点儿上!

"既然有那个情分，干吗不留个纪念？偷偷地把胎刮了，大姑娘脸也丢了，儿子也没抱上，没逮着狐狸惹一屁股臊，谁不知道……"

一个人，最大的耻辱不是被击中要害，而是被无中生有地伤害又有口莫辩。莫莲湖的调门儿越来越高，把二十年前的那点事又添枝加叶，夸张得没了边儿，显然是要在大庭广众之中替陈郁描绘一个丑恶不堪的出场形象，提醒老人儿不要忘记，让新人儿见识见识：新来的书记是个什么东西！诋毁一个人，最简便的办法莫过于揭开他某一页不光彩的历史。而谁都知道，现在如果再用什么"思想一贯右倾""有反党言行"等帽子扣人已经不灵了，还不如一些"小事儿"能臭人。有些人很喜欢听一些艳史轶闻，听完了，满足而又轻蔑地一笑，这一笑就把人断送了，任你装出什么正经样儿也没人信了，莫莲湖要的就是这个效果。陈郁被激怒了，他的历史怎么了？自己的事自己最清楚！

二十年前，在那个尴尬的猴山夜晚之后，他在党委办公室里听取党委副书记兼副主任林雁飞的训话。

林雁飞并不像他预想的那样大发雷霆、劈头盖脸地臭训一通，而是和风细雨，促膝谈心："你是一个受过高等教育的人，受党多年培养，怎么这么不理智？你和小尹有感情，完全可以公开地自由恋爱嘛，干吗那样……利用工作之便乱搞男女关系，败坏了我们动物园健康的政治空气和严肃的工作作风。下面群众反映上来了，杨书记很生气，我也不能不管了，唉！"他痛心疾首地连连叹气。

陈郁据理力争，一再解释说自己和小尹只是工作关系，加上过去是老同学，感情比较合得来，但绝无越轨行为。他仔仔细细地回想了和尹怡云的一切接触细节，连那次所谓"拥抱"的原因都做了交代。话没说完，林雁飞就冷冷地打断了他的话：

"算了，我又不是搞刑事审讯的，不和你纠缠这些细节了！人家是个娇娇的大姑娘，能随便抱得吗？你还是个党员哩，在群众中造成了多坏的影响！你能见谁跟谁解释吗？这种事儿是越描越黑！"

陈郁无言。

林雁飞语气缓和了些，接着说："唉，对一个女同志来说，损失就更大了！现在小尹思想包袱很重，抬不起头来，向领导要求调走，换个环境，免得以后和你抬头不见低头见，没脸做人……"

"什么？她要走？"

"这事还没定。倒是有个外地的动物园需要技术人员，当然，条件艰苦一些。我们考虑，让一个女同志……"

"那让我走行不行？"陈郁忽然提出了这个颠倒位置的要求。

"呃，这倒也是个办法，"林雁飞说，"回避一下，免得越闹越大，领导上也不好做工作。"

陈郁巴不得马上离开这里！

走吧！走，是痛苦的。他不愿意离开动物园，丢下刚刚做了一半的研究和著述，不愿意丢下尹怡云；走，又是心甘情愿的。只要他的离开可以解脱小尹的不利处境，他愿意走到天涯海角去。好在，哪里也都会有工作可做。

"那么，我再和杨书记商量商量，尽量给你争取吧！"林雁飞表示愿意成全他。

命运，就这样在仓促之中决定了。

他就要走了。只是在走之前，还想再见小尹一面，跟她告个别，把话说清楚。但是，他没有勇气到猴山去找她，怕那样对她不好。他到了火车站，才给动物园灵长班打了个电话，说自己是外地来的，找尹怡云。等了半天，才听到了小尹的声音，那声音像是一个病了很久的人，有气无力。当她知道对方是陈郁之后，就啪嗒一声把电话挂上了。陈郁在凄凉惶惑的心境中踏上了旅途，走向千里之外的一个正在筹建的动物园。从此，他把这里的一切都割断了，投入新的工作。那里的动物园还只是一份文件，接踵而来的"社教"和"文革"打乱了一切计划，这份文件成了废纸。他被莫名其妙地转到林业系统，下放到原始森林里做护林员，过着几乎与世隔绝的生活，和深山老林、野生动物为伴，直到一九七九年才回到人间。十几年中，他在森林中找到了自己的研究课题，找到了精神寄托，并且娶了一位老护林员的女儿为妻，组织了家庭，有了儿女。但是，他一直没有忘记尹怡云。有情人未必成眷属，这是古今中外的许多事实证明了的。作为一个年轻时候的朋友，一个事业上的同道，尹怡云却永远留在他心里。二十年来，他没有给尹怡云写过一封信，没有通过任何途径打听过尹怡云的消息，他认为这是他不给她再找麻烦的最好方式，在心里祝愿她工作得愉快，生活得幸福。

谁也不知道头顶上的哪块云彩有雨，陈郁做梦也没想到政策会落实到他头上。当他被从山里召回的时候，像林间的一个怪物似的在县城里许多单位巡回展览似的流动了两三年，却没有安插他的位置。这里没有动物园，没有动物研究所，也没有大学，更谈不上生物系，要他干什么？他跑到县人事局去发牢骚："求求你们，我都耽误了二十年啦！当初你们那么急着要人，可是……"

你有牢骚，人家也有牢骚。"当初可是你们动物园主动和这边联系的！你不是在那边也专业不对口吗？"人事局干部查了原始材料，说。

啊?！一句话使陈郁醒了一场长达二十年的大梦：原来是这样！当年他是一步一步落入了人家事先安排好的圈套，心甘情愿并怀有感激之情地被人家当作"瘟神"送走的！那么，这个圈套的起因是什么？预谋又始于何时？他不得而知。但他模模糊糊地感到，他和尹怡云醉心于猴山的建设和猴群生活的观察、研究之时，别人完全有充足的时间去安排一切！那么，猴山的"捉奸"也是预谋中的？啊，太可怕了！为什么？他们为什么要这样做？他和小尹在什么问题上伤害了、妨碍了什么人？就是因为开辟了猴山吗？难道猴子们只应该被关在笼子里而不应该活得像个猴子样儿？难道人只应该被捆住手脚而不应该活得像个人样儿？

他待不住了，他想念他的猴山，想念他的猴子们，想念他的伙伴，迫不及待地要回到原来的地方去。他直接向千里之外的省委、市委和园林局党委写信，明确提出自己的要求。感谢时代，没有八十年代的春风传递，这些信件恐怕会石沉大海。

他终于回来了，而且被出人意料地委以现在的重任。他没有推辞。既然这个官连杨占山、林雁飞都能当，我陈郁为什么不能当？当当试试！

他迫不及待地要看到尹怡云，所以在处理完公务之后首先就上猴山。也许，他太不冷静了吧？他明明知道自己的一举一动都会有人注意，这样做，岂不会给人以口实，给人以可乘之机？如果他乖乖地按照以往的规矩，进园先拜见“母老虎”，而回避尹怡云，也许就稳妥得多了。不，没错！现在没错，当初也没错！过去，自己太单纯、太软弱、太容易轻信、太好欺负了！为什么要回避？回避了二十年又怎么样呢？人家打你，你有手而不还击，人家便认定你的手有残疾！回想自己当初多么无知、无能，一只手电筒、几句粗话就被唬住了，那算什么？他确曾爱过尹怡云，并且在内心深处也确曾有过一些朦朦胧胧的幻想，但幻想毕竟不是事实，他没有任何行动！今天，莫莲湖又要来唬人了，而且越编越邪乎：怀孕、打胎！笑话！一个研究了几十年生物的人至少还懂得最简单不过的道理：人，绝不可能无性生殖！

可是，尹怡云为什么至今没有勇气做任何解释？为什么要忍受这一切？忍受得那么窝囊、那么低声下气？打了左脸再伸过去右脸，那是基督徒的信条！打不还手，骂不还口，那是童养媳的家规！陈郁决不再忍受了，共产党员、党委书记也是人，也需要人格和尊严，如果刚刚戴在头上的这顶乌纱帽影响他挺直腰杆去做人，那他宁可不要乌纱帽！

历史，为陈郁造就了堂而皇之地回击莫莲湖的条件；现实，又使他在众目睽睽之下、疑团缠绕之中无法下手。他毕竟戴着一顶乌纱帽，党给他这顶乌纱帽是负有使命的，他不是为洗刷自己的耻辱、为给尹怡云撑腰而来的，也不是为整治像莫莲湖这样的人而来的。陈郁在沉默，每一条神经都在紧张地运动。他突然意识到，正因为他负有使命，莫莲湖才这样无端地寻衅，如果他作为一个劳改释放犯什么的灰溜溜地回来，她也就不用这么闹了，冲的就是他这顶乌纱帽！可是，这顶乌纱帽就是扔在大街上也轮不到莫莲湖去捡！那么，她为什么闹呢？为谁闹呢？……

短暂的沉默之后，陈郁的思路清晰了。既然意识到这顶乌纱帽的威力，就要发挥它。他命令自己的眉头舒展开来，嘴角翘起来，别那么愁眉苦脸的，也别那么怒气冲冲的，要像个戴得起乌纱帽的人的样子，肚子里要装得下事儿，该明天办的，不要在今天办，该看看再说的，不要急于说。那么，现在的事情就简单了。他向莫莲湖走过去，声音不高不低，不紧不慢，态度不卑不亢，不急不怒，说出了一番话。这番话，竟然使气势汹汹的“母老虎”收敛了放荡的笑容，停止了泼妇骂街，倒吸了一口凉气，呆呆地后退了！

许多会议都是枯燥无味的，今天的会却别开生面

三天之后，在园部会议室由陈郁主持召开了党委扩大会。扩大到什么范围？各支部委员，各科室正副主任，各饲养队、班正副队、班长，具有中专以上学历的知识分子，一律参加。这样，就扩大到四五十人，会议室坐得满满的。

会上，陈郁谈了三点设想，也就是他上任之后要做的三件事：第一，整顿党政各级领导班子；第二，制订科学化、园林化、企业化的建园方案；第三，落实尚未落实的各项政策，重点是知识分子政策。

鉴于长期以来，会议太多而又枯燥无味，人们对开会有一种本能的反感，陈郁便尽量使自己的发言简明扼要，谁也没有料到会这么短。其实，他今天的发言长一些也没关系，新官上任，人们等着“安民告示”，无论说什么都会认真听的，决不会打瞌睡。但陈郁从没做过官，不会做也不喜欢那种水分多得直滴答的报告，而惯于用科学论文式的语言，实实在在，直截了当，就是三点设想，三句话。

为这三句话，他准备了三天，不是坐在办公室，而是跑遍了全园几乎每个角落。

他先看了猴山。一九六四年以前，猴山根本不存在，是他和尹怡云开创的，至今已经二十年了。虽然这二十年中，开创者遭受了厄运，但猴山毕竟保留下来了，山中的猕猴健康状况良好，数量翻了一番，死亡的很少，属于正常老死的比例。他问了门票组的同志，据他们反映，游人当中许多人是全家老小一起来看猴山的。这可以说明，猴山的建设是正确的，经得起实践的检验。

他看了虎山。这里游人稀少，许多人只是看一眼就走，抱怨没有看头。为什么很稀有的老虎却“没有看头”呢？为什么有的农民跑了几十里山路来看老虎，看完了又很失望呢？主要是没有看到虎相、虎威，不过瘾。几位饲养员也说，由于虎长期吃不到活食，对冷藏的牛肉也厌倦了，食欲欠佳。陈郁到虎山后面转了转，发现紧挨虎山有一大片空地，如果修上围墙，那么，中间的空地将是一个半天然的谷底盆地，做虎的活动场所再好不过，稍加整理便可“放虎归山”，游人在高高的围墙顶部的栏杆后可尽览虎姿，毫无危险。这个工程比猴山要简单易行，完成之后，只要在动物园竖立一块大广告，还怕不游人如云吗？

他经过骆驼馆，那里原来有三头骆驼，死得只剩一头了，不值得再占一名饲养员了，正准备并入羚羊馆呢。骆驼跑到羊群里去？他想起了这句俏皮话，感到好笑。“为什么不发挥骆驼的优势呢？比如，允许游人进入栏杆，骑在骆驼身上照相，咱们设个照相部专干这项业务，收入会远远超过门票！”他对饲养员说。

饲养员怀有戒心地望望他，不表明自己的态度，只说：“您跟林主任商量吧！”

他不便再说什么，顺岔道去了海兽池。

海兽池已经改成了养鱼池，而且是普通的鲫鱼、鲢鱼，并非观赏鱼。几个穿着胶皮裤子的人正在拉网捕鱼。

他很奇怪，问捕鱼的："原来的海狮、海豹呢？"

捕鱼的回答很干脆："全死了。"

"怎么会全死了？"

"没鱼喂它们。"

"这不是鱼吗？"

"都死完了才改的养鱼池。"

"这些鱼干吗用？卖吗？"

"卖？哪有卖的份儿？"捕鱼的叹了一口气。

另一个也穿着胶皮裤子的人赶忙挤到前头来，不让他说了，向陈郁恭敬地叫了声："陈书记！"

这个人是生产科长。

陈郁追问生产科长："这些鱼，既不喂动物，又不卖钱，你们捕去干什么？给职工食堂吗？"

生产科长尴尬地笑了笑，说："没那么多。陈书记，您就别问了，咱们在外边上上下下的面子，全靠这点鱼维持呢！"

陈郁好像在听他说黑话，很不高兴："维持什么？你能不能说具体点儿？"

生产科长把脸一抹，索性从兜里掏出个小本子递过去，"陈书记，这鱼我可一条也没往自个儿家拿，每次送礼我这儿都有底子，您看！"

陈郁没有看，他不用看了。

他怏怏地从水禽湖边走过，心想，要送礼你们还不如干脆抓这儿的天鹅呢！

水禽湖边，一丛灌木后面在冒烟。他以为是游人扔的烟头引起的火呢，赶紧走过去。不想从灌木丛后边站起一个人来，他认得出那是林雁飞的儿子，小时候常在动物园玩，现在已经三十出头了，据说当过工农兵大学生，现在在技术科工作。凭那瘦长个儿、紫糖脸儿和一双晶亮的眼睛，一眼就能认出是林主任的公子。他踩着地上的残火，笑嘻嘻地打了个招呼："陈叔叔！"不叫"书记"而叫"叔叔"，是干部子弟对父母同僚的称呼，意味着与一般群众不同，暗含着"请多关照"的意思。

"你在烧什么？"陈郁帮他踩着纸灰中的残火，那里边还有一些没有烧尽的书页。

"公子"满不在乎地说："废纸。"

陈郁一眼瞥见那"废纸"上有半拉黑猩猩的照片和一片外文字母，俯身捡起来一看，吃了一惊："这都是国外的珍贵科技资料，我找还找不到呢，你怎么当废纸烧了？"

"公子"看他那大惊小怪的样子，笑了笑说："反正也看不懂，搁着白占地方！"

陈郁简直忍不住要打他一巴掌！但他不能打，这不是自己的孩子。只是愤愤地嘘了一口气："你倒会找省事的办法！回去把没烧的都给我送来，以后再不许烧了！"

陈郁不知心里是个什么滋味，不再理会这位用烧书代替读书的"公子"，顺着湖岸又往北走。

旁边是鸣禽馆，鸟儿们在笼子里叽叽喳喳。一些游人围在八哥笼外，逗它说话，那瘾头很大，出尽了怪相，非听到八哥学他们的话不可。八哥歪着头，瞅瞅这个，瞅瞅那个，终于一仰脖子，说话了："'文化大革命'就是好！"

游人哄堂大笑，陈郁却感到心酸。学舌的八哥还没有像人们那样很快掌握新的语汇，丢弃过时的口号，还停留在那个荒谬的时代。而我们的动物园难道就完全从荒谬中脱身了吗？

躺在临时为他安排的单身宿舍里，他接连三夜不能入睡。曾经工作过三年的这座动物园，他需要重新认识。自己那三年中间，所做的也实在太少了，只触动了猴山那个小小的角落。如果这二十年不间断地干下去，今天的动物园会是个什么样子？也许前边正在兴建的将有二十七层的翠竹山宾馆大楼只好另择地皮。然而那宾馆毕竟抢在前头了，迟盖的倒抢了先，乌龟在嘲笑兔子哩！动物园必须赶上去，他相信能赶上去。

他到食草班去看望值夜班的师傅。饲养员武凤儿正在伺候刚刚生了幼子的长颈鹿，地板擦得干干净净，上面铺着柔软的干草。母长颈鹿弯着长长的脖子，伸出紫色的舌头舔着幼子，幼子在啧啧吃奶。

武凤儿是接她爸爸的班的，她的父亲便是那位被杨占山误认为猴子的武志侯。二十多年之后的这次夜间值勤，陈郁才从武凤儿口中得知她的父亲当年是怎么死的。

当时，北京动物园支援他们，给了两只长颈鹿。接到电报，武志侯高兴得了不得，要求领导让他去接，再派个人做帮手。结果人手不够，他自己去了。谁知道，接运长颈鹿可不是简单事儿，这家伙个子高、脖子长，火车、飞机都进不去，武志侯只好从北京借了一辆敞篷大卡车，风餐露宿，总算把两只长颈鹿平安运回。一到家，他就病倒了。不光是累的，一路上提心吊胆啊！长颈鹿这东西个子大，胆子小，风吹草动就害怕，武志侯像护宝贝似的护着，生怕出了闪失。运来之后，林主任拍着武志侯的肩膀，说他为动物园立了一功。还摸着长颈鹿那美丽的花斑，连声夸好。过了一会儿，他突然问武志侯："这长颈鹿怎么不叫唤？"武志侯答不上来。他没有多少文化，到了北京只问了人家"长颈鹿吃什么？住什么地儿？怀孕几个月下羔儿？"就是没想起来问问怎么叫唤。

“哎呀！”林主任觉得不妙，“会不会是人家拿病鹿糊弄咱？你赶快再回去一趟，问清楚！”

武志侯二话没说，撑着病身子，走了。

等到他第二次从北京回来，脸瘦得只剩下一张窄条儿。凤儿到火车站去接他，爷儿俩在公共汽车上还没到动物园，武志侯突然一捂胸口，倒下了。公共汽车司机连忙把车往医院开，人已经不行了。临死，武志侯只来得及对女儿说了一句话：“凤儿，告诉林主任，长颈鹿……都是哑巴！”

武师傅死去二十多年了，他运回来的长颈鹿已经繁殖到第三代了。麒麟①有知，当不会忘记那位为它们牺牲了生命的老工人吧？只是它们什么也不会说，只默默地看着泪水涟涟的凤儿。

泪花打湿了陈郁的黑框眼镜的镜片。他摘下眼镜，默默地伸出手抚着长颈鹿。他悔恨，自己当时身在动物园，身在技术科，怎么对此事全然不知？他这个大学生物系的毕业生难道只是当摆设的吗？只要他一句话便可解答的问题，却白白地用了一条人命，一条那么好的人的命！而在他死的当天，大食堂里的会场上还为此爆发了热烈的笑声！杨占山无知，林雁飞也无知，无知为什么不去请教知识？难道仅仅是无知吗？

痛苦在无情地啮咬着他的心！

…………

三天以后，他提出了现在的这三点设想。“设想”仅仅是设想，不算党委决定，只是他个人的提议，形成正式决议还有待党委讨论。开会之前他征求了几位主要负责干部的意见，没有异议。林雁飞也表示赞同。他很难提出与此对立的另外三条，现在是什么时候？心里却觉得很不是

---

① 长颈鹿俗称“麒麟”。

滋味。这“约法三章”，虽然还没有什么细则，但他听懂了，这是陈郁的一整套施政纲领，不简单哪！好小子，跟我耍什么花活？所谓“科学化、园林化”还不就是你过去在猴山搞的那一套？再加上现在叫得很响的“企业化”，变得更时髦了。你是想把我在动物园打的老底子统统换个模样，显摆你有魄力、有学问。搞这几个“化”，当然要起用那些肚子里有墨水、手里有文凭的人，他们抬了头，必然被你塞进从上到下各级领导班子，铁桶江山就是你的了。这三步棋实际上是一回事，到了儿归齐打在一个点儿上，唱主角的还是二十年前的老搭档——你和尹怡云！想到这里，他不禁惊叹陈郁的手段之高：目的明确，单刀直入，而说出来又堂而皇之，完全符合中央精神，无懈可击。二十年的工夫，陈郁已经不像过去那样书生气十足了。但林雁飞又决不肯承认陈郁比他更高明，决不打算就此臣服陈郁，听其摆布。林雁飞还不像杨占山那样老迈，非退不可。他学徒早，入党早，当官也早，到现在也才五十六岁，还有几年的蹦跶头哩。他不愿像杨占山那样当挂名不管事的官，也不能那样，他没有杨占山的本钱硬，人家是老革命，什么都撒手不管也理当坐第一把交椅，离休之后照样是高干待遇。他不行，解放后才参加工作，资历太浅，将来一退休啥也不是，现在得抓住权不撒手，赶紧地划拉。他也不能挪窝儿，离开了动物园这块自个儿的地盘儿，到哪儿都难站住脚。当改革春风乍起的时候，他非常兴奋，眼巴巴地等着杨占山抬屁股走人，把位子让给他。“改革是大势所趋、人心所向！”他到处吹风，俨然是改革的闯将。赶到真改了，改到了他的头上，他才觉得不对味儿了，心说这是他妈的一股什么邪风？把扔到天边的陈郁给刮网来了！他要和陈郁决一雌雄！不是他林雁飞热衷于争斗，树欲静而风不止嘛。听任陈郁这么把动物园改头换面，将来报功请赏的总结报告可就不能再照当年猴山的工程总结那样写了，一切功劳都是陈郁的了。即使他甘心当配搭，陈郁也说不定难容他长期当下去，弄不好把他撸下去回班组当饲养员也有可能。因为，在他看来，无论是过去的“文革”还是现在的“改革”，其实都是人整人，这拨儿人整那拨儿人，那拨儿人整这拨儿人，没别的！眼看陈郁就要起用尹怡云，这是一个多么令人触目惊心的危险信号！噢，他来的当天，在猴山外边当着大伙儿的面对莫莲湖说的那番话就是杀一儆百的信号！

“莫莲湖同志!”那天，陈郁在众目睽睽之下显得异常冷静，他好像根本没有被莫莲湖的辱骂所激动，也根本不想采取什么报复行动，而是严肃而又有礼貌地叫着她的正式名字，还加上“同志”二字，然后，撇开莫莲湖挑起的事端不谈，突然提出了一个莫名其妙的问题：“新公布的《中华人民共和国刑法》，你看过没有？广播里听过没有？”

莫莲湖鼻子里哼了一声，说：“怎么着，你拿王法吓唬谁？老娘根儿正不怕影子斜，有理走遍天下，秃子打伞，无发(法)无天！嘿，你判我个什么刑?”说着，双手把腰一插，虎视眈眈地望着陈郁，看他怎么办。

围观的众人兴趣更浓了，各人怀有各人的心理，有的人想看看莫莲湖如何以威斗法，压倒陈郁，有的则等着看新任书记有什么法术能降服在动物园横行了半辈子的这只母老虎，解解气。林雁飞藏在人群背后，选了个不远不近的适当位置坐山观虎斗，不露声色。他并没有授意莫莲湖怎么怎么，但莫莲湖完全是按照他的愿望去干的，这叫领导艺术，无线电操纵。但莫莲湖的嘴抖搂陈郁的历史，一上台就在群众面前搞臭他，等他无地自容，败下阵来，林雁飞再出面去解劝，以林主任的权威斥退“母老虎”，让群众看看谁强谁弱，陈郁就不得不服林雁飞，以后就可以像过去对待杨占山那样摆弄他，挟天子以令诸侯，林雁飞的江山就算坐稳了。那时候，再找碴儿收拾陈郁。如果陈郁不服“母老虎”，和她对骂起来，也没关系，最好能动手打起来才好呢，那样，陈郁的罪名就大了：以势压人，打骂群众。尤其是对待劳模，莫莲湖是省里挂了号的人物，到哪层头儿那儿都能哭诉，再鼓动哪位记者写篇稿儿一发，陈郁就会彻底完蛋。现在，陈郁果然被逼得狗急跳墙了，竟然搬出什么“刑法”来，拉大旗，做虎皮！林雁飞暗暗为他的失策而叫好：一个基层单位的党委书记根本没有司法权力，你口气太大，难以收场了！

他这边正看着场上比分莫莲湖领先，陈郁又说话了。

陈郁朝莫莲湖走近一步，笑笑说：“我没有权力对任何人判刑，可是法律对任何人都一律有效。如果你对‘刑法’的内容还不太清楚，我倒可以帮你学习学习，免得你犯了‘侵犯公民人身权利、民主权利罪’。”

“什么，什么?”莫莲湖急了，“我侵犯谁了?”

“我，还有尹怡云同志。”陈郁平静地说，“你当众说我们有不正当关系，是谁告诉你的？我，还是尹怡云？你有什么证据？如果你作为原告到法院起诉，必须拿出为法律认可的人证、物证。没有，对不起，你要负法律责任，依据‘刑法’第一百五十四条规定：公然侮辱他人或者捏造事实诽谤他人，情节严重的，处三年以下有期徒刑、拘役或者剥夺政治权利!”

“啊?!”莫莲湖一个愣怔，没词儿了。她上哪儿找证据去？她只记得那会儿尹怡云有一阵子老是恶心、呕吐，女饲养员们私下议论这准是有事儿了。后来，也不知是怎么偷偷摸摸地鼓捣掉了，谁知道找的哪家医院？人家是学生物的，保不齐自个儿就有流产的药。人人都知道的事儿，却谁也无法做证。二十年过去了，这会儿陈郁却突然向莫莲湖要证据，这倒打一耙还打得真有水平，一向横行霸道的“母老虎”被人撸了虎须，干瞪眼没法儿还嘴。人群哄地乱了起来，嘁嘁喳喳议论纷纷。这些人，本无一致的目的，有的是来为莫莲湖助威的，看看大势已去，怕受连累，赶紧蔫溜了。有的是来探陈郁的水深水浅，看到了戏的高潮处，不禁向那位伏虎英雄投去赞赏的目光。也有的是看破红尘的油子，唧唧哝哝地说："咳，人背时的时候，什么屎盆子都能扣到脑袋上，这会儿当了书记，真事也能推翻，就那么回事儿。其实，当官儿的搞女人不过屁大点儿事，较那个真儿干吗！"

人们尽管可以不负责任地议论，莫莲湖却得找辙收场。她愣了片刻，悻悻地一甩头，一跺脚，奔虎山走了，嘴里的骂声是强弩之末："你们这些个骚事儿，老娘管不着！"

人群刷地就要散开，林雁飞不等陈郁看见他，抢先走了，心里好败兴！

…………

三天过去了，陈郁稳稳当当地坐在这儿召开党委扩大会了。林雁飞知道他这三天没闲着，各科室，各饲养队、班都走了一遍，老人儿、新人儿，都打了招呼，有的还谈了很长时间的话，他为这个会做了充分准备。单开党委会还好，偏偏又是扩大会，扩大得没有边儿，什么人都有，使得林雁飞无法在会上做手脚。而且，陈郁还独出心裁地让知识分子也来列席会议，不伦不类，在当今知识分子吃香的时候你又无法反对。哼，林雁飞明白，陈郁这样做，一来讨好了大伙儿，二来塞进了私货：无非是找个借口让尹怡云来参加会罢了。尹怡云啊尹怡云，陈郁念念不忘的是她！

想到这里，林雁飞抬起头来，用那双精明闪亮的眼睛巡视了一下会场，他想看看今天来开会的尹怡云的表现，看看她小人得志的劲儿。有道是："虎入平川任狗欺，背时的凤凰不如鸡。有朝一日长全了毛，凤还是凤来鸡还是鸡。"咳，现在尹怡云不就又是凤凰了吗？可以抖抖翎子了。可是，奇怪！他把会场上每张面孔都扫射了一遍，偏偏没有找到尹怡云。她没来？为什么没来？是没有通知到她？这不可能，即使漏了别人，陈郁也不会漏掉她。那么，是她自己不肯来？唔，是这样。这个念头一闪，林雁飞心里在一片闷闷不乐中又冒起一点兴奋的火花。事情不那么简单哩，尹怡云不是一条绳子拴在你这根拴马桩上，完全听从你的指挥。你有情，碍不着人家早就无意哩！

林雁飞正在无边无际、云山雾罩地想着心事，陈郁的开场白已经说完了，朝他转过脸来，微笑着说："我没有说到的，请林雁飞同志做补充。"

林雁飞连忙两只手一起伸开晃了晃说："我就没有什么补充的了，大家谈吧，结合陈书记振奋人心的报告，谈谈怎么落实到行动上。有什么困难，也提出来，实事求是嘛，啊?"

话音一落，会场里首先站出了赵福通。此人便是当年会同莫莲湖在猴山"捉奸"的保卫科长，至今官职不变，已经从憨乎乎的年轻复员兵成了四十好几的壮年汉子了，依然五大三粗，胡茬子毛扎扎的，说起话来声若洪钟："我说两句!"

林雁飞满意地看着这个得力保镖、直肠炮筒子，伸手做了个赐座的手势："好，坐下说，坐下说!"

赵福通的发言极为简单："我拥护陈书记的讲话！咱们动物园也得跟上形势，越办越活，把事业单位企业化，不能再让国家年年赔钱了。大伙儿好好干，我一定誓死保卫胜利果实。完了。"

说完，才坐下。还咧着大嘴望着左右说："你们说是不是?"竟然引起了几个人的附和声。

林雁飞觉得没趣，气得眼睛发黑。心想你这小子脑袋长到哪儿去了？放的什么屁？忘了你当年"捉"过他吗？他上台能有你的好果子吃？眼看着胜利果实要丢了，你还要保卫哩！也许这几天陈郁对他做了什么思想工作？唉，林雁飞大意了！

“别的同志也谈谈，搞业务的同志……”林雁飞启发式地望着会场，他希望能有个持不同政见者出来，说得对不对都没关系，只要能把会议气氛搅和乱了就行。而特别点一下“搞业务的同志”，是不露痕迹地表明了他对保卫科长的发言的无视。

熊猫馆的饲养员要求发言。这是个小伙子，初中毕业下乡插了几年队，回城以后进动物园顶替了他妈的差事，他妈原先就是养熊猫的。小伙子没文凭，算不了知识分子，来参加会是因为熊猫馆总共就俩人，另一个是个快退休的老太太，上级只好让小伙子当“班长”，其实他的权利只能管自个儿，老太太是他妈的老同事，师傅辈儿，他到现在还得称“阿姨”。他这个班长只是个开会工具而已。

现在，这个工具也多少有用了。林雁飞对他的身世一清二楚。小伙子的妈和莫莲湖是一拨儿进园的师姐妹，三十多岁还没有孩子，就抱养了莫莲湖的小六儿。一则是姐妹情分，二则是这孩子生得不是时候，莫莲湖当了英雄，得四处出风头，没工夫弄孩子了，就给了师姐，她自己当孩子的“干妈”。动物园里的关系都像蜘蛛网似的，这种“干亲”之外，还有把兄弟、姑舅亲，谁和谁都能攀上亲戚，扯不断，连成蛋，林雁飞就是坐在网当中的蜘蛛，稳坐八卦阵，哪一根丝都操纵在他的手里，杨占山历来是样子货，他都看不见这张网。养熊猫的小伙子是网上的，林雁飞相信他决不会胳膊肘儿往陈郁那边拐。

“我们熊猫馆有具体困难！”小伙子说，开门见山。

林雁飞心说：好，说吧，小子！让陈郁看看，动物园里有他啃不了的骨头！

小伙子言归正传：“我们熊猫馆，打从我妈那一辈儿就是瞎喂，不懂得科学饲养。一公一母，喂了十几年也不繁殖，眼瞅着老死了算，死一只就得绝种。再上四川买去？现在四川的竹子大批死亡，野生熊猫越来越少，你有钱也难买。我从书上看到人家北京动物园已经搞了人工授精，在园内繁殖成功，这不是繁殖国宝吗？一个变俩，俩变四个，用不了几年就一大群，有多大的收益？这个账一算能惊人。我就很想试试，可是‘阿姨’说搞这玩意儿下流，动物生养的事儿，人还能帮忙？我想自个儿搞，又没经验。曾经找过猴山的尹师傅，心说人家是大学生物系毕业的，一准有法子。可是，我一找她，她就躲着我，不搭这个茬儿。我挺纳闷，回家跟我妈一打听，说是尹师傅年轻时候犯过错误，打过一次胎，弄得名声很臭，到现在也没结婚，还是个老姑娘。我妈叫我躲她远点儿，少跟她瞎扯人工授精的事儿，要不，我眼瞅着就得臭，说不定还会传出我的什么花哨故事哩！我听了这话，心里的念头就压下了，再不敢找她。今天一听陈书记说要搞科学化，哎，死了的心又活了。我就不明白：像尹师傅这样的人为什么就不能发挥她的作用？我们没捞着上大学的机会，她念了十几年的书又烂到肚子里没用，这不是浪费吗？尹师傅背了二十年的包袱就不能放一放吗？年轻时候犯过那点错误有什么了不起？为这个耽误了青春，耽误事业，太不值得了。现在大姑娘打胎的还少吗？有什么必要揪住不放？这事儿在美国人听来简直是笑话！我呼吁新领导，给尹师傅落实政策，让她为人工繁殖大熊猫做出贡献！”

小伙子的发言，啰啰唆唆、夹叙夹议，还说得挺激动，那乳臭未干的嘴角冒着唾沫星子。这番话要是在过去说，肯定会使听者哗然，没准刚说一半就得有人跳出来给他闷回去。可是今天不同了，自从陈郁一出现，人们自觉不自觉地有一种意识：动物园要改章程。任何事情都不一定按照过去的习惯看法去对待了，过去认为顺理成章的，说不定行不通了，过去认为大逆不道的，也保不齐得倒过来考虑考虑。人的思想有很大的习惯势力，同时也有很大的适应性。眼下这个养熊猫的小伙子，在动物园本是个不起眼的小角色，不知不觉也成了七尺汉子，往脸前头一站，铁塔似的，你不能不正眼瞧瞧他了。他今天从本市扯到北京，从中国扯到美国，又从科学、人才问题扯到了政策，话虽然说得不尽周详，却也显示了这一代人特有的观察、思维能力以及迫切要求施展自身力量的要求。谁知道他是趁着热闹而发的即席演讲呢，还是经过认真准备的宣言？不管怎样，在今天的会场上，引起了不小的震动，居然使四座动容，有些人似乎很有同感，用鼓励的眼光看着他，只差给他鼓掌了。

陈郁看着这个小伙子，忽然想到了长颈鹿馆的饲养员武志侯和他的闺女凤儿。他觉得武师傅没死，他的心在养熊猫的小伙子、在凤儿的胸膛里跳动，在许多纯朴的工人的胸膛里跳动。这一代人，绝不会再像武师傅那样默默地死去了。

当然，会场上不赞成小伙子的发言的也大有人在，只是没有人出头批驳他就是了。为什么？当然不是因为大熊猫的人工繁殖问题，谁也不能说大熊猫多下几个崽儿是坏事。使人们感到棘手的是，小伙子十分明确地提出了一个大家极为敏感的尹怡云问题。这件事和过去的领导有关，和新来的领导也有关；和动物园的未来有关，和动物园的历史也有关。新账、老账，公账、私账都搅和在一起，由这个不知深浅的愣小伙子在这种场合，并且以咄咄逼人的口气提出来，敢于与之辩论的，也许只有林雁飞了。

林雁飞好不容易耐着性子听完他这一通又臭又长的胡言乱语，早已按捺不住。他没想到从熊猫馆里会蹦出这么个要命的小卒子，把陈郁想说又不好明说的话全说出来了。好小子，真他妈的嗑瓜子嗑出个臭虫来——什么人(仁)都有！论辈分我还是你干舅舅哩，你连姥姥家的人都不认了，一头钻到尹怡云的怀抱里去。你哪里是巴结尹怡云？是通过她去拍陈郁的马屁，既然你妈对你说了尹怡云的历史，总不会不说她那是跟谁吧？你小子倒是鬼，只说一半，还给陈郁留着脸儿呢！林雁飞望着热气腾腾的会场，急得浑身冒汗。养兵千日，用兵一时，到了这个节骨眼儿上，竟然没人出来替他说句话。这也是明摆着，人们从来有一种怕“头儿”的习惯，过去怕他，现在怕陈郁了，胆小怕事的人们哪！他看了一眼坐在靠门口座位上的他的那位公子，这家伙上衣兜里装着个袖珍半导体，正插着耳机子听歌呢，这会根本就没听。唉，白让你混了张文凭，现在参加了党委扩大会也不起作用，无用的犬子啊，还不如养熊猫的“小六儿”呢！

他想找个能降伏“小六儿”的人出来说两句话，哪怕打个平局也好。但是没有，谁也不肯说。林雁飞好生奇怪，这几天他也没闲着，私下里对很多人进行了安抚和暗示，特别是党委委员和几个科室的头头。他知道这些人是陈郁争取的对象，他得把这些人稳住，如果他们都能够对陈郁采取“不合作态度”，陈郁一时半会儿就施展不开。可是今天怎么回事儿？这些家伙都不言语，静观风向！唉，林雁飞心里叹了口气，到了跟前儿，他才明白这些有一官半职的人私心比老百姓还重，他们现在担心的不是什么“三点设想”，也不是林雁飞的处境，而是他们自己的乌纱帽保不保得住！这帮势利小人，过去我把你们一个个提拔起来，现如今你们倒瞅着陈郁的脸色了！林雁飞愤愤地把目光掠过这些人的脸，找他能指望的人。找谁呢？莫莲湖，只有莫莲湖了，她和林雁飞关系最“铁”，在园内也最有影响。大道理说不了，能镇镇这个养熊猫的小伙子也好嘛，她是他的“干妈”嘛！不过，那天莫莲湖出师不利，首战败北，今天还有勇气上阵吗？不要紧，给她鼓鼓劲儿，只要林雁飞一提“您是老模范了，为动物园立过汗马功劳……”这“母老虎”顿时就蹦出来。对，让她上场，只要暗示两句……可是，林雁飞马上失望了，会场上没有莫莲湖。可不是嘛，她是退休人员了，没有任何资格参加今天的会了。唉，可叹，英雄一世，到头来连列席会议都没份儿了。林雁飞知道，眼下不是为莫莲湖感叹的时候，得他这位主帅披挂上阵了。

“呃……”林雁飞清清嗓子，先拉出一个长音，向大家表明他要讲话了，果然，场内静了下来。他还是副书记、副主任，他讲话，人们还是习惯地洗耳恭听的。林雁飞扫了一眼会场，双眼炯炯有神，嘴角挂着微笑，说：“刚才两位同志的发言，都很好嘛，对动物园的建设提出了很好的意见和建议。我代表党委并以我个人的名义，向同志们表示感谢！当然喽，我们不能要求每个做具体工作的同志都了解领导的苦衷，不能要求每条意见都百分之百的正确。实际上，科学化、园林化是我们一贯的建园方针，二十年前我们就开始搞了嘛！只是由于十年动乱，才中断下来，现在，我们在新时期要重新振兴动物园，一定会在原有的成绩上，更进一步！至于党的各项政策，我们也在慎重地、逐步地加以落实。‘右派’问题，‘文革’当中的查抄物资问题，在爬虫馆发现批判林彪的所谓‘反动标语’问题……都已经做出了正确处理。知识分子政策，在我园基本上是落实了的，原在各科室工作后来下放到饲养班、组的同志，现在大都回到了科室。至于个别同志如尹怡云同志，鉴于她对灵长目动物有专门的研究，我们就没有硬性把她从生产第一线抽调上来，这样，对她的研究更有好处嘛！她个人的生活作风问题早已成为过去了，当时，领导也只是对她进行了批评教育，并没有做任何处分，这在全园是有目共睹的。因此，所谓尹怡云同志的‘包袱’是不存在的！……”

林雁飞滔滔不绝，口若悬河，把一切抹了个净净光。他很为自己的口才得意，若要他执笔写个报告，难死了，可是耍嘴皮子，不打稿儿也能说上仨钟头儿，保管说得砂锅能捣蒜，公鸡能下蛋。过去老是杨占山做报告，他不大露这一手就是了。

且慢！他这儿还没说完，养熊猫的小伙子就“噌”地站起来了，直眉瞪眼地打断他的话问："照您这么说，动物园真是莺歌燕舞、形势大好。可那天我干妈大闹猴山是怎么回事？指鼻子戳脸地说人家尹师傅这个啦、那个啦，闹得满城风雨，也是'根本不存在的'吗？"

这小伙子真冲，今儿个许是吃了熊心豹子胆了，六亲不认，连他干妈也抖搂了出来。这一问，直戳到林雁飞的心窝里，噎得他几乎说不出话来。不，林雁飞毕竟是林雁飞，他没有被问住的时候，肚子里的货色多着呢，随便提溜出来一条就能使。现在，顾不得多想了，他以领导者的风度哈哈笑了两声，表示他的胸怀多么博大，然后笑眯眯地说："那是不明真相群众的自发行动嘛！个别觉悟不高的同志对尹怡云同志有些偏见，不负责任地散布流言蜚语，进行人身攻击，这当然很要不得！这件事，事先领导并不知道，可是事情出来之后，陈书记就及时制止了嘛，以法制观念教育群众，处理得很好，很有水平……"

林雁飞有多么棒！谁能想到他会用这种翻云覆雨的手段把事情颠倒过来做总结？连他自己都在心里佩服自己。可是，别忙佩服，麻烦来了，他话还没说完，舌头就硬了，好像嘴里咬着根木头。怎么回事？他瞅见莫莲湖了！这家伙怎么早不来，晚不来，偏偏这时候出现在会场门口？

莫莲湖冲进会场，果然像一头呼啸生风的母老虎，"噔、噔、噔"几步走上前去，大吼一声："你他妈的说谁呢？"

林雁飞脸上很挂不住，从桌子后边站起来，威严地说："哎，这儿正在开党委扩大会，你要干什么，请你出去！"

"别装孙子啦你！我请你出去还差不多！"莫莲湖火上浇油，怒不可遏，撸着袖子就要动手去揪林雁飞的脖领子，林雁飞一闪，桌上的茶杯稀里哗啦掉在地上。

会场大乱。

陈郁倏地站了起来，严峻地喊了声："莫莲湖同志！不要失了自己的身份，你是动物园的老劳动模范，应该懂得珍惜荣誉！"

这几句话，此刻不是由林雁飞而是由陈郁说出来，在莫莲湖心中引起的反响却出乎意料的强烈。猛然间，她想起了许许多多的苦衷、许许多多的委屈，哇的一声哭了起来，一屁股坐在地上，两手撸着叉开的双腿，像唱戏似的喊了起来："没想到，我猪八戒照镜子——里外不是人呀！陈书记，您可得给我做主呀……"

女人，毕竟是女人。一个厉害的女人，到了无法施展泼劲儿的时候，也会使出这祖传的一招。这，也许是人们没有想到的。

孤　独　者

园部会议室里一台好戏开场的时候，尹怡云却在猴山独自发呆。今天的会并不是没通知她，可是她愣没去。为什么不去？答案似乎人人都知道，而又人人都不知道，真正的想法在她自己心里，"人心隔肚皮"，哪怕是解得了哥德巴赫猜想的大数学家，也未必能"猜"透每个人的内心世界。前些天，她就听到了陈郁要来的风声，但她不信，以为传这消息的人一定是有意让她听见，来捉弄她。一直到陈郁出现在她的面前，她仍然不敢相信这是真的。她没有想到陈郁还会有这一天，她还会有这一天。可是，千真万确，那是陈郁，清瘦的身材，清瘦的面庞，黑框方边眼镜，执着地探究一切的目光，这不是陈郁又是谁呢，只是脸上增添了一些皱纹，鬓边出现了白发。二十年，他又回来了，像过去一样叫着她："小尹，小尹……"尹怡云就像一只离群已久的孤雁突然听到了同伴的呼唤，她被天外而来的一股神力激动了，凝滞在周身的血液复苏了，关闭了二十年之久的心扉敞开了，退化到只供吃饭用的舌头该说话了，她要走上前去，向阔别的同伴问候，向他诉说。但是，她还没有启齿，就惊醒了，从梦到醒，只不过一刹那！多少事，欲说还休，不说了，什么都不说了。今天的陈郁已不是往日的陈郁，不是二十年前和她一起遭难的“同案犯”，而是上级任命的党委书记，她自己呢？算什么？既不是恋人，又不是朋友，甚至连“老同学”的关系也羞于提起了。大学生物系的毕业生？她这个身份除了蒙上灰尘躺在档案袋里，已经几乎没人记起了。算一个饲养员？她倒是做着饲养员该做的一切，却又比所有的饲养员又矮一头。人家在干活时有欢笑，有歌声，在工作之余有纵情的娱乐，有温暖的家，有余兴去理发馆尝试某种新发式，去电影院观赏国外的电影回顾展，这些她都没有，甚至连做一个清清白白的真正的女人资格也没有了。她永远不会忘记她在蒙昧尚未完全消失的青春年纪做了一件可怕的事，从此，毁了她的终生。在中国，女人的贞操如同生命，她失去了和生命一样宝贵的东西，成了一具行尸走肉。冷漠的目光、讥诮的言语，甚至毫无避讳的指斥，成了笼罩在她头顶的阴影，走到哪里，跟到哪里，永远无法摆脱了。她曾经想一死了之，却又下不了决心。在大学生物系一年级的时候，一位老生物学家讲的话至今记忆犹新：生命只能结束于不可抗拒的自然规律，用暴力消灭无辜的生命是罪恶。她也曾想离开动物园，调到任何一个地方去，重新开始新的生活。但是，动乱的年月使她失去了机会。而且，她一想到某一个新的单位在准备接收她之前来动物园“了解情况”必然会带走那无法抹掉的污点，也就心灰意冷了。她只有像死人一样活着，陪伴着人类远祖的旁支后裔——这群猴子——打发漫长的日子，她不知道，自己如果离开这群猴子将怎么生活？仿佛自己已被人类遗弃，变成猴群中的一员了。为什么陈郁还来找她？她不配和陈郁站在一起了。别，别靠近我，别跟我说话，你走吧，远远地躲着我，该干什么，你就去干什么，做你的事业，当你的书记，动物园里的几百号人都盯着你呢，别因为我误了你的前程！

三天过去了，陈郁没再来找她。这会儿，他正在主持党委扩大会呢，她没去，也没有人过问。尹怡云轻轻地嘘了一口气，从那天被莫莲湖当众羞辱的压抑心情中，从昨天被班长通知开会的紧张情绪中，稍稍得到一点宽松。她渴望宁静，习惯孤独，希望谁也不要到这猿猴世界来找她的麻烦了。

她靠在围墙外的栏杆上，望着朝夕为伴的一群猴子，看着它们分享完了两大桶饲料，看着它们像每天一样在草地上玩耍，在山石上嬉闹，自己也好像置身其中，不觉得寂寞难忍了。

她熟悉这里的每一只猴子，就像幼儿园的阿姨熟悉每一个孩子。她给每只猴子都起了名，说得出它们的年龄、性别和在猴群中的职务、地位。坐在假山石顶端东张西望的那只，不就是“鬼眼”吗？它一直尽心尽力，坚守自己的岗位，“狗尾巴”在位时是如此，“愣头青”接位以后也是如此。只是它的哨位和过去有了不同，从盘根错节的老树上移到立着“花果山”石碑的山顶上去了。因为前些年“破四旧”的时候，人间的打砸抢之风也波及了猴山，一群穿军装、系武装带的红卫兵冲了进来，说这猴山是“修正主义的温床”，要一举砸烂。尹怡云是何等样人？早已吓得魂不附体，自然不敢阻拦。杨占山、林雁飞正在被揪斗，自身难保，顾不了猴山了，再说猴山本是陈郁搞的，即便砸了，他们也不心疼。当时动物园的政权是“园林红旗战斗队”，司令便是名声在外的莫莲湖。可是这唯一说话占地方的人物正忙着到处做报告，交流“造反经验”，也不在园内。红卫兵不管三七二十一，来到猴山就要动手，眼看着陈郁和尹怡云惨淡经营的“花果山”“水帘洞”“观猿亭”等要毁于一旦，却又谁也救不得。这时候，从园部跑出了一员战将，身着草绿军装，腰系四指宽的皮带，面如重枣，声若洪钟，仿佛关云长再世，大喝一声，使红卫兵为之一愣。这是谁？不用说，便是多年一贯制的保卫科长赵福通。按说，他已不是现役军人，保卫科长这个职务也完全不必被红卫兵放在眼里，纵有万夫不当之勇，也奈何不得红卫兵“造反有理”。可是赵福通不靠这些，憨人有个拧劲儿，这家伙粗中有细，凭着肚子里那点小学四年级的文化，竟然把“最高指示”背得滚瓜烂熟，现在，到了发挥优势兵力的时候了，他要活学活用，用在刀刃上，用在风口浪尖上，用实际行动保卫动物园里的国家财产。只见他从容不迫，从军装左上方的口袋里掏出红彤彤的宝书，翻到一页，冲着红卫兵琅琅念了起来：“金猴奋起千钧棒，玉宇澄清万里埃……今日欢呼孙大圣，只缘妖雾又重来。”念完之后，又做了如下解释兼质问：“听见没有？欢呼孙大圣哩！猴子是红宝书里肯定的，是革命的，必须保护！你们敢砸猴山？谁砸谁就是现行反革命！”红卫兵立时傻了眼，找不到一条批判孙悟空的语录，无言以对，只好认输。但兴师动众地来了，又不肯就此罢休，强词夺理地说那几棵老树是国民党时代的东西，不能保留。赵福通觉得猴山能保住就是万幸，不在乎这几棵弯巴树了，于是双方做了些让步，把这几棵百年老树连根刨掉完事，其余一律不动。亏了赵福通这小子！猴子们都应该记着他的恩德。从那以后，猴山一直保留至今，大体还是原样，只是草坪周围光秃秃的，一棵树没剩，也一直没再补栽。这虽无关大局，“鬼眼”放哨的绝妙处所却没有了，不得不迁往山顶。山顶上没有绿荫笼罩，不便于哨兵隐蔽，而且夏天烈日当空，也没个遮阳的地方。好在“鬼眼”忠于职守，任劳任怨，站岗放哨，风雨无阻，从未出现差错，深得猴王和群猴的好评。其实，动物园中的猴山又不是野外深山，本来也没有多少“敌情”，“鬼眼”的职务平常只不过是虚摆设而已，无奈千百年来猴族中传下来这个规矩，宁可备而无用却万万不肯废除，加上“鬼眼”热衷于此事，也不妨因猴设职，给它个面子。

猴王早已是“愣头青”的了，它高高地翘着尾巴，一会儿到洞中闲坐，一会儿在草坪上指点一下儿孙的武功，日子过得恬淡清雅，优哉游哉。这会儿，早晨的阳光照得寸草生辉，猴王登上那块只有它才能占据的卧石，初夏的和风拂面，懒洋洋地打了个哈欠，许是有些困倦了，就势往卧石上一歪，舒开四肢，等待它所钟爱的"果儿"来为它搔痒。那"果儿"原是前猴王"狗尾巴"和母猴"花儿"的后代，说起来，应该和"愣头青"势不两立。可是在猴子意识中，没有那么多的历史概念，看问题都很实际，吃奶的时候，认得它妈，长大之后，各自独立，漠如路人，至于"父亲"，在脑子里就更模糊了。再加上当年争王之战的时候，"果儿"还没有出世，自它记事，"愣头青"就是猴王了。在众多的母猴之中，猴王最喜欢的是"果儿"，爱它的身段苗条，爱它的模样娇媚，"果儿"也对猴王极为爱戴，极为忠实，从不和其他公猴打情骂俏。算起来，它已经为猴王生下了四五个儿女，也都长大了，现在它虽然已届中年，还在尽繁衍后代之职，眼下正怀着身孕，分娩也就在这几天了。

猴王在卧石上躺了片刻，不见动静，有些奇怪了。伏在围墙外边栏杆上的尹怡云也觉得奇怪，"果儿"哪去了？怎么这么半天没见它的影儿了？尹怡云仔仔细细地把猴山里的猴子们逐个看了一遍，仍然没找到"果儿"。哎呀，这两天心里乱，没顾得上清点猴数，难道会丢？会遭到伤害？会死？一想到"死"，她就心里一阵发冷，"果儿"是一只好猴，不至于遇到什么不幸吧？它也是一条生命，但愿谁都不要伤害它！可是，它到哪儿去了呢？什么时候丢的呢？也许已经丢了好几天了？不，不对，那天尹怡云被莫莲湖气得直哭，一肚子的苦水没处倒，只有对着猴子流泪。她到猴山里头去清扫游人乱扔的果皮纸屑，还遇见了"果儿"哩，"果儿"攀着她的手臂，爬到她的怀里，还懂事地伸出猴手给她擦眼泪哩。对，那天"果儿"还在！昨天，昨天也在。昨天她投喂食物的时候，特地给"果儿"加了一根香蕉，"果儿"怀着孩子嘛，应该受到特殊照顾。可是“果儿”那根香蕉只吃了一半，另一半送给猴王了，连尹怡云都觉得“果儿”过于痴情了，干吗要给它，它的特权已经够多了。猴王却很领情，它和“果儿”依偎在卧石上，你一口我一口吃完了香蕉，还帮“果儿”擦了擦嘴哩。对了，那是昨天下午的事，可是现在“果儿”不见了，难道它在夜里出了什么事吗？尹怡云把自己的烦恼统统都忘了，什么陈郁，什么扩大会都置于脑后了，她现在心里只有“果儿”，得赶快找到它！

“果儿！”她把手掌罩在嘴边，大声地喊。

“哇侬！”猴王从卧石上坐起来，也在喊。这两种语言，不必翻译，呼唤的是同一个名字，表达的是同一种情感。

“哇侬！哇侬！……”群猴似乎都感到了不安，一起跟着喊了起来，在猴山内外，在翠竹山东坡，响起一片回声。

“咳呜！”“果儿”的声音！它在回答！那么，它在哪儿呢？这声音虽然不大，却并不遥远，仿佛响在耳畔，近在身边。

“哇侬！哇侬！”位于制高点的“鬼眼”尖叫了起来，伸手指着前方，表示它看见“果儿”了！

尹怡云随着“鬼眼”指的方向看去，噢，看见了，看见了，那不是“果儿”吗？嘿，你没有丢，也没有走远，就在围墙外边的树上呢！看你，把大伙儿都吓坏了。你昨天晚上又上树去睡觉了吧？现在天都大亮了，猴群都吃过早餐了，你怎么还不回到猴山来？

现在，尹怡云放下心了，不着急了，“果儿”许是在树上睡过头了吧？许是在找野果子吧？她想。她知道有些猴子喜欢晚上翻墙到外边的树上去睡，猴子有树栖的习惯，多少万年的习惯了。本来是在猴山里面的几棵老树上睡的，那些树枝叶茂密，是极好的栖息之所，可是树都刨光了，这天然床铺没有了。冬天，猴子们还可以在“水帘洞”里凑合，求个温暖，天一热，就没处可睡，只好越墙上树。好在它们都以猴山为家，从不跑远，天一亮就跳下树来，自动回到围墙里面去，十几年来没有一只走失，尹怡云也就默认了。

“果儿，该回来了!”尹怡云笑了，朝“果儿”挥了挥手。

“哇依！哇依!”猴王带着猴群也一片声地叫。

“果儿”当然是要回来的，它一边朝猴山发出“咳呜”“咳呜”的叫声，表示“就来，就来!”一边已经在顺着树干往下爬。

奇怪，为什么它今天不像往常那样从树上纵身一跃进入猴山，反而那么笨拙地下树？噢，尹怡云看见了，在“果儿”的腹部，有一个黄澄澄、毛茸茸的小东西，那是只小猴！它脸贴在妈妈的胸前，手脚紧紧地抱住妈妈的肚子，生怕掉下来呢！啊，“果儿”原来在昨天晚上又添了娃娃，一定很虚弱，很疲劳，怪不得迟迟地没有下树来。你看它一边小心翼翼地往下爬，一边还照顾着孩子。做母亲的心哪，处处想着孩子!

“果儿”下到树干的一半，靠近栏杆了，才轻轻一跳，跳到了围墙上，然后，再一跳，落到离围墙最近的一块太湖石上。现在，它终于母子平安地回到家了，该好好地歇歇了。不，它一步也没有停留，喘息着，抱着孩子朝猴王走去。是了，它要让猴王看看这新生的孩子好看不？像“果儿”，还是像“愣头青”？“愣头青”也一定急着想看看，想摸摸，就像当年“狗尾巴”珍爱刚刚出生的“果儿”一样。

不，尹怡云想错了，完全想错了！她虽然在大学生物系学了五年，又在猴山工作了二十多年，仍然没有完全摸透猴性，常常自觉不自觉地把人的生活方式、思维逻辑硬套到猴子身上去，可是，猴子毕竟是猴子，不是人，和人相差好几十万年的进化过程哩!

猴王“愣头青”一见“果儿”怀里抱的小猴，脸色就变了，怒目圆睁，大嘴一撇，龇着两排利齿，“克、克”地发出刺耳的响声。

“果儿”一愣，抱着孩子呆呆地后退，嘴里还嗫嚅着不甚清楚的言语，可能是做出某种解释。可是猴王不理这一套，依然步步紧逼，嘴里“克、克”地叫着，甚至伸出粗大的手要抓那只瑟缩在母亲怀里的幼猴。

一刹那间，尹怡云明白了一切，她感到自己的心房一阵战栗！原来，猴王不承认这个在外边出生的孩子，认为是非我族类的“野种”，命令“果儿”把它扔出去，不然，就要替它把孩子掐死！啊，多么冥顽不化的猴性，那孩子是你的呀，“果儿”在猴山里已经怀了五个月了，你不是天天都看见的吗？怎么一夜之间就成了“野种”了呢？怎么能凭出生地来识别血统呢？愚蠢，糊涂，残酷！退一步说，即便是外来的猴子，一个初生儿又有什么罪过？有什么必要把它掐死呢？你只知道爱“果儿”，难道不知道“果儿”和孩子是不可分的吗？

围墙外边的栏杆旁，还有栈桥上的“观猿亭”上，游人越聚越多了，他们饶有兴趣地看着猴山里的一切，兴奋地议论着：“快看，猴儿打起来了，打起来了！”“咦，真好玩，真好玩！”

尹怡云却一点也不觉得好玩！因为在猴王的带领下，二猴王“罗圈腿”、警戒猴“鬼眼”，以及别的身强力壮的公猴，甚至还有几个平时早就对“果儿”的受宠怀有妒意的母猴，都朝“果儿”母子围了过来，张牙舞爪，群起而攻之。“果儿”好可怜！它一只手搂着孩子，还要躲避来自四面八方的攻击。攻击它的，不是仇敌，而是它的同类！它慌乱地在山石中间跳来跳去，却无法逃脱猴群的围攻。不，它不是逃，而是在齿牙拳脚的夹击下苦苦地解释。在请求同伴们的理解，在为自己和孩子争得一块立足之地、一点生存的权利。这一切，多么无力啊！猴群完全不理睬它这一套，谁也不可怜它，只有恨！包围圈越缩越小了，“果儿”被挤到山石的顶端，逼上了绝路，猴王“克、克”地大叫着，发起了总攻，并且身先士卒，一跃而上，伸出有力的大手，伸向“果儿”，准确地说，是伸向那刚刚出世的小生命，眼看一场惨剧就要发生，尹怡云必须立即设法抢救"果儿"母子，就像二十年前抢救因争王而险遭灭顶之灾的"愣头青"一样。现在，轮到从它手里拯救生命的时候了！可恨啊，得志便猖狂、翻脸无情的"愣头青"！可恨啊，那些墙倒众猴推、落井下石的帮凶！"果儿"伤害了你们吗？碍着你们什么了？为什么要这样对待它？

尹怡云不顾一切，就要跨越栏杆往下跳，围观的游人大惊失色。正在这时，却见"果儿"厉声尖叫着，紧紧怀抱着孩子，拼足了全身力气，从两丈来远的太湖石上纵身往围墙外跳过来。尹怡云的心跳都快要停止了，她知道"果儿"身体十分虚弱，产后还没有吃任何东西，精神上又经受了突然刺激，这一跳，恐怕难以跳上来，如果万一失足坠入墙内，它心爱的孩子即使不被摔死，也会被狂暴的猴群撕得粉身碎骨！可是，她多虑了。她也许很了解常规之下的猴子的跳跃能力，却没有想到，在非常时刻，在自己的孩子生命受到威胁的时刻，一个做母亲的猴子会爆发出多么神奇的力量。好"果儿"，为了它的初生的幼猴的生存，它在与死神搏斗，在与父母遗传给它的跳跃能力的极限搏斗，与自身的疲乏虚弱搏斗，它终于创造出自己有生以来最好的跳跃纪录，成功地达到了非达到不可的目标，落在了围墙上的栏杆之外，尹怡云就势往前伸出双臂，它落在了最可靠的保护人的怀抱中！猴山周围的游人发出兴奋的喊叫声和鼓掌声，为这精彩的"表演"而叫好！而尹怡云抱着"果儿"和它的幼子，却哭了。人们啊，你们不了解"果儿"，更不了解面前的这位饲养员！

尹怡云抱着"果儿"母子，珍惜地爱抚着，轻轻地说："果儿，走吧，离开这儿，我给你另安一个家，就你们娘儿俩，谁也别想欺负你们！"

她抱着"果儿"，离开猴山往北走，要把它们送到那些珍贵品种的猴子住的地方去，给它们安排一个单间的笼子，对，就住“愣头青”原来住的那一间吧！可是，奇怪的事情发生了，“果儿”不肯走，执拗地在她怀里挣扎着，眼睛还望着猴山。啊，为什么？“果儿”，你这是怎么了？

“果儿”并不做任何解释。任何聪明的猴子，其智力也顶多只能听懂人类的语言，却没有本领和人交谈，人，只能从它们的举动、表情和叫声揣测它们的情感。现在，连最熟悉“果儿”的饲养员尹怡云也不能理解“果儿”了。

“果儿”并不希求她的理解，或者说，“果儿”此刻更需要的是它的同类的理解。当尹怡云抱着它走过一棵大树下的时候，“果儿”疯狂般地从她的怀里挣出来，携带着幼猴纵身跳上树去，在一个“个”字形的树杈上坐稳，怀里紧紧地抱着幼猴，眼睛却依然望着“花果山”上的猴群，发出沙哑而凄厉的哀鸣。

啊，尹怡云似乎明白了。“果儿”不肯离开它的群体，不肯去过离群索居的孤独生活。哪怕它受到误解，受到冤屈，也不肯逃遁，不甘沉沦。为了孩子，它不得不暂离生死场、是非地，但决不走远，就在这望得见猴山、望得见每一个同胞的地方，它住下了。它将永无休止地向着它们哀鸣，相信总有一天它们会明白它的心迹。啊，“果儿”，你毕竟是太痴情，太痴情了！

尹怡云的心碎了！

多少事，欲说还休

莫莲湖真不该在会场上哭。你哭个什么劲儿？你平时飞扬跋扈、横行霸道，该煞煞威风了。从某种意义上说，她的威风扫地，是动物园里的一件好事，许多人有一种幸灾乐祸的快意。人们平常对她“顺毛捋”，实际上不是敬她，而是怕她，惹不起还躲不起吗？现在好了，正副书记不谋而合，内外夹攻，一起来“将”她的“军”，终于使这头猛虎发出了哀号。你看，她鼻涕一把泪一把，喊爹叫娘，捶胸顿足，也听不清楚她要表达的是什么意思。会场上谁也无心安坐了，呼啦啦围在她的旁边，引得会议室门外也挤了一群与会议无关的人，都来看热闹，并且还好奇地想听听她哭唱的词儿。莫莲湖本来是有词儿的，她要到会场上来发泄，来骂个痛快，来抖搂她胸中积压已久的一本账。可是，眼前这一张张面孔，一双双眼睛，像看耍猴儿似的，使她感到羞愧、屈辱、恼怒，而又有口难言，千言万语只有化作泪珠，伴随着鼻涕唾沫，涌流不止，抹得脸上、身上都是。

其实，这时候陈郁倒是很想听听莫莲湖的发言。她虽然不是应邀而来，主动列席会议也未尝不可。虽然她搅乱了会场秩序，但看得出来不是冲着陈郁，而是冲着林雁飞，似乎他们之间有一种什么默契，什么隐秘，什么共同遵守的协定，由于其中一方出现了不信守条约的行为，便会造成破裂，造成内讧，造成火并，她刚才那架势，像要拼命。

可是事实往往比人们的想象复杂得多，莫莲湖什么也没说，只是哭，用无能的眼泪来结束刚才的电闪雷鸣，诚所谓虎头蛇尾。

这正是林雁飞所希望的，他巴不得这时候莫莲湖变哑巴了才好呢。这个娘们儿可不是好惹的，别看她在给小虎崽儿喂奶的时候那么笑眯眯的，有女性的温柔，也有母亲的慈爱，可别忘了她毕竟是“母老虎”啊，虎能伤人！不定什么时候犯了性子，就无法控制，翻脸不认账。铁笼中的那头母虎不是连亲生儿都不认了吗？莫莲湖又比那真的母虎厉害百倍，她是“虎”又是人，她要吃人，不用爪子，不用牙，只需动动舌头。这家伙知道的事太多了，对林雁飞摸得太透了，要是打开她的话匣子，林雁飞在动物园就不好混了！

想到这儿，林雁飞又恢复了理智，一点儿也不像没头的苍蝇，一瞬间又摆出了恢宏大度的领导者气派，摆着手朝会场内外的人们说：“散会了，散会了，都别围在这儿了！大家回去，把党委的三点设想原原本本地传达到每个群众，结合陈书记的报告，组织讨论，并向党委详细汇报。现在，贯彻三点设想是压倒一切的中心任务，任何人不得干扰斗争大方向！”

会场上乱哄哄的，也不知人们听清楚了没有，一些人开始退场，陈郁也就不便再做什么总结。莫莲湖坐在那儿，哽哽噎噎的哭声未止，出于脸面，她想退场也不能站起脚来拍拍屁股就走，得有个尾声，得找个台阶儿。

林雁飞给她个台阶儿，朝养熊猫的小伙子一努嘴：“傻小子，还愣着干什么？还不快搀着你干妈回去休息？”

“哎。”小伙子答应一声，俯下身去，抱着莫莲湖的腰，往起拽。“干妈，别哭了。您这么大岁数了，好好养老吧，用不着生这些闲气！”小伙子眼圈儿红红的，说话还带着点儿哭腔。他从心里头可怜莫莲湖，这头斗败了的“母老虎”，毕竟是他干妈啊！

莫莲湖就势拉着小伙子站起来，由他搀着，娘儿俩奔虎山去了。可哭声并没有停，莫莲湖胳膊搭在干儿子的肩膀上，顿时有一股电流传遍她的全身，这是她的亲儿子啊！猛然间，许许多多的往事掠过她的心头，难言的隐痛涌上了喉咙，她一阵心酸，大放悲声：“孩儿啊，谁能料到干妈落到这一步哇，可这动物园，心疼我的就是你了！”

夜幕悄悄地降临了动物园，园中小路上，游人们陆陆续续往门口走，像电影院散场之后。

水禽湖上，在清波中遨游了一天的水上居民有不少已经靠岸了，洁白的天鹅、斑斓的麻鸭、雄雌相依的鸳鸯……都蹒跚着登上湖心的小岛，到垂柳下的一座座童话道具似的小木屋中去享受天伦之乐。也有一些没玩够的，仍旧逗留在水面游来游去，个头短小、色泽暗淡的灰雁、秋沙鸭，平时不大显眼，这会儿趁着湖面空阔，又是亮翅，又是拿大顶，大约是不甘寂寞，想出点风头。造物主不是平均主义者，他造就的万物无一雷同，各有千秋，降生之后，便自然要互相比试，孰优孰劣，孰强孰弱，免不了竞争，免不了吞杀，众多的生物生活在没完没了的矛盾之中，在不平衡中又保持着相对的平衡，被淘汰的倒不一定是弱者，首先在地球上绝迹的倒是恐龙、剑齿虎一类的庞然大物。竞争吧，由它们竞争去！

贪吃的鹈鹕也没上岸，耸着肩膀，伸着带有大皮兜子的巨嘴，在寻找猎物。那些水中游鱼，一个一个成了它的晚餐。还有一些在动物园没有“户籍”的野鸟，也正落在湖心岛，争夺一点外边没有的美食，甚至夜间还在此借宿，求其安定，免遭鹰隼伤害。明天一早，再乘风归去，不知所之。动物园中的水禽，虽无囚笼之隔，却从未发生飞走现象。这是因为它们的翅膀都做了一种特殊的手术，丧失了高飞能力；再则，在这里生活久了，也有了感情，偶然有漏做手术的，也乐不思蜀，以此为家了。

多么美好的黄昏，这里，水清得像镜面，草绿得像翡翠，空气清新得像甘露，鸟类天堂，人间胜境，难怪每天吸引着成千上万的游人。

现在，游人各自尽兴而归，动物园里渐渐清静下来。水禽湖东面的山坡上，猴山里的群猴在享用尹怡云投喂的晚餐。猴王“愣头青”身边，已经神速地递补了一只年轻貌美的母猴，这家伙在驱逐“果儿”的时候醋意十足，格外卖力，因此及时得到赏识，被择优录取为“第一夫人”。这会儿，正挤眉弄眼地蹭在猴王身边献殷勤哩。群猴也都各安其位，分吃应得的一份食物，狼吞虎咽，津津有味，谁也不再记着还有一个什么

“果儿”，早已把它忘了。

无家可归的“果儿”却没有忘记它们。它蹲在围墙外的那棵树上，正在给它的孩子喂奶，自己还滴水未进，粒米未沾。它呆呆地望着昔日的同伴们共进晚餐时的欢娱情景，眼睛中流露出难以名状的悲哀。唉，这只被侮辱、被损害、被遗弃的母猴，它在想什么呢？

围墙外的石子路上，游人一个也没有了，“果儿”奶完了孩子，开始顺着树干往下爬，爬到地面上，拖着疲惫的身子，忍着辘辘的饥肠，一只手抱着心爱的幼子，一只手不时地伸出去，捡拾游人抛弃的食物残渣：半个花生仁、沾了泥的苹果皮、没吃净的雪糕棍儿、冰激凌的空盒……好在人们不大讲究公共卫生，无意中给“果儿”提供了一点少得可怜的糊口之物。如果走得远一点，走到水禽湖那边去，也许还能捡到鸟蛋什么的，“果儿”想。可是它不能去，不能走远，它好歹还是只猴啊，不能离开猴山。猴群不要它，就在猴山周围转悠。“果儿”，沦为乞丐的“果儿”还是这么痴情！

一阵脚步声，有人朝这边走过来了。“果儿”赶紧原路折回，带着孩子又爬上树去，警惕地盯着这个人，生怕他会侵犯自己的孩子。

其实，这个人根本没有看见它，只顾自己走路，一边走还一边想心事，脱下来的西服上衣搭在左胳膊上，抬头望着猴山，好像在寻找什么。

这是陈郁。上午的会开得半半拉拉中途散场之后，林雁飞很亲热地找他个别谈话，两个人坐在熊猫馆前头的竹林里谈了好久。这是林雁飞找的地方，这儿是左右两条路的交叉点，是一切工作人员的必经之地，从园部到各饲养室，从各饲养室到食堂，都得从这片竹林旁边走。他要让大家看看，新来的书记跟他林雁飞是协调一致的，正、副领导是亲密无间的，谁要想从中找个缝儿下蛆，就是分裂主义。

林雁飞首先提出了尹怡云问题，目前这已成了全园的议论中心，想回避已不可能，与其被动挨打，不如主动提，提得更高、更响亮，堵了尹怡云的嘴，也就转移了陈郁的视线，熄了即将着起来的火。至于“三点设想”，你先设想着吧，我也可以设想，咱们走着瞧。

“唉，平时我对尹怡云同志关心得很不够，”他说，眼睛微微下垂，神色介乎自谦和自愧之间，“一个女同志，献身于科学事业，二十多年如一日，很不容易！好在，她在实践中也得到了锻炼，业务上越来越成熟了。我有一个大胆的想法，”他顿了顿，抬起眼来，炯炯有神地盯着陈郁的那副黑框眼镜，提醒其重视下面的话，“我们应该把尹怡云同志从具体事务中解脱出来，让她专心致志地搞科学研究，把当年没能出版的那部著作修订、加工、补充，完成它！这对于我们以后的工作肯定会有重大的指导意义。这件工作嘛，给她两年的时间足够了，调上来，安排一个宾馆，让她埋头写作，别的什么事都不要干扰她。我认为，对人才的最大爱护、最好的落实政策就是发挥其所长！老陈，你看是不是就这么办?”

陈郁半天没说话，那双习惯于思考的眼睛盯着林雁飞的脸，从那每一条皱纹的波动、每一点表情的变化，揣测他的用心。用心是很明显的，不用费劲就可以看出来，问题是该怎么回答他。陈郁决定不绕弯子，坦率地回答。

“不忙，”陈郁伸手扶起脚边的一枝不知被谁折断的竹子，从裤兜里掏出手绢来把它缠好，慢慢地说，“落实政策不是她一个人的事。我们各科室的知识分子挤成堆，并没有多少事做，脱离生产第一线，脱离体力劳动和科学实践，去当清静无为的空谈家，并不是知识分子的真正归宿。这件事要有个整体规划，逐步解决。至于尹怡云同志，如果说要对她落实政策，那么首先要弄清为什么政策一直对她不落实？她究竟犯过什么错误?”

好，林雁飞踢过来的球又让陈郁踢回去了，该林雁飞回答了。这个问题是他最难回答的，他没有想到陈郁这么狡猾，给你个甜甘蔗不咬，偏要去嚼那些陈渣子，好吧，那就把话挑明吧!

“什么错误?还不就是过去那点小事儿，这你清楚啊!”他做出不愿揭隐私的温和神态。

“对不起，我不清楚!”陈郁回答得很干脆，“昨天我已经查了尹怡云的档案，里边除了履历表，什么也没有，没有任何犯错误和受处分的记录!”

林雁飞暗暗吃了一惊。他疏忽了，陈郁现在拥有审查干部档案的权力了，一旦权在手，动作就快得惊人。

“一张白纸，干干净净，这还不好吗?陈书记!党委当时对那件事的处理是慎重的，爱护每个干部的政治生命啊!”林雁飞很快找到了这一点的可用之处。

陈郁两眼盯着林雁飞，“哪件事?”

林雁飞心说，你可真会装傻，还想得寸进尺，连那件事都不承认了。“唉!”他叹了口气，以同情的语气说，“我理解你的心情，那件事在你的心里留下了些不愉快，连想都不愿想它。可有些事，往往是我们的主观愿望难以掌握的。你调走以后，我想，这事儿过去了，从爱护小尹的名誉出发，总算没有造成更恶劣的影响。谁知道，这种事是捂也捂不住的。群众中风言风语，连小尹偷偷地打胎的事儿都传出去了，唉，这叫我怎么说呢?”他望着陈郁，压低了声音，说，“你当时也太疏忽了点儿，不能控制感情，一时冲动，留下了后遗症!”

这最后一句话，是极其轻柔、极其体贴的，这种语言，在官场上不常用，但也有用，那是关系极密切的“铁哥们儿”之间使用的，在这种圈子里的人，不是互相揭短，而是互相遮丑。林雁飞是想用这种诚意感动陈郁？不是。他是想看看陈郁的眼神在这句话面前会产生什么样的微妙变化，他能从中看出一切，有些道貌岸然的正人君子，在官场上派头十足，讲起话来成篇大套，在另一种场合，却使用着另一种语言，流露出另一种眼神。林雁飞相信在陈郁和尹怡云之间绝不会干干净净，他等着陈郁的眼神默认。

陈郁没有这样的眼神。在黑框眼镜后边的那双瞳孔，清澈透明地朝他逼视着，没有一丝一毫的闪烁和偏斜。林雁飞没有见过这样的眼睛，清得像九寨沟自然保护区那未被污染的湖水，冷得像天山峰顶那终年不化的冰雪。他，有些不寒而栗了。

陈郁说话了："我以党籍和人格保证自己和任何人之间绝无任何不正当关系，并且拥有在任何场合、任何时候维护本人和他人的尊严的权利！"

"那就好！"林雁飞讪讪地说，"我当然相信陈书记的清白，那……就是小尹自己的事了。也许她在社会上接触了什么不三不四的人，受到资产阶级思想的腐蚀？唉，也难怪，她年轻的时候太惹眼了……"

午饭时候到了，饲养员们三三两两地从竹林旁边走过，还往这边瞟瞟他俩，陈郁不想再听林雁飞的演绎了，索性站了起来，结束了这场一点也不"亲密无间"的谈话。

中午饭，陈郁没去吃，他哪吃得下去哟！

下午，他泡在熊猫馆里头，和那个小伙子聊了整整半天，详细研究了人工繁殖大熊猫的方案，并且就各级领导班子整顿、改组，征求了他的意见。他觉得，这小伙子是棵挺好的苗子，能不能破格提拔他一下，当一个负责饲养技术的干部？再说吧，还得听听其他同志的意见。他还向小伙子以及那位"瞎喂"了半辈子大熊猫、即将退休的老饲养员了解了一些他认为应该了解的情况，然后，出了熊猫馆，草草吃了点晚饭，就绕过水禽湖，奔猴山来了。

他觉得没有任何必要回避尹怡云，应该像对待其他同志一样和她好好谈一谈。

“小尹，上午的会你怎么没去?”他来到栏杆旁边，轻轻地问。

正倚栏看着猴子出神的尹怡云好像在空中猛然听到了人声，吓了一跳，等她反应过来跟她说话的是陈郁，更加惊慌了。唉，他怎么又来了？她本能地想躲，却来不及了。一想起那天被莫莲湖当众奚落的情景，尹怡云就觉得自己如坠深渊，不知道落到什么地方去。上头，没有人丢下一根救命的绳子，旁边，没有一棵可以揪住的树枝，脚下，是深不可测的黑暗。不，眼前就有一个人，她过去的同学、朋友，向她伸出援助的手，而她，却又不敢去接触！

“你走吧，别再找我了，”她终于硬着头皮说话了，尽量使自己的话说得斩钉截铁，不留余地，“我对开会没兴趣，对什么都没兴趣！”

“可是，你对猴子有兴趣，把喜怒哀乐、胸怀情愫，都寄托在这群猴子身上了。”陈郁说，说得很认真，既不是玩笑，也不是客套，“我也曾经是这样。你可能还不知道，这些年，我的大部分时间也是在猴群中度过的！”

“噢？你在那边，也搞了个猴山?”尹怡云情不自禁地问。

“不，不是猴山，是野生的猴群。”陈郁说，“我当了十几年的护林员，职责是保护那些野生植物，可是我的兴趣却放在野生动物身上。在我的那片林子里，我发现了好几个庞大的猴群，有猕猴、熊猴，甚至还有珍贵的金丝猴，而且数量可观。它们生活在原始森林的中心地带，和其他猴群隔绝，我在无意中发现了它们的踪迹，想探究它们生活的奥秘。可是，很难接近。它们严守着树栖生活的习惯，很少下地，只要警戒猴发现了我的影子，啊哈一声，猴群就立即消失得无影无踪。它们的跳跃能力强得惊人，好像是在树梢上飞翔，集体迁徙简直是闪电般的空中行动！

“有一次，我偶然交上了好运。那天，我在林子里睡着了，一睡好几个钟头。浓密的灌木遮挡住我的身体，哪怕猴群从我身上跳过去也不会发现下边有个活人。当我醒来的时候，天已经快黑了，一缕斜阳透过树叶的空隙照过来，一条毛茸茸、金闪闪的什么东西正垂在我的头顶。我揉揉眼睛，差点喊出来，那是一条金丝猴的尾巴！我大气也不敢出，悄悄地、悄悄地抬起头来，仔细观察，在树杈上，一只母金丝猴正在给幼猴喂奶，它是那样沉溺于母子之情，竟然没有发觉离我只有两三米远。不知为什么，我当时萌发了一个强烈的念头：捉住它，把它们母子带回我那守林员的木屋！我太孤独了，渴望有生命的东西做伴。我有一支防身的猎枪，当时正随身携带着。我想：没有别的办法了，只有开枪了，当然，决不打它的要害，只打它的腿，只要腿上中了一弹，就会影响它的跳跃能力，我就能轻而易举地捉到它，还有它的幼猴。我在心里暗暗乞求它的原谅，为了得到它，只好先打这一枪了，等到带它回去，我一定用林子里那有奇效的草药为它治伤，它一定会很快好的。而且，我还会用最好的待遇照料它，和它共同生活，让它知道，我不是它的敌人，不是狠心的猎人，而是它的朋友。时间不允许我再犹豫了，我轻轻地举起了猎枪，瞄准了母猴的后腿。就在这时候，母猴的视线碰上了枪口！它的反应是那么灵敏，行动是那么迅速，噌的一声，携带着幼猴纵身飞蹿出十米以外，跳到另一棵树上。

“它仍然在我的射程之内，我迅速掉转枪口。母金丝猴没有再跑，它紧紧护着瑟瑟发抖的幼猴，朝我转过脸来，那天蓝色脸上的一双大眼睛，竟然毫无畏惧，只有仇恨，好像在责问我：你敢开枪？你真忍心?！我的心慌了，过去只知道金丝猴娇弱胆小，想不到逼急了也临危不惧！可是，我真固执，当时横下了心非捉住它不可，片刻的慌乱之后，我又举枪瞄准了它。

“母金丝猴似乎预感到一场灾难已经不可避免，绝望地发出一声凄厉的惨叫，也许是向猴群报警，也许是向我示威吧？我想。谁知道，它这时突然采取了一个奇怪的举动，猛然把它的幼猴向远处抛去，而自己向我挺身而出。为了掩护它的孩子逃走，它决定用自己的胸膛迎接我的枪弹！

“我的食指扣在扳机上，枪就要响了。这时，那只被母猴抛开的幼猴又突然蹿回来，扑向妈妈的怀抱，用柔嫩的声音，发出尖细的哀鸣。我的眼睛被泪水模糊了，我的心，我的手都在颤抖了，猎枪无力地垂了下来。我眼睁睁地看着它们撤走了，心里在说：走吧，朋友，放心地走吧，我绝不会伤害你们！……”

尹怡云听得几乎入迷了，仿佛自己一下子年轻了二十岁，又回到了当年和陈郁朝夕相处、日夜守在猴山观察、研究的日子。那是一段多么难忘的日子，两颗心为着一个目标跳动，越靠越近，越靠越近……

“后来，我终于成了金丝猴的朋友，深入到它们的领地，对它们的群体生活进行了长期的观察，还拍下了许多珍贵的照片。小尹！不知道当年的书稿你还保存着没有？我想把新的资料和照片再补充进去，咱们最后完成它！”陈郁的话语虽然很轻，但很激动，他渴望着做这件事。对于一个科学工作者来说，党委书记并不是他最恰当的岗位，他目前的职务只是全局工作的需要，一旦新的领导班子健全、工作纳入正轨，他会主动要求解脱党务和行政工作，重新去当一个不带任何官衔的科学家，和尹怡云一起去从事迷人的研究工作。因此，他又补充了一句：“不是现在，现在还顾不上这些，但也不会很远了。到那时候，我和你一起干！”

陈郁看着尹怡云，等待她的回答。

陈郁的话，具有多么巨大的煽动性和诱惑力啊！感情像洪水，蓄之愈久，爆发愈烈，现在，拦阻在尹怡云心灵上的钢骨水泥大坝终于拉开了闸门，那汹涌咆哮的激流就要破门而出，从直立的陡壁上飞流而下，冲进宽阔的河床，滚滚东去！

但是，这沉重的闸门仅仅拉开了一两厘米，又砰地关上了。尹怡云猛然忆起了那筑成大坝的时刻，意识到自己永远失去了本来拥有的一切！她脸色煞白，嘴唇颤抖，双手不知所措地捂着胸口，两眼失神地望着陈郁：“毁了，已经毁了！我把书稿毁了，也把自己……毁了！”

月色溶溶夜

黄昏，正是虎山的喧闹时分。六只斑斓猛虎和两只非洲狮、一对金钱豹，都相继从筋骨酥软的睡眠或半睡眠状态中醒来，在水泥地板上伸伸懒腰，张开血盆大口打个长长的哈欠，开始活动了，一个个磨牙砺爪，发出震耳欲聋的吼声，似乎准备出发，到丛林中去猎取肥美的鹿、狍子和野猪，尽管关在笼中的它们根本不可能实现这些，仍然煞有介事地保持着传统的习惯。那种战斗之前的精神抖擞、威武雄壮，是花钱买票来游园参观的人所看不到的。他们大白天到虎山的铁笼夹道中，看到的是睡虎、卧狮、乏豹，觉得不过如此，转一圈就走了。岂不知，只见一斑，未窥“全豹”。虎山中的这些猛兽，都是昼伏夜出，游人散尽的黄昏，恰恰相当于它们的“早晨”，这时候，虎有虎相，豹有豹威，才是本来面目，才最好看。可惜动物园里没有“夜市”，游人是看不到的，不知此中奥妙。虎山的饲养员，还有在动物园混了多半辈子的林雁飞都深谙虎性。这会儿，趁着天光昏暗、园中人稀，林雁飞来到了虎山。他常常是这时候来找莫莲湖。但今天，他不直接去敲莫莲湖的门，而是先从大厅穿过去，这样，一旦被其他饲养员看见，他便以亲临生产第一线、视察工作的面目出现，而不露真正目的。走在两排铁笼中间的过道里，出于习惯，他也真的朝旁边瞟了瞟，这时，东边的第三个笼子里的那只个头最大、性子最烈的雄性东北虎正用钢鞭般的尾巴抽打着笼面上的铁栅，回过头来，发出一声怒吼，震得空荡荡的大厅一片嗡嗡的回声。林雁飞认得，这便是当年莫莲湖用人奶喂大的那只虎崽儿，掐指算来已经二十二岁了。东北虎的寿命一般在二十五岁左右，二十二岁已是虎的垂暮之年。可是这个家伙不然，它一点也不带老迈之态，依然精力旺盛，雄健无比，周身黑黄相间的皮毛油光水亮，肩胛、胯骨和四肢上那一块块结实的肌肉、富有弹性的筋腱，蕴藏着巨大的爆发力。伸开的脚爪上的一排利钩，足可以撕开任何野兽的皮肉，巨口中的利齿随时准备置强敌于死命。甚至仅凭唇边那钢针似的长须和额上“王”字花纹下一双光亮如电的吊睛，也够任何敢于迎面注目的人或兽心惊肉跳。也许是因为人的乳汁在它的幼年时期发挥了作用，使它具备人和虎的双重性。瞧它那英武潇洒的姿态，简直像人类的二十二岁——奋发有为的小伙子哩！可它毕竟还是虎，虽然生在动物园、长在铁笼中，并且自幼脱离了母亲，完全不知道自己的祖籍小兴安岭是个什么样子，从来没有体验过狩猎的滋味，可是，渗化在血液中的祖先遗传仍然教给它虎的生活方式，就好像山野在呼唤它，它容忍不了铁笼的束缚，要暴跳，要狂吼，要拼搏！

“这家伙，跟它妈一样！”林雁飞心里说，扭头走出大厅，往右拐，到莫莲湖的宿舍去。“跟它妈一样”，指的是莫莲湖。莫莲湖这几天反反复复的表演，够林雁飞受的了。二十多年来，他第一次意识到莫莲湖是个危险人物，是一头难以驯服、难以驾驭的货真价实的“母老虎”。虎也挺狡猾哩，会躲在树丛背后一声不响地等待猎物走近才一跃而起发起闪电般的伏击；会装出一副亲切和善的样子招引那些不认识虎的小动物主动来送死；甚至还有更厉害的，林雁飞亲眼看见过一头母虎，同热恋中的公虎卿卿我我、耳鬓厮磨，完了事儿之后竟然反咬一口，“回马枪”杀得公虎猝不及防，狼狈逃窜……不是闹着玩的！林雁飞突然觉得自己并没有摸透莫莲湖，悔不该在和陈郁交战的第一个回合就让她去当急先锋，让陈郁轻易取胜，战局一开始就挫了林雁飞的锐气。紧接着，陈郁三日不战，厉兵秣马，出其不意，发起全线出击，林雁飞麾下的兵勇，有的畏缩不前，有的犹豫观望，有的不战自退，更有的倒戈降敌！莫莲湖这个娘们儿，如果陈郁再猛攻一阵，她会不会卖主求荣呢？

林雁飞站在莫莲湖的门外，像站在兽笼跟前似的，有些悚悚然。这个常来常往的地方，突然变得陌生而又可怖了。

他还是沉住气，抬起右手敲了敲门。

随着一串走过来的脚步声，门开了。里边站着的不是莫莲湖，而是她的干儿子——养熊猫的小伙子。林雁飞一愣。怎么他在这儿？怕的是撞见旁人，结果还是撞见了！

“林主任……”小伙子有些吃惊又有些犹疑地望着林雁飞打个招呼，语气不冷不热，仅仅限于礼貌。

林雁飞一看见他，气就不打一处来。这小子不定在这儿跟莫莲湖嘀咕什么哩，难道要把手伸到虎山，给老虎、狮子也人工繁殖吗？他妈的陈郁的应声虫！如果他是自己的儿子，林雁飞非揍他一顿不可。等着吧，你们这些跳槽、尥蹶子的家伙，有收拾你们的时候！

“你在这儿干什么？”林雁飞沉着脸说，“你干妈身体不好，让她好好休息！熊猫馆就指着你值夜班，要坚守岗位！”

林雁飞情绪不好，也许这几句话说得太重了。小伙子不服气地白了他一眼，鼻子里哼了一声，“噔、噔、噔”走了。

“这小子，眼里还有领导没有?”林雁飞哪儿受过这种“干撅”? 愤愤地骂了一句，带上门，走进屋去，往沙发上一坐，朝着脸冲墙睡在床上的莫莲湖叫了一声：“老莫同志!”

其实，莫莲湖早知道是他来了，只是不爱搭理他，上午会场上的气还没撒完呢！她脸也不转过来，慢吞吞地说：“你他妈的有话跟老娘说，甭拿孩子撒气，他招你惹你了?”

林雁飞心说：他少招我惹我了，瞅那陈郁对他的赏识劲儿，说不定让他抢了我的位子呢！心里这么想，嘴里还得另说一套：“你的这个干儿子不错啊，严格要求，锻炼锻炼，眼看成气候，你这辈子也算没白疼他。得，你也这么大年纪了，该立的功立了，该做的贡献做了，该得的荣誉也得了，虽然退休好几年了，动物园的同志们谁也忘不了你!”

这几句话，要是在平常日子说，准能让莫莲湖心里甜滋滋的。可是今天听来，简直是绝大的讽刺，拿她的奖旗当尿布，用钢刀子剜她的心！莫莲湖骨碌翻过身来，狠狠地瞪了林雁飞一眼，哭腔里带着屈辱和恼怒：“又他妈的说好听的? 你不是要把我赶出会场吗?”

“唉!”林雁飞讪笑着，无可奈何地叹了口气，“那是我的主意吗? 开会的名单是人家定的！我那是怕你寒碜，劝你躲开，话说得生硬点儿，心里是为你好。你没看见现在的形势吗? 大权在人家手里喽。眼瞅着大换班儿，大翻个儿，连杨书记那样的三八式老干部都乖乖地回家抱孙子去了，还有你闹腾的份儿? 我要是你呀，就索性卷铺盖走人，回自个儿家去，吃香的，喝辣的，图个清静。反正早就退休了，‘不在其位，不谋其政’，随他们怎么折腾去，眼不见为净啦！你说是不是，嗯?”说着，瞅着莫莲湖的脸色，希望她把这服拌着糖稀的泻药吃下去，孬了，溜了。只要莫莲湖听了他的话，撤离了动物园，一颗定时炸弹就算摘走了，林雁飞就免除了一份后顾之忧，好集中力量对付尹怡云，对付陈郁。

莫莲湖没说话，从床头上的烟盒里抽出最后一支烟，点着了，狠狠地吸着，喷着浑浊的白雾，心里在衡量林雁飞的话，里面有多少真的，有多少假的？交往了半辈子，她摸透了林雁飞的秉性，这个人的心，比常言说的“七窍”还多百儿八十倍，外边又层层包裹，遮得严严的，从来不让任何人真正瞅见，连酒后、梦里都不吐真言。这会儿说的，难道果真是出于对莫莲湖的关怀、体贴、爱护吗？他过去常说：“政治上的关怀是最大的关怀……”现在，竟然让莫莲湖丢弃几十年用血汗挣来的荣誉和政治地位，“卷铺盖走人”，无异于宣判了莫莲湖的死刑。不要小看虎山旁边的这间“别墅”，莫莲湖对它的留恋丝毫也不亚于前党委书记杨占山留恋那把办公室的交椅，这是权杖，是王冠，丢了它，就什么都完了，再也找不回来了。奇怪的是，让她丢掉这一切的，正是过去亲手给她这一切的林雁飞，这太残酷了，太无情了！

林雁飞见她不吭声，心说：你他妈的到底还是软了，一个娘们儿家到底好糊弄，连吓带哄，三下五除二就齐了，这事办得多脆！目的达到，林雁飞不愿久留，就站起身来说：“那就……明儿一早你就搬吧，我找几个人来打扫打扫，这屋，也好给别的饲养员住，现在值班室的地方太窄了。这张床，还抬到党委办公室去吧，陈书记睡午觉连个地儿都没有……”

“怎么着？”莫莲湖腾地从床上跳起来，那用了二十来年的弹簧垫子咯嘣咯嘣地直颤悠。一提到这张床，莫莲湖的心口就像被捅了一刀，血咕嘟咕嘟地往外蹿，“姓林的！老娘的血让你喝够了，你嫌腥嫌臭了，想把老娘一脚踹走？你他妈的拍拍良心想一想，你把这床摆到这儿，是为我还是为你？”

林雁飞脸色唰地变了:“你……你胡说什么?!”

莫莲湖疯劲儿上来了，什么都不顾了，憋了二十多年的冤气非吐不可了:“你个没羞没臊没良心的，在这张床上，我给你生了个儿子!”

“胡说八道，血口喷人!”林雁飞煞白的脸上青筋暴跳，一双瞳孔猛然缩小，眼白瞪得鸡蛋似的，他慌忙伸手去堵莫莲湖的嘴。

莫莲湖比他的劲儿大，一巴掌把他抡到一边去，“你的儿子在熊猫馆呢，你他妈的看看去，到底像哪个王八蛋!”

林雁飞的脑袋嗡的一声，被这噩梦一样的现实吓蒙了，智者千虑，必有一失，他哪里会想到自己得意忘形的历史还留下了一个孽种，一个活的见证！如果这个把柄让陈郁抓住，那他林雁飞别说在“三点设想”上跟人家较量，即使乖乖地跟着执行也怕没有资格了。政治斗争，什么都可以被利用，一件丑闻断送一个总统，这并不是没有的事儿!

林雁飞更没有料到，在他自己引爆了定时炸弹的这一时刻，被震惊的并不止他一个人，还有一个巡逻放哨的傻大个儿，被吵嚷声所惊动，所吸引。他原以为是净园时落下的游人、不大规矩的青年男女躲在暗处做有伤风化的事引起了争吵，捏着手电筒循声追踪，一直追到虎山“别墅”的窗下，当他明白了里边所发生的一切之后，骇得大张着胡子拉碴的嘴巴，半天出不来声儿。谁让这个忠于职守的保卫科长这么没事找事呢?

虎山正在度过不眠之夜，猴山却是一片沉寂。满园的猴子，各自寻找安乐窝休息去了，有喜欢贪凉的，就在山石上露宿，有愿意僻静的，照例跑到墙外的树上睡觉。只有饲养员尹怡云和新来的党委书记陈郁还没有走，他们沿着石子铺成的小路，缓缓地、沉重地走着，好像忘记了现在夜深人静，忘记了猴山是他们的是非之地。朦胧的月光，照着两个暗淡的身影，尹怡云在前，陈郁在后。

"毁了？你为什么要把它毁了？"陈郁的声音很低，饱含着惋惜、疑惑和埋怨。十年浩劫，毁坏的东西太多了，整车的珍本图书、整箱的学术资料被作为废品送到造纸厂，化为纸浆，为"大批判"提供新的纸张。可是，《猴群记事》还没有成书，还没有问世，当然也不会招来批判，尹怡云为什么要亲自把它毁掉呢？是害怕挨批？是表示和陈郁一刀两断？还是决心永世不再搞科学研究？究竟是为什么，你毁了书稿，还……毁了自己？这最后一句话，到底是什么意思？难道那些传言……确有其事？小尹，这怎么可能？

"别问我，什么也别问我！"尹怡云转过脸来，几乎在哀求他，那一双蕴藏着痛苦的大眼睛，在月光下闪着泪花，"你走吧！离开我，最好……也离开动物园，回到与世无争的原始森林去，回到远离人群的金丝猴王国里去吧，这里不是你该回来的地方，你当不了这个书记，也实现不了你的宏伟设想，这里太可怕，太危险！我……已经毁了，不忍心看着你也毁在这里！"

"也许是吧，"陈郁说，"但我无可逃避。你记得一位先人说过的话吧：科学之门，就像地狱之门……"

"不，不是科学，我说的不是科学，是人……可怕的人，你不知道，你不知道啊！"尹怡云不知道该怎么向陈郁说清楚她的意思。血流凝滞、神志麻木的她，有着一个清醒而执着的意识：不能毁了陈郁，让他走，远远地走开，到没有黑暗、没有邪恶、没有陷阱、没有吞噬的地方去！"走吧，快走……"

"只有懦夫才会走，"陈郁说。他的声音像岩石在撞击，痛苦地撞击，"二十年前，我已经当了一次懦夫，绝不会再当第二次了！"

"不，那怎么能怪你？你不是软弱，是太善良了。你是为了我才走的，我知道！你自己挑选了一条充满艰险的路，以为留给我的是坦途，可是……你哪里知道……你什么也不知道！软弱的是我，是我啊……”尹怡云不敢看陈郁那灼人的目光，双手掩住自己苦涩的泪眼，在她的面前是一片黑暗，就像二十年前那个可怕的夜晚……

那天，党委书记杨占山用了几乎一整天的时间给正在窘困、难堪之中的尹怡云训话，从她在全园职工大会上“拿正经事儿开玩笑”“目无领导”，谈到她辫子留得太长、衣服穿得太洋的“资产阶级生活方式”，进一步指出她“终于堕落到道德败坏、身败名裂的泥坑”，并且现身说法地回忆了自己当年扛枪打游击的时候，是怎样的严守军纪、保持革命者的作风：打下了一座县城，满街的大姑娘、小媳妇向他招手，往他兜里塞花生、核桃，他连眼皮儿都不翻；行军路过自己的家乡，未婚妻留他住一天再走，他连门都没进，等等。最后，让尹怡云“在哪里跌倒，就在哪里爬起来”，“脱胎换骨，重新做人”。

天黑了，尹怡云揣着惶惶不安的心走出了党委办公室，踏着幽暗的园中小路，回宿舍去。一路想，她和陈郁之间难道超越了“革命者的作风”的界限吗？难道青年男女出于工作需要的正常接触、哪怕有一点心照不宣的感情尚未说出口来就已经“道德败坏”了吗？那个时代的青年，还没有胆量这样去问一位党委书记，她宁可怀疑自己，仿佛自己真的已经“堕落”到了“泥坑”，她还要感谢杨书记的宽宏大量，指给她一条生路呢！她真后悔自己不该为“五只猴”的问题那样嘻嘻哈哈地和杨书记开玩笑，让这位忠厚长者难堪。她像虔诚的教徒跪在基督面前一样深深地忏悔，这时，一条影子在黑暗中追上了她。

“谁？”她吃了一惊，声音都变了。

“我。”那人温和地微笑着出现在她的面前，噢，是一个完全用不着害怕的人，党委副书记兼副主任林雁飞。

“林主任，您……”

“我随便走走。小尹，这么晚了，我送你回宿舍吧！”

林雁飞好像真的没有什么事，陪着她走过园中最黑的那一段路。一个领导，对于一个“犯了错误”的人竟然毫无鄙视，竟然这样关心她，使得尹怡云心里升起一股感激之情，甚至某种程度上还有一些自惭形秽。

“这几天，你的思想压力很大，很痛苦，是吧？”林雁飞很体谅地轻声说，“这，我完全理解。你和陈郁是老同学，现在又一起工作，产生了感情，也是难怪的。问题是，这种感情，不能让它发展到不健康的邪路上去……”

“林主任，我……”尹怡云试图做些解释，林主任不像杨书记那样使她连解释的勇气都没有。

“好了，不要向我解释了，我理解你，”林雁飞打了个手势，继续说，“这种事发生在我们单位，我也很痛心。群众检举了，弄得满城风雨了，恶劣影响已经造成了，领导也很难挽回。咳，可惜啊，毁了两个青年人的前途！尤其是陈郁同志，他不同于你这个群众，是个新党员，正在接受组织的考验，这件事将会影响到他的政治生命！”

“啊?！政治生命！”尹怡云惊呆了。关于党的知识，她所知甚少，但她知道，一个知识分子入党是多么难，一个人的政治生命是多么宝贵！大学毕业前，她曾那么羡慕陈郁的光荣入党，又怎能料到今天由于自己而断送陈郁的政治生命！党会处分他吧？她太对不起陈郁了，自己为什么那样胆小，那天晚上因为风吹草动就害怕得扑到陈郁怀里企求保护以致造成“堕落”的事实，使得陈郁跳到黄河也洗不清了。看来，后果的严重远远超出了她的预料，她吓得发抖。这个单纯的女孩子，唯独没有去想一想那天晚上别人的举动有什么蹊跷？为什么在猴山中会突然杀出来“伏兵”？没有想。六十年代初的大学生尹怡云还没有这种举一反三的本领，她的思维器官在科学上运用起来是敏捷的，一遇到政治就迟钝了，只会怀疑自己、吓唬自己，而从来没想到过地位比自己高的、带“长”字的会有什么错误或是阴谋。厄运在威胁着她和陈郁，在这种威胁面前，尹怡云愈加明确地意识到，自己在内心深处的确是在爱着陈郁，她不能，不能眼看着陈郁毁灭，她要救他：“他没有任何责任，都怪我，世界观没有得到彻底改造，腐朽没落的资产阶级意识，不健康的情调……”尹怡云恨不得把所知道的贬义词都加到自己头上，承担起一切恶名，只要能洗清陈郁。

“唔，能这样认识自己，很好。为了他的政治生命，自己承担一切，我听了都很感动。你是个多情的姑娘啊！”林雁飞停住了脚步，叹了口气，欲言又止地接着说，“不过，这问题难办啊，杨书记……是个原则性很强的同志，转正问题，恐怕不好过关了。现在倒是有一个机会……噢，宿舍到了。”

他们已经站在宿舍门口，林雁飞收住了话题，似乎准备马上转身回去。

一个似露不露的话头，给了尹怡云一线希望，她渴望了解这个未知数，“您刚才说什么机会？”

林雁飞随口说：“关于陈郁的工作调动问题……这些，以后再谈吧！”说着，又要走。

尹怡云急切地向他追了一步，“调动？往哪儿调？林主任，您能告诉我吗？”

“你真性急啊！”林雁飞笑了笑，不走了，随着她走进了宿舍。

这是几个单身的女饲养员的集体宿舍，今天是星期天，走得空空的，只剩下尹怡云一个人。

林雁飞坐在尹怡云的床沿上，接过尹怡云用自己的茶杯给他倒的开水，呷了一口，望着这个乞求神灵护佑的姑娘，轻声说：“组织上没有决定的事儿，我本不应该告诉你。看你急成这个样子，也不忍心了。嗯……是这么回事儿——你知道就行了千万不能说出去，那样对陈郁更不利了。现在，有这么个机会：外地一个正在筹建的动物园希望我们支持他们一些技术力量。我想把你和陈郁当中调出去一个，解脱一下现在的麻烦。你看，谁去合适？”

“让他去，调走了好！”尹怡云毫不犹豫地做出了抉择。

“我也是这样想，”林雁飞说，“这样，他目前的不利处境就马上改变了，只要他到了新单位好好工作，组织上可以考虑不给什么处分。只是，你以后就和他分开了，有所得，必有所失。不知道你……”

林雁飞停住口，注视着尹怡云，就像一个设身处地为她着想的长辈和朋友在平等地征询她的意见。

尹怡云被他这惊人的善举深深地感动了，她还有什么可说的？只有感恩戴德。“谢谢您，林主任，您救了他，太谢谢您了！”尹怡云眼含热泪，喃喃地说。她几乎要朝林雁飞跪下来顶礼膜拜了。

“谢谢我？”林雁飞微微一笑，“你知道，我这样做要担风险的，得说服杨书记，得说服别的党委委员，得准备承担包庇陈郁的罪名，一句感谢的话就算完了？你用什么实际行动感谢我？”

“我……我一定加倍努力工作，把自己的青春、生命都献给动物园，献给科学事业……”尹怡云迫不及待地做出一切许诺，她的灵魂已经得到解脱，出现在面前的是一片天国的灿烂光辉。

“就这？”林雁飞从床沿上站起来，在房间里踱着步，走到窗口，朝外边凝神谛听了片刻，转过身来，一双亮闪闪的眼睛盯着尹怡云由于兴奋又焕发出光彩的脸庞，讪讪地笑着说，“我不需要这些空话，只要你以后听话，绝对听我的话！”

“我听话，一切都听党的话！”尹怡云庄严地做出保证。

“哎，你干吗老把我跟党扯在一块儿？我就是我嘛，是一个人，跟陈郁一样的人，你不懂吗？”林雁飞的眼光更加露骨地瞟着尹怡云红润的脸蛋、丰满的胸脯，为她的愚顽不化抑或是假装正经感到不耐烦，不得不把话点得更明了。他从窗前走到门边，把插销轻轻扣上，背靠着门，脸朝着尹怡云说：“今儿晚上，我不走了！”

啊！尹怡云突然感到自己跌入了冰洞，眼前的一切使她无法理解，不敢相信。可是，一切都是真的，林雁飞带着一脸狞笑，向她一步一步走来，那神情，就像一头馋涎欲滴的老狐狸扑向毫无防卫能力的一只小鸟。她本能地要逃避，要反抗，要喊叫，要挣扎……

“你喊吧，撞门吧，叫人来抓吧，抓我还是抓你？”林雁飞冷冷地逼视着她，“你的名声已经够臭的了，想再臭一点你就折腾！干脆破罐子破摔，陈郁也甭想调走了！”

尹怡云一阵晕眩，无力地瘫倒在地上。林雁飞伸出手，拉灭了垂在门边的墙上的灯绳……

严酷的现实，可怕的噩梦……

陈郁调走了，尹怡云失去了一切。虽然，林雁飞给她留下的孽胎可以打掉，却永远无法洗去心灵上的污垢！她悲愤地把那未完成的书稿，一页一页地撕成碎片，撒向翠竹山的长空，让风把它吹走吧，让大地把它掩埋吧，这一切已经毫无意义了，尹怡云已经不配把自己的名字和陈郁署在一起！

…………

可怕的噩梦，严酷的现实。

清冷的月光照着寂静的园林，照着两个暗淡的身影。近在咫尺，远在天涯；远在天涯，近在咫尺。二十年的岁月，二十年的路程，浓缩在一起，浓缩成一滴苦酒，却还要两个人尝！

陈郁伸出手去，握住尹怡云那一双冰冷的手，握得紧紧的。是冰块在凝冻热血，还是热血在融化冰块？一阵窒息般的沉默之后，尹怡云缓缓地、缓缓地抽出了自己的手。啊，陈郁的手，也已经不是二十年前的那双年轻的同伴的手了，这是党委书记的手，一个有家有室、有儿有女的男人的手！

“当年，我不该走，真不该走啊！”

“不，你不该再回来！”

月朦胧，夜深沉。

动物园的夜晚是安宁的，猿猴世界已是一片梦乡，连无家可归的“果儿”也已怀抱幼子睡去了，只有“鬼眼”在无声地巡视着奇峰异洞，碧草苍木。动物园的夜晚是甜蜜的，水禽湖中心的小岛上，成双成对的鸟儿在沙渚上、在木屋里偎依着，发出嘤嘤细语和梦呓。动物园的夜晚是喧闹的，虎在狂啸，狼在长嗥，狐狸在忙乱地走来走去，把白天藏在土里的一块肉扒出来再埋上，埋上再扒出来，还没有找到一个最能保守秘密的地方。

月亮挂在中天，以人类难以觉察的速度缓缓地向西滑去，重复着自己的运行轨道，日复一日，升起再落下，落下再升起；月复一月，缺了再圆，圆了再缺。

写于 1985 年秋

（发表于《当代》1986 年第 5 期。收入霍达小说集《魂归何处》，北京十月文艺出版社 1988 年出版）

绝 症

不治已病治未病。

——《内经》

良医常治无病之病，故无病。

——《淮南子》

故邪风之至，疾如风雨。故善治者治皮毛，其次治肌肤，其次治筋脉，其次治六腑，其次治五脏。治五脏者，半死半生也。

——《素问》

一

早晨八点整，市委副书记兼副市长钱子武已经准时坐在自己的办公室里。第一件事就是给隔壁的市委书记兼市长赵本立打电话。他是这座城市双重的二把手，有急事要向双重的一把手请示。接电话的是秘书，说："钱书记啊？赵书记还没来。"

过了一刻钟，他再打电话过去，秘书还是那句话。

又过了一刻钟，他第三次打电话，秘书仍然是那句话。

他沉不住气了，小声咕哝了一句：“怎么搞的？‘从此君王不早朝’！”于是直接把电话打到赵书记家里去。电话通了，响了半天没人接。这并不说明赵书记不在。他知道，赵书记家里的电话装了个开关，休息的时候怕吵，就关上，任你天大的急事也别打算惊动他，不知就里的人还以为书记不在，这样也不得罪人。

“在关键时刻搞这一套，不拉屎还要占着茅坑！”钱副书记有些恼火了。他马上又把电话打到司机班，问每天接送赵书记上下班的小孙这是怎么回事。

小孙回答说：“我是准时去接他的，我们班长可以做证。可那时候赵书记还没醒，李局长说：‘书记昨天休息得晚，让他多睡会儿，你先回去吧！’”

小孙说的“李局长”就是赵本立的老婆，市民政局副局长李皎清，本市“第一夫人”。她男人没当书记的时候，她只是民政局的一个会计，男人升官之后她就马上成了副局长，也只是挂名，没正经上过班，倒是有什么宴会的时候经常陪着赵书记出没，全市官民人等人人都惧她三分。

“妈的！什么大事儿都得误在这个娘们儿手里！”钱子武心里骂着，没挂上电话，就手对司机小孙说，“你马上把我送到他家去！”

十分钟之后，车子开到赵书记家门口。钱子武上了楼，急切地按门铃，却又是一点声息没有。钱子武突然想起来，赵书记家的门铃也和电话一样。是想关就关、高兴开才开的。“哼，有事儿找你比登天还难！”钱子武满腹怒气，伸手朝着紧闭的大门猛敲起来。

“这是谁啊？敢这么放肆！”细碎的脚步声伴随着怒斥，这当然是“第一夫人”的声音。

钱子武也意识到自己的唐突，连忙收回了擂门的手，换了谦恭的态度，说：“李局长，是我！”好像他是个下级来拜见“局长”似的。

他的声音是这家人熟悉的。门里边也马上息了怒气，门吱呀一声开了，露出了圆圆胖胖、眉眼带笑的脸：“哟，是钱书记呀！请进，请进，客厅里坐吧！老赵他……”

钱子武无心跟她客气，也没工夫坐，急着问：“赵书记怎么了?”

“没怎么，”第一夫人说，“昨天晚上他开夜车看文件看到两点半，累得简直不行了，今天早晨我就没忍心叫醒他，咳，市委书记也是人啊!”

这话说得也在理，而且颇动人：市委书记也是人。好像全市人民都没把这位人民公仆当人，她才不得已仗义执言似的。但她有意改动了一个事实：赵本立昨晚“夜车”开到两点半不假，但却不是看文件，而是陪她打麻将，还有两位亲戚作陪，后半夜才各自睡去了，至今未醒。

钱子武也是经常熬夜的人，心里未必不同情。但他还是说：“哎呀，我这里有急事儿呢!”

“找书记的都是急事儿!”第一夫人并没有通融的意思，执意要先过她这一关，“什么事呀?”

钱子武心里说：副书记找书记，甭管什么事儿也用不着先向你汇报！在咱们这个地级市，我身为市委副书记才是个副局级，你算什么“局长”？副局长只是个副处级，太不知道天高地厚了！可是面对这个拦路虎，他也不得不屈尊求得通融。“新加坡那个大投资商来了，昨天晚上到的。我让外办主任接待他，他觉得规格低了，提出要见本市‘最高长官’。我没惊动赵书记，临时赶去和他见了个面。外办主任介绍说这是市委副书记，没想到那个资本家竟然老大个不高兴，说：‘我是敝公司董事长，为你们投资两千万，可是你们只派个书记来见我，还是个副的!’外办主任忙说：‘误会了，误会了！我们的书记和你们的书记不同：你们的“书记”就是文书，只管抄抄写写，我们的书记是最高长官，有权拍板的!'资本家听了直'啊?'似信不信。看了看我，说:'这位书记既然是副的，想必还不是最高长官，要拍板还是要请正的来!'所以……我只好来请赵书记，跟人家约好了的，今天早上九点见面!"说到这里，焦急地看看手表，只剩下十分钟不到了。

第一夫人听了，咯咯地笑了起来。"这个洋老帽儿看来是头一回到中国来，对我们的国情太不了解了!"她极为放松地嘲笑着，又说，"哪儿能第一轮谈判就见第一把手?这样我们没有回旋余地，我看你先抵挡一阵再说吧!"

钱子武当然听得出来她话里有话，借这个机会还要压他一头，在嘲笑洋人的同时也嘲笑一下他这个副职。他本人在洋人面前已经窝了火的，现在在自己人面前再次窝火!但事情已经到了火烧眉毛的地步，也就不再计较，央求着说:"李局长啊，咱们不是穷吗?为了那两千万，赵书记还是见见他嘛，反正见面也不花成本!"说着，不待第一夫人放行，径直朝赵本立的卧房闯去。

"哎，不行，不行!累死了人我找你算账啊?"第一夫人追上去拉他。

"扯淡!"钱子武急了，一把甩开了她的手，"你把老赵看得比皇上还金贵，应付应付外宾能累死人?嘁!"

他推门进了卧房，赵本立还在酣睡，四脚朝天，大张着嘴，肉滚滚的脖子上喉结一动一动地，发出响亮的呼噜声。

钱子武伸手拍拍他的肩膀:"赵书记，醒醒，醒醒!"

呼噜声戛然而止。赵本立猛然睁开朦胧睡眼，看见的是一团土黄色的光斑。"快起来吧，有急事儿!"他糊里糊涂听见这急切的叫声。他的瞳孔急速调整焦距，于是看清了那张贴在他面前的精瘦的脸和布满血丝的眼睛。他认出了那是市委副书记钱子武，并且弄明白了自己还躺在家里，副手跑到床头来找他了。他一个激灵坐起来，"老钱，出了什么事?”

“赵书记……”

没等钱子武把话说完，赵本立的脑袋突然失控地又摔回到枕头上，同时发出一声足以令人毛骨悚然的叫声：“啊!”

钱子武惊得灵魂出窍：“赵书记，赵书记!”

第一夫人冷不丁听到这叫声，脚一软扑腾跌倒在地。但她马上爬起来，磕磕绊绊地跑到床前，声音都跑了调儿：“老赵，老赵！你怎么了你？……”

赵本立那吓人的“啊”还没喊完。

“怎么回事怎么回事你是怎么回事嘛!”第一夫人和钱副书记都傻了眼，慌得不行，趴到床前抢着问。

赵本立也不知道自己是怎么回事，他只顾嚎，腾不出工夫来回答他们。他的两只眼睛直愣愣地看着面前的这两个人，只觉得这两张脸在飞速旋转，他们身后的吊灯、衣柜、墙壁、字画都在飞速旋转，好像他躺着的床是个大陀螺，玩命儿地转，转得他头晕眼花想停也停不了！突然胃里一阵恶心，他大张着嘴：“呕，呕……”却又什么也吐不出来。

第一夫人吓坏了，急忙抱住赵本立的脑袋，不知道他这是得了什么急病。男人是她的靠山、她的本钱、她的命根子、她的一切，要是男人有个三长两短她可就全完了。气急败坏之际，她把一肚子火都撒给钱副书记：“都怪你都怪你！我告诉了你他昨晚缺觉你没听见？他睡得好好的你干吗叫醒他？你看你把他从梦里吓醒了弄成这样，你得负责，你!”

小说写到这里，作者还得插空儿啰唆两句。可能有的读者从这儿就开始不信了，埋怨说：“你写得不真实！一个堂堂的书记夫人怎么跟个家庭妇女街道老娘们儿似的，这么没水平?”我说信不信只好由你，赵本立的老婆就是这个水平，我也没法儿拔高她。须知“夫人”既不是官阶也不是职称，无须文凭也不用审查考核，丈夫是个什么她也就自然是个什么“夫人”，这是顺理成章的事儿，谁气恨也没用。何况小说才刚刚开头儿，也不必匆匆忙忙下结论，这位“夫人”还有她发挥水平的余地……

当时钱子武被她气得眼发黑。钱副书记在本市可说是“一人之下，万人之上”，何曾被人这么训斥抢白？有心要顶她一顿：我负责我负责我负什么责？我是打他了骂他了气他了还是投毒害他了？我只不过是在上班时间把他叫醒而且还是百分之百的公事！说不定他的病早就在身上了只是他没醒你不知道，如果不是我叫醒说不定还误了大事呢，你这个娘们儿不知好歹倒跟我没完，什么玩意儿啊，你！可是这些话他全没说出来。不看僧面看佛面，市委书记现在正嗷嗷叫，他跟人家的老婆一般见识就显得水平太那个了。赵书记今年五十八岁，再过两年就交权，他钱子武是继承人当中的第一号种子选手，这关键的两年他得做出个样子来。他早知道“第一夫人”对他没有多少好感，好像他钱子武近几年的“表现”都是为了篡党夺权似的，又好像一旦大权落到他的手里就会江山易手全面复辟似的。唉唉，好人难当啊！钱子武一边感慨一边运气一边琢磨对策，这一切都是在几秒钟之内完成的。当第一夫人还在嚷嚷“你负责”的时候，他已经明白自己该做什么了。

“我负责我负责我当然负责！”他脸不变色心不跳，掉头就往门外跑，“我叫小孙上来，赶快送赵书记去医院！”

“你回来！”第一夫人却喝住他，“快打个电话，把周局长叫来！”

她说的“周局长”是本市卫生局局长。毕竟是第一夫人哪，有病首先想到的不是找医生，而是找管医生的局长，“纲举目张”。

十分钟之后，一辆救护车呜哇呜哇地叫着飞驰到赵书记的楼下，从车上跳下来三个穿白大褂的人，飞跑上楼，直奔赵书记家。第一个就是卫生局的局长周大庸，五十多岁，肥头大耳，眉毛灰白而稀疏，却有一头乌黑的浓发，那是选配得不大得体的头套，当然是为了某种原因而掩饰自己的年龄——这涉及个人的隐秘，姑且不提；第二个是人民医院的院长吴力维，从面相看来只有三十几岁，为了显得老成些，戴了一副黑边眼镜，而且把头发梳成背头；第三个年约四十七八岁，面色苍白，皮肤多皱，属于未老先衰的那种人，一双眼睛很大，在多层皱纹中包着充血的眼球，像是睡眠不足的样子。

三个人鱼贯进入赵书记的卧房。

“钱书记！李局长！”周局长慌慌张张地然而又是恭恭敬敬地向这两位上级(其实李局长比他还低半级)打个招呼，回头指着身后的那位说，“这是人民医院的吴院长，我把他给抓来了……”

一个“抓”字，有着许多含义：其一，说明周局长对赵书记的病是极其重视的，你看，把院长给“抓”来了；其二，说明周局长在卫生系统是有权威的，你看，全市最好的医院院长，他一把就能“抓”来，十分钟救护车开到门前，这种速度跟一级战备似的；其三，请钱书记、李局长放心，甭管赵书记得了什么样的病，都可以包好的，院长在这儿嘛！

现在其实顾不上解析周局长脑壳里的意识流，因为钱副书记和李局长心急如火地等着看病，把期待的目光一齐投向了吴院长。

吴院长毕竟和市级领导之间隔着局一级，不如周局长和他们见面的机会多。钱副书记他是认得的，但只怕人家认不得他，所以这次见了面，情绪很是激动，弯腰，握手：“钱书记，我是吴力维……”说到这里又看看旁边的那位女同志，他虽然不认得，但肯定是赵书记夫人无疑，早已如雷贯耳，人家虽然只是个副局长，却是本市“第一夫人”呢！于是连忙又朝这边弯腰握手：“您是李局长吧？”

若在平时，钱副书记和李局长也许没工夫搭理这么一位科级的“院长”，但在今天的用人之际，却显出了他的重要。所以在握手的时候，就显得很真诚，很有分量。

钱子武说："吴力维同志，你来得好啊！"

第一夫人说："吴院长，快快快，你看赵书记他……"

这时，刚刚喘息了一会儿的赵本立好像为迎接他们到来似的又重新喊叫起来。吴力维吓了一跳："啊，赵书记！"

吴力维好像突然想起来自己是来干什么的，连忙转身去命令那第三个穿白大褂的人："快！还等什么？"

那个人其实早已掏出了听诊器，正准备检查病人。

"他是谁？"第一夫人不放心地问，"吴院长还是亲自出马吧！"

"哎，他行他行！"吴力维忙说，"他叫郑震，我们医院最好的大夫！"

钱子武噢了一声，问："是内科主任吧？"

吴力维犹豫了一下："呃，倒还不是……"

第一夫人追着问："是主任医师？"

吴力维又犹豫了一下："也不是，他……刚刚评上个主治医……"

钱副书记和李局长的脸上期待的目光顿时黯淡了一层。你说是"最好的"，却又什么都不是，这……

"老吴啊，你可要……"第一夫人不放心地说了半句话。

"您放心您放心，"吴院长完全明白领导的心思，赶快声明，"我拿脑袋担保他的医术是第一流的！至于职称嘛，这个东西就难说喽，有时候盛名之下其实难副，有时候古来才大难为用，领导意见群众舆论僧多粥少许多事情也是很难办的。不说了不说了，这么着吧，等他给赵书记看好了病，我马上给他提到主任医师，也名正言顺嘛！"

在他们就郑大夫为赵书记治病的资格问题饶舌的时候，郑震已经开始了工作。

“赵书记，您感觉怎么不舒服?”他问，同时把体温表塞在他的腋下。

“我头晕哪，晕得厉害，天旋地转!”赵本立抱着脑袋呻吟着说。

“呕吐吗?”

“想……想吐，就是吐不出来!”赵本立说着又要吐，扭着脖子“呕、呕”地大张着嘴，却什么也没吐出来。

“好了，您不要动，不要说话……”郑震拿起听诊器，撩起赵本立的衬衣。

“不行，晕得厉害！要了我的命了!”赵本立根本做不到“不说话”，反而嚷得更凶。

郑震问：“一直这么晕吗？我刚进来的时候您好像好一些……”

赵本立呻吟着说：“平躺着就好一点儿，坐起来就晕，一翻身也晕，脑袋侧过来也晕……”

“噢，体位变化时眩晕，”郑震说，“那您就平躺着，不要动。”

赵本立就不再翻身，也不侧脸看他，果然出现了暂时的平静。郑震用听诊器仔细听了听，说：“心肺正常。”又给他量血压，“血压也基本正常，稍稍偏低。”他从赵本立腋下抽出体温表，“不发烧。赵书记，您不用紧张，没有太大问题……”

在场的人都多少松了口气。第一夫人却狐疑地望着他：“你可要仔细检查，要是‘没有问题’，他怎么晕得那么厉害？嚷起来怪吓人的!”

“夫人，我并没说‘没有问题’，而是说‘没有太大问题’。”郑震纠正她说。

有点儿顶嘴的味道。

“那你说‘问题’是什么？你这个人说话怎么吞吞吐吐的?”第一夫人并不饶他。

郑震没有马上回答，或者说他觉得没有必要和一个病人家属讨论这些。他伸出一个手指，对赵本立说："请您看着我的手指，眼睛随着它移动。"赵本立乖乖地听他摆布，几个来回之后，郑震的手收回来，说："不持续地水平性眼球震颤。"

又问："您有没有耳鸣的感觉?"

"什么?"赵本立没有听清"耳鸣"这个词儿。

"就是耳朵里好像听见很响的嘶嘶声，或者轰隆声，"他具体解释说，"有没有?"

"没有。"赵本立回答得很肯定。

"那么，有没有耳聋的感觉?"

"没有。"赵本立也是否定的回答。

第一夫人愈加觉得这个大夫没谱儿了，白了他一眼："他要是聋了，还能听见你说话吗？真是的!"

郑震仍然没有和她争辩，而是从白大褂兜儿里掏出个铜质音叉，猛敲了一下，然后飞速地放在赵本立的左耳，又移到右耳。反复几次，问道："您感觉两边的声音一样吗?"

赵本立伸手指指右耳朵："这边儿响，那边儿不大响。"

"唔，"郑震说，"左耳听力稍差。"

他收起手里的家伙，一系列检查好像完事儿了。

钱副书记、周局长、吴院长一直都在屏息静气地盯着他的一举一动，此时几乎同时问道："怎么样?"

"不要紧，"郑震答道，"眩晕综合征，或者叫美尼尔氏综合征、非典型美尼尔氏综合征，也有人叫假性美尼尔氏病……"

第一夫人眉毛拧成了疙瘩："你怎么说了一大套？他到底得了什么病？你有个准谱儿没有?"

郑震看了她一眼，平静地说："这都是一种病，只是名称不同，夫人!"

站在他旁边的吴院长听到这里，不禁想笑。但他看了一眼周局长，见周局长一脸的严肃。毕竟人家在官场混的年头长，懂得这种场合可笑的可不能笑。于是吴院长赶忙掏出块手绢儿，装作擦鼻涕，捂住了自个儿差点儿笑出声儿来的嘴，也一脸严肃地听下去。

"我们不妨简称为美尼尔氏病。"郑震继续说，"这是一种独立的疾病，其发病机理及病理改变是内耳的淋巴失调，淋巴分泌过多或吸收障碍，引起内耳迷路积水，内淋巴系统膨胀，压力升高，致使内耳末梢器缺氧和变性。"他一说就是这么一大套，并且征求意见似的望身边的两位领导，"吴院长、周局长，是这样吧?"

"噢，是的，是的!"吴院长没想到他会在理论上请教自己，而且自己从一个管理干部升为院长，在这方面自知是稀里糊涂、不懂装懂、二五眼加假行家的，但也只好随声附和。说完之后，又觉得郑震刚才先请教他而把周局长放在后面有些不妥，所以赶紧仰脸谦恭地请示上级，"周局长的经验比我丰富，老专家嘛，您看……"

"分析基本正确。"周局长确实既年长而又是大夫出身，所以话说得颇有分寸，没有给郑震打满分，只是"基本"肯定，留有一定的余地。这样，如果郑震的判断正确，他也基本正确；如果郑震错了，他还来得及做修正性的"指导"。其实现在让他表态是有些勉为其难的。第一，他已做领导工作多年，早就不临床了；第二，他并没有为赵书记做任何检查，又从何判断?所以积半世经验，在关键时刻把话说得模棱两可是绝对必要的。

吴院长放了心，对郑震说："那么，就赶快给赵书记治疗吧！咱们研究研究该用什么药，尽量用进口的，要不惜一切代价尽快治好赵书记的病!"

话说得是命令式的，对郑震，显示了他作为院长的权威性和当机立断；又是表态性的，对钱副书记和第一夫人，表达了忠心耿耿；而其中的“研究研究”只是装饰性的，因为该用什么药他也不懂。

在如此庄严的命令之下，没想到郑震的反应却极其平淡。“没什么可研究的了，”他看了院长一眼说，“美尼尔氏病是一种很常见的病，没有什么危险性。好好休息，不治也能好的。少则几小时、几天。多则十天半个月。”他对于院长那“不惜一切代价”的危言耸听似乎觉得很好笑，虽没有明说，也表达得差不多了。

吴院长听了，脸上的表情一时挺复杂。一则为这病好治感到庆幸，一则又觉得自己丢了面子。这个郑震太不懂事，他在心里说，当着市、局领导的面，你也太不给我留脸了！医家哪有你这样的？有一分病也说个三分，有七分病就说个十分，心里越有把握越不能轻描淡写，这样你治好了人家也不感谢你！何况你面临的病人不是平头百姓，而是咱们的市委书记，这座城市的第一把手！你就是装也要装出个千方百计百折不挠想方设法攻破难关的严肃状嘛！真不会做事，真不会做人，难怪评职称的时候你连个“副高”也没捞着！唉，今儿真不该带你来——还不是饥不择食、抓着谁是谁吗？要不是你正当班，我想也想不起你来，咳，刚才还好心吹捧你是“第一流”的呢，“流”你娘的屁！这一回，你不但坏了自个儿的事，还把我给煮到里头了！

且不说吴院长这边心里翻腾，那边钱副书记却讨到了底，心里踏实了。他猛地抬起腕子看看表，不觉哟了一声：“九点半了？糟糕，糟糕！新加坡的投资商还等在宾馆，说好九点和赵书记见面呢！”

躺在床上的赵本立猛地一惊，挣扎着要坐起来：“我去，我去，跟外国人要守信用……”话没说完，又是一阵剧烈的眩晕，头摔在枕头上，杀猪般地嚎叫起来。

第一夫人连忙上去扶着他：“你呀，整天是工作、工作，自己的命都不顾了！”又抬眼威严地瞟瞟钱子武，“你说，他病成这样儿，怎么去？”

“是啊，是啊，”钱子武说，“我去应付一下吧，向外商说明情况。请他谅解！你们……”他严肃地对周局长和吴院长说，“赵书记就交给你们了！”

说完，匆匆离去。卧房里顿时失去了市级领导，如果作为病人躺在床上的赵本立暂不算数的话。

吴院长仰脸望着他的顶头上司：“周局长，您看……”

周局长直接向郑震下达命令：“抓紧时间，用药吧！”

郑震却依然是那副从容不迫的样子：“美尼尔氏病，没什么特效药，周局长，这您知道。充其量给点儿眩晕停，也不起什么作用，只是对病人一点儿安慰而已。为了补充病人因呕吐而不能进食造成的营养不足，可以推几百毫升葡萄糖……”

周局长也别无良策，就说：“你带着没有？那就快推吧！”

郑震说：“带着呢。”

正要动手，躺在床上的赵本立嚎叫达到高潮，似乎脑袋都要炸了。

郑震知道，这是因为刚才赵书记和钱书记说话，体位移动造成的。

第一夫人的脸上却急出了一层汗珠。丈夫的一声声呻唤都牵着她的心，她直到这时才明白：在赵本立同志处于极度痛苦的时候，真正心连心的其实只有她一个人！钱子武动心吗？他把和外国资本家见面吃饭看得比老赵的命还重！周局长和吴院长动心吗？看他们那个样子，只惦记着邀功请赏，一脑门子个人主义！要是真正认真负责，怎么两人都不拿主意？

想到这里，她突然勇气倍增：这事儿得我做主！于是劈手夺过郑震手里的注射器，大吼一声：“咳！别拿狗屁不当的葡萄糖糊弄我。老赵得的到底是什么病，你们明白不明白？不吃药就能好？那还要你们这些穿白大褂的干什么？”

一鸣惊人。郑震只好停住手。周局长和吴院长都吓傻了眼。是啊，单凭郑震的一面之词，要是误了事儿怎么办？到时候你宰了他也顶不了市委书记！

周局长的脑子快，马上说：“李局长的意见很重要，我看还是请其他专家一起会诊会诊……”

吴院长最善于领会领导意图：“对，马上送我们医院！”

救护车上本来是准备好了担架的，这时正好派上用场。于是七手八脚把赵本立抬下楼，抬上车，朝人民医院飞驰而去。赵本立一路不停地嚎叫，伴随着呜哇呜哇的警报器，引得沿途的百姓们行注目礼，不知道这是个什么危重伤病员。

二

赵本立立即住进了人民医院抢救室。一级特护，抽调最好的护士，由王护士长率领，二十四小时排班，不离人；输液、输氧、输血、手术等做好一切准备。这些，由吴院长一声令下，都是极其容易做到的。为了抢救市委书记的宝贵生命，所有有关人员不但责无旁贷，而且感到无上光荣。

现在的问题是，赵书记到底得了什么病？怎么抢救？这个问题悬在那儿，一切都无从谈起。

周局长望望吴院长，吴院长望望郑大夫。郑震还是那副不紧不慢的样子，想了想说：“既然李局长不同意推葡萄糖，那就输液吧，这是我唯一可以开的处方。我坚持认为，美尼尔氏病不需要采取其他措施，为了保证营养，点滴葡萄糖还是应该的。”

于是就输液，王护士长熟练地扎止血带，把针头插进手臂上的静脉血管，五百毫升葡萄糖开始点点滴滴地渗入赵书记的体内，这当然不成问题。问题是，这就完了吗？这就算抢救？哪一个普普通通的病人不曾享受这种待遇？

“老周啊，”第一夫人烦躁地坐在沙发上，招呼周局长，“你刚才不是说了嘛，我同意的，老赵的病，还是要会诊一下……”

亏得她提醒，要不然，周局长都忘记了自己是干什么的了。“会诊，会诊，立即会诊！”他说，朝着吴院长下达命令。

吴院长箭在弦上，只待他这一拨。于是马上发话：召集各科专家跑步到抢救室！

这当儿，第一夫人又说：“老周啊，事情出得紧急，要把它办好，关键在于领导。你看，是不是需要成立一个抢救领导小组啊？”

“哎，李局长考虑得周到，应该，应该！”体态雍容满脸老年斑但戴着乌黑的发套的周局长猛拍了一下脑门，“这很重要，领导是一切的保证！”他看了直属部下吴院长一眼，“小吴啊，你是医院的一把手，就由你挂帅吧！”

“噢，不不不！”吴院长急出来一身冷汗，忙说，“有您在这儿，我只配当马前卒！周局长，这个大帅，自然是您了！”

“啊，啊，”周局长像往常一样在下级面前做出那种介乎非我莫属和牛刀杀鸡的神态，却随即又倒吸了一口凉气，心想：这个帅可不是好挂的！赵书记的病，治好了固然皆大欢喜，但万一遇到麻烦呢？于是把目光转向第一夫人，试探地说，“此事关系重大，我看由李局长挂帅最好……”

第一夫人瞥了他一眼，心说这个家伙倒还知趣。但转念一想，你这个老滑头，该负的责任你不负，倒推给我？这么一想，便没有接受他的“劝进”，做沉思状，略一沉吟，说道：“我只是赵书记的家属，既不是市级领导，也不是卫生局长，你们不要把责任推给我噢！”

虽然是谦虚，却也说得有理。而且话外有话，弦外有音。周局长和吴院长展开了紧急磋商。一阵咬耳朵之后，终于有了结果：抢救小组由此时并不在场的市委钱副书记担任组长，副组长有李局长、周局长和吴院长，李局长是第一副组长和常务副组长。这样，既保证了市领导挂帅，又把各方关系摆平，还给了第一夫人面子，大家都没有话说。至于组员则不做具体规定，本市所有的医学专家和医务人员可以随时抽调。

第一夫人听了，心里琢磨着这个班子。有钱子武挂帅，这在本市就已是最高规格，再高就是赵本立了，总不能让他躺在床上头晕脑涨直嚎乱叫地领导对自己的治疗。周局长和吴院长都在小组内，医疗上有了保障。而钱子武明摆着只是挂名儿，第一副组长说了算，大权把在第一夫人的手里，谁也别打算不听话，这很好。于是她点了点头，算是认可，抢救小组等于宣告成立。

这时候，会诊专家也已经赶到。前来报到的有：内科主任冯大夫、外科主任陈大夫、神经科主任褚大夫、脑外科主任卫大夫、中医科主任蒋大夫、妇科主任沈大夫、小儿科主任韩大夫。招之即来，来之能战，战之能胜。吴院长看到他们那气喘吁吁惊恐万状而又充满荣誉感的神色，不无感动也不无恼火。

“去去去，”他朝妇科主任、小儿科主任一挥手，“你们来干什么？还不知道赵书记是男的女的、大人小孩？”

这二位当然就没趣地告退。但直到这一刻他们也才惊慌地知道到底是谁得了病。

现在开始会诊。

郑震是第一个经手的大夫，自然是他先发言。他说的都是重复刚才的诊断。

内科主任冯大夫吸溜着嘴，表示不赞成：“没有耳鸣啊，不典型，不能确诊为美尼尔氏病。”

他这么一说，第一夫人和周局长、吴院长立即紧张起来。姜还是老的辣，内科主任毕竟比郑震有经验。这时便不约而同地向郑震投射以不信任的目光。

遗憾的是郑震这个家伙不会察言观色、见风使舵，对待自己的顶头上司竟然振振有词，当面顶撞：“冯主任，我治过的美尼尔氏病人少说也不下几百例，却没有一例是完全相同的。任何事物都有它的特殊性，谁得病也不会根据书上的条条框框去得，书上写的只是前人总结经验的一部分，也不能作为约束后人的金科玉律！”

冯主任听了一愣，脸马上沉了下来，心说郑震你小子太放肆了！但他没把这句话说出来，而是谨慎地看看周局长和吴院长，说：“啊，年轻人总是敢于向权威挑战，精神可嘉。不过，科学总还是科学，这是不以人的意志为转移的。对于赵书记的病，我看还是慎重为好。啊?”说到这里，把目光停在第一夫人的脸上。

第一夫人当然听得顺耳。她早就觉得郑震的诊断过于草率，而且态度傲慢，把病人交给这样的大夫很不令人放心。病人是什么人？是市委书记兼市长，本市人民的第一父母官哪，又是她相伴几十年的老伴儿，家里的顶梁柱，关系实在太重大了！现在他有了病，只能看好，不能看坏，试问，不谨慎行吗?

但是第一夫人毕竟是当局长(确切地说是副局长)的材料，她已经习惯于把心里的话不直接说出来而是借助于他人之口。她现在虽然不悦地白了郑震一眼，却还是把目光移开去，朝着那几位专家扫射一番：“你们的意见呢?”

专家们立即感到如芒在背，该表态了。好在内科主任冯大夫已经说过了话，他已经多多少少有了一些被“提审”过的轻松，现在该别人说话了。

神经科主任褚大夫此时神经质地哆嗦了一下。他刚才全神贯注地听冯大夫讲话，心里想着该讲些什么，两只手紧张地攥在一起，这时才发觉手心里全是汗。在他的目光接触到第一夫人的时候，就不由自主地干咳了一声，说：“眩晕是多个系统发生病变时所引起的主观感觉障碍。引起眩晕的病变多种多样，比如前庭神经元炎，病变部位在第八颅神经的末梢部分，发病突然，最突出的症状是眩晕，剧烈时病人可以跌倒，伴以恶心、呕吐，检查可发现眼球震颤等，但往往没有耳鸣和听力减退，这是和美尼尔氏病很重要的区别……”

“噢?”第一夫人不觉猛地抬起头来，这句话给她以强烈的刺激，这就是说，郑震误诊了，赵书记的病不是美尼尔氏病而是前庭神经元炎！那么，这种病是不是很要命?

褚主任的话还没讲完，他继续说：“……前庭神经元炎发病多在二十至五十岁之间，大部分病人于起病前有发烧或上呼吸道感染，比如感冒啊、扁桃体炎啊、鼻窦炎啊……”

大概由于第一夫人的目光的鼓励，他说起来倒不再紧张了，反而滔滔不绝。可是，郑震却半道儿打断了他：“褚大夫，据我所知，前庭神经元炎患者有单耳或双耳胀满感、耳鸣、听力减退等症状的也不乏其例！更重要的是，赵书记根本不发烧，也没有什么感冒、扁桃体炎、鼻窦炎!”

褚主任只好打住，退一步说：“郑大夫，我也并没肯定就是前庭神经元炎嘛！造成眩晕的也可能是其他原因，比如因中耳病变或淋巴扩散引起的迷路炎啊，内耳药物中毒啊等等，我们不可大意，宁可把问题想得复杂一些……”

他本来是借此打退堂鼓，却不料“复杂”二字更激起第一夫人的担心。

第一夫人两眼直直地望着他：“啊？复杂？”

这一来，褚主任倒不敢直视那双眼睛了，躲躲闪闪地看看身旁的脑外科主任卫大夫。

“卫主任，你看呢？”这回是吴院长向他发问了。

“这个嘛，”卫主任不得不发言，却又是满腹疑虑，“眩晕的起因是多方面的。也可能是动脉供血不足，锁骨下动脉偷漏综合征，延髓外侧综合征，脑动脉粥样硬化，高血压脑病，小脑出血，甚至有可能是脑部肿瘤……”

“肿瘤？！”第一夫人闻声色变，问题果然复杂了，她的厄运已经乌云压顶了！她一把抓住卫主任的手，“这种肿瘤危险吗？良性的还是恶性的？”

卫大夫这一辈子曾经无数次地这样被病人家属抓住追问，但现在是第一夫人的手啊，抓得他受宠若惊而又心惊胆战。“这……这得看检查结果才好说……”他哆哆嗦嗦地说。

“那就马上送去检查！”吴院长抢先发话。既然可能是肿瘤，那就宜早不宜迟！

一片紧张气氛。

郑震觉得很好笑。

“各位主任、各位专家！你们都是我的前辈，理论和实践经验都比我丰富，我不明白为什么一个普普通通的美尼尔病会搞得你们这么紧张？不要以为大人物得的病就一定复杂，大人物也是人，五脏六腑和普通人一样嘛!”

第一夫人已经无法容忍他的如此无礼、如此狂妄、如此不负责任!“你这个人怎么这样儿?亏得你还穿着白大褂、拿着人民的俸禄、当人民的医生,说这种话不感到羞愧吗?”

郑震不知道他该羞愧什么。但他现在没有再说话的份儿了,吴院长已经用怒不可遏的眼色告诉他:快闭上你的嘴吧!周局长当机立断下命令:“快,立即送去做一系列检查!哪一个环节耽误了,我就拿谁是问!”

这倒显示了一位局长的魄力。王护士长当然服从命令听指挥,马上从赵书记的手腕上拔掉输液的针头,送去做检查。

参加会诊的大夫一窝蜂地都跟了去。郑震有些犹豫,跟在后面。吴院长朝他挥挥手,“算了,你回门诊去吧,这儿的事儿就不要管了!”

郑震立定了脚跟,想转脸走开,却又说:“吴院长,记住,赵书记的输液不要停;如果他可以吃东西,要用低盐饮食;注意让他卧床休息,尽量保持体位少变动,这样眩晕就会轻一些,大约一个星期左右就可能好了……”

这个人好不识趣,到这个时候还啰唆他这一套,吴院长悻悻地看了他一眼,就跟上头儿和专家们走了。他很可惜郑震的不争气。唉,我本来想帮他一把的,为他创造了这么好的机会,倒让他自个儿给搅得乱七八糟!

赵本立被王护士长推着,一群领导和专家跟着,去做了心电图、脑电图、CT 等一系列检查,把他折磨了个够,一次次杀猪般地嚎叫:“求求你们,不要再折腾我了,我刚才挺好的,一动窝儿就晕,你们这是干什么、干什么!”

第一夫人流着眼泪说:“老赵,你病成这样儿了还这么任性?病不治可怎么得了？毛主席说过，不能‘讳疾忌医’，啊？”

总算折磨完了，该检查的都检查了，并没有捕捉到任何“复杂”的情况，只是白白地让赵本立喊哑了嗓子。可是，没查出来并不等于没有，谁敢打这个保票？

王护士长把赵书记推回病房。第一夫人问周局长怎么办，周局长问吴院长怎么办，吴院长问在座的专家怎么办，专家们面面相觑。

神经科主任说：“问题恐怕不那么简单……”

脑外科主任说：“还要继续观察……”

内科主任说：“继续输液吧，另外，补充必要的维生素，低盐饮食。”

还是郑大夫的那一套。刚才否定他是必要的，现在再回到他的办法也是必要的。只是不需要明说，不需要拨乱反正，因为事物是在发展的，此一时，彼一时也。

第一夫人火了：“输液，吃维生素，这样的方子我也会开，你们这些专家是干什么吃的？老赵得的到底是什么病，你们有谱儿没有？”

已经发言的那几位就脸上无光，心里愤愤然：你是抢救小组第一副组长，我们当然得听你的。你非让我们找出惊人的毛病来，可我们就是找不出来又怎么办？可是又不敢争辩，便只有惶惶然。

最着急的是周局长和吴院长，因为大夫也罢，主任也罢，都在他们麾下，谁出了纰漏也得找到他们头上。本来显得老成的吴院长此刻也不那么老成了，他捅捅周局长的胳膊：“您看……”

周局长毕竟走的路比他过的桥多，吃的盐比他吃的饭多，戴着黑发头套的脑壳那么一转，想起来他的麾下还有一位未露锋芒，这就是中医主任蒋大夫。于是面带笑容地说：“李局长，俗话说‘病笃乱投医’，我是从最坏处打算，所以尽可能把各方面的专家都请到了，宁可备而不战，不可战而不备。其实呢，我们的检查还没完呢，您瞧，蒋大夫至今一言不发，想必他是有想法的!”

站在一旁听了半天跟着跑去又跑回的中医科主任蒋大夫此时心里叫苦不迭。把别人都否了，再把他推向第一线，无异于拿他试刀。成功了固然好，但若是失败了呢？但转念一想：现在打退堂鼓已是不成了，不如豁出去试试看，也说不定药到病除、首功属我呢!

于是定了定神，走上前去，为赵书记把脉。

蒋大夫身材魁梧硕壮，面色黧黑，头皮谢顶，脑勺儿后头一圈儿稀疏的白发。双目微闭，厚厚的嘴唇绷成一道弧形，确是一副德高望重的老中医模样。把了一阵脉，缩回胖胖的手，说：“脉弦濡滑。”又看舌苔，道：“舌红，苔薄黄。”

第一夫人当然听不懂其中的意思，只急急地问道：“这病，要紧吗?”

回答并没有这么干脆，或者 yes 或者 no，看病有这么简单吗?

老中医仍然微闭双目，缓缓说道：“眩晕者，‘眩’是眼花，‘晕’是头晕，如坐车船，旋转不定，二者常可同时并见，故统称‘眩晕’……”

第一夫人又急着打岔：“噢？到底是‘美厄尔氏’，还是脑瘤?”

老中医说：“我们中医，没那么些说头儿。中医认为，百病皆五行不调所致。肝属木，心属火，脾属土，肺属金，肾属水。五行相生相克，相乘相侮，这便是健康与疾病的规律……”

第一夫人越听越着急，这等于是干打雷不下雨，锣鼓点儿敲了半天还不见唱戏的出场，就打断他，单刀直入：“你快说老赵的病!”

“赵书记的病嘛，”老中医被打断当然是不耐烦，要是换在平常门诊早就该“翻儿”了，可是今儿不成，只好省掉几个锣鼓点儿，纳入正题，“本病早在《素问·至真大要论》就有‘诸风掉眩，皆属于肝’之说，指出眩晕可因肝风内动而发生。后世刘河间认为是风火为患，有'风火皆阳，阳多兼化，阳乎主动，两阳相搏，则为之旋转'的论述。我看赵书记的病是因为长期工作繁重，案牍劳形，情志不舒，忧郁恼怒，郁气化火，使肝阴暗耗，风阳升动，上扰晴空……"

听到这里，第一夫人点头称是："说得对着呢！他这个人啊，就是没有一点儿私心，整天整夜地就是工作啊工作啊，废寝忘食！市里什么事儿不找他？班子里的团结问题啦，上下级的关系问题啦，还有全市人民的吃喝拉撒睡，烦心着哩！……"

可是现在不是第一夫人在为她的丈夫看病，而是蒋大夫在看病，所以她话说到喘气的时候，蒋大夫又继续说："再加上他肾阴有亏，不能养肝，以致肝阴不足，肝阳上亢……"

"怎么？他的肾亏吗?"第一夫人听到这里很是着急，她也许操起别的心去了。

老中医并不是每问必答，只照他的思路说下去："况且，他于饮食上长期恣食肥甘，伤于脾胃，健运失司，以致水谷不化精微，聚湿生痰，痰湿交阻，则清阳不升，浊阴不降，发为眩晕。所以，要治此病，当平肝潜阳，清火熄风；燥湿去痰，健脾和胃……"

第一夫人忙说："不对，不对，他不咳嗽不喘，没痰!"

老中医此刻好像忘了她是第一夫人，不屑地说："呃，你说的'痰'不是我说的'痰'，我说的'痰'并不是大街上不准随地吐痰的'痰'。痰如在肺，则多咳喘；痰迷于心，可引起心悸、神昏、癫狂；痰在胃，多见恶心、呕吐；上逆头部，多见眩晕昏冒……"

不能说他说得没道理，第一夫人无言以对，不再打岔。周局长和吴院长这才微微透了口气。

"到底是祖国的传统医学神秘玄妙，把病理都找出来了!"吴院长说。

其实找出来没找出来他也听得稀里糊涂，但不这么说他还能说什么呢?“蒋主任，看来对赵书记的病你已经胸有成竹了!”

局势到了这一步，不成竹也得成竹了。蒋大夫受到院长的鼓励，自觉也底气颇足，于是从赵书记的病榻前退开，坐在沙发上，戴上老花镜，从白大褂的兜儿里掏出处方笺来，略略思索，开出一方汤剂，把那些天麻、钩藤、生石、决明、川牛膝、桑寄生、杜仲、山栀、黄芩、夜交藤、半夏、白术、陈皮、甘草、生姜、大枣、蔓荆子、黄连、竹茹、积实……写了满纸，又斟酌再三，一一写上多少多少克，然后在右下角写上“七剂，水煎服”，并且签上自己的大名，这才递给第一夫人，说：“这药，吃了就好了。”那语气十分肯定。

第一夫人点了点头，却没有伸手去接。一则她看也看不懂，二则这抓药熬药也不是她第一夫人的事儿。

王护士长善解人意，伸手把那方子接了过去。

三

七剂药吃了三剂，赵本立的天旋地转并未见明显的好转。第一夫人对侍候在侧的周局长和吴院长说：“这个老家伙说‘吃了就好了’，怎么到现在也不见好？你们把他叫来!”

吴院长唯唯，就要去叫，周局长拦住他说：“你别像提审似的，得去‘请’！蒋老这个人清高得很，一身的怪癖，我和他相处多年，是深知的了。这么着，你别去了，还是我去请他吧!”

周局长于是屈尊去请蒋大夫。蒋大夫正在看门诊，一脸庄严地把脉，竟对局长说：“你等会儿!”

周局长说：“蒋老，等不得，是赵书记的夫人请你!”

蒋大夫翻了一眼：“我不是开了方子吗?”

“是啊，可是吃了不见好呢！你是不是再去瞧瞧，换个方子……”

“七服药还没吃完我换什么方子？让他接着吃！我这儿忙着呢，不去！”

周局长气得七窍生烟，可又得耐着性子，“不去，你得罪得起？还是我得罪得起？我……我要不是顾全大局，咳！”

“什么大局啊？”蒋大夫却纹丝不动，“他那么点儿病碍不了大局，这儿的病号都比他重，我扔下大伙儿顾他一人儿，那算个什么？我又不是他的‘御医’！”

这番话说出去，引得在诊室候诊的病人一片声地啧啧赞叹。

周局长正要提醒他注意群众影响，蒋大夫却说：“告诉你，那天会诊，我已经一忍再忍，哪儿有患者家属指挥大夫的？”

一句话说得周局长哑口无言。是啊，她不但指挥你，还指挥我呢！妈拉个巴子，我堂堂一个局长受她个副局长的气，也算窝囊到家了！他没有再劝蒋大夫，扭头气冲冲而去。

等到他回到了抢救室，看到了跷着二郎腿坐在沙发上的第一夫人，腿不觉又软下来，想到自己这把年纪，已经“超期服役”，早就该回家抱孙子去的，还不是因为赵书记一句话：“有老周在卫生局，我放心，再干两年吧！”要不然，他早就不在这个位置上了。知恩图报，这是没话说的；不冲这个母老虎，还得冲赵书记哩！这么一想，就退一步海阔天空，刚才的烦恼都不提，只拣好的说了：“李局长，蒋大夫他……他说一见首长就紧张，所以把话都跟我说了，由我转达也是一样的……”

“见我就紧张？”第一夫人的嘴角泛起一丝难得的微笑，“紧张什么？我能吃了他？穷毛病还不少！——关于老赵的病，他说什么？”

“他说……”周局长一边答话，一边琢磨着该怎么把蒋大夫的意思说明白而又听着不刺耳，“他说治病是循序渐进的，一服药一服药累积起来才能见效。他这个方子是用了心开的，赵书记吃的药，他敢怠慢吗？他计划七剂药一个疗程，吃完了就一定会好的！”

“他是这么说的？”第一夫人再次核实，等到周局长又重复了一遍之后，才说：“那就等这七服药吃完，要是还不见好，我就拿他是问！”

周局长不禁一哆嗦，心想你拿他是问也等于拿我是问。旁边吴院长见周局长哆嗦也跟着哆嗦，要是拿周局长是问当然也少不了他。

第一夫人的指示还没完，她接着说：“不过，老周啊，我们总不能一棵树上吊死，你看该采取什么其他措施，还要更主动些，调动一切积极因素，设想到一切可能发生的情况，不怕一万，就怕万一啊！”

周局长心说，谁说不是呢！可是挖空心思去想，一时竟想不出还有什么别的高招儿来。

正在这时，钱子武来了。

第一夫人一看见他就来气：“我说钱书记，你一走就是三天没冒影儿，倒是真放心啊？告诉你，老赵的抢救小组，你可是组长呢！”

“噢，噢，”钱子武略感惊异地答应着。这年头儿，当官的兼职本来就够多的，本市的许多民办组织总想拉个头面人物来挂名牵头，凡是攀不上赵书记的就都找他了，他已经挂了许多诸如老年书画协会、盆景协会、钓鱼协会、邮票火花研究会的会长了，没想到现在又多了一个头衔：抢救小组组长。这个头衔意味着什么呢？那就是说赵书记的命攥在他钱某人手里。乱弹琴，我又不是大夫！不过，他是当官当惯了的，也不在乎，反正赵书记的病也死不了人，那天郑大夫不是说了嘛，美尼尔氏病是个常见病，没什么危险，不治都能好，何况人民医院有那么多名医在呢！于是凑上前去，问道：“赵书记，这两天您感觉怎么样？”

赵本立仰卧在病床上，朝他翻了翻眼，摆摆手，没说话。

第一夫人替他说：“他不能说话，不能翻身，一动就晕！”

"噢!"钱子武皱了皱眉头,"那您就好好养病吧,工作上的事儿暂不要考虑,我盯着新加坡的那位投资商,我向他讲明了您正在生病,不好见面,会谈还算顺利,由我和他草签了一个意向书,等您好了之后再正式签约。我现在把他打发走了,让他旅游一趟,到北京看看长城、故宫,到西安看看兵马俑,到敦煌看看石窟,这一转就得一个多礼拜。等他转够了回来,您也就好了,到那时候还是抽时间见见他,让他投资投得放心……"

赵本立静静地听他说着,吃力地点点头。

第一夫人却不耐烦地打断了钱子武的流水账:"咳,咳,说不谈工作怎么又谈工作?你们两个人哪,真是的!钱书记,老赵现在是个病人,你知道不知道?"

钱子武笑笑:"嫂夫人,李局长,我这不是在百忙之中来看病号了吗?而且,我还带来了一位客人……"

"什么客人?"第一夫人说,"你尽给他找麻烦,不见不见!这儿是抢救室,不是大夫一律不让进!"

钱子武等她把恶话说完了,才说:"这个人就是个大夫,我好不容易请来的!人家在北京给很多大首长看过病,这次是偶然路过这儿,正好我妹夫的朋友的亲戚认识他,让我绕了八道弯儿给请来了!"

"噢!是吗?"第一夫人眼里放光,"他在哪儿?"

"就在门外。"

"怎么不快请人家进来?你看你!"

"这道门儿,不是说没有您的许可,谁都不准进吗?"钱子武说这话倒不像开玩笑。

于是钱子武开门请客人进来。这人是个大高个儿,西服笔挺,打着领带。一张瓦刀脸,戴副金丝眼镜。脑袋秃顶,只几绺稀发,褐黄色,颏下却是一部大胡子，还烫得曲里拐弯儿，乍一看像个外国人。他在门外等得久了，显然有些不耐烦，一脸的傲气。

钱子武把他介绍给第一夫人：“这是赵书记的夫人李局长，这位就是我请来的沈大夫……”

沈大夫显然仅仅出于礼貌，伸出手去微微地一握，就收回去。想必他见过的大干部多了，这个地级市的赵书记算个啥，李局长又算个啥！只不过驳不开几层熟人关系的面子才屈尊到此的。他傲然地从西服上衣口袋里掏出一张名片，递过去，说出自己如雷贯耳的名字：“沈天成”。

可惜这小城的人孤陋寡闻，对此竟然闻所未闻。第一夫人接过名片看了看，那上面印着好几个什么协会的头衔，沈天成的名字旁边印着四个字：“气功大师”。

第一夫人颇觉意外。这几年气功热热得出奇，听说谁谁会耳朵认字，谁谁会用意念搬运，都是传闻，未曾眼见为实。便不放心地看看身旁的周局长和吴院长，那意思是说我可不敢让这个家伙给赵书记治病，你们的意思呢？周局长、吴院长和她不谋而合。这几年气功和医院抢生意，本市也有不少人到公园里跟着练；有的练坏了，回过头来再找医院治。在周局长和吴院长看来，气功师和巫婆神汉属于一路货色，是万万不可信的。赵书记是本市的顶梁柱，万一治坏了，如何是好？

第一夫人看到他俩的眼神，心里有了底。但她不能立即打发这位气功大师滚蛋，毕竟是从大地方来的人，过于得罪了也不好。她想盘盘他的底，盘倒了，让他不战自退。

“沈大师请坐！”她说道，“过去我听说有的气功师眼睛会透视，有的会呼风唤雨，没想到气功还能治病？”

一个问号，明确地摆出她对面前这位大师的不信任。

沈天成微微一笑：“这是我常听到的问题。一般对气功无知的人总是把特异功能和气功混为一谈。气功学认为，人类普遍存在所谓的特异功能，区别只在开发和显示。少数人显示得强或者开发得好，便具有超常的能力，在常人看来就是‘特异功能’，耳朵认字啊，意念搬运啊，呼风唤雨啊，就显得很惊人。其实人人都具有这种潜能，只是由于漫长的‘进化’而退化了，您明白这个辩证关系吗？”

气功大师讲起了辩证法，使从未读懂辩证法的李局长倒更加混沌了。“噢，噢。”她只能用这含混不清的回答来回答。

“其实，具有特异功能的人不一定懂得气功；对气功大师来说，那些哗众取宠的表演也只不过是雕虫小技。气功是什么？它是我们中华民族数千年文明之瑰宝，古代称之为养生术，有健身、益智、祛病、激能、延年等多种功效，是一种体能消耗少而收获大、男女老少皆宜修炼、医治疾病的妙方。随着现代科学的发展，玄奥的气功将是一门和社会科学、自然科学密切相关的新兴学科，人类靠吃药、打针、开刀治病的时代用不了多久就要结束了！”

第一夫人的肚子里有多少墨水？没等她“盘”倒人家就被人家盘倒了。这位大师厉害，不故弄玄虚，不搞唯心主义，口口声声都是在谈科学，这就使不懂科学的第一夫人真真无懈可击。不过她倒没有因此就放弃自己的初衷，心里有话还是要说出来的。

“那么，您一定是严新的弟子了？”她问道。她在气功大师的名单中只知道严新。她想弄清这位沈大师的来历。

沈天成明显地现出不悦之色，“对不起，严新和我只是平辈儿。一般人不懂气功，只看名气。名气哪儿来的呢？我不愿意贬低同行，但我至少了解自己，我知道我的功力至少不亚于严新，只不过不愿意宣传自己罢了！”

说着，从衣兜儿里(他这兜儿还真能装东西，要什么有什么)掏出一本袖珍相册，一页一页地翻给第一夫人看，“您看，这都是我看过的病人，没点儿真本事，这些人的门儿是好进的吗?”

第一夫人和周局长、吴院长随着他的翻动一页一页地看去，惊得张口结舌。我的妈吔，跟这位沈大师合影的都是些什么人哪，那都是只在中央电视台新闻联播和各大报纸头版露面的人物，本市的头面人物如赵本立、钱子武为官这么些年，也没有机会见上他们一面，更不要说李局长、周局长和吴院长了，而这位沈天成沈大师出入这些大人物的府邸却像走平道儿，俨然是“御医”嘛！今天能得见他一面，能请他为赵书记看病，简直是无上光荣了呢！

于是形势发生逆转，第一夫人哪敢再“盘”人家，恭敬唯恐来不及，战战兢兢站起来，不知说什么才好：“哎呀，我这有眼不识金镶玉呢，沈大师那么忙，请都请不来，怎么可巧让我们给赶上了呢，这是我们老赵有造化，他的病该好！呃，这个……沈大师还没吃饭吧？这么着吧，老周，你赶快去安排一下吧，就去栖凤楼酒家吧，咱们这儿和北京没法儿比，栖凤楼也就到了顶儿了！沈大师，将就着先吃饭，再看病！哎，不成敬意，不成敬意!”

周局长和吴院长闻声就垂手侍立，跑堂儿的似的。

沈天成却摆摆手，“不必，不必，吃饭是小事儿，我在外面看病，从来不扰人，只是以治病救人为己任。我待会儿还有事儿，还是先看病吧!”

第一夫人很感动，心里惦记着丈夫的病，请吃饭原是客气，人家不吃也就不再勉强，就说：“沈大师，那就请您给赵书记看病吧！他这个病啊，是……”

沈天成伸手制止了她，“不必说，我刚才进来第一眼就看出他有什么病。他是气血两亏，神经衰弱，头晕目眩，天旋地转，满脑子糨糊一盆、一盆糨糊。”

“哎呀，神了!”第一夫人惊呼，周局长和吴院长也暗暗称奇，刚才心里对这位气功大师的不信任情绪不觉如乌云散去。却全然未曾想到：刚才钱子武陪同这位大师来的一路上难道不会谈到赵本立的病情吗?

沈天成从沙发上站起来，从容地脱去外衣，走到赵本立病床前，开始发功治病，两只手掌展开，在病人的头部盘旋，然后做驱赶状，做抓抛状。一边嘴里还说个不停：“你看你看，他全身都是浊气，怎么能不头晕眼花?我给他排除浊气，补充真气……”

第一夫人和周局长、吴院长都看得两眼发直。明明什么也看不见，浊气吧、真气吧，都是来无踪，去无影，人家却说得斩钉截铁，那就只能怪自己的肉眼凡胎了。

沈大师还在解说个不停：“……俗语说：‘耳听为虚，眼见为实。’这话是不对的，是愚昧的。普通人的眼睛能看见什么呢?能看见银河系吗?能看见外星人吗?您连个微生物也看不见，能说这些都不存在?佛教徒供如来，供观世音，按唯物主义观点来看这都是迷信。如来在哪儿?观世音在哪儿?看不见，那就是假的，骗人的！可是您看不见的东西多着呢?都是假的?……”

第一夫人听得心里发毛，心说这个家伙怎么公开在这儿攻击唯物主义、宣扬唯心主义?但人家在为老赵看病，她也不好当面批驳。

沈大师继续说：“观世音有没有呢?凡人看不见的东西不一定就不存在，今天的科学解释不了的东西不一定就是迷信。对一些扑朔迷离的事物，如果过早地下结论，可能将来会受到历史的嘲弄，所以还是慎重一些为好。我在没亲眼瞧见观世音之前也怀疑来着，可是……”

第一夫人一愣：“怎么，您还真见过?”

“也就见过那么一次……”

“她……什么样子？”

“跟画儿上画的满不是一回事儿。我看见一队乘舆从东向西行进，黄罗伞盖，旌旗蔽日，当中的那一位就是观世音菩萨。她一身印度装，缥缥缈缈，转瞬而逝……”

“看见她手中的净水瓶没？看见她身旁的红孩、秀英没？”

“这些都是民间传说，毫无依据的。”沈大师说，“一般的老百姓信观世音，既没有理论根据也没有感性知识，完全是人云亦云。应当说，那只是一种封建迷信，根本不懂得观世音的来龙去脉，她长得什么样儿，有什么能耐，在佛界掌什么职，对下界起什么作用，总而言之一问三不知，只知道烧香磕头，还在观世音牌位前供个大猪头，这不是瞎掰嘛，观世音是吃素的！”

沈大师说到这里，朗声大笑。这笑声使第一夫人和周局长、吴院长如入云里雾中，目瞪口呆。说什么？还能说什么？要批判人家。也得找得着词儿啊！如果说他这一套都是胡说八道，那么照片上的那些个大人物怎么会请他看病呢？怎么不批判他呢？还是咱们见识短浅，人家是亲眼见过观世音的人，自个儿这几十年的唯物主义都白学了！

这当儿，沈大师收住了手，说道：“行了。我还有事儿，就到这儿吧！”

说着就穿西服上衣，要走。第一夫人连忙拉住他：“活菩萨，您可不能走！老赵这病，全靠您了，您好歹给他治好了再走，救人救到底，送佛到西天！”

用词儿马上带有佛教色彩，也许是不得不投其所好。

沈大师已经穿好了上衣，做为难状：“我这是路过此地，没打算久留，今天就该走的。唉，佛家以慈悲为本，救人一命胜造七级浮屠，看你们一片诚意，那就……再留三天吧，每天来给他做一次，三天后，他就该好了!”

“哎呀,”第一夫人激动得不知所措,“该怎么感谢您呢?”

“不用谢,不用谢,”沈大师慈祥地笑笑,双手合十,“阿弥陀佛!”

四

又过了三天,赵本立的病情果然大大见轻。每日里静卧在床,点滴葡萄糖,服中药,吃低盐饮食,同时接受沈大师的治疗,已渐渐不觉得头晕目眩天旋地转一盆糨糊糨糊一盆了。

第一夫人说:“你转转脑袋看,晕吗?”

赵本立试着转了转:“呃,不晕。”

“那你坐起来看看晕吗?”

赵本立壮着胆子坐了起来:“呃,不晕。”

“哎呀,”第一夫人差点儿掉了泪,“老赵,你这是好了!真多亏了沈大师呢!”

六天来日夜坚守在第一线连家都不敢回的周局长和吴院长这才舒了口气。谢天谢地,赵书记贵体康复,这一关总算过去了。如若不然,要是赵书记有个三长两短,第一夫人还不首先拿他们俩是问?吃不了还得兜着走。现在好了,烟消云散,雨过天晴,他们二位没有功劳也有苦劳,真是可喜可贺!吴院长喜形于色,瞧了一眼老上级,周局长也向他报以一个会心的微笑。但转念一想,不对!为赵书记治好了病的功劳是谁的?第一夫人刚才说得明白:“多亏了沈大师!”也就是说,这全是那个叫沈天成的一人之功,别人都是没有份儿的。他们二位除了担惊受怕吃苦熬夜之外,就是让第一夫人像使唤小子似的呼来唤去,动不动就“拿你们是问”。他们的部下,从郑震开始就是挨呲儿的货,参加会诊的那几位谁也没落下好儿,合算便宜都让沈天成这个外来的“和尚”占去了。而引荐这位大师的既不是他姓周的也不是姓吴的，而是钱副书记，人家不是挂名抢救小组的组长嘛，这一来倒名副其实，瞎猫碰上个死耗子，歪打正着！想到这里，周局长脸上那一丝笑意又立时褪去了，吴院长到底比他年轻，考虑问题简单，倒不明白老局长为什么脸色乍晴乍阴。

恰在这时候，钱子武在百忙之中又赶来了。

“老钱，赵书记好嘞！”第一夫人抑制不住地兴奋，向他报告这一巨大喜讯。

“是吗？全好了？”钱子武当然也很高兴。

赵本立坐在而不是躺在床上，面带笑容说：“你看呢？”说着，把头左歪、右歪、前仰、后合，像是要找回那缠绕六天之久的难耐的眩晕。

“你感到头晕吗？”钱子武忙问。

“不晕，嘿嘿，不晕！”赵本立骄傲地回答道，进而勇敢地下了床，在地上走了几步，“你看，就是不晕嘛！”好像晕是天经地义的，不晕倒成了咄咄怪事。

“这就说明您已经完全好了！”吴院长两手交插在小腹前，笑眯眯地说。他这副神情、这个动作，都是刻意模仿而来的，毕竟在医院工作了这么些年头儿，他看见好些大夫在病人痊愈时都是这么样儿表示心中的欣慰。“我们没日没夜地抢救了六天，盼的就是您早日解除痛苦、恢复健康！”说到这里，还着意瞟了瞟第一夫人和钱副书记，发觉人家并没有向他千恩万谢的意思，于是还算及时地找补了一句，“不容易呀，赵书记以惊人的坚强意志终于战胜了病魔！”

这个找补极其重要，第一夫人接下去说：“我早就知道，我们老赵垮不了！他这个人啊，原则性强，刚直不阿，这些年也得罪了不少人。这一病啊，我就知道会有人趁愿，以为他躺倒了就爬不起来了呢！哪有那么容易？这不，曾几何时，他又重新站起来了！”

慷慨激昂有如宣言，悲愤溢于言表，又似乎暗含着旁敲侧击，指向何人则不得而知了。

钱子武是聪明人，领会得神速，反应得迅捷，马上接口说：“哎，赵书记的德政有口皆碑，他这一病，全市人民都心急如焚哪！市委市府这几天群龙无首，我们翘首以望他早日重返工作岗位啊！”

“谢谢同志们！”赵本立很受感动，“我自己也感到离不开大家，离不开工作啊！”

到底人家是市委书记，说出话来就处处显出职业革命家的胸怀。

钱子武说：“您的病好了，工作就追上您来了！我这就是来请您出山：新加坡的那位大财东，遛了一圈儿又回来了。他到北京、西安看了长城、兵马俑，越看越激动，说：‘中国伟大，中华民族伟大！我这次投资算是找对了目标！’这不，一个星期还没用完，就马不停蹄地跑回来了，急着要见我们的‘最高长官’，好正式签约！”

“好！”赵本立伸出手去，重重地拍了钱子武的肩膀一巴掌，“搞改革开放，我们也要像人家这样儿雷厉风行！走，我现在就跟你走！”

看见赵书记要走，吴院长长长地出了口气，请神容易送神难，这出戏总算唱完了。周局长则不然，他老谋深算，知道自己在这个时候该扮演什么角色，于是走上前去拦住说：“赵书记久病初愈，恐怕不宜马上投入工作吧？您的心情我是理解的，但是也请您听我这个老医务工作者的一句话：病来如山倒，病去如抽丝，还是要多静养几天为好……”

“哎，我已经完全好了嘛！”赵本立对他颇不客气，“你这个家伙扣着我不放，想干什么？要知道，市委书记办公室里的空气可比你的病房对我更合适！（这句话明显地带有抄袭电影《列宁在一九一八》的嫌疑，但在此时也没有人出面维护列宁的著作权，也就算了，反正革命导师的话可以随便抄袭，从来也不犯法）告诉你，要是你再不许我工作，我就撤你的职！”

周局长嘿嘿地笑。他要的就是这个效果。他知道，首长对于千方百计地保护他的健康的医务工作者从来都是这么“训斥”的，但是这种“训斥”却是最大的信任和爱护，并不是真的要撤他的职，你想，你那么卖力地帮他益寿延年，他舍得撤你吗？

“老周啊，”第一夫人这时帮着丈夫教训周局长，“你在他手下这么多年，还不了解他的脾气？他这个人，从来就是工作第一，置个人生死于度外，犯了牛脾气，八匹马也拉不回！你就不要再拦他了！”

戏做到这个份儿上，已经足了，周局长便见好就收，不再多说，一脸心疼地而实则满心欢喜地送赵书记走出病房，一直送上卧车。但愿您不离休再别来二回，我受不了了！他在心里说。

五

赵书记在夫人和钱副书记的陪同下，屈尊移驾，前往宾馆看望新加坡那位大投资商，见了面儿才知道那只不过是个二十来岁的娃娃。咳，这有什么？有志不在年高，融四岁，能让梨，香九龄，能温席，甘罗十二岁为宰相。人家年纪虽轻却兜儿趁钱，一出手就是两千万，在座的谁能出得起？赵本立为官一世，六十岁了才攒下几个钱？钱子武大器早成，说到经济就更加捉襟见肘了。做共产党的官就是公仆，为人民当牛做马，一身正气，两袖清风，钱是落不下几个的，不如人家一个娃娃脸。现如今咱们要改革开放，何妨礼贤下士，把娃娃脸在海外闲置的钱用到四化建设上去？两千万不是个小数目！

娃娃脸终于见到了“最高长官”，很是兴奋，当即在合同上签字画押。为了酬谢他的这笔巨款，为了庆祝对于本市的建设具有重大意义的这一合作，宴请是必不可免的，于是携手登车，共赴本市第一大酒家栖凤楼。酒筵之上，自然少不了七荤八素山珍海味茅台五粮液，敬酒劝酒干杯痛饮，说些大吉大利皆大欢喜美不胜收的话，这些都不须细表，可以一笔带过了。

且说赵本立赵书记因为大病初愈，又加上引进外资大功告成心里高兴，不免多喝了几杯，到宴会将近结束时，已是头晕目眩天旋地转，说话也不利落了，手也不听使唤了，象牙筷子掉在了桌子上。第一夫人是处处维护丈夫的形象的，连忙掩饰地对外商说："他刚出院，手上没劲儿。"又关切地小声问赵本立："你是不是又头晕了？"

赵本立接过筷子，眼见得一双筷子竟然有四根，一个老婆竟然有两个脑袋，旁边的外商和钱子武的脑袋数目也已经乘以二，在自己的眼前转来转去，听见夫人问他，很有些不好意思。他想解释一下，舌头是硬的："不不……这种晕不是那种晕……"

钱子武笑笑说："赵书记不是犯病，恐怕是有点儿醉了。"

赵本立脸红红的，眼睛也红红的，瞪了他一眼。当着外商的面说我"醉了"，这太跌书记的份儿。小钱啊小钱，你毕竟还不够成熟，不懂得上下里外之分。在本市，你虽说已是一人之下、万人之上，却也还在我之下，要懂得尊重上级，把自己摆在适当的位置上。何况在今天的这种外事场合，新加坡人虽说也是华人，但毕竟是外国人，在外国人面前，要维护我们的国格人格哩！

不过他没有把心里想的这些都说出来，这说明他并没有醉到不可收拾的地步，或者说他毕竟具有相当的自制能力，不然怎么能当一把手？他只是说："我……我没醉！这么一点儿酒就能醉倒我，那还谈什么运筹帷……帷幄之中决胜千里之外，嗯？你说是不是？这位老板！"

一时想不起面前这位出了两千万和他一起吃了一顿饭的外商姓什

么，就只好称之为“这位老板”。

被免了姓的“这位老板”倒很知趣，马上笑眯眯地答道：“是的是的，敝人此次造访贵市，深感赵书记雄才大略，豪爽豁达，于觥筹谈笑之间就决定了我们这项具有重大意义的合作，也决定了敝人的命运！敝人一定不遗余力，为贵市的现代化建设尽献绵薄！”

小小的年纪倒很会应酬，奉承话说得很是得体。

赵本立说：“痛……痛快！这就叫酒逢知己千杯……少少少！”

说着又举起了杯。钱子武眼见得他已经不能再喝，却又不便阻拦，便只好也举起杯，做结束语说：“好，大家干了这杯，祝我们合作愉快，祝贵宾返程一路顺风！”

大家一饮而尽。投资商站起身来，连声说：“谢谢。谢谢赵书记和夫人还有钱副书记的盛情款待！”

宴会到此就该结束了。钱子武准备送客，赵本立却已经站不起来。钱子武和第一夫人一左一右搀扶着他，勉勉强强走出宴会厅，坐进汽车。钱子武本来是打算亲自把外宾送到宾馆的，看这个样子不得不临时改了主意，向投资商道了晚安，让人家自己回去，他要去送赵书记。一直送到家门口，送上了楼，送进了卧室，这才心里一块石头落了地。

赵本立已是烂醉如泥，人事不省，进门就倒在床上了，鼾声大做。第一夫人就给他脱鞋子，脱衣服，洗漱就只好一概免了。

钱子武转身要走，对第一夫人说：“李局长，你们早点儿休息吧，我明天一早再来。”

第一夫人此时又困又累，打着哈欠说：“这不是告别宴会都吃过了，明天还有什么事儿？”

钱子武说：“外宾明天要走，赵书记是不是送送他？”

“哎呀，”第一夫人已是很不耐烦，“这么点儿个毛孩子，用得着这么高的规格？你送送不就得了？”

钱子武赔着小心，好像是在向这位李局长请示：“我当然要送。但是怕人家挑眼，我毕竟是个副手啊！您想，如果昨天赵书记不出马，签合同能这么顺当吗？好在二十四拜都拜了，就差最后这一哆嗦，赵书记还是辛苦一趟吧？”

好啰唆！第一夫人心中十分不快。但转念一想，可也是，出头露面的事儿没有我们老赵你一样也不成，总算知道喇叭是铜的了？也好，不这么办，你钱子武还兴许以为没有我们地球照样转呢！就说：“唉，你呀，处处要老赵打头阵，真拿你没法子！”

这就等于答应了。钱子武这才敢于撤退，赶紧回家睡觉，明天还有“最后一哆嗦”呢！

次日早晨八点钟，钱子武已经来到赵本立家。第一夫人穿着睡衣、揉着眼睛从卧室走出来，打着哈欠说：“你这么早，是踩着钟点儿上这儿上班来了？”

“我……”钱子武最腻味这位拦路虎，却又没法儿绕过她，只好赔着笑说，“我是不放心赵书记，他昨儿晚上休息得好吗？”

“躺下就着了，你不是看见的吗？后来呀，一夜都没醒！”

“噢！”钱子武抬起腕子看了看手表，那意思是说，八点了，该醒醒了。可是他没好意思这么说，只是拿眼睛往卧室瞄了瞄，迟疑地等待第一夫人发话。

第一夫人却没有这个意思，慢条斯理地说：“你说话小点儿声，别惊动他，让他多睡会儿，反正也没什么急事儿是不是？”

“啧……”钱子武噘了噘嘴唇，心说这位夫人怎么这么健忘？没急事儿我登你的三宝殿干什么！“李局长，我不是昨儿晚上跟您说好的吗，今儿上午人家外商要走，还有这最后一哆嗦呢！”

“咦?”第一夫人好生奇怪，“我不是说好的请你替他去哆嗦吗?”

翻脸不认账，钱子武干瞪眼。但他不能指责第一夫人说话不算数，那样他就什么事儿也别想办成了。他也不能就此退却，退却了他就在外商面前再次丢了面子，没有“最高长官”去送行，说不定会得罪那位财神爷，写在纸上的两千万能不能顺利到手、什么时候到手也就又悬了！这桩对于本市来说至关重要的合作项目可不能在关键时刻让这个娘们儿给毁了！他心里主意已定，说什么我也要把赵书记拖到机场上去！那就只有硬着脸皮往里闯了……

第一夫人急赤白脸地追上去：“哎，哎，你这个人怎么这样儿啊?”

我们还记得七天之前有过一次与此非常相像的一幕，七天一个“轮回”，下面的一切也都非常相像，不过却又不是简单的重复，要不然，小说就不必写下去了。

钱子武已经闯到赵本立的床前。

“赵……赵书记!”他压低声音然而却是很坚决地叫着。

鼾声骤停，赵本立醒了。他喘息着，微微睁开眼：“你……”

“我是子武啊!”钱子武觉得好气又好笑。

“子武是谁……谁是子武?”赵本立竟然想不起他来。

困得这样！钱子武正要说话，却只见赵本立两手痉挛地抱住胸口，猛地一阵呻吟，脸憋得发紫。

第一夫人已经赶到床边，赶紧扶着他：“老赵，你……你又怎么了?”

赵本立呻吟着，两手从胸口又滑到肚子：“疼……疼啊……”

“啊?!”第一夫人大惊，手忙脚乱，“哪儿疼？哪儿疼?”

赵本立顾不上回答，嗷的一声，脖子的青筋暴起，上下嘴唇努成喇叭筒状。第一夫人见他要吐，想抓个什么东西接住，钱子武则本能地要躲，却都来不及了，赵本立哇的一声，吐出一口锈铁色的黏糊糊的东西来，正溅在钱子武的西服上，立时散发出一股浓烈的酒气。

第一夫人惊呼："吐了！"却又听得赵本立的被窝里噗的一声，秽气随之扑面而来，读者自然和第一夫人、钱副书记同时明白了那里面发生了什么情况。

"哎呀！"第一夫人大叫着，冲钱子武说，"你看你，一来就没好事儿！不让你叫他你偏叫，你叫！你叫！"

钱子武苦不堪言，这个娘们儿怎么这么不讲理？就说："咳，咳，李局长，话可不能这么说！他肚子里憋着这些东西，你当是舒服的？早晚要放出来，还亏得我叫得及时！快，快给他收拾收拾吧！"

第一夫人想想也是，就屏住呼吸，揭开被子。手刚一触到赵本立的身体，急得又大叫一声："哎呀！他身上火烫火烫的，是发烧了吧？"

钱子武心说：这回又糟糕透顶，怎么一遇到有急事儿就赶上他有急病？摁下葫芦浮起了瓢！咳，要是能先凑合着把外商送走，他爱拉稀就慢慢儿拉吧！现在不成，眼瞅着得先给他看病！慌忙中看了一眼手表，离外商登机的时间不到两个钟头了，眼瞅着赵书记是送不成人家了，他钱子武现在要脱身显然也不成，得先把他这一头儿安顿下来再说。想到这里，事不宜迟，转身抓起电话。

"你要干吗？"第一夫人问他。

"通知医院啊，赶快派急救车！"

"别，别！人民医院那帮家伙不灵！"第一夫人却临变不惊，另有高招儿，"还是请你介绍的那位气功大师吧，那是个活神仙！"

外来的和尚会念经，这是没错的。不是第一夫人提醒，钱子武倒把这个茬儿给忘了，对对对，本市现在正住着一位活神仙呢，那倒是他钱子武"发现"并且向第一夫人举荐的，赵书记上次发病就是这位活神仙给治好了的，当然这回也非他莫属。但愿他再次赏脸、显灵，给赵书记妙手回春，那么钱子武的功劳大大的，以后的许多事儿都不必说，尽在不言中了。时间紧急，这些后话都不去说它了，眼前的当务之急是把这位活神仙请来。这应当是不难的，昨天他还到人民医院来过嘛，一个星期的相处，彼此已经很熟了。

钱子武拨通了电话，却不是活神仙的，而是他本人的妹夫的。活神仙沈大师是通过他妹夫介绍的，要找沈大师当然首先得找他妹夫，因为智者千虑必有一失，他和第一夫人在这一个星期之中竟然都没想到问一问沈大师在本市的住处和电话。人家反正也不住在本市，问也是白搭。人家名片上留的地址是北京的，以后有机会到北京去再去拜访，在本市的临时住处没有任何意义，所以也就没问。到了急茬要找人家了，一时没个抓挠，还得通过原始线索，找他的妹夫。

这工夫，电话已经接通了。

他问他的妹夫："喂喂，我是子武！你赶快通知那位沈气功师，请他到赵书记这儿来一趟！赵书记的地址——你知道就行了，就不要外传了——是××路××号大院××号楼××层××号，记住了？什么？你不能直接通知他？对了，那你赶快打电话！半个小时？"他看了一眼手表，"不行，来不及了，十分钟吧，十分钟之后，你直接打电话给赵书记家，对，我在这儿。噢，不对，我一会儿可能不在这儿，没关系，你就打过来吧，这儿的电话号码是……"

他说完了那个对本市平民保密的电话号码之后，又看了一眼手表，对第一夫人说："说好了，我妹夫马上找他的同学，他的同学马上找他的亲戚，他的亲戚马上找活神仙！很熟的关系嘛，估计问题不大，您放心等回话。"他再次看了看手表，"李局长，我可不能再等了，看起来赵书记是不能去送客人了，我要是也不去，就说不过去了。"

说罢，转身就走，连个商量余地也没有。

“哎，哎……”第一夫人此刻是多么想留住他，可是他已经头也不回地走了。想想也是无可奈何。钱子武虽说是靠了赵本立的赏识才提拔到今天的位子上，可毕竟不是赵本立的秘书、勤务员，更不是兄弟、儿子、妻侄、小舅子，人家是市委副书记兼副市长，老赵一病，什么事儿都得靠他跑在前头，那个投资商还等着他去送呢，他不走怎么行？

她这么想，也是没辙找辙，自个宽自个儿的心，不然，可怎么着呢？其实，她还没有充分考虑到钱子武的难处：一个副手，屁大点儿事没有一把手的指示就迈不动腿，连迎送外宾都不够档次，这个官儿当得有多窝囊！上回和外商谈判，没有“最高长官”人家不乐意，他点头哈腰好一通解释，说是赵书记临时病了，才算勉强说得过去。这回呢？说赵书记又临时病了？他怎么早不病晚不病，一到要他出头的时候他就病？他的病不是都好了吗？昨晚上吃饭喝酒精神头儿挺足了嘛！这么快就又病了？这又得费半天唾沫跟人家解释，还怕人家不信。何况，在赶去送人家之前他还要把赵书记刚才吐在他身上的秽物清除掉，也许不那么好清理，还得在十万火急的情况下赶回家去换一套衣服！人们哪，谁知道当官的也有这么多的难处呢？

钱子武走了，第一夫人才感到家里是这么空落落的，没个人商量，没个人帮忙。就说老赵刚才又吐又泻吧，她现在就必须赶快亲手清理。要不然，待会儿大夫来看病，多影响书记的形象？咳，赵本立毕竟只是一个地级市的书记，家里还没有资格配备什么公务员、勤务员之类，她也没有自费雇个保姆。倒不是她雇不起，而是觉得书记和她的家有那么多天机不可泄露的秘密，不宜留个外人。佣人毕竟不是自己人，要是吃里爬外，那可怎么好？不如一切自理。其实，她的家也没有太多的家务事儿可做，三个儿女都大了，各自成家立业了，这所书记官邸就她和老赵俩人住，无非就是洗衣裳做饭。家里有全自动洗衣机，省事儿；做饭更不算什么。除了早点以外，宴会吃都吃不完，还得挑着拣着去赴宴，在家吃饭的时候不多，第一夫人并未感到太大的压力。只是在今天，当她要亲自处理赵本立内裤和被子上的秽物时，她才觉得还是缺个人手。那就只有自己辛苦了！唉唉，外人都羡慕她这位第一夫人，谁知道她的难处呢？人们常说：每个成功的男人背后都有一个女人在做牺牲，这话搁到她家可是真不假。赵本立当官这么多年不倒，难道就没有她的功劳吗？什么事儿不得她拿主意、想办法？办不利落的事儿还得她擦屁股——别说了，别说了，眼下她正干这最不愿意干的事儿呢！

第一夫人一边儿忍着秽气清理那些污物，一边儿思前想后，自艾自叹。这边儿，赵本立躺在那儿哼哼得一声紧似一声。第一夫人安慰他说："老赵，你再忍忍，快了，大夫快到了！那位沈大师啊，真是个活神仙，你不是有亲身体会吗？人家一不打针，二不用药，就那么使两只手抓挠抓挠就把病看好了，真是神仙一把抓！哎，要不然，会有那么多大首长请他看病？我说啊，你这回没准儿是因祸得福，认识了这位通天人物，以后有机会去北京，就备点儿礼去看看人家，关系搞得好了，说不定他能引荐你见见大首长，也说不定你老来还能再爬个台阶儿呢！"

赵本立此刻被病痛折磨得难以忍受，哪儿有心思听她这畅想曲？"别……别啰唆，让我……安静一会儿……大夫怎么还不来？"

"就来了，就来了！"她忙说，好像一切都在她掌握之中似的。

这工夫，别说十分钟，半个钟头也过去了，钱子武吩咐的那个电话也没打过来。第一夫人眼瞅着老赵那个难受样儿，心里起急：这是怎么回事？

"丁零零……"电话终于响了。第一夫人猛地扑过去："喂喂，是……是赵书记家，你是哪里？"

“我是钱书记的妹夫的同学的亲戚!”对方说。

第一夫人一愣：嗯，怎么绕了这么多弯儿？转念一想，是了，钱子武的指示是一层一层传达的，传到最后一层，就是这位妹夫的同学的亲戚，省去了许多周转环节，直接回话来了，这倒对！找到了这位妹夫的同学的亲戚，就等于找到了沈大师！于是不等对方的话告一段落，就急着说：“谢谢你谢谢你！请你马上陪那位活神仙沈天成沈大师到我家来！我马上打电话派车去接你们，或者为了抢时间你们就雇‘的士’来，反正市委给你报销，现在最重要的是抢时间!”

“喂喂，不行啊!”对方却说，“沈天成已经走了!”

“什么？走了?”第一夫人的眼睛急得冒火，“不可能！我和赵书记那天晚上还和他一块儿吃饭呢，怎么会突然走了呢？喂喂，请你好好儿跟他说说，我是赵书记的夫人，现在是赵书记有了病，请他无论如何帮帮忙，我们会重谢他的！我知道他很忙，有许多人请他看病，可是什么事儿都有个轻重缓急啊，你告诉他，病人是赵书记，赵书记!”

“哎呀!”对方也在着急，“这我知道，可我也没办法呀，他确实已经走了，今天早上走的，我送他到机场，刚回来。现在……现在飞机已经在天上了！您看……”

还看什么呀，一切都白说了！活神仙走了，该看的病还没来得及看，该说的话还没来得及说，该套的关系还没来得及套，人家就不告而辞，颠儿了！是上个礼拜对人家招待不周，得罪了他？不不不，人家是见过大世面的，不在乎这些，我们这个小城儿，对人家能有什么吸引力？人家肯定有更重要的事儿，非走不可。要不是赵书记有病，说不定连一个礼拜都待不住！咳，难得上个礼拜人家在百忙之中插空给老赵看了病，这不，饭也没吃咱们一顿，好处也没得着咱们一点儿，就两袖清风地走了，要说人家真是高风亮节、一尘不染，这么好的人上哪儿找去？真是雷锋、白求恩再世！

第一夫人手里攥着已经挂断了的电话，心里头东一头西一头跑得老远，这边儿赵本立躺在床上又是一阵哼哼，把她那不着边际的思路给拽了回来。妈吔，家里还躺着个病人呢，活神仙走了，这病可不能不看，怎么办？还能怎么办，不得已而求其次，就地解决呗！她叹了口气，立即拨通了卫生局的电话，找周局长，语气当然是命令式的："老周啊，情况不好，赵书记的病又犯了，你赶快来！"

这条线路是畅通的，十分钟之后，救护车就呜哇呜哇地叫着开到家门口，没等停稳，周局长就跳下车来，后边跟着人民医院的吴院长，就像上次一样。所不同的是，那第三个人已经不是上回来的郑震郑大夫，而是内科主任冯大夫了。我们知道，上次为赵书记看病，郑震的表现颇不令第一夫人满意，吴院长已经命令他回门诊去，不能再参加事关重大的赵书记抢救小组了，这次当然也不会再让他来。冯大夫是内科的第一把手，自然是逃不过，首当其冲被周局长和吴院长抓了来。

三个人一起跑步上楼，以示十万火急、忠心耿耿。周局长打头，进门直奔赵书记的卧室，没等看清人脸，就先气喘吁吁地问："怎么了怎么了赵书记怎么了？"

第一夫人正等得心焦，劈头就是一声吼："怎么搞的，你们现在才到？"

吴院长和冯主任大眼儿瞪小眼儿，我的娘，我们连滚带爬，还来晚了？周局长心说：夫人夫人你叫我插翅飞啊？一声令下，我这儿就通知医院立即出车，带上我就往你家奔，前前后后不过十分钟，已是备战备荒为人民的速度，你老人家还嫌慢？而他还不知道，人家第一夫人本来并不指望他的，白白等了半个小时是在等活神仙，这个账也算到他的头上了！天地良心！

周局长当然不敢跟第一夫人顶嘴，一脸的晦气，一脸的惊惶：“啊，啊，赵书记……赵书记他……”

赵本立躺在床上哼哼。第一夫人说：“他身上火烫火烫的！”

“啊，发烧啊？我记得上次不发烧，”吴院长说着，伸手去摸赵本立的额头，很内行的样子，“哟嗬，可不是嘛，起码得有三十七八度……”

第一夫人心里起急，打断了他的假模假式：“你使手摸有什么谱儿？”

“噢，噢，”吴院长讨个没趣，赶紧催促冯主任，“快！量体温量体温，还站在那儿干什么？”

在一旁发愣的冯主任这才意识到该他上场了。在有领导在场的场合，他本能地总是把自己摆在领导的后面，不敢往前挤。但现在是看病啊，左领导右领导，最后也还得落实到他身上。冯主任本来是个不错的医生，但是他经过的大场面并不多。不知道是什么原因，行医几十年来没怎么给大人物看过病，到了这时候就难免发怵。何况上个星期他参加过对赵书记进行“抢救”，那场考验过后，已是惊弓之鸟。何况今天奉命出急诊，一进门就挨了呲儿，整个人就傻了。听见吴院长的命令，这才想到对对对，无论如何得先测测体温。

他凑到赵本立的床前，哆哆嗦嗦地拿出体温计，塞到病人的腋下。赵本立一脸痛苦地哼哼着，憔悴的眼睛望着他，希望他能妙手回春。这时候，冯主任的心才略略镇定下来，现在躺在他面前的是个病人，他是医生，医生的职责就是尽快地、准确地查明病因，实施治疗，为病人解除痛苦。趁等待体温数据的这点儿时间，他问：“赵书记，还像上回那样头晕吗？”

赵本立声音嘶哑地答道：“不……不晕，就是恶心，想吐，疼……”

“哪儿疼？”

“这儿……”赵本立汗津津的手摸着胸口。

“唔!”冯主任取出听诊器，在他的胸部听来听去，“心跳稍稍有点儿快，肺部一侧呼吸运动减弱，呼吸音减低，有少许湿性啰音。您张开嘴看看!”

赵本立就乖乖地张开嘴，冯主任打开手电对准了。

“喊‘啊’!”

赵本立就喊：“啊……”

“嗯，咽喉红肿。”冯主任这时抽出病人腋下的体温计，看了看，“三十九度五。”然后转过脸来说，“上呼吸道感染，问题不大。病人需要卧床休息，鼓励饮水，每天一到两公升。给他容易消化的半流质饮食。不要紧的，大约一个星期就会好的……”说着，掏出病历纸，垫在腿上很快地写着。

“哎，这就算完了?”第一夫人吃惊地望着他，“连药都不吃，他的病就能好?”

冯主任一边写着，一边说：“我这不是正在开药吗?阿司匹林，一天三次，每次一片儿。为了防止合并肺炎，注射青霉素，上下午各一次。”说完，也已经写好了，这才想起院长在身边，总要表示一点儿谦虚，便说：“吴院长，您看是不是就这样处理?”

吴院长本是个半路出家的二把刀，不可能说出什么真知灼见，但又不能说不懂，就进一步征求周局长的意见：“周局长，您把关吧!”

周局长一直在注意听冯主任说的每一句话，觉得他的判断大体是对的，用药也可以，让他姓周的来治，也只能是这个治法儿。上呼吸道感染这种病是大路边儿上的常见病，他过去当大夫的时候，经过的多了。他正要说“可以先这么试试”，话还没说出来，第一夫人先开了口……

“老冯，你没判断错吧?”第一夫人满面狐疑。

“唔?”冯主任只好说，“您的意思是……”

“赵书记可是上吐下泻，你往呼吸道上治，不是牛头不对马嘴吗?”第一夫人振振有词，俨然医学专家。

吴院长心里一跳，刚才你怎么没说这个情况？但他不敢指责第一夫人，只能埋怨冯主任：“你看你看你看，没弄清情况就用药！要是误诊了这可是重大责任事故，幸亏李局长提醒得及时!”

这时，赵本立也捂着肚子嚷起来：“疼噢，我肚子疼噢……”

周局长脸上变了色儿，糟糕，看来冯主任是弄错了，幸亏刚才他这个当局长的没来得及随声附和，要不然说出口的话就收不回，当场丢脸不说，误了赵书记的病这责任谁担当得起？“嗯，看来可能是急性肠胃炎……”他马上纠正了自己原来的判断，抢先说出新的推测。

谁知冯主任却不肯认错，自己给自己找辙：“不大可能，我看还是呼吸系统的症状更为明显。我刚才已经注意到赵书记的嘴里和身上的气味，他昨天晚上是不是喝多了酒？要知道，醉酒也是可以引起……”

“你不要为自己辩解了!”第一夫人生气地打断了他的话。冯主任当着大家的面说赵书记“醉酒”，这太不像话了！“你这个大夫怎么信口开河？赵书记昨晚上为外宾饯行，是喝了几杯酒，但根本没醉嘛！再说，喝酒也喝不成上呼吸道感染啊!”

周局长点头称是：“对啊！说不定是饭店的食物不洁造成的肠胃炎。”

冯主任还要说什么，被他瞪了一眼，也就只好不言语了。

第一夫人抓住周局长不放：“老周，你亲自给老赵看吧，我们对你还是信任的!”

感谢不尽！周局长心里庆幸这回的娄子没给他带来麻烦，但却把他推上了第一线。怎么办？想了想，事不宜迟，最稳妥的措施是……

"来担架!"他喊道,"马上送医院!"

担架早已在楼下伺候着,周局长一声令下,那不比救火车还快?当时就抬了赵本立,呜哇呜哇直奔人民医院而去。

进了医院,当然还是住在那间抢救室,赵书记昨晚上只在家住了一夜,这就又回来了,抢救小组还没来得及撤销,当然也就继续紧张地运转,王护士长带领她那一班姐妹二十四小时三班倒,那是没有话说的。

现在抢救小组的成员除了护士之外只有三个人在岗位上:周局长、吴院长和冯主任,不,还有第一夫人,人家还是第一副组长呢!

周局长喘息未定,就得赶快考虑抢救方案。他好像忘了刚才的茬儿,本能地问冯主任:"你看……"

冯主任刚才在书记家挨了剋儿,不敢拿主意,嗫嚅着说:"我尊重您的意见,您刚不是说……"

"噢,"周局长想起来了,"我的意见赵书记是急性肠胃炎。那么,应该卧床休息,禁食,多饮水。王护士长,给他在腹部进行局部热敷!另外,用解痉剂,口服阿托品零点六毫克,一日三次。并且……"他继续思考着,"为制止腹泻,口服痢特灵……"

"唰唰唰"写好了处方,交给王护士长,雷厉风行。

赵本立吃了药,肚子上加了热水袋,躺在那儿继续哼哼。他的每一声哼哼都扯着夫人的心。第一夫人坐在旁边的沙发上,眼睛也不敢眨,盯着护士喂药,巴不得药到病除。眼见得这药吃下去两个钟头了,没见什么好转,心里嘀咕,就说:"老周,他怎么不见起色啊?"

周局长吸溜着嘴,赔笑道:"李局长,俗话说病来如山倒,病去如抽丝,哪儿有那么快?再耐心观察观察,会好的,一定会好的!"

"会好的,会好的,当大夫的都会说这句话,要是不好呢?他病得这么邪乎,我瞅着都吓死人,你就给点儿阿托品、痢特灵,这就打发过去了？这种大路边儿上的药，连我都会开！”

“啊，啊，”周局长不尴不尬，抬起胖胖的手，抓挠着那戴了头套的脑袋，“这都是特效药！用药不在贵贱，重要的是对症下药！您看，是否还需要……”

“你问我？我要是大夫，还用着你们这些人？”第一夫人火气又上来了，“也不打针？他这高烧能退下来吗？”

“李局长，”周局长低眉顺眼，耐着性子解释，“急性单纯性胃炎，一般不必用抗菌素……”

第一夫人把手掌啪地拍在膝盖上，“同志！有一般还有特殊嘛！对赵书记的病，我们能当作一般情况处理吗？啊?!”

说得对。一般病人，特殊病症也可做一般处理；特殊病人，一般病症也要特殊对待。周局长平常不是把这种生活中的辩证法学得蛮好的嘛，怎么一到用的时候还是自觉不自觉地滑坡呢？看来还是得活到老学到老改造到老！

“那就……注射一针青霉素吧！”他说，吩咐王护士长立即做皮试。

“青霉素行吗？要用最好的，换卡那霉素吧！”第一夫人又有异议，行家似的。

“好的！”周局长立即改口。

一言不发跟在旁边的冯主任，这时犹豫再三，还是憋不住，说：“我建议，为了防止脱水，有必要静脉点注葡萄糖盐水……”

“对，对，”周局长表示赞成，“立即点注！”

护士们一通忙活，针也打了，静脉也点注上了。赵本立胳膊上绑着针头，连着根长长的胶皮管子，吊瓶里的葡萄糖盐水点点滴滴，多多少少有些“抢救”的架势了。

天已经黑了。周局长、吴院长，还有内科主任冯大夫已是人困马乏，却谁也不敢说回家，吩咐食堂弄了些饭菜端来，大家草草地吃了，围坐在病床周围，一个个忧心忡忡。

赵本立仍不见好转。高烧不退，胸腹疼痛不减，而且咳嗽、呕吐得更厉害，吐出来的依旧是那种黏糊糊的铁锈色的东西。

在座的“抢救小组”成员面面相觑。冯主任望望周局长，说：“我看仍然不能排除呼吸道的问题，我建议服用磺胺药加等量的碳酸氢钠，这对于肺炎球菌作用性很强！”他大概是因为刚才提出点注的方案得到肯定，胆子壮了些，又敢说话了。

周局长默默不语。冯主任的见解不无道理，即使是为了防止万一，也不妨采纳。但是，这与他的诊断“急性肠胃炎”相左。如果承认了冯主任是对的，就等于说他自己是错的，冯主任的“建议”实质上有点儿“翻案”的味道。当然，在这种时候，重要的已不是谁对谁错，而是要把赵书记的病治好……想到这里，他不得不对冯主任点了点头。

冯主任立即就开处方。

“等等！”第一夫人却拦住他，眼睛则望着周局长说，“老周啊，这药可不能乱用啊！老赵的病到底是消化系统的问题还是呼吸系统的问题，你心里有数儿没有？同志，看病可是人命关天的大事，你们不能像地震局预报地震似的：西边儿是断裂带，东边儿在活动期，南边儿有可能性，北边儿也不排除，总而言之全国都得时时提防，到底哪儿震？他也不知道，反正他哪儿都点到了，有一个地方震了就算他报准了！我们不能搞这一套！老赵上吐下泻发高烧，到底是什么病，你们可得看准了，给我胡治可不行！”说到这儿，冷冷地瞟瞟冯主任，“老冯，我知道你是一位老大夫、老主任、老经验，但是千里马也有马失前蹄的时候嘛！今天上午周局长已经否定了你的意见，不要不服气，不要添乱，要以大局为重！现在摆在第一位的是给赵书记治好病，个人之间的分歧就不要计较了！”

冯主任张了张嘴，什么也没说出来，就又闭上了，把头一低，心说：这个老娘们儿，恐怕是没地方做报告了，在这种时候还来长篇大套臭理论！她都说些什么呀？我跟周局长有什么个人之间的分歧？要挑拨矛盾你也改日再说！我跟谁也没矛盾，我是对病人负责，对你男人负责！罢罢罢，不许我说话我不说还不成？既然你比大夫还大夫，比局长还局长，你理论水平高学识渊博，既懂地震又懂医学，活李时珍、张仲景再世、赛过华佗、气死扁鹊，那你就发号施令当家做主开方下药吧，还要我这个白痴大夫干什么！

冯主任不说话了，第一夫人却并未就此罢休，又对周局长说：“老周啊，现在大家已经基本上统一认识了，下一步就要调动一切积极因素，集中力量解决主要矛盾。你看，是不是还该取得一些必要的数据？”

第一夫人虽然对医学一窍不通，却一下子提醒了周局长，是啊，“数据”！数据是最具有说服力的，为什么我们总是隔皮猜瓜地争来争去，而一直没有做任何简单的化验呢？唉，急糊涂了，吓糊涂了！周局长毕竟已经多年不行医了，事到临头都想不起来该干什么了！

“对！”他马上吩咐王护士长，“做一个粪便常规化验！”

王护士长立即吩咐手下的小护士拿便盆，取便，送化验室。好在赵书记正泻肚，这项工作并不难完成，只是气味儿不太好闻。

这儿在等着化验结果，周局长的脑袋好像开了窍，主意又层出不穷了。

“我建议，”他说，因为有第一夫人在，所以他谨慎地使用了“建议”这个字眼儿，要不然就可以用“我命令”了，“为了稳妥起见，我建议做一下 X 线钡餐检查，这对于确定消化道炎症、溃疡和癌症的正确诊断律很有帮助……”

“啊，癌症?”第一夫人吓了一跳，以她仅有的医学常识，世上最可怕的病莫过于艾滋病和癌症了。对于艾滋病，她相信她的丈夫品德端正、作风严谨，倒不至于的。但癌症可就难说了，世界上那么多好人都得了癌症，谁能保证她的丈夫就一定不得呢？于是心怦怦地跳，就像赵本立已经确诊为癌症似的。“噢，老周啊，你这么大胆怀疑，虽然谁也不愿意证实，我连想都不敢想，但检查还是必要的。赵书记平时忙啊，多少次催他去做防癌检查，他都说没工夫，谁知道他有没有癌呢？现在一下子病成这样儿，那就查一查，讨个实底儿，我也踏实。”

她这么说，当然也就得做了。吴院长正待下命令，第一夫人又问：“老周，这个钡餐检查，怎么个查法儿?”

周局长解释说：“就是给病人服用‘钡’这种物质，然后在X射线下造影，这样可以清楚地看到胃脏内部的病变。”

“X射线?”第一夫人又犹豫了，“我听人家说，X射线可不是好东西呢，一些科学工作者，成天吃X射线，身体里边儿中了毒，那可是要命的事儿！老赵身体这么弱，我担心……还有没有不吃射线的检查方法?”

说得也有道理。X射线并没有这么可怕，许多病人为了确诊都要“吃”的，偶然“吃”一次，对身体并无伤害，也不会像一些因为工作关系长年累月“吃”射线的科学工作者那样形成无法治愈的病变。但赵书记身体金贵，非凡人可比，又作别论。其实钡餐检查这一着，周局长本来也是临时想到，并非非做不可，他也并没有任何根据说赵书记肚子里一定有癌，只是为了万一的万一罢了。既然第一夫人有顾虑，他就改变主意，说：“不吃射线，那就做个胃镜检查吧!”

第一夫人不放心：“有问题也能查出来吗?”

“当然,”周局长说，“您想，我们把窥测镜直接插到病人的胃里去，什么问题能逃得过科学的眼睛？只不过，这项检查，赵书记要吃些苦……”

冯主任在一旁听着，心里在暗暗发笑。周局长这是干什么？唬老百姓行了，没想到却敢唬第一夫人！你开始的诊断就是错的，这会儿又搞胃镜，纯粹是瞎掰！他又忍不住了，说：“周局长！即使是急性胃炎，钡餐和胃镜也是不必要的，没有什么价值，何必让赵书记受这份儿罪呢？”

这时候，小护士把化验报告送来，粪便常规检查结果表明：白血球数量在正常范围，也没有发现大肠杆菌和痢疾球菌。这个结果本来是令人高兴的，但对第一夫人却带来了更大的压力：化验不出问题不等于没有问题，说不定隐藏着更大的问题，这就更有必要做周局长说的那个什么“窥测镜”的检查了。

说检查就检查，周局长奉命行事，苦的是赵本立。他本来就恶心呕吐。这一折腾简直像要把他的五脏六腑翻个底儿朝天，连胆汁都给倒出来了！

折腾完毕，天已经快亮了。第一夫人一直眼盯着现场，连大气也不敢出。此时，才急急地问周局长：“老周，他是……是癌吗？”

周局长汗流浃背，长长地喘了口气说：“胃部没有发现明显的病变。”

话说得既肯定又含蓄。“没有发现”，这为以后一旦发现留有相当的余地。

“好，”第一夫人浑身的紧张也稍稍松弛，“没有癌就好。我的天，我可真怕，真怕啊！”

这时，疲惫已极的赵本立躺在病床上发出了细微的鼾声。

“噢，他睡着了，”第一夫人欣慰地说，“你看，还是检查一下好，赵书记也心里踏实了。不要惊动他，让他睡，好好儿地睡一觉，明天早上可能就会见好。”

老半天插不上嘴的吴院长终于等来了气氛缓和，对第一夫人说：“李局长，这一来您就放心了！您的身体也要保重，我看，还是去休息一会儿吧，这儿有我们呢！”

第一夫人苦笑笑说：“这种时候，我哪儿还能睡得着觉？不要紧的，我常陪着赵书记熬夜，习惯了。倒是你们几位比我辛苦，趁这会儿没事儿，轮流去歇会儿吧！”

吴院长很激动的样子，因为这表达了领导的亲切关怀。越是这样，他越得知恩报恩：“不不不，我们更应该坚守岗位！”说到这儿，看了一眼周局长，那位已经困得不行，脑袋直晃悠，就借花献佛，“呃，老局长年纪大了，这么跟我们一样熬，怕受不了，这样吧，局长去睡会儿，有事儿我们及时叫您！”

周局长最怕人家说他老，现在又是在赵书记的病房，还当着第一夫人的面，更应该好好儿表现表现，哪有告退的道理？无奈他心里这么想，眼皮却不听使唤，说咳嗽就喘，困劲儿还真上来了，强睁着眼，半推半就地望着第一夫人说：“这……不合适吧？”

第一夫人宽容地笑了：“老周，没什么不合适的！你是咱们卫生战线的台柱子，重点保护对象，要养精蓄锐！说不定明天早上还要你这员大将出大力呢！”

吴院长听见第一夫人吐了口，就扶着周局长往隔壁休息室走：“您放心，我和冯主任不是在这儿盯着呢嘛！”

冯主任心里叫苦不迭：我说的话一钱不值，在这儿“盯着”管个屁用！

抢救室里现在平静得很，谁也不再说话，仿佛连输液瓶里一滴一滴的声音都可以听见。王护士长和她的那一班姐妹们忠于职守，每隔一段时间就为赵本立量血压、测体温，她们所能做的也就是这些事，第一夫人现在心里踏实，对她们也发了善心：“小王啊，赵书记能睡个安稳觉不容易，你们就不要惊动他了，啊？”

王护士长是听话的。既然连院长、局长都听这位夫人的，她一个护士长算什么？那就……这么办吧！

黎明时分，赵本立的鼾声停了，嘴里含混不清地说了句什么。第一夫人最警觉：“噢，他醒了！是不是要小便？”

王护士长立即端来便盆，轻轻地呼唤着：“赵书记，赵书记……”

赵本立没有要使用便盆的意思，眼也不睁，嘴里含含混混地说：“年龄到了杠杠儿……一刀切我没意见……就是不放心钱子武这个人……这个人……”

第一夫人一惊，从沙发上跳了起来！老赵这是做梦呢，梦里吐真言，她知道丈夫的心事。可是在这种场合，当着这些人的面说这些话，就不大妥当了，她得马上制止他！

“老赵，你醒醒！”她推了推他，他却没有醒的意思，嘴里继续说：“这个人……这个人……这个家伙……这个王八蛋……”

第一夫人感到不妙！她伸手摸了摸赵本立的脑门儿，惊得哎呀一声：“他……他怎么这么烫啊？你们……你们怎么一直没给他量体温？”

王护士长有口难辩！不是你老人家不让我们量的嘛！这话当然又是不敢说，赶快量就是了！体温计插到赵本立的腋下，水银柱立即噌噌噌上升，连最顶端的四十度都打不住了！

第一夫人慌了，声音都变了腔儿：“他烧得都说胡话了！快，快叫周局长来，看看是怎么回事儿？”

可怜周局长刚刚睡着不大会儿，猛然间被提溜起来，连自己是在哪儿都想不起来了，揉着眼睛跑过来：“什么事儿什么事儿啊？”

他老人家晕头转向，也不知道那一头黑发的头套儿在睡梦中给弄到哪儿去了，这时露出了本相。原来他的脑袋也并不是秃瓢儿，倒是有一层稀疏的白发，他是觉得染起来既麻烦又不好看所以才戴的头套儿。现在没有了头套儿，原来的白毛毫发毕露，一时显得老了十几岁，别人不知底细，还以为他这是为赵书记的病发愁，一夜愁白了头呢！

第一夫人猛然看见他变了样儿，一愣。但现在是十万火急，当然顾不上问他怎么愁成这样儿并且表彰他的忠心，只是急急地吼道："老周！你看他怎么说胡话？"

周局长惊得一头冷汗，醒了。他快步跑到病床前，赵本立正在接茬儿断断续续地骂钱子武。"怎么回事儿？怎么回事儿？"他急得两手直打颤，问身边的冯主任，"他……说胡话是怎么回事儿？"

好一位老局长，自己一问三不知又去问别人，看起来这个局长再当下去也确有难处了。

冯主任倒是有问必答："上呼吸道感染合并肺炎是可以发生神经症状的，比如神志模糊、烦躁不安、嗜睡、谵妄等，我看应该……"

好容易轮到他发表意见了，却又是这么紧急的时候，第一夫人是急性子，没等他说完就火了："你这个人怎么还没忘了'上呼吸道感染'？又出来个'肺炎'！"眼瞅着在场的局长和主任都是废物，第一夫人才突然感到事先对事情的严重性仍然估计不足，必要的准备不足，"老周，快，快把其他科的主任都给我叫来，紧急会诊！"

周局长看了看手表，早晨六点半，为难地说："他们现在还没上班儿呢！"

"去找！去叫！去接！"第一夫人对这位窝囊局长大发雷霆，"养兵千日，用兵一时，赵书记病成这样儿，他们还在家睡大觉？"

周局长讨了个好没趣儿，刚才他自己不就在睡大觉吗？唉唉，真不该，真不该！刚说要派车去火速拉那些睡大觉的家伙，没留神旁边儿吴院长已经打完了电话，转过脸来说："不用去了，他们马上就到！昨天晚上我已经打了招呼，为抢救赵书记的特殊需要，各科主任一律不准离开岗位，随时待命！"

哎哟嘀，这个老成的年轻人虽然不懂医，倒是很会做领导，瞧这关键时刻这一招儿干得有多漂亮！人比人气死人，眼见得老周从卫生局滚蛋之后局长的宝座就该是他的了！

说话间，神经科主任褚大夫、脑外科主任卫大夫、中医科主任蒋大夫都已经赶到，这几位是我们曾经见过的，还有泌尿科主任、肝炎门诊主任、肛肠科主任也随后赶来。真是有备无患，招之即来。唯有妇科、小儿科、皮肤科估计和赵书记的病没有瓜葛，就免了。

这些专家济济一堂，阵容很是强大，使第一夫人感到充满希望，至少保险系数大得多了。由于事情来得紧急，来不及客套，她便开门见山："今天请各位来，是因为……"

没等她说完，赵本立那边又啰啰唆唆地骂上钱子武了。第一夫人脸上尴尬，也没有办法，只好说："你们看，赵书记发烧烧得都说胡话了！怎么办？大家群策群力，采取紧急措施！"

这些专家们你看我，我看你，谁也不愿首先发言。倒不是自卑，而是害怕。褚大夫、卫大夫都是参加过上次的会诊的，至今没忘了那场惊吓，这次奉召前来，本身就腿肚子转筋，却又不得不来，但开口说话就慎重得多了。可是别人又因为他们已经参加过上次的会诊，当然更了解情况，更有发言权，都把眼睛瞄着他们。这两位没辙，就怂恿中医科主任蒋大夫先说，因为上次是在他们被否定之后蒋大夫上了第一线，开了六服中药，吃了六天。至于后来蒋大夫也受到怀疑，并且违旨没有换方，他们就不甚了了了。

蒋大夫上次已经憋了一肚子气，今天是不得不来，本不想说什么，这时却又憋不住，说道：“我上次已经说过，赵书记的病是肝阳上亢，痰浊中阻。宜平肝潜阳，清风熄火；燥湿祛痰，健脾和胃。《脾胃论》曰：‘凡怒忿悲思恐惧，皆损元气，夫阴火之炽盛，由心生凝滞，七情不安故也。’须知，情志抑郁，肝气不调，气郁化火则可引起发热；或因恼怒过度，肝火内盛也可引起发热。这都和情志有关，故又称五志之火。火盛当然可引起谵妄……”说着，上前为赵本立把脉。

第一夫人听得发急，挥挥手说：“算了，老先生！这种时候，哪还有工夫熬你的中药？要立竿见影！”

蒋大夫向来是火暴脾气，陡然抽回了手，作色道：“你信我，则听我的，不信，何必再找我来？告辞了！”说着，拂袖而去。

周局长慌了神儿，忙上前阻拦：“哎哎，蒋老，您可不能走啊！”

第一夫人大怒：“让他走！死了卖鸡蛋的，还不做糟子糕了？我早就看他倚老卖老地没有多大本事，让他走！你们这些人，难道就没有办法了吗？啊？”

杀一儆百，在场的人都战战兢兢，自然谁也不敢走，也不敢沉默，就只有你一言我一语地“探讨”起来……

会诊会议开了一个多小时，竟然众说纷纭，莫衷一是，没有一个真正可以马上实行的主意。正吵得热闹，王护士长忽然惊叫一声：“不好！赵书记休克了！”

这一声喊，虽然声音不高，却振聋发聩，把大家惊得不知如何是好。

“你们还愣着干什么？”第一夫人脸色煞白，“还不快点儿抢救！”

是了，周局长如梦方醒，弹跳起来：“立即抢救！”

早晨八点钟，内科大夫郑震一进门诊部就听说赵书记情况不好，正在抢救，他顾不上请假，立即赶到抢救室。门口却被小护士挡住，说："李局长有命令呢，任何人不得随便进去！"

"什么'李局长'？"郑震一把推开小护士，"我是医生，我得对病人负责！"

六

钱子武是中午十二点钟赶到的，这时赵本立已经进了太平间的冰箱，冻成冰坨子了。赵书记死了？死了！昨天还活着，今天已经死了，这简直令人难以置信！但这却是千真万确的事实，钱子武是接到人民医院吴院长的电话匆匆赶来的。当然，人命关天，吴院长不可能开这种玩笑，何况是对于赵书记，谁敢？问题是，赵书记是怎么死的，又怎么能死？

他赶到抢救室，抢救室里已经空无一人，人都集中在院长办公室，此时正乱作一团，第一夫人披头散发，正躺在地下打滚儿，嘶哑的嗓子哭喊着："你们是杀人犯，杀人要偿命，我要你们承担法律责任！"

参加抢救的那些人，谁都别想走，全在这儿，一个个愁眉苦脸，耷拉着脑袋。周局长和吴院长几乎是在跪着，一左一右地拉着第一夫人："李局长，您冷静冷静……"

钱子武一脚迈进来，人们立即惊呼："钱书记来了！"

第一夫人听见，猛地扑上来，抱住了他的腿："子武！钱书记！你可要为老赵做主啊！"

钱子武的眼睛瞪得血红。他没有想到，自己一天不在场，这儿就出了这么大的事儿，连书记的命都没了。他也没有想到，既然出了问题，怎么就没个人来主持解决呢？瞧瞧，乱成了这个样子！他站在那儿足足有一分钟，一言不发，任凭大家眼巴巴地望着他，等待他说话。这倒使他更加意识到自己的重要性。不管赵书记是怎么死的，反正已经死了，活不成了，这座城市的实际上的第一把手就是他钱子武了。他说出去的每一句话都将有千钧重量。

他说话了，声音不高，但具有绝对的权威力量："给李局长打一针镇静剂，让她去休息！"

周局长正巴不得如此，立即招手唤来两名护士，搀着第一夫人就走。

"我不去！我不去！"第一夫人挣扎着，"我要和你在一起，处理这件事！他们是杀人犯！我要他们偿命……"

两名小护士就停下来不敢走了，惊惶地看看钱子武。钱子武没说话，只是把头一摆，嘴巴往门外一努，那意思已经再清楚不过，小护士执行命令，把第一夫人像对待精神病人似的带走了。

钱子武又对周局长小声说："好好照顾她——你明白我的意思吗？"

"噢，明白明白！"周局长随即又对吴院长交代了几句，吴院长把神经科主任褚大夫叫出房门，吩咐他如此这般，褚大夫领命而去。

第一夫人这个不安定因素请走了，办公室里死一般的沉寂。钱子武走到一把沙发前坐下来，阴沉着脸说："说说吧，是怎么回事？"

周局长先说，哭丧着脸："钱书记，我对不起您，对不起市委！我万万没有料到赵书记会突然逝世，对于他的死，我负有直接责任！我失职，请求批准我辞职！"

钱子武心里暗笑：这个老家伙倒真是滑头，问题还没谈就先辞职，你那个职有什么可辞的？要不是赵本立坚持用你，我早就把你扒拉下去了！

"不不！"吴院长见老局长这么挺身而出，连忙抢着说，"我是医院的负责人，这场医疗事故，责任应该由我来负！"

钱子武摆摆手:“先不谈责任,还是谈谈情况吧!医疗事故是怎么造成的?”

吴院长声泪俱下:“赵书记他……他是死于心力衰竭。可是在这以前,我们都不知道他有心脏病,误诊了!”他说到这里狠狠地瞪了坐在墙角里的郑震一眼,“看来从第一次发作就误诊了。当时情况紧急,我来不及找别的大夫,带着郑震去了。他毕竟经验不足,没有查出赵书记有心脏病,就下结论说是美尼尔病,唉,要真是美尼尔病,哪会死了人?……”

这就把他自己和周局长刚才承担的责任都卸到郑震身上去了。郑震这个倒霉蛋,赵书记发病那天就是他经手的,临了儿的抢救,本来没有他的事儿,他又非挤进来不可,正好开头结尾都有他,不是活该倒霉吗?反正他只是一名普通大夫,无职又无权,对他怎么样都可以。如果第一夫人坚持非要“偿命”不可,那就把郑震送进去!

郑震半闭着眼睛,听到这些矛头指向十分清楚的话也不反驳,只是从鼻孔里轻轻“哼”了一声。

钱子武看了郑震一眼,并没有问他,仍然面朝着吴院长说:“这么说,我请来的那位气功大师沈天成也误诊了?”

“这……”院长没提防他从这个角度提出问题,一时语塞,“不,我不是这个意思……”

“不是这个意思又是什么意思呢?”钱子武看来是要和他过不去,姓吴的这个院长以后恐怕当得也悬了,“要不然,你无法解释嘛!告诉你:我虽然没学过医,也至少知道,心脏的问题相当复杂,有些人死于心脏病,是突发性的,并不一定有心脏病史。我老丈人就是这么死的。何况,心力衰竭在许多情况下都可能发生,并不是只有心脏病人才会心力衰竭。你作为一个院长,怎么连这都不懂?”

会议室里一阵骚动，人们无言地表达了对吴院长的嘲笑。

吴院长很是狼狈，额头上冒出一层汗珠："啊，啊……"

钱子武无心再听他废话，转脸望望一言不发的郑震："郑大夫，你谈谈看法！不要不说话，人家要送你去坐班房哟！"

郑震缓缓地抬起头："钱书记！在我们医院里发生这样的事情，我很遗憾，很惭愧，很痛心！赵书记不该死，他的病根本不存在致死因素！一个星期以前，他的眩晕只不过是极其平常的美尼尔病，没有任何危险，我说过，不治都是可以好的，因为美尼尔病没有特效药。但我们为了给病人和家属一些精神安慰，也是考虑到病人需要补充水分和营养，采取了输液的措施。事实证明，一个星期之后，赵书记已经明显见好，根本不存在什么误诊！至于他昨天突然发病，完全与此无关。据我事后分析，他是因为醉酒造成的急性中毒感染肺炎，可我不明白，为什么却把他当成胃炎来治？要知道，在某些肺炎病人身上，是会出现腹痛和腹泻的症状的，但这只要认真判断，是完全可以区分的……"

郑震说到这里，突然被周局长打断了。周局长激动地站起来，抢着说："对呀，我当时就判断是急性肺炎，冯主任也这样主张的……"

郑震愤怒地喊道："那你们为什么不及时治疗，却给病人吃什么痢特灵，还搞什么胃镜检查？一直到病人休克，你们还在做毫无意义的'会诊'，贻误了时机，以致病人发展到肺水肿、脑水肿、肾功能衰竭和心力衰竭，造成死亡！这简直是医学史上的耻辱！你们作为医生的良心何在？职业道德何在？"

"唉！"周局长垂下了头，"我们……有难处啊！李局长她……她……我们得尊重她的意见呀，这种情况你也不是不知道，上回你不也是身不由己吗？"

"乱弹琴！"钱子武的手重重地拍在沙发扶手上，"你们是医生，怎么能听从一个家属的指挥？这个责任到底由谁来负？”

办公室里又是一阵沉寂。人们你看我，我看你，最后把目光集中到周局长和吴院长身上。大家心里明白，不管别人怎么发落，这两位脱不了干系是可以肯定的了！

事情到了这一步，周局长全身已经软瘫。他知道，钱子武对他的“超期服役”早就不耐烦了，现在没有了赵书记为他做靠山，想怎么收拾他就怎么收拾他，这个结局无论如何也难以挽回了。尤其有口难辩的是，他这次的失职是因为赵书记的死，又给了钱子武整治他提供了一个最好的、不露痕迹的天赐良机，整得越狠，越证明钱子武对赵书记之死的痛心！既然如此，他除了束手就擒还能有什么出路呢？

“钱书记！”周局长痛哭流涕，“我请求处分，无论是什么处分，我都毫无怨言！只是希望……”他眼泪汪汪地看着屋子里各位，说出了他作为一个局长在卸任之前所能说出的最富有人情味儿的一句话。也许以后就再也没有机会说了，“希望不要连累小吴和同志们，他们这些天也都够辛苦的了。我们的医院还要办下去，还要指望他们啊！”

尽管周局长在任期间并非那么得人心，但临垮台前的这句话倒也掷地有声。一个男子汉，虽然一辈子不乏可指责之处，到这时却突然闪了闪光彩，竟然能让人们忘记他历来的种种短处，赢得几分尊敬。吴院长和在场的主任、专家们不由得被他这舍将帅保车马的壮举感动得渗出了泪水……

钱子武注视着大家，把目光送到每个人脸上之后，才说：“我看，同志们为了抢救赵书记，还是尽了力的，尽管力不从心。要好好总结这次的经验教训，但是范围只到此为止，请大家在走出这间房子之后，不要向任何人议论今天我们所谈的内容，我代表市委要求在座的每个人严守纪律！至于处分嘛，我看就不必要了！”

谁也没有料到他会如此宽容，会这么快地对这次“重大医疗事故”的肇事人发布特赦令，这是怎么回事?!

周局长几乎不相信自己的耳朵，泪眼凝望着敬爱的给了他第二次生命的钱书记：“啊?”

“老周啊，”钱子武亲切地叫着他，“你们赶快写一个严密的、经得起推敲的报告，我好向省委、市委，向全市人民交代!”

“钱……钱书记!”感激涕零的周局长并没有完全放下心来，仍然顾虑重重，“还……还得向李局长交代！她要是坚持追查责任……”

“追查什么?”钱子武冷冷地说，“她本人是抢救小组的第一副组长，我是组长，她愿意追查就让她追查去好了!”

钱子武说完，看了看手表，匆匆地站起来。他现在可是最忙的时候，必须得走了，要去召开市委常委会，商量赵本立的后事——后事一定要办得隆重。

临走，他又向周局长交代：“要注意照顾好李局长的身体。根据她现在的情况，是不适宜外出参加一切活动的，你一定要负起责任来！另外，那份报告要马上写，越快越好，写完立即送市委!”

当晚，市广播电台以沉痛的声音播出了赵本立的死讯，对他的一生做了高度的评价。其中，关键的一段是这样写的：我市市委书记兼市长赵本立同志因身患重病，于×年×月×日住院治疗。赵本立同志患病期间，市委、市政府的领导同志非常重视，指示市卫生局和人民医院不惜一切代价，挽救赵书记的生命，由市委副书记钱子武同志担任抢救小组组长，赵本立同志的夫人、市民政局副局长李皎清同志任第一副组长，市卫生局局长周大庸同志任副组长，集中了我市最好的医生和医疗设备、药物，进行了长时间的抢救。但由于赵本立同志所患的是目前的医学还未能攻克的绝症，医务人员尽了最大努力，仍医治无效，赵本立同志不幸于×年×月×日×时×分逝世，终年六十岁……

“绝症”？绝症！绝症。

（发表于《花城》1992年第4期）

不要忘记她

一

踏进画家的工作室，浓郁的清香扑鼻而来。他正在窗前对着一束桂花写生，被我这不速之客的采访打断了。

“噢，请坐！”画家热情地招呼我，一边用棉丝擦着沾在手上的油画颜料。

我浏览着这生产精神财富的画家之家。啊，这里到处都是画，四壁都挂满了，甚至连桌旁、墙角都叠放着大大小小的各式画框。我的视线落在一幅尺寸不大的油画上，它挂在写字台前。这幅画竟是那样面熟：画中人的那一双眼睛，好像在看着我。我霍地站起来，脱口而出：

“啊，是她！”

“怎么，你认识她？”画家不解地问。

“没错，就是这张画，就是这双眼，我在展览上见过！”

那已经是好几年以前的事了，这幅画悬挂在美术馆的大厅里，曾经深深地吸引了我。画面，只是一个姑娘的半身肖像，掩映在花丛之中。那姑娘微微有些笑意，看着观众，一双眼睛好像会说话。那姿态，不是当时作品中常见的“英雄状”，那笑容，也不是流行的“豪迈状”，却蕴藏着内在的美。眼神中，似乎有一丝哀怨含而不露，似乎有一番言语欲说还休。在那个时候，这样的好画真是太少见了。我站在画前，看了很久，不忍走开。几年来，那一双眼睛还时时浮现在我的面前，就像故朋好友似的盯着我。我真后悔当时竟然忘记了看标签上的作者署名，不然还可以找他去仔细采访采访呢。

“原来这正是您的作品！那就请您谈谈这幅画的创作经过，好吗?”我回头望着画家，期待他的回答。

画家的笑容突然从脸上消失了。

“这不是一幅虚构的肖像画，我画的是一个真人，一位我很熟悉的姑娘。说起她……唉！不要讲了吧？这是一个悲惨的故事，你写出来恐怕都找不到地方发表!”

画家的声音变得有些异样，神情中好像隐藏着什么秘密。

“噢?”我打开采访簿，掏出钢笔，固执地看着他，“那，我就更想知道了。您不会拒绝吧?”

“唔。”画家不再和我争辩，他坐下去，用手掌托着脸颊，手指敲打着额头，陷入了深深的回忆，用低沉的、近似于自语的声音讲述了下面的故事。

二

这姑娘名叫杜若。

她的父亲是解放后我们学院的首届毕业生，可以说，在我的学生中，他是最优秀的一个。毕业以后留校当了助教，一九六五年提升为讲师，同年由我介绍入了党。一年的预备期还没有满，“文化大革命”开始了，他和我一起被揪进了“专政队”。风云突变，连我们这些经历过一九四二年“整风”、一九五七年“反右”的“老家伙”都迷茫不解，更何况他这个三十几岁的年轻人。对于他，我太了解了，就像了解我自己。他没有野心，不懂得权术，朴实得像个工人，天真得像个孩子，从事艺术劳动是他最大的乐趣。这样的人也被他们指为“黑帮”。

怀着一连串不可解释的疑问，我们排着队，一起走进批斗文艺界“黑帮”的会场，身上都背着教学用的石膏人像，什么“阿波罗”“拉奥孔”“大卫”……我背着“挣扎的奴隶”，他背的是爱神“维纳斯”。这是惩治我们美术界“黑帮”的独特方式。我们曾经用这些东西“毒害”过学生，“罪恶”要背在自己身上。创造这些雕塑杰作的古代西方艺术家们，不远万里从海外带来这些艺术遗产的先辈画家们，他们当中有谁曾预料到呢？当初的心血成了今日的罪孽！我觉得很对不起我的学生，是我害了他。我看着他那瘦弱的身体，轻声问：“背得动吗？”他咬咬牙：“老师，我能挺住！”

批斗会场设在孔庙大殿前，天晓得维纳斯和孔夫子又有什么瓜葛？血红的大标语上写着：“横扫一切牛鬼蛇神！”

石膏像堆放在会场上，一群戴着袖标的人跑过来。抡起大锤就砸。原来他们是要毁灭这一切！

“这是爱神！”杜若的爸爸扑过去阻拦他们，他竟忘记了自己的身份。

“爱神？牛鬼蛇神，世界上没有无缘无故的爱，她是哪个阶级的？”他们手起锤落，“咣啷！”石膏碎片撒满了一地。啊，可怜的维纳斯，可怜的爱神，毁灭了！我们这里已经没有了爱！

“让一切封资修黑货统统见鬼去吧！”

在震天响的口号声中，我们被责令跪成一圈，中间烧起一团冲天大火。我心里暗暗吃了一惊：天哪，他们是什么事都干得出来的，难道要把我们都活活烧死吗？

噼里啪啦一阵响，一团团花花绿绿的东西扔进火堆，我们的背上同时挨了一阵痛打。噢，那焚烧的是京剧服装，什么龙袍啊、盔甲啊、纱帽朝靴啊之类；打在我们的身上的是舞台上用的刀枪剑戟。打手们得意地狂叫："黑帮们，你们放了多年的毒，今天自己尝尝它的滋味！"真是天大的恶作剧啊！唉，随他们的便吧，当时哪容得我们说话。可是，杜若的爸爸，这个血性男儿却忍不住了，他翻身挡住关云长的大刀："我是画画的，从来没看过京戏，和这些东西有什么关系？"

"啪啪！"关云长的大刀重重地打在他的背上，一个声音高叫着：

"你自己跳出来了？看，这就是你的罪证！"

我吃了一惊，侧眼一看，造反总部司令的手里举着一本连环画册。那正是杜若爸爸的作品《安源风暴》！书中画写的安源罢工领导人，就是后来的"中国赫鲁晓夫""资产阶级司令部头子"！"这可真是铁证如山了，你还有什么话说呢？"可是，当时谁也没料到，作者竟然抬起头来，坦然地说："画，是我画的。但那是历史事实！"

会场骚动了，刀枪剑戟雨点般地打在他的身上、头上，数不清多少人围打着他一个人。暴怒的口号震得大地都在颤抖：

"打倒为×××翻案的现行反革命！"

…………

从此，他不再和我们关在一起，被单独隔离。三个月之后，一天的早晨，高音喇叭突然宣布他已"畏罪自杀"！

他躺在造反楼下的雪地上，头颅裂开，双眼圆睁，嘴大张着，像是在呼喊。

八岁的杜若和她的妈妈，不顾驱赶，不顾斥责，发疯似的扑在死者的身上，哭啊，喊啊，泪水和着鲜血，染红了洁白的雪地。

"爸爸有什么罪？他不会自杀，他凭什么要跳楼？我不信！我不信！"凄厉的童声哭喊着，回答她的，只有漫天的风雪和高音喇叭里吼叫着的声讨……

扫雪的“黑帮”们默默地走过死者的身旁，其中包括他最亲近的老师——我。

我不知道自己当时是怎样忍住了这痛苦的折磨。没有权利表达一个字的哀思，我只是最后看了一眼心爱的学生，看了看他那只有八岁的遗孤，泪往心里流。

我再碰到杜若，是在食堂里。我背过了语录，请过了罪，排队走进食堂，看见杜若拿着饭盒，挤在人群里。队伍慢慢移动着，我看见她踮起脚尖把饭盒递进卖饺子的窗口。

“当啷！”一声，她的饭盒被扔了出来，窗口里传来粗暴的吆喝：“反革命崽子，还想吃饺子！”

我的心猛地一阵收缩。杜若啊杜若，你毕竟还是个孩子，不像我们这些老“黑帮”有自知之明啊。

杜若没有说话，默默地拾起饭盒，走了。从那以后，每逢开饭，她总是来得很晚，等到人们差不多走光了，才跟在我们的队伍后面，在屈辱中接过一碗冷了的饭菜。

于是，食堂成了我所盼望的地方，我只有在那里，可以和这个自动跟在“黑帮”队伍后面的孩子，用眼睛做无声的交谈。看见她，就像看见了她的父亲。不久，连这仅有的机会也没有了，食堂里再也见不到杜若的影子。她到哪里去了呢？

直到两年以后，我被放出了“专政队”才知道她的下落，才知道她和妈妈两年来是怎样噙着眼泪度过了那些漫长的不眠之夜。

…………

一天晚上，杜若突然对妈妈说：“妈妈，要是你再结了婚，我还是反革命崽子吗？”

孩子的话使妈妈惊呆了。这样的劝告她已经不止一次听到了，许多的人都这样说，但是，她连想都没有想过这个念头。她怎么能忘了那个躺在血泊中死不瞑目的人去和别人结婚呢？她怎么能了结那一笔算不清的冤债而强颜欢笑呢？不，她绝不能这样做，也绝不能告诉她的女儿。然而，这样的话却从女儿的嘴里说了出来。怎么办？一天又一天，她在这人生的十字路口久久地徘徊着，她渐渐觉得，小女儿的话也许是对的。看来，她的爸爸是永无翻案之日了，因为他的罪名是替“中国的赫鲁晓夫”翻案，那个人已经被“彻底打倒”了。可是孩子呢？难道让她带着这耻辱的烙印走上刚刚开始的人生道路吗？为了孩子，为了她和丈夫唯一的骨肉不至于当一辈子“黑帮崽子”“反革命子女”，她决定朝前走了，给孩子换一个家庭，改一个出身，让她享受她应该享有的欢乐。然而，这对于一个忠实的妻子、慈爱的母亲，却又是多么痛苦！

妈妈搂着杜若，告诉她这个决定，杜若哇地哭了，母女俩脸贴着脸，泪水流在一起。

“孩子，是你要妈妈这样做的，你怎么……”

“我想爸爸，今天更想爸爸，想我的亲爸爸、好爸爸！”杜若紧紧搂着妈妈的脖子，用脸庞擦拭着妈妈的泪水。

这一夜母女俩又是通宵无眠。妈妈默默地收拾东西。她从破棉絮中拿出两本厚厚的相册，对女儿说：“爸爸的照片，不能带到人家去，他是‘现行反革命’啊！你再看看爸爸吧，今天晚上就得把它烧毁了。”

“不，不能啊，妈妈！”杜若疯狂地把相册抢在怀里，“烧了它，我再也看不见爸爸了！”

结果，这两本相册被偷偷送到我家，藏在箱底。妈妈要杜若做到三点：第一，十八岁以前，不要取回这些照片；第二，到了人家，不许说想爸爸；第三，要改姓继父的姓。这三条，像三把刀子扎在幼小的杜若心上。但是，她懂得妈妈的心，答应了前两条。第三条，却坚决不肯，“要改姓，我就姓妈妈的姓!”妈妈妥协了。从此，她的名字的前面，加了妈妈的一个“李”字，叫“李杜若”。聪明的孩子啊，她还是没有丢掉爸爸。

杜若跟着妈妈，搬到一个不认识的人家去了。听到我被放出来的消息，她特地跑来看我，却没有约我去她的新“家”。因为她心目中的家已经不存在了，她的继父对她并不坏，可是她从来没有叫过他一声“爸爸”。十五岁那年，她上完了初中，自愿报名到黑龙江的一个农场去了。

杜若临走时，又和我见了一面。我从箱子里取出她爸爸的照片，她流着眼泪，看了又看，然后又包好还给我，不肯带走。

“我还不到十八岁……”她说，咬着嘴唇，严格履行当初和妈妈的协定。

没有说更多的话，她和我告别了。分手前，又回过头来，微微露出一丝笑容。那笑容，是深沉的，是刚毅的，胜过了多少言语。我画的就是那样的笑容。我很佩服这个只有十五岁的孩子，一棵柔弱的幼苗，经历了狂风暴雨的袭击，没有夭折，没有倒伏，她挺直了腰杆，又继续前进了。她想要闯出一条自己的路，开拓自己的前途，却不知道等待她的是坎坷、艰险和苦难。

他们的农场，地处边疆要塞，往返出入，要经过边防检查的。在发给她的证件上“家庭出身”一栏里，赫然填写着“现行反革命”的字样!这又是一个出乎意料的打击，妈妈的心血白费了，她那个亲爸爸留给她的政治遗产，像影子一样跟着她，走到天涯海角也摆脱不掉!

杜若一去再也没有回来，一直到她死。

三

“怎么，她死了?”我吃惊地打断了画家的叙述。

“死了。死得很壮烈。”画家痉挛的双手掩着脸腮，泪水从指缝中涌出来。

“杜若在北大荒埋头苦干了三年。每年都有一大批青年学生来到这里，开发沉睡千年的土地。那一年的秋天，一群新来的孩子刨地开荒。按东北当地的办法，先把地上的野草烧净，然后用铁镐把黑油油的土地翻开。有一天孩子们刚把火点起来，忽然刮起了大风，霎时间，整个草原化为一片火海，孩子们慌了！他们的农场地处北部边疆，荒原一直连接着邻国，连一条界河都没有！那一天，正是邻国的国庆日，如果大火蔓延过国界，后果将不堪设想！孩子们呼叫着，脱下棉衣扑打着燎原大火……

“当时杜若并不在场，她和同志们立即闻声赶来，朝烈火扑去！我们的孩子是好样的，他们受过党的教育，懂得火光就是命令，火海就是战场，懂得在烈火的考验面前，自己应该怎样做。

“大火终于在国境线内被扑灭了。然而，为了维护祖国的尊严。十几个娃娃却献出了生命，连尸骨都没留下，他们化为灰烬，撒在北国荒原上。这英雄的行列里，就有我们的杜若！

“人们在整理杜若的遗物时，发现了她写的一份入党申请书，还没有来得及交上去。——记者同志，请你不要以为这是故事的辉煌结尾，不！生活中的现实并不都是像电影里那样。在当地召开的追认共产党员、追授烈士称号的大会上，并没有提到杜若的名字！”

“啊？为什么?”我不仅十分悲痛，而且极为愤懑了。

“这还不清楚？就是因为她有一个‘现行反革命’的爸爸，她爸爸的问题，直到现在也还没有解决啊！”画家长长地叹息着。

我抬起泪眼，望着墙上的杜若画像。杜若依然是那样微笑着。我仿佛觉得，在这里，画家糅合了两代人的形象，那杜若一定很像她的爸爸。

窗外，月亮升起来了，中秋的清风吹进画室，拂动着桌上盛开的桂花。桂影婆娑，浓郁的清香和那画像融为一体。“杜若”，是她的父亲用芳草为她命名吧？这样贴切，这样含义深远。“采芳洲兮杜若，将以遗兮下女。”屈原《九歌》中有这样的诗句。

“生前被人唾骂，死后无人纪念。我无法遏止要用画笔表现她的愿望，创作了这幅画。为了能够展出。我在花丛后面画了拖拉机之类容易通过审查的道具，但愿被当作一幅宣传画看待。而且没有标上杜若的名字，只是用了一个像是豪言壮语的题目《大地春华》。其实，这是把鲁迅的‘寒凝大地发春华’缩写而成的，审查的时候，竟然没有被发现，真万幸。这在当时，是我唯一能做的一种表示了。我只能默默地把这位不被承认的烈士再现在同胞们面前，请大家在任何时候——哪怕是欢庆胜利的时候，都不要忘记她！”

画家的话停了，我的笔也停了。我久久地凝视着画幅中的杜若，画室中静静的，只有桂花的清香在无声地游动……

写于1979年冬

（发表于《江城》1980年第5、6期合刊。收入霍达小说集《魂归何处》，北京十月文艺出版社1988年出版）

保　姆

一

“找保姆可要慎重!”报纸用黑体字提醒居民们，并且具体举例，说某人某人被保姆洗劫一空。

“唉!”沈舒汛教授把报纸放在写字台上，长长地叹了口气。报上的消息无疑是实有其事，实际生活中更有甚者，据说有的保姆暗中做着“拍花子”的罪恶勾当，乘主人不备，携带人家的娃娃不翼而飞。真是骇人听闻！然而，尽管如此，外地来京的保姆还是源源不断，物色保姆的居民也还是寻寻觅觅，只不过增加了十二分的小心就是了。各家有各家的难处，实在缺人手的家庭，迫不得已还是要在这潜藏着危险的外地来客中谨慎地物色尽可能合适的人选。就拿沈教授来说吧，虽然感叹了无数次“人心不古，世风不淳”，保姆也还是非雇不可的。

沈舒汛，字展潮，号舒翁，笔名萧吟。从这一大串名号，就可知是一位学者。不过这字啊号啊笔名啊，是吟诗填词、著书立说时才用的，而平时，学院内外以至街坊邻居一概称他为沈教授，连本名也不大用的。他是古典文学专家，尤其对唐代大诗人白居易有深入研究，早在“文革”前就出版了《白诗集注》《白诗选讲》《白居易传》等专著，有“白学家”之誉。度过浩劫，他老了，六十多岁的人，已经眼花齿摇了。他每次在镜子里看到自己满头白发，心里就有一种越来越强烈的紧迫感：时间不多了，该做的事，要快些做。前年，他完成了一部新作《白居易与〈长恨歌〉》，出版社送来一捆样书，他捧在手里，像是得了孙子，高兴得不得了。然而书出来之后，评论界毫无反应，又使他感到寂寥无味。他并不是等待别人吹捧，而是希望别人也像他一样对于他所研究的课题兴致勃勃、津津乐道，来一番讨论、争鸣，抬杠、唱对台戏也无妨。他希望自己的著作能像一粒石子，投在平静的古井中，激起水花，荡起波纹。做学问的人的乐趣就在于此，局外人往往是难以体察的。尤其是现在，许多青年人一窝蜂地去学外语呀，写“朦胧诗”呀，谈“意识流”呀，古典文学呢，真的差不多成了“无波古井水”了。听说有一位教师在课堂上问《长恨歌》是什么，竟有学生答道：“三十年代流行歌曲”！这怎么得了呢？沈教授感到己任不轻，应该再编写一本适合青年人阅读的《诗人白居易》。这件工作，他已经做了一些时候了，但是进度却嫌太慢。学院里是很照顾他的，除了极重要的会议之外，一切活动都替他免了，让他专心著述。出版社则是等着他脱稿。无奈是写得太慢，供不应求。

为什么呢？有谁能想到，原因竟是缺个保姆！就沈教授本人来说，是用不着别人什么的，除了衣食之外，凡有关学问的事，无论巨细，一概自己动手，决不假手于人。他从不让别人抄稿，容忍不了那种随意简化的字、非逗非顿的标点。到图书馆借书，到书店买书，到楼下信箱里取信、取报，到邮局寄印刷品，都是自己去，总担心别人给弄错、弄丢了。他平时不苟言笑，微微蹙着眉头，好像永远在思索。他恨不得把所有的时间都用在研究与著述上。在他伏案执笔之时，纵目千古，神游八极，在瑰丽斑斓、无穷无际的文学天地中驰骋，那是一种人生的最大享受。此时，任何世俗的应酬、琐屑的事务来惊扰了他，都会使他极为恼火。他视文学为神圣，对于不足与谈文学的人几乎是不予理睬。因此，他的书房，在这个家庭里成了一块圣地和禁区，一个小小的独立王国。王国之外的一切他都不管了，全凭老伴李若君主持。其实这个家也好当，孩子们都大了，各走各的。李若君今年退休了，当了半辈子护士长的人还能伺候不了老头儿的吃喝？按说老两口的日子会过得很舒服。偏偏是李若君有福不会享，把刚满“百日”的小外孙子接了来，当起了义务保姆。这件事，沈教授曾经想阻拦，被老伴数落了一顿：“你没看《人到中年》那个电影吗？陆文婷要是有个妈，能累成那样？女儿刚调到研究所，正是出成绩的时候。做父母的可不能太自私了！”沈教授没话说了，依了夫人。

家里立即改了气氛，奶瓶、尿布和婴儿的哭声占满了整个空间，前任护士长一个人忙得团团转，还要时时冲着书房喊：“劳驾，待会儿再写吧，你抱着孩子，我熬奶去！”要不就是：“你没看见我这儿腾不开手？给我拿盆儿，兑点儿热水，给孩子洗洗屁股！”

一页稿纸被这么打断七八次，这书还怎么写得成呢？

“无论如何，非请个保姆不可，把我腾出来！”沈教授不知多少次地重复这句话。

“我不是正托人找吗？有合适的就留下，一定解放你！”李若君也无数次地做着许诺。

然而，保姆问题却是迟迟不得解决。不是没有人，而是没有合适的。第一个是个挺水灵的大姑娘，穿着打扮没有一点土气，嘴也甜，能说会道。就是干活太飘，一天好几次打电话，找她的小姐妹——她们也是成帮结伙的。这怎么行！第二天，李若君就辞了她。临走还偷了十个鸡蛋、一块塑料布。第二个是个六十出头的老太太，慈眉善目的，喜欢聊天，“俺们那儿”怎么怎么着，说起来没完没了，忘了自己是干吗的了，油瓶儿倒了都想不起扶。原来她从四十岁就当婆婆，一切都是儿媳妇伺候。听说在北京看孩子吃香的、喝辣的，还净落不少钱，她是来发财的。好笑之余，李若君又辞了她。第三个、第四个……走马灯似的来了不知多少个，竟然一个也没留下。还是老两口子齐动手，一页稿纸打断七八次。这怎么行呢？

“嘟、嘟、嘟！”有人按门铃。

“来了！”李若君赶紧把孩子往沈教授怀里一塞，怀着重新燃起的希望跑去开门。也许又是谁介绍的保姆来了，但愿这回能合适！

二

果然是个听了熟人的熟人介绍来当保姆的姑娘。李若君把她打量一番：这姑娘身材中等偏高，不胖，但挺结实。圆脸盘儿，尖下颏儿，两眼黑中发亮，小鼻子略略有些翘，嘴唇闭成很细的一条缝，像是很有心计。头发很随便地在后头拢成一把“刷子”，贴身小棉袄外面套一件墨绿色的罩衣，干净利索。看样子，像个既有力气又有机灵劲儿、能够“苦干加巧干”的人，不是那种把着手都教不会的死肉疙瘩。“人不可貌相”？不尽然，这孩子一看就是个当保姆的好材料。

“你多大啦？”

“二十三。”

“安徽的？”

“不是。”

“江苏的？”

“也不是。”

“河北的？”

"都不是。我就是北京人。"

"北京的？你没有工作？"

"待业。"

"待业青年还有当保姆的？"李若君脱口而出。她很吃惊，心里说：保姆算个职业吗？既没有编制，也没有级别，走进别人的家庭，低眉顺眼，任人驱使，苦役一般地混口饭吃罢了，比乞丐也强不了多少。说得损一点，就是用人、仆人、使唤丫头，小"老妈子"。她竟然愿意干这个？李若君盼星星盼月亮地盼着个保姆，仿佛保姆是他们一家的救星。现在，救星来了，她却又觉得不可理解。最需要的竟然是最瞧不起的。人，多么奇怪啊！

"什么活都得有人干哪，您不是需要保姆吗？"没想到姑娘这么回答她。

"哟，我明白了。"李若君若有所悟，"姑娘，你这是学雷锋，诚心诚意来帮我的忙啊！"

"您可别这么说。"姑娘腼腆地说，"雷锋帮助别人不图报酬，我其实还是为了挣钱。"

"那是！工钱好商量，只要你干得好。"李若君说着，把姑娘引到里边，边走边问：

"你会做饭吗？"

"会。"

"会洗衣服吗？"

"会。"

"会带孩子吗？"

"会。"

样样都会，李若君放下了大半个心。进一步说："咱家就三口人，活儿不多。早晨起来，打扫屋子，擦地，收拾桌子，整理床铺；吃了早点，洗孩子的尿布。”

她把姑娘带到卫生间，边说边示范：

“你看，尿布先用肥皂搓，再用清水投，投得一点沫也没有了，拧干了，用开水烫一遍，再晾到阳台上去。孩子的东西，丝毫也不能马虎。你听明白了吗？”

“听明白了。”姑娘把她的话重复了一遍。

“行了，你记住，我可就不再重复了。你再跟我来！”她又把姑娘带到厨房，指点着锅碗瓢盆、油盐酱醋说，“这些，每天要收拾干净。咱家人少，饭好做。伯伯嘛（她是指沈教授，根据姑娘的年龄给她安排了这么个称呼，总不好让她跟着小外孙子叫爷爷），身体不好，给他吃得特殊一点。鸡、鱼都会做吧？这就成了，有不会的我再教你。这是孩子的专用餐具，奶瓶每天要消毒，先用肥皂刷干净，再蒸一次，开锅后至少蒸二十分钟。这个锅不干别的，是专门蒸奶瓶的。”

她把直径二十八厘米的钢精锅盖打开，叫姑娘看那满满当当的一屉奶瓶、奶嘴、奶杯、小勺，一再叮咛说：“孩子的东西，丝毫也不能马虎，要绝对干净。你能做到吗？”

“能。”姑娘像对所有的问题一样回答。

“那就好。”李若君满意地笑笑，直率地说，“我还怕把你吓跑了呢！原先来的保姆，一看见这么多奶瓶就烦了，让我听她的，改章程。那怎么行呢？培养人才要从婴儿时期做起，吃的、用的，可不能糊弄！奶瓶每用一次就得消毒。所以我准备了这么多，蒸一次就能用一天，省得你倒不过来。”

“嗯，这样好。”姑娘不但乐于接受，而且颇为欣赏她的周到安排。

“那是咱们娘儿俩有缘啦！”李若君头一次感到这么舒心，拉着姑娘继续交代，“这儿是伯伯的书房，他在编教材，怕吵。他这屋我们谁都不进去。”给姑娘规定了禁区的界限。

正在这时，书房里传来一阵婴儿的哭声，沈教授抱着孩子，嚷着走出来：“尿啦，尿啦！快来吧，我可弄不了他！”

“得了，得了，打今儿个起就解放你啦！”李若君笑吟吟地说。姑娘把孩子接到怀里，轻轻拍着，哭声立时止住了，小家伙朝着这个新来的阿姨报以甜甜的微笑。

沈教授和他的夫人一样，对这姑娘表示满意。

“你看，伯伯也喜欢你，你就留下吧。”李若君对姑娘说，“工资嘛，我每月给你二十，干得好再往上加，阿姨不会亏待你！”

“不，我只要您十块就够了。”

“为什么？你……是嫌少，故意这么说吧？”李若君有些不高兴了。

“不是，阿姨。我只能要您十块钱，因为，我只能在您家干半天。”姑娘解释说，看样子很有些过意不去。

“唉！”沈教授泄了气，看来这又是个指望不上的帮手。

“你也真是的，”李若君不满地瞟瞟这姑娘，“干整天的也多不了多少活儿，钱倒是能多拿一倍呢。姑娘，听我的吧，啊？”

“不行啊，阿姨，我家里也有些……家务，离不开的。”姑娘轻声细语地说，但说得很坚决，似乎没有商量的余地。

“那……”李若君拿不定主意了，抬眼望望沈教授，征询他的意见。

没等老头儿出口，姑娘继续说：“放心吧，阿姨，半天的时间也可以帮您把家务安排好，午饭您不用管，我把晚饭也事先做出来，您到时候热一热就行了。”

在没有更理想的人选的情况下，李若君夫妇交换了一下眼神，就这么决定了。试试看吧，有半个人也比没人强。

“我还没问你叫什么名字哩，姑娘！”李若君说。

姑娘微笑着说：“我叫凌芳，您就叫我小凌吧！”

三

小凌挺能干。每天早晨六点半钟，她准时来到沈教授家，顺便把早点也买好了带来。这个时候，正是这个家庭开始喧闹而忙乱的时候。小凌帮着李若君给孩子换尿布、洗脸，收拾床铺，洒扫庭除；而这时候，沈教授则可以安然地吃现成的早点。吃完之后，家里早已一切就绪，他把碗一推就可以立即一头钻到书房投入工作，一口气干上三个多小时，满意地把写好的稿子竖起来磕一磕，上厨房去吃午饭。午饭好像是变戏法变出来的，不用他们事先安排，有荤有素，都摆好了。特别是新鲜的黄鱼，买到就不容易了，何况又做得那么好。活鸡，买来现宰、现煺毛、现烧，做得那么快。包饺子，拌馅、和面、擀皮、包、煮，一个人唱整出戏，不用人打下手。她还会炸春卷，豆沙馅儿的，肉馅儿的，素馅儿的……教授吃完了，把碗一推，又回到书房，躺在长沙发上稍稍打个盹儿，再开始下午的工作。这时候小凌就不在了，不过不要紧，晚饭她已经预备出来了，不愁吃不上。晚上嘛，沈教授就不工作了，和老伴一起含饴弄孙，享享天伦之乐，又觉得是一种休息了。一天一天，他感到很充实，很满足，生活恢复了原有的节奏。

对于小凌的工作，李若君也很满意。但她并没有过高估计小凌的能力，曾经以家庭主妇特有的严格去仔细检查各个环节。

“这是你洗的尿布？”她仔仔细细地翻检着，侧着眼睛看着小凌。过去来的保姆往往敷衍了事，尿布洗过之后仍是尿迹斑斑，和没洗差不了多少，以致她不能不逐个检查。

“您看行吗？”小凌恭敬地等待她的裁判。

"嗯。"李若君没说行，也没说不行。这就是最高的评价了，对保姆不能夸，一夸就要退步。其实，她没找着毛病。尿布洗得很透灵，她自己动手也不过如此。

"这是你刷的奶瓶？"她在给孩子喂奶、喂水之前，先把瓶子朝着阳光反复审看，看看有没有什么没刷净的地方。以往的保姆刷过的奶瓶总是半透明，跟毛玻璃似的，非得逼着她重刷不可。

"您看行吗？"小凌小心翼翼地望着她。

"嗯。"还是这个评价。

小凌在做饭，李若君会突然问她一声："昨天洗的伯伯的上衣呢？你忘了收进来，丢了吧？"

"噢。"小凌端着炒勺，不用回头，轻声回答说，"大衣柜里，左边第三个抽屉里。"

果然不错，叠得整整齐齐，和教授出门穿的那几件衣服摞在一起。

这样的审查、抽查、突然提问，不是所有的保姆都能应付得了的，做不到的就只好请你走。李若君倒不是故意与她们为难，而是不愿意降低标准，以歪就歪。不行的趁早打发走，免得搭了工夫，费了口舌，解决不了问题。她不能老是办超短期的保姆训练班，三天来一个，两天走一个。她希望从难、从严，挑一个称心如意的，长期留用。

小凌打破了所有人的纪录，日复一日，她已经在这里干了两个月。两个月，主人没有挑出她的什么毛病，那种"监督劳动"的味道渐渐冲淡了。

只是有一次，李若君从小凌买早点的布兜里拿面包时，里面掉出来一本书。她不高兴地说："一心不能二用，卖什么吆喝什么，活都干不完，还看什么书啊，一个当……"

她没好意思把"当保姆的"都说出来，小凌也完全懂了。她把书捡起来，咬着嘴唇，低声说："这是我在公共汽车上看的。还有，买早点、买菜的时候，总得排队，站着也是站着，我就……"

"你呀，在哪儿也甭看了，有什么用啊！"李若君说着瞥了一眼，发现那是一本《白居易与〈长恨歌〉》，"嗯？你从哪儿拿的？"

"我买的。"小凌说。

不错，封底盖着书店的售书戳记。要不然，李若君还以为她偷了沈教授的样书呢。"唉，一个保姆看你的著作，也添不了什么光彩！"她心里这样嘲笑老伴，也懒得向小凌做什么推荐，说明作者"萧吟"是何许人。如果这本书拿在一位名人手里，退一步说，即便是她的一位同事，她也会说："哟，您看咱们老头儿的书哪？您可得多指点啊，这是他出了'牛棚'之后写的第一本书！"对小凌用不着，大大用不着了。只是口气缓和了一些："要看回去看吧，干活儿的时候可不能走神儿！"

好在从那以后，此类事件没有再发生，李若君和小凌之间也可以说是和睦相处了。

两个月来，沈教授的写作进行得很顺利，原来遥遥无期的工程，现在竟然只剩下一小部分了，就像从窗口可以看到的那座新起的高楼，大概用不了多久就可以封顶、拆脚手架了。

他站起身，扶着窗台舒展一下有些板直的腰背和酸麻的手指，打开窗子，深深地吸了一口清新的空气。春天的空气，蕴含着小草和嫩芽的气息。

人行道旁的花坛里，白皮松从苍黑泛出新绿，草坪的枯根也已"春风吹又生"，那株紫丁香吐出了一簇一簇的花苞，等花开的时候，老远就能闻见幽香。草坪旁边，匆匆走过一个青年，噢，就是小凌。她走得那么快，简直是在小跑，手里还拎了那么多东西：布兜、塑料袋、草篮子。能干的小后勤部长，一次采购的东西够这个家庭消费好几天的了。

小凌的影子一闪，进了楼门。沈教授下意识地看了看手表：正是电梯的休息时间。小凌提着那么多东西，要徒步爬上六层楼！沈教授心里升起一种感激之情。十块钱，一张钞票，是李若君在商场里五分钟就可以花光的，却是小凌一个月的工资！十块钱，她干了多少活儿？不要说吃、喝、穿、住，仅仅为沈教授换来了宁静与专心致志，就已经很了不起了。洋洋数十万言的著作，是靠她的无数细碎的劳动铺平了道路才可能写出来的，正像一条又宽又平的大马路修成之前，先铺上的是一粒一粒平淡无奇的石子！

"这孩子真好！"沈教授由衷地这样想。清高的老知识分子又是这么极易激动，他觉得很有些对不住小凌，只是把她看成花钱雇来的保姆，而没有当成个孩子来关心。她有什么困难需要我们帮助吗？没有问过。甚至没有和她说过话，一句也没有说过。无论什么饭菜，总是教授先吃，吃完就走。小凌吃的什么，他不知道，也从来没有问过。只是有一次听见厨房里李若君和小凌的对话。"小凌，你吃菜啊！""阿姨，我不爱吃鸡，不爱吃鱼。"就没有下文了。不爱吃？真的不爱吃吗？那只不过是让你们吃得心安理得罢了。这么一想，沈教授觉得不安。幼吾幼，以及人之幼。唉，等赶完了稿子，和她谈谈，也得让她当心一下自己的身体，这孩子最近一天天显得瘦弱了。

可是，没等他来得及这样做，有了"情况"了。一个闲得没事干的老太太来串门儿，告诉李若君说，小凌每天下午压根儿就不是忙自己的什么"家务"，而是按钟点儿地出入另一人家，可不知是干吗。李若君刚刚平静下来的心又乱了，小凌究竟是什么人？她干什么去了？两个月来，竟然一直瞒着我！联系到报上的那则消息和社会上的种种传闻，不能不令人重新提起戒备之心。

"天可度，地可量，唯有人心不可防！"沈教授叹息了，用白居易的诗表达他的感慨。

四

“姑娘，做人第一是要诚实，你不该欺骗我们！你们这些当保姆的，没有一个说实话的！”第二天一早，小凌刚刚进门，李若君就冷冰冰地对她这样说。

“……”小凌不知所措地忽闪着眼睛。

“你每天下午背着我们干什么去啦？”李若君开门见山，不准备绕圈儿。

“噢，”小凌平静了，恭敬而又自尊地说，“和在你们家一样，给人家当保姆。半天，每月十块钱。”

“撒谎！”李若君立即抓住了把柄，“我早就对你说，给我干整天的，每月给你二十块，你都不干。你倒跑两个地方去挣两个十块？十加十等于二十，你再没有文化也会算这个账吧？”

突然的吵嚷，把里屋的孩子吓哭了。沈教授只好又走出书房，充当代理保姆。

“我来吧，伯伯，别误了您的工作。”小凌抱起孩子，轻轻拍着。眼圈红红的，但她忍着，没让眼泪流下来。作为一个保姆，她不能和主人一样发火，一样大声嚷嚷，只能强制着自己做尽可能的解释：“阿姨，您听我说。您不知道，我有我的难处。我每月必须挣够二十块钱，又不能整天工作。每天中午，我得赶回去伺候我妈。这样，就只能把一天分成两半，好挤出中午的一点时间。要是干整天的，不管在谁家也不能中午回去呀！”

几句话，竟使李若君默然了。

“你的妈妈，她病得很重吗？”沈教授本不愿加入这婆婆妈妈的吵吵，听到这里，却不禁关切起来。

“哦，她离不开我。”小凌回答得很含糊，似乎不愿意就此多说。

李若君，这个当了大半辈子护士长的人，职业的恻隐之心早已把刚才的怒气冲得无影无踪了。她自己也有女儿，她懂得母亲和女儿的心是连得多么紧，一跳一颤都是互相牵动的。她的女儿像小凌这个年龄的时候，正在大学里念书哩；而小凌，一样的人，一样的女孩儿家，却在这样的青春妙龄出卖劳动力，做那些卑微、繁重的活儿，为的是挣到二十块钱，还要奉养卧病的妈妈！

“可怜的孩子，我委屈你了。为了你的妈妈，你每天下午就不要出去干活儿了，我每月给你二十块钱！”李若君扶着小凌的双肩，完全真诚毫无造作地说。

小凌自尊地笑笑：“阿姨，我哪能白要您的？自食其力是光明正大的。您不用可怜我，‘可怜’这个词儿，听着挺不舒服的。”

一个为人师表的教授，一个救死扶伤的护士长，这时都找不到合适的言语了。

一切又恢复平静，平静得和以前一样，天天如此。

生活像一条溪流，不舍昼夜地向前流去。有时，它很平缓，平缓得没有浪花，没有声响；有时，峰回路转，崖断瀑飞，平淡无奇的水滴霎时间幻化成云间坠落的璀璨珠玑！那时，你会惊叹：啊，多么壮观的水！

一个偶然的契机，使得沈教授生活的溪流在平缓之中骤然激起了冲天浪花。这，也许是他的暮年中永远难以忘怀的。

五

又是一个早晨。

李若君刚给孩子喂完牛奶，急切的门铃声和杂乱的喊叫声惊动了这个宁静的家庭：

“沈教授，您家的保姆晕倒了！”

啊！沈教授的心一阵紧缩。他急急忙忙打开门，邻居们七手八脚地抬进来昏迷不醒的小凌。

“她，她这是……”沈教授被这突然的事变吓坏了。

邻居们嘁嘁喳喳地议论着。

“唉，一个姑娘家，累成这样子！”

“是不是有心脏病根儿啊？”

只有前任护士长李若君在慌乱的人群中保持着医务工作者特有的冷静，她仔细地把摸着小凌的脉搏和胸口，判断着：

“可能是低血糖，也可能是脑贫血……”

“‘可能’‘可能’！”沈教授发火了，“还不快送医院！”

一句话提醒了李若君，她立即去打电话叫救护车。

车来了，人们把小凌抬上车去。她好像有些清醒了，嘴动了一下，并没有说出话来。沈教授也要跟车走，被老伴拦住了：

“得了，别添乱了，你去有什么用？在家给我看着孩子！”

车子开走了，邻居们议论着，感叹着，怀着各种心情离去了，留下的没有说出口的讥刺和抗议，变成一团令人发冷的空气。

奉命留守的沈教授在家里坐卧不宁。他自知是罪魁祸首，心中只有焦急和内疚。

这时，他才注意到了掉在门边的一个布兜。那是小凌每天提来提去的蓝底白花的布兜，里面露出用塑料袋包装的、切成薄片的精白面包，那是为教授买的早点。

一阵酸楚冲击着沈教授的泪腺。他极力克制着自己，俯身拾起布兜。他的手在抖吧？面包滚落在地上，并且掉出一摞厚厚的、装订成册的稿纸。

“什么稿子？她从哪里取来的？”他本能地把稿纸捡起来，看看封面。

封面上写着：论《长恨歌》，署名凌芳。

惊奇，诧异，都不足以形容沈教授此时的心情，他怀疑自己的视觉神经。完全不可思议！怎么可能呢？一个二十三岁的小姑娘、一个保姆，跟这厚厚的一摞稿纸，怎么能够联系在一起！

教授茫然了。在他的眼前——

菜篮、炒勺……

奶瓶、尿布……

搓衣板、肥皂泡沫……

煎煮中药的砂锅……

她哪里还有时间呢？要伺候两家的吃穿，还要照顾卧病的母亲。除非她是一部机器，不用休息？

是的，教授仿佛看得真真切切——

在一间小小的陋室里，母亲的病榻旁，夜深人静之时，小凌终于摆脱了一切缠绕，伏案执笔，激扬文字。只有在别人沉睡于梦中的时候，她才是一个自由的人，让文思毫无羁绊地在夜空中奔驰。一夜，又一夜……

教授急不可待地翻开稿纸。

第一页，简短的“引言”：

如何评价白居易的《长恨歌》？

萧吟先生在《白居易与〈长恨歌〉》一书中写道：“诗人所创造的唐明皇和杨贵妃的形象，他们那种对爱情坚贞不渝的精神，是和当时人民对爱情的看法相符合的。歌颂爱情的专一和坚贞，是这篇作品的主要思想。”

这种分析恐怕并不符合诗人的创作意图。白居易曾明确地在给元稹的信中说：“今仆之诗，人所爱者，悉不过杂律诗与《长恨歌》以下耳。时之所重，仆之所轻。……然千百年后，安知复无如足下者出而知爱我诗哉！”

那么，诗人的创作初衷、诗的主题、思想价值和艺术价值到底是什么呢？本文谨发表拙见，愿与前辈萧吟先生商榷。

沈教授大大吃了一惊。这不仅是一篇气概不凡的论文，而且指名向他挑战，大有将他那本书的根基动摇之势。如果这出自他的学生之手，他一定会用“青出于蓝而胜于蓝”来表达老师的兴奋和鼓励。然而，对于小凌……唉，惭愧啊！他激动地掂着这一摞稿纸，觉得有千钧分量。稿子显然是断断续续写成的，用的是各种规格的稿纸，有红格的，有绿格的，有五百字的，有三百字的，然而字迹清晰、整齐。最末一页上写着今天的日期：“凌晨四时完稿”。沈教授心里一热：啊，她一直写到天亮！刚刚写完就带着，是拿给我看吗？不像。小凌显然不知道，她要与之商榷的“前辈萧吟先生”正是她两个多月来伺候得周到入微的这个老头儿啊！她是……是了，一定是打算趁中午“下班”的时候寄出去，投给某一家刊物，公开和我论战。

沈教授无法抑制心情的亢奋，这种亢奋是缺乏事业心的人永远也不能理解的，正如只有运动员才真正懂得什么叫“竞技状态”。君不见动物园里那懒洋洋的雄狮吗？没有对手的英雄是寂寞的，宁司输与强者也不甘在寂寞中死去。盼望啊，沈教授一直盼望着后来者。然而，面前的这位对手，这位虎虎有生气的小将竟然出现得这么奇特、这么突然，以致使他毫无思想准备。他多么想和小凌酣畅淋漓地谈一谈！可是，她……她现在怎么样了呢?

电话铃响了，是李若君打来的。

“小凌怎么样?”沈教授急切地问，连声音都有些发抖。

“好了，没有危险了。”话筒里传来前任护士长轻柔的声音，“经诊断，是脑贫血，不要紧的。大夫说，她是劳累过度，睡眠不足。给她吃了药，现在睡着了。”

“噢!”沈教授轻轻地、轻轻地放下了话筒，像是唯恐惊扰了小凌。完成作品之后的睡眠是香甜的，不要惊醒她!

她睡了，教授的胸中却沸腾着。

生活，不是溪流，而是奔腾咆哮的扬子江。它艰难曲折地在悬崖陡壁之中突进，一旦冲出了三峡，就豁然开朗，一泻千里！看啊，多么壮阔的江流!

小外孙子也在婴儿车里睡着了，睡得那样香甜。沈教授轻轻带上门，回到书房。在他那神圣的文学领地里，郑重地把刚刚看了“引言”的小凌的论文摆在自己的手稿之上，全神贯注地读下去……

（发表于《当代》1983 年第 6 期。收入：《新时期女作家百人作品选》，海峡文艺出版社 1985 年出版；霍达小说集《红尘》，花城出版社 1988 年出版；霍达小说集《魂归何处》，北京十月文艺出版社 1988 年出版。1984 年由作者改编为同名电视剧，中国电视剧制作中心录制）

马拉松宴会

宴会定于下午五点半钟开始。

车子在听雨楼饭庄门前停稳，我和表哥一左一右同时开门下车。我看看表，五点二十五分。这正是表哥预定的时间。他说，出席宴会，不可到得太早，显得过于“贪吃”；迟到又要失礼，让大家等着，浪费别人的时间是不道德的。我们提前五分钟到达，不早不晚，恰到好处。

我们刚刚踏上台阶，就看见省轻工进出口公司的秦科长和我们厂的厂长已经等在那里。看见了我们，秦科长上前一步：“林先生、林小姐!”

表哥彬彬有礼地和他们握手寒暄，我却忍不住扭过头发笑。就因为有一个从国外回来的表哥，我也连带成了“林小姐”了。

秦科长掸一掸自己笔挺的制服，和我们一起走上台阶，一本正经地把手一伸：“请!”这工夫，五点半钟已经到了。

秦科长把我们引到一间外宾休息室：“请在这里休息一下!”我看看表哥，他也看看我。显然，他和我一样纳闷：时间都到了，还“休息”什么?

“常经理他……有一个重要会议，还没有散，马上就到，马上就到!”秦科长让我们坐到沙发上。

常经理是今天宴会的东道主，他不到，自然宴会不能开始。

喝茶，抽烟，欣赏墙上挂的国画。

秦科长似乎对国画很内行，一一指点着向表哥介绍。

他安顿好了这边的美术欣赏，借口走出了休息室。我赶快跟了出来，问秦科长：“常经理是怎么回事？”

“你别嚷嚷！”秦科长小声说，“谁知道？我得打个电话问问！”

跑到服务台，拨通了常经理家里的电话，秦科长十万火急而又小心翼翼地问：“喂，常经理吗？我是老秦哪。您……”

听筒里嗡里嗡隆地在回话，秦科长眼里急得冒火星。一会儿，他放下话筒，小声对我说：“经理在理发呢。”

“一个老头子，瞎捯饬什么？”

“嗳，今天是常经理第一次和林先生见面，总得修修门面嘛，他说半个钟头准到。”

“再等半个钟头？说得轻巧！现在已经六点了。这不是拿我们开涮吗？”我把牢骚都发给秦科长。

可也怪不得他，他是个热心人，表哥的这档子买卖，就是他揽的。

这几年，表哥差不多每年都从国外回来一次，北京、上海、天津、广州，连我们这个省城也几乎年年都来，一半是为了做买卖，代表他那个公司和国内开展贸易，一半是为了探亲，看望我年迈的祖母——他的姥姥和我们全家。“姑舅亲，辈辈亲，打断了骨头连着筋。”奶奶这样说。

现在，奶奶不在了，表哥还是年年来，“我的根在中国。”表哥这样说。

今年春天，燕子飞回来的时候，表哥又来了。他说，在今年的广交会上，他认识了我们省轻工进出口公司的秦科长，谈上了一宗贸易，订购一批家用煤油散热箱，投放欧美市场。

开头我没在意，“欧美还需要这种简陋的取暖设备吗？暖气不是很方便吗？”

表哥说，各有利弊。煤油散热箱移动方便，燃、熄自由，住房宽裕的人家倒是乐于使用的，这样，只在住人的房间里摆一个散热箱，比整幢房子普遍供暖要节约得多，西方人是很注意精打细算的。近几年，我们这儿连连出现暖冬，而他们那边却冷得出奇，大雪阻塞交通、压断电线、冻裂水暖管道的情况频频发生，因此煤油散热箱成了畅销货。

我不知不觉产生了兴趣：“噢？哪个厂生产的？我怎么没听说？”

“秦科长说，省轻工进出口公司已经‘研究’了几个月了，现在还没有‘落实’到厂。”表哥说。他的神情严肃而又有些急迫，职业习惯使他在聊家常的时候也像是面临着谈判对方。

我的心一动：“我们厂！怎么样？”

“好极了！”表哥眼里闪出兴奋的光，“哈，买卖做到姥姥家来了！”

事不宜迟，我当即请来了一墙之隔的邻居——我们的厂长。厂长一听，乐了。我们这个既穷又小的大集体所有制厂子，小敲小打，本小利薄，自负盈亏，国家计划产品一样没有，完全靠着市场调节过日子。现在来了这么一大宗买卖，厂长还能不乐？可是，我们厂无权和外商直接谈判，要通过省轻工进出口公司。

第二天一早，厂长和我毛遂自荐，来到了省轻工进出口公司，见到了这位秦科长。他很高兴我们主动上门，初次见面就谈得很投机。临了，他说：“我向经理做个汇报，请领导研究研究，你们回去听我的信儿。”

谁知道，等了一个星期，像点了个受潮的炮仗，没声儿。厂长沉不住气了，打电话问他。秦科长回答说：“别着急，领导上正在研究呢。你们再等等吧。”

这一等，竟然又等了一个月。厂长急了，跟我说：“他们拿‘研究研究’当饭吃，咱不能喝西北风等着！走，找他去！”

二次拜访，秦科长好像有什么为难之处，又不好直说。

“这样吧，秦科长，”厂长说，“看来，您是丫鬟拿钥匙，当家不主事。我们找经理去。”

秦科长沉默了一阵，说：“也好。不过，常经理正在开重要会议，你们得等一等。”

冷板凳坐了大半天，厂长的一盒烟都快抽空了，常经理的重要会议还没有结束。等人的滋味可不好受啊！

那次是我们登门求见，只好傻等。可今天，是他出面请客啊！

六点一刻，还是没有常经理的影子。秦科长看看表，脸上渗出了汗珠。

这时候，一辆小汽车悠闲地驶进了饭庄门前的停车场，秦科长好像盼到了救星，眼睛一亮：“来了！”

车门打开，走下来衣冠楚楚、神态安详的常经理。

我看看表，六点半！刚想埋怨一句，汽车里又钻出一个人，常经理的爱人、公司医务室的丁大夫。她也是一身笔挺，皮鞋锃亮，新染过的头发波浪翻滚，油光闪闪。噢，原来是她在“修门面”！可她来干什么？煤油散热箱和医务室有什么关系？唉，不知从什么时候开始的，我们这儿也时兴带“夫人”了。

常经理庄重而又从容地偕同夫人步上台阶，朝我点点头：“林小姐，因为有你这位女宾，我只好动员老伴作陪啊！”想不到，为了“照顾”我，经理夫人才让大家等了一个多小时——现在已经六点三刻了。

秦科长急急地引他们上“外宾休息室”。厂长不知抽了多少烟，屋里浓雾弥漫。我那表哥，经历了漫长的“美术欣赏”活动，正坐在沙发上揉眼睛，想必是累了。

“啊，林先生，让您久等了!”常经理声若洪钟，把表哥吓了一跳。他立即像弹簧一样站起来，彬彬有礼地握住常经理的手：“常经理，久仰，久仰!”

“真对不起，”经理夫人向表哥伸出她那胖胖的手，“经理他刚才有一个重要的会议，对啦，研究的就是你们的这项贸易，一散会就匆匆赶来了!”

“啊，谢谢，谢谢!”表哥连声说。好像应该感到抱歉的倒是他了。

宴会厅里，在铺着雪白的台布、摆满了大盘小盘的大圆餐桌周围，大家分宾主坐定。

茅台、葡萄酒都是斟好了的，服务员绕着桌子，给每人斟上啤酒或是汽水。当她走到表哥面前时，常经理轻轻地扬扬手：“他不要汽水。换矿泉水。是吧，林先生?”

“噢，谢谢!”表哥感激而又惊异地情不自禁地欠起身子，朝常经理微微鞠了一躬。他不知道初次见面的常经理从哪里了解到他的胃口。

“我没猜错吧？哈哈!”常经理爽朗地笑着说，“海外来的朋友都爱喝中国的矿泉水!”

一个“都”字，说明常经理的这一经验是经历过无数次宴会的验证了。

“是的，是的，”表哥忙说，“家乡的水啊!”

常经理脸上泛起东道主的自豪与满足：“林先生，今天我专请您品尝家乡风味！听雨楼饭庄在本省是首屈一指，厨师都是在北京的几大饭店深造过的，手艺不在首都以下。”

“是的，是的，名不虚传!”表哥由衷地表示赞同。

“请，请!”大家一起碰杯举箸，忙活起来。

“林先生!”常经理用筷子指点着簇拥在圆桌中心的那个色彩斑斓的大拼盘，笑容可掬地朝表哥说，“这是我特意为您定做的冷荤拼盘，名叫‘松鹤望月’。松鹤象征延年益寿，明月象征前途光明啊!”

“噢，谢谢!”表哥说不尽的感激之情。

“林先生!”常经理兴致勃勃地接着说，“这‘松鹤望月’是听雨楼一绝，制作起来极要功夫。您看，这雪白的鹤身是选用细嫩的鸡肉一片一片切成羽毛；鹤尾用松花蛋制成，黑中发亮；黑色的脖子用的是‘发菜’——商界人士最爱这一名称：‘发财’，大大地发财!”

说到这里，常经理爽朗地笑起来，宴会桌上洋溢着一派招财进宝、生意兴隆的气氛。

难得哟，难得看到常经理这样的笑脸。此一时，彼一时，当初我和厂长坐了几个小时的冷板凳之后被传进经理办公室的时候，哪里想到能有今天!

那天，常经理坐在办公桌前那把能作三百六十度旋转的安乐椅上，用冷漠的眼光看着我和厂长，就像打量着两个斗胆揭了皇榜的叫花子：

“你们厂？不就是生产大头针儿、曲别针儿、订书钉儿的厂子吗?要是外商订购挖耳勺儿嘛，倒是可以考虑你们……”

这是指着鼻子寒碜我们！厂长脸涨得通红，额头上青筋突突地跳。

“您还没说全,”厂长忍着气说，“我们还生产过汽灯、马灯、煤油炉子，跟煤油散热箱也沾边儿……”

常经理哈哈大笑：“八字不沾边！人家那是洋玩意儿!”

“洋玩意儿怎么着?”厂长说，“又不是什么尖端科学，我们琢磨琢磨，能鼓捣出来!”

“好嘛!”常经理点燃了一支大中华，口气缓和了一些，“我何尝不愿意呢?‘人穷志不穷’‘小厂办大事’，这话，我们过去听得多了，可我这个经理，不能买空卖空，要货真价实啊。煤油散热箱是个什么样子，你们恐怕连见也没见过吧？”

“林先生倒是带来了国外产品的照片和图纸。”秦科长替我们回答说。既为自己圆场，也有些为我们壮胆。

“唔。那就先看看图纸，纸上谈兵吧。不过先不要和外商敲定厂子，别的厂愿意接还可以联系。”常经理朝秦科长吩咐了之后，又转脸朝我们说，“你们愿意试试，也可以。回去研究研究，问问总工程师有没有这个能力——你们厂有总工程师吗？”

“没有。我们厂小，只有几个技术员。”厂长朝我指了指，“小林子就算打头的了。”

“你？”常经理看看我，显然没有把我这个身穿工作服的“毛丫头”打在数里。

“她是林先生的表妹。”秦科长不知为什么，补充介绍了这么一句。

“噢！怪不得，怪不得！”常经理好像明白了什么似的，“原来有你这么一条内线！不过，和外商做买卖，还是要公对公。这些年，社会风气不好，什么都讲关系、走后门。咱可不能让人家指着脊梁骨说，后门走到国外去了！”

这是什么话？八字还没一撇，帽子先扣到我的头上了。我真想大喝一声：“我们不干了！”转脸就走。可是我不能。我想起厂里几百号人，要吃、要喝、要活儿干。工资要开，奖金要发。厂房要扩建，宿舍要翻盖。我是在搞不正之风吗？不，是在为厂子多找一条路，为国家多换取些外汇。印着“中国制造”的出口商品又多了一个品种，有什么不好？

“常经理，红口白牙的，说话可不兴这么损！”厂长梗着脖子说。

长话短说，我一句话打过去：“我们今天来找您。就是来堂堂正正地走正门!”

“敢立军令状，也好嘛!”常经理还是不紧不慢，“要是失了街亭，别怪我斩马谡!”

我和厂长告辞了以诸葛亮自居的常经理，急如星火地打自己的主意去了。“躺着说话不腰疼，饱汉不知饿汉饥。常经理的饭碗是铁的，我们的饭碗是瓷的!”厂长一路上直叨叨。

是啊，人家常经理，是国家干部，进出口公司可不是自负盈亏，赚也好，赔也好，横竖有国家贴补，经理照当经理，坐着安乐椅，端着铁饭碗。饭碗之外，还有吃不完的宴会，反正招待费一半由公司出。一半由厂子出，他一个子儿也不用掏。看，常经理咂摸着滋味，还在给我们神聊这盘又延年又发财的“松鹤望月”!

“这轮金黄的月亮，”常经理越说越来劲儿，“是用一只蛋黄，在水里煎成半生半熟、若明若暗，您看，惟妙惟肖啊!”

“噢!”他的演讲赢得了一片赞叹之声。

“最后再看这一只玲珑剔透、晶莹闪光的鹤眼，您猜是用什么原料?”

“唔，猜不出，猜不出……”表哥等他指点迷津。

“呃，”常经理精神抖擞，落下点睛之笔，“说出来并不稀奇，用的是一颗茴香籽儿!”

又是一阵朗声大笑，引来了表哥的由衷赞叹：“真是巧夺天工!”

“请，请!”秦科长不失时机地殷勤相劝，于是，四面八方的筷子一起伸向那栩栩如生的仙鹤，开始将它肢解。

厂长举着筷子，舍不得下手，嘴里嘀咕着：“可惜了这手艺，得花多少功夫!”

“这一个拼盘要花一个工呢!”常经理炫耀地说。

一个工！我们等你的“研究研究”用了多少个工？花在试制煤油散热箱上又是多少个工？你知道吗？

秋天到了。当表哥再度飞来，看到汗水淋漓的厂长抱着第一个煤油散热箱征求他的意见时，他被深深地感动了。半年的试制时间虽然长了一些，但结果总算给了他极大的安慰。他表示完全理解我们在百废待举、大业将兴时期的艰难，对厂方的积极进取精神极为钦佩。

崭新的煤油散热箱摆在常经理的办公室里，像一件小巧玲珑的工艺品，火苗儿映在光洁可鉴的反射板上，像是节日的礼花。不大一会儿，屋子里尽管开着电扇，温度也骤然升高了许多。

“这么快就做出来了?”常经理用手绢擦着脸上的汗，随口说。

“您还嫌快?”厂长笑着说，“我们都快急死了。多亏了人家林先生从国外解决了钢板，要不，我们哪儿去弄指标啊？还寄来了那么多技术资料！可以跟人家签合同了吧？咱们好成批投产!”

常经理转脸对我们说：“辛苦了半年多，先回去休息下吧。合同的事先不要着急嘛!”

话音不对。厂长一听急了：“您可得快呀，老小几百口子都等着呢！听说北京的一个厂子也在生产煤油散热箱，准备出口……”

常经理以领导者的风度拍拍他的肩膀说：“怎么？自己人还要竞争啊？哈哈哈！不要急，出口的事你们不懂，公司还要研究研究!”

“等您研究到明年春暖花开，我们只好改产冰棍了!”

“冰棍又不出口，就不归我管了。我关心的是你们试制的这个煤油散热箱的质量，能不能达到出口标准。”常经理慢条斯理地说。

“性能指标已经全部达到标准。”我说。

“唔？这只是你们说的，是不是这样，我们还要研究。呃——昨天我在自由市场买了一只三斤半的老母鸡，回家一开膛，嗉子里填了八两沙子，哈哈哈！”常经理说着“咯咯”地笑起来，油亮的双下巴不住地颤悠。

把我们看成什么人了！厂长气呼呼地关掉了煤油散热箱，说：“那就请您开膛检验吧！”

“不要听不得不同意见嘛！”常经理往安乐椅上一靠，“我告诉你，我们的商品进入欧美市场，人家还得检验呢！比如说，为了测试油箱的密封度，从一米高的地方往下摔！这一摔，你们的这个散热箱恐怕就得散架子了。”

“你说的是铅球啊？”厂长嚷起来，“谁家的散热箱摔着玩？你是想摔我们的饭碗！”

常经理也提高了声音说：“饭碗重要还是脸重要？产品要印上‘中国制造’，这是中国的脸面！”

“我懂！我们要脸！拼死拼活也不光是为了挣几个钱，挣的也是中国人的脸面！”

眼看要顶牛了，秦科长赶紧在两个齿轮中间抹润滑油：“好了，好了，你们两位本来没有分歧嘛，都是一个原则，保证质量！”

不愉快的“二进宫”就这样结束了。厂长抱着那比心肝宝贝还要金贵的样品，气呼呼地往回走。我跟在他的后边，心里像团乱麻。

全厂的职工都在等着我们。当他们看到厂长绷着个脸，像捧着个骨灰匣子似的走回厂子的时候，人群中发出了抽泣声，活像一个送葬的队伍。

厂长一句话也不说，只是默默地，一步一步踏上楼梯。

突然，可怕的事情发生了，我想拦都拦不住，厂长他举起手中的煤油散热箱，从二层楼上向楼前的空地上扔去！

啊，他发疯了？人群立时骚动起来，不知道出了什么致命的挫折，使厂长干出了这种鲁莽而愚蠢的举动？他摔的，是全厂几百颗心啊！

我惊呆了。这时，我看见，厂长突然以极快的速度折身向楼下奔跑。

跑到摔在地下的煤油散热箱跟前，急切地，轻柔地，把它抱起来，像母亲扶起蹒跚学步跌倒的孩子，爱抚着，凝视着。

他的眼里放出惊喜的光："小林子，快来！我是从三米高往下摔呀，油箱还是严丝合缝！"

我明白了，一切都明白了！我从慌乱的人群中挤过去，扑倒在他的身边。我真想哭，痛痛快快地大哭："厂长啊，我们成功了！"

今天，秦科长喜气洋洋地打电话来说，公司今天由常经理出面宴请林先生。这当然是意味着水到渠成，大批生产煤油散热箱的贸易合同可以签订了吧？

当我陪同表哥驱车前往听雨楼饭庄时，虽然从车窗中吹进的秋风已有瑟瑟凉意，我和他的感觉却是一路春风。今天的宴会，将是令人高兴的。

是啊，宴会正进行得热烈。表哥的兴致很高，因为这次宴会将在热烈的气氛中使贸易拍板成交。厂长也很高兴，巴望许久的一天终于来临了。他脸上微微有些红晕，闪着兴奋的光。他还好几次笨手笨脚地举着满杯的茅台对表哥祝酒，大着嗓门说："干，干！"

表哥也极其尊敬地和他碰杯。

"嗳，干了嘛，干了！"厂长上了劲儿，非要他喝干不可。

还是常经理见多识广，笑着说："你这就老赶了，人家海外人士'干杯'也是温文尔雅，不像你那样喝得精光！"

厂长不好意思了："我这是不见外。"

"不见外，谢谢！"表哥出乎意料地举杯一饮而尽。

厂长笑了，席上一片笑声。

女服务员端来一道道菜，每一道菜，常经理都准确地报出名目，讲明特色，还详细地介绍其烹调方法。

鱼，一条大鱼占满了椭圆形的长盘。

常经理举起筷子说："林先生，您猜这叫什么？"

"是鲤鱼吧？"表哥笑着说。

"不全对，"常经理笑眯眯地说，"这叫'活煎鲤鱼'，您看，它还是活的呢！"

"活的？"不仅是表哥，在座的人都不禁诧异起来。可不，那鱼鳃一鼓一鼓的，嘴还在微微张动呢！

常经理富有经验地说："这道菜，烹调技术全在掌握火候，大师傅要临阵不慌，手疾眼快，干脆利落，见好就收！"

一席话，说得大家唏嘘赞叹。

"请，请，这是名副其实的尝鲜！鱼虽活着，肉却是熟的，绝没有腥味！"

表哥试探性地夹了一筷子尝尝，十分钦佩地点头称赞。

"您知道吗？林先生，这里有个诀窍呢！"常经理此刻的神情就像魔术师在博得观众的满堂彩之后有意暴露一下表演手法。

常经理抿了一口茅台，这才说："这诀窍其实只有一个字：快！活鱼拿在手里，去鳞、开膛，总共不到一分钟！然后——"他卷起了袖子，举起右手，似乎真的面临着一锅沸腾的滚油，绘声绘色地接着说，"然后用一块湿毛巾包住鱼头，就这样，'刺啦！'伸进油锅，一分钟！赶快放在盘里，浇上汁子，总共也不过三分多钟就已经端到餐桌上——嘿！鱼嘴还动呢，您就吃吧！"

"啊！"餐桌上果然又是一片赞叹之声。

常经理满足地舒了一口气，总结性地强调说：“总而言之，要快！赢得了时间就是胜利，磨磨蹭蹭，犹犹豫豫，那是不行的，哈哈！”

“对！经理说得太好了！”表哥极为赞同。

“要是我们的工作也像这么神速就好了！”我也不禁脱口而出。

我这么一说，厂长立即接口说：“对！咱们这个煤油散热箱也得这么嘎崩脆！经理哎，今儿个是好日子，喝了喜酒，就把合同签了吧！”他张大了嘴，望着经理。

表哥很兴奋。按照惯例，礼节性宴会一般在一个小时以内，现在——他轻轻瞟了一眼左腕，八点了——要说的话，该说了。

“经理先生，感谢贵公司和厂方的大力支持与合作，产品终于试制成功，关于贸易合同……”

“啊，啊，”不知怎么回事，常经理像听到一件与他无关的事情一样，眼睛都没有从盘子上移开，“今天和林先生第二次见面，也可以说是贸易商洽的开始。具体事项，可以研究，可以研究。”

表哥不便再说什么，有礼貌地咽下了后半句话。“研究”这个词，他已经听惯了。在我们这儿，某些人口头上的所谓“研究”的实际意义与字典上的解释是不同的，并不是指像常经理对煎活鱼的烹饪技术那样的细研深究，而几乎成了“拖延”“等待”甚至“否定”的代用语了。“研究研究”一词的普遍运用，使得某些领域里的生活节奏大大放慢了。

事到如今，才是个“开始”，还要“研究研究”到何年何月？我们厂长要发火！他的眼珠血红，两条浓眉倒立起来，朝着经理要吼！秦科长瞪了厂长一眼，朝表哥这边努努嘴，提醒他注意场合。厂长终于憋住了，额头上涨起暴得老高的青筋。

宴会仍在井然有序地进行。我一点胃口都没有了，看着一道又一道菜走马灯似的端上来，如坐针毡。八点半了，这么个宴会，还吃个什么劲儿？

常经理却久战不疲，尽管一盘一盘，名目繁多，他却像一部百科全书，滔滔不绝。丁大夫从旁帮腔，夫唱妇随。

“常经理的知识真是渊博！您如果在西方开一个中国餐馆，可以成为亿万富翁！”表哥说。不知是真心赞扬，还是有意揶揄。

“哈哈！”常经理大笑，“那可不见得哟，我可从没有做过哟，只是会吃！”

常经理坦率得令人吃惊。

“民以食为天嘛！”他又以一句古语为那坦率的自白做了注释。停了一息，觉得话还没有说完，又补充道：“在中国，食品就是艺术品，上自仿照清宫御膳的北京北海公园的‘仿膳’，下至平民百姓的家常便饭，无论米面荤素、蒸煮煎炒，都讲究色、香、味。”

“是的，是的，”表哥赶紧接着说，“我到表妹厂里的食堂去参观过，果真如此。”

“咯噔”，宴会进行曲好像突然蹦出个乱音，变了调儿。好儿双眼睛，像聚光灯似的一下子集中到我的脸上。

“怎么？你带林先生到厂子食堂去了？”首先是秦科长向我发问，声音里透出责备和慌乱。他不安地瞟了瞟旁边，咦，厂长的椅子空着。我也没注意，他什么时候离了席。

“呃……”秦科长带着尴尬的笑容对表哥说，“工厂食堂嘛，就没有什么好吃的了。因为，工人们都很忙，在厂里只是匆匆用一餐便饭……”

“下班回家才改善生活哩！”丁大夫接下去说。

“是的，是的，”表哥好像并没有察觉出人们的情绪变化，继续说，“我们在国外也是这样，只有晚饭比较像一餐饭，午餐在外面吃，都极简单，一杯咖啡、一块三明治而已，还远不如你们食堂里那样丰富!”

“噢!”常经理带头，秦科长继之，丁大夫随后，都泛出了满意的微笑。我心里明白，他们刚才是担心表哥在我们厂里窥见了什么“阴暗面”，听到表哥的赞扬，才放下心来。

“不过，我倒有一个粗浅的想法，想向贵厂建议，不知……”表哥说。

“噢?”秦科长有点发愣，他不知表哥要说什么。餐桌上的空气又紧张起来。

“我在表妹食堂看到工人买‘包’……”

常经理没有听懂：“‘包’？什么包?”

表哥用手比画着：“就是用面粉做的，外面有花边，里面有肉，有菜，有粉丝……”

“噢，包子呀!”丁大夫笑着说，差点把正在咀嚼的东西喷出来。

“对，包子。工人买那个包子，要排队。买米饭，要排队。买菜，还要排队。一餐饭要排三次队，要用好多时间呀!”

常经理一听，原来是这么个小得微不足道的问题，说：

“想吃得好一点，就要费点事，没有办法!”

“不，办法是有的。”表哥却不知进退地说个没完。

“嗯?”常经理皱了一下眉头。对于烹调技术那么乐于研究的他，此刻却对表哥的研究有些不耐烦了。

“我想，可不可以采用一套快餐供应设备？一条流水线可以把菜、饭、包一次售给每一个工人，每人一份，不用排队。流水线用电脑控制，可以保证准确无误!”

“电脑?”常经理笑了，“我们的生产都没有电脑，吃饭用电脑?”

“那得花多少钱哟！为了吃饭用电脑，哈哈哈!”秦科长抹着嘴角说。

“设备，我可以免费赠送！”表哥依然是那么认真，“这样，午餐的时间可以缩短到十分钟！也就是说，每个工人可以节约至少三十分钟时间，那么，全厂将节约多少时间？”

“每人半个钟头？够干吗使的？”常经理嘬着一根牙签，懒懒地说。他似乎酒喝得多了一些，口齿有些含混了。

“是啊，十分钟吃一顿饭，狼吞虎咽的，恐怕要闹胃病的！”丁大夫三句话不离本行。

“俗话说，饭要一口一口吃，那是急不得的。”常经理紧接着他的夫人往下说，再次重复那句格言，“民以食为天嘛！”

我望着他油亮的脸庞和下垂的下巴，真想再补充一句同样古老的话：“一口吃不成胖子！”

谁也想不到，表哥还在坚持他那个滑稽可笑的想法：“那样可以增加多少产值呀！请相信，我以敝公司和敝人信誉保证，完全不附加任何条件地赠送此套设备，也算是对于国内建设事业的一点……”

“需要进口的设备，我们外汇还是有的。”常经理打断了表哥的话，“问题是，毫无必要嘛！把钱花在吃饭上，太不值得了嘛！”

“唔……”表哥显出一副非呆非傻的神情，他竟然无话可说了。

九点半了。厂长也没有再回到席上来。他干什么去了呢？不告而辞？常经理和秦科长一定会在事后对他发火的。不要紧，由我来向表哥解释吧。我想厂长绝没有对表哥不礼貌的意思。他没有听到表哥关于“电脑”的建议，也并不遗憾，因为，对于我们来说，重要的还不是电脑，而是人脑啊。既然煤油散热箱的出口还不知要“研究”到哪辈子，几百口子的饭碗还要他厂长想办法去填满啊！

酒足饭饱。水果端上来了，吃完了。小毛巾又递上来了，服务员虽然没有像一般小吃店那样用擦桌子扫地的方式来下逐客令，也足可以说明宴会该结束了。

“沏壶茶吧!”没想到常经理是那样沉得住气，又发出一道不容抗拒的命令。

茶沏上来了。谁知道什么茶，我没喝。表哥也没喝，只是有礼貌地朝服务员道了一声“谢谢”!

多香的茶也乏味了。常经理呷了一口，终于恋恋不舍地移动了硕大的身躯。

晚十点整，宴会胜利结束。

写于 1983 年

(发表于《作品》1983 年第 12 期。收入霍达小说集《魂归何处》，北京十月文艺出版社 1988 年出版)

故人情

一

紫红丝绒的大幕缓缓地垂下来，把沉雷暴雨、生离死别，把难解难分的戏剧矛盾，统统都遮住了。结束了，漫长的、艰难的、有声有色的人生历程，浓缩在两个半小时之内走完了，闭幕了。被戏剧力量所震撼的观众，经过了几秒钟的沉默，突然醒悟过来，爆发出一阵雷鸣般的掌声。陈局长舒展了一下有些酸麻的身躯，准备站起身来，陪同身旁坐着的国外戏剧大师翰斯先生和夫人走上台去，和全体演员握手、照相，祝贺演出成功。望着那还在缓缓摆动的大幕，一刹那间，陈局长突然想到自己也已经到了“闭幕”的时候，也许今天是他平生最后一次以省文化局长的身份坐在显赫的位置上看戏，然后再引人注目地走上台去扮演戏外戏的主角了。这个主角，他已经当了许多年。自从大军渡江解放了这座省城之后，他就留下来当了省文化局长，甚至在动乱的十年中，省文化系统的批斗会上他也是“主角”。后来，官复原职，又继续当他的局长。在他的管辖之下，从话剧、歌剧、地方戏，一直到木偶、杂技、曲艺，每台重要节目，几乎都要由他来审查，拍板。每逢会演、调演，也总是由他来授奖。有首长、外宾来看戏，当然也是他陪同。几十年来，他已经习惯了看戏、谈戏、发指示、接见、照相，习惯了在明亮的灯光照耀下，在花花绿绿的演员的簇拥中，以领导者持重的姿态，温和的笑容，和他们一一握手，并且颇为内行地一一指点着那些他所熟悉的演员，评论他们的成败，或是问一问他们的生活、工作情况。习惯了，这一切都已经习惯了，在这样的环境、气氛、节奏、旋律中，他感到充实、愉快，充满了生活的乐趣和工作的欲望。然而，这一切却就要结束了。根据党中央关于干部年轻化的决定，他即将办理离休手续，离开这个当了三十几年的文化局长的位置，让位于比他年轻的李副局长。也许下一次的这种场合，扮演他的角色的就将是李副局长了。想到这里，他的心里升起一种难以名状的感慨。是不是丢不下手中的权力？放不下身上的架子？担心随着权力的失去会失去一切？不是，他扪心自问，绝不是。对于党的决定，他是坚决拥护、坚决执行的。他懂得，新陈代谢、生老病死，是谁也无法抗拒的自然规律。他纵使能够活到一百岁，也不可能当百岁局长。到那时，他耳朵听不得，眼睛看不得，嘴说不得，腿动不得，偌大一个文化系统，他气息奄奄地躺在病床上怎么指挥？他记得刚当文化局长的时候，才只有三十几岁，完全是个青年人。而现在，已是年逾古稀的老人了。近几年，他明显地感到精力、体力、耐力下降，开会久了便有些昏昏欲睡，在为翰斯先生举行的宴会上，竟然还中途出来上了趟厕所，好似“一饭三遗矢”，英雄气短了。就像这台演员，三十几年也换了好几茬了。当年演四凤的小姑娘，现在演鲁妈都嫌老了。花开花落，春兰秋菊，各占一时，规律如此，又有什么办法？但是人可以老，党不能老，事业不能老，就像河床里要流着活水，血管里要流着鲜血。陈局长对这一切，完全是看得清、想得开的，所以他不等上级来“个别谈话”“做工作”，就明确表示要离休，并且提名由年轻、懂行、能干的李副局长接替他的文化局长和党组书记职务，只待省委正式批准，他就可以“交班”了。这形势，无须宣讲已是人人明白，在他今天登台的时候，团长、导演和演员都比平时对他更加尊重，一口一个“老局长”，像给他送行似的，颇有一点“西出阳关无故人”的味道。也正因为这个缘故，他也对他们格外地情重，握手的时间拉长了，分量加重了，以往只和主要演员握手，今天连站在边上的“龙套”也都照顾到了。好像即将离开自己的部队的指挥员，他对机枪手、爆破手、司号员、船工、马夫都充满了同样的恋恋不舍的感情。直到从剧场驱车回家的路上，他还沉浸在这种感情之中，滔滔不绝地对陪坐在身旁的马秘书一一细数着每一个演员的成长史和今天在表演上新的进步。

小汽车沿着江滨路行驶，街上行人很少，车开得飞快。他让司机开得慢一点，深情地从车窗中眺望江城的万家灯火，倾听江水拍岸的涛声，就像当年第一次来到这里似的，对一切都感到新奇。他好像第一次发现马路旁边两排高大的法国梧桐的浓荫在路灯下是那样绿，绿得醉人；画屏山垂在江面的倒影是那么美，美得像诗。三十几年了，他竟然没有一次能抽暇细细地领略一番。以后，以后就有的是时间了。

二

回到家里，已近午夜时分。

像往常一样，马秘书先跳下车来，搀他下车，回手关上车门，嘱咐司机明早来接局长开党组会的时间，然后扶着局长走进宿舍院门。像往常一样，马秘书的妻子刘玉芬已经给局长准备好了夜宵，等在那里了。自从老局长重新工作以后，这已成了惯例。局长老伴已死去多年，儿女又不在身边，家里也没雇保姆，一个人住着空空旷旷的宿舍，同院的马秘书夫妻便自动管起了他的家务琐事。好在刘玉芬已经提前退休了，搭把手的活儿也不算什么。每逢看戏、开会回来得晚了，刘玉芬总是要为他准备一份夜宵的。

“今天的戏散场晚了点儿吧？您一定饿了。”刘玉芬递过碗筷，关切地说。

“哦，是吗？我还觉得挺早的呢！”陈局长拿起筷子，夹了一撮他所爱吃的盐水煮笋丝。这时，他才注意到，饭桌上比平时多了几个菜，而且还摆着一瓶以“清、香、醇、纯”著称的“四特酒”，面前的杯子里已经事先斟满了。

他端起杯子啜了一口，望望刘玉芬说：“咦，再拿个杯子，小马也一起喝点嘛！”

马秘书顺从地坐在他的旁边，端起刘玉芬递过来的酒杯，轻轻地抿了一点。马秘书向来是滴酒不沾的，局长的夜宵，也从来不陪。今天，算是第一次破例了，也许是出于服从的习惯，或者是为了照顾老局长的感情吧。

半杯“四特酒”落肚，陈局长便觉得一股清香从口腔到肠胃，从脑际到心胸回荡蔓延。他虽然酒量不大，但也是经过场面，品尝过许多名酒的。好酒并不使人麻木，会饮酒的人也并不在于“一醉方休”，而是细细品评其中韵味。现在，不知为什么，陈局长从“四特酒”中突然感觉到一种“饯行”的味道。也许是马秘书和刘玉芬出于对行将卸职的老局长的崇敬和留恋之情吧，连夜宵也为他加备酒菜了。想到这里，他那微微兴奋起来的神经又不免糅进了一种莫名的惆怅。

“往后，您就用不着再这么熬夜了。七十多岁的人了，离了也好。”果然，刘玉芬一开口就落到这个话题上，她说的“离”了，就是指的离休。说着，还“唉”地叹了一口气，“你说是不是？”她问马秘书。

“哦，哦。”马秘书说不上什么，手里的筷子在饭桌上划来划去。

“我看也是离了好。”陈局长解开了上衣纽扣，让从江边吹过来的风驱驱身上的汗气。接下来，他本想谈谈离休的意义，话到嘴边又觉得那些在文件上、社论上都阐述得清清楚楚的话无须再说了，和他们扯扯家常吧。他离休之后，从两家的关系上看，不是远了，而是更近了。他用不着起早贪黑地每天去局里上班，刘玉芬也不必为他准备夜宵了。反过来，他还可以帮他们做点什么呢。这些年，他欠他们的情也太多了。

“唉!”刘玉芬又是一声叹息，苦笑着说，“您说到哪儿去了？我们可从来没有这么想啊！我是怕您闲下来过不惯了呢，要是他陈奶奶活着，老两口还能……”

刘玉芬话说了一半，看见马秘书在朝他摇手，她发现自己又触及了老头儿的痛处，便咽下不说了。

陈局长的心里“咯噔”一下，手中的酒杯放下了。刘玉芬说的陈奶奶，是指他那死去了十三年的老伴——按照孩子们的称呼叫她“陈奶奶”。一想起她，什么酒也不能浇灭他心头的悲痛和忧伤。

三

就是在这间房子里，十三年前，她倒下了，倒在病床上，弥留之际艰难地呼唤着他的名字。而他，却被关在“牛棚”里，有家难归。晚期的肠癌折磨着他那三十年前患难相知、三十年来荣辱与共的妻子，而守在病床前的却既不是丈夫，也不是儿女，只是无亲无故的邻居刘玉芬，刘玉芬是机床厂的一名铣工，祖上三代贫农，横竖什么也不怕，敢于凭着工人阶级、革命群众的身份向文化局专案组的人大喊大叫，据理力争：

“共产党的政策管不了你们文艺界吗？管他是不是黑帮、叛徒，也总是个人！罪该砍头也得让他和亲人告个别吧？”

他该怎么感谢刘玉芬的拔刀相助啊！由于她的哭闹，专案组竟恩准了他和妻子见最后一面，尽管是在两名专案人员的押解之下。

他木然地站在床边，看着艰难地呼吸着最后几口空气的妻子，不知该说些什么。

“你……你过来，过来……”妻子的声音低得几不可辨。

他挪动了一下伤痕累累的腿，扑通跌倒在床边上。

他死命地抓住妻子干枯的手臂，像是要竭力从死神手里抢回来。

专案人员威严地立在那里，其中的一个大声说着：“有话快点说，时间到了！”

“出去，你们出去！”刘玉芬疯狂似的闯进来，朝专案人员吼叫着，“留点儿德行吧！临死还不让人家说句私房话？”

天晓得是怎么回事，“鬼怕恶人”，专案人员真的被她镇住了，他们退了出去，但是有言在先：只给三分钟！

三分钟，多么宝贵的三分钟啊！他紧紧地抓住老伴的手，恨不得一口气说完一辈子的话。

“你……承认了叛徒？”老伴的声音像是从牙缝中挤出来的。

“没有。”他说，眼里忍着泪。突然，他号啕哭了出来，伏在老伴的胸前说，“不，我想承认了算了，好让他们放了我，给你……送行。孩子们也能落个‘可以教育好的子女’。”

老伴的手在推他，虽然没有力气，但他分明感到是在推他。她闭着眼睛，闭着嘴唇，像死了一样。不，她没有死，她在积聚最后一点气力。足足有半分钟之久，她突然睁开了眼睛，直直地看着他，从牙缝里挤出了一句话：“不能……感情用事……拿原则……做交易啊！”

她死了，就这样死了，这个参加过渡江战役的女战士死在她亲自解放的江城，直直地睁着眼睛、紧咬着牙关。

是的，她死在这里，那张床，就摆在现在放饭桌的地方。他被押走之后，老伴的后事，一切都落在刘玉芬和小马身上了。一定是费了很大的艰难吧？尽管他们事后并不愿表白，他也完全可以想象得到的。

陈局长觉得一腔热血涌上咽喉，仰面一口咽下了杯中的苦酒。气氛变得沉闷。刘玉芬后悔自己多嘴，惹得老头儿伤心。

“四特酒”没有尽兴，陈局长再也无心饮了。他让刘玉芬收拾了桌子，嘱咐他们早些休息，说自己也累了。

刘玉芬和马秘书唯唯诺诺退了出去，轻轻给他带上了门。

四

夜深了。陈局长躺在床上，其实一丝睡意也没有。刚才，他想早些躺下，只是不愿在部下面前失态，不想重提那已经成了过去的事，也不想用语言来表达对于曾经在危难之中给予他莫大帮助的刘玉芬夫妇的感激之情。

然而，这种感激之情是无法泯灭的。现在，抚今追昔，陈局长的心中升起一股对于这一对心地善良、工作勤恳的夫妻的愧意。这些年，自己可曾对他们有过什么关怀帮助吗？没有，一点也没有。似乎自己天生就是局长的身份，而人家，理当就该为他无偿、无限、无条件地服务似的。小马夫妻俩工资低微，上有老，下有小，紧巴巴的日子是怎么过来的？他们的老人是哪一年死的？养老送终作了多少难？他一点也没有过问。还有他们的孩子，插队之后都怎么安排了？刘玉芬是为了让大儿子顶她的班才不得不提前退休的，退休之后把陈、马两家的家务都揽在身上。小马呢？小马给他当秘书也好几年了。可是，这几年，他当的岂止是秘书？打扫办公室、提开水、沏茶、陪他看病、拿着皮包跟他开会、扶着他上车下车，甚至他每天的早点都是小马买好了放在饭桌上。简直像个公务员！局里的人也真的这样半开玩笑地叫他“局长勤务兵”。按照陈局长的本意，当初把小马从行政处调上来当秘书，是想让他抄抄写写，起草个总结、报告之类。哪知小马没有这方面的本事，掂起笔来沉重得很。记得有一次，他叫小马到剧团了解剧目安排，剧团的领导仔仔细细地做了半天汇报，小马竟然连一张纸都没记满。原来，当人家汇报到《窦娥冤》时，他无论如何也想不出这个“窦”字怎么写，憋得满脸汗，后边的汇报都忘了听了。偏偏陈局长让他在几位副局长都参加的会上汇报一下，又是把小马憋得满脸汗，结结巴巴地说了个“豆、豆、豆芽菜”！有人提醒他，是不是《杨乃武与小白菜》？小马认真地把记录本摊开：“不是小白菜，您看，是豆芽菜嘛!”开会的人都凑过去看他的记录，见那上面真的画着一根大脑袋、弯脖子的豆芽菜！结果，小马的洋相风传了全文化局系统。从此，陈局长就不再难为他，扬长避短，让他干点力所能及的吧。而小马虽然自惭形秽，工作却仍然一丝不苟，不刁不懒，不过整天奔忙的都是一些琐碎小事。唉，唉！小马不小了，四十七八，奔五十的人了，还给他当个勤务兵。陈局长后悔自己怎么没有注意培养小马的工作能力，给他的肩膀上加点沉重？怎么没有给他个学点业务专长的机会？是不是自己太自私了？只顾使用方便就误人青春，真的把他当成一匹温驯的小“马”了？难道让小马当一个终身秘书吗？而且，自己即将离休，能让小马继续再给论年龄比他还小的李副局长——将来的局长当“勤务兵”吗？

想到这里，他心里十分不安，发觉由于自己的疏忽留下了一件棘手的事。他觉得惭愧，自己刚才对那些演员的依依不舍之情都超过了小马，而小马，才是他最该挂牵的一个人哪，我走了，留下他怎么办？他感到自己还没有到卸掉肩上的担子、交出手中权力的时候。就像在战争年代夜晚出去查哨的时候，他不能丢下任何一个哨位，哪怕是离任前的最后一晚，也不能。

天亮的时候，小马仍然和平时一样，为他买好了早点。车来了，小马拉开车门，搀着局长上车。

陈局长第一次轻轻地推开了马秘书的手，笑笑说：“搀我干什么？像个勤务兵似的！”

车子开走了，陈局长心情舒畅地挺直了身子，从车窗里扫了一眼推着自行车走出宿舍大门的马秘书，从心里漾起了一缕笑意。昨天彻夜不眠，他把全局的干部名单在脑子里反复排了好几遍队，终于有一个满意的打算：论年龄、党龄、工龄和政治表现，小马完全有资格做新班子的办公室主任人选，而由陈局长亲自提出这个方案，也绝不会有任何人反对，今天上午的局党组会议上，他将提出这个设想。

五

谁能料到呢？他的发言刚刚结束就遭到了李副局长的反对，反对得那样坚决，话又说得那样委婉：

“老马同志的确是一位好同志，勤勤恳恳，任劳任怨。然而，作为统筹全面工作的办公室主任，他缺少一个根本条件：工作能力。几年来，马秘书实际上连秘书工作也不能胜任，只是像同志们说的那样，是一名‘局长勤务兵’。对此，包括我在内的几位主要领导都不闻不问，采取了不负责任的态度。如果现在再把更重要的担子压在他肩上，就更加不负责任了。干部的更新不是论资排辈、轮流坐庄、拔苗助长，而是为了党的事业！尽管，我充分理解和充分尊重陈局长的感情……”

感情！多么圆滑而又尖锐的语言，他使用了这个一针见血的字眼：“感情”！陈局长果然大动感情了：我还没下台呢，你就敢于这样了，那我怎么能把小马扔到你的手里？他想慷慨陈词，为小马再次呼吁，但是，说什么呢？说在他饮“四特酒”的时候想到的一切吗？

写于1984年

（发表于《女作家》1985年第3期。收入霍达小说集《魂归何处》，北京十月文艺出版社1988年出版）

猫　婆

一

我偶然认识了她。

那是去年秋天的事。

当时，我正在赶写一部历史题材的电影文学剧本。每天黎明即起，吃过早饭开始工作，除去中午要拿出半个小时吃饭，一整天几乎都是伏在写字台上，天天如此。孩子们不敢在家里大声嬉闹，躲到楼道里去玩，经过我的工作间门口时，脚步都放轻了，生怕吵了我。因为我，整个家庭都变得缺少生气。那一阶段，我的全身心都远离了自身生活的现实，搅在两千年前的剧中人群里去了。

夕阳西下的时候，我已经腰酸背疼，手指麻木。我放下笔，带上小儿子，下楼去歇歇脑子。“噢！妈妈带我去散步喽！”一整天都噤若寒蝉的小儿子，此时才爆发出过节一样的快乐。他每天都盼望着这个法定的散步的时刻。他才两岁多，把“散步”说成“善步”。只有这个时候，我才觉得自己是个母亲。

走过三幢楼，便到了十字路口，我们这条街的中心地带。这里有一个享有盛名的烤鸭店，还有个大商场。商场门前的一大片空地，成了附近几幢楼里的居民乘凉、闲坐、聊天的处所，也是我和小儿子每次散步的终点。有时，我们就此向后转，慢慢走回去；有时，也逗留片刻，和那些似曾相识又叫不出姓名的街坊攀谈几句。

许多孩子在这里玩。小的，在婴儿车中牙牙学语，大一点的，在地上蹒跚学步，再大一点的，在做游戏，或是拿着从商场里刚刚买来的电动玩具试用，招来许多小伙伴的好奇和开心。十月的天气，已经没有了炎热，只有清凉，斜挂在天边的夕阳，把金红色的霞光照在地上，把矮小的娃娃们的影子拖得很长，蓝莹莹的，晃来晃去，伴随着一串串奶声奶气的嬉笑声。他们的家长，则坐在商场门前宽大的台阶上或是草坪的矮栅上，互相述说着孩子最近的饭量增了或是减了，哪家医院新开辟了小儿厌食症门诊了，哪个商店刚到了新式童车、童装了等，都是一些可有可无的话。路旁的一带松墙，十米宽的草坪和茂密的树木，把近在咫尺的马路隔在另一个世界，不仅挡住了那穿梭般来往的车辆，似乎连嘈杂的车轮声、鸣笛声也削弱了许多，在喧嚣的闹市中造就了一小块宁静安详的处所，供劳累了一天的人们调节一下生活的节奏，让长期圈在楼上的孩子们得以施展童心天性。

我的小儿子很快加入了小伙伴们的行列，远远超过了我和其他大人熟识的速度，成年人绝不会这么快“打成一片”的，甚至多年的街坊、同事也难以真正互相了解。我离开了那些年轻的父母，坐到一位老太太的旁边。

“哪个是您的孙子啊？”我随便向她扯了个话题，以为她肯定是这些孩子当中某一个的奶奶或是姥姥。

“哪个都不是。”她回答。声调很冷漠，似乎对这个话题、对这些孩子都毫无兴趣，双手抚弄着怀中的一只猫。

“您没有孙子？”话不投机使我问得小心了。

“有啊。怎么没有？俩呢！”她说，朝我侧过脸，深褐色的眼珠上闪过一瞥倔强的光。老年人认为“无后”是一种耻辱。

我又问错了，不好意思地改换一下问话角度：“那……您怎么不看自己的孙子？”

那一瞥倔强的光收回去了，她垂下眼睑，眼角的皱纹扭动了一下，嘴唇张了张，想说什么，又没有说，只是叹了口气。那声音，像是弹奏了很久的手风琴，一曲终了合拢来，排出皮腔内的空气一样“呼……”

她又叹了一口气，终于说话了：“不是我不愿意看自个儿的孙子，是人家不让啊！这会儿的孩子都是金豆子，又是鱼肝油啦，又是钙片啦，还有这‘素’那‘素’的，不放心交给咱，嫌不卫生，情愿花钱雇保姆。两个儿子，一家出十五块钱，就把我打发了！”

我心里一动，明白了。真后悔触动了她的伤心处。

老人并没有表现出十分的痛苦，脸上的哀伤神色隐去了。又恢复了平静。布满筋络的手缓缓地抚弄着那只猫，像是在抹平胸中刚才荡起的一点波动。大约痛苦得久了，自己也就觉得消除痛苦也并不太困难。

老人并不算很老，看样子她至多不过六十多岁，头发只是灰白，脸上虽然布满皱纹，也还没有那种七老八十的糟朽之态。她确实不大讲究卫生，月白色的大襟上衣，青裤子，黑平绒布鞋，都已经破旧，并且染着一些汗迹和油污，像是不大常洗，或是洗得很马虎。指甲留得很长，藏着年深日久的黑泥。那双关节粗大、爬满青筋的手，足以说明她是怎样把两个儿子拉扯大的，也足以说明她还有干活的力气，起码看家、做饭、看孩子是不成问题的。我并不知道她的两位儿媳是怎样的女人，但大体可以估摸出她们挑剔她什么。她很瘦，前胸瘪瘪的，萎缩的乳房在旧布衫里面松松地下垂。两个儿子，不管卫生不卫生，已经吸干了她的奶水，孙子这一辈就用不着她了，下一代需要过另一种生活。

“算了，一辈子不管两辈子的事儿，老两口过过松宽日子也挺好!”我安慰她，觉得这两句词儿用得挺得体。

“老头儿早殁了，大的五岁、二的三岁那年我就守寡……”她说了一半就停下了，眼眶潮红，嘴唇又是那样似张不张的。看来，她的内心深处埋藏着好几层痛苦，触得愈深，便痛得愈切。她又在抚弄猫的皮毛，那手在抖，心中的痛苦，靠手哪能抚得平啊!

“喵——呜!”她的猫乖觉地仰起头来，朝她轻轻地叫了一声，好像懂得她此时的心情。

“您……自己过？每个月三十块钱……”

“呣们娘儿俩，也够了。”

“娘儿俩？跟谁?”

“跟猫呀，跟猫呣们娘儿俩过。”

猫！她把猫当成一个人、一个伙伴、一个孩子了！

“三十块钱，够娘儿俩吃饭的了。钱多了有什么用？钱不能买人心。”她说，声调缓缓的，神情淡淡的，听得出，她的心是冷的，“到了儿归齐，谁有良心？还是猫有良心，不嫌我说话不中听，不嫌我老眉喀嚓眼，不嫌我脏，呣们娘儿俩一炕睡觉，一锅吃饭，我吃什么，它吃什么……”

“喵——呜！喵——呜!”猫似乎听懂了她的话，愈加在她怀里显出娇娆亲昵之态，咧开嘴，伸出粉红色的小舌头，舔着那皱纹纵横的脸。

她把痛苦全忘了，双手抱着猫，贴在脸上亲了亲，炫耀地朝我说：“你瞧它多可人疼!”

我也不禁伸出手去，抚摸着那毛茸茸的皮毛，“这猫真好!”其实，那猫也并无什么奇特之处，寻常品种罢了。

果然，老太太来了精神，索性把猫放在地上，让我看个够。

“你瞧我这三花儿多体面，鼻子是鼻子，眼儿是眼儿，色儿是色儿！”

“它叫‘三花儿’？”

“啧，你没瞅见它身上黑的、白的、黄的三个色儿吗？这样的猫顶难找了，黑猫配白猫，下黑白花儿的崽儿，崽儿长大了再配黄猫，才能得三花儿的崽儿，得熬三辈子的工夫呢！”

于是，招来了许多闲人，都来看她的猫，品头论足，有说好的，也有说歹的。

“这不稀罕，老太太！您赶明儿找地儿去弄一只波斯猫来，毛挺长，狮子狗似的，您那么一抱，才有派呢！”

“最好是鸳鸯眼儿，两只眼睛不一个色儿，一只黄的，一只绿的，那才值钱呢！卖给外国人，一只好几百块！”

…………

说的人只顾瞎打哈哈神说，没提防老太太火了，抬起头来寻那不知趣的主儿，拿眼睛狠狠地剜他：“甭放洋屁！什么洋鬼子猫也没我的三花儿好！三花儿给我看家，会给我暖脚，还会耍呢，它们谁会？”

看热闹的人本无心惹她，只是起哄架秧子，赶紧顺着她说：“哟嗬，耍一个咱看看！”

真是“老小孩儿”！我没想到这半句好话又逗得老太太神采飞扬，说耍就耍，只见她从衣兜里摸出一个钥匙串儿，上面缀着一朵红缨儿，往空中一扔，那猫眼疾脚快，四蹄生风，“嗖”地蹿了上去，张嘴咬住红缨儿，就势落下地来，一个前滚翻，翻到老太太跟前，将那钥匙串儿送还主人。

人们自然敷衍地夸赞几句，其实这表演也算不了什么高难度。本以为就此完了，谁知老太太兴犹未尽，又把那钥匙串儿系在猫尾巴上。这大概也是那猫要了无数次的传统节目，心领神会，立即滴溜溜转起圈儿来，去捕捉尾巴上的红缨儿。尾随身转，缨随尾飞，捉是捉不到的，于是越转越快，成了一团旋转的色斑，黑白黄三色之外，又加了一种红色，煞是漂亮，引得人们哈哈大笑。

老太太在笑声中陶醉了，她的自尊心、好胜心得到了极大的满足，脸上的皱纹舒展开来，两眼放射出兴奋的光彩，欢乐到了顶点。她突然朝那团旋转的色斑扑去，双手抱起了她心爱的猫："不转了，不转了，别把咱们三花儿转晕喽!"

人们怀着满足和不满足散开了，说不定还真有人希望看看猫转晕了才过瘾呢，那就太败老太太的兴了。

我的小儿子早已被猫吸引过来了，倚在我的怀里，十分新奇地看着那见所未见的猫戏，等到老太太抱起了猫，他还大着胆子伸过手去摸了摸猫的尾巴，眼馋地问："奶奶，您的猫哪儿买的?"

"买？这猫哪儿也买不着哟!"老太太无限幸福地亲着猫的脸、猫的爪子、猫的尾巴，像是把玩着举世无双的珍宝。

"是别人送您的吧?"我问，想满足儿子的好奇心，也想打听一下猫的来历，如果有可能，我也不妨去弄一只来，养了给孩子玩。

"谁送给我？连亲儿子都不爱搭理我，"老太太苦笑一笑，神秘地朝我说，"三花儿是白捡的，一个子儿也没花!"

"噢?"我越发觉得老太太是个很有意思的人物。她显然不认字，但那脸上的得意神色却只有文人常用的十四个字才能表达：踏破铁鞋无觅处，得来全不费工夫。她不因得来的容易就轻视自己的心爱之物；也不因其珍贵而讳言出处寻常。她的眼神里甚至还有一丝狡黠的光，似乎在嘲笑那些既没有她那样的机遇得到三花儿又不如她懂得三花儿的价值的人们。

我很想知道三花儿的来历。

她告诉了我。

二

北京城里难得见到猫。中国人养猫大都是为了捕鼠，纯粹作为赏玩之物来养猫的风气眼下还没有传开，因为多数人还没有这种雅兴，先顾更实惠的东西。养一只猫也不是简单事，没有老鼠作为它的天然食物，就得一年三百六十五天给它解决伙食。它又不是炸酱面、熬白菜能糊弄的，得吃肉，吃鱼。西方有专门的猫食商店，有现成的猫食罐头。还有猫服装店，猫医院，为猫打官司的律师，埋葬猫的墓地。一只猫，从生到死，一切都安排好了。这些，我们都没有，即使有，也还轮不到猫。还是实惠些好，所以，北京人养猫的很少。

这位老太太也未必有养猫的瘾，她只是觉得自己还不到死的时候，该做点什么事，又不知道做什么好。前些年办了一些街道工厂、缝纫社、服务组之类，当时她的两个儿子还没成家，脱不开，也没想去。现在想去了，又没了位置。有人劝她去当保姆，每月挣的钱可以超过儿子们给她的生活费，她想了想，不干。伺候了半辈子儿子，再去伺候别人，坚决不干，又不是穷得没饭吃。那么，干什么呢？什么事也没有，见天见地炸自己的酱，煮自己的面。她不是我们这一排新建居民楼里的住户，住在楼后身的平房里。原来，娘儿仨住一间房，一个老太太，两条汉子，铺三张床，挤得没有插脚的空，儿子就在屋檐下接了间小厨房，要不，做饭都没地儿。现在好了，儿子都各自搬入新居，地方腾出来了，这间房居然显得空荡荡的。她一下子觉得被扔在空谷野涧，咳嗽一声满屋子嗡嗡的回声，是她自己的声音。街坊们早出晚归，各人忙各人的事，没人顾得上跟她说句整话，除非借把笤帚使使或是收水电费才打个招呼:“吃了吗您哪?”“吃了,吃了。”就这。吃是主题。可人毕竟不是“吃了”就算完,她还想找人说说话儿,解解闷儿,盼望着寻求一点儿刺激。

那天晚上,刺激来了。起初,她听到了一个尖细的哭声,打着战:“哇……”“哇……”她心想,这是谁家的媳妇,三更半夜地哭什么,哭得那么伤心?这年头儿,媳妇都是王,谁家的婆婆、男人还敢给她气受?不像,这不是哭,而是嚎,没有词儿的干号,像个哑巴在扯着嗓子嚷嚷。谁家的哑巴?这块儿没有哑巴……

她终于禁不住好奇心的引诱,披衣下了床,撩起窗户帘往外瞅。院子里被月光照得明晃晃的,连个人影儿也没有。她顺着声音往上瞅,瞅见了,在南房脊上有一只猫,弓着腰,叉着腿,翘着尾巴,正叫得欢。原来是它!

她觉得扫兴,放下窗户帘儿又躺下了。如果真是哪家儿吵架,或是哑巴、傻子出洋相,她倒还有些兴趣,这儿的人们都有种种兴趣,像另一些人看外国电影那样,也是一种娱乐。可惜是只猫,猫有什么意思呢?

那猫叫得更带劲了,一声比一声高:“哇……”“哇……”好像有什么话要诉说,对什么人在呼唤。

她忽然明白了,这是猫在叫春呢!

她产生了一种自己这般年龄本不该有的好奇心,想知道猫在做这种事儿的时候是个什么样儿,就又撩起了窗户帘儿。

猫的叫声有了呼应,远远地又有一只猫叫,一唱一和,越来越近,一会儿就瞅见沿房梁过来了。俩猫越叫越近乎,眼瞅着就要到一块儿,冷不防那边房梁又蹿过一只!“第三者”的插足使局势复杂了,先过来的那一只就和它撕咬起来,显然这两只都是男猫,为了那只女猫争得像仇人似的，谁也不让谁！平时这儿没见过猫，今儿猫成了堆！

不一会儿，南屋里蹿出来一条光脊梁的汉子，他被猫吵得怒不可遏，顺手抄起墙脚边的一块砖头，往房顶上砍过去：“叫！你他妈的再叫！”

砖头打中了，唧哇一声，两条黑影蹿跑了，一条黑影滚落下来。那砖头哗啦啦敲碎了几块瓦，落下来，也就没声了。

南屋的汉子进屋睡安稳觉去了。

老太太趿着鞋跑到院子里。她分明看见刚才有一只猫掉在院子里了，得瞅瞅砸死了没有。

她很快找着了，就在南墙根底下躺着。这只猫没死，砖头砸伤了它的一条后腿，血糊淋拉的。

她把猫抱进自己屋里，打开灯，仔细一瞅，呀，这是一只挺秀气的女猫，身材、四肢都细长细长的，黑、白、黄三色的毛。脸也挺文静。

老太太看着它那流着血的后腿，心里一阵难受。她看不得血，儿子小时候走路不小心磕破了膝盖，她都难过得掉泪。她从来没宰过活鸡，不忍心看着利刃割破皮肉，割断喉管，活活地杀死一个生命。现在，这只无辜的女猫在她面前流血，眼巴巴地望着她，发出求救的哀鸣，声音很低，很惨。

她从院子里的小桑树上摘了几片嫩叶，撕下一条树皮。桑叶梗儿上立即涌出一颗颗圆圆的水珠，白白的，像牛奶。她把这汁水滴在猫的伤口上，然后再用鲜桑皮贴肉裹好。这是一个家传的土办法，对伤口的愈合有奇效。那猫静静地卧在老太太的床上，任她去处理这条伤腿，它凭直观的感觉无比信任这位和善的老人，认定她是自己的恩人。

这一宿老太太都没合眼。她心疼这只女猫，并由此感叹自己作为女人的一生。当个女人不容易，十月怀胎，一朝分娩，生儿育女，一辈子奔命。儿子大了，都走了，剩下她孤零零的一个人，青春岁月都喂狗了，一辈子图个什么？第二天一早，她就起身直奔菜市场去了，排队买鱼。三指宽的带鱼。挺新鲜的，她买了两大条，回来细心地洗净，切成段。尾部肉少，她留给自己吃，拣中段肉厚的喂猫："吃吧，三花儿，补补身子！"猫狼吞虎咽。从此，猫有了个名字："三花儿"。

第三天，三花儿的伤腿就完全好了，当然得益于桑汁的神力，护理的周到，也靠猫的天性，血糊淋拉的伤口，不用医治自己也会好的，当然有快慢之分。

老太太有事干了，家里新添了一个生命，给她垂老的生命注入了活力，她好像突然年轻了几岁，整天操持着三花儿的吃食，又买又做，忙忙叨叨，也不觉得累。夜里搂着三花儿睡，"娘儿俩"说半夜的话。老太太说的是六十年的流水账，三花儿只有"喵——呜！"这一句词儿。这一句就全有了，老太太任凭自己的想象去补充它的内容，觉得和她说的哪一句都能对上茬，聊得可知心了。一觉醒来，伸手触到那毛茸茸、热乎乎的身体，心里觉得踏实，做了怪梦也不觉得可怕了。三花儿也真可人疼，从不在床上拉屎撒尿，总是到院子里找个角落去做这些事，完了还扒点土盖上。它会瞅主人的脸色，老太太高兴的时候，撒欢地蹦跳；老太太要是有什么不顺心的事儿，它就乖乖地爬上去，亲她的脸，用猫胡须蹭得她痒痒的。或者在床上做怪相，自己捉自己的尾巴，团团转，直到把老太太逗笑了为止。那缠了红缨儿的把戏便以此为开端，第一次这么干，曾引得老太太笑出了两串老泪。

她常带三花儿到院子里、胡同里走走，在人前夸耀。南屋的汉子对此很不以为然，哼了一声说："等着吧，它再往这儿招野猫，我的砖头有的是！"

不幸终于来临了。不是砖头，而是猫原来的主人听到消息寻了来，连句客气话儿也没有，就要把三花儿抱走。老太太真后悔，唉，不该显摆，不该声张，不该招摇过市，如今后悔也晚了，猫本来是人家的，她没有理由拦人家，只有眼睁睁地看着人家抱走，好似挖了她的心，生离死别！

“三花儿爱吃鱼，您给它常买着点儿；三花儿爱在炕上睡，您别让它睡凉地；三花儿……”千叮咛，万嘱咐，三花儿系着一颗慈母心！

猫主人早就不耐烦了：“成了，成了！我的猫我还不懂得怎么养？真是！”抱着三花儿就要走。

三花儿不肯走，它死命地从主人怀里往外挣扎，缩成两条线的瞳孔深情地瞅着老太太，连声地叫着：“喵——呜！”“喵——呜！”“哇……”声音颤抖了，就像那天晚上在房顶上的叫声，大概是最深情的呼唤了。

猫主人不肯放手，三花儿无奈使出了看家本领，伸出利爪朝那双铁钳似的大手抓去，“嗤”五道血印！猫主人暴怒，抬起巴掌朝它劈头盖脸地抽打，每一下都抽在老太太的心上！

她生了一场大病，躺在床上好几天起不来，不吃，不喝，只是半醒不醒地昏睡，有气无力地呼唤着：“三花儿……”她梦见三花儿在主人家挨棍子抽，梦见天上落下来一块大砖头，砸在三花儿那只受过伤的后腿上。三花儿带走了她的心，系着她的命，没有了三花儿，她也许不久于人世了。

也许又是梦吧？她听见了三花儿的声音：“喵——呜！”“喵——呜！”听得真真切切，好像近在耳边，甚至听到了三花儿那熟悉的鼻息声。一个润湿、温暖的小东西贴在她的脸上，舔呀舔，那是三花儿的舌头。啊，三花儿！她猛然睁开眼睛，三花儿奇迹般地出现在她的面前，正温情脉脉地瞅着她呢。一股爱的激流霎时间传遍她的全身，她伸出干枯的手臂，搂住那毛茸茸的小生命，啊，这不是梦，不是梦，是三花儿又回来了！

三花儿瘦了，毛苍苍的，沾着草叶儿、泥土。肚子瘪瘪的，脸变尖了。眼角糊着垢物。几天不见，你变成这样儿了。饿的？想的？你有自己的主人不跟，却恋着这个老太婆，你有良心啊！

老太太支撑着从床上爬起来，她的病好了。她再也不怕失去三花儿了，理直气壮地成了三花儿真正的主人。她不用回避任何人的纠缠，甚至带着三花儿绕过胡同，到新楼旁边，到商场门口，这儿人多，让大家都知道她有一只多么好的猫。

三

此后的好多次散步，我都碰见她带着三花儿，却一直没打听她本人的姓名。这不重要，我在心里给她取了一个名字：猫婆。

冬天到了，孩子们的游戏场所不得不退回居民楼里，商场门前的闲人也少了，我也难得再碰到猫婆。大约她怕猫受凉，只让它在屋里玩吧。

我的历史电影剧本已经在秋天完成，顺利通过，组成摄制组，紧急投入拍摄前的筹备工作，抢冬天的雪景，在北京开拍。现在，大队人马开来了，今天要在离我家不远的烤鸭店举行开机记者招待会。

昨夜一场好雪，人行道上铺起两三寸厚的一层白毯，松墙、草坪、树木都披上了银装。天没有放晴的意思，仍然是雪花纷纷。我踏着柔软的积雪朝烤鸭店走去。烤鸭店与商场毗邻，转眼就到了。

导演等在烤鸭店门口，招呼着客人。我正要迈进那装着避风装置的大门，突然感到袖口被谁拉了一下。

我回过头去，唔，是她，猫婆。

“您……”我不知道此时此地她拉我一下是什么意思。

她站在台阶下，仰视着我，冻得发紫的脸上，一双深褐色的眼睛流露出歉意，一开口，嘴里呼出一团白汽："大姐，我求您点儿事儿……"她哆哆嗦嗦地递过早就准备好的一只饭盒，"有吃不了的，您给我带出点儿来，成吗?"

她充满期望地仰脸看着我，使我没有说"不成"的余地。她的头上、肩上披着雪，一件旧棉袄遮不住风寒，腿有些抖。她显然站在这里等了很久了，不是专程等我，是想等随便哪一个客人，答应她这个有些让人为难的请求。大概她已遭到了好多次拒绝。这也难怪，到这里来的客人谁也不好意思带个破饭盒到席上去，把大伙儿吃剩的带走。但是，我答应了，默默地接过了饭盒，并且，暗暗地决定到了席上先装后吃，拣好的给她装满，决不让这位虽然有儿有孙却孤苦伶仃的老人吃残羹剩饭。我极力不让自己的神情有一点居高临下之态，不让自己的目光流露一丝施舍周济之意，在心里把她看作自己的亲人，而不是"要饭的"，怕她受不了。"要饭"，无论在任何国家、任何时代毕竟都不是光彩的事，既然发生在我的身边，我就想尽力涂灭它，不让它成为事实，改变它的性质。记得有一位什么古人曾经这么做过，他赴宴时，携席上之物而归，受人嘲笑，他从容答曰："家母喜食此物。"于是，四座动容，感叹唏嘘，誉之为孝子。我当然不想掠孝子的美名，但又何尝不可权且将她视为自己的老母呢？就这样做吧。我尽量做出温和亲切的笑容，朝她点点头，让她放心，然后跨进门去。

她却仍然不放心，紧跟了一步，跨上台阶，又叫了一声："大姐……"

我回过头去，这次多多少少有些不耐烦了，开会的时间已经到了！

她追上来叮嘱我："我可只要鱼！新鲜的鱼买不着，您给多拿点儿。烤鸭什么的都不要，三花儿不爱吃！"

三花儿！原来这是为了猫！猫婆，她的心里只有猫，就像我心里只有艺术！

在记者招待会上，我得和许多朋友谈话，回答记者的提问，还得时时照看着那只装满松鼠鳜鱼、糖醋黄鱼、软炸鱼片……的饭盒，心里想着猫婆。窗外，雪下得更大了。大门外台阶下的雪地上，猫婆一定在望眼欲穿地等着我呢。

四

影片拍了一冬一春，停机的时候已经是今年的初夏了。历史片有许多麻烦事，从人物造型、服装道具、风俗礼节到外景场地，导演常常要和我商量，因此，我自始至终参加了拍摄工作，直到摄制组回厂做后期的剪接、特技、录音等工作，我才得以解脱。回到自己的家，都觉得有些生疏了。小儿子已满了三岁，他对我别无奢求，兴奋地拉着我的手说："妈妈，该带我去散步了吧？"

北京的初夏其实更像春天，草坪里的枯草刚刚冒出寸许的嫩叶，还没铺满地面，松墙的上端也才泛绿。唯有那一排茁壮的银杏长得快，扇面形的叶片已经挂满枝头，嫩绿嫩绿的，青翠欲滴。空气中弥漫着饱含水分的芳草气息，令人心清神爽。我们走在那条熟悉的、铺了棋盘格方砖的人行道上，走向那个熟悉的十字路口。

不，这里已经变得我不熟悉了，不知从什么时候起，商场门口的空地成了自由市场，像是雨后春笋，突然从地下冒出了许多小摊子。不是卖菜、卖花生米，是卖洋货的：连衣裙、连裤袜、女式皮鞋、洋玩具，还有一些不成材的"柔姿纱"料子。摆摊子的人，可想而知是北京待业青年、个体户什么的，但不大像北京人的模样，蓄着头发，穿着西服，有的还在脏腻腻的脖子上挂个十字架之类。更有意思的是，他们竟然模仿着广东腔兜生意：“介(这)一件，细(是)香港来的呀，顶好哇……”还有收录机助阵，播放着香港歌星演唱的听不清词儿的歌。

我转过身去，想到某个宁静的角落去寻找我所关心的猫婆。

我终于找到她了。她没有坐在老地方，正挤在闹市中，怀里抱着猫。许多人围在旁边，欣赏她的猫。

半年不见，她突然老了许多，原来灰白的头发几乎全白了。脸晒黑了，只在皱纹里面才能看到原来的肤色。似乎她近来一直在为什么事在操劳、在奔忙，不像原来那么安详了。

我像遇见了久别的故人，兴奋地向她打了个招呼。她回头看了看我，似乎想了想才认出我来，脸上泛起笑容：“哟嗬，大姐呀，老没见了您哪！”只是匆匆一瞥，又回过头去应付围观者关于猫的提问。我知道，她心中只有猫。

她怀中抱的是一只幼猫，也是黑、白、黄三色，很像三花儿，但显然不是，小得多。

“您的三花儿呢？”我问她。

“在家呢。”她说，朝幼猫努了努嘴，“这就是它下的崽儿。”

我欣慰地笑了。猫婆真是不甘寂寞，她终于没忍心遏制猫的天性，成全了三花儿，为它找到了配偶，繁殖了后代。

“一窝下了几只？”我又饶有兴致地问。

“五只！”她说。围观的人太多，她不能专注地对我说话，我只能从脑后听到她的声音，“就剩这一只了，那些都卖出去了。”

卖？我的心受了重重的一击！卖！

猫婆在宣传她的商品，用手揪着猫肩胛处的一块皮，提在半空：“瞅瞅，三个色儿！这样的猫顶难找了，黑猫配白猫，下黑白花儿的崽儿，崽儿长大了再配黄猫，才能得三花儿的崽儿！这是只女猫，买去能下崽儿！”

她以前跟我说过的词儿，又加上了新内容。

有人问她：“每年下一窝崽儿吗？”

“不，家里那只这不又怀上了嘛！”她很有煽动性地说，“不让它空怀，仨月一窝，每年能下好儿窝呢！”

听的人动心了。有人伸出手来摆弄那只猫，像挑剔别的任何货物一样。一位手提旅行袋的长发姑娘挤到最前头来，急急巴巴地问她：“多少钱？”

“你真买吗？真买咱再说价。”猫婆抬眼看了看她，那眼神，是估量她的购买力和诚意，是告诉她：我可不是闲着没事儿哄你们玩儿的，我要的是真主顾，要买就嘎崩儿脆！

“真买！”长发姑娘放下旅行袋，一只手接过猫，以表示成交之心，另一只手伸向牛仔裤兜里去掏钱。

“呃……我原先都是卖的十块一只……”猫婆沉吟着，卖了个不太高明的关子，做出不顾血本廉价甩卖的表情，“这只便宜点儿，八块卖给你！”

她伸出手去，等着接长发姑娘的票子。那神情，是货物全部出手之后的轻松与满足。

长发姑娘掏出了一张十元大票儿：“我没零钱，您找吧。”

到手的钱再往外找，是令人心疼的。猫婆突然变卦了：“我也没零钱。还找个什么劲儿？本来就是十块一只！”

长发姑娘急了：“你这个人怎么不讲理？刚才说好了的……”

“你不要拉倒，好东西还怕没识主儿！”猫婆轻蔑地嗤了一声，伸手把猫抢了回来，幼猫被她抓得唧哇一声。她无动于衷，两只眼睛只盯着长发姑娘，看她怎么着。

长发姑娘妥协了，重新接过猫，爱怜地抚弄着，免得它再受惊吓。可是，新的问题又摆在面前，她犹豫地望着猫婆说："我这就去赶火车，车上怎么能带猫呢？乱蹦乱叫，再撒尿什么的……"

这确实是个难题。我和围观者都看着猫婆，眼瞅着她的买卖要砸。

"这不碍事。"猫婆不假思索地说着，从衣兜里掏出一只小玻璃瓶，倒出一片小小的药片，托在掌心上递过去，"这是安眠药，上车你就给它吃四分之一(完全是科学用语)，保准它一路上都老老实实的，就跟死了似的。拿着，拿着呀！"

长发姑娘没有接，只呆呆地看着她。

我心里打了个冷战，抱起儿子，转身往家走去。

（发表于《十月》1985 年第 6 期。收入：霍达小说集《红尘》，花城出版社 1988 年出版；霍达小说集《魂归何处》，北京十月文艺出版社 1988 年出版）

京韵第一鼓

这台晚会准备得可真够仓促的。晚上七点开演，下午三点主持人才来通知我“来一段儿”。这不成。按老年成说话：三天为“请”，头天为“叫”，当天为“提溜”。我是这么好提溜的吗？主持人挺年轻，西服领带，挺长的头发，恐怕不懂老规矩。我说我七老八十的。老帮菜了，唱不了啦！他说听您说话底气挺足的，上个月还在老舍茶馆唱呢。我说那是老朋友们元宵聚会，以艺会友，不算正式演出。他说我们这回可是正经八摆的演出，为了抢救长城和威尼斯集资义演，有国际意义！凡是眼下最红、最震的歌星，差不离儿都请到了，就缺您的“大轴”。姜是老的辣，没有您恐怕压不住阵！听人家说，您当年可是红得发紫的“京韵第一鼓”！

这小子倒也够能说的，嘴皮子功夫有点儿像老年成“约角儿的”，请我唱“大轴”，是瞅得起我这个角儿，还把几十年前“京韵第一鼓”的头衔都给我挖出来了。其实他也只是“听人家说”，这么点儿年纪，没见过我大红大紫的时候。

说起来，“京韵第一鼓”这个头衔不该给我，我不是京韵大鼓的创始人。早年间没有京韵大鼓，它的前身是“北板大鼓”，又叫“怯大鼓”，听起来平板、温暾，有本事的艺人就加工、改造，发展成“京音大鼓”，又改称“京韵大鼓”，格调高雅、气势磅礴。这里头，最有成就、有贡献的要数刘宝全、白云鹏两位老先生，人称“刘派”“白派”。“白派”唱腔，清新隽永、韵味深长，最适合表现儿女情长的故事，尤其是《红楼梦》，能让听的人如醉如痴。可是“白派”学起来不易，加上白先生用的是河间口音，很难模仿到家，他的学生也就不很多，有些后来反而又吸收了“刘派”唱法。“刘派”的特点是高亢激越，唱起来火爆，听起来提神。刘先生原是京剧老生，一副天生的好嗓子，可是一勒头、吊眉就头晕，不得已改学大鼓，唱“怯大鼓”，有名望又有改进的宋五、胡十、霍明亮、王庆宏都是他的师傅。他把京剧的中州韵白、嘎调巧妙地糅进大鼓的念、唱当中，又把京剧的把子功变成“刀枪架”身段，丰富了大鼓的表演手法，以演唱“三国”“水浒”的武段子最为拿手，形成了明快、醒目的独特风格，声势超过了“白派”，赢得“鼓界之王”的声誉。我跟他学艺的时候，才是个十几岁的小姑娘，头一回拜师傅，心里挺憷。试着唱了一段儿《赵云截江》，没想到刘先生说：“嗯！二姑娘是块材料，还真有点儿像我！你是偷着学的吧?”我赶忙说：“您是‘鼓界之王’，不学您学谁啊?”这么着，我正式做了他的徒弟。我本来不叫“赵燕风”，是师傅给改的，意思是慷慨悲歌，赵燕之风。的确是“刘派”大鼓的风格！没几年，就被戏迷们给捧起来了，师傅过世之后，人称我是“京韵第一鼓”。咳，这称号还是该给师傅啊！

……一眨眼的工夫，我也老了，当年舞台上那个满头青丝、明眸皓齿、身穿大红丝绒旗袍的小姑娘，变成白发苍苍、老眉喀嚓眼、牙都掉了好几颗的老太婆了。人过青春无少年，人贵有自知之明，我早就不登台了，一门心思当好曲艺演唱团的团长，扶植年轻人吧！偶然亮亮相，多半是应应景，给老观众也给自个儿勾起点儿回忆罢了。谁知道这小子今儿晚上来请我演出，还拣好听的话，捧我。盛情难却那就去吧！反正是义演嘛，既不是“堂会”也不是“走穴”，我义务劳动，分文不取，不至于让人指着脊梁骨骂“老没出息的”，也不会让税务局的人追着查“偷税漏税”。抢救威尼斯，我没这个义务，连它是哪国的、遭了什么难都没听说过，“抢救”它干吗？倒是“爱我中华，修我长城”也有我一份儿。我其实是冲这句话才答应参加演出的。

头开演半小时，我就到了剧场，这是跟师傅学来的习惯，每场如此。进了后台，演员稀稀拉拉地还没几个人儿。演出时间一共两个半小时，我唱“大轴”最后一个节目，得从头等到尾。按照自己多年的习惯，我在后台找了个僻静的角落，坐下来，闭目养神。当年师傅就是这么教我的：“台上如猛虎，台下如绵羊。”演出之前千万不能胡思乱想、手忙脚乱、咋咋呼呼。艺人嘛，艺比天还高，比命还重。台下那么多人等着听你的戏，你得对得起他们。进了后台就要不苟言笑，不扯闲篇儿，不会客，默默地准备上场。

演员们陆陆续续地来了。我闭着眼，听他们嘁嘁嚓嚓。有男的，有女的，女的居多，而且都年轻。这个说：“哟，你来了？你也来了？”那个说：“你们都来了，我还能不来？”他们互相叫着名字，都是眼下广播、电视里挺响的名字，我分不清谁是谁。如今年轻人成名快，淘汰得也快，不几年就换了好几茬儿。古人说“各领风骚数百年”，眼下谁能领三五年就不错了，短的只能领几个月、几天儿。

我忍不住把眼睛睁开一条缝儿，朝他们瞅了瞅。嗬！真是八十年代的新一代。男的留着大胡子、小胡子，女的项链儿、耳坠。闪闪发光，穿的衣裳“透”而“露”，还有光着半拉膀子的。瞧着瘆人！我不懂其中奥妙，不敢评论。又听见人家说了：“今儿个，哥们儿都凑齐了！”女的也称“哥们儿”。“今儿不能不来！义演嘛，做做贡献，报纸上宣传宣传，也给咱们抵挡一阵。要不然，人家光盯着咱们‘捞’了多少多少！

嘁，哪儿那么好‘捞’的，你‘捞’一个试试！”我光听说如今“走穴”成风，谁谁的出场价两千，门票二十，谁谁存款三百万，到底也是耳听为虚，今儿听这“哥儿、姐儿”几个一说，许是有那么回事儿。如今戏曲、曲艺的日子挺不济，他们……仔细瞅瞅，没有一个像我这样穿着旗袍的，敢情都是……我心里猛然一动：是了，人家有言在先嘛，今儿晚上请的都是“歌星”，当然不包括我这个唱大鼓的。那么，我算“歌星”吗？干吗请我？羊群里跑进个骆驼，这叫怎么个话儿说的！

我这儿心里嘀咕着，并没搭话儿，也没动地方。人家也没理我，兴许没把我往“歌星”数儿里打，当成后台的一个老服务员了。随它去吧，既然来了，就等着吧，待会儿也许再来几个熟人，唱单弦的，或是唱京戏的，好跟我搭调。

直到开演也没等到一个同行、一个熟人！

演出开始了。我听见报幕员在前台报出第一位歌星的名字，我也不知道是刚才的哪一位，只是挺耳熟。

我静静地听着。不忙化装。我向来是临近出场时方化装，反正老太太化装也简单。

我只是静静地听着。前台爆发出一阵阵掌声，显然今儿出台的都是走红的角儿、走红的曲子。

我家住在黄土高坡，大风从坡上刮过……

昨夜的、昨夜的星辰已坠落……

三十以后才明白，该来的全都会来……

轻轻地，我将离开你，请将眼角的泪拭去……

跟着感觉走，请让它带着我……

一阵掌声，又一阵掌声。这些歌，我都听着稀里糊涂不明不白，可都这么有人捧，连我家的孙男弟女也都哼哼这些调儿。老了，赶不上趟儿了。我的心思乱了，听着听着也“跟着感觉走”了。我这会儿的感觉是什么？今晚上不该来！舞台已经是这一代的了，我瞎掺和个什么劲儿？这儿没有我的地方！

“瞿悦！瞿悦！”后台的姑娘们喊着一个名字，挺稀奇、挺轰动似的，就像我当年往熟人跟前儿一露面儿的那个份儿。

我觉得这个名字有点儿耳熟。猛一抬头，瞅见了，进来了一个小伙子。个头儿一米八儿，脸黑黑的，挺壮，头发蓬松，像是烫过的。身上穿着黑礼服，领口打着卓别林式的领结。

姑娘们把他围起来，“瞿悦，你好些天没露面儿了，出国了吧？”“瞿悦，你怎么这会儿才来？下一个就该你了！”

他一脸急匆匆的样子，“上外地演出去了，刚下飞机！他们……他们这是不给人留活路，时间卡得没喘气的工夫！”

哑哑的嗓子，让人感觉他的声带是一块磨刀石。猛然间，我想起来了，这人我认识！三年前，他还是个待业青年，来找我要报考曲艺演唱团，跟我学京韵大鼓。我一听他那嗓子，就把他打发回去了。“年轻人，趁早学点儿别的吧。曲艺主要是靠唱、靠嗓子。不像戏曲，没有好嗓子，靠身上的功夫也能拿住人。盖叫天先生就是因为嗓子不行，专攻武生，路子对了。你要是想学京剧武生，我倒是可以介绍介绍……”没等我说完，他扭头就走了。我听见他出了门还哑哑地嘟囔了一句：“都什么时代了，怎么还抱着老掉牙的观念？我的嗓子……哼！”

三年的工夫，歌星当中就出了个大红大紫的瞿悦，靠哑嗓子一鸣惊人！对，就是那个瞿悦！您说邪门儿不邪门儿？敢情到了八十年代，嗓子好坏的标准给倒过来了？不仅男的，女的也是如此，咬着话筒，沙哑沙哑的，竟然还博得满堂彩！

瞿悦从姑娘们中间挤过来，挺不耐烦似的走到镜子前头化装，这儿离我坐的地方就很近了。我不知道该跟他打个招呼呢，还是该装作不认识？正在犹豫，他认出我来了。

“赵……赵老师，”他一愣，像是在一堆时髦摩登领导新潮流的进口美容化妆品当中发现了一块生着绿斑的铜镜子。难为他还肯叫我一声“赵老师”！三年前的不愉快，他不会忘了吧？我想不会。但是他如今是名人了，大概也不想翻腾旧账了，就很“宽容”地笑笑：“您也来了？”我只好尴尬地朝他点头笑笑，竟然找不出一句话来，心说：我真是不该来啊！

这当口儿，就轮到他出场了。舞台监督催着他“快点儿，快点儿”！回头又对我说：“赵老，下一个就是您！”

怎么，我跟他挨着？接他的场？

前台传出了报幕员的声音：“观众朋友！现在，让我们以热烈的掌声欢迎当代最负盛名的青年摇滚歌手瞿悦为大家演唱！”“轰”的一阵掌声，像是八级大风、倾盆大雨。瞿悦快步走出去，立即被风雨吞没了。

嘣嗒嘣嗒的摇滚乐敲打起来，我听到了瞿悦那嘶哑的声音：“天上有个太阳……”

这时，台下有人高声叫着他的名字：“瞿悦！”

瞿悦只顾唱：“水中有个月亮……”谁知台下的人继续喊：“你演一场拿多少钱？”

我心说：糟了！剧场里怎么乱成这个样子？非打起来不可！我不由得替他捏着一把汗，起身走到侧幕条儿旁边，往外一瞅，瞿悦还挺镇静，手捏着话筒，不理不睬，唱他的，台下黑压压的观众纹丝不动不像是要往台上扔汽水瓶子的架势。

嘣嗒嘣嗒……

瞿悦唱道："我不知道……"台下嚷道："说！"

瞿悦唱道："我不知道……"台下嚷道："说！"这一嗓子已经不是一个人了，听起来有三十五十的。

瞿悦继续唱："我不知道……"

台下这时全场一声高吼："说！"

我被惊呆了！这是怎么个意思？喝倒彩？轰他下台？当场追查"偷税漏税"？听说……听说瞿悦如今的出场费高达三千，相当于我一年的工资！可是，今儿个大伙儿都是义演啊，他也一个子不落！……嗯，不像是"嫌贵"，倒是像起哄架秧子、跟他逗着玩儿呢！你听，那一问一答还能对上茬儿："说！""我不知道……"而且台下的每一声发问，都不是乱来，而是准确地插在演唱的"气口"上！这算什么恶作剧？观众是爱他还是恨他？是捧他还是恶心他？阿弥陀佛，我从学艺到如今，还没见识过这种场面！

我心惊肉跳地退回来，化装。他唱完就该我了，这时候想逃也逃不脱了。望着镜子里自己的一头白发、满脸皱纹，真是"顾影自怜"了，咳，一辈子过五关斩六将，今儿个要走麦城吗？

前面，瞿悦已经唱完了这首歌，到了儿也没说出太阳和月亮"哪个更圆、哪个更亮"，就回来了。我心说这回该我过堂了。谁知道前边的掌声经久不息，还有尖厉的口哨，那意思是让瞿悦"再来一个"！捉弄完了你，还要再提溜一回！

瞿悦像是早在预料之中，刚进侧幕条儿，没往里走就又返场了。他恐怕是经常如此的。

我化装完毕，等着接他的场。

> 我曾经问个不休，你何时跟我走？
> 可是你总是笑我，一无所有！

瞿悦沙哑的嗓子又唱起来了。不知是不是有意的安排，他返场后唱的《一无所有》好像是特地回答刚才的提问“你演一场拿多少钱?”似的：义演！一无所有！

> 这是你的手在抖，这是你的泪在流。
> 难道你是正在告诉我，你爱我一无所有？

狂风暴雨又降临了，好像整个剧场掴了个个儿，倒海翻江，人们疯了，都疯了！“嗽，一无所有！”今晚能花十块钱来听演唱会的人恐怕没一个是“一无所有”的，吃饱了喝足了，活得腻味了，反而特别陶醉一无所有，真是邪门儿！掌声、叫声已不再选择“气口”，随着嘣嗒嘣嗒的节奏，“哗、哗、哗”拍得震天响，几千人整整齐齐地喊着：“瞿悦、瞿悦！我们的歌手，我们的骄傲，我们的心！”

我的祖宗！这伙人崇拜瞿悦像是草民们仰望皇上，我这个“京韵第一鼓”，一辈子还没被人捧到过这份儿上！这阵势可真够吓人的！不该来，不该来，我实在是不该来，七老八十了，干吗还要经受这急风暴雨、惊心动魄的考验呢?

但是，这会儿真轮到我出场唱“大轴”了。不管我乐意也罢，不乐意也罢，不唱是不成了。我拿起板，端起鼓架子，硬着头皮往外走，脚底下是软的，脑袋里是空的。京韵大鼓唱了一辈子，这还是头一回“怯场”！谁知道今儿这些观众怎么对待我？八十年代了，八十年代！他们是一听见嘣嗒嘣嗒脚就痒痒、心就酥的主儿，吃不吃我这一套？

报幕员笑容可掬地走向台口，一手捏着话筒，一手扬起来，像是要平息台下的狂风，又像是要掀起更大的暴雨，高声说：“观众朋友！最后一个节目，我们特地请来了德高望重的老前辈、著名的曲艺表演艺术家、素有‘京韵第一鼓’之称的七十八岁高龄的赵燕风女士，为大家演唱京韵大鼓，电视连续剧《四世同堂》主题歌……”

话音儿没等落地，就是一片掌声，竟然博得“碰头好”！我的眼睛湿润了。这些观众，我所不熟悉的观众，为什么肯给我这么大的面子？是报幕员介绍的那一串头衔起了作用，还是瞅着我这满头白发登台献艺怪可怜的？或者是，他们当中也还有人记得名噪一时的“京韵第一鼓”？

甭管是怎么回事儿，我这会儿心里踏实了。

我朝台下的观众深深鞠了一躬，从黑丝绒旗袍的大襟底下抽出一块雪白的、叠得方方正正的手绢儿，抖开了，擦擦嘴边儿，往鼓架子上一搭，弦师的琴声响起，我左手执板，右手拿鼓楗子，“咚，咚，咚!”悦耳的鼓声响起来，我仿佛又倒退到年轻的时候，精气神儿来了，放开嗓子：“千里刀光影……”

刚刚唱出头一句，掌声“轰”地响起了，一个“满堂彩”！

我抖擞精神，把整个段子一气呵成：

…………

仇恨燃九城。

月圆之夜人不归，

花香之地无和平。
一腔无声血，
万缕慈母情。
为雪国耻身先去，
重整河山——
待后生！

掌声排山倒海般地响起来，经久不息。我觉得自个儿像是醉了……这么说，我今儿个还是该来。

（发表于《文艺报》1989 年 9 月 2 日。1989 年第 11 期《小说选刊》转载）

革　面

一则民间故事说：从前，有个衙役押解着一名犯了法的和尚到某处去，(记得和尚是王法管不着的，俗界的人犯了法，一出家就没事儿了，鲁达和武松就是这么干的。这则故事的不合理处姑且不论吧。)途中宿于客店，衙役喝醉了酒，大睡。和尚于是把衙役剃了个秃头，然后逃之夭夭。次日衙役醒来，不见了和尚，急得挠头。这一挠，就更急了："噢，和尚还在！那我哪儿去了？"

——题记

"白丽美容香皂的全部奥秘在于：今年二十，明年十八……"

电视屏幕上一出现那块在清水中悠然下沉的洁白香皂，儿子便不等解说员开口，抢先背诵出那句天天播出的台词。小孩子在记忆力最好的年华没有什么精彩的片子好看，便把多余的精力用来背广告。前两年背得最多的是"我们是害虫"，现在渐渐转换到背化妆品了。

每当这时候，丈夫便抢过遥控器："没意思，没意思!"换成别的台了，也不管演的是什么，哪怕是半截子戏也看，好像目的仅仅是为了躲开广告。

每当这时候，罗亚兰便发出一丝无声的叹息。丈夫很敏感，无言地看看她，好像心里惶惶然。她便装作完全没有发觉的样子，目不斜视地看电视，实际上却什么也没看见，心完全乱了。

罗亚兰是从来不用任何化妆品的，不管是增白霜、防晒霜，眉笔、唇膏，世界著名影星娜塔莎·金斯基最爱用的力士香皂，使您“今年二十，明年十八”的白丽香皂……她的全家常年只用洗衣粉、肥皂、浴皂，这对于洗脸、洗澡、洗衣服就已经足够了。家里只有她这么一个女性，她不需要这些多余的东西来打扮自己。不是因为她已经美貌绝伦、无以复加，而是因为……

罗亚兰很不幸，没有生就一张漂亮的脸。要说不漂亮，也不是很不漂亮。她肤色适中，即使不“增白”也不算黑；嘴不大，而且红润，无需涂唇膏也过得去；头发不大好，呈褐黄色，但那是可以染黑的，而且按眼下“东贱西贵”的心理，不少人还花钱把乌黑的头发染黄哩，罗亚兰可谓歪打正着。真正不幸的是她眼睛太小，而且是单眼皮，就越发显得小，拼命睁大也不过是一条缝；更为不幸的是她的鼻子。天生的一副塌鼻梁，而且鼻头又往上翘，鼻孔便朝天。鼻子长在脸的中心部位，十分关键，坏了大事，这张脸任你怎么打扮也是枉然。罗亚兰知道自己的短处，从小就不打扮，连镜子都不照，她不愿意看见自己那副丑陋的样子。这一招不灵，一种“鸵鸟政策”的自欺欺人。你自己看不见别人照样看得见，于是从小学起就有同学中的好事者给她起了个外号：“金丝猴”。虽然居心不良，与人为恶，却是惟妙惟肖：金丝猴的毛色金黄、鼻孔朝天。金丝猴是一级保护动物，是国宝，人们花钱买了门票去看，还要说：“真漂亮!”可是这称呼到了人身上就不同了，谁愿意被人称作猴子呢？但是这外号就像粘在她身上一样，撕都撕不掉了，小学毕业传到中学，中学毕业又传到大学，可谓“不胫而走”。一直到她现在工作的报社，同事们虽然不像孩子们那样肆无忌惮地当面喊她“金丝猴”，却总是躲躲闪闪而又若有所思地观察她的鼻子，好像她的鼻子有做不完的文章，那倒比小时候的恶作剧更让人受不了！

说起来，她的如此遭遇其实并没有自己的责任，完全受惠于她的父亲。父亲就是黄头发、朝天鼻。更有甚者，皮肤黝黑、塌肩驼背。外号比“金丝猴”更不如，叫“大猩猩”。所幸的是“大猩猩”娶了个媳妇却相当标致。那时候工农城乡差别远比现在大，水灵灵的乡下姑娘为了离开土地，转成城市户口，自愿降低择婿标准，嫁给了“大猩猩”。大概由于这双方的遗传基因的中和，罗亚兰幸免于黑脸和罗锅儿，却没有逃脱黄毛和塌鼻，一个丑八怪的父亲害了她一辈子！

她的丑八怪父亲“大猩猩”虽然模样儿不济，却一辈子都在为美化人们的模样儿而劳作。他生前是美姿化妆品总公司所属工厂的工人。“美姿”的前身只是解放前一家简陋之极的肥皂作坊。肥皂那时候叫“胰子”，父亲从十六岁就进厂熬胰子，熬到解放，胰子作坊改名肥皂生产合作社，还是熬胰子。肥皂生产合作社后来又改名化妆品厂，就不单熬胰子而且还生产香皂、牙膏、雪花膏、护肤霜什么的了。改成“美姿化妆品总公司”，而且引进外国生产线沸沸扬扬地生产“美姿系列化妆品”，“市优、部优、国优”则是更后来的事了。

父亲是个好工人。熬了一辈子胰子没往家带过一块胰子。胰子厂出胰子，也糟蹋胰子。父亲天天下班洗澡的时候却舍不得使胰子，干搓。他并且把别人扔下的胰子头儿都捡起来，回收到制皂罐里再熬成胰子。他下了班也不回家，倒腾那些炼油剩下的空桶。空桶里还有不少油哩，扔了怪可惜的，他就扎个长把儿的布掸子，探到空桶里把残油沾出来，一滴一滴地挤出来，攒够一桶，就送到炼油车间去。一年三百六十五天，天天如此，几十年如一日。厂里的头儿换了一拨儿又一拨儿，不管谁当政他总是一个样，他认为这是他的本分，从来不索取任何名利，只知道奉献。人们天天在厂里可以看到他，或是在车间里熬胰子，或是在院子里倒腾油桶，一身油腻腻的工作服，满脸满手黑乎乎，像个捡破烂儿的乞丐。无论厂里出了什么问题，有脏活儿、累活儿、别人不愿意干的活儿，只要招呼一声“大猩猩”，他便招之即来，而且来之能战，战之能胜。他的工龄几乎和厂龄一样长，十八般武艺皆通，没有能难住他的活儿。厂里缺了这么一个“大猩猩”，许多事儿简直是玩儿不转！可惜，这句话却是直到他突然出了事之后人们才说出来的。唉，谁能料到他竟然死得那么惨……

他活着的时候却只是大伙儿的笑料，厂头儿叫他“大猩猩”，新来的小徒工也敢叫他“大猩猩”，并不因为他有着那么多的无私奉献而慷慨地给予一个尊称：“罗师傅”。这原因不是别的，只是因为他长得丑！唉，我们的中华民族，老辈子就有“人不可貌相”的古训，到了二十世纪八十年代又大讲“心灵美”，即使在是非颠倒的“文革”时期也只是把矛头指向奇装异服、胭脂口红，而维护工农兵的“傻大黑粗”，可是为什么偏偏容不下一位老工人的鼻子呢？

那一年，“九大”开过之后的国庆节，新中国成立二十周年大庆。按照上级的指示，厂里抽调了五十名工人参加游行，提前三个月操练，穿统一的白衬衫、蓝工裤，正步走，充分显示工人阶级扬眉吐气领导一切的豪迈气概。托毛主席的福，罗亚兰那年近花甲的父亲也光荣地加入了这一行列。“大猩猩”平生头一回换上了那做道具用的雪白的衬衫和烫出裤线的蓝工裤，走出车间，扔下空油桶，到操场去正步走了。老人家虽然觉得这一身“行头”不大自如，心里可是痛快哩：这是代表咱熬胰子的工人去见毛主席，多大的体面！

正步走练了两个月零二十七天，再有三天就要上天安门广场了。

厂头儿带了个刚进厂的小妞儿，来到他身边，小声说：“大猩猩，你出来，跟你说个事儿！”

他连忙打立正说：“头儿，有什么事儿您只管吩咐！”

厂头儿说：“厂里生产任务忙，你不用练队了，她替你！”

那个小妞儿应声入列，一秒钟填补了空白。

“大猩猩”直犯愣，眨着眯缝眼、撅着朝天鼻说：“怎么着？这练了快三个月了，换人？她一天没练，能成吗？”

厂头儿笑笑说：“人家中学生都受过军训，基础比你好！”见他还没回过味儿来，又找补一句，“服从命令听指挥！”

“是！”“大猩猩”慌忙中敬了走了样的军礼，蔫蔫地回去熬胰子了。

事后，他才听说，厂头儿之所以撤换他，是因为局革委会头儿视察之后狠呲了头儿一顿：“你们厂没人儿了？选这么个丑八怪去出洋相，不怕记者拍照憋了镜头！瞧他那个德行，脊梁骨英雄‘背’出，脸像个大猩猩……”

厂头儿忙说：“他外号就叫‘大猩猩’！”

“你明明知道还让他去见毛主席？这是个什么性质的问题？好好考虑考虑！”

厂头儿为此写了深刻检查，才保住了革委会主任的官职。

“大猩猩”失去了见毛主席的最最光荣的机会，此外倒也毫毛未损，因为他大字不识，也不会写检查，再说自个儿长得丑也不是故意的。“爹妈给的嘛！”“林副主席”这么说来着。

难得的是，他并未因此而闹情绪、撂纱帽、撂挑子不干啦什么的，仍然是一年三百六十五天如一日，风雨无阻地一点一滴地为节约每滴油而奋斗。这种事儿要是搁到今天，怕是没人能做到了。

那件事，罗亚兰一辈子也不会忘。遗传基因使她继承了父亲的耻辱，她是永远没有脱胎换骨、洗心革面、重新做人的机会了。

罗亚兰现在躺在手术台上。不是开脑颅、修补心脏瓣膜、换人工肾、割盲肠啦什么的，而是接受面部整容手术。感谢现代科学技术，她意外地在九十年代得以脱胎换骨、洗心革面、重新做人了。

她早在几年前就萌发了这个念头。那是在上班的路上，她偶然看见门前小胡同里的电线杆上贴着一张用毛笔写的广告："无痛割疣、文眉、文眼线、割双眼皮、穿耳"。她当时看了一眼也就算了，因为这些事毕竟都是锦上添花，而不是雪中送炭，和她的距离太远了，她的鼻子怎么"文"也是无济于事的。但后来她看到有几个同事都文了眉、文了眼线，那脸经过"加工"果然精神了不少。又听见她们背后说："文眉、文眼线是最简单的，更复杂的还可以把头皮拉下来一块，消除额头的皱纹，鼻梁骨也可以垫高，电影演员××、××就是这么做的手术，怪不得显得那么年轻又漂亮。不过，做那样的手术就得上外科整容医院了，钱也就花得'海'了！"

说的人无心，听的人心动。

下班回来，罗亚兰尝试着对丈夫和儿子说了她的想法。六岁的儿子听了，睁大眼睛噢了一声，也不知是什么意思。在天下所有的儿子心目中，妈妈都是最亲近、最可爱的人，"妈妈"是人间最美好的称呼。是不是儿子也懂得妈妈的鼻子需要"修理"以使得她在他心中更美好、更名副其实呢？儿子没说，罗亚兰也没敢追问。丈夫却啊了一声，似乎颇感意外。

她懂得丈夫的心思。丈夫是她在大学新闻系时的同学，一个相貌端正却行为古板的书呆子。他不修边幅，不爱交际，把所有的时间都花在读书上，所以在大学的五年中白白失去了与众多窈窕淑女结为伉俪的时机，直到毕业之后才猛然想起应该向和他一起分配到同一家报社的罗亚兰求婚。对此，罗亚兰当然并无异议，但结婚之后却长久地感到自己像欠了他的债。他们的结婚照片就挂在卧室里，罗亚兰每当看到那张不得不照的照片，心头就升起一股愧意。她曾经要把照片取下来，却被丈夫制止："为什么？""我配不上你。""什么？新闻系的高才生，我还受之有愧哩！""我是说，我……太难看了……"她不得不说出这句最不愿意说的话。"什么话！俗人之见！"丈夫说，"苏门四学士之一的秦少游，他的夫人苏小妹漂亮吗？三国的大军事家诸葛亮，他的夫人黄秀英漂亮吗？却都是少有的才女，所以惺惺惜惺惺！唉，话又说回来，人生在世，即使千娇百媚，西施、郑旦、王嫱、杨妃，到头来也都是一堆枯骨。记得小仲马怎么描写茶花女在迁葬时的尊容吗：'一对眼睛只剩下了两个窟窿，嘴唇烂掉了，雪白的牙齿咬得紧紧的，干枯而黑乎乎的长发贴在太阳穴上，稀稀拉拉地掩盖着深深凹下去的青灰色的面颊……'"

书呆子还要说下去，她赶紧制止了他。那种描写即使在小仲马的生花妙笔下也是倒胃口的。丈夫专门挑选这种作践美女的词儿背给她听，似乎是想以此讨她的好。因为妻子不美，丈夫就恨美女。爱美之心，人皆有之，她不大相信丈夫真的这么想。他这么说，不正说明他也认为自己的妻子丑吗？

她在心里酝酿了好久，终于决定摆脱缠绕了她三十多年的痛苦。

她事先没跟家里明说，对报社也只说是到外地采访，而实际上住进了外科整容医院。做这种手术是不可能享受公费医疗的，她何必声张？悄悄地进去，把自己脱胎换骨地改造一番，再出来向同事和家人亮相，让他们大吃一惊吧！

整容医院的大夫对她很友好。因为她是记者，走到哪儿都是受欢迎的，并不管你的长相如何。何况她正是因为长相差劲才求助于大夫的，大夫美化了她，必将得到她的回报，在报纸上把大夫也美化一番。其实大夫的这个宝押错了。一个记者怎么可能现身说法地将自己如何从丑八怪变为美女的秘密用文字公开呢？这且不去管它，现在先得到实惠的是她。

大夫对她说："这种手术，过去只用来修补重大先天性残疾或者伤残，比如兔唇啦、面部烧伤啦什么的，现在扩展到美容了。这几年正常人来美容的也越来越多，要求也千奇百怪。有的人要把单眼皮拉成双眼皮，把鼻梁和眉弓垫高，为的是像白种人；有的人却要把双眼皮变成单眼皮，为的是像日本人；有的人非要把好端端的眼睛、鼻子弄成三角眼、鹰钩鼻，说'要的就是那股狠劲儿！'也不知是中了什么邪。这么一来，我们这儿就应接不暇……"

罗亚兰听到这里，心里挺不是滋味儿，也许人家嘴上热情，心里挺瞧不起的。就说："这么说，我就……"

"不，不，不，"大夫忙说，"像您这种特殊情况我们还是优先安排，记者啦、演员啦，工作需要嘛！"如此这般另眼相看，表示优待。接下来又说，"其实您本身整容的必要性不大，只是好上求好。主要是鼻子。我把您的鼻梁垫高，鼻头拉长，顺便再文文眉和眼线。这么一打扮，那就……"

那就怎么样呢？大夫没好意思说，她自己也知道：那就像换了一个人儿！怎么能说"必要性不大"呢？人们哪，越来越学得虚伪了。

罗亚兰尽量使自己心情平静，什么也不去想它了。既然敢厚着脸皮来，就不能白来一趟，好歹要做了它，熬过这一关，就永无后顾之忧了。不过，她在情绪极其纷乱的时候也仍然保持着头脑的清醒，谢绝了大夫在手术之前先拍照留念的"好意"。她知道，这张照片留在大夫手里绝没有好事儿，说不定哪天就被印到医学著作里去，和整容后的她做一番对照，以显示大夫的医术之精。这个当她才不上呢！好，不照就不照吧，大夫也没再强求，于是就破例不用预约，当天就为她动手术。

她躺在手术台上，由大夫摆布。她觉得自己像刀俎上的鱼肉，任人宰割；像一块顽石，任人雕琢。手术刀从口腔里切开，修补她的鼻子，她在这一刹那间仿佛亲眼看见一副丑八怪的面孔土崩瓦解了，不复存在了……

她想起了父亲，想起了父亲的肉体的消灭，那是何等残忍何等可怕的一幕！

…………

制皂车间的大胡满世界喊“大猩猩”。

“胡头儿，什么事儿您哪？”

“管子堵了。你下去瞅瞅底下怎么回事儿！”

父亲扔下了空油桶，跟他跑到制皂车间，二话没说，爬上大罐，顺梯子下到罐底。这是熬胰子的大罐，炼好、漂净的油从长长的管子里打到这儿来，再加料，熬胰子。这会儿，那边的油等着往这儿放，管子却堵了。这是维修工的活儿。可是大胡不找维修工，偏喊“大猩猩”，因为他好使唤，不用敬烟，甚至不用说好话，随叫随到，干活儿麻利快，决不嫌脏。

父亲在罐底捅管子，大胡坐在罐顶上瞧着。

管子的那一头儿，炼油车间的人等得急，远远地喊话：“行了吗？”

大胡就问下边儿：“行了吗？”

父亲掏出了一把棉丝，喘着气说：“行啦！”

大胡长出了一口气，朝远处一扬手，“行啦！”

这是双方约定的口令，说“行啦”就放油。说时迟，那时快，炼油车间开泵了，滚烫的油顺着管子向大罐倾泻，垂下一条金色的瀑布！

大胡傻眼了！他这是怎么了呢？“大猩猩”还没上来呢，怎么就……

说什么也来不及了！父亲只在那一刹那间吃惊地望了大胡一眼，嘴还没喊出声，就被滚烫的瀑布淹没了……

等到惊慌失措的人们闻讯赶来，把他从油锅里打捞上来，父亲只剩下一副白骨，他那黝黑的皮肤、焦黄的头发、丑陋的朝天鼻，都不复存在了！

追悼会开得极其隆重。当年仅十岁的罗亚兰手捧着骨灰盒出现在会场时，全厂几千人都失声痛哭。人们是那么富有同情心，面对着这么一个孤儿不可能不洒下一掬泪水，暂时也就不再计较她的鼻子是否美观了。人们突然地忆起父亲生前的许多好处，他转眼间成了英雄。所以人们在这种庄严的场合绝对不能再使用“大猩猩”的称呼，一律都一把鼻涕一把泪地哭喊着“老罗师傅”，这是父亲用生命和肉体的毁灭换来的尊严。会场正中挂着父亲的遗像。遗像庄严而英武，是标准的“文革”时期工人阶级形象，只是一点也不像本人，他那丑陋的眼睛和鼻子都被“修正”了。这幅遗像不是父亲的照片，而是请厂里的美工精心绘制的，照片只供“参考”，不符合要求的地方都要“理想化”，因为英雄是没有缺点的，是不能丑化的。从现在开始，过去那个“大猩猩”随着肉体的消失而不复存在了，父亲“重新做人”了！

相比之下，罗亚兰为“重新做人”所付出的代价就小得多了。毕竟时代前进了，她不需要付出生命，只需要经受一点儿痛苦，耽误一点儿时间。脸上那只丑陋不堪的鼻子，原来是可以改造的，平平无奇的塑料就可以代替人的骨骼和肌肉，哪儿缺就哪儿补，像漆匠用泥子，瓦匠用灰浆，就给填平了。唉，如果当年父亲早早地做了这种手术，并且也给她做了这种手术，不就早可以免受屈辱，扬眉吐气地做人了吗？不，那个时候，医院里还不接受这样的手术，父亲也不可能为这事儿而花钱，他哪儿有这么多钱！罗亚兰的这次手术费用，如果倒退十几年，在一个普通工人的家庭那是一个天文数字：仅仅像别人那样文眉就要一百块，文上眼皮四十块，下眼皮六十块；而她更重要的是割双眼皮，更更重要的是改造鼻子，手术费加上住院费，总共就要花一两千块！这笔钱，罗亚兰现在花得起了。虽然她只是一名普通的记者，一名普通的知识分子，在脑体倒挂的今天，收入还比不上一个清洁工，就更没法儿和个体户，和合资企业的雇员相比了；但她凭着自己的劳动也多多少少攒下了一点儿“积蓄”，那是她无数次为了美化社会、美化别人而爬格子挣来的，现在该用来美化自己了。

她想起父亲的同事、自己的同事，想起周围各种各样的芸芸众生。有生三十多年来，由于父亲的鼻子和自己的鼻子，她一直觉得自己和这个世界格格不入。罗亚兰在同行们中间，就业务而言是佼佼者，她采写的新闻，选题新颖，采访迅速，内容充实，文字漂亮，在好几次全国性的新闻评比中都榜上有名。但她不但自知而且她知是个上不得场面的记者，凡是有中央领导出席的活动，人大、政协的会议等，报社从不派她去采访，其中的原因不说也是谁都知道：丑“媳妇”是见不得“公婆”的！她曾经后悔干了新闻这一行，当记者是必须抛头露面的，而自己恰恰缺一副像样的“头面”。但这不是她自己选择的专业，她在报考大学的时候第一志愿本来填写的是中文系，天晓得为什么给她分到了新闻系，据说是因为当时新闻专业特别缺人，她的政治条件和文科成绩又都是拔尖的，而且那一年新闻专业招生没有面试，所以她就糊里糊涂地进了记者的摇篮。等到她真的成了记者，先天性的致命缺憾才暴露了出来，无论她怎样卖力地工作也无法改变自己的“形象”。唉，既然父亲当年从游行队伍里被撤下来可以忍受而且必须忍受，那么她所受的同样的屈辱也可以忍受而且必须忍受。她已经忍受了许多年，终于忍受不下去了！她，没有想到自己到了而立之年突然发生了转机，整容医生神奇的手将轻而易举地使她“脱胎换骨”，等她回到报社，哼，士隔三日，你们将刮目相看！

她想起自己的丈夫和儿子。她和丈夫是未经任何人的“介绍”而相爱的，而且是他采取主动向她求婚的，他们之间不存在老一辈的父母之命、媒妁之言，而且也没有任何一方的强求或屈就。她不像母亲那样为了取得城市户口而“嫁汉”，他也不是单纯为了传宗接代、生儿育女而“娶妻”。他们相爱有着牢固的感情基础，那个书呆子也会说热辣辣的情话呢：“我爱你纯真美好的心灵，我爱你流光溢彩的才华。”这些话，曾经使她的心久久不能平静。但是，平静下来仔细想想呢？他的话其实绕了个大弯子，小心地回避了她的外貌。天底下的热恋中的男人，哪一个不曾对他的恋人说过：“你真美！”唯独她的丈夫不曾说过，因为她并不美，我们的老祖宗早就说过：“窈窕淑女，君子好逑。”外国的一位大思想家也说过：“爱情的基础是性爱。”书呆子未必不懂得男女之间最初的吸引力其实只是彼此“赏心悦目”，但是他爱她，就把这一层推到次要的地位了。后来她成了他的妻子，当然就更不肯刺伤她。她总是觉得在丈夫的内心深处怀着一种不可言说的遗憾：他虽然娶了一个才女，却可惜是个丑妇！女人，女人，罗亚兰作为女人，这是她无法向丈夫偿还的“夙债”！结婚之后的五年之内，她都坚持不要孩子。不是她不喜欢孩子，而是怕，怕那可怕的鼻子再传给下一代。感谢上帝，也感谢生命遗传的奥妙，父亲遗传基因经过两代的“中和”已经所剩无几了，她的儿子十分像爸爸，而只继承了妈妈的黄头发，这在一个男孩子已经算不上什么缺陷了。可是谁能料到，这个漂亮的小男孩子依然未能摆脱“鼻子”的困扰。在附近的邻居中间，在幼儿园里，他经常莫名其妙地被人盯着鼻子审看，甚至有人大胆地问他：“你怎么长得不像你妈？”言下之意，丑八怪的妈妈必须生下个丑八怪的儿子才合乎情理，才能满足人们的好奇心的需要！开始，他以为儿子不懂这些，哪知道有一天儿子从幼儿园回来突然抱住她大哭，一边亲吻着她的鼻子，一边痛苦地叫着："妈妈，妈妈……"那时候，罗亚兰的心碎了！

她欠丈夫和儿子的太多了，现在要一次还清，还他们一个美；周围的人们欠她的也太多了，这次也要一次还清，还她一个尊重。

这次手术实在关系重大，为了赢得"新生"，她愿意，愿意承受更大、更深重的痛苦。想到这里，她的心里升起一股自豪和悲壮。

半个月之后，罗亚兰出院了。

手术本来是极简单的，但她不能做完后就立即回家。她要等待眼睛、鼻子上的伤口平复，拆了线，以一副崭新的面孔出现在人们面前。

现在，这一切已经实现了。她在出院之前特地照了照镜子——有生以来她已经记不得上次照镜子是在什么时候。她的目光在投向镜子之前，心跳得厉害。她不知道手术的结果到底怎么样，她害怕看见又非常想看看自己。当镜子里的映像接触到她的视线，她被惊呆了！啊，两道弯弯的乌眉，一双明亮的大眼睛，匀称的褶皱形成美丽的双眼皮，上下眼睑排着睫毛的地方文着两道深浅入时的黑线，衬托得眼睛更加有神了；那只鼻子，鼻梁奇迹般地挺起来了，鼻弓到鼻头形成一条优美的弧线，简直是中国古典的"悬胆"鼻和现代人特别有好感的希腊鼻完美的结合！这是她吗？她竟然有这么好看的眼睛和鼻子？是的，她有了，这一切都长在她的脸上，成为她的资本、她的财富、她的骄傲，她永远抛弃了那丑陋的眯缝眼和朝天鼻，永远告别了耻辱，过去的罗亚兰已经不存在了！

她昂然走出外科整容医院，回家去。这时，她略略感到一丝伤感：她这个人是不太生病的，有生以来只住过两次医院，却都不是因为生病。上次住院是生孩子，她出院的时候，丈夫雇了出租车来接她，充满感激地看着她，她好像成了全家的功臣。而这一次呢？她是偷偷地住院的，也是悄悄地回家，没有任何人迎接。咳，这有什么，不知者不能怪罪，这次行动是她自己一手秘密策划的，事先还怕丈夫和儿子知道呢！等到秘密一公开，她将给全家一个皆大欢喜！

她的心欢跳着，上了公共汽车。一路上，她颇有些骄傲地昂着头，打量着乘车的男女，尤其是那些穷工极巧地打扮自己的女人们。哼，我罗亚兰过去在你们面前只能自惭形秽，低眉顺眼，如今不同了。我也可以和你们比一比了。你们拼命地选购流行时装，又在发式上大做文章，还把一张脸蛋儿浓妆艳抹，耳朵上还挂着明晃晃的沉重，这些又算得了什么呢？最重要的是有一张美丽的脸，而最关键的是眼睛和鼻子，你们有吗？没有，那么，就是脂粉搽得一尺厚，也是毫无意义的，甚至还会起到东施效颦的反作用，你们懂吗？

不知不觉，车到站了。直到售票员报出那个熟悉的站名，她才猛然刹住了思绪，知道自己该下车了。慌忙中，她下意识地掏出月票来一晃，就要下车……

没有想到，售票员一声断喝："你等等！"

她一愣，回头说："怎么啦？"

"你说怎么啦？"售票员挺横，"回来，回来！那是你的月票吗？"

"当然是我的！"罗亚兰停住脚步，坦然地把月票伸到售票员的眼前。

售票员一把把月票夺过去："瞧瞧，你好好儿瞧瞧，你跟这相片儿上的是一个人儿吗？"

售票员的眼睛毕竟训练有素，能在众多纷杂的人群中注意到这张小小的照片。罗亚兰傻眼了，她无法否认，那张照片现在确实已经不像她了！但那又千真万确地是她的照片，她理直气壮地说："没错，这就是我的月票！”

“嘿，这人儿！”售票员嗤之以鼻，“蒙事蒙到这水平？使别人的月票也找个像点儿的！瞧瞧，大伙儿瞧瞧！”说着把月票扬起来让满车的人看，显然这位售票员也是个好事者，闲的，唯恐天下不乱。

如今闲人也确实太多，好奇心太强，听得这一声招呼，呼啦啦都往跟前挤，好仔细瞧瞧热闹。这一瞧不当紧，一个个一惊一乍地嚷嚷起来：

“嗐！这哪是一个人儿？”

“为一两毛钱栽这跟头，值吗？”

“瞅着挺漂亮的个人儿，办这事儿！”

“那月票上的相片挺寒碜的，她也不嫌恶心？”

售票员得道多助，这时就更不客气了：“使用他人月票，按规定罚款六十块，拿钱来吧你！”

罗亚兰的脸唰地变成了灰白色。

“为什么‘罚款’？我根本没用‘他人月票’，这明明是我自己的！不信，你可以看看我的证件！”她随手掏出了记者证，递给售票员。

记者证上的照片当然和月票上一模一样，这是最有说服力的证据。问题是，现在纵使铁证如山也帮不了罗亚兰的忙，反而使事情更复杂化了。

“嗬，记者证！”售票员提高了嗓门儿，“你偷了人家的月票还不算，还偷了人家的记者证冒充记者？”

罪行又升级了，竟然是“偷”！

车上的乘客大哗：

“啧啧，人模人样儿的，原来是个贼！”

“知人知面不知心啊！”

罗亚兰的嘴和手都在抖，什么话也说不出来了。她本来有一句至关重要的话可以为自己解释，但她实在说不出口，或许说出来也无济于事，只能招来更大的侮辱。她后悔，刚才为什么要使用月票？花两毛钱买张票就什么事儿都没有了；如果她当时认“罚”，掏出六十块钱也可以中途解围，而她却糊涂到底，一错再错，又亮出了记者证，现在是有口难辩，跳到黄河也洗不清了！

“得嘞！”售票员冷笑着，好像他是个便衣侦探，抓住了重要逃犯那么得意，“跟我到总站去说道说道吧！”

罗亚兰的好兴致被破坏殆尽，她成了插翅难逃的囚犯。

在公共汽车的总站，她被售票员又转给了总调度。总调度把她再“审”一遍，然后打电话给报社：“喂，你们单位有个叫罗亚兰的记者吗？”

接电话的是总编辑：“有啊！”

总调度说：“噢！请她来一趟吧！”

总编辑说：“她不在，外出采访去了，差不多有半个月了。”

“是吗？那……她恐怕是出事儿了！”

“啊？怎么回事？”

“我们这儿抓住一个冒充记者的，她用的月票和记者证都是罗亚兰的。”

“……”

总编辑倒吸了一口凉气，说不定这是一桩人命关天的大案子，事不宜迟，马上跑到保卫科商量这事儿该怎么办。保卫科长更紧张，但别无良策，先到公共汽车总站抓住那个罪犯送公安部门再说。他匆匆出马之前又想到此事非同小可，应该跟罗亚兰的丈夫打个招呼。这一打招呼罗亚兰的丈夫吓得脸煞白，追着保卫科长就走。这时候报社幼儿园也该下班了，他扔下孩子没个交代，于是又顺便带上孩子。

一路上儿子老是问："我妈呢？我妈怎么啦？"

丈夫哭丧着脸没法儿回答，他也不知道是什么命运在等着他，说不定，说不定儿子从今之后就没妈了呢！

报社的车子开到公共汽车总站，三个人急急忙忙往调度室跑。

在那里，被"囚禁"的罗亚兰正在望眼欲穿。看到保卫科长和她的丈夫、儿子，她有了救星："噢，你们来了，你们可来了！"

三个人直发愣，这、这、这个女的是谁啊？就是那个冒充罗亚兰的罪犯？

此时此刻，眼睛和鼻子的重要性再次得到证实，它们长在人脸关键部位，这两个"零件"一换，竟然面目全非了呢！

看见他们的这种神情，罗亚兰急得要哭了："你们这是怎么啦？不认得我了吗？科长，我是罗亚兰哪！"

听声音挺像，可是那张脸……

保卫科长揉了揉眼睛，他怀疑自己是见了鬼了。

丈夫张了张嘴，想说什么却没发出声来。

儿子直往他的背后缩，他害怕那个声音像妈妈的怪人。

"我……"罗亚兰终于鼓足了勇气，说出了那句连她自己听了都头皮发麻的话，"我……做了整容手术！"

"哎呀！"保卫科长大吃一惊，又揉了揉眼睛，愣愣地盯着罗亚兰的脸，纳闷儿地琢磨着她的眼睛、鼻子怎么像变戏法儿似的变得这么好看。突然，保卫科长咯咯地大笑起来，"哎呀我说小罗啊，你这一手够绝的，整容？女大十八变，越变越好看！嘿，你这鼻子，鼻子……"

他一口一个"鼻子"，罗亚兰的鼻子已经彻底改造过了，但她仍然没法儿让人家忘记她原来的鼻子。因为原来的鼻子是她自己的，现在的鼻子好像是偷来的！

丈夫失神地望着她，没敢走近。面前这个面容姣好、眉清目秀、鼻直口方的女人，难道是他的妻子罗亚兰吗？他记得妻子曾经说过想整容，还以为那只是一句玩笑，谁知道她真的这么干了，而且整得这么美！但是，这是真罗亚兰吗？那眼睛，假的；那鼻子，假的。真的罗亚兰，与他同甘苦共患难，一起生活了十一年的罗亚兰到哪儿去了呢？难道从今以后他就要和这个假罗亚兰共同生活？他不敢看那双找不到“妻子”的任何痕迹的眼睛，不敢抚摩那只用什么化学材料填充起来的鼻子，不敢亲吻那张陌生的脸！

盼望已久的重逢竟是这么令人窒息，罗亚兰只觉得一阵头晕目眩，两眼热泪涌流出来，她猛地扑过去，一把抱住儿子：“儿子，叫妈妈，叫妈妈呀！让妈妈好好亲亲你！”

儿子惶恐地挣脱了：“不，你不是我妈！我要原来的妈妈，原来的妈妈！”

竟是一串令人心碎的哭声……

1991年6月于听雨楼书屋

（发表于《大时代文学》1991年第10期）

罢宴

一九九一年二月十四日，马年的最后一天，羊年的除夕。且不管在远离中国的阿拉伯海湾，科威特的油田烈火熊熊，伊拉克的“飞毛腿”和美国的“爱国者”在空中频繁地对打，我们这儿的年还是照样过，而且还要过得好，过得祥和、热闹、红火。

谢老的夫人连日来忙于采购，年货已经备齐。海参、鱿鱼已经提前发好了，鱼翅已经早早地炖上了；鸡和鱼都是活的，养在那儿，等待宰杀；肉是到屠宰厂买的鲜货，冻肉一律不要。当然还有应时蔬菜、蘑菇冬笋，等等等等，不一而足。单等除夕之夜开宴，一连吃上它五天。全家老小的后勤总司令，如今处于极度疲劳而又极度兴奋的临战状态。儿子儿媳、女儿女婿都兴冲冲地携了娃娃来，借此良机不投资净赢利地搜刮一通。娃娃们尤其兴奋，如今的“压岁钱”价码越来越高，已非灯笼气球或者几块钱就可以打发的，他们的目标是“任天堂”“小天才”，一帮子小将以“魂斗罗”的气概向老祖宗杀将过来……

“好，好，爷爷尽量满足你们!”胖胖的谢老坐在书房里的安乐椅上，用短而粗的手指梳拢着自己硕大的脑袋后边一圈儿稀疏的白发，对绕膝的外孙内孙有求必应，但也提出了一个并不难做到的交换条件，“看你们谁先跑到楼下把爷爷的报纸和信件取来？我这儿重重地有赏!”

“我去，我去！”娃娃们争先恐后地跑了，如同百米赛跑夺魁。

谢老慈祥地笑了，他等待着他们归来。

谢老今天的心情还算是挺好的，尽管多多少少有些不安。

谢老在位的时候，最怕的是过年。那时候他是省文化厅的厅长，决没有现在这么清闲，大年三十还能待在家里，举家团聚、含饴弄孙。

当年的此刻，他恐怕是在剧场的排练厅里。准备春节上演的戏，从剧本开始他就得把关，政治上不能出纰漏，艺术上还要精益求精。一遍一遍地排练，一句句地修改，改得编、导、演、服、化、道人困马乏，老厅长心力交瘁，到最后还是一百个不放心。

当年的此刻，他也许是在电视台的演播厅里。一年一度的文艺晚会，不但要在省内播，还要送中央台，如同和兄弟省“打擂”，要打出新水平、高水平，全省的荣辱在此一举。节目当然也是他审了又审、改了又改的，但还要千叮咛万嘱咐：直播时，临场发挥不许走板，机器不许出故障，多机拍摄、现场切换不许“穿帮”，字幕不许出错别字……老厅长把心都操碎了！

不，当年的此刻，他也许正驱车奔走于这座省城的大街小巷。省里有那么几位知名的老作家，有那么几位知名的老画家，有那么几位知名的老表演艺术家，都是“省宝”。逢年过节，领导同志要一一登门拜望，以体现党的温暖、政府的关怀。不消说，这都是谢老的事儿。他是全省文化界的首领，不亲自到场，这温暖、关怀就显得不够，也显得谢老本人不礼贤下士。这么东一家西一家地跑着，谢老觉得自己就像舞台上一个人演几个角色的“连赶三”，又像民间艺人一个人操作多种乐器的“十不闲”，搞得神经紧张、手忙脚乱。他不免要感慨：自己也是六七十岁的人了，论资格比他们老，论级别比他们高，论官阶还是他们的顶头上司，为什么非要我去拜他们而不是他们来拜我？唉，唉，别人看我这顶乌纱帽还眼红，岂不知真是大家的“公仆”呢！如果年轻些，倒也不怕；如今廉颇老矣，实在无力为“仆”了，不如早日去职！

两年前，谢老办了离休手续，不再为“仆”，回家当逍遥自在的老太爷了。

铁打的衙门流水的官。省文化厅没有他，戏照样演，电视照样播，逢年过节，照样有人通宵达旦地审查节目，严格把关，也并未误事。那几位“省宝”级的老作家、老画家、老演员，照样有人去看望，报纸上还为此登几幅照片，电视上播几个镜头，“省宝”们依旧精神矍铄、宝刀不老、底气十足，说着和过去一样的感谢“温暖”和“关怀”的话，只是被感谢的已不再是谢老了。他从报纸上、荧屏上，从人们的记忆中消失了。奶奶的！谢老愤愤地想。你们的成名，哪一个不是我捧出来的？如今你们照旧大红大紫，我这个浇水培土的“公仆”倒被人遗忘了，这公平吗？不平归不平，他这满腹的公理或者婆理倒没地方讲去。因为他一不会写小说、报告文学，二不会画竹子、兰草，三不会唱黑头、花脸，想再跻身于文化人之中，也难。于是谢老发愤图强，要著书立说。把几十年来在各种场合做的报告，以及审查节目的意见、与文化名人的谈话、对文化工作的指示，仔细搜寻原始记录，整理润色，编成一册，也有几十万字，送省出版社。出版社碍着老厅长的面子，当然顺利通过，还说了些“传世经典”“洛阳纸贵”之类的恭维话。岂知一征订，新华书店哪里肯要这些过时的讲话稿？印数总共只凑了五百册，不能开印，只好作罢。那令人不愉快的消息传来，谢老仰天长叹，一言不发，闷闷地睡了三天。

“而今识尽愁滋味，欲说还休，欲说还休，却道天凉好个秋！”谢老记不清是宋朝哪个老家伙说过这样的昏话，现在细细品味，倒正是心中那说不出的滋味！

谢老不知该怎么打发余生了。练气功？他一肚子尽是气！跳迪斯科？他在位时最反对的是那玩意儿，总不能自打耳光。打牌下棋？桌面上的兵来将往、争权夺利，只不过是游戏而已，他不屑为！他唯一有兴趣的是开会，是出头露面，可惜再没有那种机会了！

过去他最怕的是过年，现在倒盼着过年。因为只有一年一度的春节，他才有机会让人们意识到他的存在。

按照本省的惯例，每年的除夕夜要在省委大礼堂举行一次盛大宴会，出席的有党、政、军领导，各方面负责人，工、农、商、学、兵各界代表，以及文化界知名人士、社会贤达。宴会的盛大豪华，不消说海陆八珍应有尽有，比之北京的“国宴”有过之而无不及，但终因是地方性的，谦虚一点儿，称之为“省宴”。当然应邀来此赴宴的人们也并非好酒贪吃，最重要的是标志着一种规格、一种身份，能吃上“省宴”的，都是本省名流。省电视台要播出新闻，省报要发表消息，还开列一个长长的大名单，凡上了名单的，均光耀门楣，连妻侄小舅子，远亲近邻都要把那张报纸四处炫耀，如同登上了皇榜。后来“廉政”之风盛行，“省宴”的开销压缩，先是改为四菜一汤，后来又改得只剩清茶一杯，没什么吃头儿了。可是人们的兴趣未减。“省宴”毕竟是省宴，这杯茶，不是拿钱能买得来的！因此，每年的春节将至，省委、省政府、省人大、省政协便早早地像过筛子似的编那份大名单了。该增谁，该减谁，悄悄地进行；无权决定这一切的人们也在悄悄地等待：且看今年的本省名流将是怎样的阵容？

不消说，谢老当年在位时，年年的“省宴”必是座上客。文化界哪怕只有一个名额，这个人也只能是他。因此他稳坐在那把固定的椅子上，也并没有感到受宠若惊，反而觉得一会儿鼓掌，一会儿碰杯，还要插空儿向文化界那些老家伙们一一敬酒，这些客套烦琐而又累人！

直到他从领导岗位上退下来，感觉不同了，这才懂得珍惜一年只有一次的“省宴”。自己什么都不是了，还能坐在这里，说明省委、省政府没忘记他的功劳苦劳疲劳；和文化界的熟人见面，也表明他虽不在位了，而地位却没变！那些人倒也懂事，别看现在再也用不着向他“请示”“汇报”什么了，在“省宴”上一见，还是毕恭毕敬，一口一个“老厅长”，亲热得了不得。尽管这“老厅长”的“老”字暗含着“过时”的意思，但毕竟没有明说。怎么着？“百足之虫，死而不僵”，“瘦死的骆驼还比马大呢”！不管怎么说，我谢某人在本省仍然是个少不了的人物！如此这般，他去职以后已经参加了两度“省宴”，这在他寂寞无聊的生活中注入了一股生命力，似乎支撑他熬过三百六十五天的只是每年的最后一天的这杯茶——不，这顿“省宴”。

这一天又到了。好几天以前，他就盼着那大红的请柬寄来，理发、刮脸，让夫人为他烫好礼服，以保证除夕夜整整齐齐、精精神神地前去赴宴。可是，每天邮递员给他家的信箱送来的却都只是报纸和一些寻常信件，唯独不见那份请柬。那是一个大大的素白信封，打印着他的地址姓名，落款是一行醒目的红字：中共××省委员会。和一般的信件放在一起，那是一眼就可以认出来的，他是绝不会漏掉的。而且由于姓名住址邮政编码打印得清清楚楚，也不可能误投。按照常规，这封信应该提前三至五天寄到，可是，今年为什么迟至今日还望眼欲穿而不见踪影呢？

不要急，也许它已经到了，就躺在楼下的信箱里呢！

谢老沉住气，稳坐在安乐椅上，等待去取信的外孙内孙们上楼来。

来了。那帮子娃娃为了“任天堂”和“小天才”，你争我夺、吵吵嚷嚷地跑进爷爷的书房，把当天的报纸和信件送到他的手上。

谢老先不管海湾战争，把《人民日报》《光明日报》、省报和《参考消息》放在一边，急切地检看那几封信。一封是远房侄儿从边疆寄来的，大概仅仅是拜个年，不看也罢；一封是什么“老年人健身协会”寄来的，想必连拆开看一看的必要都没有；一封是煤气公司寄来的，不外乎是煤气调价之类，无须理它。再看，没有了，再没有第四封了。真的没有了吗？没有了，没有了！

没有了?!

谢老的脸色变了。这是怎么回事？

娃娃们充满期望地看着爷爷，等待他“重重地有赏”，甚至还互不相让地争功：“是我拿到手的！”“是我第一个跑上楼的！”“是我递给爷爷的！”

谢老没有信守他的庄严许诺，把“任天堂”“小天才”的事儿丢到脑后了。他虎着脸，厉声问：“你们没有漏下一封信吗？一封重要的信！”

“没有呀！”娃娃们抢着回答，“信箱里都掏空了，爷爷不信，自己去看！”

谢老双手支撑着安乐椅扶手站起来，真的要去亲自看一看。他不相信楼下没有他正等待的那封信。不可能！娃娃们毛手毛脚，心不在焉，说不定恰恰漏掉了那封至关重要的信，或者是在赛跑中失落在楼梯上也说不定。

他亲自下了五层楼，打开他家的信箱，伸手反复摸了个遍，没有。再仔细察看四周的地下，也没有。他不放心，沿着楼梯一级一级如扫雷般地搜索前进，直找到自己家门口，没有，还是没有！

踏进家门，谢老的脚步突然沉重了。

回到书房，无力地跌坐在安乐椅上。嘴里气喘吁吁，心里七上八下。这么说，这份请柬今年是肯定收不到了，今晚的宴会也就肯定赴不了了。也许，是邮递员误了他的大事，这封信明天才能到，但那还有什么用呢？马后炮！备忘录！废纸一张！今晚，他没有请柬，总不能去做不速之客，何况门卫认票不认人，没有请柬根本进不了省委大礼堂。

但是，会不会还有别的原因呢？比如说，也许他的名字被从大名单中筛选掉了，从今以后，他就不再是本省名流了！

想到这里，谢老那颗经受了七十多年锻炼早已从心所欲不逾矩本应该古井不波宠辱不惊的心脏突然乱了章法，扑通扑通折腾起来。难道是他在离休之后无所事事的这两年中还犯了什么“错误”不成？抑或是他在无意中得罪了哪位掌权的人物？也许是今年又有一些后起之秀需要增补，“省宴”人满为患，只好淘汰他这位可有可无的元老？无论是哪一种可能，对他来说都是一个沉重打击。一个人，特别是一个曾经雄心勃勃的人，到了风烛残年，最需要的不是生活上的照料，而是精神上的安慰，现在，难道连这一点儿象征的荣誉都要被剥夺了吗？唉，唉，人一旦失去了权，也就失去了势，人们谁也用不着你，就会对你不屑一顾，吝啬得很，什么也不肯给你了！谢老不知道他该怎样向夫人、子女解释他今晚不去赴宴的原因。当全家齐集客厅观看没有他参加的“省宴”新闻时他如何面对荧屏？今晚在“省宴”上相互碰杯的名流们如果发觉没有他谢某人，将怎样猜测议论？春节之后他一旦遇见那些人，又何颜以对？

失意的悲哀笼罩了谢老，他有生以来还是第一次在喜庆的除夕如此沮丧。老百姓在旧社会把春节称为“年关”，那是出于对催租逼债的惧怕，出于对春节期间一家老小吃不上一顿饺子的穷愁，出于对来年生计的无望，过年如同过关。谢老少年时代从小商之家走上了革命道路，解放以后官居高位，对此并没有真切的体味，谁知到了迟暮之年才突然懂得了过“年”即是过“关”！

娃娃们看到爷爷发怒，不敢再邀功请赏，吓跑了。谢老独坐书房，觉得自己像卡在文昭关过不去的伍子胥。天快黑了，窗外的爆竹声从零敲碎打渐渐稠密起来，将在今天午夜达到火爆热烈的高潮。这一切，都已与谢老毫无关系。反而吵得他更加心烦意乱。唉，穷极无聊的小市民！放什么炮，过什么年？如果……如果根本没有这个春节，也就没有了“省宴”，省却了谢老的麻烦，那倒好了！

这当然是不可能的，谢老虽老，还没有老糊涂到闭眼不看事实的地步。全国全省全城的人照样过年，省委大礼堂照样开宴，只是他受冷落罢了。几十年的宦海沉浮，使谢老熟知了一条真理：无论风云怎样变幻，浪涛怎样险恶，都要使自己立于不败之地。事到如今，他也决不能自暴自弃，不能不为自己留一条后路，虽兵败如山倒，也要闯过华容道！“年关”过后，他还要做人呢！那么，“华容道”在哪里呢？就在自己手里！

随着窗外的爆竹声趋于热烈，他的心倒平静下来。他想：即使是最坏的可能，他被从大名单中“淘汰”，这也只有拟定名单的极少数高层人物知道，外人不可能参悟天机，他自己就决不能扩散影响，还要极力抹平它、消除它！而且……他又想到：也说不定事情并没有这么糟糕，也许请柬果真是在投递过程中出了问题。那么，因故而不能出席“省宴”也不算丢了多大的脸面。如果是这种情况，没有及时收到请柬的恐怕不止他一个人，有祸大家分摊，天塌砸众人，也就心安理得了。

于是他想打个电话给往年在“省宴”上碰到的熟人，打听打听情况。

那么，问谁呢？老作家、老画家、老演员都不便问。因为那些老家伙不受年龄限制，越老越值钱，都是“通天”人物，任何时候都漏不下。万一人家都收到请柬而唯独没有他，他该多难堪？作为曾领导文化界几十年的老领导，不能让这帮老家伙小看！

排除这些文化圈子里的人，打外围战，他想到了韩老。韩老在位时是省立大学的党委书记，资历、级别都和谢老仿佛，所扮演的角色也差不多：搞政治的把他们看作是搞业务的，搞业务的把他们看作是搞政治的；外行眼中的内行，内行眼中的外行。这个绕口令大体概括了他们的主要特点：挂了一辈子帅，抓了一辈子业务，成果都是人家的。自己呢？一直到离休，一没有专业职称，二没有学术著作，船到码头车到站，完了。现在没有了官衔，彼此连称呼也不便再使用过时的“谢厅长”“韩书记”，只好互称“×老”。自己还安慰自己，徐特立不也是称“徐老”吗？董必武不也是称“董老”吗？虽然官阶比人家差得远，但一笔写不出两个“老”字！省立大学前党委书记韩老一辈子都是个方方正正的人，到现在还是一套中山装，风纪扣扣得严丝合缝，满口马列主义，一身正气，两袖清风。他和谢老一样，也是以往每次“省宴”上必到的人物。那么，且问问他！

谢老翻开记着常用电话号码的本子，查到了韩老家的号码，拨了好几次都拨不通。心想也许人家那边儿正打着电话，不妨待会儿再打。岂料刚放下，电话却嘟嘟地响起来。

他拿起话筒：“喂……”

“谢老吗？”对方是一个低沉而缓慢的男声，好像就是他要找的韩老。

“韩老啊？我正想给您打电话呢，没想到说曹操曹操到！”谢老沉住气，极力使自己显得镇定而略带诙谐。

“哎呀，老弟！”对方笑道，“您比我还小三岁呢，怎么就已经如此耳背了呢？听不出来吗？我不是韩老，敝姓萧！”

“噢，是萧老！”谢老不无歉意地连忙更正，尽管那句“耳背”让他听来刺耳。因为萧老也非寻常人物，以往在“省宴”上碰过几回杯的。

他的眼前立刻浮现出对方的形象。一位干瘦干瘦的老头儿，留着稀疏的山羊胡子。枯瘦如柴的手和你握手的时候，总是抓着你的腕子，好像在为你切脉——这位老先生是本省有名的老中医。像他这种人，一不是共产党员，二不是政府官员，谈不上什么政治不政治，却又是个打不倒的政治人物，经常出头露面的新闻演员。其实原因很简单：他的存在对谁都没有危害，谁上台都得找他看病，都想靠他益寿延年。只要他活着，就不会从“省宴”的大名单中删除，这是肯定的，那么，何不正好问问他呢？

“谢老，向您拜年啊！”老中医在电话中先这么向他致以亲切的问候。

这使失意中的谢老很感动。“谢谢，谢谢！我也在此向您拜年！”谢老赶紧还礼。下边儿，很想问问他收到请柬没有，但这话又实在说不出口，话到舌尖儿改了样儿，试探地问道，“萧老，今天晚上的宴会，您去吗？”

这句话问得妙。完全不提自己的情况，只问对方去不去。如果对方说“去”，自己再说不去的原因。如果对方说“不去”，必是没有收到请柬无疑，那么自己去不去他也就不知道了。

“哎呀……”对方先来这么一声“叫板”，可以想象一定在捋着山羊胡子寻思下边儿怎么说呢，“我这两天有点儿感冒，不大舒服，不想去了。您呢？”

对方的回答也相当妙。根本不提请柬的事儿，先把自己有病摆在前头，这就把一切全挡过去了。君不见，在国际上千变万化的政治斗争中，这是常见的手法。连一些国家元首的国事活动临时改期，都可以称“病”，或者什么人被迫辞职，也总是说“由于健康原因”。当然，细究起来，萧老的这一招儿也有明显的漏洞：其一，他作为一代名医，一生治愈过无数疑难病症，难道治不了自己的微恙吗？其二，感冒算个什么大病？竟然连“省宴”都不去参加，鬼才相信！

由此，谢老已大体推断出，萧老恐怕和他一样，没收到请柬，才自找退路。不然，既然“病”得连“省宴”都不能参加，怎么还有精力打拜年的电话呢？说穿了，其实是想从他这儿探听点儿什么，两人的处境、想法恐怕是一样的。

“我……”谢老就势接过对方踢过来的球，答道，“萧老啊，我们做学问的人，都对这种觥筹交错的应酬没有什么兴趣。我以往每次去，也只是为了借此和一些久违的老朋友见见面而已。这次……既然您不去，我也就免了吧！”

潇洒得很。

那边儿，老中医好似吃了一颗药典上没有的定心丸，颇为感动地说：“那好，一言为定，一言为定啊！”好像“省宴”少一个人就是对他的一份支持。

电话挂上了。谢老的厚嘴唇中龇出了一丝冷笑，那冷笑把萧老戳了个透，却也直刺他自己的后背。

沉默有顷，他还是拨通了刚才占线的韩老家的电话。

“喔，谢老啊！”是韩老的声音，可见他还没有离家赴宴，“本来想待会儿在宴会上给您拜年，现在就提前拜吧！”

谢老听得一愣。那位说得那么肯定，一定是收到请柬了。可惜待会儿见不着了！于是赶忙说，好像突然想到似的：“噢？电话拜年倒是个创造，快节奏、高效率，符合时代潮流嘛，值得提倡！哎，韩老啊，既然拜过年了，待会儿的宴会我就不去了！刚才听萧老说，他也不想去！”

现在球又踢给第三个人，看他如何反应。

“噢？”对方先是一惊，随即又是一叹，“唉！其实呢，我早就觉得，这种劳民伤财、费时费力、尽说废话、毫无实效的形式主义宴会没有意思，你们都不去，那我还去干什么？算了算了！”

放下了电话，谢老长长地舒了一口气。今晚的“省宴”，他至少有两个不去的垫背了。没想到这么容易取得一致行动！鬼知道那两位收到了请柬没有，说不定是同病相怜！人的心理是需要平衡的，现在，他得到平衡了。要不去大家都不去，将来谁也别取笑谁！

天已经完全黑定了。夫人走进书房，看见老头子还坐在这里，颇为吃惊：“咦，你怎么还没走？宴会要晚了！”

“不去了，不去了！”谢老从安乐椅上挺立起来，颇有些昂扬之态，“那一杯清茶喝个什么劲儿？老子今天不吃‘省宴’吃家宴！”

“啊?!”夫人倒感到意外，今天太阳打西边儿出来了呢！

在一阵爆竹声中，客厅里的家宴已经摆设停当，谢老夫妇和儿子儿媳、女儿女婿、内孙外孙合家团聚，团团坐定，看着电视，共度除夕。八点整，省电视台将转播中央电视台的春节晚会，在此之前，播出本省新闻。

谢老极力做出慈祥而亲切的笑容，他要让全家感到，他这个大人物放弃了“省宴”来和家人团聚，是做出很大牺牲的，是充分照顾到老伴和孩子们的感情的，是非常难得的，他们都应该感到荣幸才是。

时间到了，本省新闻开始了。谢老突然感到不安，他实在不愿意看到那没有他参加的“省宴”，并且担心刚才约好不去的两位一旦其中有诈，反悔了，那该如何是好……

一切都出乎他的预料。本省新闻的头条竟然不是除夕“省宴”，而是：为发扬党的廉政爱民、密切联系群众的优良传统，今年的除夕和春节期间，省委、省政府、省人大、省政协的负责同志将深入基层，向工人、农民、知识分子、解放军指战员以及全省人民拜年，不再举行省级宴会……

全家人都向谢老转过脸来，那目光是个古怪的问号。谢老傻眼了。他实在懊恼：如果这条新闻早点儿公布，或者他迟一点儿打那两个电话……唉！

窗外，迎接羊年的爆竹声响成一片，震耳欲聋。

辛未之春，撰稿于听雨楼

（发表于《十月》1991 年第 5 期）

醉　笔

胡副省长不仅身居高位，还写得一笔好字，敬求墨宝者趋之若鹜。求字的并不见得真懂书法，有的人甚至辨不出真、草、隶、篆，分不清颜、柳、欧、赵，当然也就说不上他的字到底好在哪里。这不要紧，要紧的是这字出自胡副省长之手，有幸得到只字片言，便视若珍宝。但胡副省长毕竟不同于那些靠写字吃饭的书法家，普通人和副省长之间隔着八百级台阶，要想收藏他的一幅墨宝，又谈何容易！

偏巧，这等好事让一个小人物碰上了。

某个周末，胡副省长外出，到远离省城的一个地方，办一件他所要办的事——至于所办何事，不足与外人道。因为此行纯属私人性质，所以他轻车简从，仅一名秘书和一名司机随往，也没有通知沿途各市、县领导接驾，省却了许多繁文缛节。到了星期日下午，胡副省长的事情已经办完，心情极佳地返回省城。车子在长途公路上奔波，半路上，胡副省长肚子饿了。秘书眼见得前不着村，后不着店。如何是好？他于是提议："老板，我给县里打个招呼吧？"

不知从何方传来的风俗，如今时兴称首长为"老板"。当然只有贴近首长的少数人才可以这般称呼，官阶太低的干部或是普通百姓断不可跟着模仿，若是他们不知趣地举着鲜花、小旗列队高呼："热烈欢迎老板莅临视察！”就不像话了——这是题外话。

秘书的提议让胡副省长一听就觉得心烦。他不想招惹县里的那些家伙，前呼后拥的一大帮，跟吃跟喝，还见缝插针地向他“汇报工作”，啰啰唆唆，没完没了，讨厌不讨厌？连星期日也不让人清静，便摆了摆手：“算了算了！”

可是，他说“算了”，手下的人却不能算了，怎么能让“老板”饿着肚子赶路呢？司机望着前方，竹林边露出房舍一角，便说：“我记得前边有个小馆子，要不就在这儿随便吃一点儿？”

秘书瞪了他一眼：“不行不行，荒坡野岭的，这儿的饭，老板怎么能吃？”

不料胡副省长却说：“怎么不能吃？下去看看！”

秘书只好让司机停车。司机把车子开进辅路，到前边路口右拐，停在了竹林边的那家馆子前。门前的空地上横着几辆货运卡车，还有一辆中巴，显然那些跑长途的司机和趁双休日到乡下踏青的游人正在里面歇脚、吃饭，路边餐馆常做的就是这些人的生意。这馆子铺面不大，本地旧式民居似的两层楼，木骨架，白粉墙，黑瓦顶，瓦楞间青苔斑斑。门楣上悬一块匾，上书“野味餐馆”。胡副省长抬头看了看，除了那几个字写得差些，这小店倒也别致。三人进了门，见这里的生意不错，几张桌子差不多已经满座，女招待托着盘子穿梭，忙个不迭。四壁还张挂着花花绿绿的画轴，都是批量生产的旅游纪念品，粗俗不堪，偶尔夹杂着一两张本地文人写的字幅，胡副省长也看不上眼。

一个中年汉子迎了上来：“三位？里边请！”

秘书说：“我们老板要在这儿吃饭，喊你们老板过来！”

那人脸上挂着职业性的笑容：“要吃什么请吩咐，我就是本店的经理。”

这年头，不该叫“老板”的偏叫“老板”，而真正的老板却要称“经理”，似乎都是出于某种心理需要。

说话间，餐馆经理把秘书身后的那位“老板”打量了打量，此人虽然衣着平常，上身只穿一件极随意的夹克衫，下身的裤线却笔挺，脚下的皮鞋锃亮，不沾半点儿泥星草叶，便觉得不是寻常人物。再看他那面相，谢顶的脑壳，脂肪丰富的脸，淡淡的眉毛，细眯的双眼，厚厚的嘴唇，觉得面熟得很，猛然想起在电视新闻里见过，不禁吃了一惊：“哎呀呀！这不是……”

说时迟，那时快，秘书伸出一个指头，竖在自己的唇间，“嘘”了一声，把餐馆经理的下半句话挡了回去。餐馆经理是个极精明的人，赶紧指着身后的木梯：“楼上请!”说着，隔着玻璃扫了一眼停在门外的那辆小卧车，要真是商界的大款就该坐“奔驰”“宝马”了，可这车却是上边规定的官车“奥迪 2.2”，车号“0003”，这就绝对没错了，车主是本省的第三号人物！经理的那颗心脏“怦怦”狂跳，好似怀揣了一只兔子。

秘书陪着胡副省长，跟着经理上了楼。司机却自动留在了楼下，与那些普通百姓为伍——等级差别在任何场合都是分明的，司机不能和“老板”同桌进餐，更重要的是，胡副省长此行没带保镖，司机还兼有警戒任务。

经理把贵客请到楼上雅座。“省长光临小店，是我的荣幸哩!”他没让女招待跟着上楼，一切都亲自动手，布下了碗筷盘盏，捧着菜单的一双手兴奋得发抖，笑眯眯地问，“不知省长想吃点儿什么?”

一口一个“省长”。称官衔不带“副”字，这也是如今一项风俗，当然中央领导不在此例，比如，副总理就是副总理，不能称“总理”，但下边就不同了，副部长、副省长、副厅长、副县长、副局长、副科长，乃至副乡长、副村委会主任，一律都得把“副”字省掉，若是哪个不知好歹，当面叫人家的全称，那便是大不敬，不仅当官的本人不爱听，连旁观者也认为你“有毛病”哩。所以，这位小小的经理称胡副省长为“省长”，是极为得体的。

胡副省长接过菜单看了看，只觉得那些菜名都怪怪的，不得要领。于是说：“随便吃一点儿吧！”

这就是表示客随主便，经理只好替他做主了。先上来四个冷盘：一盘“踏雪寻梅”，凉拌豆腐上嵌着一枚鲜红的樱桃；一盘“春风杨柳”，凉拌香椿和柳芽；一盘“雨打芭蕉”，一片蕉叶上托着几个剥了皮的芋头；一盘“四季发财”，盐渍荠菜和发菜。这些本是寻常之物，却煞费心思地起了五花八门的菜名，虽有些附庸风雅，但也聊胜于俗不可耐，胡副省长觉得有趣，一一品尝。餐馆经理忙着斟酒，这酒也不是什么茅台、五粮液，更没有洋酒人头马 XO，只是本地产的一种六十五度烧酒，名字也起得怪，叫作“酒仙不醉”。胡副省长抿了一口，味道尚可，便仰起脖子，一饮而尽。经理忙又斟满，张罗着上热菜。先是一盘“金枪不倒”，这名字叫人听着有点儿“那个”，其实就是炸全蝎，通体金黄油亮，蝎尾高高翘起，挺着那根尖刺，倒也名副其实。胡副省长会心地一笑，夹起一只，嚼在嘴里，酥酥脆脆，嘎吱有声。接着上来一盘“玉兔嫦娥”，野兔肉烩鹅掌，据说兔肉本身无味，和什么肉相配就是什么味，胡副省长尝了尝，果然如此。

又上来一大盘“片甲不留”。胡副省长一愣：“什么东西？”

经理神秘兮兮：“穿山甲。”

胡副省长作色道：“这是受保护的野生动物！捕杀穿山甲是犯法的，你不知道吗？”

经理早有准备：“晓得晓得。这是小店自养的，只有一只，请省长尝个鲜！”

假话说得煞有介事。穿山甲不比小猫小狗，哪家养来做“宠物”？这是谁都明白的，但胡副省长却不再追究，顺水推舟地说声：“下不为例噢！”便举起了筷子。

经理心里有了底，省长好随和，不驳人面子！

最后一道菜端上来了，是一只砂锅，餐馆经理报出菜名：“克林顿莱温斯基。”

胡副省长笑道：“你搞的什么名堂？连美国总统都上来了！”

餐馆经理正色说：“我给省长汇报一下。这是深山里的两样土产，一是蘑菇，山民叫它‘克林’；一是山鸡，因为尾巴是蓝色的，所以叫‘蓝尾山鸡’，把这两样炖在一起，就是‘克林炖蓝尾山鸡’了！”说着。揭开盖子，热气腾腾的砂锅中，清香扑鼻。

胡副省长仍忍不住大笑。于是动手大快朵颐，不一时，蓝尾山鸡便只剩下头、爪和肋骨，那瓶“酒仙不醉”也消耗了大半，说是“不醉”，倒有了几分醉意，接过经理递上的纸巾擦擦嘴，心满意足，说：“怪了，真是怪了！我什么宴会没吃过？哪次也没有在你这家鸡毛小店吃得开心！”

餐馆经理心说：你是平日在省城里把中西大菜都吃得腻了，偶尔换换口味倒觉得新鲜！尽管胡副省长的话中“鸡毛小店”这四个字不大受听，但对这儿菜肴的质量却做出了极高评价，也足以使经理受宠若惊，是喽，恐怕连省城里的星级酒店都未必能得到这样的殊荣哩！

胡副省长打个饱嗝，让秘书“埋单”。秘书嘴角漾起一丝笑容，把手懒洋洋地伸进皮包做取钱状，经理赶紧一把按住：“不敢当，不敢当！省长成年累月为老百姓操劳，在我这儿吃顿家常便饭还不是应该的？六十年前，红军打我门前过，我公公那辈人，哪家没管过红军的饭，有这么见外的吗？”

“说得好!”秘书伸进皮包里的手又抽出来了，原来所谓“埋单”只是虚晃一枪而已。胡副省长只顾剔牙，也不说话，算是默认了。这正是经理所希望的，他趁热打铁，不失时机地提了个大胆的要求:“我早就耳闻，省长是位大书法家，要是……要是能给我题几个字，那可是我最大的光荣，一辈子的纪念!”

秘书似乎有些为难。这个经理也太冒失了，怎么能随便请省长题字呢?没想到正赶上胡副省长的心情好，他倒痛痛快快地答应了:“好吧。”秘书又有什么办法!

经理赶紧撤去狼藉的盘盏，重新铺上雪白的台布，拿来写字的家伙——此处过往游人当中，偶尔也能碰上个把半吊子文人，经理喜欢请他们题字留念，文房四宝倒是预备着的。于是展纸濡墨，胡副省长乘着酒兴，大笔一挥:“醉翁之意不在酒”。

经理一惊一乍:“哎哟，这句话简直是太妙了，正对我的本行啊!”

胡副省长手里还举着笔，问他:“上款怎么题?你叫什么名字?”

“我姓……”经理打了个磕巴，“说句高攀的话，我跟省长还是同宗呢，也姓胡，胡学宝。”

胡副省长醉眼蒙眬，微微一笑，说了声:“噢?五百年前是一家。”随手写下“学宝族弟惠存”一行上款，这时，手已经不大听使唤了。秘书咂咂嘴，心说今天省长又喝多了，怎么能跟这么个人称兄道弟?眼看胡副省长紧接着又落上了自己的名款，大作顺利告成，也就没法再拦他。秘书转念一想，反正野味餐馆经理也是个小人物，得了这张字又能怎么样?无非是以此做招牌，向外人炫耀省长在这儿吃过饭，这也没什么不好，还显得省长“亲民”哩!

经理又是一番千恩万谢。秘书朝他耳语道:“今天让你占了个大便宜!知道现在求书法家写一幅字得花多少钱吗?最一般的，没有几千块也下不来！”

经理心里“咯噔”一声：真没想到，敢情省长题字也收润笔的银子？我给他免费，人家倒不给我免费，白吃一顿饭还要赚钱，嘿！心里这么想，说出口来就变成另一样了：“我晓得，晓得，省长的墨宝，千金也难买噢！”便慌着去拿钱，心里寻思着，既然省长秘书已经报了个价，那就只能就高不就低，干脆给他一万整数！于是从保险柜里取出了没解捆的一沓新票，递给秘书：“实在是不成敬意，不成敬意！”

窗外天色已晚，胡副省长该起驾了。那大半瓶“酒仙不醉”的后劲不小，此时涌了上来，举步如腾云驾雾。经理连忙搀着他下楼。楼下的顾客已经走光，女招待正在收拾残局，朝这位从楼上雅座下来的客人瞥了一眼，只当是个大款，做梦也猜不到他的真实身份，经理的保密工作做得好。等在楼下的小车司机慌着上前，和秘书一左一右地架着胡副省长，摇摇晃晃出了店门，上车的时候还是司机抱上去的。

送走了贵客，经理长出了一口气，这才腾出工夫，跑到竹林边的公厕把憋了一下午的那泡尿撒掉，转身马不停蹄地跑上楼，把胡副省长的那幅题字折了几折，揣在怀里，又急急地下楼，跟女招待打个招呼，说声：“我有事，要出趟门。”便开上他那辆采购用的三轮摩托，突突突朝县城奔去。

县城里有一家和他长期合作的裱画店，餐馆里挂着的那些“行活”字画，都是从这里批发的。他嘱咐画店老板，要用最好的料，最快的速度，把这幅字精裱成轴，而且对外要严守秘密。

数日后，装裱完工。又是黄昏时分，野味餐馆经理到画店取了字轴，连家也不回，立即去拜见县税务局长胡学宝——读者诸君披阅到此，难免指责：错了，这不是野味餐馆经理的名字吗？怎么又出来一个“胡学宝”？其实一点没错，餐馆经理根本不姓“胡”，也不叫“学宝”，这三个字乃是税务局长的尊姓大名。早在胡副省长上楼就餐之时，餐馆经理就打定主意：一定要抓住机遇，使尽浑身解数，赚他一幅字，而且要让他题款时写上胡学宝的名字，反正省长也不认得我是谁。为了防止露馅，他杜绝女招待和厨子上楼，把事情办得极为机密。现在大功已经告成，该“物归原主”，恭恭敬敬地献给税务局长胡学宝了。或问：这位税务局长和野味餐馆经理是什么关系？用经理的话说，“猫和耗子的关系”，税务局长专门和偷税漏税的商人过不去。但这只是一般规律，有没有特殊例外？有。比如说，要是耗子先把猫喂饱了，任凭它怎么作孽，猫都不管了，还有阔耗子雇了猫当“马仔”的呢，你信不信？这位餐馆经理当然还不具备那样的实力，他对付胡学宝的策略是“人似的敬着，贼似的防着”。此话怎讲？他在税务局长的位子上坐着，人模人样地发号施令，你都得听着，可论他办的那些事，简直是贼。做贼的或偷或抢，总要亲自动手，胡学宝则用不着，坐等你送货上门，你送得心甘情愿，他收得心安理得，这比贼又强上百倍。野味餐馆开张这几年，钱赚了多少？光是孝敬胡学宝的就已经不计其数。话又说回来，能够孝敬税务局长，还是你的福分哩，怕的倒是你想送礼人家却拒之门外！如今上边大讲廉政，风声一阵紧似一阵，电视、报纸上不断有某某大官落网的消息，下边也不得不有所收敛，贪吃的“猫”们差不多都已经喂饱，你再送现金，送珠宝翠钻、金银首饰，人家都不好“消化”，害怕哪天查到自己头上，说不清财产来源，便成了罪证，这可不是要的！所以，如今送礼是越来越难了。但是，千难万难，也难不倒有心人，他们很快就走出“低谷”，寻找到新的“卖点”，好像服装新潮不胫而走，现在官场上最“流行”、最“前卫”的礼物是字画，尤其是名人墨宝，价值动辄就是多少多少万，但它却既不是钞票，也不是金银珠宝，而是艺术品，以文会友，题赠唱和，风雅之极，高官小吏都欣然接受，的确是最拿得出手也最实惠的送礼佳品。餐馆经理手里捧着的这幅胡副省长题字是什么分量，自是不言而喻，他使了个小小的伎俩，办成了一件大事！

餐馆经理按响了税务局长家的门铃。

保姆把门打开一条缝，警惕地看着来人。主人有交代，凡是送礼的，如今都要“拒收”哩。保姆一看来的是常客，又瞟了一眼他手里拿的东西，只是一根短棍子，没有大包小包的礼物，这才放他进门。胡局长正在吃晚饭，保姆进去通报了一声，他也没有马上出来见客，叫客人在客厅等着。经理就坐在沙发上看电视。正是本省新闻节目时间，胡副省长主持一个什么会，讲的是“加大反腐败力度”云云，经理会心一笑，换了个频道看香港武打片了。

胡学宝吃完了饭，出来了。餐馆经理连忙关了电视，立起身来：“胡局长！”

“你来了？坐吧。”胡学宝敷衍地打个招呼，表情平平淡淡，他对治下的商人从来就是这个架势，不给他们“受宠若惊”的机会。

“胡局长，最近忙吗？”经理没话找话。

“忙！”胡学宝懒懒地靠在沙发上，说起身边的烦事，“这个季节，本来是税务工作最忙的时候，上边又让搞‘三讲’，只好放在周末，星期五晚上进去，星期天下午才能出来，唉！”

经理听得好笑，那“进去”“出来”的说法很容易让人想到别处去。但他不敢笑，接过话题说：“辛苦辛苦！以胡局长的为人，一身正气，两袖清风，不要说‘三讲’，就是‘六讲’‘八讲’也没问题嘛！”

胡学宝说：“那当然！不过，也有个别小人乘机进谗言，说我‘志趣不高，整天跟商人吃吃喝喝’，嘁，革命就是请客吃饭，我吃吃喝喝都是为了工作哩！小小的一个县，每年上亿的税收从哪儿来的？我胡学宝也没有装进自己的腰包，有谁见我贪污受贿了？拿出证据来嘛！”

经理心说，自己的肚肠几道弯，你心里有数……

胡学宝眼睛一转，看到他手里的那个卷轴："嗯？那是什么？你可不要给我送礼噢！"

经理忙说："这算不上什么礼物，是一幅字，给胡局长挂挂，我晓得您喜欢这个……"

"算了算了，"胡学宝不屑一顾的样子，"名家的字也到不了你手，本地那几个写字匠的胡涂乱抹，也不值什么钱，你拿回去吧！"

经理笑笑："您看看再说。"

他打开字轴，自己拉住天杆，请胡局长托着轴头，慢慢展开。胡学宝漫不经心地读出"醉翁之意不在酒"七个大字，也没觉得特别的好。待他的目光从"酒"字往左下角一拐，落在作者名款上，不由得吃了一惊："噢？胡省长的字！"随即，眉宇之间却泛起疑云，抬头瞟瞟餐馆经理，"这……不会是假的吧？"

"假的？我有多大的胆子，敢拿假的糊弄胡局长？"经理说，"请您再看看上款！"

刚才，胡学宝心不在焉，粗粗浏览，忽略了那行至关重要的上款，因为那是他做梦也不曾想到的。听了经理的提醒，这才把目光重新上移，猛地看到"学宝族弟惠存"，像触了电似的喊出声来："我的天！还写着我的名字哩！"两手便激动得抖个不止，轴头滑落下来，被经理一把接住。

"你……你这是从哪里弄来的？"胡学宝抖着双手，如在梦中。

"胡省长当着我面写的，我还给他抻着纸呢！"餐馆经理绘声绘色，将那番非凡经历详述备细，末了说，"这样的机会，再没有第二次了！"

"是啊，胡省长的墨宝，千载难逢！"胡学宝将这幅字把玩再三，爱不释手，"谢谢，太谢谢啦！老弟，在关键时刻，你首先想到的不是自己，而是我，这是什么交情？生死之交噢！”

“人心换人心哪，这些年来，我也多亏了胡局长的关照……”

“你我之间是谁跟谁啊？老弟，你放心，我胡某人决不会亏待你！”

两人紧紧地握手，千言万语，归于无声。

次日，胡学宝就把省长题字拿到局里去，庄庄重重地挂在办公室里。他的部下们从窗外瞥见了，顿时惊得魂飞魄散！便挖空心思寻找各种借口，轮番向局长“汇报工作”，局长办公室门前如过江之鲫。胡学宝心里明白，他们都是为近距离瞻仰省长题字，自然不加阻拦。索性将房门敞开，任人参观，来者不拒。不消几日，消息冲出税务局，传遍全城。小小县城，天远地偏，轻易见不到大人物，也出不了大新闻，“胡局长是胡省长的弟弟”便成为爆炸性的新闻，人们面面相觑：这等大事，过去我们怎么就不知道呢？又把登在省报上的胡省长照片找来，结合胡局长的尊容，细细比较，竟发现除了头发还未达到胡省长谢顶的程度，那肥头大耳的模样果然有几分相像。这也不奇怪。上帝造人的模式纵使千变万化，也总是有限，各种脸型和眉毛鼻子嘴巴拼凑来拼凑去，难免造出几个类似的，要不然哪来的“超级模仿秀”？可具体到胡局长和胡省长身上，人们却偏不作如是想，认定他们是嫡亲无疑！

县报的记者闻风而动，到税务局专访胡局长，先请他谈抓税务工作的体会、几年来的政绩、对“三讲”的认识、廉政反腐的实效，胡学宝口若悬河，对答如流，头头是道。这其实都是引子，记者最后才试探着说：“本人正在编著一部本县杰出人物志，您是当然要入编的了，传记材料还要涉及您的家族，不知是不是可以写上胡省长？据我所知，胡省长的籍贯不在本省，请问您的原籍是哪儿？”

不料，胡学宝对此却笑而不答，摆摆手说：“怎么，查户口啊？你们这些小报记者，吃饱饭没事干，只会追星！告诉你们，我可不是什么明星，这样缠着没完，我的工作耽误不起噢！”

记者只好告退，心里的委屈也不敢流露：县委机关报不能算“追星”的“小报”吧？毕竟人家是省长的弟弟，口气就是大！

专访上了报，登在头版头条，虽然只字未提胡局长和胡省长的关系，看报的人们却明白其中缘由。税务局里那个曾经说过胡学宝“志趣不高”的“小人”，现在就不大好过了，悔不该在太岁头上动了土，惶惶然不可终日。连县委书记和县长都有些坐不住了：学宝同志既然有这样的背景，他的职务是不是应该适当地调整调整？这个风声，胡学宝自然也有所耳闻，他也不便向上级打听，稳坐钓鱼台，静候佳音就是了。

如此一等就是两三个月。忽一日，县委的两位干部来到胡局长的办公室。他明白，组织上派人来谈话，一定是升迁的时候到了。可是一问，来人却并不是组织部的，而是纪律检查委员会的，心里便有些纳闷儿，不知他们为何而来。

胡学宝请纪检干部落座，沏茶，敬烟。可那两位不知是客气，还是拘谨，竟然烟酒不沾，脸上也没有笑容，注意力全在墙上的那幅省长题字上。胡学宝心说，你们也是冲着这幅字来的？看吧，我这儿是免费参观！

纪检干部端详着那幅字，其中一位说：“‘醉翁之意不在酒’，这句话的寓意很深啊！”

另一位说：“胡副省长和你的关系很不一般嘛！”

面对组织上派来的干部，就不能像打发县报记者那样“无可奉告”了。“可以这么说吧，同宗共族的叔伯兄弟，论血缘是很近的。”胡学宝端着架子说，“不过，我可从来没宣扬这一点，干部表格里亲属关系这一栏也从来不填他的名字，如果说，我在工作中做出了一些成绩，主要还是靠自己努力！”接着又补充一句，“当然了，也离不开我们老兄多年的指导和帮助!”

“噢?”纪检干部饶有兴致地看着他,“那就请你具体谈谈吧,在他的‘指导和帮助’下,你都干了哪些违法乱纪的勾当?”

“这……这是什么话?”胡学宝火了,“你们不但侮辱了我,也侮辱了胡省长!”

“他现在已经不是副省长了!”纪检干部板起了面孔,“你最近没有注意电视和报纸?他已经好些日子没有露面了!”

胡学宝一愣:“啊?!”

“根据人民群众的举报和知情人的揭发,本省的几个贪污受贿的大案、要案都和他有关,此人以权谋私,贪赃枉法,生活糜烂,道德败坏,为党纪国法所不容,中央已经下了文件,把他停职审查。遵照省委的指示,此案要一查到底,无论涉及什么人,决不手软!鉴于你们之间非同寻常的关系,组织上希望你端正态度,主动交代问题,党的一贯政策是……”

胡学宝如雷击顶!“不!我和他没关系,我……我要向你们说清楚!”

可是,他该怎么说呢?“学宝族弟惠存”的物证在此,要说你们毫无关系,鬼才相信!事到如今,他也只好撕下脸皮,把这幅字的真实来历和盘托出——不,使不得,这样一来,他和野味餐馆经理之间长期以来的秘密交易,又怎么能说得清?

(发表于2000年第10期《啄木鸟》)

败　笔

一

电视里正在播放一则艺术品拍卖信息，主持人音调铿锵，神采飞扬，颇似股市行家谈股、体坛名嘴说球：“……此次拍卖的热点，是现当代书画继续看好，康有为、于右任、齐白石、徐悲鸿、林风眠、潘天寿、李可染、李苦禅、傅抱石等已故书画名家的作品拍价稳中有升，但由于货源有限，具有前瞻意识的收藏家已将目光瞄准健在的名家，刮起一股旋风，特别值得注意的是，沉寂多年的老画家石苍突然爆出冷门……”

石苍先生正坐在电视机前，聆听至此，猛地打了个激灵，叫道：“晓苍，你快来！”

一个中年汉子应声从里屋跑出来，这是他的儿子石晓苍。

“爸，怎么啦？”晓苍急急地问，手里的商务通还没来得及放下。

“你看你看，电视里正说我呢！”老爷子一激动，连声音都变了。

“是吗？”晓苍那神情好似听到太阳打西边出来。

人道“知子莫若父”，反言之“知父莫若子”，晓苍太了解他的父亲了。石苍先生今年八十有五，他本不是科班出身的画家，民国十九年自老家进京，在琉璃厂一家画店当学徒，耳濡目染日久，对绘画鉴赏渐成内行，凡吴门四家、金陵八家、扬州八怪、大小四王，过眼即辨真伪。有道是“熟读唐诗三百首，不会吟诗也会诌”，画看得多了，自己也能抹上两笔，却不学明清以后诸家，而对五代、宋、元山水情有独钟，兼取董源、巨然、范宽、黄公望笔法，着力表现山川的雄奇峻秀、浑厚苍莽，在行内小有名气，且因业务关系结识了众多画家，甚得嘉许。五十年代公私合营，画店老板让位，上级任命石苍做了总经理，他把全副精力用于经营画店，为国家赚钱，再无暇作画了。一九六六年“文化大革命”爆发，石苍以往结交的那些画家和领导几乎都成了“黑帮”，画店是“三家村分店”，他是“黑掌柜”，被毫不留情地“揪”了出来，一关便是七八年。“文化大革命”过后，拨乱反正，石苍已过了退休年龄，未曾“复出”便回家养老了。只是到了这个时候，他才又捡起旧好，再续画缘，秉烛夜游，不畏其晚，一批山水新作问世，开展览，出画册，崭露头角，正式跻身画家之列。可惜好景不长，七十五岁那年，突如其来的一场脑血栓几乎使他丧命，出院以后留下了双手震颤的后遗症，作画越来越困难了，近年来几乎处于封笔状态。但是，闭门闲居的老爷子却仍然以极大的热情关注着美术界的动态，关注着书画市场行情的涨落，毕竟那是他相伴一生的事业，放不下，丢不开，犹如一名伤残老迈的运动员，仍然情不自禁地心系赛场，何况像他这样未曾大红大紫更未曾拿过奖牌就已经退役的老运动员，还没过够那份瘾。每当他两眼直勾勾地盯着电视上的画展和拍卖会，或是唠唠叨叨说起当今走红的某某画家，儿子晓苍便嗤之以鼻：“您这是吃不着葡萄白流口水，名啊，利啊，和您还有什么关系？且不如我做的这个小买卖实惠呢！”听了这话，老爷子就气得发抖：“你懂什么？不学无术，只会耍嘴皮子功夫，可叹我到了这把年纪，连个继承衣钵的人都没有！”晓苍又反唇相讥：“‘养不教，父之过’，我正该学画的那会儿，您干吗呢？捂在牛棚里呢，要不是我给您送饭，恐怕您还活不到今天呢！再者说了，您那点儿‘衣钵’也值不了几个钱，继承不继承也不当紧！”老爷子就给他噎回去，那双爬满青筋的手抖得更邪乎了。父子两人的对话，常常是这样不欢而散。今天则不然，老爷子一声怪叫“电视里正说我呢”，让晓苍着着实实地吃了一惊！此时，屏幕上正映出一幅国画山水，峰峦浑厚，草木华滋，云水飞动，笔墨苍润，镜头从局部到全景，又从全景到局部，将此画的妙处展示得淋漓尽致，主持人以富有煽动性的语调播讲着：“在当今画坛，像石苍先生这样年逾八旬的老画家已屈指可数，石老的作品出手极少，市面上难得一见，此次参拍的八尺整纸《匡庐飞瀑》系其晚年精品，甫一出台便引人瞩目，经过一番激烈的争夺，最后以高出底价五倍的价格落槌，成交额四十五万元！”

父子两人都惊呆了！

晓苍目不转睛地盯着电视机：“爸，四十五万，您的画还是第一次达到这个价呢！您……您是什么时候把画送去拍卖的？事先怎么也不跟我打个招呼？”

“我正要问你呢！”老爷子好似注入了兴奋剂，气壮如牛，“这几年我深居简出，不问世事，画却流了出去，这事儿除了你，还能是谁干的？”

晓苍急了：“我……没有啊！我说这话不怕您恼：前些年您的画也名气不大，卖的卖了，送人的送人了，家里存的那十几幅看家的画，还都让您锁得严严的，这几年您又没有什么新作，我就是想卖，也没得可卖啊！”

“那么，这幅画是从哪儿冒出来的？你刚才留神上面的题款了没有？”

“我看得清清楚楚，没题上款，下款是：‘戊寅秋月，石苍写于庐山牯岭。’”

“什么?”石苍先生一愣，“戊寅年……哦，就是前年嘛，我病病歪歪的，竟然上了庐山，还画了八尺大画？真是见了鬼了!”

父子两人都傻眼了，可以肯定，这幅画是假的！而作伪者的技巧可谓极其高超，竟然蒙过了作者本人的眼睛，如果不是落款的年份露出马脚，完全可以以假乱真!

石苍拍案大怒，那双手抖得好似京剧鼓点“急急风”：“晓苍，打……打电话!”

这是让儿子给拍卖行打电话，追查此事。晓苍突然发现了父亲的价值，从天而降一注横财，岂有不要之理？立即翻开老爷子那本写满美术信息资料的记事本，字迹虽然哆哆嗦嗦，倒也看得明白，查到那家拍卖行的电话，拨通号码，指名道姓找总经理，义愤填膺，兴师问罪。等了好久，总经理才来接电话，听说来电者是石苍先生的公子，很客气了一番，但说到那幅刚刚出手的《匡庐飞瀑》，口气却软中带硬，声称本行持有权威人士的鉴定书，此画系真迹无疑。至于系何人送来拍卖，对不起，按照行规，拍卖行有责任为货主保密，恕不奉告。最后又说，石苍先生的作品大有潜值，竭诚欢迎老人家的新作参拍，再创新高，云云。

父子两人碰了个软钉子，气呼呼面面相觑：难道说，事情就这样不了了之吗？不！晓苍摩拳擦掌，发誓要为父亲讨回这个公道，不仅要惩罚那个欺世盗名的作伪者，更重要的是，他必须挽回这笔巨大的经济损失，四十五万哪，他伺候老爷子几十年，也没得着这么大的好处，如今肥水流了外人田，他咽不下这口气!

二

自此，晓苍便无心意再做他那本小利薄的买卖，花了大功夫明察暗访，寻找作伪者，历时达数月之久，终于从潘家园一个“画虫”口中获得蛛丝马迹，当然，这也是有代价的。据那“虫”说，有一个“画家”张某，名气不大，手头功夫却好生了得，专以伪造名家作品为业，尤为难得的是，他作伪并非依样画葫芦临摹某幅原作，而是潜心揣摩某派某家的画风，仿其笔意，谋篇新构，令人无可对证，难以识破，这才是作伪的高手，因此得了个绰号“张善仿”。此人出“货”都是私下交易，价格可上九天揽月，可下五洋捉鳖，卖好了几万十几万并不稀奇，急于出手时两三千块钱也能成交。至于那幅创下天价的《匡庐飞瀑》是否系此人所作，那就不得而知了。晓苍听得心动，追问此人地址，那“虫”却不肯相告，只给了一个手机号码，并且有言在先：“您无论如何不能透露消息来源，要是姓张的跟我翻扯，我可是死也不认。干我们这一行，有一条不成文的规矩：怎么竞争都可以，就是不能砸人家饭碗！”晓苍心说，你不砸他的饭碗，他要砸我的！嘴里说声“我明白”，向那“虫”付了信息费，钱货两清，也就谁也不认得谁了。

转脸便打电话，试拨那手机号。

“张先生吗？”

“我是。”果然是“张善仿”，“您是哪位？”

“我姓潘，”晓苍随口把潘家园的“潘”字代充自家姓氏，“经朋友介绍，请您帮个忙。”

“哪个朋友？”对方盘根问底。

“摆摊卖字的那个‘吹破天’，想起来了吧？”信口胡诌了个绰号。

“噢……”对方似乎记不大清楚，却也没有矢口否认，可见来往的人多了，也难以一一对得上号，“您找我什么事？”

“咳，我也是病急乱投医。因为求人办事，欠了一份儿情。您知道，现如今送礼也难，轻了拿不出手，重了还怕人家不敢收，想来想去，不如送一幅名画。听说石苍先生的画正走红，不知道您手头有没有？”

“唔。”对方不置可否地应了一声，显然在思索，半晌才说，“石苍先生的画很难得，我手头也只有一幅，是私人藏品……”

“那真是太巧了！”晓苍知道他在卖生意口，忙说，“张先生能不能忍痛割爱，帮兄弟一把？只要东西真，价钱嘛，我不在乎！”

对方支支吾吾，似不肯转让，把文章做足了。

“那么，什么时候看看货？”晓苍一副迫不及待的架势，穷追不舍，“府上的地址是……”

“哦，不必了，”对方仍然很警惕，一口回绝了他造访的要求，“我们找个地方见面吧，明天上午十点，您在‘春晴茶室’楼上雅座等我！”接着详细说了茶室在某街某号。

“好，”晓苍答道，“我带上空白支票，您带上画，咱们不见不散！”

挂断电话，晓苍打道回府，向老爷子做了简要汇报，又匆匆出门，准备明天鸿门赴宴。当然，弄一张空白支票并不难，要紧的是，他得约几个虎背熊腰的知己朋友，事先扮作茶客，在“春晴茶室”楼下伺候，届时他以摔杯为号，哥儿几个听见雅座动静，便冲上楼去，一举将那贼拿下，扭送官府，对簿公堂！

想到数月辛苦终于有了结果，明天将要大功告成，晓苍抑制不住地兴奋。

三

次日上午九点五十分，晓苍提前来到“春晴茶室”。进门便瞥见那几个哥们儿正在抽烟喝茶，这些人本不是品茗的主儿，端起碗来咕咚咕咚直灌，行家讥刺此类货色为“牛饮”。他们的心思全然不在茶上，眼睛滴溜溜乱转，见晓苍驾到，会心一笑。晓苍只装作不认识，径直往里面走去。

茶博士迎了上来：“先生，您……几位？”

晓苍说：“我约了位朋友在雅座见面……”

“您说的是张先生吧？他在楼上等您，请！”

晓苍心中暗笑，这家伙比我到得还早，可见是急于成交啊！

上得楼来，才知道这雅座只有一间，摆一张茶桌，清静无扰，果然是谈生意的好地方，说不定就是“张善仿”常用的销赃据点。茶桌旁已有一名中年男子在座，想必就是“张善仿”了。此人一身西装革履，面目清瘦，气定神闲，看模样哪能想到他是个贼？不过话又说回来，现如今即便江洋大盗也不再黑纱蒙面、飞檐走壁，而是名车钻戒，绅士风度，出入权贵之所，结交豪雄之士，亿万资财在网络之上划进划出，又有谁在脸上写着个“贼”字？

心里这么想着，脚下直奔冤家对头而去。

那人从桌边立起身来：“是潘先生吗？我姓张。”

正是“张善仿”。晓苍和他握握手，彼此坐定，茶已经沏好，茶博士给他们斟满了杯，悄然退下，倒是挺懂得生意场上的规矩。

晓苍开门见山：“张先生，画带来了吗？”

“张善仿”点点头，俯身从手提包中抽出一个圆柱形纸包，打开来，是一幅画轴，覆背纸已经泛黄，不知是陈年老货，还是有意“作旧”。“张善仿”手持天杆，晓苍接过轴头，渐渐地展开。画心不大，高约二尺，宽约一尺三寸，显然是将四尺宣纸一裁为三，画家常用的尺寸。画面大部空白，右下角一抹赭墨堤岸，杂以芦苇，岸边一株龙钟古柳，上系一绳，牵着一艘随风漂摇的小船，那空白处便是浩渺的湖水了。晓苍心中暗暗称奇，此画笔墨简洁、意趣洒脱，深得我家老爷子的精髓，这小子果真有两下子！再看题款，左上角"一炷香"自上而下："野渡无人舟自横，丙子仲夏，石苍写唐人诗意。"很像父亲患病之前的字。下缀一方名章："石苍"，右上角又钤一随形迎首章："石苍诗情"，都是父亲常用的图章，也仿得很像。

晓苍看得入神，久久不语。"张善仿"两手擎着天杆，有些累了，

问道："潘先生，怎么样？"

"好画，好画！"晓苍连声说，"张先生开个价儿吧！"

"向来货卖识家，""张善仿"做出个高姿态，"既然潘先生喜欢，您看着给吧！"

"痛快！"晓苍道，"依我看来，这幅画的尺寸虽然比前些日子拍卖的那幅《匡庐飞瀑》小得多，但艺术水平并不在以下！"

"张善仿"大喜："有眼力，潘先生是行家啊！"

"不过……"晓苍沉吟道，"此画虽好，却有两处败笔，大大影响了它的价值！"

"什么？""张善仿"吃了一惊，"什么败笔？"

这一惊非同小可，那高擎天杆的两手松了下来。晓苍就势把画铺在茶桌一侧，指指点点，慢慢道来："先看这方迎首章'石苍诗情'，是老爷子在题写自己的诗作时才用的，您这幅画上题的却是唐诗，就不对头了……"

"张善仿"脸色陡变！

晓苍继续说："再看题款，年份是'丙子'，据我所知，石苍先生一生经历过两个丙子年，远的，是一九三六年，那年他才二十一岁，还没有形成个人画风；近的，是一九九六年，老爷子八十一了，被脑血栓

‘拴’住也已经六年，不要说作画，连字也写不了这么利落了。‘张善仿’！你再善仿，也有露馅儿的时候啊！”

“张善仿”瞠目结舌：“你……你是什么人？”

“我是石苍先生的儿子石晓苍！”晓苍说着，端过桌上的茶杯，愤然举起。

“张善仿”只当晓苍要打他，“啊呀”一声，倏地跳过去，一把抓住晓苍的腕子：“慢着！我……我有话说……”

“说吧！”晓苍厉声道，“今天撞在我的手里，看你还有什么话说？”

时间一分一秒地过去，楼下那几个虎背熊腰的哥们儿，静等着楼上摔杯为号的一声脆响，可是茶喝了好几壶，尿撒了好几泡，左等右等，却始终不见动静，也不敢轻举妄动，心里好生纳闷儿，不知晓苍老兄唱的是哪一出？

四

晚上十点过后，晓苍才回家，怀里抱着一捆画。

老爷子等得心焦，忙问：“事情办得怎么样？”

“办妥了，收获不小，”晓苍把那一捆画放在老爷子的画案上，“我给他来了个连锅儿端，您瞧瞧吧！”

“假画有什么好看的？”老爷子扭过脸去，好像那一捆东西不是画，而是被官府查抄的盗版光碟、海洛因，洁身自好的石苍先生自然不屑一顾，唯恐受了污染。

“看看再说嘛！”晓苍说着，打开了其中一幅，就是“张善仿”在“春晴茶室”展示的那幅《野渡无人舟自横》。

石苍先生顿觉眼前一亮。晓苍将那一捆画逐一展开，都铺在地板上，洋洋大观竟有十几幅之多。石苍先生凑近了，细细观看，虽老眼昏花，看得不甚真切，但也一望而知皆为自家山水，好似一群失散多年的儿女又回到了身边，不禁情动于中，两眼涌出了泪水，喃喃说道：“这……都是我的画？没想到流落到外面这么多！”

晓苍笑笑：“怎么样，连您也蒙住了吧？我告诉您，没一幅真的，全是那个‘张善仿’的仿作！”

“啊？！”石苍先生简直不敢相信自己的眼睛——这副昏花老眼也确实难以信赖了，“不会吧？他……他有多大能耐，竟然仿到了这等水平？”

“是啊，开头儿我也让他给唬住了。”晓苍说，“这家伙花在您身上的工夫，少说也有十年八年了。他不是照猫画虎地仿作，而是溯本寻源，从您的笔墨出处入手，临摹五代、宋、元的作品，练得手法浑熟，再糅进写生画稿，这不正是您的路子吗？所以一通百通，就好比他肚子里装了个石苍软件，怎么画都是您的风格，字也是学的赵孟頫，还真像您写的！不过，他毕竟不如您的儿子，我和老爷子同呼吸共命运几十年，您的秉性、气质、身体状况、作画习惯，我可比他吃得透啊！”

晓苍于是蹲在地上，一一指出那些画上的败笔、破绽。他每指出一处，老爷子便一声叹息，等到十几幅伪作一一戳穿，石苍先生已痛彻肺腑，犹如那一群失而复得的儿女经过亲子鉴定，没有一个自己的骨血，全是冒牌货！突然一阵刺痛，一颗父亲的心被欺骗、被戏弄、被侮辱，他怒不可遏：“不要再让我看到这些东西，拿走，拿走，送到法院去！你替我写张状子，告他个欺世盗名、谋财害命——他真是要了我的命了！”

颓然跌坐在沙发上，喉头“咝咝”作响，一双手抖个不止。

“爸，您别太激动，当心自个儿的身体，先喝口水，消消气儿，”晓苍如今懂得父亲的价值了，无形资产已经变成有形资产，要是老爷子有个三长两短，那可不得了，连忙端过茶杯，递给父亲，又给他揉着双肩，慢慢地说，“没错儿，这小子已然触犯了法律！我还特为研究了‘著作权法’，剽窃、抄袭他人作品的，制作、出售假冒他人署名的美术作品的，不但要公开赔礼道歉、赔偿损失、没收非法所得、罚款，情节严重的，按照‘刑法’，还得判刑！一告一个准儿，保证玩他个底儿掉！”

“那是他咎由自取！”石苍先生义正词严，放下手里的茶杯，砸得茶几“咚”的一声响。

“是啊，是啊，”晓苍道，“可我盘算了盘算，咱要是这么折腾，也不大值得……”

“怎么呢？”老爷子一愣。

“我给您算一笔账，”晓苍从裤兜里掏出他那须臾不离的计算器，摆弄着说，“那幅假冒的《匡庐飞瀑》，成交价是四十五万，刨去拍卖行的中介费百分之十，还剩四十一万五；再刨去百分之二十的个人所得税八万五，净剩三十三万二，您顶多也就只能得这个数了，还不知道拿得着拿不着，要是那家伙要赖呢，要钱没有，要命有一条……”

“你怎么这么俗气？一说话就是满口铜臭！”石苍先生白了儿子一眼，“我打官司也不是为了钱，而是要伸张正义！”

“金钱诚可贵，正义价儿不高，”晓苍笑道，“您的‘正义’只值三十三万二！就算您拿到了这笔钱，那‘正义’也就没了！”

“你这是胡说些什么？”老爷子让他给绕糊涂了。

“您别急，听我掰开揉碎地给您说，”晓苍又道，“您如今可是有名的人了，这状子一旦递上去，必定惊官动府，舆论哗然，家喻户晓，尽人皆知：石苍先生因为健康原因，早已不能作画，封笔多年，市面上流通的‘石苍’作品，全是假的！这么一来，您打的可就不光是一个‘张善仿’了，同时也得罪了拍卖行和权威鉴定人士，到那时候，就连您的真迹也没人信了，谁还敢买？正应了那句老话：‘假作真时真亦假’，惨哪！从此之后，您就只能糗在家里，坐吃等死——您别嫌这话难听，我说的是真话！爸，您想想，这不是自个儿毁自个儿吗？”

石苍先生猛地一个激灵，昏花老眼前浮现出那可怕的局面，他的真迹被指斥为“赝品”，恰似杨志卖刀，偌大京城竟无一人识宝！本来，老爷子做梦都幻想着，有朝一日病好了，重操画笔，“衰年变法”，创造新面貌，再上新台阶，使自己醉心一生的笔墨炉火纯青！任何一位画家呕心沥血，毕竟不仅是为了自娱，而是要公之于众，得到世人的承认，体现自己的艺术价值和人生价值，可是，如果这一切都不被人认可，他的追求，他的奋斗，还有什么意义？岂不等于从今判了自己“死刑”？

晓苍察言观色，知道他的话已经打中老爷子的要害。

“那么，”石苍先生沉默良久，终于说话了，声弱气微，无精打采，“依你的意思，这官司就不打了？”

“不打了，咱跟他私了。”晓苍试探着说。

“怎么个‘私了’法儿？”石苍先生问。

“既要保住您的名誉，又不让咱经济上受损失。”

“天下竟有这样的好事？”

“有。”晓苍道，“‘张善仿’说了，只要我们不告官，他愿意退赔拍卖《匡庐飞瀑》的非法所得三十三万二。不过，那幅画您得认头，不能再说是假的。”

“什么？”老爷子作色道，“让我也跟着他说瞎话，把假画当成真的？”

“啧，啧，”晓苍咂咂嘴，“只要您认头了，它就是真的了。爸，那幅画怎么了？挂出来人人喝彩，竞买的人挤破脑袋，四十五万成交，跌了您的份了吗？爸，咱爷儿俩说句透心的话，要不是这回弄假成真，您的画能创下这个天价吗？”

石苍先生默然无语。他不能不承认，自己老来一炮走红，毕竟不是坏事，但这走红却又源于一场假画炒作，心里着实不是滋味儿：如果戳穿了它，正如晓苍所说，于自己十分不利；而若要认可他人作弊，自己是不是也有些"无耻"了？人的内心深处总有一个唯恐别人触及、自己也不愿触及的禁区，他不敢再想下去了，便绕开晓苍的问话，只说："唔，此人手头功夫还可以，不知他为什么非要假冒别人的名义呢？"

"是啊，我也这么说来着，"晓苍俯下身去，又抖搂着散乱在地上的那些画，"您瞧，画得真不错，除了没有您那份儿哆嗦，看哪儿哪儿像！在'春晴茶室'我就当面问他：'大丈夫行不更名，坐不改姓，你放着好好的匦家不当，干吗做这种李鬼剪径的勾当？'您猜他怎么说？"

"他怎么说？"

"他长叹一声：'唉，我也是碰壁多年，被逼无奈！学画的人，哪一个不想成名？可是这世界太势利，不认画，只认名，同样一幅画，落了别人的款可以卖个好价，写上我自己的名字却一钱不值，这是我平生最大的屈辱！我好比杨志卖刀……'"

石苍先生听得"杨志卖刀"四字，心中一动，和自己想到一块儿去了，不禁脱口说道："怀才不遇，倒也可怜！"

"说得是啊，"晓苍道，"起初我见到那小子，一怒之下要把他送官，可他一服软，我倒又下不去手了。爸，您常对我说，能饶人处且饶人，打狗还要给他留条退路呢，这话不假。想当年，诸葛亮七擒七纵，收服了孟获；高太尉招安梁山一百单八将，剪除了心腹之患……"

"不，"老爷子打断了他的话，"这两件事不可相提并论，那高俅是个什么东西？"

"我没跟您论忠奸，就政治手段而言，那是一样的，"晓苍道，"宋江投降之后，卖死命替朝廷打方腊，那作用比孟获还要大得多呢！所以，我们对待‘张善仿’这样身怀绝技的能人，与其扫灭，不如招抚……”

“嗯?”老爷子听得他弦外有音，“怎么个‘招抚’法儿?”

“这么着，”晓苍这才道出已然成熟于胸的韬略，“正式收‘张善仿’为弟子，让他替您打‘方腊’——以您的风格作画，由您亲笔题款，用印，从今往后，您的新作不就源源不断了吗?”

“什么?”石苍先生大怒，颤巍巍要站起来，“逆子！亏你想得出来，让我和那个狗窃鼠盗之辈通同作伪?”

“哎，您刚才不是已经默认了那幅《匡庐飞瀑》吗?”晓苍脑筋转得快，立即以子之矛攻子之盾，“一幅和一百幅，性质是一样的，只是多了两个零!”

“我……我没默认，”石苍先生脸一红，差点儿让牙咬了舌头，“我石苍一世清白，怎能做这等下作之事？果若如此，那便是我人生的最大败笔!”

“爸，言重了，”晓苍赶紧扶着父亲坐下去，嘻嘻地笑着说，“不是‘败笔’，而是‘代笔’，这在书画界不也是常事嘛！就说当年慈禧太后吧，她会画什么呀？还不是有人专门给她代笔，她题了款，用了印，就算是她的了，流传至今，都是‘国宝’！现如今的老画家当中，这么干的也不是没有，放手让弟子们流水作业，批量生产，最后由老爷子亲笔题款、用印，拿出去就是真迹！要不，哪儿能那么‘高产’呢？爸，您是开画店出身，比我内行啊，按照书画鉴定的惯例：真画假款，算赝品；假画真款，倒算真迹——这也是多少年形成的行规了，您一个人较真儿顶什么用?”

“我管不了别人的事，”石苍先生摇摇头，“只求自己的人格无损，也就心安了!”

“好，好，既然您不乐意，也就算了！”晓苍讪讪地说，“本来我也是一番孝心，想让您在晚年再‘火’一把，可是，家藏的那十几幅画，连开个‘回顾展’都凑不够数，您的手又哆嗦得这样，也不能再画了，就这么无声无息地耗下去，画坛上总不见您的影儿，人们渐渐地也就把您给遗忘了！”

石苍先生只觉得心脏被什么东西猛撞了一下，倏然坠落，好像人在电梯中，那电梯突然失控，载着他跌向无底深渊……

“爸，您能接受这个残酷的现实吗？”晓苍不失时机地向他发问，字字打在他的心上，见他惶然不语，又说，“唉，惭愧，做儿子的无能，也代不了笔，这才想到让您收个弟子，也好帮您一把，重振雄风！爸，在商品经济的年代，谁不希望自己的作品占领市场？搞艺术的人，有哪一个真正抵御得了‘名、利’二字的诱惑？现如今，某某博士生导师在学生的论文上署名算‘作者’，某某影视单位的领导在字幕上加塞儿算‘编剧’，而且还排在第一位，堂而皇之地摘桃子，名利双收，这已经不是什么新鲜事儿了，您又何必太清高？这年头儿，‘清高’就是傻，就是假酸、迂腐，穷横到底，没人搭理！有些画家是您的孙子辈儿，都拥有花园别墅、名牌轿车了，可是您呢，至今还窝在这灰不溜秋的居民楼里，出门儿看病‘打的’坐个破‘夏利’，寒碜不寒碜？这就是清高的好处！我就不信，您会心甘情愿这么样儿穷愁寂寞地度过余生？”

失控的电梯撞到了底层，锵然一声巨响，停住了。石苍先生的心脏却像落地的皮球，一时收不住，还在慌慌地弹跳，没个依托，两手颤抖着伸向半空，声音嘶哑地叫道：“晓苍，晓苍……”

“爸，我在这儿呢！”晓苍抓住父亲的手，这双手是那么老迈虚弱，一把松皮瘦骨，连点儿弹性都没有了。晓苍把这双手攥在自己的手心里，嘴角泛起如释如负的笑容。他早就知道，老爷子的那颗心经过激烈斗争的七上八下，最终还是要落在他设定的落点，他和“张善仿”共同制订的方案，可以实施了。他极尽体贴地摩挲着父亲的手，柔声道，“爸，想明白了吧？在这个世界上，哪怕什么都是假的，儿子可是真的！听儿子的没错儿，我将为您开创一个辉煌灿烂的晚年！”

（发表于2005年第1期《文学风》）

图书在版编目 (CIP) 数据

霍达文集. 卷四，中短篇小说卷：红尘 / 霍达著.
—北京：北京十月文艺出版社，2017. 12
ISBN 978-7-5302-1715-3

Ⅰ. ①霍… Ⅱ. ①霍… Ⅲ. ①中国文学—当代文学—作品综合集 ②中篇小说—小说集—中国—当代 ③短篇小说—小说集—中国—当代 Ⅳ. ①I 217. 2

中国版本图书馆 CIP 数据核字 (2017) 第 200790 号

红 尘
HONG CHEN
霍 达 著

出　　版　北京出版集团公司
　　　　　北京十月文艺出版社
地　　址　北京北三环中路 6 号
邮　　编　100120
网　　址　www.bph.com.cn
发　　行　新经典发行有限公司
　　　　　电话（010）68423599
经　　销　新华书店
印　　刷　北京金秋豪印刷有限责任公司
版　　次　2017 年 12 月第 1 版
　　　　　2017 年 12 月第 1 次印刷
开　　本　880 毫米 ×1230 毫米 1/32
印　　张　22.875
字　　数　567 千字
书　　号　ISBN 978-7-5302-1715-3
定　　价　59.80 元
质量监督电话　010-58572393
如有印装质量问题，由本社负责调换。